KB260379

한일 근대문학에 나타난
섹슈얼리티의 변용

저자 명 혜 영

서 문

  '여성'은 한일 근대기에 형성된 하나의 계급이었다. 오늘날 과학은, 여성에 대한, 여성의 몸과 말이나 글, 행동 등에 대한 무수한 담론을 증식시켜 왔다. 또한 사회 과학은 여성을 생물학적 측면에서 바라보는 관점을 시작으로, 젠더와 섹슈얼리티 이론에 의한 여성의 사회학적 측면 연구에 활발한 의욕을 보이고 있다.

  본고는 근대 한국과 일본에서 발표된 문학 작품에 투영된 여성의 삶과 섹슈얼리티가 사회적·역사적·문화적 맥락 속에서 규정되고 활용되는 정황을 포착하여 재조명하였다. 근대와 함께 탄생한 여성들은, 신여성에서 프롤레타리아 여성으로, 모던걸로, 그리고 종국에는 현대여성인 군국의 여성으로 그 섹슈얼리티의 변용을 거듭하며 끊임없는 생명의 연소를 시도하였다. 따라서 본 연구에서는 당시의 조선 작가들의 문학작품과 일본 작가들의 작품을 섹슈얼리티의 관점에서 다음과 같은 분석을 시도하였다.

  첫째, 근대 초기에 유입된 로맨틱 러브의 수용과 전개, 그리고 그에 따른 한일 양국 사회의 반응 등을 살펴보았다. 둘째, 자본주의의 대두와 함께 탄생한 프롤레타리아 계급을 조명한 프로 문학 작품을 통해, 권력에 의한 성적착취와 콜론타이즘적인 성적유린을 문제적 시점에서 분석하였다. 셋째, 모던걸의 등장과 그녀들의 성적일탈을 조명하여, 이 또한 생명의 한 흐름으로 파악하였다. 아울러 전쟁 말기인 1940년대의 전쟁협력 작가로 알려진 한일 여성작가들의 작품을 통해 그들의 선택과 전략을 읽어내어 소통을 시도하고자 하였다.

문학 연구가 최종적으로 귀착할 모습은 결국 총체 비평 또는 종합적 연구일 것이다. 부분 부분이 충실히 연구된 단계에서 중요한 부분을 어느 하나도 생략하지 않은 채 대상의 모습을 종합적으로 드러내는 것이다. 본고는 이러한 총체적 연구를 가늠하고자 하였다. 앞으로 근대의 여성들의 삶이 재조명되고 이에 따른 섹슈얼리티의 새로운 연구가 진행되어 체계화될 때 한일 근대문학에 나타난 섹슈얼리티의 변용에 대한 연구는 한일 문학사의 중요한 한 부분으로써 그 역할을 다할 것이다. 연구범위는 로맨틱 러브를 테마로 한 모더니즘계열 문학의 태동에서부터 출발하였다. 하나의 새로운 사상적 경향이 수용되어 확산될 때에는 거기에는 필연적 이유가 있다. 이 필연적 이유를 찾아내는 것이 무엇보다 중요하기 때문에 이에 따른 모태(母胎)를 찾고자 하였다. 연구의 범위는 한국과 일본 근대기(1910년대~1940년대)에 발표된 문학 작품을 그 대상으로 하였으며, 주 텍스트로는 장편소설 5작품과 중편 2작품, 단편소설 21작품, 평론 6작품, 잡지 2편을 사용했다.

본고에서의 연구방법은 비교문학적 측면이다. 비교문학의 기본적 목적은 각양각색의 문학과 그 주변의 총체적 내용을 상호관계에 따라 연구하는 것이 본래의 영역이다. 한국 근대의 모더니즘계열 문학과 프롤레타리아 문학은 대부분 일본을 중계자로 하여 수용하였기 때문에, 한일 간의 영향사와 이를 수용할 수밖에 없었던 이유와 내용이 갖는 의미 추출에 중점을 두어 작업하였다. 이러한 방법이 동원됨으로써 우리나라 근대 모더니즘계열 문학의 위상이 새롭게 평가 될 수 있으며, 나아가 새로운 현재적 의미가 부여되리라 믿는다. 본고에서는 근대(1910년~1940년대)를 다음과 같이 세 시기로 나누어 논하였다.

제1기는 근대화의 문물이 들어오고 신여성의 출현이 있었던 1910년대 초반부터 1920년대 중반으로 하였으며, 본 논문의 제2장에 해당한다. 제2기는 마르크시즘이 유입되어 프롤레타리아 여성이 대두한 1920년대 중반부터 1930년대 중반까지이며, 논문의 제3장에 해당한다. 제3기는 세계 경제 대공황으로 인해 성의 상품화 시대가 도래, 모던걸의 탄생을 맞이하게 되는 1930년대 중반부터 1940년대 중반까지로 논문의 제4장에 해당한다. 세부적 방법을 말하자면, 제1기에 해당하는 1910년대 초반부터 1920년대 중반의 한일 여성들의 동향을 살펴보면, 한국에는 신여성, 일본에는 새로운 여자(新しい女)가 등장하였다. 그녀들은 신학문을 습득하고 구미의 신사상을 적극적으로 받아들여 새로운 문화의 주체로 부상했다. 제1기에 해당하는 제2장에서는 특히 이 시기에 엘렌 케이의 연애관이 양국 여성들의 지침서가 되었음을 주지, 소설 속의 히로인에 초점을 맞추어 섹슈얼리티의 제 양상을 도출해 내었다. 또한 일본의 다이쇼(大正)기에 형성된 생명주의에 대한 한국의 영향관계를 비교 분석하기위해 제2장 제1절에서 나혜석의 「경희」와 미야모토 유리코의 『노부코(伸子)』, 여성 잡지 『세이토(靑鞜)』와 『新女子』의 창간사를 통해, 한일 양국의 신여성들의 계몽적 언설인 〈인간답게〉 사는 방법과 〈로맨틱 러브〉의 발견에 대해 조명하였다. 여기에서는 주로 베르그송의 『創造的進化』(1907)와 스즈키 사다미의 『다이쇼 生命主義와 表現』(1995), 『「生命」으로 읽는 日本近代』(1996)를 이론서로 사용하였다. 제2절에서는, 김일엽의 「자각」과 다

무라 도시코의『그녀의 생활(彼女の生活)』을 통해, 〈로맨틱 러브〉의 수용 과정을 분석하였다. 또한 평론으로 구리야가와 하쿠손의「近代의 恋愛観」에서 '연애지상주의'고찰 및 아리시마 다케오의「사랑은 아낌없이 빼앗는다(惜みなく愛は奪ふ)」를 중심으로 '이기적 사랑'과 생명의 접점에 대해 논하였다. 아울러 한국 작품으로는 송진우의「연애론」과 이광수의「혼인에 관한 좁은 식견」, 염상섭의「개성과 예술」,「조선 소설가의 연애관」등을 분석하여 한일 간의 영향관계를 분명히 하였다. 제3절에서는 김명순의「돌아다 볼 때」와 우노 지요의「행복(幸福)」을 통해, 〈로맨틱 러브〉의 전개과정을 살펴보았다. 여기에서는 가네코 요분(金子洋文)의『近代帝国日本의 섹슈얼리티』(1930)를 주 이론서로 사용하였다. 제4절에서는 김동인의「감자」와 요코미츠 리이치의『슬픔의 대가(悲しみの代価)』를 분석해, 제1기 신여성들의 주의와 주장이 한일 남성작가들에게 어떻게 수용되었는지를 살펴보았다. 이를 위해 메리 더글라스의『汚穢와 禁忌』(1969)를 이론서로 사용해 '부정'과 '정화'의 관계를 밝히고자 하였다.

그 결과 한국의 신여성과 일본의 새로운 여자들은 로맨틱 러브를 통해 근대적인 섹슈얼리티를 표명하였으며 이는 한시적이나마 양국 사회에 생명의 연소로써 인정되었다. 그러나 이러한 기쁨도 잠깐, 여성들의 개방적인 섹슈얼리티는 파트너라고 생각했던 남성 지식인들에 의해 저지를 당하게 된다. 이에 한국의 신여성(나혜석, 김일엽, 김명순)은 사회적으로 매장되었으며, 이를 교훈삼은 차세대 여성 작가들은 프롤레타리아 문학자를 표방하며 프로문학에 전념하게 된다.

제2기인 1920년대 중반부터 1930년대 중반까지는 프롤레타리아 문학이 거대 담론으로 뿌리를 내렸던 시기이다. 1920년대 중반을 전후로 한일 양국 문단에 태동한 마르크시즘에 입각한 프롤레타리아 문학은 종래의 순수문학과 비교해 작품성이 떨어진다는 평은 있지만 문단에 끼친 영향의 지대함은 부정할 수 없다. 2기에 해당하는 제3장에서는 프롤레타리아 문학 속의 무산계급 여성을 둘러싸고 전개되는 섹슈얼리티에 중점을 두고 탐구하였다. 이 시기의 이론서로는 소련의 콜론타이에 의한 연애론을 들 수 있으며, 콜론타이즘적 시각이 섹슈얼리티와 결부되어 작품 속에 투영되어 있음을 추출해 내고자 하였다. 또한 근대 초기에 대두한 신여성들은 정조 이데올로기에 초점을 맞추어 가부장제를 매우 엄하게 비판해 왔기 때문에, 남성 지식인들을 당혹케 하였다. 따라서 이러한 그녀들의 행동이나 발언은 일탈로 간주되어 억압을 받게 된다. 이로 인해 신여성들은 페미니즘 운동을 부문화해 가면서, 민족 운동이나 사회 운동으로 그 모습을 바꾸어 갔다.

제3장 제1절에서는 김말봉의 「망명녀」와 노가미 야에코의 『마치코(真知子)』를 통해, 신여성들의 프로 여성으로의 변모를 둘러싼 고뇌와 〈품위 있게〉 사는 길을 선택한 배경을, 부르디외의 아비튀스(『삐엘 부르디외의 世界』, 2007)이론을 통해 분석하였다. 제2절에서는, 유진오의 「여직공」과 미야모토 유리코의 「유방(乳房)」에 나타난 계급투쟁 현장에서의 남성동지에 의한 여성의 성적유린을 문제시 하였다. 이를 위해 가와무라 구니미쓰의 『섹슈얼리티의 近代』(1996)를 참고하였다. 제3절에서는 강경애의 장편소설 『인간문제』와 하야시 후미코의 장편 『방랑기(放浪記)』가 프롤레타리아 여성의 냉엄한 현실과 젠더적 고뇌가 잘 나타난 작품이라는 점을 주지하여, 장소 이동을 통한 여성들의 '방랑'을, E.Relph(1976)의 『장소와 장소상실』, 장석주의 『장소의 탄생』(2006) 등의 장소이론을 통해 고찰하였다. 제4절에서는 월북 작가 이북명의 일본어 작품 「벌거숭이 부락(裸の部落)」과 백신애의 「적빈」에 나타난 농민의 빈곤과 부성상실에 대한 문제를 시대상에 비추어 조명하였다. 여기서는 주로 오구라 지카코의 『젠더 心理学』(2000)을 사용하였다. 제5절에서는 강경애의 「원고료 이

백원」과 사타 이네코의 『잇꽃(くれなゐ)』을 프롤레타리아를 끝낸 '아내의 역할'이라는 관점에서 분석하였다. 특히 그 동안의 정신적 지침서였던 마르크스즘이 막을 내리자 다시 가부장제로 회귀하려는 남편과 아내의 갈등을, 우에노 지즈코의 『家父長制와 資本制』(1990)를 통해 분석하였다.

1920년대 중반부터 30년대 중반까지 지속되었던 프롤레타리아 문학은 신여성들의 프롤레타리아 여성으로의 변모에 주목하며 마르크시즘 안에서 착취되는 여성들의 성문제를 부각시켜 그에 따른 문제점을 지적하였다. 그러나 자본주의의 대체 개념으로 신봉되었던 마르크시즘도 세계 경제의 난관 앞에서 그 한계를 드러내며 종말을 고하였다. 이어서 등장한 한일 양국의 모던걸들은 신여성이나 프롤레타리아 여성들과는 달리 적극적인 경제적 관념을 수반한 섹슈얼리티의 실천이 두드러진 세대였다.

제3기에 해당하는 1930년대 중반에 접어들면, 프롤레타리아 문학을 주도했던 문인들의 사상적 전향이 뒤따른다. 전향 후 그들은 대중에게 눈을 돌려 다시금 관능을 주제로 한 작품을 발표하였다. 1926년을 기점으로 신문과 잡지 등에 모던걸이라는 문구가 등장하기 시작하며, 소설 속의 여성들 또한 신여성들의 변모 된 형태인 모던걸이 차지하게 된다. 그리고 그녀들의 개방된 성의식과 섹슈얼리티는 많은 독자층을 확보하기에 이른다. 또한 모던걸은 관능미를 매개로 경제문제를 풀어가는 새로운 시대적 메신저로서 자리매김 된다. 모던걸의 존재 이유는 인습적인 부인의 도덕과 남녀관계나 생활양식을 과감히 파괴한 데에 있었다. 우리들이 모던걸에 주위를 기울이는 것은 그들의 출현이 좋은 의미에서든 나쁜 의미에서든 시대의 선구이기 때문이다. 적극적인 의미에서 보면, 그것은 구래의 습관에 대한 반항운동의 출현이며, 소극적인 의미에서는 신시대의 남자의 취미에 응하기 위해서 완성된 유행이자 시대정신의 산물이었다. 이 시기는 기자로 중국에서 활동한 미국인 아그네스 스메들레의 연애론이 이론서로서 탐독되었다.

제3기에 해당하는 제4장 제1절에서 취급한 이효석의 일본어 작품「은빛 송어(銀の鱒)」와 나혜석의「현숙」은 근대의 연애 담론인 로맨틱 러브에서 한 걸음 나아간 포스트 모더니즘적인 새로운 연애와 결혼형태를 제시하였다. 이를 조명하기 위해, 당 시대를 가늠할 수 있는 나혜석의 에세이,「우애결혼·시험결혼」(1930),「신생활에 들면서」(1935)와 장(윤)필화의『여성·몸·성』(1999), 가노 미키요의『売買春과 日本文学』(2002)을 이론서로 사용하였다. 제2절에서 취급한 김말봉의 일본어소설「고행(苦行)」과 우노 지요의「미련(未練)」은 기혼여성과 기혼남성에 의한 이른바 불륜이 테마이다. 이러한 일탈적 섹슈얼리티를 오구라 지카코의『섹스 신화 해체신서』(2005)와 기타자와 슈이치의「모던걸」(1924)을 통해 고찰하였다. 제3절에서는 이효석의「산협」과 미야모토 유리코의「한 송이 꽃(一本の花)」을 여성의 낳는성을 중심으로 재조명하였다. 여기서는 이효재의『남성과 한국사회-한국사회의 남성 이데올로기』(1997)와 J.G.Frazer의『황금가지』(장병길譯, 1990)를 통해 한국인의 생명관을 분석하였다. 제4절에서는 이효석의 일본어 소설「엉겅퀴의 장(薊の章)」과 나카노 시게하루의「수양딸(娘分の女)」을 여성 섹슈얼리티의 타자화에 주목하여, 나라와 자존심을 상실한 한일 남성들의 자존심 회복에 대한 언설을 읽어내고자 했다. 김윤식의『일제말기 한국작가의 글쓰기론』(2003)을 참고하였으며, 후쿠자와 유키치의『文明論之概略』(1875) 등을 통해 우생사상을 조명하였다. 아울러 1940년대 문학작품에 나타난 전쟁과 여성에 대해, 최정희의 일본어소설「환영의 병사(幻の兵士)」와 사타 이네코의「둔감(気づかざりき)」을 통해 밝히고, 전쟁협력 작가로 낙인찍힌 두 작가와의 소통을 시도하였다. 여기에는 다카하시 데쓰야의 철학서『국가와 희생』(이목譯, 2008)을 통해 그녀들이 행한 '선택'에 초점을 맞추어 분석하였으

며, 두 소설의 공통 테마인 로맨틱 러브 구조를 밝히기 위해, 우에노 지즈코의 역작 『女子의 快楽』(2006)에 언급된 〈짝 환상〉 이론을 사용하였다.

프롤레타리아 문학이 막을 내린 1930년대 중반부터 대두한 모던걸들은 세계 대공황을 통해 이미 경제를 학습한 세대였다. 따라서 로맨틱 러브에서 추구했던 순정만으로는 의식주라는 '현실'을 해결할 수가 없었다. 그녀들은 경제난을 극복하기 위해 자신들의 섹슈얼리티를 사용했으며, 자유로움을 추구하기 위해 이혼과 불륜을 거듭하였다. 이러한 그녀들의 삶의 방식은 〈일탈〉로 간주되어 또다시 사회의 지탄을 받게 된다. 그러한 와중 속에서도 여성들은 끊임없이 낳는성에 대해 고민하며 남성의 뒷모습이 아닌 '여자'로서의 삶을 동경하는 진지함을 보였다.

본고는 한일 근대 모더니즘계열 문학과 프롤레타리아 문학에 나타난 여성의 섹슈얼리티를 비교문학적 측면에서 총체적으로 규명하였다. 한일 근대 문학에 대한 기왕의 연구는 대부분 한국과 일본 중 어느 한 쪽에 치중되거나, 인사이더 문학자에 대한 작가 연구가 주류를 이루고 있으며, 작품론에 있어서도 세심한 고찰이 부족했다. 따라서 근대 초기 한국 문학자들이 대부분 일본 유학을 경험한 점에 착안하여, 먼저 그들의 창작에서 나타난 일본과의 영향 관계를 살피고, 기왕의 연구에서 간과되었거나 소홀히 다루었던 점을 규명하는 데 주력하여, 근대문학 속에 표상된 여성의 몸, 언어, 삶에 대한 묘사를 젠더와 섹슈얼리티 이론에 의거 분석 재조명, 정립하고자 했다.

이상에서 밝혔듯이, 근대 소설 속에 묘사되는 여성들의 섹슈얼리티는 로맨틱 러브를 수용하며 태동하여, 소설 속의 여주인공들은 기생, 카페의 여급, 그림 모델, 대학 청강생 등으로 섹슈얼리티의 변용을 거듭하며 한동안 강한 생명력의 연소를 보인다. 신여성들이 '새로워지기' 위해서는 구습이라는 엄격한 규범을 향해 정면으로 도전할 필요가 있었으나, 한국의 신여성들이 섹슈얼리티 문제를 거론하려 하면, 거기에는 이미 일본보다 더욱 엄격한 유교적 규범이 가로막고 있으므로 가일층 진보적이어야 했으며, 그에 대한 당연한 귀결로 보다 혹독한 비판을 받으며 가혹한 운명에 빠지게 되었던 것이다. 이 후로 한일 여성 작가들은 프롤레타리아 문학의 이론을 빌려 권력자에 의한 여성들의 성적 유린을 고발하는데 보조를 같이했다. 또한 여성들은 식민자 피식민자라는 각자의 입장에서 전쟁에 동원되어, 국책 협력 작가로 변모한 후에도, 로맨틱 러브 구조를 응용해 군국의 현대여성 이미지를 만들어 脫性化된 여성의 섹슈얼리티를 창조해 내었다. 아울러 한일 양국의 여성들은 페미니즘 운동이 시작된 이래로 줄곧 여성들 간의 연대인 시스터훗을 실천해 온 사실을 작품을 통해 확인하였다.

이처럼 한일 근대 초기에 수용된 〈로맨틱 러브〉는 1910년대를 시작으로 1940년대 중반까지 일관되게 소설의 한 테마로 자리매김 되어 왔으며, 끊임없는 섹슈얼리티의 변용을 꾀하여 생명력의 연소를 실천해 왔음을 규명하였다.

목 차

제**3**장

〈계급〉과 섹슈얼리티   161

제4장

〈일탈〉적 섹슈얼리티   323

제5장

결 론　　　　　　　　　　　　437

한일 근대문학에 나타난 섹슈얼리티의 변용

제1장

서 론

1 연구목적

본 연구의 목적은 근대 한국과 일본에서 발표된 문학작품 속에 투영된 여성의 삶과 섹슈얼리티가 사회적·역사적·문화적 맥락 속에서 규정되고 활용되는 정황을 포착하여 재조명하는데 있다.

예로부터 '성(性, sex)'은 사회가 생기기 이전부터 존재하는 자연의 힘이며, 언제나 사회 구조에 따라 규제를 받아야 하는 것으로 간주되어 왔다. 그러나 페미니스트들이 '젠더'는 생득적인 것이 아니라 사회에 의해 만들어지는 것으로 보았듯이, 섹슈얼리티에 관한 이론도 사회에 의해 만들어진다는 라디컬(radical)한 사고로부터 연구가 시작되었다. 푸코 역시 섹슈얼리티의 개념이 근대지식과 권력 안에서 창조되어온 것이라고 이미 지적한 바 있다.

근대에 들어 실시된 신교육은 여성들을 자아에 눈뜨게 하여, '개인'으로서의 자신을 찾게 하는 계기가 되었다. 또한 서구에서 들어온 새로운 사상인 '로맨틱 러브(자유연애)'와 '性해방' 담론은 문화의 첨단에 서있는 문인들에 의해 발견되고 실천을 통해 정착되었다. 한일 문인들은 이러한 실천적 경험을 소설과 수필 등을 통해 기록해 내었으며, 이에 따른 평론 또한 활발히 행해졌다. 여기에는 당시 문단의 주류였던 자연주의와 낭만주의의 대두, 사소설 기법의 유행 등이 한 몫 하였으며, 문인들은 앞 다투어 로맨틱 러브와 섹슈얼리티를 테마로 한 소설작품을 발표하기에 이른다.

이에 따라 근대소설 속에 묘사되는 여성들의 삶의 유형과 활동 모습은, 변모에 변모를 거듭하면서 진화해갔다. 간단히 정리하자면, 1910년 이후부터 1920년대 중반에 걸쳐 나타난 한국의 '신여성'과 일본의 '새로운 여자(新しい女)', 1920년대 중반부터 1930년 중반을 풍미한 이른바 '계급(프롤레타리아)여성', 그리고 1930년대 중반부터 1940년대 중반에 걸쳐 형성된 '모던걸'과 현대여성 등이 한일 간에 거의 동시기에 나타난다. 남성 역시 그녀들의 상대역으로서, 때로는 가부장적 남성으로 때로는 개방적 사고를 지닌 새로운 남성(新しい人)과 고뇌하는 '모던보이'로 끊임없는 변형을 시도하며 여성들과 호흡을 맞추었다.

또한 당시의 한일 문인들에게 공통적으로 나타난 점은 많은 서구의 사상가, 철학자, 문호들의 작품이나 철학이론서 등을 접하고 연구하여 소설 속에서 응용해 나간 점이다. 근대를 구축한 근저에는, 19세기 후반에 생물학의 진전에 의해 큰 반향을 부른 다윈의 진화론 『種의 起源』(1859)이 기저가 된 것은 재론의 여지가 없다. 그러나 다윈의 진화론을 반박한 프랑스의 철학자 앙리 베르그송의 『創造的進化』(1907)론은 약자들의 이론서로써 각광을 받았다. 당 철학서에서 베르그송은 '창조적 진화', 즉 생명력이 자유롭게 랜덤하게 발현한다는 '분수적 진화론'을 제창하였다. 이로써 생물로서의 인간의 본능 회복과, 민중이나 여성 등, 사회적으로 억압받는 계층에 해방론을 제시했던 것이다. 그의 '분수적 진화론'은 〈생명철학〉으로서 일본에 수용되어, 시라카바(白樺)파를 비롯해 세이토(靑鞜)파에게 크나큰 영향을 끼쳤다. 이 시기에 생성된 새로운 담론들은 종래 여성들의 전통적 삶의 방식을 부정하고 새로운 삶의 방식을 제시하는 근저의 사상이 되었다. 또한 이러한 사상은 일본 유학생들의 학습을 통해 여성뿐만이 아니라 상대적으로 약자의 위치에 처해있던 식민지하의 조선 문인들에게도 수용되어 생명력의 메타포로써 작품에 투영되었다.

한일 양국 신여성들은 여성 해방을 가장 자연스러운 생명력의 연소로 보았다. 이러한 사고 하에서 여성들의 자립적 삶이 앙양되어 신여성들은 구여성들을 계몽하기에 이른다. 그에 따른 조건으로 신교육 습득, 직업 쟁취, 로맨틱 러브, 연애결혼 등이 주창되었다. 신교육은 진리를 깨우치고 직업을 쟁취하기 위한 필수 조건이었으며, 로맨틱 러브는 여성이 남성과 동등한 입장에서 의견을 개진할 수 있는 구조이자 절호의 찬스로 인식되었다. 또한 문학자들은 이러한 자유연애에 의한 결혼이 아니면 부도덕하다고 규정하여 연애에서 사랑, 그리고 결혼이라는 로맨틱 러브 이데올로기를 확립해갔다. 그러나 이러한 동일한 이념아래 출발한 여성들의 해방운동일지라도, 그 결과는 한일 양국 남성작가들에 의해 각기 다른 양상으로 해석되었다.

그 결과 한국의 신여성 1세대(김일엽, 나혜석, 김명순)는 개방적 섹슈얼리티 탓으로 사회적 비난 속에서 일선에서 퇴장하고, 다음 주자로 프롤레타리아 여성작가가 대두되었다. 일본의 새로운 여자들 또한 제국주의적 정책에 의해 해체의 위기를 맞으며, 전쟁 정책과 함께 현모양처주의를 남기고 일선에서 물러나, 역시 차기주자로 프롤레타리아 여성작가들을 배출하였다. 이들 프롤레타리아 작가들은 억압받는 하층 계급의 실상을 펜으로 종이에 담아내었다. 아울러 마르크스주의에 입각한 사회민주주의 하에서는 개인의 감성이 존중받지 못하며, 여성 동지들의 섹슈얼리티가 유린되고 있는 실상을 고발하는 등 지속적으로 활발한 작품 활동을 펼쳤다. 그러나 이들 또한 10여년을 경과한 시점에서 시대의 흐름과 정치적 모략에 의해 그 생명을 다하고 소멸된다. 이어 프롤레타리아를 끝낸 남성들은 가부장적 제도 하로 회귀를 꾀한다. 또한 마르크시즘과 결별한 여성들은 근대 이후 가장 개방적인 섹슈얼리티의 주인공인 모던걸로 재생한다. 그들은 새로운 연애와 결혼관을 제시하며 이른바 '성적 일탈'을 거듭하였다. 비즈니스적 연애, 우애결혼과 시험결혼의 제시, 불륜에 의한 로맨틱 러브의 부정, 여성의 낳는성 제고, 동성애 등등으로 그 양상은 다양하게 표출되었다. 그러나 이들은 전쟁이 극심해가는 시기에 들어서는, 현대여성으로 변모해 후방을 지키는 군국의 여성으로서의 삶을 강요당하며, 또 다른 섹슈얼리티의 변용을 맞게 되었다.

이처럼 근대와 함께 탄생한 여성들은, 신여성에서 프롤레타리아 여성으로, 모던걸로, 그리고 종국에는 군국의 여성인 현대여성으로 그 섹슈얼리티의 변용을 거듭하며 끊임없는 생명의 연소를 시도하였다. 따라서 본 연구에서는 당시의 조선 작가들의 문학작품과 일본 작가들의 작품을 젠더와 섹슈얼리티의 관점에서 다음과 같은 분석을 시도한다. 첫째, 근대 초기에 유입된 로맨틱 러브의 수용과 전개, 그리고 이에 따른 한일 양국 사회의 반응 등을 살펴본다. 둘째, 자본주의의 대두와 함께 탄생한 프롤레타리아 계급을 조명한 프로 문학작품을 통해, 권력에 의한 성적 착취와 콜론타이즘적인 성적 유린을 문제적 시점에서 분석한다. 셋째, 모던걸의 등장과 그녀들의 성적 일탈을 조명하여, 이 또한 생명의 한 흐름으로 파악한다. 아울러 전쟁 말기인 1940년대의 소설작품에 의한 한일 여성작가들의 선택과 전략을 읽어내고자 한다.

　문학 연구가 최종적으로 귀착할 모습은 결국 총체 비평 또는 종합적 연구이다. 부분 부분이 충실히 연구된 단계에서 중요한 부분을 어느 하나도 생략하지 않은 채 대상의 모습을 종합적으로 드러내는 것이다. 본고는 이러한 총체적 연구를 가늠하고자 한다. 앞으로 근대 여성들의 삶이 재조명되고 이에 따른 섹슈얼리티에 관한 새로운 연구가 진행되어 체계화될 때, 한일 근대문학에 나타난 섹슈얼리티의 변용에 대한 연구는 한일 문학사의 중요한 한 부분으로써 그 역할을 다할 것이다.

▨ 2 연구범위 및 선행연구

　본고의 연구범위는 로맨틱 러브를 테마로 한 모더니즘계열 문학의 태동에서부터 출발하고자 한다. 하나의 새로운 사상적 경향이 수용되어 확산 될 때에는 필연적 이유가 있다. 이 필연적 이유를 찾아내는 것이 무엇보다 중요하기 때문에 이에 따른 모태(母胎)를 찾고자 한다. 연구의 범위는 한국과 일본 근대기(1910년대～1940년대)에 발표된 문학 작품을 그 대상으로 하였다.[1] 주 텍스트로는 장편소설 5작품과 중편 2작품, 단편소

---

[1] 이상 28편의 텍스트를 선정한 기준은, 먼저 텍스트의 발표 시기를 주지한 다음 테마의 적정성을 결부시켰다. 그러나 작가의 성향에 따라 시류를 따르지 않는 글쓰기를 한 경우도 고려하여 다소 시기가 어긋나더라도 선정범위에 넣었다. 먼저 선정 작품을 살펴보면, 제1기에 해당하는 제2장의 텍스트는 총 8편이다. 한국의 여성작가의 작품으로는 페미니즘 제1세대 작가인 나혜석의 「경희」(1918), 김일엽의 「자각」(1926), 김명순의 「돌아다 볼 때」(1924)를, 일본 여성 작가의 작품으로는 미야모토 유리코의 『노부코(伸子)』(1924), 다무라 도시코의 『그녀의 생활(彼女の生活)』(1915), 우노 지요의 「행복(幸福)」(1924)을 선정했으며, 이 외에 남성작가의 작품으로 김동인의 「감자」(1925)와 요코미쓰 리이치의 『슬픔의 대가(悲しみの代価)』(1920)를 선정했다. 작품 선정 이유로는, 발표시기가 1910년대와 1920년대 중반에

설 21작품, 평론 6작품, 잡지 2편이며 작가와 작품명은 아래 표와 같다.

<표 1> 주 텍스트와 작가 목록[2]

국가별 (성별)	작가	작 품	발표년도	분 류	주요 테마	비 고 (발표지)
한국 (여성)	나혜석	「경희」	1918	단편소설	여성의 자립	한글발표 (女子界)
" (")	"	「현숙」	1936	"	우애결혼 · 시험결혼	" (三千里)
" (")	김일엽	「자각」	1926	"	구여성의 성장	" (東亞日報)

걸쳐있는 점, 상기 표에도 명시되어 있는 바와 같이 필자가 다루고자 하는 테마인 근대초기의 로맨틱 러브와 섹슈얼리티가 다수 포함되어 있는 점을 들 수 있다. 또한 한국의 제1기 신여성 3인과 일본의 새로운 여자 3인의 작품을 주로 선정하였음도 밝혀둔다. 제2기에 해당하는 제3장에서는 총 10편의 작품을 선정했다. 프롤레타리아 여성의 삶과 고난을 그린 한국 여성작가의 작품으로, 김말봉의 「망명녀」(1932), 강경애의 『인간문제』(1934)와 「원고료 이백원」(1935), 백신애의 「적빈」(1934)을 선정했다. 일본 여성작가의 작품으로는, 노가미 야에코의 장편 『마치코(真知子)』(1930), 미야모토 유리코의 「유방(乳房)」(1935), 하야시 후미코의 장편 『방랑기(放浪記)』(1930), 사타 이네코의 장편 『잇꽃(くれなゐ)』을 선정했다. 아울러 남성작가의 작품으로는 유진오의 「여직공」(1931)과 이북명의 일본어 작품 「벌거숭이 부락(裸の部落)」(1937)을 선정했다. 선정 이유로는, 당 작품들이 소설 속에서 무산 계급 노동자와 농민의 삶, 그리고 권력에 의한 억압을 문제시하고 있으며, 여성의 섹슈얼리티에 대해 언급하고 있는 점을 들 수 있다. 제3기에 해당하는 제4장에서도 총 10편의 작품을 선정했다. 한국 여성작가 작품으로 나혜석의 「현숙」(1936), 김말봉의 「고행(苦行)」(1936), 최정희의 「환영의 병사(幻の兵士)」(1941)를, 일본 여성작가의 작품으로는 우노 지요의 「미련(未練)」(1936), 미야모토 유리코의 「한 송이 꽃(一本の花)」(1927), 사타 이네코의 「둔감(気づかざりき)」(1942)을 선정하였으며, 남성작가의 작품으로는 이효석의 「산협」(1941), 동 작가의 일본어 작품 「은빛 송어(銀の鱒)」(1939)와 「엉겅퀴의 장(薊の章)」(1941)을, 일본 작품으로는 나카노 시게하루의 「수양딸(娘分の女)」(1941)을 선정했다. 평론으로는 구리야가와 하쿠손(厨川白村)의 「근대의 연애관(近代の恋愛観)」(1921), 아리시마 다케오(有島武郎)의 「사랑은 아낌없이 빼앗는다(惜みなく愛は奪ふ)」(1920), 송진우의 「연애론」(1915), 이광수의 「혼인에 관한 좁은 식견」(1917), 염상섭의 「개성과 예술」(1924) 및 「조선 소설가의 연애관」(1926)을, 잡지로는 『세이토(青鞜)』(1911, 青鞜社), 『新女子』(1920, 新女子社)를 사용하였다.

2) 필자 작성.

" (")	김명순	「돌아다 볼 때」	1924	"	자유연애	" (朝鮮日報)
" (")	김말봉	「망명녀」	1932	"	여성의 외도	" (中央日報)
" (")	"	「고행 (苦行)」	1936	"	남성의 외도	일문발표 (新家庭)
" (")	강경애	『인간문제』	1934	장편소설	계급투쟁	" (東亞日報)
" (")	"	「원고료 이백원」	1935	단편소설	부르주아 비판	" (新家庭)
" (")	백신애	「적빈」	1934	"	모성애	" (開壁)
" (")	최정희	「환영의 병사 (幻の兵士)」	1941	"	전시 하의 일본남성과 연애	일문발표 (國民總力)
" (남성)	김동인	「감자」	1925	"	간통, 매음	한글발표 (朝鮮文壇)
" (")	이효석	「은빛 송 어(銀の鱒)」	1939	"	조선남성과 일본여성의 연애	일문발표 (外地評論)
" (")	"	「엉겅퀴의 장(薊の章)」	1941	"	"	" (國民文學)
" (")	"	「산협」	1941	"	모성애	한글발표 (春秋)
" (")	유진오	「여직공」	1931	"	신여성의 변모	" (朝鮮日報)
" (")	이북명	「벌거숭이 부락 (裸の部落)」	1937	"	부성 부재	일문발표 (文學案內)
일본 (여성)	미야모토 유리코(宮 本百合子)	『노부코 (伸子)』	1924	장편소설	결혼 및 이혼	일문발표 (改造)
" (")	"	「한송이 꽃 (一本の花)」	1927	단편소설	동성애	" (改造)
" (")	"	「유방(乳房)」	1935	"	계급과 성	" (中央公論)
" (")	다무라 도시코 (田村俊子)	『그녀의 생활(彼女の 生活)』	1915	중편소설	결혼 생활	" (新潮社)

“ (”)	사타 이네코 (佐多稲子)	『잇꽃 (くれなゐ)』	1936	장편소설	아내의 역할	“ (新潮社)
“ (”)	“	「둔감(気づ かざりき)」	1942	단편소설	전시하의 결혼	“ (婦人日本)
“ (”)	우노 지요 (宇野千代)	「행복(幸福)」	1924	“	자유연애	“ (我観)
“ (”)	“	「미련(未練)」	1936	“	아내의 외도	“ (中央公論)
“ (”)	하야시 후미코 (林芙美子)	『방랑기 (放浪記)』	1930	장편소설	노동여성	“ (女人芸術)
“ (”)	노가미 야에코(野上弥生子)	『마치코 (真知子)』	1930	“	유산계급 여성의 삶	“ (改造)
남성 (”)	요코미쓰 리이치 (横光利一)	『슬픔의 대가(悲しみ の代価)』	1920	중편소설	관음증	“ (文芸)
“ (”)	나카노 시게하루 (中野重治)	「수양딸 (娘分の女)」	1941	단편소설	여성 섹슈얼리티의 타자화	“ (新潮)
총계	한 국 여 성 작가; **7명** 한 국 남 성 작가; **4명** 일 본 여 성 작가; **6명** 일 본 남 성 작가; **2명** **총 18명**		1910년대; 2편 1920년대; 7편 1930년대; 14편 1940년대; 5편	단편 **21편** 장편 **5편** 중편 **2편** **총 28편**		그 외; 평론 6편, 잡지 2편

본 연구 텍스트를 젠더와 섹슈얼리티의 관점에서 다룬 **선행연구**를 살펴보겠다. 선행연구 중에서도 특히 섹슈얼리티와 젠더에 관점을 두고 연구된 논문을 중점적으로 언급하였다.

「경희」에 나타난 '신여성 만들기'를, 이상경은 '가부장제적 통념의 해체'3)라고 긍정적으로 평하고 있는 반면, 김복순은 '경희가 이상적 신여성으로서 설정한 여성상은, 식민자가 제시한 현모양처상에 지나지 않는다.'[4]라는 비판론을 내놓고 있다. 그러나 「경희」는 앞서 발표된 나혜석의 에세이 「이상적 부인」을 토대로 하여 쓰인 점과, 에세이에서 교육가의 현모양처 강요를 비판하는 입장을 밝히고 있으므로, 김복순의 주장은 다소 비약적인 점이 있다. 또한 송명희는 '「경희」에는 나혜석에 의한 초기의 페미니즘 사상이 잘 집약되어있으며, 여성 해방의 명제를 선명히 드러낸 작품'[5]이라고 평했다. 또한 졸자는 「경희」가 나혜석의 일본 유학 시절에 발표된 점에 착안하여 소설의 근저를 이루고 있는 '생명사상'에 대해 구체적 분석을 통해 논하였다.[6]

『노부코(伸子)』의 연구논문 중에서는 고라 루미코(高良留美子)의 '근대소설 이라기보다는 〈왕〉과 〈공주〉의 스토리를 다룬 고전적인 이야기'[7]라는 논평이 있으며, 에구사 미쓰코(江種満子)의 '계층차이보다 젠더에 의한 문화 구조가 기반으로 기능하기 때문에, 노부코는 최종적으로 그 벽에 부딪쳤다.'[8]고 하는 논문 등이 설득력을 얻는다. 졸자는 여주인공 노부코(노부코(伸子))의 '새로운 여자'의 실현을 '생명의 연소'로 보았으며, 나혜석의 「경희」와 비교적 시점에서 분석하였다.[9]

「자각」을 이태숙(2002)은 '구시대의 결혼제도가 근대적 제도로 이행되고 있는 과정에서 나타난 문제점을 보여준 작품'이라고 평한다.[10] 장미

---

3) 이상경(2000), 「羅蕙錫-人間으로 살고 싶었던 女性」, 『나혜석전집』, p.39
4) 김복순(2002), 『문학속의 여성』, p.34
5) 송명희(2002), 「자유주의에서 급진주의 페미니즘으로 변모」, 『페미니즘 정전 읽기 Ⅰ』, 푸른사상, pp.134~140
6) 졸자(2004), 「宮本百合子と羅蕙錫の比較研究-「生命」「エロス」「ジェンダー」をめぐって」, 日本文教大學 大學院 修士論文
7) 高良留美子(1997), 「物語として読む『伸子』」, 『城西文学』22号, p.100
8) 江種満子(2001), 「『伸子』論-ディスタンクシオンとジェンダーの交点」, 『宮本百合子の時空』, 翰林書房, p.140
9) 졸고(2004), 앞의 석사논문

경(2008)은 「자각」을 '연애풍조를 부채질한 텍스트'[11)로 규정했다. 『그녀의 생활(彼女の生活)』에 있어서는, 지금까지의 연구에서, 마사코(優子)의 '사랑'을 둘러싸고 논의가 전개되었다. 말하자면 마사코의 '사랑'을 후퇴로 보아야 할 것인가? 아니면 전진으로 보아야 할 것인가?에 연구의 초점이 모아졌다. 여기서, 누마타 마리(沼田真理, 2007)는 마사코의 사랑은 '사랑'이 아니라 '생활'에 지나지 않는다고 논한다.[12) 또한 『그녀의 생활(彼女の生活)』은 성역할이나 성차로부터 자유로운 새로운 남녀가, 결혼제도의 테두리 안에 들어왔을 때 어떤 변화를 보일까하는 차원에서 시행된, 결혼 시뮬레이션 지침서라는 야마자키(山崎, 2005)의 지적도 있다.[13) 이 외에도, 하세가와 게이(長谷川啓, 1988)의 평가로 '마사코의 사랑 신앙은 자기기만이자 자기암시이며 풍자적인 결혼생활의 고발'[14)을 기점으로, 이 후 주인공 마사코의 '사랑의 신앙'과 '사랑'을 어떻게 평가할 것인가에 논점이 맞추어졌다. 그러나 스즈키 마사카즈(鈴木正和, 1998)는 '아사코의 발상은 자기기만이나 자기암시가 아니라 1915년 당시의 '지금'을 살았던 여성들의 삶의 방식과 자세이며 현대인의 시점에서 비판하기보다 오히려 당시를 열심히 산 마사코의 의지를 파악해야 한다.'[15)는 입장에서 반론을 제기했다. 한편 세자키 게이지(瀬崎圭二, 2002)는 '마사코의

---

10) 이태숙(2002), 「여성해방론의 문학적 형상화」, 『페미니즘 정전 읽기』, 푸른사상, p.176
11) 장미경(2008), 「近代韓日 女性敎育과 小說 硏究」, 전남대학교 대학원 박사논문, pp.150~169
12) 沼田真理(2007), 「田村俊子『彼女の生活』論ー＜生活＞と＜愛＞をめぐる一考察」, 『日本文学論叢(第36号)』, p.28
13) 山崎真紀子(2005), 「『彼女の生活』その周辺」, 『国文学解釈と鑑賞』別冊, p.205
14) 長谷川啓(1988.8), 「解題」, 『田村俊子作品集 第二巻』, オリジン出版センター, pp.430~445
15) 鈴木正和(1998.), 「田村俊子『彼女の生活』再考ー行き続けていく優子」, 葦の葉(近代部会誌), pp.19~33

사랑은 전술이다. 즉 아내, 엄마, 여자 모든 면에서 아이덴티티파이 (identify)하지 않으려는 전술이며 남자에 대해 여자를 대치시키는 이원적 전술에 넘어가지 않으려는 의미에서 남성 권력 시스템에 대한 일정한 강도를 제시하고 있다.'[16]며 마사코의 사랑의 의의와 목적을 적극적으로 평가했다.

「돌아다 볼 때」를 이태숙(2002)은 작자 자신에게 덧씌워진 부정적 섹슈얼리티를 극복하기 위해 매달리는 '낭만적 사랑'의 이상을 형상화한 작품으로 평가한다.[17] 또한 윤광옥(2007)은 김명순의 연애론은 영혼과 육체의 분리위에 형성되었다고 지적하였다.[18] 그러나 이러한 지적들은 당시 조선과 일본 양국에서 유행한 연애관에 대한 충분한 검토가 이루어지지 않은 채 결론을 맺은 감이 있다. 즉 근대의 연애관에는 서구에서 받아들인 생명이론을 환골탈태한 일본의 생명사상이 그 근저에 있음을 간과해서는 안 될 것이다. 이러한 검토는 근대기 한일 양국에서 생성된 연애론을 좀 더 자세하게 알게 하는 키포인트가 될 것이기 때문이다.

한편, 우노 지요의 「행복(幸福)」에 대한 연구는 많지 않다. 「幸福」의 해설에서 호리키리 나오토(堀切直人, 2000)는 '「幸福」의 저자는 결코 행복을 추구하지 않았으며, 역설적으로 일관되게 불행에 대한 이야기를 질리지도 않고 계속하였다'고 언급하면서 여기에서 행복이란 불행의 반어라고 지적하였다.[19] 그러나 「幸福」의 여주인공은 빛바랜 로맨틱 러브를 한탄하고 있다는 점에서 이러한 그의 지적은 제고되어야할 필요가 있다.

---

16) 瀬崎圭二(2002), 「田村俊子『彼女の生活』論－〈愛〉の行方」, 同志社国文学, pp.60~70
17) 이태숙(2002), 「근대소설의 여성고백체 양식」, 『페미니즘 정전 읽기』, 푸른사상, p.77
18) 윤광옥(2007), 「근대형성기 여성문학에 나타난 가족 연구」, 동덕여대 대학원 박사논문, p.22
19) 堀切直人(2000), 「宇野千代 「幸福」の解説」, ゆまに書房, p.1

단적으로 말해 일종의 간통 소설인『슬픔의 대가(悲しみの代価)』는 신감각파로 알려지기 전의 요코미쯔의 작품이라는 점에서 연구가 진행되고 있다. 선행 연구로는 대체적으로『悲しみの代価』의 사소설적 검증이나, 미발표 이유를 찾는 것[20], 또한 소설의 내용으로 봐서 나중에 발표되었을 거라 여겨지는「사랑의 권(愛卷)」,「남편의 항복(負けた夫)」 등과의 이동(異同)의 문제[21], 원고에서 활자화되기까지의 단계에 따른 본문검토[22] 등이 있다.

지금껏「감자」는 김동인의 대표작으로 거론되며, 자연주의 작품인가 아닌가하는 논점과, 복녀의 타락이 환경의 영향인가 아닌가하는 점,「감자」에 나타난 작가의 현실의식 측정 등이 연구의 중심축을 이루어왔다. 이 밖에도 정한모(1965)의 '「감자」는 냉철한 리얼리즘 세계를 지향하던 동인의 지향점이 실제 작품을 통해 구체화되어 일정한 성공을 거둔 것'[23]이라는 평가와, 문체론으로써 김동인은 이 작품을 기점으로 이른바 '일원묘사체'에서 '순 객관적 묘사체'로 변모하였다'는 지적,[24] 황도경

---

20) 石田仁志(1989),「横光利一「悲しみの代価」からの変遷」,『語文論叢』, p.36. 高柴慎治 (1987),「横光利一の心性ー「悲しみの代価」その他ー」,『徳島文理大学文学論叢』, pp.87 ～114

21) 江後寬士(1973), 横光利一における相対認識の起点ー「悲しみの代価」を中心に」,『比治山 女子短期大学』, p.24. 杣谷英紀(1996),「横光利一『悲しみの代価』『愛巻』の表現特性」, p.43. 金田貴恵子(1981),「「悲しみの代価」から「負けた夫へ」」,『藤女子大学国文学雑 誌』, p.45. 宮口典之(1997),「横光利一『悲しみの代価』の行方」ー『鳥』への行程」,『名古 屋大学国語国文』, p.29～41. 小川直美(1988),「横光利一「鳥」論」ー「悲しみの代価」から 「機械」へー」,『同志社国文学』, pp.43～53. 山崎国紀(1967),「横光利一「悲しみの代 価」試論」,『論究日本文学』,pp.29～46. 南信雄(1963),「「悲しみの代価」のもつ意義」,『福 井大国語国文学』, pp.55～63

22) 杣谷英紀(1996), 앞의 논문, p.43. 佐山美佳(2003),「「悲しみの代価」から「愛巻」へ」, 『横光利一研究』, pp.14～29. 千勝重次(1964),「「横光利一覚え書」ー『「悲しみの代価」に ついて」,『国学院雑誌』, pp.51～59

23) 정한모(1965),「문학적 모럴리티의 출발」,『세대』, p.206

24) 김상태(1988),「김동인의 단편소설 고」,『김동인 문학연구』, 조선일보사, p.131

(1994)의 「감자」의 이면에는 권위적이고 주관적인 통제자가 존재하며 소설 세계를 간섭하고 있다.'25)는 지적 등이 있으며, 「감자」에서 그리고 있는 복녀의 섹슈얼리티의 변모, 즉 정숙한 여자에서 매춘부로 변모하는 것을 두고, 지금까지는 일반적으로 '타락'이라고 보는 논이 중심이 되어 왔다.26) 그러나 이러한 논점에는 당시의 연애 담론이나 섹슈얼리티의 시점에 대한 언급이 누락되어 있다.

이태숙(2002)은 논문 「대중소설과 여성성의 새로운 제안」에서 「망명녀」는 기존 사회에서 부도덕한 여성상의 전형으로 멸시되어 온 매춘여성에 대한 작가의 긍정적인 시선을 보인 작품으로 평가한다.27) 그러나 김말봉은 소설에서 기생의 삶을 부정적으로 보고 이를 사회주의적 시점으로 풀겠다는 의도를 보이는 점에서 매춘여성에 대해 긍정적이라는 이태숙의 논점과는 상이점이 있음을 지적해 두고 싶다. 와타나베 루리(渡辺ルリ, 1999)는 『마치코(真知子)』에서 마치코가 무산계급 투쟁운동에 실패한 이유로써 '인간의 삶의 방식에 관한 문제를 결혼이야기라는 구상으로 그리려 했던 것의 한계'라고 평한다.28) 또한 진조배(陳祖蓓, 1993)는 '혁명의 방관자로 정착하려는 마치코의 혼란은 개인의 자유를 존중하려 했기 때문에 생긴 결말'이라는 입장의 논지를 펼쳤다.29) 이 밖에도 작품론으로는 이토(伊藤, 1960)의 '가정소설·사소설적 경향에서 사회로 눈을

---

25) 황도경(1994), 「위장된 객관주의」, 『김동인 문학의 재조명』, 새미, pp.53~75
26) 김동인은 복녀의 사망을 '무지의 비극'이라고 말하였다. (「群盲撫象」, 『博文』, 1939, p.2). 이어 박동규, 윤명구는 복녀의 섹슈얼리티의 변모를 '타락'이라고 논한다. (「현대 한국소설 성격 연구」, 문학성회사, 1981, p.83),(「김동인소설연구」, 서울대 학박사논문, 1984, p.88)
27) 이태숙(2002), 「대중소설과 여성성의 새로운 제안」, 『페미니즘 정전 읽기』, 푸른사 상사, p.295
28) 渡辺ルリ(1999), 「真知子と運動」, 『叙説』第26号, 奈良女子大学文学部, p.15
29) 陳祖蓓(1993), 「〈自由〉を求めて―『真知子』論」, 『論樹第7号』, 東京都立大学論樹の会, p.81

돌린 기념비적인 장편'[30)]이라는 평, 이타가키(板垣, 1968)의 '인물의 형성과 행동에 내면 묘사가 결여된 점'을 꼬집으며 야심적인 취재가 채 소화되지 않은 느낌[31)]이라는 평, 쓰다(津田, 1977)의 '혁명적 민주주의 운동에 있어서 개인의 모럴에 대한 중요성, 남녀 관계의 대등·평등을 위한 여성의 태도의 중요성 제기'[32)]를 긍정적으로 평가한 논, 『마치코(真知子)』의 모티브의 성립과 전개를 다룬 나카니시(中西, 1982)의 논[33)], 와다(和田, 1994)의 '가와이에게 간 뒤의 마치코의 인생에 대한 기대'[34)]를 서술한 평, 와타나베(渡辺, 1995)의 '지상 인류의 새로운 모럴의 승화에 반대한 비판자로서의 시대적 여성의 조형을 의도'[35)]한 작품이라는 평이 있다. 또한 작가론으로는 와타나베(渡辺, 1980)의 '시대를 앞서가는 민감성'[36)]이라는 평가와, 어학적 견지에서 분석한 다메사다(為貞, 1968)의 논[37)]이 있다. 「여직공」은 프롤레타리아 문학으로 분류되어서인지 선행 연구가 많지 않아 앞으로의 연구가 기대되는 작품이다. 「여직공」을 허근용(1997)은 '노동 운동의 필요성과 계급의식의 구체화도 아닌 어중간한 노동운동 과정을 그린 것'[38)]으로 혹평하고 있는 반면, 곽근(1986)은 '일본인의 난폭한 행동을 폭로해, 민족적 저항심을 높인'[39)] 작품이라고 평가하였으며,

---

30) 伊藤恭子(1960), 「野上弥生子論ー『真知子』を中心としてー」, 立教大学日本文学, pp.48~54
31) 板垣直子(1968), 「真知子〈野上弥生子〉」, 『国文学』, pp.58~63
32) 津田孝(1977), 「野上弥生子についてーその作家的特徴と「真知子」の問題ー」, 『民主文学』, pp.108~118
33) 中西芳絵(1982), 「『真知子』試論」, 『文芸と批評』, pp.54~78
34) 和田美由規(1994), 「野上弥生子「真知子」論」, 『日本文学誌要』, pp.161~170
35) 渡辺澄子(1995), 「奇妙な眩覚ー野上弥生子『真知子』」, 『フェミニズム批評への招待』, pp.201~226
36) 渡辺澄子(1980), 「野上弥生子論」, 『解釈と鑑賞』, pp.159~163
37) 為貞節穂(1968), 「野上弥生子の「真知子」について」, 『国語・国文の研究と教育』, pp.26~29
38) 허근용(1997), 「유진오 문학 연구」, 경북대학교 석사논문, pp.20~21

이홍태(1987)는 '노동쟁의의 한 방향성을 보인 선전문학 계열에 들어가는'[40] 작품이라는 긍정적인 평가를 내렸다. 그러나 텍스트 「여직공」에는 여공 옥순이 공장 감독 다나카에게 성적 폭력을 당해 처녀성을 잃는 장면이 설정되어 있다. 따라서 권력에 의해 유린당하는 무산계급 여성의 섹슈얼리티가 문제시 되고 있다는 점을 간과해서는 안 된다. 또한 옥순은 자신을 비롯해 여공들에게 가해지는 임금삭감 문제나 근로조건 문제와 더불어 성적유린이라는 이중의 고통을 당하고 있다. 그러나 선행연구에는 이러한 계급과 성의 구조적 문제에 대한 비판적 시점이 결여되어 있다. 「유방(乳房)」는 미야모토 유리코의 대표작으로서 인정받고 있는 작품의 위치에 비해 선행연구는 미미하다. 그 중에서 유리코의 두 번째 남편인 미야모토 겐지(宮本顕治, 1981)에 의한 '투쟁하는 노동자 계급 인민과 그 전위를 그린, 프롤레타리아 문학의 본격적 과제의 하나에 정면으로 도전한 작품'[41]이라는 평가와, 이타가키 나오코(板垣直子, 1967)에 의한 '소재도 주제도 그 무렵 좌익 문예에 흔하게 볼 수 있던 종류'[42]라는 혹평으로 대별된다. 이는 대체적으로 프롤레타리아 문학의 지주라고도 할 수 있는 마르크스주의적 세계관에 입각한 평가이다. 그러나 「유방(乳房)」을 젠더와 섹슈얼리티의 관점으로 읽으면, 체제의 내 외부를 불문하고 여성들의 주위에 둘러쳐진 젠더 지배 구조나 섹슈얼리티의 정치성을 극히 리얼하게 묘파한 텍스트임을 깨닫게 된다. 이와 같은 시점에서 이와부치 히로코(岩淵宏子, 2001)는 '프롤레타리아 문학의 골조를 탈구축한 소설'[43]이라는 논평을 내놓았다.

---

39) 곽근(1986), 「유진오와 이효석의 전기소설 연구」, 성균관대 박사논문, pp.58~59
40) 이홍태(1987), 「유진오 소설연구-전기소설을 중심으로」, 한양대학교 석사논문, pp.34~35
41) 宮本顕治(1981), 『宮本百合子全集』第5巻 解説, 新日本出版社, p.450
42) 板垣直子(1967), 『明治・大正・昭和の女流文学』, 桜楓社, p.100

『인간문제』의 여주인공 선비의 공간 이동에 대해 이상경(1997)은, 작가가 소설의 후반 무대를 식민지 자본주의의 현장인 인천으로 설정한 것에 대해 호평하였다.[44] 또한 정진희(1997)는 주인공의 공간이동에 주목해 '문제적 개인이 자아를 탐구하는 여행'이라고 논한다.[45] 이처럼 여러 논문에서 지적하는 〈문제적 개인〉이 궁극적으로는 남성을 가리키고 있으며, 그로 인해 여자인 선비에 대한 분석적 시점이 미약하며, 따라서 근대를 살아 온 여성들의 장소 경험을 좀 더 세밀하게 분석 고찰할 필요가 있다. 이 밖에도 정혜영(1988)에 의한 '『인간문제』는 민중의 자아 각성과 삶의 권리를 위한 투쟁과정이 농촌에서 도시로 이어지는 양태를 통하여 식민지 시대의 구조적 모순을 경제적 측면에서 다루고자 했다'[46]는 논과, 김정화(1991)의 '1930년대의 우리 민족의 총체적 상황을 리얼리즘으로 소설화했다'[47]는 지적, 박용수(1992)의 '도시와 농촌을 중심으로 탈농과 식민지시대 산업화를 보여준 작품'[48]이라는 결론, 이영심(1998)의 '여성들의 정체성 획득'[49]으로 평가한 논문 등이 있다.

『방랑기(放浪記)』를 미즈타(水田, 1998)는 근대기에 여자들의 여행은 용이한 것이 아니었다고 설명하면서 후미코의 여행을 긍정적으로 평가하였다.[50] 아울러 후쿠다(福田, 1991)는 '소설 속의 '나'는 완전한 외부인

---

43) 岩淵宏子(2001), 「『乳房』―ジェンダー・セクシュアリティの表象」, 『宮本百合子の時空』, 翰林書房, p.180
44) 이상경(1997), 『강경애 문학의 성과 계급』, 건국대학출판부, p.103
45) 정진희(1997), 「강경애 소설의 공간 연구」, 한림대학 대학원 석사논문, p.26
46) 정혜영(1988), 「강경애 소설연구-장편〈인간문제〉를 중심으로」, 경북대 대학원 석사논문, pp.81~101
47) 김정화(1991), 「강경애 소설 연구」, 동국대 석사논문, pp.41~97
48) 박용수(1992), 「강경애의 장편소설 연구」, 전남대 교육대학원 석사논문, pp.46~67
49) 이영심(1998), 「강경애 소설에 나타난 여성 정체성 연구」, 제주대학교 석사논문, pp.45~60
50) 水田宗子(1998), 「ジェンダーの視点から読む林芙美子の魅力」, 『解釈と鑑賞』, p.18

(outsader)이며 장소(place)로부터 격리된 상태에 있으므로 인사이더를 꿈꾸고 있다'는 다소 부정적인 평을 하였다.[51] 그러나 이러한 그의 2항 대립적인 관점은 '나'를 네거티브형 인간으로 환원해 버릴 우려가 있다는 점에서 문제적이다. 왜냐하면 원래 〈장소〉란 의도의 집약점이며, 개인은 자신의 장소와 별개된 것이 아니라 자신 스스로가 즉 장소이기 때문이다.[52] 이 외에도 이타가키(板垣, 1970)의 '카페의 여급에 대한 실태'[53]를 묘사해 독자들의 관심을 모았다는 평, 구마사카(熊坂, 1979)는 '나'는 현실 속에서 느끼는 우울함을 창작을 통해, 현실을 능가하는 관념의 세계로 나올 수 있었다고 논한다.[54] 또한 구마사카(熊坂, 1989)는 '방랑이었으나 실의에 빠지지 않고 경험을 바탕으로 미래의 활동무대의 토대를 마련했다'[55]고 평했다. 그 밖에도 운노(海野, 1982)는 '하야시 후미코는 카페라는 공간에서 남자들이 보는 도시와 여자들이 보는 도시는 결코 일치하지 않는다는 것을 깨달았다'고 전제한 뒤, 여자들은 남자들에 의한 도시가 아닌, 여자들의 도시를 만들고 싶어 했다[56]고 지적했다. 이시다(石田, 1993)는 '하야시 후미코가 리얼리티를 부여하기 위해 실명으로 소설을 씀으로써 실생활에서도 소설 속의 하야시 후미코를 연기해야하는 아이러니를 범했으나 이는 본인도 알고 있었다'[57]는 지적을 했다. 기타니(木谷, 1993)는 『방랑기(방랑기(放浪記))』의 인물도와 연구사를 정리해 이후의 논점으로 하야시 후미코의 실생활에 대한 상세한 연구가 필요하다[58]고

---

51) 福田珠己(1991), 「場所の経験 : 林芙美子『放浪記』を中心として」, 『人文地理』第3号, p.69
52) E.Relph(1976), 앞의 저서, p.104
53) 板垣直子(1970), 「林芙美子『放浪記』」, 『解釈と鑑賞』, pp.106〜107
54) 熊坂敦子(1979), 「女の青春『放浪記』」, 『国文学』, pp.90〜91
55) 熊坂敦子(1989), 「『放浪記』〈林芙美子〉」, 『解釈と鑑賞』, pp.84〜87
56) 海野弘(1982), 「林芙美子『放浪記』」ー都市と文学」, 『中央公論』, pp.172〜183
57) 石田忠彦(1993), 「林芙美子の出発ー『放浪記』を中心に」, 『国語国文薩摩路』, pp.9〜21
58) 木谷喜美枝(1993), 「林芙美子『放浪記』」, 『解釈と鑑賞』, pp.142〜147

언급했다. 하라다(原田, 1994)는 제3부에 걸쳐 발표된 『방랑기(放浪記)』의 초판을 중심으로 대비표를 완성[59]했으며, 여류 일기문학의 계보를 잇는 소설[60]로서도 평가했다. 또한 가나이(金井, 1994)의 문필가인 '나'가 어떤 모습이든지 변신 가능한 욕심 많고 건강미 넘치는 보따리 장사꾼을 붓으로써 잠재우는 쇼와 문단에서 인사이더로 살아남기 위해 퇴로를 끊어버린 강한 의식[61]이라는 평가, 이어서 아라이(荒井, 1996)는 가나이의 논을 부정하며 '후미코가 선택한 일이 일견 직업으로 보이나 이는 선택의 여지가 없는 차별구조의 저변에서만 선택 가능한 가업이다'[62]는 평가가 있다. 또한 이마가와(今川, 1996)는 소설 속에 등장하는 나(私), 하야시씨(林さん), 후미코(芙美子), 오후미씨(お芙美さん) 등은 작가 하야시 후미코가 가상한 하야시 후미코임을 주장했다.[63] 사이토(齊藤)는 '『방랑기(放浪記)』는 인간의 생활 그 자체이며 생생한 생명의 절규였다'[64]며 긍정하였다. 호쇼(保昌, 1998)는 하야시 후미코와 와다 요시에(和田芳惠)의 인간관계를 기록한 서간을 바탕으로 '규제를 필요로 하는 여성'을 소설 속에 묘사했다고 지적한 다음, '애정 어린 인간미가 느껴지는 소설'이라는 결론을 내렸다.[65] 시모야마(下山, 1998)는 하야시 후미코의 남성관에 대해 '어머니 기쿠의 영향'이라고 분석을 내놓았다.[66] 마쓰시타(松下, 2002)는 후미코의 진정한 방랑의 의미를 '나=후미코'를 계속해서 글로써 표현하지 않으면 의미가 없었다고 지적했다.[67] 한편, 야마모토(山本, 2004)는 '나'가

---

59) 原田美紀子(1994), 「林芙美子『放浪記』論」, 『昭和女子大学日本文学紀要』, pp.60∼72
60) 原田美紀子(1994), 「林芙美子『放浪記』の世界」, 『日本文芸学』, pp.111∼120
61) 金井景子(1994), 「販女の手記ー『放浪記』をめぐって」, 『文学』, pp.116∼126
62) 荒井とみよ(1996), 「女主人公の不機嫌ー『放浪記』の戦略ー」, 『文芸論叢』, pp.20∼40
63) 今川英子(1996), 「『放浪記』における〈虚〉と〈実〉」, 『ストレイシープのゆくえ』, pp.311∼327
64) 齊藤明美(1998), 「『放浪記』」, 『解釈と鑑賞』, pp.95∼99
65) 保昌正夫(1998), 「林芙美子の女性観」, 『解釈と鑑賞』, pp.57∼60
66) 下山嬢子(1998), 「林芙美子の男性観」, 『解釈と鑑賞』, pp.61∼65

방랑하는 것은 돈을 위해서가 아니라 맑은 정신, 애정, 고독으로부터의
개방을 원했기 때문이라고 전제한 뒤, '생명력과 정념의 기복이 테마'라
고 논했다.[68]

송지헌(1996)은 「적빈」을 '매촌댁 노녀와 벙어리 며느리를 통해 묘사
되는, 여성의 수난에 대한 관찰과 고발'로 평가하였다.[69] 서정자(1999)는
'모성의 원형을 보여준 작품'이라고 평하며, 아울러 '매촌댁 노녀의 분배
전략을 치가(治家)의 원리'로 논하였다.[70] 또한 약간의 비판적 시선을 가
한 논으로는 아오야기 유코(青柳優子, 1997)의 '아들 손자의 탄생을 자연
스럽게 받아들이며 지나치게 기뻐하는 장면은, 무능력한 아들의 재생산
이라는 시점에서 작자는 눈을 돌리고 있다.'는 날카로운 지적도 있다.[71]
「벌거숭이 부락(裸の部落)」은 월북 작가의 소설인 점이 작용한 때문인지
호테이(布袋)에 의해 발굴되기 전까지는 그 존재조차 알려지지 않았
다.[72] 때문에 선행연구 또한 전무하다.

「원고료 이백원」의 남편에 대해 이상경(1997)은 강경애가 쓴 원고에
어드바이스를 해주는 좋은 독자라고 평가[73]한다. 하지만, 이 때문에 당
대 모던걸의 섹슈얼리티가 하나같이 부정적으로 표상되고 있음을 간과
해서는 안 될 것이다.

『잇꽃(くれなゐ)』을 '〈아내〉가 필요한 부부'로 읽어낸 연구자는 고바야
시 에미코(小林恵美子, 1997)이다. 그녀에 따르면, 아키코의 고민은 가사

---

67) 松下奈津美(2002), 「林芙美子の『放浪記』」, 『私小説研究』, pp.20~25
68) 山本理恵(2004), 「林芙美子の『放浪記』論」, 『大阪青山短大国文』, pp.91~96
69) 송지헌(1996), 『페미니즘 비평과 한국소설』, 국학자료원, p.134
70) 서정자(1999), 『한국근대여성소설연구』, 국학자료원, p.221
71) 青柳優子(1997), 『韓國女性文學研究』, お茶の水書房, p.75
72) 권영민(2004), 『한국현대문학 대사전』과 권영민(1990), 『한국근대문인대사전』에는
    누락되어 있다.
73) 이상경(1997), 『강경애 문학에서의 성과 계급』, 건국대학, pp.61~62

와 창작이라는 이중 노동의 괴로움에 있는 것이 아니라, 남편과 한 공간에서 생활하는 것에 따라 발생하는 자신의 인격이 압축되는 것 같은 눈에 보이지 않는 압력이라고 논한다.[74] 또한 고바야시는, 종래의 '사타의 전향을 나타낸 작품으로 전쟁협력 쪽으로 기우러진 작품'[75]이라는 하세가와(長谷川, 1977)의 논과, 명확히 전향을 준비한 작품[76]이라는 기타가와(北川, 1986)의 논에 대해, '어머니로서의 자신을 회복해가는 굴절점'[77]으로 보아 논의의 새로운 가능성을 제기했다. 아울러 시마자키(島崎, 1989)의 '당시의 프롤레타리아 운동이 내포하고 있던 약점을 가정과 부부를 통해서 보여준 작품'[78]이라는 평가가 있다.

나혜석의 「현숙」을 송명희(2002)는 '물신주의를 벗어난 순수한 인간의 만남, 성적 타자화에서 벗어난 진실한 남녀의 사랑, 억압적 결혼에서 벗어난 자유로운 남녀관계라는 이상을 보여준 작품'[79]이라는 평을 했다. 이효석의 단편소설 「은빛 송어(銀の鱒)」의 선행연구는 전무하다.

모던걸의 '불륜'을 테마로 한 「고행(苦行)」은 대중(통속)소설로 분류되며[80] 신동욱(1954)은 '건전한 가정을 지키게 하여 도덕적 건전성을 추구한'작품으로 평가한다.[81] 「미련(未練)」은 히로인 가요코의 불륜을 소재

---

74) 小林恵美子(1997), 「「くれない」論―＜女房＞の要る夫婦」, 国文目白, p.117

75) 長谷川啓(1977), 「『くれない』から『灰色の午後』への屈折」, 『日本文学』, p.100

76) 北川秋雄(1986), 「佐多稲子『くれない』論のためのノート」, 『独立文学』, p.110

77) 小林恵美子(1999), 「『くれない』論―〈母性〉への回帰―」, 『日本女子大学紀要』, pp.41~51

78) 島崎市誠(1989), 「佐多稲子『くれない』覚書―〈女〉の立場から」, 『群系』, pp.48~55

79) 송명희(2002), 앞의 논문, pp.134~140

80) 김말봉은 스스로 '순수귀신은 물러가라'고 주장하며, 순수문학을 부정하고 대중(통속)소설에 전념했다. 그녀는 대중의 존재적 가치를 역사를 움직이는 생명력의 원천으로 보았다. (김우규(1954), 「김말봉문학의 대중성과 종교성」, 『김말봉문학과 사회』, p.92)

81) 신동욱(1954), 「여성의 운명과 순결미의 인식」, 『김말봉 문학과 사회』, 종로서적, p.60

로, 자유분방한 모던걸의 섹슈얼리티를 그리고 있다. 가와모리(河盛, 1984)는 '우노 지요가 그렸던 시대병에 고민하는 여성상은, 항상 사소설적 윤리의 핵을 지니고 있어, 그것이 영탄이나 애수의 형태로 자기비판을 가짐으로써 보다 현세적인 인간상을 형성하였다'고 분석한다.[82]

이상옥(2004)은 「산협」의 송씨의 근친상간을 들어 '퇴폐적 에로티시즘'이라는 부정적 평가를 내렸다.[83] 그러나 이러한 그의 평가는 1941년이라고 하는 시대적 배경과 젠더 구조, 아울러 억압적 여성의 입장이 고려되지 않은 점에서 재고되어야 한다. 이와부치 히로코(岩淵宏子, 1995)는 사소설 「한 송이 꽃(一本の花)」의 히로인 아사코(朝子)의 심경 변화를 '레즈비어니즘의 흔들림'으로 읽는다.[84] 그러나 이는 곧 아사코의 이성애의 회귀와 함께 낳는성의 제고를 시사하고 있음을 지적하고 싶다.

「엉겅퀴의 장(薊の章)」은 일본어로 발표되어 선행 연구는 많지 않으나 그 중에서 김윤식(2003)의 '미의식으로서의 조선을 묘사'하였다는 논[85]과 섹슈얼리티의 시점으로 분석한 심진경(2006)의 논평이 있다. 특히 심진경이 논한 '일본인 아사미가 한복을 입었을 때, 비로소 성적 대상이 되었다'[86]는 지적은 위계적인 젠더 구조의 재배치라는 점에서 설득력이 있다. 「수양딸(娘分の女)」은 프롤레타리아 문학 작품이 아닌 때문인지 선행 연구는 전무하다.

「환영의 병사(幻の兵士)」에 대해 이상경(2003)은 '여성의 희생과 헌신이라는 미명아래 전쟁에 휩쓸려 희생당하는 식민지인의 운명을 호도하고 있다'[87]고 강도 높게 비판한 반면, 이태숙(2002)은 '〈여성〉을 잊지 않

---

82) 河盛好蔵(1984), 『宇野千代集』解説, 筑摩書房, p.421
83) 이상옥(2004), 『이효석의 삶과 문학』, 집문당, pp.252~255
84) 岩淵宏子(1995), 『フェミニズム批評への招待-近代女性文学を読む』, 学藝書林, p.166
85) 김윤식(2003.8), 『일제말기 한국작가의 글쓰기론』, 서울대학교출판부, p.262
86) 심진경(2006), 『한국문학과 섹슈얼리티』, 소명출판사, p.16

는 그녀의 글쓰기야 말로 역설적, 위장적 어법으로 여성현실의 문제적 상황과 여성성의 진정한 의미에 대한 모색을 추구한 작품'[88]이라며 호평하였다. 한편 「둔감(気づかざりき)」이 여주인공 아키코에게 결혼을 명령하는 국가 이데올로기에 근거한 소설인 것은 두말할 여지가 없을 것이다. 종래의 읽기와 평가로 '〈출정〉병사를 미화해 그들이 바라는 후방 국민의 본연의 자세를 의심의 여지가 없는 절대적인 것으로 조작하고, 이에 〈일본〉여성이 어떠한 모습으로 자신의 몸을 국가의 명령에 의해 짝짓기 해 가는가 하는 문제를 추궁한 전의고취를 부추긴 선전소설'[89]이라고 비판하는 기타가와 아키오(北川秋雄, 2000)논으로 대표되는 부정론과, 이 결혼이 징병검사에 합격할 수 없는 남자에 의해 주도된다는 점에 주목해, '사타의 펜은 한편으로는 전쟁 협력적인 말을 늘어놓으면서, 그 배후에서 주도면밀하게 선택된 표현으로 전쟁 피해자인 〈여자들〉을 그려낸다고 하는 분열, 혹은 이중성을 보이고 있다'[90]고 분석한 고바야시 에미코(小林恵美子, 2003)론으로 양분된다. 이러한 두 양상의 논지를 충분히 고려하면서 그녀들의 선택의 의미에 초점을 맞춘, 보다 깊이 있는 분석이 필요하리라 생각된다. 그 밖에 사타가 후방의 아내들의 자각으로 '현모양처'를 긍정하였으며 또한 애정의 중시가 전시 여성 정책에 대한 위화와 동화라는 두 가지 뜻을 포함하게 되었다는 지적[91]과, 전쟁 하의

---

87) 이상경(2003), 「식민지에서의 여성과 민족의 문제-일제 파시즘하의 최정희와 임순득」, 『실천문학』, 실천문학사, p.70

88) 이태숙(2002), 『페미니즘 정전 읽기』, 「여성성의 이중적 의미에 대한 모색」, 푸른사상, pp.214~220

89) 北川秋雄(2000), 『近代女性作家選集・佐多稲子『気づかざりき』解説』, ゆまに書房, p.100

90) 小林恵美子(2003), 「『気づかざりき』―生贄にされる〈女たち〉―」, 『日本女子大学大学院文学研究科紀要第9号』, p.50

91) 谷口絹枝(2001), 「「女の生活」への視点―戦時下佐多作品の屈折の道程」, 『方位』, pp.1~35

결혼을 둘러싼 억압과 저항이라는 관점에서 '역사의 증언'으로 평가한 논92)이 있다. 본고에서는 이른바 전쟁협력 작가로 굳혀진 두 작가의 작품을 통해 작가들과의 소통을 시도하고자 한다.

③ 연구방법

본고에서의 연구방법은 비교문학적 측면이다. 비교문학의 기본적 목적은 각양각색의 문학과 그 주변의 총체적 내용을 상호관계에 따라 연구하는 것이다. 모더니즘계열 문학과 프롤레타리아 문학은 대부분 일본을 중계자로 하여 수용하였기 때문에, 한일 간의 영향사와 이를 수용할 수밖에 없었던 이유와 내용이 갖는 의미 추출에 중점을 두어 작업하고자 한다.93) 아울러 본고를 작성함에 있어, 끝까지 정독(精讀)에 치중하고자 한다. 여기서 정독이란 단지 세밀하게 읽는다는 뜻도, 문학의 자율성을 믿고 자폐(自閉)적으로 문학 작품을 대한다는 뜻도 아니다. 그런 것이 아니라, 문학 텍스트를 역사, 사회, 경제 등 인간이 창조하는 광범위한 문화 현상의 한 단면으로 간주하여, 그 문학 텍스트에 잠재된 젠더와 섹슈얼리티의 위상에서 총체적 문화현상에 대한 비평을 목표로 읽어 내고자 하는 것이다.

이러한 방법이 동원됨으로써 우리나라 근대 모더니즘계열 문학의 위

---

92) 岩淵宏子(2004),「戰時下の結婚をめぐる抑圧と抵抗ー佐多稲子『気づかざりき』・宮本百合子『雪の後』,『女性作家≪現在≫』, p.96

93) 본 논문의 총체적 주제인 섹슈얼리티의 변용을 이해하는 하나의 키워드로써 '연애'가 있다. 김지영은『연애라는 표상』(2007, 소명출판)을 통해 한국의 근대초기에 발표된 소설 속에서 '연애'를 읽어내었다. 그러나 씨의 시점에는 매개자로서의 일본이 빠져있어 반쪽짜리 논문에 그치고 있다.

상이 새롭게 평가 될 수 있으며, 나아가 새로운 현재적 의미가 부여되리라 믿는다. 여기에서 규명하고자 하는 구체적 내용은 다음과 같다.

본고에서는 앞에서 표로 제시한 바와 같이 한일 근대문학 작품 중 소설 28편을 주 텍스트로 사용하고, 6편의 평론과 2편의 잡지를 분석, 작품에서 묘사되는 여성들의 삶과 섹슈얼리티의 형태를 도출하여 탐구하고자 한다. 이를 위해 우선 근대(1910년~1940년대)를 다음과 같이 세시기로 나누어 논하고자 한다.

제1기는 근대화의 문물이 들어오고 신여성의 출현이 있었던 1910년대 초반부터 1920년대 중반으로 하였으며, 본 논문의 제2장에 해당한다. 제2기는 마르크시즘이 유입되어 프롤레타리아 여성이 대두한 1920년대 중반부터 1930년대 중반까지이며, 논문의 제3장에 해당한다. 제3기는 세계 경제대공황으로 인해 성의 상품화 시대가 도래, 모던걸의 탄생을 맞이하게 되는 1930년대 중반부터 1940년대 중반까지로 논문의 제4장에 해당한다.

제1기에 해당하는 1910년대 초반부터 1920년대 중반의 한일 여성들의 동향을 살펴보면, 한국에는 신여성, 일본에는 새로운 여자(新しい女)가 등장하였다. 그녀들은 신학문을 습득하고 구미의 신사상을 적극적으로 받아들여 새로운 문화의 주체로 부상했다. 따라서 제2장에서는 특히 이 시기에 엘렌 케이의 연애관이 양국 여성들의 지침서가 되었음을 주지, 소설 속의 히로인에 초점을 맞추어 섹슈얼리티의 제 양상을 도출해 낼 것이다. 또한 일본의 다이쇼(大正)기에 형성된 생명주의에 대한 한국의 영향관계도 비교 분석한다. 이를 위해 1910년 초반에 대두한 한국의 신여성과 일본의 새로운 여자의 주장과 삶의 방식을, 나혜석의 「경희」와 미야모토 유리코(宮本百合子)의 『노부코(伸子)』를 통해, 한일 양국의 신여성들의 계몽적 언설을 통해 〈인간답게〉 사는 법, 〈로맨틱 러브〉의 발견에 대해 언급하고자 한다. 여기에서는 주로 베르그송의 『創造的進化』

(1917)와 장케레비치(V·ジャンケレヴィッチ)의 『앙리 베르그송(アンリ·ベルクソン)』(1988), 스즈키 사다미의 『다이쇼 生命主義와 表現』(1995)과 동 작가의 『「生命」으로 본 日本近代』(1996)를 이론서로 사용한다. 또한 여성잡지 『세이토(青鞜)』와 『新女子』 창간호의 〈창간사〉를 분석하여 생명의 메타포로 〈光〉을 규명할 것이다. 제2절에서는 김일엽의 「자각」과 다무라 도시코(田村俊子)의 『그녀의 생활(彼女の生活)』을 통해, 〈로맨틱 러브〉의 수용 과정을 분석한다. 또한 평론으로 구리야가와 하쿠손(厨川白村)의 「근대의 연애관(近代の恋愛観)」에서 '연애지상주의'고찰 및 아리시마 다케오(有島武郎)의 「사랑은 아낌없이 빼앗는다(惜みなく愛は奪ふ)」를 중심으로 '이기적 사랑'과 생명의 접점에 대해 논하고자 한다. 아울러 한국 작품에는 송진우의 「연애론」과 이광수의 「혼인에 관한 좁은 식견」, 염상섭의 「개성과 예술」, 「조선 소설가의 연애관」을 분석하여 한일 간의 영향관계를 분명히 하고자 한다. 제3절에서는 김명순의 「돌아다 볼 때」와 우노 지요(宇野千代)의 「행복(幸福)」을 통해, 〈로맨틱 러브〉의 전개 과정을 살펴본다. 여기에서는 가네코 요분(金子洋文)의 연애론인 『近代帝国日本의 섹슈얼리티』(1930)와 우에노 지즈코(上野千鶴子)의 젠더 이론인 『여자의 쾌락(女の快楽)』(2006)을 이론서로 참고한다. 제4절에서는 김동인의 「감자」와 요코미쓰 리이치(横光利一)의 『슬픔의 대가(悲しみの代価)』를 분석해, 제1기 신여성들의 주의와 주장이 한일 남성작가들에게 어떻게 수용되었는지를 살펴본다. 이를 위해 메리 더글라스(メアリ·ダグラス)의 『오예와 금기(汚穢と禁忌)』(1969)를 사용해 '부정'과 '정화'의 관계를 밝히고자 한다.

제2기인 1920년대 중반부터 1930년대 중반까지는 프롤레타리아 문학이 거대 담론으로 뿌리를 내렸던 시기이다. 1920년대 중반을 전후로 한 일 양국 문단에 태동한 마르크시즘에 입각한 프롤레타리아 문학은 종래

의 순수문학과 비교해 작품성이 떨어진다는 평은 있지만 문단에 끼친 영향의 지대함은 부정할 수 없다. 따라서 제3장에서는 프롤레타리아 문학 속의 무산계급 여성을 둘러싸고 전개되는 섹슈얼리티에 중점을 두고 탐구한다. 이 시기의 이론서로는 소련의 콜론타이에 의한 연애론을 들 수 있으며, 콜론타이즘적 시각이 섹슈얼리티와 결부되어 작품 속에 투영되어 있음을 추출해 내고자 한다. 또한 근대 초기에 대두한 신여성들은 정조 이데올로기에 초점을 맞추어 가부장제를 매우 강하게 비판해 왔기 때문에, 남성 지식인을 당혹케 하였다. 따라서 그러한 그녀들의 행동이나 발언은 일탈로 간주되어 억압을 받게 되었다. 이로 인해 신여성들은 페미니즘 운동을 부문화해 가면서, 민족 운동이나 사회 운동으로 그 모습을 바꾸어 갔다. 제1절에서는 김말봉의 「망명녀」와 노가미 야에코(野上弥生子)의 『마치코(真知子)』를 통해, 신여성들의 프롤레타리아 여성으로의 변모를 둘러싼 고뇌와, 품위 있게 사는 길을 선택한 배경을 부르디외의 『삐엘 부르디외의 세계(ピエール・ブルデューの世界)』를 참고하여 아비튀스 이론을 사용해 분석한다. 제2절에서는, 유진오의 「여직공」과 미야모토 유리코(宮本百合子)의 「유방(乳房)」에 나타난 계급투쟁 현장에서의 남성동지에 의한 성적유린을 문제시 한다. 이를 위해 가와무라 구니미쓰(川村邦光)의 『섹슈얼리티의 근대(セクシュアリティの近代)』(1996)와 콜론타이즘적 시각, 이노우에 마나코(井上摩耶子)의 레프이론을 사용한다. 제3절에서는 강경애의 장편 『인간문제』와 하야시 후미코(林芙美子)의 장편 『방랑기(放浪記)』가 프로 여성의 냉엄한 현실과 젠더적 고뇌가 잘 나타난 작품이라는 점을 주지하여, 여성들의 '방랑'을 번역서 E.Relph(1976), 김덕현 외譯 『장소와 장소상실』과 장석주(2006), 『장소의 탄생』 등의 장소이론을 통해 고찰한다. 제4절에서는 월북 작가 이북명의 일본어 작품 「벌거숭이 부락(裸の部落)」와 백신애의 「적빈」에 나타난 농민의 빈곤과 부성상실에 대한 문제를 시대상에 비추어 조명하고자 한다. 이를 위해, 오구라 지카코(小倉千加子)의 『젠더 심리학(ジェンダーの心理学)』(2000)을 사용한다. 제5절에서는 강경애의 「원고료 이백원」과 사타 이네코(佐多稲子)의 『잇꽃(くれなゐ)』을 프롤레타리아를 끝낸 '아내의 역할'이라는 관점에서 분석한다. 특히 그 동안의 정신적 지침서였던 마르크스주의가 막을 내리자, 가부장제로 회귀하려는 남편과 아내의 갈등을 우에노 지즈코(上野千鶴子)의 『가부장제와 자본제(家父長制と資本制)』(1990)를 통해 탐구한다.

제3기에 해당하는 1930년대 중반에 접어들면 프롤레타리아 문학을 주도했던 문인들의 사상적 전향이 뒤를 잇는다. 그리고 그들은 대중을 발견해 다시금 관능을 주제로 한 작품을 발표해 간다. 1926년을 기점으로 신문 잡지 등에 모던걸이라는 문구가 등장하기 시작한다. 소설 속의 여성들 또한 신여성들의 변모된 형태인 모던걸이 차지하게 된다. 그리고 그녀들의 개방된 성의식과 섹슈얼리티는 많은 독자층을 확보하기에 이른다. 또한 모던걸은 관능미를 매개로 경제문제를 풀어가는 새로운 시대적 메신저로서 자리매김 된다. 모던걸의 존재 이유는 인습적인 부인의 도덕이나 남녀관계나 생활양식을 과감히 파괴한 데에 있다. 우리들이 모던걸에 주위를 기울이는 것은 그들의 출현이 좋은 의미에서든 나쁜 의미에서든 시대의 선구이기 때문이다. 적극적인 의미로 말하면 그것은 구래의 습관에 대한 반항 운동의 출현이며, 소극적인 의미에서는 신시대의 남자들의 취미에 응하기 위해서 완성된 유행이자 시대정신의 산물이었다. 또한 1930년대 중반부터 1940년대 중반에는 프롤레타리아 작가의 잇따른 사상적 전향이 있었다. 따라서 이 시대의 문학작품들은 사상을 배제한 대중 묘사가 두드러졌다. 또한 1926년 이후 등장하기 시작한 모던걸을 모델로 한, 관능미 넘치는 여성이 소설의 주인공으로 자리를 잡는

다. 이 시기는 미국인 기자 아그네스 스메들리의 연애론이 이론서로서 탐독되었다. 제3기에 해당하는 제4장 제1절에서 취급하는 이효석의 일본어 작품 「은빛 송어(銀の鱒)」와 나혜석의 「현숙」은 근대의 연애 담론인 로맨틱 러브에서 한 걸음 나아간 포스트 모더니즘적인 새로운 연애와 결혼형태를 제시하고 있음을 조명하고자 한다. 이를 위해, 당시대를 가늠할 수 있는 나혜석의 에세이, 「우애결혼·시험결혼」(1930.6), 「신생활에 들면서」(1935)와 장(윤)필화의 『여성·몸·성』(1999), 가노 미키요(加納美紀代)의 『매매춘과 일본문학(売買春と日本文学)』(2002)을 이론서로 사용한다. 제2절에서 취급하는, 김말봉의 일본어작품 「고행(苦行)」과 우노 지요(宇野千代)의 「미련(未練)」에는 기혼 여성과 남성의 이른바 불륜이 테마이다. 이러한 일탈적 섹슈얼리티를 오구라 지카코(小倉千加子)의 『섹스신화 해체신서(セックス神話解体新書)』(2005)와 기타자와 슈이치(北澤秀一)의 「모던걸(モダン·ガール)」(1924)을 통해 고찰한다. 제3절에서는 이효석의 「산협」과 미야모토 유리코(宮本百合子)의 「한 송이 꽃(一本の花)」를 여성의 낳는성을 중심으로 재조명한다. 여기서는 이효재의 『남성과 한국사회-한국사회의 남성 이데올로기』(1997, 여성한국사회 연구회)와 J.G.Frazer의 『황금가지』(1890, 장병길역(1990))를 사용해, 한국인의 생명관에 대해 언급한다. 제4장 제4절에서는 이효석의 일본어 소설 「엉경퀴의 장(薊の章)」과 나카노 시게하루(中野重治)의 「수양딸(娘分の女)」을 여성 섹슈얼리티의 타자화에 주목하여, 나라와 자존심을 상실한 한일 남성들의 자존심 회복에 대한 언설을 읽어내고자 한다. 이를 위해 김윤식의 『일제말기 한국작가의 글쓰기론』(2003)을 참고하였으며, 일본의 메이지 초기의 분위기를 알 수 있는 후쿠자와 유키치(福沢諭吉)의 『문명론의 개략(文明論之概略)』(1875) 등을 통해 우생사상을 규명하겠다.

마지막으로 1940년대 문학작품에 나타난 전쟁과 여성에 대해, 최정희

의 일본어 소설 「환영의 병사(幻の兵士)」와 사타 이네코(佐多稲子)의 「둔
감(気づかざりき)」을 통해 밝히고, 전쟁협력 작가로 낙인찍힌 두 작가와
의 소통을 시도하고자 한다. 다카하시 데쓰야(高橋哲哉)의 『국가와 희생』
(이목 역, 2008)을 통해 그녀들이 행한 '선택'에 대해 탐구하며, 두 소설의
공통 테마인 로맨틱 러브의 구조와 전쟁 협력 구조를 밝히기 위해서 우
에노 지즈코(上野千鶴子)의 『여자의 쾌락(女の快楽)』(2006)에 언급된 〈짝
환상〉이론을 사용한다.

마지막으로 제5장에서는 위의 분석을 토대로 결론을 도출해 내고자
한다.

제2장

〈로맨틱 러브〉의 발견

제2장에서는 한국의 신여성과 일본의 새로운 여자(新しい女)의 탄생을 언급하기 위해, 일본의 여성잡지 『세이토(靑鞜)』(1911~1916)과 한국의 여성잡지 『新女子』(1920.3~1920.6)를 선택하여, 그 중에서도 〈창간사〉에 나타난 '생명사상'을 읽어 내고자 한다. 그런 다음 한국의 신여성 중 제1세대 페미니스트라 칭해지는 나혜석 「경희」(1918), 김일엽 「자각」(1924), 김명순 「돌아다 볼 때」(1924)의 소설과 일본의 새로운 여자인 미야모토 유리코 『노부코(伸子)』(1924), 다무라 도시코 『그녀의 생활(彼女の生活)』(1915), 우노 지요 「행복(幸福)」(1924)을 선택하여, 양국의 신여성들에 대한 섹슈얼리티를 생명사상의 관점에서 조명한 다음, 한발 더 나아가, 당대의 지식인이자 남성 문인인 김동인 「감자」와 요코미쓰 리이치의 『슬픔의 대가(悲しみの代価)』를 통해 당시의 신여성들의 섹슈얼리티에 대한 남성(=사회)들의 시선을 읽고자 한다.

근대 초반은 다윈의 진화론『種의 起源』(1859)을 바탕으로 재구성 된 다위니즘과, 베르그송의 『創造的進化』(1907)에 근거한 베르그소니즘에 의한 진화론이 주목을 끌며, 정치가는 다위니즘을, 사회적 약자인 여성과 노동자는 베르크소니즘을 받아들였다. 여성들은 베르그소니즘을 근거로 인간의 '생명' 연소에 의한 '자유'와 '性해방'을 주창했다. 베르그소니즘의 영향을 강하게 받은 일본의 근대 작가 아리시마 다케오(有島武郎)는, 여성이라는 존재는 노동자, 어린이와 더불어 근대가 새롭게 탄생시킨 계급이자 계층이라고 규정했다.

또한 베르그송은 『創造的進化』에서 '시간'과 대립되는 개념으로써 '순수 지속'을 제창하여, 기억은 변화의 연속으로서의 지속 그 자체이며, 자신의 과거를 연장시켜 현재 안으로 끌어들일 수 있는 의식이 없다면 지속은 존재하지 않는다고 역설했다. 또한, 사후(事後)적으로 사고된 같은 기억은 흘러가 버린 지난 과거의 잔재에 지나지 않으며, 언제나 자신이 보존하는 제반사물에 대한 외적인 모습 그자체이며, 이 기억은 '연속시키는 기능'이라기보다 '묶어 두는 것'이며, 전통이나 타성적인 과거에 정성을 다해 배려하는 것만 가지고 만족해하지만, 그 전통적 의미는 이미 빛을 잃었으며 단지 타성적인 과거를 요약해서 왜곡하고 있는 것이다. 따라서 시간과 공간은 서로 모순된 2개의 항목이라고 설파했다.[1] 다시 말해, 전통이나 타성적인 과거에 큰 의미를 두고 매달리는 것은 더 이상 창조적 행위도 아니며 진정한 '생명의 연소'는 더더욱 아니라는 것이다.

이러한 베르그송의 전통적 습관을 부정하는 개념을 발판으로, 한일 여성들은 생명의 자유와 로맨틱 러브를 통한 '성해방'을 주창하였으며, 이들은 각각 '신여성'과 '새로운 여자(新しい女)'로 지칭되었다. 또한 그녀들

---

1) ベルクソン著・ 松浪信三郎・高橋允昭共譯(1966),『創造的進化』(1907),『ベルクソン全集』第4卷, 白水社, p.10

은 이러한 '생명론'을 바탕으로, 여성들의 생명력에 의해 감지되는 직관(直観)적 방법으로 글쓰기를 시도하여 자신들의 경우와 처지를 문장에 의해 호소하기에 이르렀다.

제1절
〈생명〉을 위한 해방
- 「경희」와 『노부코(伸子)』[2]의 주장 -

한국과 일본의 신여성은 우선 새롭게 창설된 서양식 학교에서 교육을 받은 여성들을 의미했다. 교육받은 애국여성일 뿐만 아니라, 개인주의적이며 여성의 자유를 주장하는, 서구적이고 보다 앞선 의식의 진취적인 여성들이었다. 그들에 따르면 결혼은 로맨틱 러브에 의한 서로간의 애정에 근거한 것이어야 했다. 또한 남편이나 아내는 결혼한 후에도 계속해서 일을 가지고, 여성도 경제적으로 자립해야 하며, 재산은 남편과 아내에게 평등하게 분여되는 것이 당연하다고 주장했다.[3]

한국과 일본에서 페미니스트 제1세대 작가라 불리는 나혜석(1896~1946)과 미야모토 유리코(宮本百合子, 1899~1951)는, 근대사상에 의해 탄생한 『세이토(靑鞜)』(1911~1916)와 『시라카바(白樺)』(1910~1923)시대를 함께 맞이했다. 두 여성은 한국의 신여성, 일본의 새로운 여자로서 겪은 사적 체험을 바탕으로 소설을 발표해 여성들의 새로운 삶의 방법을 제시하며 여성해방을 선도했다.

---

2) 底本 ; 나혜석(1918), 「경희」(『女子界』), 『나혜석전집』(2000), 태학사. 宮本百合子 (1924), 『伸子』(『改造』), 『宮本百合子集』,(1954), 筑摩書房.
3) 나혜석(1934.8~9), 「이혼고백장」(『三千里』), 『나혜석전집』(2001), 태학사, p.412

나혜석의 「경희」(1918년), 미야모토 유리코의 『노부코(伸子)』(1924년)의 시대 설정은 각각 1914년과 1918년으로 되어 있으며, 공간은 근대화의 중심 도시인 미국의 뉴욕, 일본의 도쿄, 한국의 서울이다.

나혜석은 서울에서 고등학교를 졸업하고 일본으로 유학(1913~1918)하여 도쿄사립여자미술학교에서 수학했으며, 이 시기에 김명순 등과 여자 유학생 친목회를 결성해 기관지 『女子界』[4]를 창간, 제2호(1918년 3월)에 단편소설 「경희」를 발표했다. 나혜석은 일찍이 에세이 「이상적 부인」(『學之光』, 1914)에서 당시의 여성에 대한 새로운 삶의 방식을 제시하였으며, 이러한 주장은 소설 「경희」를 통해 관철되어 이상적 부인상을 창조해냈다.

「경희」는 신여성과 구여성의 대립에서 출발한다. 일본 유학생으로 여성에 대한 새로운 사상을 접한 경희는, 신사상에 근거한 결혼, 교육, 직업에 대한 새로운 견해를 보이며, 여성도 제대로 교육을 받고 일을 가져야만 진정한 '사람'으로 살 수 있다는 계몽의 목소리를 높인다. 경희는 이러한 삶의 방식이야말로 남성과 동등하게 사회에 기여할 수 있다고 믿었으며, 그러기 위해서는 먼저 구여성을 계몽의 대상으로 삼아 설득해야 한다는 계획을 세운다.

한편 미야모토 유리코의 『노부코(伸子)』는 여성들 최대의 테마인, 자유연애에서 결혼, 그리고 이혼이라는 일련의 경험을 토대로 쓴 장편소설이다. 『노부코(伸子)』는 근대이래, 젊은이들의 정서를 윤택하게 해 온

---

4) 1917.12.22에 일본 여자 유학생인 나혜석 김명순에 의해 창간 된 기관지. 년3회 발간. 1920년 6월제5호를 끝으로 폐간. 편집 겸 발행인은 유영준(劉英俊)이었고, 재일본 동경 여자유학생 친목회에서 봄·여름·겨울 방학을 이용해 1년에 3번 펴냈다. 국판 70쪽 안팎으로 도쿄 여자계사에서 펴냈다. 논문에 전영택의 「가족제도를 개혁하라」, 시에 이광수의 「어머니 무릎」, 황석우의 「고읍 苦泣」, 희곡에 오천석의 「초춘(初春)의 비애」 등이 실려 있다. (靑柳優子(1997), 『韓國女性文學硏究』, 御茶ノ水書, p.32)

〈로맨틱 러브〉의 실천과, 여성을 억압하는 '성제도', '여성과 일' 등을 문제적인 시각으로 묘파한 역작이다. 19세의 젊은 여성 노부코는 '작가라는 일을 가진 한사람의 제대로 된 인간'을 목표로 1918년 이국땅 미국 뉴욕을 밟는다. 그곳에서 콜롬비아대학 청강생으로 공부하며 15세 연상인 일본인 남성을 만나 에로스의 맹아를 맞이한다. 그 후 두 사람은 연인관계로까지 발전해 부모들의 반대를 무릅쓰고 뉴욕에서 결혼식을 거행한다. 그리고 그 해 12월 노부코는 어머니의 병환을 계기로 귀국하게 되며 남편도 뒤따라 귀국한다. 따라서 노부코는, 연애 시기는 뉴욕에서 결혼 생활은 도쿄에서 시작하게 된 것이다. 그러나 이들 부부의 결혼 생활에는 노부코가 예기치 못했던 젠더와 섹슈얼리티가 중간 항목으로 포진되어 있었다. 이윽고 이를 깨달은 노부코는 4년간의 결혼 생활에 종지부를 찍고 동성애를 선택해 동거에 들어간다.

「경희」와 『노부코(伸子)』는 동시대를 살아가는 일반 여성들에게 구습에서 벗어날 수 있도록 새로운 삶의 방식을 제시한 점에서 큰 반향을 부른 소설이다.

본 절에서는 1910년 중반부터 20년대 초반에 걸쳐 발표 된 소설 중 나혜석의 「경희」와 미야모토 유리코의 『노부코(伸子)』를 통해 당시의 신여성들의 계몽의식과 로맨틱 러브를 '생명사상'을 중심으로 살펴보고자 한다.

▨ 1 창간사로 보는 〈생명〉

1.1 ▨ 『세이토(青鞜)』의 〈光〉

『세이토(青鞜)』는 1911년 9월부터 1916년 2월에 걸쳐 발행된, 여성들에

의한 여성들만의 문학잡지이다. 가부장제로부터 탈피해 여성을 해방시 킨다는 시대사상의 기치아래, 히라쓰카 라이쵸(平塚らいてう)가 이쿠타 조코(生田長江)5)의 권유와 어머니의 자금 원조에 힘입어 창간했다. 세이 토라는 잡지명은 이쿠타 조코가 명명했으며, 그 당시 유럽에서 인텔리 여성들이 착용하던 스타킹이 파란색이어서 세이토(靑鞜)라 불렸던 것에 유래한다. 『靑鞜』 창간에는 히라쓰카(26세)를 중심으로, 야스모치 요시코 (保持研子, 25세), 나카노 하쓰코(中野初子, 25세), 기우치 데이코(木内錠 子, 25세), 모즈메 가즈코(物集和子, 24세) 등의 이른바 당대의 새로운 여 자들이 참가했다.

『靑鞜』 제1권 1호에 히라쓰카가 저술한 「원시, 여성은 태양이었다(元 始、女性は太陽であつた。)-『靑鞜』 발간에 즈음하여」라는 창간사는, 일 본 부인 해방의 선언문으로 주목을 받아 여성운동에 정신적 지표로써 지 대한 영향을 끼쳤다. 세이토(靑鞜)社는 당초 도쿄의 모즈메 가즈코 자택 에 편집국을 두고 있었다. 그러나 1913년 4월 문부성이 제창하는 현모양 처의 이념에 맞지 않는다는 이유로 발매금지 처분을 받게 된다. 그 후 1915년 1월호부터는 발행인이 히라쓰카에서 이토 노에(伊藤野枝)로 교체 되어 1916년 2월에 무기 휴간되었다. 그러면 여기서 라이쵸의 〈창간사〉 를 살펴보자.

---

5) 이쿠타 조코 (生田 長江, 1882.4.21-1936.1.11) 일본의 소설가. 번역가. 도쿄帝国大 学 철학과 졸업. 니체의 『ツァラトゥストラ』, 다눈체의 『死の勝利』 등의 번역 외 에 『生田長江全集』 全12巻 등이 있다.

「원시, 여성은 태양이었다(元始、女性は太陽であつた。)」
－『青鞜』 발간에 즈음하여 －

원시, 여성은 실로 <u>태양</u>이었다. 진정한 사람이었다.

지금, 여성은 달이다. 他에 의해 살고 他의 빛에 의해 빛나는, 병자와 같은 창백한 얼굴의 달이다.

이에 『青鞜』는 첫 신호탄을 쐈다.

현대 일본 여성의 두뇌와 비전에 의해 처음으로 만들어 낸 『青鞜』는 첫 신호탄을 쏴 올렸다.

여성이 하는 일이 지금은 비록 비웃음을 부를 것이다.

그것을 나는 잘 알고 있다. 비웃음 이면에 숨겨진 그 무엇까지도. 그러나 나는 조금도 두려워하지 않는다.

그러면 어떻게 할까? 여성 자신이 자신들 위에 새로이 덧씌운 수치와 오욕의 처참함을.

여성이란 이리도 메스꺼운 존재일까? 아니야, 진정한 사람이란?

우리들은 오늘날 여성으로서 할 만큼 했다. 심혈을 기울여 생산한 갓난아이가 이 『青鞜』이다. 그래, 그것이 저능아이든지, 기형아든지, 조산아든지 어쩔 수 없다. 우선은 이로써 만족해야 한다, 라고.

과연 심혈을 기울였을까? 아!, 어느 누가 만족하랴.

나는 여기에, 그 많고 많은 불만족을 여성 스스로에게 새로이 했다.

여성이란 이렇게도 배짱이 없을까? 아니야, 진정한 사람이란?

그러나 나는 이 한여름 <u>땡볕</u> 아래 탄생한 『青鞜』가 극열도 열로 잘 다스릴 수 있을 만큼의 맹렬한 열성을 가지고 있음을 간과해서는 안 된다.

열성! 열성! 우리들은 그저 이에 따른다.

열성은 기도력이다. 의지의 힘이다. 선정력(禅定力)이다. 신도력이다. 바꿔 말하면 정신 집주력(集注力)이다.

신비와 통하는 유일한 문을 정신 집주라 한다.

나는 정신 집중의 정점에서 천재를 요구한다.

천재는 신비 그 자체이다. 진정한 사람이다.[6]

(平塚らいてう(1911.9), 「青鞜創刊の辞」, 『青鞜』, 青鞜社, p.5)

창간사에서 여성을 태양으로 규정한 라이쵸는 여성해방에 강한 의지를 보이며, 他에 의한 삶을 개조하여 '진정한 사람'으로 거듭나기를 염원했다. 이러한 창간사에는 "태양" "빛" "한 여름의 땡볕"이라는 빛〈光〉의 이미지가 반복되고 있음을 알 수 있다. 이 중에서도 '한 여름 땡볕 속에서 탄생한『青鞜』'라는 표현에서 '빛〈光〉'은 여성들에게 '생명력'을 부여하는 메타포로써 암시된다.

일본 다이쇼(大正)기에는 사회규범으로부터 자유롭게 본능에 입각한 개인의 삶의 방식을 찾으려는 사상인 '생명주의'가 탄생되었다. 그 중에서도 '만물의 생명'을 제시한 전위파(아방가르드: avant-garde)로 불린 〈미래파〉는 조화·통일·전통을 무시한, 약동하는 힘 및 운동 감각을 불

---

6) 「元始女性は太陽であった」──青鞜発刊に際して──

「元始、女性は実に太陽であった。真正の人であった。今、女性は月である。他に依って生き、他の光によって輝く、病人のやうな青白い顔の月である。さて、こゝに「青鞜」は初声を上げた。現代の日本の女性の頭脳と手によってはじめてできた「青鞜」は初声を上げた。女性のなすことは今は只嘲りの笑を招くばかりである。私はよく知っている。嘲り笑の下に隠れたる或るものを。そして私は少しも恐れない。併し、どうしやう女性みづからみづからの上に新にした羞恥と汚辱の惨ましさを。女性とはかくも嘔吐に値するものだらうか、否ゝ、真正の人とは──私どもは今日の女性として出来る丈のことをした。心の総てを尽くしてそして産み上げた子供がこの「青鞜」なのだ。よし、それは低能児だらうが、奇形児だらうが、早生児だらうが仕方がない。暫くはこれで満足すべきだ、と。果たして心の総てを尽くしたらうか。あゝ、誰か誰か満足しやう。私はこゝに更により多くの不満足を女性みづからの上に新にした。女性とは斯くも意気地なきものだらうか、否ゝ、真正の人とは──併し私として此真夏の日盛の中から生まれた「青鞜」が極熱をもよく熱殺するだけ、それだけ猛烈な熱誠を有つていると云ふことを見逃すものではない。熱誠!熱誠!私共は只これによるのだ。熱性とは祈祷力である。意志の力である。禅定力である、神道力である。云ひ換へれば精神集注力である。神秘に通ずる唯一の門を精神集注と云ふ。私は精神集中の只中に天才を求めやうと思ふ。天才とは神秘そのものである。真正の人である。

이상 필자 밑줄, 번역, 이하 동.

러일으키는 것을 신속하게 예술적 표현내용으로 묘사할 것을 주장했다. 이러한 미래파는 만물, 즉 '색', '소리', '리듬', '기체', '빛', '도회의 군중' 등을 〈생명의 발현〉으로 규정하였다.[7]

또한 베르그송의 엘랑 비탈(elan vital, 생명의 약동)의 표상인 '빛'은 대자연에 생명을 주듯, 여성에게 자유롭고 랜덤하게 '진화'할 것을 재촉하는 사상이었다. 여기서 베르그송의 핵심개념인 '엘랑 비탈'의 내용을 살펴보자.

분수(噴水)적 진화와 직선적 진화의 원리적인 차이는, 전자에는 새로움과 내재성(內在性)을 동시에 설명할 수 있는데 반해, 후자는 목적론 내지는 기계론적 독단론의 도식 안에서 열거되며, 스스로의 모든 계기의 상호 침투작용 탓으로 손실된 예측 불가능성을 보상하려하지 않는다. 즉 후자는 혁신은 완전히 공상이 되어 버리며, 그럼에도 불구하고 거기에는 제 경향 간의 호환적 인과관계를 설명하지 못한다. 반면 생성 철학은 실제로 상호 간에 서로 화해한 제 모순의 집합체다. 여기서는 이타성(異他性)이 연속성과 화해하는 것처럼, 새로움이 내재성과 화해한다. 성숙한 유기체는 잠재적인 유기체 안에 포함되어 있어, 완전한 無에서 자연발생적으로 탄생하지는 않지만 싹이 트게 되면, 그 이전에는 전혀 현존재(現存在)하지 않았던 존재의 분출이다. 이 현존재는, 단순한 가능성과는 비교를 초월한 우월성을 지닌다.[8]

베르그송은 자신의 이론인 "분수(噴水)적 진화"와 다윈의 "직선적 진화"를 비교하며 〈생명〉을 분출하는 '분수'의 이미지를 설명하였다. 이러한 생명의 연소를 '혁신'에 의한 생성철학이라고 본다. 새로운 여자(新し

---

7) 鈴木貞美(1996), 『「生命」で讀む日本近代』, NHKBOOKS, p.100
8) ベルクソン(1907), 앞의 저서, p.100

い女)들은, 역사성을 그다지 주요시하지 않는 베르그송의 '혁신'이야말로, 역사에 의해 규정지어지고 억압당한 여성들의 해방을 가능하게 해주는 개념이라 생각했다. 더욱이 결혼의 관습에 얽매여 노예와 같은 삶을 살아야만 하는 여성들을 해방하려면 이 '혁신'이론에 의할 수밖에 없다고 생각했다. 그리고 이러한 역할을 '천재'인 새로운 여자들이 '의지'의 힘으로 "정신 집주"하여 완수해야 "진정한 사람"이 된다고 역설했다.

1.2 ▌ 『新女子』의 〈曙光〉[9]

여성들에 의한 여성을 위한 잡지 『新女子』(1920.3~6)는 당시 남성에 의한 잡지가 대부분을 차지했던 때에 신시대에 알맞은 혁신적인 여성상을 제시하기 위해 창간되었다. 상술한 바와 같이 『新女子』는 김일엽의 주도하에 이화학당의 후원을 받아 1920년 3월에 창간호를 발표했다. 김일엽의 회고에 의하면, 잡지가 간행되기 전 김일엽은 나혜석, 박인덕, 김활란 등과 함께 〈청탑회〉를 만들어 주 1회에 한 번씩 만나 스터디 그룹을 열면서 친목을 꾀했다고 한다.[10] 이러한 사실은 한국의 『新女子』가 일본의 『靑鞜』의 영향을 받은 사실을 입증하는 예이기도 하다. 『新女子』의 집필진들은 여성 억압의 원인이 된 조선의 모든 낡은 제도를 개조해, 여성이 가진 천성을 끌어내 진정으로 평등한 인간이 되기를 염원하는 마음을, 논설, 체험기, 소설, 시 등을 통해 매권마다 절규의 목소리로 표출하였다. 이러한 한국의 신여성 운동은, 지식인은 물론 구제도에 의한 억압에 시달리던 일반 여성들에게도 적지 않은 호응을 불러일으켰다. 반면

---

9) 1919년에 창간된 종합 월간지의 타이틀이기도 한 曙光은 오천석 · 오상순 · 이병도 · 장덕수 등이 집필한 것으로, 당시 일어났던 신문예 운동에 기여하였다.
10) 최혜실(2002), 「『靑鞜』이 1930년대 韓國 女性 文學論에 미친 영향」, 『문학 속의 여성』, 명지대 인문과학연구소, p.275

신여성에 대한 사회적 질타 또한 도를 넘는 것이었다. 그러나 신여성들은 이에 굴하지 않고 굳은 의지와 신념아래 투사와 같이 대항했다.

여기서 『新女子』 창간호의 〈창간사〉의 근간을 이루고 있는 여성들의 사상의 출처를 살펴보자.

〈창간사〉

改造!

이것은, 오년간, 참혹한 포탄 중에서 신음하던 인류의 부르짖음이요,

해방!

이것은 누천년 암암한 방중에 갇혀 있던 우리 여자의 부르짖음입니다. 비기적 야심과 이기적 주의로, 양춘의 평화를 깨뜨리고 죽음의 산, 피의 바다를 이루는 전쟁이 하늘의 뜻을 어기는 비인도라 하면 다 같은 인생으로 움직이고 일할 우리를 무리로 노예시하고 임의로 약자라 하여 오직 주방에 감금함도 이 또한 하늘의 뜻을 어기는 비인도일 것입니다.

이미 그것이 비인도라 하면, 얼마나 장구한 운명을 가진 것이겠습니까, 어느 때까 지나 세력을 보전할 것이겠습니까.

때는 왔습니다. 온갖 것을 바로 잡을 때가 왔습니다. 지리한 전쟁의 몽몽한 포연은 걷히어 지구의 암야는 밝았고 평화의 曙光이 새로 비치어 새로운 희망 아래 새 무대가 전개 되었습니다.

改造! 改造! 이 부르짖음은 전 세계의 끝으로부터 끝까지 높게 크게 외쳐납니다. 참으로 改造할 때가 온 것입니다.

아─새로운 시대는 왔습니다. 모든 헌 것을 거꾸러뜨리고 온갖 새 것을 세울 때가 왔습니다. 모든 죄 모든 악이 사라질 때가 왔습니다. 가진 것을 모두 개조하여야 될 때가 왔습니다.

그러면 무엇부터 개조하여야 하겠습니까. 무엇 할 것 없이 통틀어 사회를 개조하여야겠습니다. 사회를 개조하려면 먼저 사회의 원소인

가정을 개조하여야 하고 가정을 개조하려면 가정의 주인 될 여자를 해
방하여야 할 것은 물론입니다. 우리도 남 같이 살려면 남에게 지지 아
니하려면 남답게 살려면 전부를 개조하려면 여자 먼저 해방이 되어야
할 것입니다.

　우리는 동등이란 헛 문서만 찾으려 함도 아니고 여존이란 헛글자만
쓰려는 것도 아닙니다. 다만 사회를 위하여 일하기 위하여 해방을 얻
기 위하여 남보다 나은 사회를 만들기 위하여 일하는데 조금이라도 공
헌하는 바가 있을까 하여 나온 것이 우리 신여자입니다.

(『新女子』(1920.3.10), 창간호 창간사)[11]

이상 창간사에는 혁신과 일맥상통하는 "改造"에 이어 "천리(天理)", "양
춘", "암야는 밝았고", "절규", "서광" 등의 단어가 나열된다. 이중에서도
특히 빛의 이미지를 나타내는 "서광(曙光)"은 앞서 설명한 생명사상에 근
거한 메타포임을 알 수 있다. 여기까지는 일본의 『青鞜』사상과 일맥상통
한 점이 있다.

　그러나 『新女子』에는 『青鞜』와 달리 '인도(人道)'라는 어휘가 사용되고
있음에 주목해 보자. 이는 1919년 3월 1일의 독립 만세운동의 기폭제가
된 〈3·1 독립선언서〉의 정신[12]의 하나이며, 이 정신을 신여성들은 『新
女子』에서 계승하고 있음을 알 수 있다. 예를 들어 선언서에 나오는 〈인
도주의〉는 창간사에는 "(여성)을 부엌에 감금 했던 것도 모두 천리에 반
한 비인도적 행위"는 문장에 포함되어 있다. 즉 한국의 『新女子』는 일본
의 『青鞜』에서 배운 〈光〉을 받아들이고 여기에다 서양의 인도주의를 첨
가하였다.

---

11) 유진월(2006), 『김일엽의 〈신여자〉 연구』, 푸른사상, pp.102~103, 번역본 참조
12) 첫째, 평화적이고 온건(穩健)하여 감정에 흐르지 말 것, 둘째, 동양의 평화를 위하
　　여 조선의 독립이 절대 필요함을 강조할 것, 셋째, 민족자결에 의한 자주독립이 전
　　통정신에 입각한 정의와 인도의 운동임을 강조할 것을 기본내용으로 삼게 했다.

미국 대통령 윌슨 14조의 평화원칙에 나타난 인도주의(=휴머니즘)는, 그대로 한국의 〈독립선언서〉에 첨가되고 이를 『新女子』 창간사에 삽입함으로써 식민자가 피식민자를 억압하는 행위가 국제적으로 비난 받은 것처럼, 남성들에 의해 억압당하고 있는 여성들의 억압에 대한 해방도 같은 개념으로 제시되고 있다.

이러한 생명사상은 나혜석의 시「光」(『女子界』 제2호, 1918.3)에서도 찾아 볼 수 있다.

「光」

그는 벌써 와서 내 옆에 앉았었으나 나는 눈을 뜨지 못하였다.
아아! 어쩌면 그렇게 잠이 깊이 들었었는지
그가 왔을 때에는 나는 숙수(熟睡)중이었다.
그는 좋은 음악을 내 머리맡에서 불렀었으나 나는 조금도 몰랐었다.
이렇게 귀중한 밤을 수없이 그냥 보냈었구나
아아 왜 진작 그를 보지 못하였는가
아아 빛아! 빛아! 정화(情火)를 키어라.
언제까지든지 내 옆에 있어다오
아아 빛아! 빛아! 마찰을 시켜라
아무것도 모르고 자는 나를 깨운 이상에는
내게서 불이 일어나도록 뜨겁게 만들어라.
이것이 깨워준 너의 사명이오.
깨인 나의 직분이다.
아! 빛아! 내 옆에 있는 빛아! [13]

1916년 나혜석은 오빠 나경석의 소개로 알게 된 법학도 김우영을, 교

---

13) 나혜석(1918), 「光」, 『女子界』, 『나혜석전집』(2000), 태학사, p.105

토와 도쿄를 오가며 만났다. 그리고 1917년 8월 여름방학이 되자 김우영을 찾아가 그의 하숙방에서 며칠간 묵으며 교토시내를 스케치했다. 이 당시의 김우영과의 러브스토리가 훗날 에세이 「4년 전 일기 중에서」(『新女子』, 1920)에 자세히 기록되어 있다. 이런 정황으로 봐서 「光」을 발표한 시점은 김우영과 한창 연애를 하고 있을 무렵으로 추정된다. 따라서 나혜석은 이 시기에 빛(=생명력)의 마찰에 의한 "정화(情火)" 즉, 정욕(=에로스)에 눈을 뜬 것으로 보이며 이 감동을 詩로써 나타냈다고 볼 수 있겠다.

따라서 〈光〉은 여성들의 생명력을 의미함과 동시에 로맨틱 러브에 스파크(spark)를 일으키는 에로스의 메타포임을 알 수 있다.

1.3▊ 「경희」와 『노부코(伸子)』의 〈생명〉

아울러 「경희」와 『노부코(伸子)』에는 생명에 대한 다음과 같은 묘사가 있다.

> 경희는 불을 때고 시월이는 풀을 젓는다. 위에서는 푸푸, 부글부글 하는 소리, 아래에서는 밀짚의 탁탁 튀는 소리, 마치 경희가 도쿄음악 학교 연주회석에서 듣던 관현악 연주소리 같다. 또 아궁이 저 속에서 밀짚 끝에 불이 댕기며 점점 불빛이 강하게 번지는 동시에 차차 아궁 이까지 가까워지자 또 점점 불꽃이 약해져 가는 것은 마치 피아노 저 끝에서 칠 때에 붕붕 하던 것이 점점 땡땡하도록 되는 음률과 같아 보 인다. (중략) 빨간 불꽃이 별안간 파란 빛으로 변한다. (「경희, p.91)

> 호텔방 중앙에 장방형의 큰 테이블이 놓여 있다. 샹들리에의 빛이, 테이블 위에 어지럽게 널려있는 서류 타이프라이타의 보라색 잉크가

희미해진 매우 두꺼운 서류 뭉치, 한쪽을 철한 핀이 반짝반짝 빛나는 무슨 각서 같은 것-이 지저분하게 어질러진 퇴적과, 그것들을 사이에 두고 마주보며 열심히 서로 맞춰보고 있는 두 남자를 선명하게 비추고 쥐색 융단 위로 떨어졌다. 방을 빛내는 등불이 단조롭듯 두 남자의 일도 단조롭고 시시했다. (중략) 근면한 방추의 신음소리 같다. 이에 따라 사사(佐々)의 푸른색 연필은 거의 자동 기계와 같은 민첩함으로 삭, 삭,삭 하고 세세하고 꼼꼼하게 운동한다. 거기에 자연스럽고 독특한 리듬이 생겼다. 물끄러미 쳐다보고 있으면, 기계의 규칙적인 운전이 사람의 미치는 강력하고 확실한, 동시에 정력적인 흥분과도 같은 것을 느끼는 것이었다.[14] (『伸子』, p.79)

「경희」의 인용을 보면, 경희와 하녀 시월이는 옷감에 쓸 풀을 쑤고 있다. 풀이 익는 소리, 밀짚이 불타는 소리는 마치 "관현악 연주소리"와 같다. 또한, 모닥불이 "불빛이 강하게 번지는 동시에 차차 아궁이까지 가까워지자 또 점차 피워 입의 안쪽에서 전에 힘차게 퍼져"가는 모습은 "피아노의 음율"로 묘사된다. 또한 이내 "빨간 불꽃이 파란 빛으로" 변하는 모양은 "음율", "리듬"과 함께 베르그송의 엘랑 비탈의 표상인 '생명의 연소'를 나타내고 있으며, 이는 경희가 '가사 노동'을 생명의 연소로 표현하고 있음을 보여준다.

아울러 『伸子』의 인용을 보면, 호텔 방에서 단조로운 일을 하는 남자들

---

14) 部屋の中央に長方形の大テーブルがあつた。シャンデリヤの明かりが、そのテーブルの上に散らかつている書類—タイプライタアの紫インクがぼやけた乱暴な厚い綴込、隅を止めたピンがキラキラ光る何かの覚え書—の雑然とした堆積と、それらを挟んで相対し熱心に読み合わせをしてゐる二人の男とをくつきり照らして、鼠色の絨毯の上へ落ちている。部屋ぢゅうを輝かす灯りが単調であるとほり二人の男の仕事も単調でつまらなかった。(中略) 勤勉な紡錘の唸りのようだ。それにつれ、佐々の青鉛筆はほとんど自働機的敏活さでさつさつさつさと、細かく几帳面に運動する。そこに自ずから独特のリズムが生じた。ぢつと見守つてゐると、機械の規則正しい運転が人の心に与へる、力強い確乎とした、同時に精力的な興奮に似たものを感じるのであつた。

의 모습을 샹들리에가 발하는 "빛"에 의해 생명의 연소로 표상된다. 그러나 노부코는 아버지의 부하들의 일은 창조적이지 않다는 측면에서 "시시하지"만 명령하는 아버지의 일하는 모습은 그야말로 생명의 〈리듬〉이다.

이처럼 「경희」와 『伸子』에도 베르그송의 생명사상이 소설의 기저를 이루고 있음을 알 수 있다.

2 〈인간답게〉를 모토(motto)로

2.1 인간다운 여성

나혜석은 에세이 「이상적 부인」(『學之光』, 1914)에서 부인의 '理想이란 무엇인가?' 하고 반문한 뒤 그것은 '욕망의 사상'이며 '감정적이고 영지적'인 것이라고 정의하였다.

> 습관에 의하여 도덕상 부인, 즉 자기의 세속적 본분만 완수함을 이상이라 말할 수 없도다. 일보를 경진하여 차 이상의 준비가 없으면 아니될 줄로 생각한 바요, 단히 양처현모라하여 이상을 정함도 필취할 바가 아닌가 하노라. 다만 차를 주장 하는 자는 현재 교육가의 상매적 일 호책이 아닌가 하노라. 남자는 부(夫)요, 부(父)라. 양부현부의 교육법은 아직도 듣지 못하였으니, 다만 여자에 한하여 부속물된 교육주의라. 정신 수양상으로 언하더라도 실로 재미없는 일이라. 또 부인의 온양유순으로만 이상이라 함도 필취할 바가 아닌가 하노니, 운하면 여자를 노예 만들기 위하여 차 주의로 부덕의 장려가 필요하였었도다. 연한 중 금일의 부인은 장장 시간에 남자를 위하여만 진무케 하는 주의로 양성한 결과 온양유순에 과도 하여 그 이상은 태히 이비의 식별까지 부지하는 경우에 지함이라.[15]

이른바 욕망이란, 여성들에게 필요불가결한 理想의 하나라고 전제하며, 이상적 부인의 모델로 일본의 히라쓰카 라이쵸(平塚らいてう, 1886～1971)와 요사노 아키코(与謝野晶子, 1878～1942)를 들어, ‘理他주의’에 의해 창조되어 근대 여성들에게 강제한 현모양처사상에 대해 반론하였다. 또한 여성들이 정치에 의해 창조된 “현모양처”, “온양유순”주의에 의해 교육된 결과, 시비의 판단이 불가능한 “노예”가 되었다고 지적한 다음, 가해자로서 〈교육자=권력자〉를 색출해 내었다. 지금까지의 여성들이 행해온 삶의 방식은 오로지 ‘이타주의’에 의한 것으로써 자기희생을 강요당했으나, 이제부터는 ‘이기주의’에 의한 삶의 방식으로, 자아에 의한 진정한 〈인간다운〉 삶을 쟁취해야한다고 역설했다.

아울러 「경희」의 경희는, 이제부터는 “어른인 인간”으로서 살아가기 위해서는 “교육이 필수”이며, 여성이 자립하기 위해서는 가능한 한 고학력을 획득하고 ‘일’을 가져야 한다고 강조한다.

> 역시 여자도 사회에 통용될 수 있도록 학력이 있어야 하고, 그것도 할 수 있으면 고학력이 좋다. 그것을 김부인은 경희를 통해 깨달은 것이다. (「경희」, p.9)

> 사돈마님은, 반신반의면서도 끝까지 들었다. 처음에는 못된 딸을 그렇게 감추려고 하는 것이라고 억측해, 눈꼬리를 세우고 묻고 있었다. 그러나 취직을 내정 받은 것이나 높은 급료가 제시된 것, 게다가, 콧대 높은 일본인이 허리를 낮게 하고 부탁을 하던 것 등, 듣고 있자니 꼭 거짓말은 아닌 것 같은 생각이 들었다. (「경희」, p.9)

구여성인 경희 어머니 김 부인도 이제는 여자가 ‘어른인 인간’이 되기

---

15) 나혜석(1914), 「이상적 부인」(『學之光』), 『나혜석전집』(2000), 태학사, p.184

위해서는 제대로 된 교육을 받고, 또 좋은 직업을 갖는 것이 무엇보다도 중요하다는 것을 납득하고, 먼저 사돈마님을 설득한다. 아울러 점차적으로 주변의 구여성들을 대상으로 계몽의 영역을 넓혀가는 성과를 거두자, 김 부인의 얼굴은 기쁨으로 빛난다.

한편 『伸子』의 서두에는 뉴욕 호텔 방에서 아버지와 부하인 두 명의 남성이 일에 몰두한 광경이 그려진다. 소설의 서두가 지닌 의미는 새삼 말할 필요도 없이 작가의 전략이 부여되는 간과해서는 안 될 대목이다. 이러한 서두에 묘사되는 남성들의 '일하는 모습'에는 노부코의 미래의 모습이 숨김없이 표출되어 있다. 아울러 노부코는 자신이 뉴욕에 온 것은 '좋은 소설을 쓰고 싶은' 욕망에서였다고 토로한다. 유리코의 미국 유학은 1916년에 일본여자대학 영문과 예과에 입학해 나카조 유리코(中条百合子)로 시라카바(白樺)파 풍의 인도주의적 내용의 중편소설 『가난한 사람들의 무리(貧しき人々の群)』를 『中央公論』 9월호에 발표해, 천재 소녀로서 주목을 받은 후, 일본여자대학 예과를 중퇴하고 떠난 외유(外遊)였다. 그렇기 때문에 유리코는 팬들의 성원에 보답하기 위해서라도 후속 작품이 절실했으며, 그러한 상황에서 유리코의 '일(=창작)'에 대한 간절한 소망이 그녀를 이국의 땅으로 향하게 하였던 것이다. 이렇듯 새로운 여자들에게 있어서 일이란, 근대인(=인간)이 될 수 있는 유일한 조건이었다.

> 이것은 나의 고집이지만-당신의 아내가 가사는 뒷전이고 공부만하고 싶어 한다면 참고 견딜 수 있어요?-나는 정말로 당신을 사랑해요. 그러나 일을 사랑하고 있습니다. 당신을 사랑하는 만큼! 그런데 이것은 말로하면 별것 아닌 것 같지만, 우리가 만일 생활을 같이하게 되면 꽤 힘들 거라고 생각해요. (중략) 나는 그래도 일을 포기할 수는 없어요. 그것만큼은 안 돼요. 평생 제대로 된 소설을 쓰지 못하게 되더라도

그만둘 수는 없어요. 만일 그것을 포기해야 한다면 나─헤어질 수밖에 없어요.[16] (『伸子』, p.141)

노부코는 애인 쓰쿠다(佃)에게 프러포즈할 당시 결혼조건으로 '일의 지속'을 보장 받고자 하였다. 그녀가 말하는 새로운 여자들에게 있어서 일이란, 자기실현의 장이며 포기할 수 없는 삶의 수단이었던 것이다. 이 때문에 그녀들에게는 남자들과 동등하게 학문하여 직업을 획득하는 것이 전제되었다. 그런 새로운 여자의 표상인 노부코는 결혼 후에도 일을 계속하였으며 스스로의 경험을 소재로 한 생생한 여성적 체험을 소설로써 재생시켰다. 이렇듯 그녀들은 일을 하는 것은 곧 삶의 보람이라고 생각하였다.

미야모토 유리코는 에세이에서 "자신은 정말로 〈사람〉이 되고 싶다. (중략) 자신이나 다른 여성들이 예로부터 가지고 있었고, 지금도 그 유물로서 가지고 있는, 사람으로서의 약소(弱小)함은, 사람이 되려고 하는 노력에 의해서만 구원 받을 것이다"[17]라고 말해 '약한 사람(=여성)'으로부터 '사람(=남성)'이 되고 싶다는 간절함을 서술하였다.

이러한 근대 여성의 〈인간 지향〉을 미즈타(水田)는, "여성이 자립한 개인이 되는 사회적, 경제적, 문화적 조건이 결핍되어 있음에도 불구하고, 이러한 근대적 인간 모델은 남자나 여자에게 공통된 보편적 존재로, 성

---

16) ─これが私の我ままというところなのだけれども─あなた御自分の細君が、家のこと下手で勉強したがりでも、平氣でいらっしゃれる?─私は本当にあなたを愛してよ。けれども、仕事を愛しています。あなたと同じぐらい!ね、これは言葉で云うと何でもないようだけれど、我々が若し生活を一緒にするようになると、なかなか大変なことだと思うの、私は─ (中略) それでも、仕事は捨てられなくてよ。それだけはできない。一生碌なことはできないかも知れなくても、やめることはできないの。万一それを止めなければならないなら、私─左樣ならするしかないの」

17) 宮本百合子(1920,7),「概念と心其のもの」,『宮本百合子全集』14卷, 新日本出版社, p.23

차는 문제가 아니라고 생각되었던 것이다. 그러한 가운데, 자립한 개인을 목표로 한 여성들은, 성차의 개념보다도 인간이라는 개념을 선행시킴으로써, 남녀 공통적인 뉴트럴한 근대적 인간이라는 개념을 〈몽상〉했다"고 언급하였다.[18]

바꾸어 말하자면 고등교육을 받고 신사복에 넥타이를 맨 샐러리맨(아버지를 포함)들의 뒷모습을 신여성들은 동경한 셈이다.

2.2▌ 1920년대의 노라

나혜석은 ≪每日申報≫에 1921년 1월 25일부터 입센의 『인형의 집』을 번역해 희곡형식으로 연재했다. 그리고 최종회에 자신의 자작시 「인형의 집」을 실었다.

인형의 집

1
내가 인형을 가지고 놀 때
기뻐하듯
아버지의 딸인 인형으로
남편의 아내 인형으로
그들을 기쁘게 하는
위안물 되도다.

(후렴)
노라를 놓아라.

---

18) 水田宗子ほか二人(1996), 『母と娘のフェミニズム』—近代家族を超えて, 田畑書店, p.55

최후로 순순하게
엄밀히 막아놓은
장벽에서
견고히 닫혔던
문을 열고
노라를 놓아주게

2
남편과 자식들에게 대한
의무같이
내게는 신성한 의무 있네.
나를 사람으로 만드는
사명의 길로 밟아서
사람이 되고저

3
나는 안다
억제할 수 없는
내 마음에서
온통을 다 헐어 맛보이는
진정 사람을 제하고는
내 몸이 값없는 것을
내 이제 깨도다

4
아아 사랑하는 소녀들아
나를 보아
정성으로 몸을 바쳐다오
맑은 암흑 횡행할지나

> 다른 날, 폭풍우 뒤에
> 사람은 너와 나
>
> 「「인형의 집」,『나혜석전집』, p.62)

근대 자본주의에 의해 사적 공간인 가정으로 격리된 노라는, 아버지나 남편에게 딸과 아내로 '인형'취급을 당하고, 주부로서는 가족에게 '무상노동'과 '무상 애정'을 강요당해 왔다. 이러한 생활에 의문을 품게 된 노라는 자신도 노력해서 아버지나 남편과 같은 〈진정한 인간〉이 되기를 간절히 소망한다. 그리고 이러한 소망을 이루기 위해 가정을 버리게 된다.

당시 입센의 「인형의 집」(1879)은 한일 양국에서 여성 해방 운동의 순풍을 받으며 영화와 연극 등으로 빈번하게 다루어지던 작품이었다. 따라서 노라는 당시 신여성들의 표상이기도 하였다.

나혜석은 「경희」에서 결혼을 하지 않겠다는 선언을 했지만 현실의 벽은 높았다. 도쿄 유학생 모임에서 알게 된 기혼자 최승구가 폐결핵으로 죽자 큰 충격을 받으나 곧 오빠의 소개로 알게 된 이혼남이자 법학도인 김우영과 연애 끝에 1920년 결혼한다. 결혼 당시 나혜석은 3가지의 결혼 조건을 내세워 화제를 모았다. 첫째, 일을 계속하도록 할 것. 둘째, 남편의 전부인의 자식들을 양육하지 않겠다는 것, 셋째, 애인 최승구의 무덤에 비석을 세워 줄 것 등이었다. 이 조건을 김우영은 대부분 수용하였다. 자신이 원하던 대로 글쓰기와 그림을 그릴 수 있었던 나혜석은 결혼 후 자식을 4명이나 낳으며 매우 순탄한 결혼 생활을 영위하는 듯 했다. 심리적으로도 안정을 되찾아 창작에만 열중하여, 1922년 제1회 〈조선미술전람회〉에 서양화 「봄」과 「농가」가 처음으로 입선하는 성과를 올린다. 그 후로도 작품 활동을 계속하여, 1926년 5월에는 제5회 〈조선미술전람회〉에서 「천후궁」이 특선의 영광을 누리게 된다. 그 후 결혼 7년째에 접어든 1927년, 나혜석은 보다 나은 도약을 위해 생후 6개월 된 셋째 아들을 떼어놓고 남편의 구미 외유에 동행하게 된다. 유럽에 도착한 두 부부는 남편은 법 공부를 위해 독일 베를린으로 떠나고 나혜석은 그림 공부를 위해 프랑스 파리에 남는다. 파리에 혼자 남겨져 해방감에 젖어있던 나혜석은, 시기적절하게 그곳에서 최린을 만나게 된다. 최린은 프랑스에 익숙하지 못한 나혜석을 위해 붙여진 안내자였으나, 둘은 어느새 사랑에 빠지게 된다. 귀국 후 이 사실이 국내에 알려지면서 나혜석은 궁지에 몰리게 되고 부부사이는 악화 일로를 걷게 된다. 나혜석은 자식들을 생각해 이혼만은 피하고 싶었으나, 계속되는 김우영의 의도된 외도로 부부관계는 회복되지 못하고 1930년 34세의 나이에 결국 이혼에 동의하고 만다.

이혼 후에도 나혜석은 작품 활동에 몰두하면서, 1934년 에세이 「이혼고백장」(『三千里』, 1934.8~9)을 발표해, 결혼에서 이혼까지의 개인적인 생활과 심경을 솔직하게 털어놓으며, 여성에게 일방적으로 강요되는 정조관념을 비판함으로써 사회적으로 큰 반향을 불렀다.

한편 『노부코(伸子)』에서 구여성들의 삶을 노예 생활로 규정하고 '노예 해방'을 목표로 했던 노부코의 결혼생활은, 결혼 전의 각오와는 정반대의 방향으로 나아갔다. 무엇보다 일을 우선하여 아이를 낳지 않는다는 결정까지 했던 노부코였으나 결혼 4년째부터 "생활의 협소"함을 느끼고 "아내라는 자리가 자신에게 맞지 않는다"고 결혼 생활에 대해 불만을 토로하기 시작한다. 노부코는 그런 원인을 "섬세한 기분의 뉘앙스"라고 해명한다.

노부코가 느끼는 부부의 일체감은 동정심과는 거리가 먼 것으로, 원래 일치가 공존과 유리된 개념인 것과 같은 맥락이다. 결혼 생활에 대한 불만족으로 인해 노부코의 얼굴은 점점 "변형"되어 간다. 노부코는 내부의 "활발한 생존의 요구"를 느끼며 작품을 쓰기 위해 자연을 찾아 시골의 K

마을로 떠난다. 시골로 향하는 기차의 차창너머로 스쳐가는 경치를 바라보며, 노부코는 생명력을 되찾아 시골에서 짧은 소설을 완성시킨다.

> 연애나 결혼, 생활의 밝고 어두운 여러 잡다한 감정을 온 마음으로 맛보게 해준 사람으로서, 가령 결과는 파탄으로 끝날지라도, 쓰쿠다는 자신에게 결코 스쳐지나간 인연이 아니었다. 생각여하에 따라서는 어떤 여성이라도 한 번은 환상을 갖게 되는 결혼 생활에 대한 몽상으로부터, 꽤 확실하게 개방시켜 준 점만으로도 감사해야 할지 모르겠다.[19)
>
> (『伸子』, p.359)

노부코에게 하나의 개인으로서 일할 수 있는 공간은 일상적 생활이 있는 '가정'이 아니었다. 그녀에게 가정이란 거북한 일상이며, 창작을 위한 장소가 아니라 남편에게 억압받는 패쇄된 공간이었다. 노부코는 더 이상 결혼생활을 지속할 수 없다는 결론을 내리고 남편에게 이혼장을 내민다.

이처럼 근대는 '개인'과 '모성'이 대립 개념으로 설정되어, 노라가 자립한 개인으로서 살 것인지, 모성으로 살 것인지의 양자택일을 강요당하게 된다. 이러한 현상은 근대사회에서 여자들이 '근대적 개인이며 어머니이기도 하다'라는 삶의 방식을 보여 준 여성의 모델을 찾을 수 없었기 때문이다. 자립한 개인을 지향하는 여성에게 있어, 자신들의 인간 형성의 모델이 된 것은, '근대적 인간'이라는 개념이었으나, 여성은 현실에서 그것을 체현하고 있는 여성 모델을 찾아내지 못했다. '근대적 인간'이란 성차(性差)가 결락된 추상적인 개념으로 확실히 '여자'와는 다른 개념이었다.

---

19) 戀愛や結婚生活の明るく暗い種々雑多な感情を全心的に味合わせてくれた人として、たとひ結果は破壊に終ったとしても、佃は自分にとつて決して行きずりの人ではなかつた。考えやうによつては、どんな女性でも一度は捕われずにはゐまい結婚生活の夢想から、かなり完全に開放させてくれた点だけでも、感謝すべきなのかも知れない」

노라에 대해 미즈타(水田, 1996)는, '여자이기 전에 인간이고 싶다고 생각했던 노라는, 근대여성의 자기형성지향을 예고하였다. 그러나 18세기부터 20세기 중반에 걸친, 이러한 성차를 말소한 인간 사상, 개인지향은, 여성의 자기형성에 구체적인 모델을 준비할 수가 없었다. 노라는 근대적 인간이 되기 위해서 남편과 자식이 있는 가정을 버렸다. 이 노라의 선택은 19세기말의 사회로부터 비판받았을 뿐만 아니라 페미니스트 사이에서조차 오늘날에 이르기까지 끊임없이 논란의 초점이 되고 있다. 이러한 원인은 노라의 가출이 모성을 잘라 버림을 의미하기 때문'이라고 지적한다.[20]

그러나 노라가 되어 가출해 자유의 몸이 되었다 하더라도 경제가 해결되지 않는 한 혹독한 현실 생활에 직면해야 했다. 결국 사회에 나가더라도 여성들을 위한 직업은 한정되어 있어, 신여성과 새로운 여자들이 표현하려고 한 자아는, 사회와 대립적인 작은 자아에 그치고 말았던 것이다.

오늘날 콘트라 섹슈얼(contra-sexual)이라는 신조어가 유행하고 있다. 전통적인 여성상에 反하는 새로운 20,30대 여성들이 그 중심이다. 이들은 결혼이나 육아에 중점을 두는 전통적인 여성보다는, 사회적 성공과 고소득에 중점을 두는 새로운 여성상을 지향한다. 또한 사회에서 성공해 많은 돈을 벌기를 바라며 적어도 30대 중반까지는 결혼이나 아이에 대해 관심을 갖지 않고, 조건 없는 섹스나 데이트를 즐기지만, 연애에 매달리지도 않는다. 미국과 유럽 등 선진국뿐만 아니라 일본과 한국에서도 이러한 여성들이 사회적 조류를 형성하고 있다.[21]

이러한 새로운 성문화는 마치 언어문화가 달팽이식 팽창을 보이는 것과 같이 이 역시 1910년대 엘리트 신여성들에 의해 주창된 理想이 100년

---

20) 水田宗子ほか二人(1996), 『母と娘のフェミニズム』─近代家族を超えて, 田畑書店, p.56
21) 출처; http://cafe.daum.net/myeduplex(2008.8.8)

이 지난 오늘날 일반 여성들 사이에서 새로운 성문화로 자리매김 되고 있음을 느끼게 하는 매우 고무적인 현상이다.

3 어머니와 딸의 연대

「경희」의 서두 장면에는 당시의 조선사회의 구습을 내면화 한 구여성으로서 사돈마님과 숙모가 등장한다. 그녀들은 저마다 입을 모아, "여자는 결혼으로 운명이 정해진다, 결혼해 사내아이를 낳아야만 행복하게 살 수 있다"는 등 구습을 당연시하는 발언을 서슴지 않는다. 더욱이 여자에게 있어 학문이란 불행의 시작이니 손댈 필요도 없으며, 남자가 첩을 만드는 것은 사회적인 스테터스(status)라고까지 말한다.

사돈마님과 숙모는 대화에서 언제나 '여자는'을 머리말에 놓고 이야기를 전개하는데 반해, 경희는 '여자는'을 '인간'으로 치환해 서두에 놓고 이야기한다. 처음에는 전통을 무시한 신여성의 논리를 구여성들은 이해하지 못한다. 이에 경희는 구여성들을 설득하여 계몽해 나가기로 결정하고 맨 먼저 어머니를 계몽한다. 그러자 어머니는 경희의 바통을 이어 사돈마님과 숙모 등 구여성들을 차례차례로 만나 신여성들의 의도를 전하고 이해시킨다.

사돈마님은 반신반의로 어떻든 끝까지 들었다. 처음에는 물론 거짓말로 들을 뿐만 아니라, 속으로 '너는 아마 큰 계집을 버려놓고 인제 시집보낼 것이 걱정이니까 저렇게 없는 칭찬을 하나보구나' 하며 이야기하는 김 부인의 눈이며 입을 노려보고 있었다. 그러나 이야기가 점점 길어 갈수록 그럴 듯하다. 더구나 감독이 왔더란 말이며, 존대를 하더란 것이며, 사내도 여간한 군 주사 쯤은 바랄 수도 없는 월급을 이천 냥 까지 주겠더란 말을 들을 때도 설마 저렇게까지 거짓말을 할까 하는 생각이 난다. 사돈마님은 아직도 참말로는 알고 싶지 않으나 어쩐지 김 부인의 말이 거짓말 같지는 아니하다. 또 벽에 걸린 수도 확실히 자기 눈으로 볼뿐 아니라 쉴 새 없이 바퀴 구르는 재봉틀소리가 당장 자기 귀에 들린다. 마님 마음은 도무지 이상하다. 무슨 큰 실패나 한 것도 같다. 양심은 스스로 자복 하였다. '내가 여학생을 잘못 알아 왔다. 정말 이 집 딸과 같이 계집애도 공부를 시켜야겠다. 어서 우리 집에 가서 내외시키던 손녀딸들을 내일부터 학교에 보내야 겠다'고 꼭 결심을 했다. 눈앞이 아물아물해 오고 귀가 찡한다. (「경희」, p.86)

구여성 김 부인은 신여성 경희가 주장하는 '결혼'이나 '축첩'문제에 깊이 공감한다. 이러한 그녀의 공감은 경희의 역할을 계승하는 계기가 되고 나아가 사돈마님이나 숙모를 설득시키는 힘이 된다. 김 부인의 열성에 감복한 사돈마님은 '깊은 깨달음'을 체험하며 자신의 손녀들을 당장 공부시키겠다는 의지를 보인다. 그렇다면 이제부터는 사돈마님이 김 부인을 도와 마을의 구여성들에게 '여성 해방'의 필요성을 호소하며 시스터 홋을 발휘해 줄 것임에 틀림없다. 이리하여 남성보다 먼저 여성에게 지지를 받아야 한다는 경희의 전략은 일단 성공을 거둔 셈이다.

이처럼 1920년대의 신여성은 여성들이 근대를 넓히는데 있어서 구여성들의 협력과 도움을 필요로 했으며, 잠시나마 그들의 도움에 힘입어 목표를 향해 매진할 수 있었던 것이다.

한편 『伸子』에서 노부코의 어머니 다케요(多計代)는 부모에게 결혼을 강요당해 그림을 그리는 재능을 포기하고 아내와 주부로서의 인생을 살았다. 그러나 천재 작가로 인정받고 있는 딸 노부코만은 자아를 펼치며 살기를 바란다. 결국 그녀의 딸에 대한 기대와 바람은 과보호를 낳게 되고, "중압감"이 되어 노부코를 짓누른다. 두 사람은 보통사람들과는 다른 "정열"로 맺어져있어, 서로에게 강한 "사랑과 증오"를 느낀다. 어머니는 여성으로서 노부코에게 어떤 때는 "전능한 어머니"였으며, 또 어떤 때는 "친구"이자 "경쟁자"였다. 즉 다케요는 재능 많은 장녀 노부코에게 못다 이룬 자신의 꿈을 오버랩 시키며 "존재의 모든 각도를 강렬하게 부딪치며" 살아왔다. 노부코에게 어머니는 "전력을 필요로 하는 생존의 대상"이었다. 노부코는 어머니와의 성격 차이를 자각하고 그녀의 모형이 아닌, 자립한 여성으로서 자신을 형성해 가기위해 많은 에너지를 소비했다고 술회한다.

> 그녀는 소녀 때부터 어머니와는 보통과 다른 정열로 맺어져 있었다. 끊임없이 서로에게 사랑과 증오를 느꼈다. 어머니는 여성으로서 노부코에게 어떤 때는 전능한 어머니이며, 어떤 때에는 친구이고 경쟁자였다.[22] (『伸子』, p.205)

두 사람 사이에는, 흔히 말하는 딸이 어머니에게 느끼는 그리움이나 편안함과는 정반대로, 생명의 연소인 "비상한 섬광"이 있었으며, 서로 깊이 "사랑"하는 사이였다. 노부코는 어머니에 대해 평소에는 '억압'으로 느끼지만, 뉴욕에서 감기에 걸렸을 때에는 옆에 있는 아버지와 애인을 두고, 오로지 "어머니!, 어머니!"하며 어머니를 애타게 찾아, 그녀의 어머니에 대한 사랑이 표출된다.

이와 같이 「경희」와 『伸子』의 근저에는 딸과 어머니의 유대 관계가 깔려있다. 한국의 신여성 경희는 어머니와의 연대를 통해 계몽을 추진해

---

22) 彼女は少女時代から、母とは普通のと違う情熱で結ばれて來た。互に强い愛と憎とを持ちつづけて來た。母は女性として、伸子にとって、ある時は全き母であり、ある時は友達であり、ある時は競爭者であつた。

가고, 일본의 새로운 여자 노부코는 어머니의 집착적 사랑의 정체를 이해해 가며 어머니와 가까워진다.

이러한 어머니와 딸의 연대는, 어머니와 딸의 분열과 이간을 통해서 작동하는 가부장제가 가장 두려워하는 요소이기도 하다.[23]

주지한 바와 같이, 1910년대 초에는 근대교육을 받은 여학생들이 다수 배출되었다. 한일 양국에서 그녀들은 각각 신여성과 새로운 여자라 불리었다. 그들은 약자의 논리인 베르그소니즘을 통해 여성해방을 주창했다. 아울러 각자 여성들에 의한, 여성들을 위한 잡지인『靑鞜』와『新女子』를 창간하여, 창간사에 생명의 개념인 엘랑 비탈을 환골탈태하여 재구성 한 다이쇼 생명주의를 기초로 〈光〉을 생명의 메타포로 제시하였다. 또한「경희」와『伸子』에서도 구습에서 탈피한 해방된 신여성을 목표로, 신여성에 의한 구여성의 계몽과 구습의 개조, 신구 여성의 연대가 생명력의 연소로써 주창되었다. 아울러 이러한 생명력인 〈光〉은 로맨틱 러브와 결부되어 정화(情火)를 일깨우는 스파크(spark)로써도 규정되었다.

베르그소니즘을 받아들인 신여성들의 활약상이 한국에서는「경희」의 경희를 통해, 일본에서는『伸子』의 노부코를 통해 소개 계몽되었다. 경희와 노부코는 끊임없이 '인간답게' 살 수 있는 길을 모색하여 제시하였으며 이는 생명력의 연소로써 이해되었다. 여성도 신교육을 받고 직업을 구해 자립할 수 있어야 하며, 이를 위해서는 구습의 온상인 '가정'을 버리는 것까지도 용납되어 입센의 노라의 삶이 동경되었다.

그러나 한국의 신여성들은 여성해방이 먼저인가? 민족해방이 먼저인가? 하는 시대적 상황에 발목을 잡혀, 사회적 지탄의 대상으로 몰락한다. 한편 일본의 새로운 여자 역시 여성 개인의 해방이냐? 국가적 과업

---

[23] 정희진(2005),『페미니즘의 도전』, 교양인, p.57

이냐? 하는 대명제아래 덜미를 잡히고 만다. 또한 경희가 아버지 대신에 오빠를 자신이 지향하는 '인간'의 모델로 보고 있는데 반해, 노부코는 일 하는 아버지를 모델로 하고 있어, 그녀들의 여성 해방운동에는 당초부터 혼란을 예기한 반쪽짜리 운동에 불과하였음을 알 수 있었다.

제2절
〈로맨틱 러브〉의 수용
- 「자각」의 자립, 『그녀의 생활(彼女の生活)』[24]의 순응 -

초기 근대소설은 '로맨틱 러브'라는 새로운 사랑에 대한 믿음과 소망을 당대의 현실적 삶 속에 구현하고, 이 과정에서 발생하는 이상과 현실의 격차와 마찰들을 형상화했다. 로맨틱 러브라는 외래적이고 추상적인 관념을 현실적 삶의 일부로 구현하기 위해서는 필연적으로 현실의 저항적 요소들을 만나야 했고, 소설은 이 같은 관념과 현실의 격차, 마찰을 적극적으로 포착하고 표현했다.[25]

한일 근대 초기 김일엽과 다무라 도시코(田村俊子)는 각각 「자각」(1926)과 『그녀의 생활(彼女の生活)』(1915)을 발표해, 결혼에 대한 신여성들의 선택과 남성들의 봉건적이고 이기적 인생관에 초점을 맞추었다.

한국의 페미니즘 제1세대로 칭해지는 김일엽(본명: 김원주, 1896~1971)은 나혜석, 김명순과 함께 일본유학을 경험한 신여성이다. 김일엽

---

24) 底本 ; 김일엽(1926.6.19~26), 「자각」(≪東亞日報≫), 『페미니즘 정전 읽기』(2002), 푸른사상. 田村俊子(1915.7), 『그녀의 생활(彼女の生活)』(『新潮社』), 『近代女性小説 精選集·26』(2000), ゆまに書房.
25) 김지영(2007), 『연애라는 표상』, 소명출판사, p.118

은 시를 중심으로 평론·소설을 통해, 단호한 어조로 여성해방을 주창한 개성이 뚜렷한 작가였다. 평양에서 목사의 장녀로 태어나, 부모의 높은 기대와 관심 속에서 성장하여 진남포 보통학교를 나왔다. 김일엽의 회고에 의하면, 다른 사람들보다 유난히 교육열이 높았던 어머니에 의해, 여자로서의 삶보다 한사람의 인간으로 살라는 가르침을 받았다고 한다. 김일엽은 이화학당 중등과를 졸업하고 보통학교 교원으로 일하던 중 미국 유학에서 귀국한 연희전문학교 교수이자 40대의 중년 남성인 이노익과 중매로 결혼했다. 이후 남편의 도움과 이화학당의 후원에 힘입어, 1920년 3월, 조선 첫 여성잡지『新女子』를 창간했다. 그러나 그녀의 결혼생활은 순탄하지만은 않았다. 원래 의족을 착용하고 있던 남편과의 부부생활은 거부감으로 점철된 것이었다. 결국 일엽은 일본으로, 남편 이노익은 미국으로 떠나 이들 부부는 별거에 들어간다. 그 후 김일엽은 일본에서 두 남성과 자유연애를 하게 되는데, 한사람은 시인 임창화이고 다른 한사람은 일본인 오다 세이조(小田淸三)였다. 김일엽은 임창화와 동거한 사실이 남편에게 알려지면서 이혼하게 되었으며, 일본인 오다와의 결혼도 오다 측 부모들의 반대에 부딪쳐 무산되었다. 결혼의 꿈이 깨지자 일엽은 1922년 사내아이를 출산하여 남자에게 맡기고 귀국하여, 동아일보 정치부 기자로 잠시 근무했다. 이 후 연애지상 주의자였던 일엽은 상대를 바꿔가며 새로운 사랑을 쫓는다. 그러나 거듭되는 남성들의 배신에 결국 출가를 결정하여 비구니가 되었다.[26)]

구여성의 성장 소설인「자각」은 1926년 《東亞日報》에 발표되었으며, 일본에서 만난 법학도 오다와의 사이에 사내아이를 낳았으나, 결혼이 반대에 부딪치자 아이를 오다에게 맡기고 홀로 귀국한 사실을 소설에서 그

---

26) 윤광옥(2007),「근대 형성기 여성문학에 나타난 가족 연구」, 동덕여대 대학원 박사논문, pp.36~37

리고 있는 작가 자신의 체험을 토대로 한 사소설적 단편소설이다.

한편 일본 다이쇼 전기 문단에서 가장 눈부시게 활동한 여성작가의 한 사람이 다무라 도시코(田村俊子, 1884.4.25~1945.4.16)이다. 그녀는 고다 로한(幸田露伴)의 지도를 받고 문단에 등단해, 여성을 위한 잡지『青鞜』의 창간호에「생혈(生血)」을 발표해, 미개척 영역이었던 여자들의 섹슈얼리티를 참신하게 그려냈다는 평을 받았다. 이 후 도시코는 경탄할 만한 수작을 연달아 발표하며 시대의 총아가 된다.[27] 네오·낭만주의의 영향 안에 있었던 도시코는 1915년 결혼 10년째인 31세에 중편소설『그녀의 생활(彼女の生活)』을 발표하였다. 소설에서 도시코는 자신의 결혼 경험을 바탕으로 여성의 꿈인 로맨틱 러브와, 뒤이은 결혼생활을 설득력 있게 그리고 있다. 소설의 서두에 '그녀가 닛타(新田)와 결혼을 한 것은 21세 때였다'고 되어 있으나, 남편 다무라 소교(田村松魚)를 24세에 만났기 때문에 이 부분은 픽션이라고 하더라도, 닛타가 '철학자이자 현대 평론가'이며, 그녀 자신도 '자신의 서재에서 두문불출하며 집필이나 독서에 열중했다'는 설정은 도시코의 실생활 그 자체로 사소설적 색채가 짙다. 아울러『彼女の生活』은 도시코가『青鞜』의 일원이었던 만큼 그 이성적 측면이 강하게 나타난 이색작이라 할 수 있다. 또한 소설에서는 사랑과 상호이해에 의해 맺어진 연애결혼에서조차 여성은 성 역할에 순응하기 위하여 자기기만을 거듭해야하는 심리적 메커니즘을 긴장감 있는 필체로 들추어냈다.[28]

「자각」과『彼女の生活』은 각각 여자들의 '자유'를 테마로 하여, 여자의 자유가 결혼이라는 제도 안으로 들어가면, 그 순간부터 인습에 의한 '구

---

27) 渡辺澄子(2005),「明治三○年代から大正初頭までの女性文学」,『日本女性文学史ー近代編』, ミネルヴァ書房, pp.58~59
28) 渡辺澄子(2005), 앞의 저서, p.59

속'과 다름없는 생활이 기다리고 있다는 점을 선명히 그려내고 있다.

「자각」에서는, 봉건적 가족의 모습과 새로운 자아에 눈떠가는 구여성을,『彼女の生活』에서는 핵가족 하에서의 남편과 아내의 역할 분담에 의한 결혼생활의 아포리아를 그리고 있다.

본 절에서는 두 작품에 나타난 근대 로맨틱 러브와 결혼, 그리고 결혼생활에 초점을 맞추어, 결혼 후의 여자의 입장 변화와 이에 따른 남편들의 약속과 대처의식 등에 대한 문제점을 부각시켜 논하겠다.

1 로맨틱 러브의 이식

근대기에는 한국과 일본에 로맨틱 러브(=자유연애)라는 새로운 개념이 유입되어 문학자들은 앞 다투어 자신들의 〈연애론〉을 피력했다. 일본에서는 기타무라 도코쿠(北村透谷)의 「염세시가와 여성(厭世詩家と女性)」 (1892)을 시작으로 아리시마 다케오(有島武郎)의 『사랑은 아낌없이 빼앗는다(惜みなく愛は奪ふ)』(1920)에서 쟁취하는 사랑의 방정식을, 구리야가와 하쿠손의 『근대의 연애관(近代の恋愛観)』(1921)에 의해서는 '연애지상주의'가 제시되었다.

한편, 일본 유학생인 한국의 송진우와 이광수는 도쿄 유학생들에 의해 창간된 문예잡지 『学之光』 등에 각각 「사상 개혁론」(1915)과 「신생활론」 (1917)을 게재, 조선의 종래의 윤리관을 재고하는 시점에서 새로운 윤리관이 제시되었다. 이어서 1920년대에 들어와서는 염상섭이 「개성과 예술」(1922)과 「조선 소설가의 연애관」(1926)을 통해 생명사상에 의한 연애론을 전개하였다.

1.1▮ 일본의 경우

일본에 있어서는 메이지 시대의 기타무라 도코쿠가 내 놓은 연애사상이 이른바 '연애지상주의'의 효시이다. 기타무라는 「염세시가와 여성(厭世詩家と女性)」[29]에서 연애는 인생의 비밀을 푸는 열쇠이며, 연애가 있은 다음에 인생이 있고, 연애를 해보지 못한 인생에 무슨 맛이 있겠느냐고 주장해, 연애지상주의적 입장을 표명한 것으로 유명하다. 도코쿠의 이러한 사상은 뉴잉글랜드에서 건너온 것으로 크리스천인 그가 연애를 통해 자유와 이상을 추구하게 된 것이 이 언설의 배경이 되었다.[30]

한편 아리시마 다케오는 『惜みなく愛は奪ふ』(1920)에서 이러한 기타무라 도코쿠의 이원론적 연애론에 이의를 제기했다. 그는 "우리의 육체와 영혼은 철학자나 종교가가 개념적으로 생각하고 있는 것처럼 양극단을 나타내고 있는 것이 아님은 물론이거니와, 그것은 차별 불가능한 일체로서 개성(個性)안에 살아 있다"(p.413)고 말해 일원론적 연애론을 주장하였다. 그리고 그러한 연애야말로 개성적인 삶의 한 방법이라고 역설했다. 더 나아가 '본능'과 '사랑'이, 사람들을 구속하는 사회의 제약을 파괴하는 원동력이라고 설파했다. '사랑을 출발점으로 남녀의 관계와 가족과의 생활 등을 생각해 보고 싶다'라는 말로 시작되는 제23절은, 밀의 『부인의 예종』(1867)이나 베벨의 『부인론』(1883) 등 여성사 등에서 얻은 지

---

29) 「恋愛は人生の秘鑰(秘密を解く鍵)なり、恋愛ありて後人生あり、恋愛を描き去りたらむには人生何の色味かあらむ」(北村透谷(1892.2), 「厭世詩家と女性」, 『女學雜誌33號, 35號』, 女學雜誌社)

30) 여기서 「연애」라는 말은 언제부터 사용하기 시작하였는지 자세하게 쓰여 있지는 않지만, 사사부치(笹淵)씨는, '애연이라고 하는 말은 중국에도 옛 부터 용례가 있지만, 연애라는 말은 어감이 새로워서, 메이지 시대부터 Love의 역어로서 이용하기 시작한 것은 아닐까 생각하지만, 확실한 근거는 없다.'고 하였다.(笹淵友一(1949),「恋愛論」, 『北村透谷近代作家研究叢書』(1993), 日本図書センター, p.196)

견을 근거로, 여기에 베르그송의 『創造的進化』(1907)의 핵심 개념인 〈순수지속〉, 즉 생명의 연소인 엘랑 비탈을 가미시켜 독자적인 인간학을 전개해 보였다.31)

그러나 지적 생활은 본능적 생활에 의해 지도되어야 한다. 지적 생활은 많은 사람들의 경험의 총체적 결과이며, 약속이지만 본능적 <u>생활은 순수 개성 내부의 충동</u>이기 때문에 반드시 사회생활과 순응할 수 없을 것이라는 기우가 일기 쉽기 때문이다.32)

원래부터 본능과 사랑이 일체가 되어, 대등한 관계성 위에서 살아왔을 남녀의 성관계가, 노예와 주인의 노동을 둘러싼 주종 관계가 발생했던 때보다 훨씬 오래 전부터 차별 관계로 흐른 것은, 여성이 낳는 신체를 가지고 있음으로 인해 집단 안에서 맡게 된 산아·육아·포육이라는 가정 내 노동과, 그것으로부터 자유로운 남성이 생활의 양식을 얻기 위해 행하는 가정 외 노동으로, 성별에 의해 인간의 노동이 역할 분업화 했던 것에서 시작된다. 그러한 사회적 지(知)의 조작에 의해 여성은 남성의 노예로 전락한다. 그러나 역사를 더듬어 내려오면 사회가 산업화와 함께 근대화 되면서 남성과 같이, 가정 밖에도 삶의 터전을 요구하는 여성이 생겨나, 전 세계적으로 인권의 남녀평등을 요구하며 투쟁 상태에 놓이게 되었다.33)

아리시마는 이러한 문제의식 하에 현재의 불평등한 남녀 관계의 유래를 계몽적으로 해명하고, 나아가 남녀의 차별 관계가 고정화된 현실을 재구성하기 위해서는 사람들이 자기를 기점으로 한 본능적 생활, 즉 '쟁

---

31) 有島武郎(1920), 『惜みなく愛は奪ふ-有島武郎評論集』(2000), 新潮文庫, p.426
32) 有島武郎(1920), 앞의 저서, p.451
33) 江種満子(2008.3), 『文教大学国文』第37号, p.50

취하는 사랑'을 원점으로 한 섹슈얼리티를 권장하였다.

그렇다면 아리시마가 지대한 영향을 받았다는 베르그송의 사랑의 정의를 살펴보자. 베르그송은 사랑이라는 말 대신 '공감'을 사용해 설명한다. 공감은 장래에 대한 정복을 목표로 노력을 운반해 주는 매개체로, 이를 시간적 차원에 서서 사고한 점은 주목할 만하다.

'공감'은 모든 의식 간에 애정 가득한 마음의 소통은 아니다. 공감은, 상대에게 상냥하게 대한다기 보다는 상대를 깊게 통찰하는 것이며, 모든 의식으로 구성된 집단 안에서, 모두 헌신이라든지 관대라든지 하는 같은 중심을 가지는 모든 계층 안에서 확대되는 것이 아니라, 참으로 자신이 죽이려 하는 귀뚜라미에 대한 벌의 공감이다. 즉 이 공감은, 공격적이고 살육을 범할 수 있는 것이다. 지성 작용과 똑 같이 이 공감이란 애타정신이 아니라 오히려 정복으로 봐야하며 이웃사랑이라는 명목으로, 당하는 대로 참는 것은 더욱 아니고, 그와 반대로 대상의 몸속에 자신을 이입하여 그것을 점유해 버린다. 이 탐욕인 공감은, 자기희생과는 거리가 먼 개념이다. <u>생명의 비약</u>은, 특히 시간적 차원에 복종하며 진화를 부추겨 장래를 공격한다. 자아는, 자신의 여러 가지 야심을 사회적 협화음의 조화를 위해 희생하거나하지 않고, 반대로, 진정 <u>대상에게 스스로를 동화시킴으로 인해 자기 자신을 고양시킨다</u>.[34]

이와 같이 베르그송이 말하는 탐욕적인 '공감'은 자기희생적 개념과는 거리가 멀며, 생명의 비약은 특히 시간적 차원에서 진화를 부추겨 장래를 쟁취한다. 또한 자아는 자신의 여러 가지 야심을 사회적 협화음의 조화를 위해서 희생하지 않고, 그 와는 반대로 대상에게 스스로를 동화시켜 자기 자신을 고양시킨다. 아리시마는 이와 같은 베르그송의 순수 지

---

34) 베르그송(1907), 앞의 저서, p.100

속의 이미지를 빌려, 로맨틱한 연애 해방론을 펼쳐 보였던 것이다.

한편 구리야가와 하쿠손은 엘렌 케이의 영향을 받아 『근대의 연애관 (近代の恋愛観)』[35]을 저술했으며, '연애에는 유구 영원한 생명력이 가득하다'라고 한 말은 당시의 젊은이들을 매료시키기에 충분했다. 그는 연애를 거치지 않은 중매결혼은 매춘 결혼이며 축생도에 지나지 않는다고까지 비난했다. 또한 일본에는 고래로부터 연애지상사상이 있었다고 주장하며, 연애결혼을 理想化해 화제가 되기도 하였다.

연애지상주의는 정신적인 연애를 신성시하고 육체적인 연애는 부정한다. 이러한 연애야말로 지상 최대라고 생각하기 때문에, 반드시 결혼에 구애받을 필요는 없다고 주장한다. 또한 열정이 식으면 반드시 헤어져야 한다는 것도 연애지상주의의 일면이다. 여기에는 파트너를 만들고 안 만들고는 상관이 없다. 비록 짝사랑일지라도 마음속으로부터 우러나오는 정열이 전부인 것이 연애지상주의이다. 더욱이 하쿠손의 연애지상주의는 모성애도 능가하는 것으로, 모성애는 연애가 전화된 형태라고 보며, 성욕에 기인한 성적 연애의 연장이며 변형에 다름 아니라고 주장했다.(p.24) 아울러 연애와 결혼과의 관계에 대해 '연애는 결혼 관계에 들어감으로 인해 강해지고 깊어진다.'고 역설했다.(p.25)

이러한 연애에 의해 파생된 모성애와 결혼관 역시 엘렌 케이의 사상과 동질성을 보인다. 두 사람 모두 우생 사상적인 연애관이나 결혼관에

---

35) 근대 일본의 연애지상주의를 주창한 구리야가와 하쿠손은, 오사카 아사히 신문 지상에 「근대의 연애관(近代の恋愛観)」이 1921년 9월 30일부터 10월 29일까지 20회에 걸쳐서 게재하였으며, 1922년 10월에 『근대의 연애관(近代の恋愛観)』으로서 改造社에서 간행되었다. 처음 신문에 게재되었을 때, '연애지상주의는 대단한 반향을 불렀다'고 되어 있다. 또, 『新潮日本文学事典』은 '봉건적인 연애관에 대해서, 근대적인 인간관에 선 새로운 연애관을 주장'했다고 소개하고 있다. 덧붙여 당시의 시대적 배경으로서 다이쇼기(1921~1926)에 들어서 연애나 성이 각광을 받았음을 적고 있다. (「朝日新聞の記事にみる恋愛と結婚(明治),(大正)」, 朝日新聞社, 1997.6)

있어서 그 입장이 매우 흡사하다. 양자의 진화론적인 입장을 좀 더 자세히 살펴보면, 하쿠손은 『近代の恋愛観』에서, 연애 없는 결혼은 인간으로서의 자신의 존재를 무의미하게 만들어버릴 뿐만 아니라 민족 발달, 인류의 진화를 위해서도 큰 장애를 주는 사상이라고 주장해, 엘렌 케이의 저서 『연애와 결혼(恋愛と結婚)』[36]과 같은 견해를 보이며, '이리하여 위대한 연애가 두 인간에게 부여됨으로써, 이는 인류 전체에 미치는 완전한 발달이며, 감각과 정신간의 통일, 기쁨과 의무간의 통일, 자기주장과 자기희생간의 통일, 그리고 현재와 미래간의 통일이다'고 주장했다. 이러한 진화론적인 입장을 견지함으로써 나타나는 하나의 사고로, 하쿠손은 엘렌 케이의 離婚說을 인용하기도 하였다.[37]

다시 말해 훗날 연애 감정이 소멸되면, 그 즉시 연애 관계를 단절시킬 수 있는 그녀의 자유이혼설과 같은 주장도, 이 논의 당연한 귀결로서 갈파되어야 한다는 주장이다. 이와 같이 하쿠손과 엘렌 케이의 공통점은, 우생사상적인 모성관과 연애지상주의적 결혼관에 한정하지 않고, 연애의 도덕성에 대해서도 같은 내용을 언급하고 있다. 연애의 도덕성에 대해 하쿠손은 엘렌 케이의 『부인의 도덕(婦人の道徳)』에서 '연애가 없는 결혼은 부도덕하다'고 했던 말을 인용하였다.

이상에서 알 수 있듯이, 구리야가와 하쿠손의 연애론은 엘렌 케이의 강도 높은 영향을 받았다. 하쿠손이 『近代の恋愛観』에서 말하는 연애의 역사는 다음과 같이 요약된다. '양성 관계는 고대로부터 3단계를 거쳐 오늘에 이르렀다. 고대의 육체 본능 시대와, 중세의 영적 종교적 여인 숭배 시대에 이어 다음으로 영육 합일의 일원적 연애관 시대가 도래 했으며 그 시기가 즉 근대다. 그리고 근대의 새로운 연애관은 부인(婦人)을 하나

---

36) 엘렌 케이(エレン・ケイ)著, 原田実訳(1919), 『恋愛と結婚』, 新潮社, p.100
37) 野本泰子(2000), 「佐多稲子の恋愛観」, コンパラティオ, pp.20~21

의 인간으로 인정하고 개인의 인격을 확보해 줌과 동시에, 완전한 영육 합일의 연애관'이라고 하였다. 이와 같이 역사를 더듬어가며 언급되는 하쿠손의 새로운 연애관에서 강조되고 있는 점은 영육 합일의 일원적 연애이다.

1.2▌ 조선의 경우

한국의 개화기[38]에는 이미 「혼인론」이 ≪獨立新聞≫(1898.7. 20)에 게재되어 조혼문제 등이 도마에 올랐다. 일본 유학생 송진우[39]는 「사상 개혁론」(『学之光』, 1915.5)에서 '연애는 정열이고 주관적'이라고 주장하며, 종래 조선의 윤리관에 대해 5개의 항목을 세워 비판한다. 그 중에서 3번째 항목에, '강제연애의 타파와 자유연애의 고취, 강제결혼은 계급결혼의 악폐를 낳고 귀천, 빈부에 의해 결혼하게하며 유전적으로 바람직하지 못하다. 또 조혼의 폐습을 낳고 부부간의 의를 상실케 하여 축첩을 성행하게 한다.'고 적고 있다. 이러한 사고의 밑바탕에는 이미 연애=결혼이라고 하는 등식이 성립되어 있으며, 결혼하면 아이를 낳는다는 것 역시 당연시되어 유전문제까지 거론되고 있다. 이러한 관점은 앞서 말한 엘렌 케이의 『연애와 결혼(恋愛と結婚)』에서 주장한 우성 사상적 연애관과 일맥상통하다. 또한 송진우는 연애[40]에 대해 다음과 같이 역설하였다.

---

38) 1876년 강화도 조약 이후부터 한국이 서양 문명의 영향을 받아 종래의 봉건적 사회질서를 타파하고 근대적 사회로 개혁된 시기.
39) 송진우(1889.5.8 전남 담양~1945.12.30 서울), 정치가, 독립운동가, 보도인.
40) 조선에서 연애란 말은 1912년 ≪朝鮮日報≫에 발표된 최일재의 『쌍옥루』에 발견된다. 예;「청년남여 의 <u>연애</u>라 하는 것은 (『쌍옥루』, p.15)」, (김지영(2007), 『연애라는 표상』, 소명출판, p.44)

> 원래 연애는 이론이 아니요 정열이며, 객관이 아니라 주관이라 유시
> 로 빈부의 한계가 무하며 귀천의 계급이 무하며 토지의 원근이 무하며
> 지식의 비교가 무하나니 환언하면 만금의 부가 연애를 횡단할 수 없으
> 며 삼군의 위가 연애를 쟁투할수 없으며 백옥의 빈이 연애를 변개할
> 수 없으며 천리의 원이 연애를 쟁탈할 수 없으며 지식의 力이 연애를
> 해부할 수 없나니 차는 <u>우주의 신비</u>요 인정의 기미라.[41]

인용에 의하면, 연애는 이론도 지식도 아닌 정열로 인식되어 육체적
연애가 강조된다. 연애에는 주관이나 귀천이 없으며, 지식의 유무와 전
혀 관계가 없는 연애, 즉 연애지상주의를 말하고 있다. 또한 그는 연애를
'우주의 신비'로 풀고 있으며, 이러한 점은 일본 다이쇼기의 슈퍼 콘셉트
인 생명주의와 같은 맥락이다.

한편 이광수는 「혼인에 관한 좁은 식견」(『学之光』, 1917.4)에서, 영혼
과 영혼이 서로를 받아들여 포화의 만족에 달했을 때, 육체를 합체하면
연애는 완성되는 것이며, 즉 이것을 결혼이라고 말했다. 또한 애정 없는
결혼은 매춘 행위라고 매도하였다. 앞서 살펴본 바와 같이 이러한 이광
수의 언설은 이미 엘렌 케이의 영향을 받은 것으로 지적되었다.[42]

1920년대에 들어서 소설가 염상섭은 「조선 소설가의 연애관」(1926)에
서 연애에 대한 본연의 자세를 다음과 같이 말한다.

> <u>상대 형상 내의</u> 자기 발견의 기쁨! 이것이 강조되면 그야말로 <u>신성</u>
> <u>한 연애</u>에 끌고 간다. 그리고 연애는 예술화한다. 우리가 만일 보다 더
> 나은 생활 보다 더 향상된 생활을 욕구하며, 또 그 욕구가 필경은 창조
> 적 생활을 의미한다. 하면, 여기서 우리는 연애 생활도 예술화한 생활

---

41) 송진우(1915.5), 「사상개혁론」, 『學之光』, p.100. 필자 번역.
42) 구인모(2002), 「『무정』과 우생학적 연애론—한국 근대문학과 연애론」, 『비교문학』
    28号, 비교문학회, p.179

이 되는 것이다. 그리하여 고귀한 인격적 완성을 얻는 것이다. <u>생명력의 활약</u>의 정점에 달하는 것이다. 여기에 있어서 <u>양성의 성적 교류가 큰 조화</u>를 이루는 것이 중요한 조건 일뿐 아니라, 차라리 그 기조에서 출발하는 것을 한각하여서는 아니 된다. 이것이 곧 영육의 합치인 동시에, 나의 이른바 〈무〉에 대한 동경이요, 그 과정을 지나서는 〈완전〉에 득달하는 것이다.[43]

여기서 말하는 "상대의 형상 내의 자기 발견"이란 무엇을 의미하는 것일까? 이는 자신 안에서 발견되는 타자, 즉 두 사람이면서 곧 한 사람임을 의미하며 아리시마 다케오의 다음의 견해와 일치한다. 아리시마는 평론 「惜みなく愛は奪ふ」에서 "만약 내가 사랑하는 것을 모두 강탈하고, 사랑하는 것이 나를 모두 강탈하게 되면 이 때 두 사람은 곧 한 사람이다"[44]라고 언급해, 양성 합일을 연애의 궁극적인 일면으로 지적했다. 또한 그는 "내가 내 자신이 되는 일원의 생활, 그것을 나는 오랫동안 동경하였다"[45]고 하여 '영육의 합치'인 일원적 연애론을 제창하기도 하였다.

또한 염상섭은 "연애는 신성하고 예술이며, 그러한 생활은 창조적이기 때문에, 결과적으로는 생명력의 정점에 이르는 것이다"라고 주장하였다.[46] 그는 이러한 연애 활동은 남녀 간의 성교로 치환된 영육의 합치야말로 인간의 조화라고 역설하였다. 즉, 연애를 통해 성적 교섭을 갖는 것이 가장 자연스러운 것이며, 그러한 것이 종족 보존으로 연결된다는 사고이다. 덧붙여 이러한 연애활동과 성생활을 통해 종국에는 무아의 경지에 이르며, 이로 인해 인간은 '완전'을 얻는다고 하였다.

---

43) 염상섭(1926), 「감상과 기대」, 『조선 문사의 연애관』, 설화서관, p.12, 현대어 번역
44) 有島武郎(1920), 앞의 저서, p.439
45) 有島武郎(1920), 앞의 저서, p.424
46) 이러한 견해는 앞서 말한 앙리 베르그송의 『創造的進化』(1907)의 한 일면이며, 다이쇼기 생명사상에 근거한 사고로 사료된다.

염상섭은 「개성과 예술」(1922.4)에서 예술은 '작자의 독이적인 생명을 통해서 투시된 창조적 직관의 세계'라고 역설했다. 이러한 그의 생명관은 다음과 같이 언급된다.

> 나는 자아의 각성은 정으로부터 동에 피있고 살있고 눈물있는 지정의의 활약있는 <u>생명적 비약</u>이라고 말하였다. 함으로 근대인이 자아를 각성함으로써, 각개의 개성을 발견 확립하고, 그 위대와 존엄을 자각하며 주장함도 또한 <u>생명적 용약</u>이 아니면 안 될것이다. 그러하면 소위 개성이라는 것은 무엇인가. 즉 개개인의 稟賦한 獨異적 생명이, 곧 그 각자의 개성이다. 함으로 그 거룩한 獨異적 생명의 流露가 곧 개성의 표현이다.[47]

인용에 따르면 인간의 '개성'은 "생명적 비약"이나 "생명적 용약"에 의하지 않으면 안 된다고 풀이된다. 또한 "독이적 생명"은 곧 '개성'이라고 언급되어 앞서 소개한 아리시마의 사고와 동일성을 보인다. 즉 연애에서 이러한 '개성'을 발견한 점이 근대의 획기적 사랑의 발견이라고 볼 수 있겠다. 그러나 '개성'에 대한 지적은 앞서 설명한 아리시마 등의 시라카바(白樺)파에 의해 이미 제시된 바 있어 일본의 영향 관계를 뒷받침해 주는 대목으로 이해된다. 아울러 그의 이러한 발상의 근저에는 베르그송의 엘랑 비탈의 개념인 '생명의 약동'이 깔려 있음은 두말할 것도 없다. 염상섭은 이러한 개념을 바탕으로 개성의 다른 표현인 '獨異적 생명'이라는 새로운 개념을 탄생시켰던 것이다.

이러한 남성 문인들의 연애에 대한 사상은 여성 문인들도 공유하고 있으며, 이는 소설을 통해 재현되었다.

---

47) 염상섭(1922.4), 「개성과 예술」, 『염상섭 전집 12』, 민음사, p.36

2 결혼과 생활

2.1 구여성의 경우

「자각」의 여주인공 순실은 신교육을 받지 않은 구여성이다. 그녀의 결혼은 당시는 일반적이었을 부모들 간의 결정에 의해 성사된 것이었다. 이 때문에 순실을 비롯한 여자들은 돌연 예기치 않은 아이덴티티의 변모를 맛보게 된다. 그들은 시아버지와 시어머니, 시누이 등 대가족 제도 속에서 가사와 농사, 남편 시중 등 익숙지 않은 결혼생활을 감내해야 했다.

> 시체것들은 서방 계집이 밤낮 붙어 앉아 있어야 되는 줄 알더라. 우리네들은 젊었을 때 남편이 벼슬살이로 시골로 가든지 작은집을 얻어 몇 십 년을 나가 살든지 시부모 곱게 섬기고 시집살이 잘하였다.
>
> (「자각」, p.161)

이와 같이 순실의 시어머니는 옛 인습에 순응하는 구여성으로, 며느리의 고통은 조금도 배려하지 않는다. 순실은 이러한 시어머니에게 무조건 복종하며 인내해야 하는 조선의 며느리인 것이다. 여기에다 남편의 역할은 무력한 것으로 순실에게 전혀 의지가 되지 않는다. 이 때문에 부부는 가족들의 눈에 띄지 않은 곳에서 서로의 마음을 확인할 수밖에 없다. 순실은 일본으로 유학을 떠나는 남편에게 인사말 할 기회조차 얻지 못한다.

> 짐은 다 내어 실리고 그의 아버지, 그의 어머니, 그의 친구 모두 나섰는데 나는 나갈 수도 없고, 혼자 내방 모퉁이에서 울고 있는데 (후략) (「자각」, p.158)

순실 역시 구여성으로 연애결혼이 아닌 중매에 의한 전통결혼이었으므로 남편과 정신적인 대화를 나눌 수 있는 수준은 아니다. 따라서 이들의 결혼생활은 오로지 '육체'적 관계에 의해 지속되는 양상을 보인다.

> "인제 옷 벗고 어서 이리 드러누―"하며 그는 누운 채로 손을 내밀어 내 저고리 고름을 끄르더이다. (중략) 어쨌든 그날 저녁은 이별의 애처로움과 사랑의 속삭임과 희망의 이야기로 그만 밤을 지새우고 말았나이다. (중략) 그 이튿날 아침에는 마지막으로 좀더 같이 누워있자는 그의 붙잡음도 뿌리치고 (후략) (「자각」,p.157)

소설 서두에는 결혼 후 남편이 일본으로 유학을 떠나는 장면이 설정된다. 남편은 유학을 떠난 후 홀로 남겨질 어린 신부를 걱정해주는 자상함을 보이기보다는 친구들과의 송별회에서 술에 취해 밤늦게 귀가한다. 그리고 모자와 저고리를 벗어 던지기가 무섭게 이불 속으로 들어가 아내의 옷고름을 푼다. 남편은 부부 관계가 끝나자, 겨우 정신을 차리고 이별을 슬퍼하는 아내를 달래 준다.

이렇게 일본으로 떠난 남편은, 결국 신여성과 자유연애에 빠져 아내에게 절연장을 보내온다. 절연장에는 "지금까지의 결혼 생활은 인습에 의한 것"이라는 말이 적혀있어 순실을 크게 실망시킨다. 더욱이 남편이 "나에게는 이름뿐인 아내가 있지만, 애정이 없어서"라는 말로 여자들의 환심을 사고자 했다는 소문을 들은 순실은 크나큰 배신감을 느끼며 이혼에 응하기로 마음먹는다. 이때 순실을 더욱 고통스럽게 한 것은 신여성들에게 마치 자신이 '무학'이어서 '분별력이 없다'라고 이해되는 부분이었다. 이에 순실은 신교육을 받아 신여성이 되기로 결심한다.

즉 신교육을 받지 않은 구여성은, 남자들과 정신적인 대화를 할 수 없으므로 결국, 남자들에게는 성적 존재로 밖에 인정받지 못하며, 따라서 구여성도 신여성과 같이 신교육을 받아 자아에 눈뜨도록 계몽된다. 바꾸어 말하자면, 신여성에 의한 구여성의 박해를 통해, 구여성들의 자각을 촉구하는 작가적 전략이 노정되어 있다고 볼 수 있겠다.

2.2▌ 새로운 여자(新しい女)의 경우

『彼女の生活』의 마사코(優子)는 신교육을 받은 당대의 새로운 여자(新しい女)이다. 그녀는 마사코라는 이름처럼, 지식을 몸에 익힌 총명하고 통찰력 있는 여성으로 묘사된다. 마사코는 21세의 나이에 미국 유학에서 돌아온 닛타(新田)라는 남성과 로맨틱 러브에 빠지게 된다. 평소에 그녀는, 로맨틱 러브는 적극적으로 수용하여 즐기겠지만, 여성에게 종속적인 결혼은 하지 않겠다는 연애관을 가지고 있었다.

> 닛타는 마사코와 결혼하고 싶어 하지만 마사코는 그 무렵 자기를 생각할 수 있는 총명한 현대의 젊은 여자에게 흔히 있을 법한 의구심에서, 결혼이라는 것에 대해 불안을 느끼고 있었다. (중략) 결혼 후 자신이 남자로부터 어떤 대우를 받을까 하는 의문은 특히 젊은 그녀에게 세상의 모든 부부 생활에 대해 새로운 탐구적 사고를 일깨웠다. 그러나 그곳에는 마사코가 분개할 만한 여자들의 굴욕적인 모습이 있었다. 모든 여자의 허리에는 굵은 쇠사슬이 감겨 있어 마치 자신을 깨끗이 잊어버린 망령과 흡사한 창백한 얼굴들뿐이었다.[48] (『彼女の生活』, p.2)

---

48) 新田は優子と結婚しやうとしたけれ共、優子にはその頃、自己と云ふものを考へることの出来る聡明な現代の若い女に有り勝ちな危惧の念で、結婚と云ふものに就いても不安を持ってゐた。 (中略) 結婚後の自分が男から何う云ふ待遇を受けるかと云ふ疑念は、殊に若い彼女に世間のあらゆる夫婦生活の上に新な考究の眼を向けさせた。そこには優子が憤慨為ずには居られないやうな女の屈辱ばかりが見出された。どの女の腰にも太い鎖が巻き付いてゐた。まるで自分と云ふものを失ひ尽してゐる亡霊のやう

"나는 어떻게든 자유롭게 살고 싶다. 나는 사랑도 자유롭고 자연스럽게 하고 싶다. 우리는 결혼을 하지 않으면 안 된다는 사랑의 의무감을 느끼고 싶지는 않습니다. 결혼 따위 피해서 영원히 자유롭게 사랑하며 살아 갈 수는 없을까요?"[49] (『彼女の生活』, p.3)

마사코는 '결혼'에 대해 일말의 '의구심'을 갖고 있었다. 그것은 '현대의 젊은 여자'라면 누구나 느낄 수 있는 것으로 '불안'과도 같은 것이었다. 아울러 남녀의 결혼생활은 탐구되어야 할 부분이 많다고 생각하며, 결혼 후에 여자들이 받는 '대우'에 대해서도 의구심을 떨쳐버리지 못한다. 그러나 가장 심각한 우려는 결혼하게 되면 '自我'가 상실되어 버린다는 점이었다. 따라서 자유롭게 연애는 즐기지만 가능하면 결혼은 영원히 피하고 싶다는 것이 마사코의 생각이다. 이는 오늘날을 살아가는 여성들에게도 상관되는 사고로, 당시의 자유연애에 따른 결혼이 당연시 되고 있었던 것을 상기하면 대단한 통찰력이라 하지 않을 수 없다.

마사코는 결혼 전에는 이처럼 심사숙고하는 모습을 보이지만 "결혼 후에도 자유를 보장한다"는 닛타의 한마디에 결혼을 결심해 버린다. 결혼 초기에는 약속대로 두 사람은 각각 자신들만의 서재를 갖고 "서로가 함부로 드나들지 않기"로 약속한다. 또한 일에만 전념할 수 있도록 가사 도우미까지 고용함으로써, 마사코는 마치 자신이 원하던 새로운 결혼에 성공한 것 같은 기분을 맛본다. 그러나 도우미들은 하나 같이 "무질서, 불규칙"한 일 태도로 마사코가 원하는 레벨의 서비스를 해낼 수 있는 사람은 한명도 없었다. 따라서 이들을 모두 해고한 마사코는 자신과 남편이

な蒼い顔ばかりがあった。

49) 「私はどうかして自由に生きたい。私は恋も自由に自然にさせておきたい。私たちは結婚をしなくてはならないと云ふ愛の義務は持ちたくありません。結婚なぞと云ふことを避けて永久に恋の自由にお互いに生きてゆくことは出来ないものでせうか。」

직접 가사를 분담하여 꾸려가기로 한다. 이에 남편도 동의하고 처음에는 가사에 적극적이더니 시간이 갈수록 차츰 량을 줄여, 결국 '도우미 수준'에 머물고 말았다. 이윽고 남편은 "남자의 책임과 의무"를 다하기 위해서 "무겁고 큰" 이른바 비중 있는 일을 해야 한다고 변명을 늘어놓으며 가사에서 점점 멀어져 갔다. 그럼에도 불구하고 "총명한" 마사코는 남편의 기분을 상하지 않게 배려하며, 아내로서의 책무를 다하기 위해 세세한 부분까지 신경을 쓴다. 그러는 사이에 마사코는 "기개를 잃고 안색도 창백하게 변해" 어느새 집안에서 두문불출하는 날들을 보내게 된다.

> 자신의 생활은 아무래도 남자에게 종속된 것이었다. 그것은 어떻게 거역할 수도 없는 두 사람의 생활의 실제 모습이었다. 여자의 자유를 인정해 여자가 살아가려는 길을 해방시키겠다고 맹세한 닛타가 현재의 자신들의 생활이 여자의 자유를 빼앗고 있다는 사실을 모르는 것은 아니었다. (중략) 여자가 어떤 인내와 어떤 신념을 가지고, 열심히 가정의 용무를 처리하는 기특한 모습을 지켜보면서, 마사코의 그런 신념에 찬 성실함에 편안한 마음으로 그저 시치미 떼고 있을 수밖에 없었다. (중략) 만족해하는 닛타 앞에서는 선량한 아내이기를 바라는 것 같은 비굴함이 여느 때와 다르게 그녀의 마음속에 퍼져 있는 것을 마사코는 자신에게 느끼고 있었다. 그것은 마사코에게는 끔찍한 타협의 시작이었다.[50] (『彼女の生活』, pp.14~16)

---

50) 自分の生活は何うしても男に從屬してゐるものであった。それは何う拒むことも出来ない二人の生活の事実であった。女の自由を認め、女の生きやうとする道を解放しやうと誓った新田は、矢っ張り現在の自分たちの生活が女の自由を奪ってゆくことに気が附かなくはなかった。(中略)女がある我慢とある信念とを感じて、一生懸命に家政の用を果たして行くいぢらしい姿を見守りながら、優子のその健気な信念に心を安めて顔を背向けてゐるより仕方がなかった。(中略)新田の満足の前には、善良な妻でゐることを願ふやうな媚が、何時ともなく彼女の心底に染みひろがって居る事を優子は自身に感じてゐた。それは優子に取って恐ろしい妥協の最初であった。

마사코는 결혼생활에서 노력하면 할수록 자신의 위치가 "남자에게 종속"되어 가는 처량한 모습으로 변모함을 느낀다. 결혼 전에 여자의 자유 운운하던 닛타는 아내의 가사에 대한 분발을 은근히 편안해하며 모른 채 "시치미"를 떼는 이중성을 보인다. 남편의 안색이 편안해지면 마사코는 한층 더 '선량한 아내' 연기에 열중하며 자신과 타협해 간다.

이러한 〈노예화〉의 프로세스는, 그 유명한 「세릭만의 개의 실험」을 통해 입증된 바 있다. 개에게 전기 쇼크를 여러 번 가하면, 개는 도망치는 것을 단념하고 웅크리고 앉아 상황에 순응해 버린다. 그리고 그런 순응으로부터, 절망, 무기력감을 학습해 간다. 이 세릭만의 개와 주부들은 같은 운명에 있다고 말할 수 있다. 개가 처음에는 자신이 처한 상황으로부터 어떻게든 탈출해서 자유로워지고 싶어 하지만, 그것이 불가능하다는 것을 느끼는 순간 서서히 의지를 잃어간다. 여기에 계속해서 엄격한 구속을 받게 되면, 마침내 '아무래도 이곳에서 영원히 벗어날 수 없다'고 단념해 버린다. 이제는 그저 가만히만 있으면 어떻게든 된다는, 익숙해져 버리면 어떻게든 된다는, 익숙해지면 그만큼 고통도 덜어진다는 생각을 하며, 이윽고 극히 수동적이며 의존적인 성질의 개가 되어 버리는 것이다. 우울증에 걸린 주부는 세릭만의 개의 별칭이었던 것이다.[51]

마사코 역시 자신의 자유가 결혼에 의해 "압착되어가는 괴로움"에서 남편에게 화를 내며 '히스테리 환자'로 전락하여, "격렬하게 울거나 화를 내는" 등의 '우울증' 증세를 보인다. 그러나 "총명한" 마사코는 자신의 기분을 스스로 정화하여 "너의 현재 생활 전체가 사랑이다. 사랑뿐이다. 그 사랑으로 넓고 크게 사는 것이 현재의 생활에서는 자연스러운 것이다"고 자신을 마인드 콘트럴하여 결혼생활의 새로운 의의를 찾으려 노력한다.

---

51) 小倉千加子(2005), 『セックス神話解体親書』, ちくま文庫, p.130

이윽고 가족애를 발휘해 남편의 조수가 되어 그의 창작을 돕기로 한다.

오구라(小倉)는 이러한 주부의 '가족애'를 '남편의 목적을 자신의 목적으로 삼아, 여성들이 자신의 에너지를 남편의 목적에 총동원하기 위한 이데올로기 장치'라고 지적한다.[52]

마사코는 남편의 달콤한 구술에 넘어가 결혼을 결행했지만, 실제의 결혼 생활은 상상했던 것 이상으로 자신을 구속시키고 〈종속화〉시키는 것이라는 점을 깨닫게 된 것이다. 즉 결혼은 여자의 아이덴티티의 근원을 흔드는 것이었다. 그러나 이혼은 결혼보다 더욱더 어려운 문제라고 생각한 '총명한' 마사코는 결국 '가족애'에 안착하게 된다.

3 〈자유〉의 구가

자유(自由, liberty, freedom)란, 다른 것으로부터 구속·지배를 받지 않고 자기 자신의 본성에 따르는 것을 말한다. 근대에 있어서 자유의 개념은, 다른 사람의 의지에 의해서가 아니라 자신의 의지에 따라서 행동하는 것으로 파악할 수 있다. 이런 자유 개념이 봉건적인 신분제로부터의 해방이라고 하는 사상을 이끌어, 유럽의 시민혁명을 이룩해 냈다. 사회 계약설에서는, 정부에 의한 통치가 그 정당성을 획득하는 것은, 사회 계약에 대한 피통치자의 동의에 의한다고 규정한 후, 사회 계약을 깨는 정부에 대해서는 이것을 뒤집을 권리(혁명권)가 있다고 정리된다. 또한 자유는 또 다른 사람의 자유와도 충돌한다. 타인의 자유를 존중하지 않고 제멋대로 행동을 해서는 안 된다는 생각은, J.S. 밀 「자유론」에서 표명되

---

52) 小倉千加子(2005), 앞의 저서, p.134

어 오늘날 타자위해(他者危害)의 원칙으로써 넓게 지지를 받는 자유관이다.[53] 여성은 이러한 자유의 개념을 긍정적으로 받아들여 자신들의 본성에 의한 삶을 추구하였다.

3.1 ▌ 학문을 통해

「자각」의 순실은 일본 유학중인 남편으로부터 갑자기 〈절연장〉을 받고 큰 충격에 빠진다. 소문에 의하면 남편이 일본에서 신여성들과 자유연애를 하고 있다는 것이었다. 이러한 엘리트 남성과 신여성들의 연애는 당시의 연애 풍속도였다. 박을미(1984)의 분류에 의하면, 신여성들의 결혼 형태는 ①(구여성과의 조혼으로) 첩이 되는 경우, ②후처가 되는 경우, ③독신 여성의 출현과 만혼으로 나뉜다.[54]

소설 「자각」은 이러한 시대 상황을 근저로 하여 집필되었다. 순실의 남편으로부터 전달된 절연장에는 "그대와의 이혼은 전연 부모의 의사로만 성립된 것으로 내게는 책임이 없으며, 지금까지 관계를 계속해 온 것은 인습에 눌리고 인정에 끌리었던 것이니, 미안하지만 나를 생각지 말고 그대의 전정(前程)을 스스로 결정하라"는 내용이 담겨있어, 이를 본 아내 순실은 끓어오르는 '분노'와 '배신감'을 가까스로 억누르고, 이내 냉정을 되찾아 자신이 이혼 당하게 된 원인을 찾아내고, 즉시 남편에게 이혼에 동의하는 회답을 보낸다.

> 여자의 몸이라고 그래도 환경을 벗어나지 못해서 이상에 안 맞는 남편과 억지로 지내면서도 남다른 고생을 겪지 않으면 아니 되는 자기

---

53) 出典: フリー百科事典『ウィキペディア(Wikipedia)』, 2008.10.10
54) 박을미(1984), 「1920년대 여성해방 의식과 지위 변화에 관한 연구」, 연세대학교 석사논문, p.49

불행을 언제나 한탄하고 있었나이다. 아이는 남녀 간 낳는 대로 돌려
보내겠나이다. 나는 아이를 데리고는 전정을 개척하는 데 거리끼는 일
이 많을까 함이외다. 그러나 아이의 행복을 누구보다도 제일 간절히
바라는 사람이 이 세상에 또 하나 있음을 아이에게 알려 주소서.

(「자각」, p.157)

순실은 결혼 당초부터 신교육을 받은 남편과는 '理想'이 맞지 않았다.
그러나 부모들의 뜻에 따라 맺어진 결혼이므로 따르는 것이 도리라고 생
각하며 착한 딸을 연기해왔다. 그러나 남편에게 일방적으로 절연장을 받
고 보니 그동안 겪었던 마음고생이 새삼스럽게 서러웠다. 절연장을 받았
을 때 순실은 공교롭게도 임신 중이었다. 그러나 헤어지게 된 마당에 아
이는 걸림돌이라는 생각이 든 순실은 남편에게 단호히 "아들이건 딸이건
낳는 대로 돌려주겠다"는 통보를 한다. 이런 결론은 자녀는 출생과 더불
어 부성(父姓)을 따르는 것이 자연스럽다고 보는 한국의 전통에서는 당
연한 결론일 수 있다. 아울러 이러한 설정은 앞서 밝힌 김일엽의 사생활
과도 일치하는 부분이다.

순실은 이혼의 고통을 통해 자신을 성찰하는 계기를 갖는다. 그리고
남편이 불륜을 저지른 이유를 두 가지로 결론 내린다. 하나는 자신이 신
여성들처럼 신교육을 받지 못해 서로의 이상이 맞지 않았다는 점, 다른
하나는 그럼에도 불구하고 남성도 결혼해 지아비가 된 이상 '정조'를 지
켜야한다는 것이었다. 따라서 순실은 가장 먼저 신교육을 받아 신여성이
될 것을 제일의 목표로 삼는다. 이어서 정조를 지킬 줄 아는 신남성을
만나 로맨틱 러브에 의한 결혼을 하는 것이었다.

순실은 곧 바로 이혼에 동의하고 시댁을 나와 본가로 들어갔다. 이듬
해 아이를 출산해 시댁에 돌려주고 신학문을 위해 여학교에 입학한다. 그

후 3년이라는 시간을 학문에 정진한 결과 대망의 졸업을 앞두게 되었다. 이혼한 후에도 계속해서 남편으로부터 반성과 복연(復緣)을 희망하는 편지가 날아왔지만, 그녀는 냉정히 대처하며 다음과 같이 회답하였다.

> "나를 끈에 맨 돌맹이 인줄 아느냐. 오라면 오고 가라면 가게….백계집을 하다가도, 10년을 박대하다가도 손길 한 번만 붙잡으면 헤헤 웃어 버리는 속없는 여자로 아느냐." (「자각」, p.157)

순실은 거듭되는 남편의 반성에도 아랑곳없이, 자신은 남편들이 불륜을 저지르고 박대당하다가도 "손길 한번만 붙잡으면" 용서하는 그런 '한심한 여자'가 아니라며 강경한 자세를 굽히지 않는다. 또한 신교육을 받은 후의 순실은 다음과 같은 결연한 각오를 보인다.

> "이왕 사람이 아닌 노예의 생활에서 벗어났으니 인제는 한개 완전한 사람이 되어 값있고 뜻 있는 생활을 하여야 하겠나이다. 그리고 사람으로 알아주는 사람을 찾으려 하나이다." (「자각」, pp.169~170)

순실은 결혼한 아내로서의 여자의 체험, 그리고 남편에게 배신당한 이혼의 체험으로부터 신학문을 통한 재생의 길을 선택했다. 그리고 신학문에 의해 그녀가 깨달은 점은, 지금까지는 구습 안에서 "노예"와 같은 생활을 해 왔으나, 교육을 받고나니 여자도 "완전한 사람"이 될 수 있다는 희망을 갖게 되었다는 것이다. 순실에게 이제는 여자를 '인간'으로서 대등하게 인정해 주는 그런 신남성을 찾는 일만 남았다.

그러나 이처럼 '자아'에 눈뜬 조선의 여자가, 가정과 자식을 버리고 '노라'의 길을 선택한 경우, 그녀들을 받아줄 열린사회는 아직 준비되어 있지 않다는 점이 또 하나의 여성들의 비극을 잉태하고 있다고 하겠다.

3.2▌ 창작을 통해

『彼女の生活』의 마사코는 새로운 여자로서 "자신은 어디까지나 고귀한 자신이라는 존재위에 독립된 한사람으로 살겠다"고 결정한 후, "물질적인 생활도 완전하게 유지 되도록" 직업을 갖고자 했다. 이를 위해 그녀는 결혼 후에도 자신의 서재에 틀어박혀 두문불출하며 집필과 독서에 빠져 보낸다. 그리고 이러한 생활이 안정되게 유지되도록 가사 도우미까지 고용하지만 결국은 가사를 혼자서 점령해 "에이프런"을 걸친 그야말로 슈퍼우먼적 발상으로 상황을 전개해 나간다.[55] 이처럼 일상생활의 습관에 의해 아내의 역할을 체화시킨 마사코는, 오로지 남편 닛타와의 관계성 속에서 살아가게 되지만, 이러한 삶의 방식으로는 역시 소중한 자신만의 창작시간이 줄게 되므로, 자신의 진정한 생명의 연소는 불가능하게 된다.

> 가정 일을 완전하게 막힘없이 해놓고, 그 위에 자신이 살아갈 길을 열어 가는 것이다. 한편으로 아내의 의무를 다하고, 한편으로는 영혼을 가진 여자로서 살아가는 길을 끊임없이 탐구하는 것이다.[56]
>
> (『彼女の生活』, p.19)

---

55) 근대 초기 여성의 교육은, 인간은 나면서부터 동등하다는 점, 균등한 기회를 부여해야 한다는 점에서 자유주의 페미니즘과 유사한 입장을 취한다. 그러나 자유주의 페미니즘은 동등한 교육, 기회를 강조한 나머지 남녀의 차이를 인정하지 않음으로써 가정과 직업 간의 긴장관계를 해결하지 못하고 역설적으로 여성을 슈퍼우먼으로 내세우는 우를 범한 반면, 근대 초기 여성론은 남녀평등권은 인정하나 여성의 육아, 신체적 약함을 들어 여성의 사회참여를 제한함으로써 실제로 여성교육의 의미가 무색하게끔 만들고 있다. 이 모순은 이후 지금까지 한일 여성 지식인들의 끊임없는 갈등 요인이 되고 있다. (최혜실(2000),『신여성들은 무엇을 꿈꾸었을까』, (주)생각하는나무, p.37)

56) 家政の仕事を完全に滯りなく運ばせて行って、その上にも自分は自分の生きてゆく道を開いてゆくのである。一方には妻の務めを尽くし、一方には靈魂を持つ女として生きてゆく道を怠らず求めるのである。

소설 속에서 마사코는 어려운 상황에 처했을 때 처방전으로 매번 ‘사랑’을 선택하며 맹신을 보인다. 이번에도 그녀는 사랑의 힘을 믿으며, 가사가 먼저고 그 다음이 ‘일’이라며, 가사와 일의 순서를 정하는 것으로 고민에서는 일단 해방된다. 이러한 자신과의 타협을 반복하는 동안, 그녀는 가사를 완벽하게 해내고 나서 일을 해야 한다는 것을 기정사실화 해간다. 이런 사고가 반복되자 결국 자신의 일인 창작 활동을 중지하고 조수로서 남편의 일을 돕는 것으로 만족해 버린다. “총명한” 새로운 여자라도, 결혼이라는 현실은 그녀를 남편의 ‘종속’물로 바꾸어 버리는 구조라는 것이 여실히 드러나는 대목이다. 마사코는 다시 한 번 심기일전하여 남편에게 애정을 갖고 대하며 아내의 역할에 정진한다. 이런 마사코의 노력으로 부부 사이는 일시적으로 회복세를 보이나, 역시 자신의 일에 대한 미련을 버리지 못하고 이내 고민에 빠지고 만다. 이윽고 두 사람은 ‘결혼이 죄’라는 결론을 내리게 된다.

> 완전히 아내의 복종, 아내의 충실, 아내의 정숙, 아내의 근신은, 결혼생활을 미화 하는 큰 수단으로써 특별히 선택된 생활 방식의 하나이다. 여자의 도덕이라기 보다는 결혼생활의 예법을 배워 그 예법의 그림자에 숨어 있지 않으면, 도저히 결혼 생활에 따른 폭로의 치욕을 감내할 수 없다.[57] (『彼女の生活』, p.34)

마사코는 결혼 생활이 여자에게 요구하는 “복종”, “충실”, “정숙”, “근신”을, 결혼 생활을 유지하기 위한 “예법”에 지나지 않는다고 정리해, 창작

---

[57] 「全く妻の服従、妻の忠実、妻の貞淑、妻の謹慎は、結婚生活を美化する大きな手段として特に選ばれた生活の作法の一つである。女の道徳と云ふよりも結婚生活の作法を学んでその作法の影にかくれて居なければ、到底結婚生活の暴露の恥辱に堪へては行かれない。」

노트 구석에 메모해 둔다. 그리고 이런 메모들을 참고로 하나의 완성된 평론을 출간한다.

> 그녀의 노력은 헛되지 않았다. 그녀가 완성한 평론이 발표되자, 어느새 일부 청년들에게 칭찬과 좋은 평판을 받게 되었다. 결혼에 대해, 구습에 갇힌 부인들의 생활을 통절하게 피력한 문장에는 그녀의 사색의 철저함과 표현의 솔직함과 감정의 치열함이 잘 표현되었다. 젊은 그녀가 다른 여자들과 달리, 어쨌든 그 사상 위에 강한 자각의 번뜩임이 있는 점을 들어 남자들은 그녀를 유망하다며 칭찬했다.[58]
>
> (『彼女の生活』, p.35)

마사코는 지금까지 여자로서 겪은 결혼의 실체를 솔직하고 세밀하게 메모했다가 이를 발판으로 평론을 발표했다. 그녀의 평론을 동료들은 "자각의 번뜩임"이라며 호평하였다. 이에 고무된 마사코는, 남자들은 결혼해서도 '일'에만 열중하지만 여자는 '가사와 일'이라는 두 가지 역할을 경험함으로써, 양적으로 우수한 역량을 비축하게 되며, 이는 창작에 유리한 조건을 제공한다고 긍정적으로 생각하게 된다. 따라서 남자들보다 여자들이 더 저력이 있다는 자부심을 갖게 된 마사코는 예전의 부정적 태도를 바꿔 긍정적 견지에서 좋은 작품을 쓰겠다는 결심을 한다. 그런 순간 예기치 않게 자신의 몸에 생명이 자라고 있음을 알게 된다.

---

58) 彼女の努力は無駄ではなかった。彼女が書き上げた一とつの評論が発表されると、忽ちそれがある一部の青年たちに推賞されて、評判になった。結婚について囚はれたる婦人の生活を痛切に披瀝したその一文には、彼女の思索の徹底と、表現の率直と、感情の熾烈とがよく現はれてゐた。若い彼女が他の女たちとは違って、兎に角その思想の上に強い自覚の閃きのある事を云って男たちは彼女を有望だと云ひはやした。

서글픈 절망-마사코는 자신들 사이에 자식은 결코 없을 것이라고 생각했던 어리 석음을 책망하기보다도, 이 후 자신의 생활에 있어서 또 다시 새로운 책임이 더 해진 것을 절망적으로 생각했다.[59]

(『彼女の生活』, p.37)

마사코는 임신을 깨닫는 순간 '절망적'으로 변한다. 이러한 절망은 출산 후 혼자서 겪게 될 육아에 대한 책임 때문이다. 그녀에게 육아는, 아직은 자신의 일을 방해하는 마이너스적 의미인 것이다. 애석하게도 시대는 중절을 인정하지 않았기 때문에 마사코는 할 수 없이 아이를 낳기로 결심한다. '총명한' 마사코인지라 이러한 육아경험 또한 창작의 자료가 된다고 생각해 긍정적 마인드에서 출산을 결정하지는 않았을까?

4 남자들의 약속

「자각」과 『彼女の生活』 두 작품 모두 이성애에 의한 '결혼'과 '생활'을 그리고 있다. 「자각」은 한국의 전통에 의한 중매결혼이, 『彼女の生活』은 로맨틱 러브에 의한 연애결혼이 소설의 기저가 되어 있다.

작품에 등장하는 남편은 두 사람 모두 유학파이다. 「자각」의 순실의 남편은 일본 유학파이고, 『彼女の生活』의 마사코의 남편은 미국 유학파이다. 두 남편은 알고 보면 당대의 인텔리이자 '새로운 남성(新しい人)'들인 것이다. 그들은 각각 아내에게 결혼 생활 중 어떤 '약속'을 하게 된다.

---

59) 悲しい絶望―優子は自分たちの間に子供なぞは決して出来ないと思ってゐるその愚かしさを思ふよりも、この後の自分の生活の上に又新な責任の殖えたことを何時までも絶望的に考へてゐた。

우선, 「자각」의 순실의 남편의 예를 보자. 그는 일본으로 유학을 떠나던 전날 밤, 아내 순실에게 다음과 같은 약속을 한다.

> "왜 이리 우? 남 좋은 공부하러 가는데….그리고 내가 집에 있어야 당신에게 무슨 도움이 되겠소. 마음으로 암만 동정한대야 무슨 소용이오. 내가 어서 공부를 마치고 돌아와야 내가 번 돈으로 당신을 먹이고 입히고 할 터이고 그리고 또 이 복잡하고 귀찮은 부자유한 이 가정에서 당신을 구원해 낼 수도 있지 않소? 그러니 한 3,4년만 눈 딱 감고 참아 주구려. 자 어서 이리 드러누워요."하고 힘 있게 나를 껴안더이다. (「자각」, p.157)

순실의 남편은 일본에서 공부하고 돌아와 취직해서 번 돈으로 호강도 시켜주고, 지금의 '부자유'한 관습에서도 해방시켜 준다고 '약속'한다. 게다가 일본으로 출발하던 당일 아침, 그는 "나 없는 동안 아무쪼록 내 사랑을 믿고 힘들더라도 참아 주오"라는 말을 남긴다. 그리고 일본유학 생활의 외로움을 달래기 위해 편지를 보내 "그대는 나의 생명수"라며 온 갓 너스레를 떤다. 또한 방학이 되면 귀국하여 순실의 서비스를 받으며 심신에 쌓인 피로를 풀고는 다시 일본으로 돌아가곤 하였다. 다음 인용은 남편이 일본유학 생활에서 얻은 경험담이다.

> 자기 친구 중에는 여학생을 부러워하지 않는 이가 없는 모양이나, 자기는 허영심이 많고 아는 것도 없이 건방지고 고생을 견디지 못하는 여학생들에게 결코 마음이 쏠리지 않는다고 하며, 자기 아내인 나는 신식 학교는 아니 다녔더라도 여학생만 못지않게 아는 것이 있고, 이해가 있다고 하며 더할 수 없이 나를 만족해 하고, 내게만 정을 주는 듯 하였나이다. (「자각」, p.164)

순실의 남편은 당시 일본 유학생들의 분위기를 아내에게 전해주며, 로맨틱 러브를 즐기는 여학생들의 인기가 높다는 말을 한다. 그런데도 자신은 그런 신여성들에게는 관심도 없고 구여성이라도 지금의 아내가 소중하다며 입에 발린 말로 순실을 안심시킨다. 순실은 구여성인 자신을 그렇게까지 긍정적으로 평가해 주는 남편을 신뢰하지 않을 수 없었다. 그리고 2년이라는 세월이 흘러 불행은 다가왔다. 그렇게도 사랑을 맹세하고 행복한 장래를 '약속'했던 남편이 자신의 말을 뒤집고 신여성과 연애에 빠진 것이다. 남편은 이혼을 요구하는 절연장에서 "지금까지의 너와의 결혼생활은, 인습과 인정"에 의한 것이며 진정한 사랑이 아니었다고 과거의 모든 것을 부정한다. 이러한 남편의 배신에 순실은 오히려 침착하게 '이상에 맞지 않는 남편'이었다고 이성적으로 판단하여 이혼을 받아들인다. 이윽고 신여성이 되기 위해 신교육을 받은 순실은 과거를 뒤돌아보며 남편에 대해 다음과 같은 결론을 내린다.

> "어쨌든 지금 생각하니 내가 이상하는 이성은 그대와 같은 이는 아니었나이다. 남성답지 못하고, 줏대가 없고, 여자를 사랑하기는 하지만 인격적으로 대하지 아니하고, 이왕 상냥한 아내를 둔 이상 절대로 정조를 지켜야 하겠다는 자각이 없는 그이었나이다." (「자각」, p.169)

순실은 과거의 남편은 "남자답지 못하고, 줏대가 없고", 여자의 인격을 무시하는 사람이었다고 회고한다. 또한 남자도 결혼한 이상 여자와 같이 "정조"를 지키는 "자각"이 필요하다고 일침을 놓는다. 순실은 남편에 대한 미움을 발판으로 신여성이 되어 새로운 삶의 방식을 실천해간다.

한편 『彼女の生活』의 닛타는 로맨틱 러브 상대인 마사코와 결혼하기 위해 다음과 같은 '약속'을 한다.

"당신은 나를 세상의 보통 남자와 같이 생각하고 있군? 나는 여자에 대해 좀 더 새로운 눈으로 이해하고 있어. 나는 결코 당신을 나보다 뒤떨어진 사람이라 생각하지 않아. 어디까지나 나와 동등한 권리자의 위치에 있어야 할 사람이라고 생각해. 나는 당신의 그런 독립적 의지를 존중하지. 물론 우리는 세상의 보통 부부들과 같은 관계를 만들어서는 안 돼. 어디까지나 당신은 나의 반려이며, 나는 당신의 친구야. 나는 지금까지보다 더 당신의 자유를 인정하여 당신이 가려고 하는 길을 열어 주겠어. 당신을 자유롭게 살도록 하는 것은, 자신을 자유롭게 살게 하는 것이지. 나는 당신을 단지 가정 안의 여자로서 희망하는 것은 아니다. 당신을 아내로 맞이함과 동시에 당신을 영혼을 가진 여성으로 존경하려는 점이야말로 나의 결혼에 대한 이상이다. 그것이 진정한 결혼이라고 생각해. 그것이 또 정신적인 결혼이다. 이런 결혼이 바람직하지 않다고 한다면 나 역시 굳이 결혼 같은 것을 할 필요는 없다."[60)]

(『彼女の生活』, pp.6~7)

이상 닛타가 마사코에게 한 약속을 정리해 보면, 먼저 결혼 후에도 여자의 "독립적 의지를 존중"하고, "자유를 인정"하며, "가정 안의 여자"가 아닌 "영혼을 가진 여성"으로서 존경하겠다는 것이다. 그리고 자신이 주장하는 결혼이야말로 '이상적 결혼'이라고 역설한다. 이러한 닛타(新田)

---

60) 「あなたは私を普通の世間の男と同じに見てゐるのではないか。私はもう少し女と云ふものに対して新しい理解を持ってゐる筈だ。私は決してあなたを私より劣ったものだとは思ってゐない。何処までも私と同権者の地位に居るべき人だと思ってゐる。私はあなたの其の独立の意志を尊重してゐる。無論私たちは世間普通の夫婦関係のやうなものを作ってはいけない。どこまでもあなたは私の伴侶であり、私はあなたの友達である。私は今までよりももっとあなたの自由を認め、あなたの進まうとする道を開いて上げる。あなたを自由に生かすことは、自分をも自由に生かすことである。私はあなたを単に家政の女として求めてゐるのではない。あなたを妻とすると同時にあなたを霊魂を持つ女性として尊敬しようとする点に私の結婚の理想があるのである。それが真の結婚だと思ふ。さうして又精神的な結婚だ。斯う云ふ結婚が望まれないくらゐなら、自分もまた求めて結婚なぞを為る必要はない。」

를 그의 이름처럼 마사코는 '새로운 남자(新しい人)'로 인정한다.

그렇다면 닛타는 과연 이러한 많은 결혼 전의 약속을 지켰을까?

우선 닛타는 마사코의 "독립적 의지를 존중"하기위해, 결혼하자마자 별실을 마련해 서재를 따로 만들어 '자유롭게' 일에 몰두하도록 한다. 또한 "가정 내의 여자"를 만들지 않기 위해 가사 도우미를 고용한다. 그 후 마사코가 불성실한 도우미에게 적응하지 못하자 곧바로 가사를 분담하는 성의까지 보인다. 그러나 이러한 닛타의 행동은 평소부터 몸에 밴 자연스러운 것이 아니라 인텔리의 관점을 통한 이성적 노력의 산물이었다. 따라서 얼마 되지 않아 그의 노력은 바닥을 드러내고 만다. 이내 닛타는 자신이 하는 창작적인 일은 "무겁고 크며" 가사는 "극히 가벼운 것"으로 인식해 점점 가사에서 멀어져 간다.

> 자신을 위해서 호의와 동정심을 아끼지 않는 아내를 자신의 옆에 두고 있을 때 닛타는 행복했다. 자신의 서재에 틀어박혀 자신의 일에만 몰두하고 있는 마사코를 지켜보는 것보다도, 닛타에게 아내다운 감정을 가지고 자신을 대해 줄 때의 마사코에게 한층 깊은 사랑을 느꼈다.[61] (『彼女の生活』, p.14)

닛타는 결혼 전에 마사코에게 가정 내의 여자를 바라지 않는다는 약속을 했었다. 그러나 결혼 후 얼마 되지 않아 마사코가 일에 몰두해 "독립적 의지"를 연마하기 보다는 아내로서 남편을 돌봐주는 양처에게 "한층 깊은 사랑"을 느낀다고 토로한다. 그런 닛타의 의중을 눈치 챈 마사코는

---

61) 自分のために好意と同情とを尽くしてくれる妻を自分の傍に見い出す時、新田はどんなにか幸福であった。自分の書斎に篭って自分の仕事に没頭してゐる時の優子を見るよりも、新田には妻らしい感情を持って自分に接してくれる時の優子の方に一層深い愛を感じるのであった。

자신도 모르게 그만 주부 역할에 전념하며 남편의 비위를 맞추는데 급급해 한다. 결국 닛타는 아내를 "영혼을 가진 여성으로서 존경"하는 것이 아니라, 가사에 열과 성을 다하는 평범한 주부의 모습에 사랑을 느끼고 안심하는 것이다. 더구나 마사코가 쓴 평론이 좋은 평판을 얻어 지인들의 방문이 잦아지자, 닛타는 그들이 異性이라는 이유로 방문을 거절하도록 종용한다. 이러한 그의 태도는 마사코의 "자유를 인정"한다고 했던 약속과는 동떨어진 소인배들의 행동 바로 그것이다. 이러한 남편의 행동에 실망해 괴로워하는 마사코에게 닛타는 "나는 결코 다른 여자를 사랑하지 않겠다"는 새로운 약속을 하는 것으로 순간적으로 위기를 모면하려 한다.

「자각」의 순실 남편도, 『彼女の生活』의 닛타도, 결혼 전이나 결혼생활에서 아내를 위한다는 명목 아래 많은 약속을 한다. 그러나 자신들이 했던 약속을 간단히 저버린다. 이처럼 소설에서 남자들이 추구하는 사랑은 자신만을 생각하는 '이기적인 사랑'이다. 그러므로 순간적으로 여자에게 많은 약속을 하지만 이는 우선 여자의 마음을 얻고 보자는 심산이므로, 결혼 등 얻고자 하는 소기의 목적이 달성되면 이내 돌변해, 오히려 여자에게 '이타적 사랑'을 강요한다. 이러한 남편들의 주문이 결국 여자에게는 '가족애' '모성애'라는 형태로 나타난다.

1920년대 초반 서구에서 시작된 로맨틱 러브가 한국과 일본에 수용되어 상찬되었다. 이러한 로맨틱 러브의 근저에는 당대의 철학자 베르그송의 생명주의적 시점이 깔려있다. 일본에서는 아리시마 다케오의 평론 「사랑은 아낌없이 빼앗는다(惜みなく愛は奪ふ)」에, 그리고 한국에서는 염상섭의 평론 「개성과 예술」에서 그 수용 상태를 찾아 볼 수 있었다. 근대의 로맨틱 러브는 생명의 비약에 의해서 생성된 의지이자 본능으로 여겨져 창조되었다. 이러한 로맨틱 러브는 연애지상주의를 낳았으며 양국의 문학자들에 의해 작품 속에서도 묘사되고 또 실생활에서 실현되었다.

「자각」과 『彼女の生活』은 문예 잡지 『新女子』와 『青鞜』의 사상이 근저에 깔린 소설로 다이쇼 생명 주의의 숨결이 느껴지는 작품이다. 따라서 두 작품에는 각각의 입장과 경우에 걸맞은 새로운 여자들의 삶의 방식이 제시되고 있으며, 아울러 남자들의 허울 좋은 약속의 실체도 폭로되었다.

「자각」의 순실은 가부장제 아래서의 조선의 전통적 대가족 가문에 시집을 가지만, 신혼생활도 잠깐, 일본으로 유학을 떠나는 남편을 전송한다고 하는, 당시대의 구여성의 삶을 그대로 재현하고 있다. 순실은 남편의 외도에 의해 이혼하지만, 그로 인해 신여성으로 변모를 꾀하게 된다. 그러나 여기에는 자아실현과 모성이 대치개념으로 나타난다. 하지만 순실은 망설임 없이 모성을 버리고 자아실현을 선택한다. 이윽고 신여성으로 변모한 순실은 로맨틱 러브를 학습하고 결혼한 남성에게도 정조의 중요성을 역설하는 당당한 모습으로 거듭난다. 순실은 이어서 자신을 인정해 주는 신남성을 만나 로맨틱 러브를 실천하며, 연애결혼을 하겠다는 희망에 부풀어 있다.

그러나 아이러닉하게도 1915년에 발표된 소설 『彼女の生活』에는 「자각」의 순실의 미래의 모습이 담겨져 있다. 『彼女の生活』은 로맨틱 러브에 성공해 결혼한 새로운 여자와 새로운 남자의 이야기로, 새로운 여자 마사코는 결혼한 여자들의 모습에서 '종속'의 구조를 깨닫고 연애를 즐기며 결혼을 부정한다. 그러나 연애 상대인 닛타에게 자신이 우려했던 모든 불안을 지우게 해주는 약속을 받아내고 결혼하였다. 그러나 새로운 남자와의 결혼 역시 사랑만으로 해결할 수 없는 '생활'이 있었다. 이러한 생활에 의해 결국 마사코는 자신의 의사와는 달리 '종속화' 되어, '가족애'와 '모성애'를 해결책으로 받아들였다.

제3절

〈知〉의 여자
― 「되돌아 볼 때」와 「행복(幸福)」[62]의 의지 ―

1920년대 초반 한국과 일본의 문학적 표상이 된 근대적 개인 추구는 〈로맨틱 러브〉를 통해 이루어졌다. 전통적인 삶의 방식에 의한 질서와 관습을 거부하고, 성적 욕망의 실현과 좌절을 경험해 나가는 가운데 발생한 내면적인 고민과 고투가 분출되었다. 또한 기독교 문화의 영향에 의해 연애가 신성시 되고 상찬됨에 따라 지식인 여성에게 연애와 사랑, 그리고 결혼이라는 이른바 로맨틱 러브 이데올로기나 모성주의 페미니즘의 내면화를 초래하였다. 이러한 시대적 배경 하에서 탄생한 김명순의 단편소설 「돌아다 볼 때」(1924)와 우노 지요(宇野千代)의 「행복(幸福)」(1924)은 각각 다른 각도에서 로맨틱 러브를 그려내고 있다.

김명순(1897~1951?)은 평양에서 첩의 자식으로 태어나 1908년 서울의 진명여학교에 입학하지만 곧 어머니가 사망하고, 뒤이어 1910년에는 아버지도 사망해 고모의 손에 자랐다. 1913년 8월에는 일본의 고지마치(麴町) 여학교 3학년에 편입해, 1915년 귀국할 때까지 도쿄의 유학생들과 교류했다.

1917년 3월에는 숙명여자고등보통학교를 졸업하고, 동년 11월에 「의심의 소녀」가 잡지 『靑春』의 공모에 입상해 문단에 데뷔했다. 이 무렵부터 1921년까지 일본에 유학해 동경에서 나혜석과 함께 「女子界」(1917.12~1920.6)를 창간했다. 1920년 3월에는 김일엽이 주관한 『新女子』의 창간호

---

62) 底本; 김명순(1924.3.31~4.19), 「돌아다 볼 때」(『朝鮮日報』), 『페미니즘 정전 읽기 1』(2002), 푸른사상. 宇野千代(1924.12), 「幸福」(『我観』), 『宇野千代集』第一巻,(1977), 中央公論社.

에 단편「처녀의 가는 길」(1920.3)을 발표했다. 1924년 3월 31일부터 4월 19일까지 ≪朝鮮日報≫에「돌아다 볼 때」가 연재되었으며, 이듬해에 여성 첫 창작집『생명의 과실』에 실렸다.[63]

모던걸로 일세를 풍미한 우노 지요(1897~1996)는 결혼해 남편과 함께 홋카이도에서 살던 24세 무렵,「분칠한 얼굴(脂粉の顔)」(1921)이『時事新報』에 1위로 당선되어 작가 데뷔의 꿈을 이뤘다. 이 당시 받은 상금이 2백 엔이라는 거금이었던 관계로 이후 그녀의 인생은 크게 바뀌게 된다. 당시의 은행원 초봉이 50엔이었던 것에 비하면 고액이었다. 200엔의 원고료로 지요는 작가 정신에 불을 붙이게 되고 이내 본격적인 작가의 길을 목표로 단신 상경을 결심한다. 도쿄에서 홀로 작가 수업을 받고 있던 지요는, 그로부터 얼마 후 애인이 생겨 남편과는 이혼을 하게 된다. 이를 계기로 그녀는 생애 네 번에 걸친 결혼과 이혼을 반복하며 생전에 가장 많은 연애를 경험한 남성 편력 많은 작가로 유명세를 떨치게 된다.[64]

본 절에서는 1920년대의 초반에 대두한 로맨틱 러브가 한일 양국에 수용 되어, 그에 따른 담론이 소설을 통해 어떠한 형태로 표상되어 당 여성들의 삶에 영향을 미치게 되는지를 살펴보고자 한다.

◾1 로맨틱 러브의 전개

1.1◾ 사랑의 시작 - 동경(憧憬)

「돌아다 볼 때」는 여주인공 소연과 효순이 서로 한눈에 반해 사랑을

---

63) 青柳優子(1997),『韓国女性文学研究』, お茶の水書房, pp.31~32
64) 岩淵宏子(2005),『日本女性文学史－近代編』, ミネルヴァ書房, p.181

느끼면서 시작된다. 경성 모 중학교의 영어교사로 취직한 소연은 학생들의 수학여행에 인솔교사로 참가해 인천에 있는 측후소를 방문하게 된다. 그리고 그곳에서 기사로 일하는 조선인 남성 효순을 만난다. 다음은 소연이 효순을 만났을 때의 첫인상이 묘사된 대목이다.

> 선생들과 생도들은 얼버무려서 모든 기계실에 인도되어 자못 천국에서 내려온 듯이 고상한 풍채를 가지고 또 그 음성이란 한 번 들으면 영원히 잊히지 않을 젊은 이학자의 설명을 들었다.
>
> (「돌아다 볼 때」, p.41)

> 그는 온 몸이 무슨 벽의 튼튼함을 의지하고 싶기도 하고 자기 홀로인 고요하고 정결한 방 속에 숨고 싶기도 한 힘없음과 비밀스러운 기분에 취했었다. 그는 그러면서 송효순이가 그 몸 가까이 오지 않기를 바랐다. 그럴 때 효순도 같은 기분에 눌리우는 듯이 점점 말을 없이하고 그 옆에서 다른 일본 선생들과 어음 분명한 동경 말로 이야기를 했다. (「돌아다 볼 때」, p.42)

측후소 기사 송효순은 학생들과 선생들을 한곳에 모아놓고 '어음 분명한 동경 말'로 기계를 설명하는 '천국에서 내려온 듯이 고상한 풍채'를 가진 남성이다. 그는 자신의 전공을 앞(=스테이지)에 서서 스포트라이트(=모든 이의 시선)를 받으며 설명하고 있다. 문과 출신인 소연이 자신의 비전공 영역인 기계에 대한 설명을 들었을 때 당연히 그가 대단해 보였을 것이다. 게다가 조선인이라는 동질감도 더해 한 층 친밀감을 느꼈을 것이다. 당시 조선의 학생이나 지식인에게 있어서 도쿄는 '새로운 사상과 자유의 원천'[65]이었다. 그런 그가 같은 조선인인 데다가 또 소연과 같

---

65) 이상경(1997), 『강경애 문학에서의 성과 계급』, 건국대학출판부, p.42

은 감정을 느꼈다고 짐작되는 그의 "눌리우는 듯이 점점 말을 없이"하는 모습은 생명 연소의 한 단면인 로맨틱 러브의 맹아 과정을 보여주는 대목이다.

> 이때에 소연은 처음으로 이성에 대해서 그 향기로움을 알았다. 지금까지 사내 냄새는 그리 정하지 않았던 것으로만 알았던 것이 그 예상을 흐리고 이상한 그 몸 가까이만 기다려지는 무엇을 깨닫게 되었을 때 (후략) (「돌아다 볼 때」, p.42)

연애감정이 발생하는 순간을 보면, 소연은 측후소를 방문했을 때 기사인 효순에게 호의를 느끼게 되고, 상대방의 표정변화를 애리하게 관찰한다. 그리고 그의 표정에서 자신에 대한 호감을 읽어내고, 스스로도 자신의 미감을 발동시킨다.

이러한 일련의 프로세스를 좀 더 자세히 살펴보면, 먼저 과학에 전문적인 지식을 가진 인텔리로서의 면모, 다음으로 남자의 채취를 맡고, 그 다음은 의지할 수 있는 능력 있는 남자라는 이성적인 판단을 내린다. 즉, 고상한 풍채를 시각으로 판단하고, 유창한 동경 사투리를 청각으로 판단한 다음, 남자들만의 채취를 후각으로 느낀다. 그리고 마지막으로 지각을 사용하여 기댈만하다는 결론을 내린다. 그런 후 그를 사랑하겠다는 '의지'를 갖고 전신으로 상대를 받아들인다. 그리고 이러한 일련의 의지적 활동이야말로 진정한 생명력의 연소라고 믿는다.

베르그송은 인간의 '의지'에 대해 다음과 같이 말한다. '의지는, 왜? 라는 질문에 대해서, 왜냐하면 이라고 대답하지 않고 처음부터 결단이 내려져 있다. 이데올로기와 다름없는 동기라는 것은 원인을 요구하는 기분을 채워주기 위해서 발명된 것이며, 우리는 자신들의 실재적 행위를 스스로 사후(事後)적으로 조정하는 관념적인 시나리오와 혼동한다'고 역설하였다.[66] 효순을 사랑하겠다는 소연의 의지는, 기실 효순의 시선에 의해 점화되어, 이윽고 '동경(憧憬)'으로 옮아갔다고 하는 '동기'를 지닌다. 따라서 소연의 첫눈에 반한 행위는 다분히 동기가 부여된 이데올로기화 과정이라고 볼 수 있겠다.

페미니스트 우에노(上野, 2006)는 연애감정 발생에 대해 다음과 같이 언급하였다.

> 연애는, 언제나 위기이다. 행복한 두 사람이 사랑에 빠지는 일은 없다. 다만 위기에 처해 있는 개체가, 보완적인 타자를 불러들인다. 연애는 자신의 아이덴티티를 상대에게 위임한다. 말하자면 자아의 양도이다. 상대의 태도여하에 따라 아이덴티티의 기반은 불안에 노출된다. 이 교섭은 단순한 성적 모험보다, 몇 배나 스릴이 있다.[67]

인용에서도 알 수 있듯이 연애는 아이덴티티의 위기인 반면에 스릴 넘치는 게임이다. 소설에서 소연은 어릴 적부터 고모의 신세를 지고 있으며, '대학까지 보내주었으니 이제는 결혼하라'는 고모의 성화에 시달리고 있었다. 그러나 소연은 중매에 의한 결혼을 부정하고 오로지 연애결혼을 추구하는 신여성이었다. 그런 그녀의 주변 사정이 그녀로 하여금 연애상대를 물색하게 만들었고, 이에 따르려는 소연 역시 결혼을 현실 도피처로 인식하고 있음을 부인할 수 없다. 따라서 그녀는 당시 정신적 '위기 상태'에 놓여 있었으며, 이윽고 연애상대를 발견하게 되자 '비밀스러운 기분'에 젖는 스릴을 맛보게 된 것이다.

---

66) V・ジャンケレヴィッチ(1988), 『アンリ・ベルクソン』, 新評論, p.87
67) 上野千鶴子(2006), 『女の快楽』, 勁草出版社, p.48

다음 인용에는 남자에게 첫 눈에 반한 소연의 심리상태가 잘 묘사되어 있다.

> 그 후로 그는 도저히 잊지 못할 번민을 가지게 되었다. 그는 길거리에서라도(그이가 자기를 찾아와 본다고 하였으므로)혹이 넓은 가슴을 가진 준수한 남자의 쾌활한 걸음걸이를 볼 것 같으면 그이나 아닌가 하게 되었었다. 그럴 동안에 그는 점점 수척해가고 모든 일에 고달픔을 깨닫게 되었었다. 그는 단 한 번이라도 다시 효순을 만나고 싶었다. 그의 그리워하는 효순에 대한 동경은 드디어 <u>감성으로부터 영성에</u> 까지 믿게 되어 그는 새로이 과학에 대해서도 취미를 가지게 되었었고 (후략) (「돌아다 볼 때」, p.43)

여기에서 소연은 자신의 연애를 "감성으로부터 영성으로"라고 해석하였다. 이는 연애 감정이 감성 즉 미감을 통해 영성인 정신으로 진화해 가는 것을 의미한다. 효순에게 첫 눈에 반한 소연은 영성(=정신)으로 진화하기 위해 새로이 과학을 공부하게 된다. 효순과 같은 취미를 가져야만 그와 영성으로 대화가 가능하다는 생각에 따라 소연은 의지를 갖고 노력한다.

작가 김명순은 1925년에 수필 「이상적 연애」(『朝鮮文壇』)에서 연애에 대해 다음과 같이 언급하였다.

> 모든 남자와 여자의 같은 이상을 품고 결합하려는 친화한 상태 또 미급한 동경을 이상적 연애라 하겠다. 하지만 우리의 연애는 동지 두 사람이 종교적으로 경도하며 같은 신념으로 공명하는데 기인해서 같은 목표를 향하고 전진하는 귀일점(帰一点)에서 완성하겠다고 찬미치 않을 수 없으리라 한다.(중략) [68]

김명순이 주장하는 '이상적 연애'는 같은 목표를 가진 이성끼리, 이상과 신념을 가지고 행해지는 행동이며, 연애의 정신적인 면이 강조된다. 더욱이 연애는 "저마다의 경험이나 이성에 따라 연애에 대한 정의가 달라질 수 있음"을 언급하면서 "같은 이상을 품은 모든 남녀의 최고 조화적 생활 상태를 모두 연애"라고 정의하였다.

이러한 견해는 베르그송이 말한 "경험의 하나하나, 문제의 하나하나가 마치 유일한 경험이며 문제인 것처럼 개별적으로 사고되어야 한다"[69]는 시점과 일치한다. 그녀가 주창한 "같은 이상을 품고 결합하려는 친화한 상태"는 「돌아다 볼 때」의 소연이 효순과의 같은 이상을 목표로 새롭게 과학을 공부하게 되는 설정에서 엿볼 수 있다. 이러한 연애는 종국에는 "귀일점(帰 一点)"으로 완성된다고 역설해, 일원론인 영육 합일을 주창하였음을 알 수 있다. 따라서 이러한 김명순의 견해는, 윤광옥(2007)의 "김명순이 주장하는 연애는 영육 분리다"[70]라고 분석한 결과와는 다른 관점이다.

한편, 효순을 사랑하지만 자유로이 연락하고 또 만날 수 없는 소연은 그가 자신을 찾아온다고 했던 말을 믿고 인내하며 기다린다.

> 그녀는 드디어 밤과 낮으로 기도하는 보람도 없이 만나지지 못하므로, 시름시름 병을 이르게까지 되었다. 그 처녀의 마음에서는 송효순 이외에 모든 남자들이 초개 같이 보였다. (중략) 그녀는 어느 날은 침식을 잊고 이 분명히 이름도 지을 수 없는 아픔을 열병 앓듯 앓았다.
> (「돌아다 볼 때」, p.44)

---

68) 김명순(1925.7), 「이상적 연애」, 『朝鮮文壇』, p.59
69) V・ジャンケレヴィッチ(1988), 앞의 저서, p.87
70) 윤광옥(2007), 앞의 논문, p.23

생각처럼 쉽사리 그를 만날 수 없었던 소연은 드디어 정신적 질환인 상사병에 걸리고 만다. 상사병에 걸린 소연의 눈에는 효순 이외의 남자는 "초개"와 같이 보일 뿐 아무 관심도 가질 수 없다. 이처럼 소연은 '너 아니면 안 돼!'라는 로맨틱 러브의 한 특징을 보인다.

우에노(上野, 2006)는 이러한 로맨틱 러브의 일면을 다음과 같이 설명한다.

> 자신과는 이질적 존재에 대한 이 상호의존성의 인지를 통해서 획득된 상호 보완적인 아이덴티티를, 성 아이덴티티라고 하자. 이러한 성 아이덴티티의 획득은, 그러니까 개체에 있어 고통으로 가득 찬 프로세스이다. 즉 그것은 자기 완결적인 개체성에게 아이덴티티의 위기를 의미하므로.[71]

효순에게 사랑을 느끼게 된 소연의 아이덴티티는 효순의 행동여하에 따라 뿌리 채 흔들리게 된다. 그러므로 효순의 연락을 기다리는 매 순간이 모두 고통일 수밖에 없다.

한편 당시의 프롤레타리아 문학자 가네코 요분(金子洋文, 1930)은 「프롤레타리아 연애론(プロレタリア恋愛論)」에서 부르주아의 첫사랑에 대해 "자연발생적이고 무비판적인 사랑은 결단코 현실을 초월한다"고 지적한 다음, 연애의 성질을 다음과 같이 분석하였다.

> 연애는, 본래의 성질이 찰나적입니다. 몽환적인 만큼 찰나적입니다. 왜냐하면, 그것은 기회와 미에 의해 발생하기 때문입니다. 현실이라는 쓸쓸하고 회색적인 있는 그대로의 경지를 돌아보지 않는, 그것은 무관심한 미에 의해 발생하기 때문입니다. 그러니까 그 주관적인 미! 즉,

---

71) 上野千鶴子(2006), 앞의 저서, p.9

비이성적인 황홀이, 차츰 냉정한 비판적이고 객관적인 것으로 바뀌게
되면 그 미는 필연적으로 차가워지는 운명을 내포합니다. 소산(消散)해
버리는 운명을 가지고 있습니다.[72]

가네코는 '연애는 본래 찰나적이며, 그것은 개개인의 미감(美感)과 기
회에 의해 발생한, 비이성적인 황홀감이므로 당연히 사회성이 떨어지고
그로인해 결국은 소산(消散)한다'고 지적한다. 여기서 말하는 "찰나"와
"황홀" 역시 다이쇼 생명주의적 시점이다. 가네코 역시 연애의 메커니즘
을 밝히는데 베르그송의 생명론을 기본으로 한 생명주의에 입각하고 있
음을 알 수 있다.

1.2▍ 사랑의 끝 – 상처로

「행복(幸福)」의 히로인 가나코는 17세에 이성애에 눈을 떠 한 남자를
사랑했으나 가난하다는 이유로 배신의 쓰라림을 맛보게 된다.

> 남자로부터 온 마지막 편지-지금까지 있었던 일은 안 좋은 기억이
> 라고 생각하고 잊어 줘, 라고 쓴 점잖 뺀 냉담한 편지-를 받았을 때,
> 가나코는 아찔한 현기증을 느꼈다.[73] (「幸福」, p.115)

연애 기간에는 가나코에게 몇 번이고 사랑한다고 말했을 남자가 어이
없게도 지금까지 행해왔던 로맨틱 러브를 일방적으로 "안 좋은 기억"이

---

72) 金子洋文(1930), 「プロレタリア恋愛論」, 『近代帝国日本のセクシュアリティ』(2004),
明石書店, p.56
73) 男からの最後の手紙ー今までのことは悪いことだったと思って、忘れて了って呉れる
ように、と書いた取り澄ました冷淡な手紙ーを受け取った時、仮名子は眼が眩むほど
かあっとなって了った。

었다며 잊으라는 통보를 해온다. 가네코는 상대방의 변심에 큰 충격을 받아 "아찔한 현기증"을 일으킨다. 그리고 그때부터 배신한 남자에 대해 복수를 다짐한다. 시골 가난한 농민의 딸이었던 가나코는 돈을 벌기 위해 도시로 나간다. 그 후 10년이 지난 지금 운 좋게 돈 많은 남편을 만나 신데렐라 결혼에 성공하였다. 그러나 10년 전의 실연의 상처를 잊지 못한 가나코는 복수를 위해 고향을 방문한다.

> 다소 손을 본 흔적이 있는 웨이브 진 앞머리가 이상하게 감겨 있는 것조차, 그들의 눈에는 별로 친숙하지 않은 모습이면서도, 더구나 가나코의 풍성한 주걱턱이 이방인 같은 얼굴 생김새에는 (중략) 그렇게도 안정감 있는 헤어스타일도, 기라(綺羅)인가 금수(錦繍)인가 보는 사람의 눈을 홀리는 요염한 몸뚱이도 (후략)74) (「幸福」, p.106)

가나코는 겉모습부터 마을 사람들의 눈을 끌기에 충분한 화려한 용모를 하고 나타났다. 그러나 그녀의 내면에는 10년 전 자신의 자존심을 무참히도 짓밟았던 남자에 대한 복수로 가득 차있다. 남편은 '산림조합의 중역'으로 상당한 재산을 가지고 있으며 그런 그와의 결혼은 말 그대로 신데렐라식 결혼이었다. 그런 덕에 가나코는 간단히 신분상승을 이루었으며 지금처럼 화려한 외모를 연출할 수 있는 능력을 얻었다. 이런 자신의 변한 모습을 옛 애인에게 보이는 것을 복수라고 생각한 가나코는, 고향에 도착한 날부터 비밀리에 옛 애인의 근황을 탐문한 결과 다행히도 그가 아직 인근 마을에서 직장생활을 하고 있다는 정보를 얻어낸다.

---

74) 幾らか手を入れたらしいあとの見える波打った前髪が、異様な風に巻きつけてあるのさえ、彼等の眼には如何にも馴染まないもの乍ら、而も仮名子のあの豊かなしゃくり顎の何方かと言うと異人めいた顔立ちには、(中略) それ程にしっくり落著いて見える髪容ちも、綺羅か錦繍か見た眼を奪う計りのあでやかな身態も (後略)

나는 다만, 그렇다, 나는 다만 그 사람에게, 그것만 알려 주면 되는 것이다. 그가 얼마나 큰 손실을 했는가라는 사실을. 그리고 그것은 이제 만회할 수 없는 옛 일임을. 공무원인 그 남자는 관공서에서 좋은 위치를 점하기 위해 상사의 딸에게 장가가기로 결정하고 나와의 애정을 헌신짝 버리듯 내던지고도 후회하지 않았다. 적어도 후회하지 않은 척한 태도가 과연 잘한 짓이었는지 아닌지를 (중략) 그녀는 점점 화가 치밀어 올랐다.75) (「幸福」, p.113)

가나코는 스스로의 영달을 위해 자신과의 사랑을 배신하고 다른 여자에게 가버린 첫사랑의 남자를 생각하면, 지금도 배신감으로 화가 치밀어 올랐다. 그리고 10년이나 잊지 않고 마음속에 품고 있었던 복수를 드디어 결행할 때가 왔다고 생각했다. 정보에 의하면, 그 남자는 퇴근 후 매일 제방 위를 지나 귀가한다는 것이었다. 그날부터 가나코는 그가 퇴근해 통과한다는 제방에서 매복을 시작했다. 그날도 그 다음날도 또 그다음날도 같은 장소에서 하염없이 그를 기다렸다. 그 사이 허름한 양복을 걸친 한 중년 신사만이 그곳을 지나갔다. 다소 등이 구부정한 그 신사는 결코 가나코가 기다리는 그 남자는 아니었다. 그녀는 수려한 용모의 옛 남자를 떠올리며 며칠이고 기다렸으나 끝내 그를 만나지는 못하였다. 가나코는 하는 수없이 남자에 대한 복수를 단념하고 남편에게 줄 선물을 챙겨 어머니에게 이별을 고하고 마차에 몸을 싣는다.

---

75) 私は唯、そうだ、私は唯あの人に、それだけの事を知らせて遣りさえすれば好いのだ、あの男がどんな大きな損失をしたかと言う事を、そして、それはもう取り返しの付かない昔のことになって了まったのだと言う事を。あの男が、お役所の首尾を悪くしないために、それから、その首尾に繋がった上役の総領娘を娶るために、私と私の愛情とを手もなく放り出して了ってちっとも悔いなかった、少なくとも悔いないような素振りをしたのは、賢い遣り方であったか如何かを。(中略) 彼女の頬に少し宛つ血が上がった。

“아!” 짧은 외마디 소리가 가나코의 입에서 흘러나왔다. (중략) – 그러나 밝은 외광에 노출된 상태에서 갑자기 얼굴을 마차 안으로 집어넣은 남자의 눈은 가나코를 알아보지 못했다.[76] (「幸福」, p.120)

가나코는 도중에 마차를 탄 두 아이의 아버지를 본 순간 “아!”하고 외마디를 지르며, 그가 옛 애인이라는 것을 깨닫게 된다. 동시에 그 남자가 지금껏 제방에서 마주친 그 신사라는 것도 알았다. 그러나 남자는 가나코가 옛 애인이라는 것을 한 눈에 알아보지 못한다. 가나코는 완전히 딴 사람으로 변해버린 남자의 초라한 모습을 보고 만감이 교차함을 느낀다.

－이것이 그 남자일까. 뺨은 철사와 같은 털 속에 묻혀있고, 얼굴 전체가 꼭 피라미의 흰 비늘처럼 벗겨질 듯해 피부는 트고, 눈언저리 뼈는 무서우리만치 우뚝 솟아 있고, 깎아 놓은 것 같은 코만-지금은 이미 뺨에서 입술 언저리 살이 얼마나 깎여있는가 하는 것을 입증하는 일밖에 도움이 되지 않는-이 옛날 그대로였다. 몰라볼 정도로 초췌하게 변해있으면서도 이렇게 가까이서보니 틀림없는 그 남자였다.[77]

(「幸福」, p.121)

남자의 옛날 수려했던 용모는 몰라볼 정도로 초췌하게 변해, 10년이라는 세월 속에서 남자가 겪은 삶의 고단함을 읽어내는 데는 그리 많은 시간을 필요로 하지 않았다. 가나코는 10년 전에는 그가 보낸 절교장에 의

---

76)「あ、」短い叫び声が仮名子の口から洩れた。（中略）ー然し、明るい外光にさらされて居乍ら、急に首だけ突っ込んだ男の眼は、仮名子を認める事が出来ないのであった。
77) ーこれがあの男であろうか。頬は針金のような硬毛に埋り、顔中一面に、丁度小肴の白い鱗のように剥がれそうになった皮膚は、粉は吐き出て、眉骨は恐ろしいまでに高く聳えて、あの刻んだような鼻だけー今は最早や、頬から唇のあたりの肉が如何にそげ落ちたかと言う事を語る事にしか役立って居ない、ーが昔のままであった。見る影もなくすがれ果てては居るものの斯う近近とさし寄せては紛う方もないあの男であった。

해 상처를 받고, 지금은 사랑했던 서로를 알아보지 못한다는 사실에 또한 번 상처를 받는다. 이렇게 어처구니없이 끝나버린 가나코의 복수극이 시사하는 바는 과연 무엇일까? 그것은 가네코 요분이 "연애의 미는, 어떤 경우라도 절대적이지 않다. 그 개인의 주관만이 절대이다"고 말한 것처럼, 첫사랑의 수려했던 남자의 모습이 초라하게 느껴지는 것은, 그가 가나코의 미적 기준에서 이미 벗어나 있음을 의미한다. 따라서 더 이상 그를 옛날처럼 사랑할 수 없다는 것이다.

여기에서 한 가지 문제가 되는 것은 가나코를 서글프게 한 시간의 개념이다. 가나코가 옛 남자와 10년 만에 재회하고 있다는 점에 주목해 보자.

베르그송은 이 시간의 개념에 대해 언급하였다. 그는 시간의 상대 개념으로 지속을 제시하여 '지속은 연속화 작용의 경험이자 참된 시간'이라고 설파했다. 또한 이 지속에 생성의 개념을 더했다.

> 지속은 다른 예외적인 것이 아니다. 그것은 자신들만으로 한없이 상호 유기화해 한없이 서로 용해되어 가는 그 불협화음의, 자발적인 연속적 움직임에 지나지 않는다. (중략) 인간은 존재하는 것도, 존재하지 않는 것도 아니다. 인간은 생성한다. 우리의 의식의 제 상태는, 수와 관계없이, 끊임없는 생성에 따라 연쇄의 상태로 되어 있다.[78]

가나코가 10년 후, 옛 남자를 보고도 알아채지 못했던 것은, 시간의 개념 안에서 사물을 생각했기 때문이다. 사후(事後)적인 10년이라는 시간 속에서 인간은 스스로 한없이 유기화 운동을 지속해, 끊임없이 생성한다. 가나코가 그러한 사실을 깨닫지 못한 채 남자를 자신의 미감으로 판단하려한 것이 착오였던 것이다. 이처럼 가나코에게 로맨틱 러브의 끝은

---

78) V・ジャンケレヴィッチ(1988), 앞의 저서, p.69

'상처'로 남게 된다.

2 〈知〉적 여자가 선택한 '행복'

2.1 귀일점(帰一点)으로

「돌아다 볼 때」의 소연은 좋아하게 된 남자가 기혼자인 것을 알고 한없는 고뇌의 시간을 보낸다. 그러나 그녀의 연애 방식은 앞서 말한 바와 같이 감성에 의해 촉발되어 영성의 방법을 갈고 닦음으로써 이루어진다는 것이다. 이에 따라 소연은 효순과 같은 취미를 가지려고 노력한다. 또한 독일의 극작가 하웁트만의 소설 『외로운 사람들』(1891)을 인용하며 효순과의 영적인 대화를 시도한다.

> 소연씨 사람은 절대로 누구와든지 꼭 육신으로 결합해야만 살겠다고는 말 못할 것입니다. 그것은 정을 유통시켜 보지 못하고 이 세상을 대항하여 발전이라는 것을 모르는 사람에게는 능할 것.
>
> (「돌아다 볼 때」, p.65)

> 소연씨, 우리들이 한 때에 이 지구 위에 살게 된 것과 또 이렇게 사귀게 된 것만 행복됩니다. 이제 우리는 서로 알았으니까 서로 의식하며 힘써서 같은 귀일점에서 만나도록 생활해 나가는 것만 필요합니다. (중략) 다만 사랑은 그동안에 힘쓰는 것만 허락되었습니다.
>
> (「돌아다 볼 때」, p.70)

효순과 소연, 두 사람 모두 연애를 정신과 육체로 나누는 이원론적 사고를 보인다. 그러나 작가는 서로 노력해 최종적으로는 "귀일점(帰一点)"으로 합치하는 것을 진정한 연애로 파악하고 있다. 상술한 대로, 이 귀일점에 대한 견해는 앞서 소개한 김명순의 수필 「이상적 연애」에서도 언급된 바 있다.

소연은 그의 사랑이 진실함을 확인하지만, 이루어 질 수 없는 사랑이라고 판단하여 고모가 주선한 부잣집 아들과 결혼한다. 효순 또한 박사학위를 받기위해 재차 일본 유학길에 오른다. 여기서 소연과 효순의 러브스토리는 일단락되는 듯이 보인다. 중매결혼을 한 소연은 효순이 제시한 정신적 사랑을 믿으며 결혼생활을 꾸려가지만, "버선", "빗장", "자물쇠"라는 삼중의 시건장치가 대변하는 것처럼, 억제된 섹슈얼리티를 살아야 했다. 그렇게 일 년이 지난 어느 날, 소연은 담 밑에서 소곤거리는 남자들의 목소리를 듣게 된다. 목소리의 주인공은 다름 아닌 효순이었다. 효순과 동행한 남성은 그에게, 지금껏 잊지 못하고 있는 옛 애인 소연을 만나고 오도록 종용한다. 그러나 효순은 "그녀의 행복을 방해 할 수 없다. 우리는 동물이 아니라 인간"이라며 성찰적 시점을 보인다. 두 남자의 대화를 담 너머로 들은 소연은 흥분을 감추기 위해 방으로 들어가 감정을 자제하려 노력한다. 그러나 방안에 걸려 있는 액자와 병풍 속의 그림들이 시사해 주는 의미를 돌아다보며 자신의 생각을 바꾼다.

그의 취미는 얼마나 부자유한 몸이면서 자유를 바랐든고? 아랫목 벽에 걸린 로댕의 다나이드를 사진 찍은 그림이며 머리맡에 롱펠로우의 살과 노래란 영시를 흰 비단에 옥색으로 수놓은 죽자며 또 이름 모를 물새가 방망이에 붙들려 매여서 그 자유인 5寸 가량의 범위를 못 벗어나고 애쓰는 그림이 어느것이나 자유를 안타깝게 바라는 소연의 취미가 아니랴. 이런 것들을 뒤돌아보는 소연의 마음이 어찌 대동강의

> 능나도를 에워싼 二流가 합쳐지지 않기를 바라랴, 흐름은 제방을 깨트린다. (「돌아다 볼 때」, p.72)

소연은 이미 개인주의적 자유를 체득하고 있었으므로, 그러한 정신적 토양위에 로맨틱 러브를 받아들이면 끝나는 문제였다. 따라서 아무리 일년 동안 육체적 절규를 외면한 채 살아 왔다고 해도, 그 흐름을 완전히 숨길 수는 없었다. 그녀는 그러한 자신의 육체의 절규에 응하겠다는 마음으로 방안에 놓인 상징물을 돌아다보며 정신과 육체의 합일을 의미하는 이류(二流)가 합쳐지는 것이 당연하다고 깨닫는다.

> 영원한 생명에 어울려 생물이 흐르듯이 신선하게 살아 나갈것은 떳떳하겠다 보증 된다. (중략) 그들의 세상에는 은순이가 없고 병서가 없고 애덕여사도 없을 것이다. (「돌아다 볼 때」, p.73)

소연이 생각하는 자유로운 연애는 '생명의 흐름'에 따르는 것이었다. 그리고 그것이 정당한 것이라고 결론 내린다. 그런 선택이야말로 그녀에게는 진정한 '행복'인 것이다. 그들이 바라는 세계에는 은순(조혼한 효순의 전처)도 병서(중매 결혼한 소연의 남편)도, 첩의 딸이라고 소연을 비하하는 애덕여사(=종교적 순결 지향자)도 존재하지 않는, 말하자면 파라다이스인 것이다.

연애지상주의자인 소연과 효순은 먼저 정신적인 연애를 시도하지만, 그것은 오히려 생명의 흐름을 막는 것이라는 것을 입증했다. 그러므로 결국 그들이 선택한 것은 구습(=사회)을 거역한 이류(二流)의 합체였다. 그러한 성적 고독[79]을 최고치로 하는 그들의 연애 방식은, 1930년대에

---

79) 남녀의 성적 고독 문제는 사회적 성질을 가진 중대한 문제의 하나이다. (중략) 현

프롤레타리아 이론에 의해 부정되어 변용을 피할 수 없게 된다.

2.2 █ 신데렐라 결혼

그렇다면 『幸福』의 가나코가 바라는 진정한 행복은 과연 무엇일까? 10년간 첫사랑의 남자를 못 잊고 귀향한 가나코는 남편을 대동하지 않아 마을사람들의 의구심을 자아낸다. 돈 많은 부자와 결혼해 귀성한 딸을 보고 어머니는 "훌륭하다"고 칭찬한다. 마을 사람들 앞에서 딸의 성공을 뽐내고 싶어 잔치를 준비했던 어머니이지만 사위가 함께 오지 않아 어쩔 수 없이 단념한다. 과연 가나코는 어떤 결혼을 한 것일까?

　　-정말 그 사람과 함께 오지 않은 것이 정답이었어. -그녀는 안심했다. 그리고 누구에게도 눈치 채이지 않게, 살며시 그녀의 남편 얼굴을, 얼굴 한쪽이 마마 자국이 있는 검붉은 벽시계 같은 얼굴을 떠올렸다.[80) (『幸福』, p.107)

　　그로부터 몇 년간 대부분 그녀 혼자의 힘으로 운명을 개척하여, 마지막으로 지금의 남편, 그녀와는 조금 차이나는 연령과 그을린 벽시계 같은 얼굴을 제하면, 가나코가 원하는 전부를 갖추고 있다고 해도 과언이 아닐 지금의 남편과 결혼했을 때조차, 그 숙제가 눈에 보이지 않는 먼 곳에서, 그녀와 그녀의 꿈 속 가장무도회 같은 행복을 조소하고

재 만큼, 한 형식만의 인습, 도덕, 제도와 '어느 정도, 개인주의적으로 해방된 자유!'라고 하는 것이 볼상 사나운 보다 대담한 방종과 아메리카니즘의 최첨단적 에로티시즘과 대립하고, 병행해, 사이좋게 동거하고, 으르렁거리는 혼잡한 시대는 일찍이 없었다. (金子洋文(1930), 앞의 논문, p.3)

80) 　全くあの人と一緒に帰って来なかったのは、大出来だったじゃないか。—彼女はほっとした。そして誰にも気付かれないように、そうっと、彼女の良人の顔を、一面に薄痘痕のある赤黒い柱時計のような顔を思い浮かべた。

있는 듯 했다.[81] (『幸福』, p.115)

빈농의 딸인 가나코는 궁핍하다는 이유로 애인에게 배신당해 도시로 나가 돈을 벌며 운명을 개척하기에 이른다. 다행히 이국적인 얼굴 생김새 덕에 산림조합 중역과 신데렐라식 결혼에 성공한다. 그러나 그녀는 자신의 결혼을 "꿈 속 가장무도회 같은 행복을 조소"하며 평가절하 한다. 남편과의 결혼이 로맨틱 러브에 의한 결혼이 아니라 오로지 돈이라는 경제적 조건에 의한 형태였다는 것이 항상 그녀의 마음을 어둡게 했다. '연애 없는 결혼은 부도덕하다'는 상식이 세상을 지배했던 시대였으므로 가나코의 그런 생각은 충분히 납득이 간다. 가나코는 자신의 결혼에 대해 세상이 조소하고 있다며 자신의 선택을 자책하고 있는 것이다.

한편 옛 애인과의 재회에 실패한 가나코는 남편에게 줄 선물을 준비해 떠난다. 이윽고 몰라볼 정도로 초췌한 중년남성이 아이들의 손을 잡고 마차에 동승했다.

동시에, 이렇게 지금 그와 그녀는 거리낌 없는 한가한 길동무가 되어, 한 두 시간을 무난히 보내게 되는 것을, 그리고, 이름 모를 길모퉁이에서 이별을, 그것은 매일 만나고 헤어지는 사람들 사이에 반복되는 것처럼 아무렇지도 않게 안녕을 주고 받을 것을. 그리고 그 안녕이 두 사람이 나누는 마지막 안녕이라는 것을 느꼈다.[82] (『幸福』, p.122)

---

81) それから幾年、殆んど彼女一人の手で運命を切り拓き乍ら、最後に今の良人、彼女とは少し計り違い過ぎる年齢と煤けた柱時計のような顔とを除きさえすれば、仮名子の望み得る凡てを備えて居ると言っても好い今の良人と結婚した時でさえ、あの宿題が眼に見えない遠いところから彼女と、彼女の仮装舞踏会の夢のような幸福とを嘲笑して居そうな気がしたのであった。

82) 同時に、斯うして今、彼と彼女とは気の置けない暢気な道連れになり乍ら、一二時間を無難に過ごして了うであろう事を、そして、とある曲り角でさよならを、それは毎日逢い毎日別れる人々の間に繰り返されるであろうようなこともなげなさよならを言

가나코는 로맨틱 러브에 실패한 씁쓸한 경험과 배신에 대한 분노로 첫사랑의 남자를 찾아내 복수를 시도하지만, 그는 이미 10년 전의 그 수려한 용모도, 고상한 분위기도 온데간데없이 변한 중년의 아저씨일 뿐이었다. 이에 놀라워하는 가나코 역시 변한 것은 마찬가지다. 그 때문에 서로가 상대를 알아보지 못한 것이다. 내심 충격을 받은 가나코는 10년이라고 하는 세월의 깊이를 느끼면서, 첫사랑의 달콤한 추억은 없고 냉혹한 현실만이 남아 있음을 깨닫는다. 그리고 지금껏 아무 일도 없었던 것처럼, 아무 관계도 아닌 사람들처럼 이별을 하게 되는 현실을 서글프게 생각한다.

『靑鞜』의 딸인 가나코는 그녀들이 말한 달콤한 로맨틱 러브를 경험하지만, 그 결말은 허무한 것이었음을 이야기하고 있다. 연애지상주의가 말하는 달콤함은 잠시 잠깐 그로인해 받은 상처는 긴 것이었다. 오로지 가난하다는 이유로 배신당하기도 하고 또 세월이 지나면 수려한 용모도 초췌하게 변한다. 더 가혹한 것은 뜨겁게 사랑했던 서로가 서로를 알아보지 못한다는 것이다.

가나코는 옛 애인에게 진심으로 안녕을 고하고 미련 없이 남편이 기다리는 현실로 돌아간다. 그런 딸의 모습을 보며 어머니는 "아 행복한 내 딸이야!"하며 행복의 기준을 제시한다.

김명순은 「돌아다 볼 때」의 여주인공 소연은 우연히 방문한 장소에서, 자신의 미감에 맞는 남자를 만나게 되고, 그의 뜨거운 시선에 의해 연애를 실행할 수 있는 의지를 갖게 되었다. 그리고 그녀는 차츰 로맨틱 러브를 내면화하며 이데올로기화해 간다. 소연이 생각하는 연애는 감성에 의해 촉발되고 영성으로 대화하는 것이었다. 이를 위해 소연은 과학을

い交わすであろう事を、そして、そのさよならが二人の間に取り交わされる一番おしまいのさよならであろう事を感じたのであった。

공부하며 상대방과 같은 취미를 갖기 위해 노력한다. 그러나 연애지상주의를 신봉한 둘은 개인을 완성한다는 명분으로, 기혼자의 몸임에도 불구하고 영육 합체의 길을 택함으로써 결국 사회의 질서를 깨고 만다. 이렇듯 소설은 소연을 통해, 여성에게 명령된 로맨틱 러브가 어떠한 프로세스를 가지고 생성되고 진행되는지를 상세하게 보여준다.

한편『幸福』의 가나코는『青鞜』의 산물인 로맨틱 러브를 경험하지만, 현실을 중요시한 남자에게 버림받는다. 그러나 그를 단념하지 못한 가나코는 그에 대한 복수라는 형태로 10년이나 가슴 속에 옛 사랑을 간직한다. 그녀는 궁핍한 현실에서 벗어나기 위해 조건에 의한 결혼을 하지만 기실 그러한 자신의 결혼 형태에 대해서는 회의적이다. 10년 동안 로맨틱 러브의 향수를 잊지 못하고 있던 가나코가 가까스로 옛 남자와 재회하지만, 수려했던 남자의 모습은 세월과 함께 초췌하게 변해 가나코를 두 번 슬프게 한다. 10년이나 지나 버린 로맨틱 러브는 더 이상 낭만이 아닌 것이다.

이상 두 작품에서는 한일 양국에서 거의 동시기에 수용되어 실행된 로맨틱 러브의 그 이상과 실체를 적나라하게 보여주며, 여자들의 진정한 〈행복〉에 대해 의문점을 던지고 있다. 「돌아다 볼 때」의 소연은 로맨틱 러브의 끝없는 실천을 통해 '행복'을 찾고 있으며, 이는 사회에 대한 도전장이기도 했다. 한편『幸福』의 가나코는 빛바랜 로맨틱 러브에 실망하며 결별을 선언한다. 그리고 어머니의 입을 통해 사랑보다 현실을 택한 자신의 모습을 '행복'이라고 인정한다.

제4절

〈질서화〉되는 몸

― 「감자」와 『슬픔의 대가(悲しみの代価)』[83]의 정화 ―

근대에 들어 인간의 신체를 둘러싼 섹슈얼리티에는 여러 가지 의미가 부여되었다. 한국에서는 『新女子』를 통해서 신여성들이 '진정한 개성을 가진 개인으로서의 의식에 눈 뜬 여성'이라고 정의되었다. 또한 혁신적인 결혼에 대한 본연의 자세도 언급되었다. 그들의 주장에 따르면, 결혼은 자유연애에 의한 서로의 애정에 근거한 것이어야 했다. 남편은 말할 것도 없고 아내 역시 결혼 후에도 직업을 갖고 경제적으로 자립해야 하며, 재산은 남편과 아내에게 평등하게 분배되는 것이 당연하다고 역설했다. 여기에는 여성에게 이혼의 권리가 인정되어야 한다는 주장과 함께, 자립과 자유를 부르짖으며 남편의 그늘을 과감히 박차고 나간 입센 (Ibsen)의 노라가 논의에 자주 인용되었다.

그러나 1920년대의 후반이 되면 결혼·가족제도의 개혁이나 연애에 근거한 남녀 관계를 호소했던 프로그레시브(Progressive)파인 신여성의 도덕성에 대한 공격이 시작된다. 이에 동반해 한때는 선각자의 이미지를 담아 불리던 자칭 신여성이라는 말은 도덕적으로 타락한 여성의 대명사가 되었고, 그녀들은 일본의 새로운 여자(新しい女)보다도 더 험난한 고행의 길을 가야했다.[84]

한편 일본에서도 여성들에 의해 창간된 『青鞜』에 의해 탄생한 새로운

---

83) 底本 ; 김동인(1925.1), 「감자」, 『조선문단』, 『김동인단편선』(2007), 글누림사, 橫光利一(1922), 『悲しみの代価』, 『文芸』, 『日本の文学』(1966), 中央公論社
84) 牟田和恵·慎芝苑(1998), 「近代のセクシュアリティの創造と「新しい女」」, 『思想』, p.100

여자는 가부장제에 저항하여 여성의 자유와 남녀의 자유롭고 자발적인 연애에 근거한 결혼을 주창하고 여성의 섹슈얼리티에 대해서도 대담한 발언을 서슴지 않았다. 그러한 발언들은 당시의 시대적 문맥 속에서는 극히 비 인습적인 것이었다. 이러한 라디컬한 여자들의 모럴을 곱지 않은 시선으로 바라본 미디어는 그녀들의 자유분방한 연애사건이나 음주 등을 화제에 올려 가십거리로 삼으며 공격하기 시작했다.

그러나 한국의 신여성들과 같은 혁신적인 발언을 하고 게다가 대담한 성적 일탈을 시도했음에도 불구하고, 일본의 새로운 여자들은 결과적으로는 사회에 수용되었다. 이어 문단이나 논단에서 활약할 수 있었던 점은 한국과 매우 다른 양상이다.[85] 일본은 히라쓰카 라이쵸와 요사노 아키코로 대표되듯이 일종의 새로운 질서를 만들어갔다.

이러한 시대적 배경 아래 김동인의 「감자」(1925.1)와 요코미쓰 리이치(橫光利一)의 『슬픔의 대가(悲しみの代価)』(1922)가 발표되었다.

김동인(1900.10~1951.5)은 1914년(14세)에 도일해 도쿄학원 중학부에 입학하지만 학원이 폐교됨에 따라 곧바로 메이지학원 2학년에 전학한다. 1917년에 아버지의 사망으로 인해 일시 귀국한 김동인은 평양 거상의 딸과 결혼한 후 1919년 다시 도일해 가와바타(川端)미술학원에 입학하여 화가의 꿈을 키우며 동시에 문학에도 심취하였다. 이 때 일본의 서양화가 후지시마 다케지(藤島武二)[86]에게 '미학'을 배웠다. 1919년에 주요한,

---

85) 牟田和恵·愼芝苑(1998) 앞의 논문, p.98

86) 후지시마 다케지(1867.10.15~1943.3.19)는 메이지 말부터 쇼와기에 걸쳐 활약한 서양화가. 메이지부터 쇼와 전반까지 일본의 서양화단에 오랫동안 지도적 역할을 해온 중요한 화가이다. 낭만주의적인 작풍의 작품을 많이 남겼다. 사쓰마 번사의 집에서 태어났다. 초사조파의 화가나 가와바타 교쿠쇼에게 일본화를 배우지만, 후에 양화로 전향. 1896년(메이지 29년), 1세 연상의 구로다세이키의 추천으로 도쿄 미술 학원(현·도쿄예술대학) 조교수에 부임해 이후 사망 시까지 동교에서 후진 지도에 힘썼다. 1905년(메이지 38) 문부성으로부터 4년간의 유학을 명

전영택, 김환 등과 근대적 문예 잡지 『創造』를 도쿄 김환의 하숙집에서 발간했다. 1919년 2월 24일 유학생들에 의한 독립선언 집회에 참가한 일로 검거되기도 한다. 후일 귀국하고부터는 남동생이 관여하고 있던 3·1운동의 격문작성 혐의로 3개월간 투옥되었으며, 그 후 「정희」(『朝鮮文壇』, 1925), 「시골황씨」(『開闢』, 1925) 등을 발표했다. 1926년에 재산을 탕진하고 고향 평양으로 돌아가 수리사업을 시작했지만, 정부로부터 허가가 나오지 않아 실패했다. 이 때 진 빚으로 전 재산을 탕진함으로 인해 아내 김해인이 아이들을 데리고 동경으로 가버려 그로부터 얼마 후 이혼하게 된다. 1928년에는 남동생 김동평을 도와 영화 제작에도 손을 대지만 실패해 극도의 빈곤에 빠졌다. 그 후 잠시 조선일보사의 학예부장을 역임한 후, 1930년 김경애와 재혼하고 생활난을 극복하기 위해 신문 잡지 등에 많은 작품을 발표했다. 만년에 빈곤과 불면증, 약물중독으로 괴로워하던 중 6·25전쟁을 맞았다. 1951년 1·4 후퇴 때 와병생활 중이었던 그는 가족과 함께 전란을 피하지 못하고 홀로 집에 남겨진 채 쓸쓸히 죽어갔다.[87]

단편소설 「감자」는 1925년 『朝鮮文壇』에 발표되었으며, 1928년 『國民文學』에 일본어로 재발표되었다.

요코미쓰 리이치(橫光利一, 1898.3~1947.12)는 후쿠시마(福島)현 출신으로 기쿠치 간(菊地寬)에게 가르침을 받고 가와바타 야스나리(川端康成)와 함께 신감각파로서 활약했다. 1914년 와세다 대학 영문과에 입학하지만 문학에 심취해 제적당한다. 그 후 정치 경제학과에 재입학하지만 흥미를 느끼지 못하고 학업을 소홀히 하다 중도에 퇴학당한다. 1923년에

령받아 유럽방문. 프랑스, 이탈리아에서 유학했다. 귀국 후 교수로 취임. 1937년, 최초의 문화 훈장 수상자의 한 명이 됨. (出典: フリー百科事典『ウィキペディア (Wikipedia)』, 2008.5.28)

87) 김동인(2007), 유임하 편집, 『김동인단편선』, 글누림, pp.346~350

기쿠치의 추천에 의해 동인지 『文芸春秋』의 동인이 된다. 동년 5월 동 잡지에 「파리(蝿)」를, 『新小説』에 「태양(日輪)」을 발표하였다. 동년 9월에 관동 대지진이 있었기 때문에 이 시기에 나온 작가는 '대지진 후 세대 작가'로도 불리었다. 요코미쓰는 동인지 멤버인 고지마 쓰토무(小島勗)의 여동생 기미코(君子)와 결혼하였다. 1924년 「그대(御身)」를 간행, 가와바타와 함께 곤 도코(今東光), 나카가와 요이치(中河与一), 이나가키 다루호(稲垣足穂)등 신진 작가를 규합해 『文藝時代』를 창간하였다. 프롤레타리아 문학 전성기에 『文藝時代』는 신감각파의 거점이 되었으며, 요코미쓰는 신감각파의 천재로 불리게 된다. 1926년 아내 기미코를 결핵으로 잃고, 이듬 해 휴가 지요(日向千代)와 재혼하였다. 1945년 6월 야마가타(山形)현으로 피난하지만, 피난처에서 건강을 잃었으며 패전 후 귀경하여 49세에 급성 복막염으로 사망했다.

『悲しみの代価』(『文芸』, 1922年 추정)는 요코미쓰 리이치의 비교적 초기 작품에 해당하는 유작으로, 가와바타 야스나리에 의해 1955년 햇빛을 보게 되었다. 유작 발표에 임해 가와바타는 '신감각파 이전의 소박한 작품, 사소설풍인 작품'으로써 요코미쓰를 연구하기 위해서는 빼놓을 수 없는 소설이라고 설명했다.[88]

「감자」(1925)와 『悲しみの代価』(1922)의 공통분모는 '간통', '관음', '매음' 등으로 젠더와 섹슈얼리티 등의 제 문제가 근저에 깔려있다. 더욱이 근대 로맨틱 러브가 한일 사회(=남성들)에 어떻게 수용되었으며 또 변모하게 되는지를 극명하게 보여주는 작품이다.

본 절에서는 두 작품을 보다 더 세밀하게 분석하여 새로운 근대 개념인 로맨틱 러브가 한국과 일본에서 수용되어 변모된 경위를 한일 양국의

---

88) 川端康成(1955), 「『悲しみの代價』その他」, 『文芸』, p.40~43

남성작가의 작품을 통해 고찰하겠다.

1 이성애라는 장치

무엇보다 일반적이고 다수파 성 지향은 이성애, 즉, 자기의 성별과 반대성에 대한 성적 매혹이다. 이성애는 20세기 중엽에 이르기까지 서구를 대표로 다수의 사회에 존재했고, 정상이라고 보여 진 유일한 성적 지향이었다. 이성애 이외의 성 지향이나 성적 기호는 병 또는 도착증으로 여겨졌다.

이미 근친상간 타부나 그보다 앞서서 동성애 타부가 젠더 아이덴티티를 산출하는 계기가 되었으며, 이념화된 강제적 이성애라는 문화의 인식 격자에 따라 아이덴티티를 생산하는 금지로 간주되었다. 이 젠더의 징벌적인 생산은 생식 중심의 장에서, 섹슈얼리티를 이성애로써 구축해 규제한 이념에 맞도록 해 젠더 속임수의 안정화를 가져왔다.[89]

이 기준에 맞추지 않는 사람은 늘 편견이나 박해의 희생자가 되었다. 그렇다고 하더라도 서구 이외의 사회에서는 많은 예외가 존재한 것도 사실이다. 서구 사회에서 자신의 성별과 같은 성의 타인에 대한 성적매혹, 즉 동성애가 이성애와 같이 정상적인 것이라는 사고가, 20세기 중엽 이후 더욱 더 일반화 되었다. 이 연장선상에서 남녀 양쪽 모두의 성에 매혹을 느끼는 양성애도 또한 일반적으로 승인되었다. 게다가 어떠한 성적 매혹도 느끼지 않는 이른바 무성애 또한 정상적인 성 지향으로서 인지되고 있다.[90]

---

89) J・Butler(1990), 竹村和子 訳(1999), 『ジェンダー・トラブル』, 青土社, p.239

1920년대에 들어서 남녀의 이성애에 의한 성적 역할에 대한 관심은 가일층 높아져 특히 여성들은 성적 존재로서 배치되었다. 이는 소설 속에서도 여자의 신체는 성적 객관화, 객체화가 진행되어 정조가 강조되었다. 덧붙여 말하자면 여자의 신체는 자원이자 속박을 의미하였던 것이다.

1.1 ▐ 매춘에서 연애로

「감자」의 복녀는 15세라는 어린 나이에 20세나 연상인 홀아비에게 80원에 팔려간다. 전 재산인 80원을 복녀에게 투자한 남편은 재혼인데다가 보기 드문 게으름뱅이에 경제적 무능력자였다. 이 때문에 복녀는 결혼과 동시에 돌연 남편을 부양해야하는 처지가 된다. 급기야 결혼한 지 4년 만에 무일푼 알거지가 된 두 사람은, 농민계급에서 천민으로 전락, 평양 칠성문 밖 빈민굴로 굴러들게 된다. 그 후로도 게으름뱅이 남편은 반성은커녕 하루 종일 집에서 빈둥거렸다. 복녀 또한 변함없이 날품팔이와 가사노동으로 이런 남편을 부양하기에 여념이 없는 순종적인 아내이다. 그러던 어느 날 복녀는 관공서에서 기획한 소나무의 송충이 방제에 동원되어 날일을 하게 되고, 이날 노동 현장 감독에게 일꾼들이 보는 앞에서 공공연하게 성적교섭 대상자로 지명 받는다.

> 복녀는 열아홉 살이었다. 얼굴도 그만하면 빤빤하였다.
>
> (「감자」, p.139)

> "좀 오너라." (중략) 복녀는 얼굴이 새빨갛게 되면서 감독에게로 돌아섰다. (중략) 그날부터 복녀도 '일 안하고 공전 많이 받는 인부'의 한 사람으로 되었다. (「감자」, pp.140~141)

---

90) 出典: フリー百科事典, 『ウィキペディア(Wikipedia)』, 2008.5.30

"얼굴 빤빤한" 복녀의 〈몸〉은 작업현장에서 감독에게 호명 받으면서 "새빨갛게" 반응한다. 복녀는 결혼한 지 4년이 지난 19세의 어엿한 성인 여성이다. 이처럼 육체 건강하고 얼굴 반반한 성인 여성이 나이 든 남성과 결혼한 탓으로 부부 관계는 기대할 만한 수준이 못 되었을 것이라는 상상은 가능하다. 그날 감독과의 성적교섭 장면은 그곳에 모여 있는 사람들에게까지 공공연하게 알려져 "복녀! 부러워"라는 말을 들은 복녀는 한층 더 얼굴이 빨개진다. 무법천지인 칠성문 밖 빈민굴을 배경으로 한 이 장면은, 그곳 작업 현장에 모인 사람들을 모두 절시증(scopophilia : 타인의 성적 행위 등을 들여다보며 흥분하는 성적 기호)이나, 관음증(voyeurism) 환자로 돌변시켜 버린다. 게다가 이러한 증상은, 나중에 언급 하겠지만 복녀의 남편에게서도 나타난다. 복녀는 이러한 개방적인 환경에 힘입어 아주 자연스럽게 '에로스의 맹아'의 순간을 맞이하게 된다.

> 복녀의 도덕관 내지 인생관은 그때부터 변하였다. 그는 아직껏 딴 사내와 관계를 한다는 것을 생각하여 본 일도 없었다. 그것은 사람의 일이 아니요 짐승의 하는 짓으로만 알고 있었다. 혹은 그런 일을 하면 탁 죽어지는지도 모를 일로 알았다. (「감자」, p.141)

복녀는 평소에 결혼한 여자라면 남녀의 성관계는 그 상대가 오로지 남편에 한정되는 것이라고 유교를 통해 배웠다. 또한 남편 이외의 남성과 성적 교섭을 갖는다는 것은 금수와 다름없다고 생각했었다. 이러한 그녀의 가치관과 도덕관, 즉, 유교의 가르침인 일부종사라는 미덕이 환경에 의해서 돌변해 버린 것이다. 이와 동시에 복녀는 그런 행위가 곧 상품이 되고 돈으로 환산될 수 있다는 것까지 깨닫게 된다. 그러나 원래 복녀의 몸은 4년 전 아버지에 의해 이미 자원으로써 상품화되어 시집보내졌으므로, 이번 일은 다시 한 번 감독을 통해 되풀이 된 것에 불과하다.

다시 말해 복녀는 이제부터는 애쓰게 노동을 하지 않아도 매춘으로 살아갈 수 있다는 것을 깨닫게 된 것이다. 이렇듯 성을 파는 일을 체득해 버린 그녀의 섹슈얼리티는 크게 변모한다.

> 그러나 이런 이상한 일이 어디 다시 있을까. 사람인 자기도 그런 일을 한 것을 보면, 그것은 결코 사람으로 못할 일이 아니었다. 게다가 일 안 하고도 돈 더 받고, 긴장된 유쾌가 있고, 빌어먹는 것보다 점잖고…. 일본말로 하자면 '삼박자(三拍子)' 같은 좋은 일은 이것뿐이었다. 이것이야말로 삶의 비결이 아닐까. 뿐만 아니라, 이 일이 있은 뒤부터, 그는 처음으로 한 개 사람이 된 것 같은 자신까지 얻었다.
>
> (「감자」, pp.141~142)

복녀가 생각하는 여자들의 성이란 '아이를 낳기 위해' 존재하는 것으로 알고 있었으며, 그 의무를 훌륭하게 완수할 수 있는 여자가 세상에 인정받는 것이라고 믿고 있었다. 그러나 복녀는 이번 일을 통해 자신이 세상에 대해 너무 몰랐다는 것을 깨닫게 된다. 소설의 모두에 묘사된 바와 같이 복녀는 '옛 유생의 엄한 가풍'에 알맞은 예의범절(=여자가 지켜야할 도덕)을 교육 받아왔으므로 세상에 부끄러울 것이 없는 삶을 지향해 왔다. 또한 남편 이외의 남자와 성적 관계를 갖는 것은 오로지 "신의 영역"에서나 가능하다고 생각했었다. 그런 복녀가 우연히 경험하게 된 성적 체험으로 인해, 이 모든 것이 신이 아닌 인간이 만든 규칙이며 자신도 가능하다는 것을 알게 된 것이다. 즉 이런 복녀의 깨달음은 가풍(=유교)에 묶여 온 여성들의 성의 해방을 의미한다고 하겠다.

푸코(1986)는 억압된 성에 대해 다음과 같이 설파하였다.

억압된 성이라는 사고는, 단지 이론적인 문제만은 아니다. 성 현상은, 사업과 계산에 바쁜 위선적 부르주아지 시대일수록 엄격한 예속상태에 놓였던 적은 없었다. 이러한 주장은 어떤 과장적 언설과 짝이되어 짜여 진 것으로, 그 언설의 목적은 다름 아닌 성에 대한 진실을말하는 것, 현실내부에 있어서 성의 관계 구조를 변경하는 것, 성을 지배하고 있는 규칙을 전복시키는 것, 성의 미래를 바꾸는 것이다. 91)

원래 복녀의 섹슈얼리티는 권력(=유생인 아버지)에 의해 억압되어 유교적 가풍(=섹슈얼리티의 예속) 속에 놓여있었다. 이러한 것이 칠성문밖의 빈민굴이라고 하는 자연(=외연)으로 옮겨 갔을 때 비로소 복녀의성적억압은 풀린다. 하지만 복녀가 섹슈얼리티의 변모를 맞았을 때 여성(=자연, 신체)은 중심의 외연에 배치되어진다는 점에서는 작가의 젠더바이어스가 드러나는 부분이다.

복녀는 스스로 발견한 에로스를 즐기면서 보다 적극적으로 매춘을 시도한 결과 수입 또한 날로 늘어간다. 그러던 어느 날 그녀는 중국인 소작인 왕서방네 밭에서 감자를 훔치게 되고, 이를 현장에서 주인에게 발각되어 그에 대한 해결책으로 왕서방과 성적교섭을 갖게 되고 생각지도않게 돈까지 챙겨온다. 이쯤 되어서는 복녀도 매매춘의 달인이라고 아니할 수 없다. 그러나 이 사건을 계기로 복녀는 로맨틱 러브라고 하는 당시 유행한 새로운 섹슈얼리티를 체득하게 된다.

그 뒤부터 왕서방은 무시(無時)로 복녀를 찾아왔다. 한참 왕서방이눈만 멀진멀진 앉아 있으면, 복녀의 남편은 눈치를 채고 밖으로 나간다. (중략) 복녀는 차차 동리 거지들한테 애교를 파는 것을 중지하였다. 왕서방이 분주하여 못 올 때가 있으면 복녀는 스스로 왕서방의 집

---

91) 미쉘 푸코(1986), 渡辺守章 訳, 『性の歴史Ⅰ－知への意志』, 新潮社, p.15

까지 찾아 갈 때도 있었다. (「감자」, p.145)

복녀의 매매춘 상대는 처음에는 '누구든지'였다. 그러나 점차적으로 왕서방 한 사람만으로 고정되어 버린다. 그러자 왕서방은 "무시(無時)"로, 복녀는 "스스로" 서로를 원했으며 두 사람 사이는 나날이 깊어갔다. 이런 때 복녀의 남편은 단순한 방관자이던지, 아니면 송충이 잡이를 갔을 때의 마을사람들처럼 아내와 왕서방의 성교장면을 상상하고 즐기는 관음증환자 이든지 일 것이다.

확실히 위의 장면은 복녀의 섹슈얼리티의 변모를 느낄 수 있는 부분이다. 복녀는 다른 남성들에 대한 애교를 중지하고 오로지 왕서방과의 성적 교섭을 통해서만 "긴장된 유쾌"를 느끼고자 했다.

그때 왕서방은 돈 백 원으로 어떤 처녀를 하나 마누라로 사오게 되었다. "흥." 복녀는 다만 코웃음만 쳤다. "복녀, 강짜하갔구만."

(「감자」, p.145)

복녀는 집 모퉁이에 숨어 서서 눈에 살기를 띠고 방 안의 동정을 듣고 있었다. (중략) 복녀의 얼굴에는 분이 하얗게 발리어 있었다.

(「감자」, p.146)

복녀가 매매춘 상대를 '누구라도'에서 왕서방 '너 하나만'으로 정하여 그 섹슈얼리티가 변용되었을 때, 정작 왕서방은 '남의 부인이라도'에서 '더 젊은 처녀'로 바뀌어 간다. 또한 복녀가 자신의 "긴장된 유쾌"가 '분바른 히스테리 컬한 모습'으로 변모되었을 때, 근대의 연애 개념인 '너 아니면 안 돼'라는 로맨틱 러브가 그 안에 작용하고 있음을 보여준다.

다시 말해 복녀의 섹슈얼리티가 '매춘'에서 '연애'로 변용된 것이다. 또한 복녀는 로맨틱 러브를 내면화해 버린 탓에 '살기어린 눈'으로 히스테리 컬해지며 사랑의 다른 한 면인 엠비벨런스(ambivalence)를 경험하게 되는 것이다.

1.2▌ 구속의 메커니즘

『悲しみの代価』는 주로 기야마(木山)의 심리 묘사를 중심으로 스토리가 전개되므로, 아내 다쓰코(辰子)에 대한 정보는 극히 미미하다. 그러나 간통 소설이라 일컬어지는 『悲しみの代価』를, 다쓰코에 대한 언급 없이 결론을 내린다는 것은 밸런스가 맞지 않는 분석이라는 염려가 들어, 굳이 다쓰코에게 초점을 맞추고자 한다. 그렇더라도 다쓰코에 대한 정보는 직접적인 대사나 감정 묘사가 적어 남편인 기야마의 대사에서 유추해 분석할 수밖에 없다.

남편 기야마에 의하면, 다쓰코는 결혼한 몸임에도 불구하고 남편 친구들에게 애교를 부려, 그들의 관심을 끌려하는 소위 "부정"한 여자이다. 사건의 발단은 기야마의 친구인 미시마(三島)가 적당한 하숙집을 못 구했다는 고민을 털어 놓는 상황에서 야기된다. 미시마의 고민을 들어주던 기야마는 모종의 극기적 심정으로 미시마를 자신의 집 2층으로 이사 오도록 한다. 기야마는 "잘 생긴 친구 미시마"가 집으로 이사 오고부터 아내 다쓰코가 갑자기 화려해졌다는 정보를 독자들에게 흘린다. 어느 날 아내에게 온 편지의 발신인을 놓고 옥신각신하던 끝에 아내가 끝내 진실을 말하지 않자 인내의 한계를 느낀 기야마는 "더 이상 안 되겠어"하며 가출해 버린다. 그리고 가출 한 지 10일 만에 미시마로부터 "곤란에 처해 있다"는 편지를 받게 된다. 기야마는 서둘러 도쿄로 돌아가지만 결국 한 이불 속에서 잠들어 있는 아내와 친구를 목격하고 만다. 이를 두고 후일 다쓰코는 다음과 같이 변명한다.

> "나 화가 났었어요. 오랫동안 저를 내버려 둬서 저 화나 있었어요."[92]
>
> (『悲しみの代価』, p.27)

기실 결혼이라는 계약은 성적교섭을 내포하고 있으므로 오랫동안 상대를 방치하는 것은 계약위반에 해당한다. 이러한 측면을 고려해 본다면 남편의 친구와 불륜을 저지른 다쓰코의 행위가 꼭 비난받아야 할 행위만도 아니다. 더구나 기야마 자신도 헌책방 여주인과 바람을 피우고 싶다는 충동을 느끼거나, 시골에 있는 첫사랑의 여성과 결혼할 생각까지 하지 않았던가? 그럼에도 불구하고 기야마는 무조건 아내에게만 "불결하다"고 비난하며 학대한다. 그리고 그는 자신의 결혼관을 다음과 같이 피력한다.

> 인간에게 남녀의 차별의 있는 한, 인간에게 있어서 무엇이 가장 행복한가 하면, 서로 가장 사랑하는 남녀가 부부가 되어, 어떠한 일이 있더라도 남편은 아내 이외의 여자와 아내를 비교해서는 안 되며, 아내는 남편 이외의 남자와 남편을 비교하지 않으며, 이리하여 끊임없이 심장을 서로 공유한 남녀로서 서로 같이 느끼는 그런 두 사람 사이에서 자식을 낳아 기른다는 것만큼 행복한 일은 없다.[93]
>
> (『悲しみの代価』, p.45)

---

92) 「私、腹が立ったわ。長い間置いてきぼりにしていて、私、腹が立ったわ。」

93) 人間に男女の差別のある間、人間にとって何が最も幸福かといって、もっとも合愛する男女が、夫妻となり、いかなることがあっても良人は妻以外の女と妻とを比較することがなく、妻は良人以外の男と良人とを比較せず、そうして絶えず心臓を共同し合った男女のように感じ合うそういう二人の間から子供を産んで育て合うほど幸福なことはない。

위의 인용처럼 "서로 가장 사랑하는 남녀가 부부가 되어"라는 대목은 말 그대로, '사랑=결혼'이라는 로맨틱 러브 이데올로기이다. 이러한 이성애를 바탕으로 결혼하고 아이를 낳아 기른다는 언설이야말로 근대가 만들어 낸 핵가족의 모습이기도 하다.

기야마는, "나는 다쓰코를 사랑한다. 사랑이 강해지면 강해질수록 나는 다쓰코의 마음을 전부 내 자신에게만 향하도록 하고 싶었다"고 고백하였다. 더욱이 그는 서두에서 결혼하고 2년도 채 되지 않아서 친구라고는 미시마 한 사람을 남기고 모두 잃었다고 회고하고 있다. 이처럼 사랑하는 두 사람 이외의 타인을 멀리하고 두 사람만이 서로 결합하는 배타성은 이성애의 특징이라고 할 수 있다.

우에노(1995)는, "이성애는 여자에게 남자를 사랑하도록 명령하는 규칙, 강제적으로 남자와 교미하도록 하는 장치이다. 그러나 이 규범은 로맨틱 러브라는 이름의 욕망과 쾌락의 언어에 의해 교묘하게 주체화되고 있다"[94] 고 지적하였다. 또한 이성과 짝을 만든 순간, 남녀 서로가 자신의 성이 자신과 다른 성에 의존하고 있다는 것에 눈뜨게 해 자아의 변용을 요구하게 된다. 이런 일련의 과정을 그리고 있는 것이 『悲しみの代価』이다. 기실 기야마는 자기와 다른 성을 자신의 몸속으로 받아들이기 위해 분투하고 있으며, 그런 상황에서의 심경변화가 솔직하게 기술된다.

두 사람이 서로 사랑하면서도 단지 하나의 고통을 서로 졸업하기 위해서 얼마나 고가의 슬픔의 대가를 치러야 했는가.[95]

(『悲しみの代価』, p.58)

---

94) 上野千鶴子・井上輝子・江原由美子編(1995), 「『セクシュアリティの近代』を超えて」, 『日本のフェミニズム6ーセクシュアリティ』, 岩波書店, p.9
95) 二人が愛し合っていたくせに、ただ一つの苦痛をお互いに卒業するために、どれほど高価な悲しみの対価を払ったことであるか。

기야마는 다쓰코와 결혼해 대부분의 친구들을 잃었고, 마지막 남은 미시마마저도 잃게 되었다. 이성애란 요철 모양처럼 서로가 상대방을 구속하는 구조이며, 이는 감동과 긴장감을 주는 한편, 질투와 속박이라는 현상을 낳는다. 이러한 연애구조에 말려든 기야마와 다쓰코는 이를 극복하기 위해 고가의 "슬픔의 대가"를 지불해야만 했던 것이다.

■2 욕망의 거세

근대에 들어 사람들의 신체가 권력에 의해 제어되게 된 것은 주지한 바와 같다. 그 중에서도 성적 쾌락은 성적 욕망의 형태로 강박 관념적으로 변화한다. 푸코는 성적 욕망의 문제를, 권력에 의해 준비된 하나의 장치라고 보며 다음과 같이 언급하였다.

> 성적 욕망의 장치에서 욕망과 권력의 관계는, 욕망이 있는 곳이라면 이미 존재할 것이다. 따라서 차후에 행사되는 억압 속의 권력을 고발하는 것은, 환상에 지나지 않는다. 그러나 또한 권력 안에서 욕망을 추구한다는 것도 허망한 일이다. 본능의 억압이나 욕망의 법도를 만들어 내, 여러 가지 불연속성을 도입하고, 결합된 것들을 떼어 놓고 경계를 긋는다. 또한 성에 대해서, 합법과 비합법, 금지된 것과 허가된 것이라는 이분법을 만들어 이를 질서화 시켰다.[96]

푸코의 지적대로 성적 욕망이란, 즉 권력이다. 그리고 권력은 항상 질서를 만들어 낸다. 그러한 욕망들은 부정으로 분류되어 정화의 과정을

---

96) 미쉘 푸코(1986), 앞의 저서, p.15

거쳐 새로운 질서로 거듭나는 과정을 되풀이한다.

2.1▌ 단죄되는 여자

전 항에서는 「감자」에 나타난 복녀의 섹슈얼리티의 변용 과정을 분석
했다. 다음은 복녀에 대한 섹슈얼리티의 질서화 과정을 살펴보자. 에로
스에 눈뜬 복녀는 매매춘을 행함에 있어서 처음에는 '누구라도'였던 것이
점차적으로 '왕서방 한사람'으로 상대를 한정하게 되며, 이러한 변화를
거쳐 로맨틱 러브에 눈떠가는 과정을 보인다. 그러나 조선에서 이러한
복녀의 성적 일탈(=변용)이 어디까지 용서될 것인가? 일탈적인 복녀의
로맨틱 러브와 그에 따라 발생하는 히스테리가 가장 먼저 정화의 대상이
되고 있다.

우선 로맨틱 러브를 살펴보자.

> 싸움, 간통, 살인, 도적, 구걸, 징역 이 세상의 모든 활극의 근원지인,
> 칠성문 밖 빈민굴로 오기 전까지는 복녀 부처는 농민이었다. 복녀는,
> 원래 가난은 하나마 정직한 농가에서 규칙 있게 자라난 처녀였다. 이
> 전 선비의 엄한 규율은 농민으로 떨어지고부터 없어졌다 하나, 그러나
> 어딘지는 모르지만 딴 농민보다는 좀 똑똑하고 엄한 가율이 그의 집에
> 그냥 남아 있었다. (「감자」, p.136)

주지와 같이 원래 복녀는 유학자인 아버지에게 유교적 예의범절을 익
히면서 자랐으며, 그런 그녀의 생활공간은 "선비" "규칙" "규율"이라는 엄
격한 분위기에 둘러싸인 '질서'있는 장소였다. 이러한 유교적 예의범절
하에서 어릴 적부터 복녀의 섹슈얼리티는 억압되어왔다. 그러던 것이 칠
성문 밖의 자연(=무질서)으로 그 장소를 이동하자, 드디어 복녀의 에로

스는 맹아하기 시작해 성의 해방을 맞이한다. 그러나 복녀가 성해방을 맞이한 곳은 질서화 된 칠성문 안이 아니라 "싸움, 간통, 살인, 절도, 거지, 징역" 등등의 무질서의 공간인 칠성문 밖이다. 이 때문에 복녀의 에로스는 자연(=무질서) 안에서는 허락되지만, 그것이 무질서와는 호환이 되지 않는 질서의 개념인 로맨틱 러브라는 근대적 知(=질서)로 바뀌는 순간, 칠성문 밖에서 거세되지 않으면 안 되었던 것이다.

다음은 복녀의 히스테리(=질투)에 대해 살펴보자.

> 그때 왕서방은 돈 백 원으로 어떤 처녀를 하나 마누라로 사오게 되었다. "흥." 복녀는 다만 코웃음만 쳤다. "복녀, 강짜 하갔구만." 동리 여편네들이 이런 말을 하면, 복녀는 흥 하고 코웃음을 웃고 하였다. 내가 강짜를 해? 그는 늘 힘 있게 부인하고 하였다. 그러나 그의 마음에 생기는 검은 그림자는 어찌할 수가 없었다. "이놈 왕서방, 네 두고 보자." (중략) 복녀는 집 모퉁이에 숨어 서서 눈에 살기를 띠고 방 안의 동정을 듣고 있었다. (중략) "이까짓 것." 그는 발을 들어서 치장한 신부의 머리를 찼다. (중략) 그가 다시 일어설 때는 그의 손에는 얼른얼른하는 낫이 한 자루 들리어 있었다. "이 되놈, 죽어라, 죽어라, 이놈, 나 때렸디! 이놈아, 아이구, 사람 죽이누나." (중략) 복녀의 손에 들리어 있던 낫은 어느덧 왕서방의 손으로 넘어가고, 복녀는 목으로 피를 쏟으면서 그 자리에 고꾸라져 있었다. (「감자」, p.145)

칠성문 밖 빈민굴 부녀자들에게 간통이라는 행위는, 송충이 잡이를 했을 때의 감독과 부녀자들이 그러했고, 왕서방의 감자밭에서 만난 마을 아낙들이 그랬던 것처럼 일상적인 일이다. 그러나 그것은 복녀가 말하듯 "긴장된 유쾌"이상 그 아무것도 아니었다. 이러한 규칙을 깬 사람이 바로 복녀였다. 빈민굴 부녀자들은 이런 복녀의 변모된 섹슈얼리티를 흥미롭게 지켜보며 "강짜 하갔구만"하고 조롱한다.

복녀는 선비였던 아버지 밑에서 유교 교육을 제대로 받은 여성이다. 유교의 가르침에 비추어 보면, 여자의 질투는 칠거지악으로 금지되고 있어 질투를 해서는 안 된다는 것쯤은 복녀도 알고 있었을 것이다. 따라서 지금 보이는 복녀의 질투는, 로맨틱 러브의 일면인 엠비벨런스(ambivalence)인 것을 알 수 있다. 즉, 이러한 행위는 단순한 매춘에서 '너 아니면 안 돼'의 연애 구조로 변모한 것을 반증하는 현상이다. 왕서방도 이런 연애 게임에 처음에는 흔쾌히 응하며 즐겼지만 그 역시 섹슈얼리티의 변모를 보이게 된 것이다.

왕서방의 배반에 복녀는 마침내 분노를 드러내며, "내부에 발생한 검은 그림자", "살기를 띤 눈", "끝이 얼른얼른한 낫 한 자루", "목으로 피를 쏟으며" 등으로 스토리는 빠른 전개를 보인다.

> 밤중에 복녀의 시체는 왕서방의 집에서 남편의 집으로 옮겼다. 그리고 그 시체에는 세 사람이 둘러앉았다. 한 사람은 복녀의 남편, 한 사람은 왕서방, 또 한 사람은 한방 의사. (「감자」, p.148)

이윽고 복녀의 일탈적 섹슈얼리티에 대해 판정을 내리는 것은 남성, 즉, 세 명의 권력자(=남편, 왕서방, 한방 의사)이다. 이들에 의해 복녀는 단죄되고 '부정'은 '정화'된다.

이처럼 근대 한국에 있어서의 로맨틱 러브는 남성작가의 펜에 의해 두 가지 사항을 들어 경고하였다. 하나는, 복녀의 질투를 문제시해 로맨틱 러브의 달콤함과 엠비벨런스의 양면을 보여 준 것, 다른 하나는 복녀의 죽음을 통해 로맨틱 러브는 유교의 땅인 한국에서는 아직 시기상조라는 점을 극명하게 보여주었다는 점이다.

2.2 █ 용서받는 여자

『悲しみの代価』의 기야마는 "코켓티켈한 여성"과 결혼했기 때문에, 소중한 친구를 차례차례로 잃어 버렸다고 자학한다. 그러나 그 원인은 순전히 아내 다쓰코에게 있다고 단언하며 그녀의 도덕심을 시험할 생각으로, 마지막 남은 친구 미시마를 끌어들인다. 예상대로 미시마가 집으로 들어 온 뒤부터 아내는 점점 화려해 진다. 이러한 다쓰코는 기야마에 의해 다음과 같이 형용된다.

> 아내로서의 다쓰코는 절개가 없고 방종하고, 제멋대로이고, 음탕하고, 그와 같이 겁쟁이이고 소심한 남편을 결국 자멸시킬 종류의 여자였지만, 보통 여자로 보았을 때 그녀는 선량하고 쾌활하고 아이처럼 순진했다.[97] (『悲しみの代価』, p.13)

소심한 남편 기야마가 생각하는 아내는, "절개가 없고 방종하고, 제멋대로이고, 음탕한 여자"이기 때문에, 결국 남편을 자멸시키는 요부, 즉 팜므파탈(femmefatale)로 묘사된다. 아내를 요부라고 단언한 기야마는 그 후 일부러 아내와 미시마를 한 공간에 두고 집을 비움으로써, 내심 결과에 대한 호기심어린 관음증적인 시점을 드러낸다. 그러면서도 한편으로는 아내가 미시마에게 빠져버리지나 않을까하고 고민하는 소심함을 여실히 드러낸다.

---

97) 妻として辰子は無節操で、放縦で、わがままで淫奔で、彼のような臆病な小心な良人をやがて自滅さす種類の女であったが、普通の女としてみたとき彼女は、善良で快活で子供のように無邪気であった。

　　자신이 가장 두려워하고 있는 것은 아내의 정조가 무너지는 것, 오
로지 그것을 막으려는 데만 전심전력, 모든 사상을 동원하여 경계해
온 자신의 가슴에, 이 가장 무서운 운명을 자신 스스로의 손으로 타인
에게 그 책임을 전가시키고 싶었던 것이다. 이 얼마나 통쾌한 일인
가.98) (『悲しみの代価』, p.15)

기야마는 아내의 프러포즈에 의해 결혼했지만, 지금은 아내를 누구보
다도 사랑한다고 고백한다. 하지만 그는 아내의 존재를 성적교섭 상대로
밖에는 생각하지 않는다. 이 때문에 그는 아내의 정조만을 지키는 일에
열중해왔으며 그 결과 결국 친구들이 모두 그의 곁을 떠나버린 것이다.
그럼에도 직성이 풀리지 않았는지 이번에는 아내와 미시마를 한 공간에
남겨둔 채 집을 비운 것이다.

　　그는 자신의 눈을 돌리지 않고 마음을 무리하리만치 억누르고 두 사
람이 자고 있는 머리맡에 앉아 가만히 아내의 얼굴을 응시했다. 그는
정말 아내를 경멸하고 싶어지자 미시마와 자고 있는 눈앞의 아내가 마
치 상대도 안 되는 미천한 동물처럼 보였다.99)(『悲しみの代価』, p.25)

기야마는 아내와 미시마가 함께 동침한 광경을 목격하고는 미시마와
저지른 아내의 부도덕한 행동을 상상하며, 아내를 미천한 동물에 비유해
경멸한다. 이때부터 다쓰코의 몸은 정조나 정절보다 한 단계 업그레이드
된 '부정한 몸'으로 표상된다.

---

98) 自分の最も恐れていること妻の貞操の破れること、ただそれを防ごうとするためにの
み、全心の思想を傾けて警戒して来た賎しい自分の胸へ、その最も恐るべき運命を自
分と自分の手で塗りつけてやりたくなったのだ。それがいかに痛快なことだろう。
99) 彼は自分の眼を外らさす心を、無理に圧えて二人の眠っている枕もとへ座ると、じっ
と妻の顔を見詰め始めた。彼は全く妻を軽蔑する気が起ってくると、三島と眠ってい
る眼の前の妻が、相手になれない下品な動物のように見えて来た。

그리하여 부정한 아름다운 아내의 육체와, 빼앗긴 여러 가지의 아내와 겪었던 과거의 환락들이 끊임없이 그의 머릿속에 떠올라 가슴은 다시 격심한 통증을 느꼈다.[100] (『悲しみの代価』, p.26)

잠에서 깨자 무엇보다 먼저 부정한 아내의 몸이 떠올랐다. 이런 생각에 그의 가슴은 조여드는 것 같은 고통을 느꼈다.[101]

(『悲しみの代価』, p.29)

그가 바라는 것도, 자신의 의지와는 먼 자신이나 자신과 같이 부정한 육체를 경멸하는 일에 용기를 주는 하늘이나, 별이나, 산이나 숲의 아름다움처럼 생각된다.[102] (『悲しみの代価』, p.32)

다쓰코는 남편 이외의 남자와 동침함으로써, 기야마에 의해 부정한 몸이라고 규정되어 한없는 질타와 천대를 받는다. 그러나 아내를 부정하다고 비난하는 일은 가야마 자신에게도 고통스러운 일이었다.

메리 더글라스[103](1969)는 저서 『오예와 금기(汚穢と禁忌)』에서 '부정'을 다음과 같이 논한다.

부정은 본질적으로 무질서하다. 절대적 부정이라고 하는 것은 존재하지 않으며, 부정은 그것을 보는 자의 눈 안에 존재하는 것에 지나지

---

100) そうして穢された美しい妻の肉体や奪われたさまざまな妻との過去の歡楽がひっきりなしに彼の頭の中に浮かんで来ると、彼の胸は再び激しく疼いて来た。

101) 醒めると何より真先に穢れた妻の身体が浮かんできた。これが浮かぶと彼の胸は圧縮されるように痛んでくる。

102) 彼の望むものも、自分とは全くかけ放れておりそして自分や自分と同じ穢れた肉体を軽蔑することに力を与える空や、星や、山や森の美しさのように思われる。

103) Mary Douglas (1921.5.25 - 2007.5.16)는 영국 사회인류학, 문화인류학자. 전공은 상징인류학, 비교종교학. (出典: フリー百科事典, 『ウィキペディア(Wikipedia)』, 2008.6.7)

않는다. (중략) 내가 아는 바에 의하면, 격리, 정화, 경계의 설정, 침범의 처벌 등에 관한 관념은 본래 무질서한 경험을 체계화하는 것을 주된 기능으로 하고 있기 때문이다. 다소라도 질서에 가까운 것이 창출되는 것은, 안과 밖, 위와 아래, 남자와 여자, 적과 아군이라고 하는 것들의 차이를 확대하고 강조함으로써 처음으로 가능해지는 것이다.[104]

더글라스는 "부정이란 본질적으로 무질서하지도 절대적이지도 않고 그것을 보는 자의 관점에 의해 결정되는 지각에 지나지 않는다"고 역설하였다. 즉 다쓰코에게 덧씌워진 '더럽혀졌다', '부정하다' 등의 기준은 단순히 기야마의 관점에서 비롯된 것임을 알 수 있다. 아울러 이러한 질서를 만들어 내기 쉬운 범주에 남자와 여자가 있으며, 이 두 생물체의 차이를 강조해 나가는 것이야말로 기야마에 의한 신체의 질서화인 셈이다.

한편 오구라(小倉, 1995)는 부정을 '경계'로 분류한다.

우리들은 끊임없이 정화함으로써 문화를 활성화 하고 있는 것이다. 우리들이 '부정하다'고 보는 것들은 인간에게서는 멀어졌으나 완전하게 자연으로 착지하지 못한 것들이다. 즉 문화 쪽에도 자연 쪽에도 낄 수 없는 경계선상에 있는 것이다.[105]

기야마는 아내의 섹슈얼리티에 대해 한층 더 강도를 높여 '더러움'에서 '부정'으로 그 표현방법을 바꾼다. 그리고는 결국 스스로의 괴로움을 이기지 못하고 아내 다쓰코를 버리고 첫사랑 간코에게 가기로 마음을 정한다. 그 후 그녀에게 보낸 구애 편지에는 '부정'이라는 단어가 수도 없이 언급되어, 간코의 주의를 환기시킨다.

---

104) メアリ・ダグラス(1969), 塚本利明 訳(1995)、『汚穢と禁忌』, 思潮社, pp.19～25
105) 小倉千加子(1995), 『セックス神話解体新書』, ちくま書房, p.92

나는 더 이상 부정한 사람을 아내로 맞이하는 것은 싫습니다. 왜냐
하면 나는 결코 부정한 행동을 하지 않겠다고 자신에게 맹세하고, 부
정한 행동을 하더라도, 부정한 행동을 하지 않겠다고 생각하고 있기
때문에 당신이 부정한 행동을 하게 되면 나는 정말 힘들 것이라고 생
각하므로.[106] (『悲しみの代価』, p.47)

‘부정’의 유사어로 ‘부도덕’이란 말이 있다. 기야마는 로맨틱 러브에 의
해 다쓰코와 결혼했으며, 결혼은 계약이라는 차원에서 정조를 지키는 것
이 쌍방에게 요구된다. 그러므로 당시에 이를 어기고 부도덕을 범했을 때
에는 간통죄로 처벌되었다.[107] 그러나 기야마는 과연 문필가답게 법률이
아니라 고가의 ‘슬픔의 대가’를 지불하고 이에 대한 해결을 시도하였다.

더글라스(1969)는 부정에 대해 재차 다음과 같이 언급하였다.

이성끼리의 제휴는 본질적으로 풍요를 가져오는 것이며, 건설적인
것이며, 사회생활의 일반적 기반이 되는 것이다. 그러나 때로는 성과
관계되는 규칙이 상호의존적 관계와 조화를 나타내는 것이 아니라, 엄
격한 격리와 강렬한 적개심을 나타내는 일이 있다. 우리들은 지금까지,

---

106) 私はもう不貞な妻を持つのは嫌いです。なぜなら、私はもう決して不貞をしないと
自分に誓い、不貞をしても、不貞をしまいと思っていますがゆえに、あなたに不貞
をされればなお私は困るにちがいないと思いますから。

107) 일본에서는, 1880년에 포고된 구형법(메이지 13년 태정 관포령 제 36호) 353조에
규정되어 1907년에 공포된 형법(메이지 40년 법률 제 45호) 183조에 인계되었다.
간통죄는 필요적 공범으로서 남편이 있는 아내와 그 간통의 상대방인 남성 간에
쌍방으로 성립된다. 간통죄는, 남편을 고소권자로 하는 친고죄이다. 또, 고소권
자인 남편이 간통을 용인한 경우에는, 고소는 무효로 여겨져 처벌되지 않는다.
한국에서도 간통죄가 정해져 있다. 그러나 일본의 구규정과는 달라, 배우자가
있는 사람에게는 남녀를 불문하고 간통죄가 적용된다. 간통죄를 범한 사람의 배
우자가 고소권자인 친고죄이고 고소권자가 간통을 종용 또는 유서했을 경우에
는 고소할 수 없어 이 점은 일본의 구규정과 같다. (出典: フリー百科事典『ウィキ
ペディア(Wikipedia)』, 2008.6.7)

조직체(육체와 사회적 조직을 포함)의 붕괴를 막으려는 요구를 표명하는 것 같은 성의 부정에 주목해 왔다. 이런 종류의 요구로부터 생긴 규범이, 입구와 출구의 관리와 같은 표현이 부여된 점은 이미 살펴 본 바와 같다. 또한 그것과는 다른 종류인 성의 부정이 사회 체계의 내적 경계선을 정연하게 유지하려는 요구(간음, 근친상간 등등의 금지)로부터 탄생되었다.[108]

기야마는 아내의 신체를 '정숙'의 강요로부터 '더러워짐'으로 그리고 '부정'으로 그 강도를 더해가며 비난해 왔다. 그 결과 아내로부터 "내가 나빴어요."하는 사과장을 받아낸다. 이로 인해 기야마는 아내의 몸을 '질서화'하는데 성공한다. 여기서 질서화의 기점으로 인간의 신체가 이용되고 있음을 알 수 있다.

> 그는, 아내의 편지를 보았을 때의 기쁨이나 그와 관련된 여러 가지 미혹은 더 이상 느끼지 않았다. 그리고 그런 것들 대신에 조용히 가라앉은 무거운 슬픔이 그의 가슴 속에 퍼지자, 그 슬픔은, 눈에 보이는 평원 위에도, 산이나 숲에 흐르는 슬픔과 같이 생각되었다. 자신에게서 슬픔이 흘러나오는 것인지, 눈으로 봐서 슬픔을 느껴는 건지 그는 알 수 없었다. 하지만, 단지 그가 명료하게 느낀 것은, 그 슬픔을 인내하는 것 그 뿐 이었다. 그리고 그 것만이 살아 있는 각자에게 부여된 특권처럼 생각되었다. (『悲しみの代価』, p.59)

기야마는 다쓰코와 화해할 것을 다짐하며, 자신이 돌아갈 곳은 그녀 곁이라는 결론을 내린다. 그리고 아내에 대한 모든 의구심을 털고 인내하기로 마음먹으며, 이런 자세야말로 살아있는 사람들에게 주어진 특권

---

108) メアリ・ダグラス(1969), 앞의 저서, p.265

이라고 이해한다. 따라서 일본의 로맨틱 러브는 남성들의 '인내'와 자성을 거쳐 변모 정착되었음을 알 수 있다.

③ 새로운 질서로

「감자」와 『悲しみの代価』는 결혼한 부부를 중심으로 스토리가 전개되지만, 여기에 아이들은 등장하지 않는다. 따라서 두 작품 모두 아버지의 탄생을 수반하지 않는, 가족을 만들기 전 단계에서 소설은 끝난다. 우에노는 '한 쌍의 남녀는 그 상태로는 사회가 아니지만, 번식을 통해서 사회를 만들어 낼 수 있다'[109]고 하였다. 그렇다면 두 텍스트가 똑같이 아이를 등장시키지 않았다는 점은 무엇을 의미하는 걸까?

「감자」와 『悲しみの代価』는 근대의 로맨틱 러브가 한국과 일본 양국 사회(=남성들)에 어떻게 받아 들여졌는지 그 과정을 극명하게 보여준 작품이다.

앞서 설명한 바와 같이, 「감자」의 복녀는 왕서방의 소작 밭에서 감자를 훔친 것을 계기로 그와 사랑에 빠진다. 여기서 잠깐 '감자'의 의미를 생각해 보도록 하자. 어쩌면 감자는 남자의 생식기이자 씨(種)의 메타포가 아닐까? 감자는 지하의 줄기 부분(덩이줄기)을 식용으로 하는 식물이지만, 그 덩이줄기에 매달린 감자는 아이를 연상시키기에 충분하다.[110]

매춘을 시작한 복녀가 처음에는 매춘상대를 누구든지 좋다고 했으나,

---

109) 上野千鶴子(2006), 『女の快楽』, 勁草出版社, p.7
110) 예를 들면, 일본에서는 토란이나 밭에서 만든 감자 등이 큰 감자 주변에 새끼 감자가 붙어 있는 것에서, 자손의 번영으로 이어지는 재수가 있는 물건으로 여겨지며 특히 출산 축하에는 빠뜨릴 수 없는 식품이다.

왕서방을 만나면서 점차적으로 '너 아니면 안 돼'라는 섹슈얼리티의 변용을 보이고 있음을 앞에서 지적하였다. 복녀와 왕서방을 남녀관계로 맺어준 것도 다름 아닌 감자가 매개체이다. 즉, 두 사람은 감자를 매개로 연인이 된 것이다.

로맨틱 러브란 사랑하는 두 남녀가 자유로이 연애를 한 다음 결혼에 골인하여 자식을 낳고 가족을 만들어 간다는 이념이다. 복녀는 왕서방을 사랑했으며, 따라서 그녀가 왕서방의 자식도 낳고 싶었을 것이라는 상상은 가능하다. 감자는 그러한 복녀의 심리를 암시하고 대변해 주는 메타포인 것이다. 어쩌면 복녀는 무능력한 남편과 이혼하고, 사랑하는 왕서방과 결혼하여 그의 아이를 낳음으로써 하나의 가족을 만들어 사회에 참여하고자 꿈꾸었던 것은 아닐까? 그러나 그러한 그녀의 소망은 유교라는 토양에서 싹을 틔우기에는 시기상조였다는 것이 작가가 준비한 결론이다.

한편 『悲しみの代価』의 기야마는 자식을 낳는 것에 대해 "끊임없이 심장을 공유한 남녀가 서로 같은 감정을 느끼고 그러한 두 사람 사이에서 자식이 생기고 기르는 것만큼 행복한 것은 없다"고 말한다. 아울러 부정한 아내의 몸에서 아이가 태어나는 것만은 피하고 싶다고 토로한다.

> 나는 너에게 나의 아이를 갖게 하려고 한다.[111]
>
> (『悲しみの代価』, p.27)

> 나는 더 이상 너에게 정숙해라든지, 부정을 저지르지 말라든지 하는 말은 하지 않겠어. 하지만, 단지 걱정이 되는 것은 아이다. 만약 나중에라도 자식을 낳았을 때 과연 그 아이를 나는 사랑할 수 있을까? 그

---

111) 俺はお前に俺の子を産まそうと思ってたんだ。

런 일이 나의 새로운 괴로움이 될 것이다.[112] (『悲しみの代価』, p.58)

기야마는 사랑하는 사람끼리 결혼했으므로 아이를 만드는 것은 당연하다고 생각한다. 그러나 그는 아내의 몸을 더럽혀진 육체라고 생각하였으며, 결벽증처럼 그런 그녀의 몸을 통해 태어난 아이도 똑같이 더럽혀진다는 생각을 한다. 이러한 사고는 말하자면 여자의 자궁을 밭이라고 여겨왔던 것에 유래 한다.[113] 오구라(1995)의 지적대로 기야마는 끊임없이 더러움을 지적하고 있으며 또한 이를 정화해 감으로써 새로운 문화를 활성화시켜가는 법을 이미 터득하고 있다. 그리고 이러한 것들은 기야마가 짊어져야할 고통을 수반한 숙제로 남게 된다. 고통을 감내해 낸 후의 남자들은 보란 듯이 자신들의 취향에 맞는 새로운 문화를 창조해 갔던 것이다.

김동인의 「감자」는 조선의 전통적 사상인 유교 도덕을 몸에 익힌 여성 복녀가 왕서방이라고 하는 남자를 상대로 근대의 새로운 성 문화인 로맨틱 러브의 실천을 시도하지만, 연애의 또 하나의 굴레인 엠비벨런스에 휘둘리며 죽어 간다는 결말의 소설이다. 1910년대 후반부터 시작된 로맨틱 러브는, 한국에서는 신여성이라는 새로운 문화를 낳았다. 그리고 1920년대 후반이 되면, 그녀들의 성적 행동은 일탈로 치부되어 남성 지식인들로부터 공격을 받게 된다. 이러한 시대적 배경에서 쓰인 「감자」는

---

112) 俺はもうお前に貞淑であってくれとか、不貞をするなとか言いたくもなければ言いもすまい。が、ただ気になるのは子供のことだ。もしお前がこれから後になって子供を産んだとしたら、その子を俺は愛することが出来るかどうか、それが俺の新しい苦しみとなるだろう。

113) '남자는 종자, 여자는 밭'라고 하는 일상적 언설은 여자의 난자도 종자라고 하는 점에서 설득력을 잃지만, 이러한 과학적 사실도, 성별 제도의 위력 앞에서는 아무런 효력도 발휘할 수 없다. 밭은 종자에 의해서만 의미를 획득한다. (장희진 (2005), 『페미니즘의 도전』, 교양인, p.51)

복녀의 죽음이 보이는 상징성에서 알 수 있듯이 연애하는 신여성들의 일탈적 성행위를 단죄한다고 하는, 철저하게 반 페미니즘적인 관점에서 구성된 작품이라 할 수 있다. 또한 로맨틱 러브라는 새로운 문화는, 유교를 토양으로 하는 조선에서는 시기상조라는 것을 여성들에게 경고하였다.

한편 요코미쓰 리이치의 『悲しみの代価』의 부부는 로맨틱 러브에 근거한 사랑과 결혼을 한다. 그러나 아내가 '너 하나만'이라는 로맨틱 러브의 룰을 지키지 않는데서 문제가 발생한다. 기야마는 그런 아내의 태도에 분개하며, 성적으로 자유분방한 아내 때문에 친구들도 모두 잃었다고 한탄한다. 그는 아내의 성행동을 '정숙'에서 '더러움'으로, 나아가서 '부정'으로 그 강도를 점점 높여가며 비난한다. 그러나 이내 자기성찰을 거듭한 기야마는, 인내를 가지고 아내와 현 연애제도를 받아들이기로 결정한다.

남성작가에 의해 쓰인 「감자」와 『悲しみの代価』에는, 근대에 시작 된 성 문화인 로맨틱 러브가 주제이다. 그러나 유교의 나라에서 쓰인 한국의 「감자」는 여주인공의 죽음이라고 하는 극단적인 종말을 가지고 로맨틱 러브 반대를 확실히 표명하였으나, 근대 이전부터 개방적인 성문화를 발전시켜온 일본의 소설 『悲しみの代価』는 로맨틱 러브의 배타성을 지적한 다음, 아내의 섹슈얼리티가 '오직 나 하나만'으로 변용하기를 인내를 가지고 기다린다는 결론으로 새로운 문화 창조를 시도하였다.

이처럼 한국의 신여성과 일본의 새로운 여자들은 로맨틱 러브를 통해 근대적인 섹슈얼리티를 표명하였으며 이는 한시적이나마 양국 사회에 생명의 연소로써 인정되었다. 그러나 이러한 기쁨도 잠깐, 여성들의 개방적인 섹슈얼리티는 파트너라고 생각했던 남성 지식인들에 의해 저지를 당하게 된다. 이에 한국의 신여성 1세대들(나혜석, 김일엽, 김명순)은 사회적으로 매장되었으며, 이를 교훈삼은 차세대 여성 작가들은 프롤레타리아 문학자를 표방하며 프로문학에 전념하게 된다.

제3장

〈계급〉과 섹슈얼리티

1920년대 중반에 이르러, 신여성들의 근대적 섹슈얼리티가 사회적으로 공격을 받자, 이를 지켜 본 신예 여성 작가들의 자기성찰이 뒤따랐고, 이와 때를 같이해 탄생한 프롤레타리아는 그들에게 돌파구를 마련해 주었다. 여기에는 두 가지 양상을 띠게 되는데, 하나는 脫性化된 프로문학이며, 다른 하나는 섹슈얼리티를 비판적 시선으로 응시한 프로문학으로 나뉜다. 따라서 제3장에서는 김일엽의 「망명녀」(1931)와 강경애의 『인간문제』(1934), 「원고료 이백원」(1935), 백신애의 「적빈」(1934), 유진호의 「여직공」(1931), 이북명의 「벌거숭이 부락(裸の部落)」(1937), 노가미 야에코의 『마치코(真知子)』(1930)와 미야모토 유리코의 「유방(乳房)」(1935), 하야시 후미코의 『방랑기(放浪記)』(1930), 사타 이네코의 『잇꽃(くれなゐ)』(1936) 등을 통해, 프롤레타리아트의 삶의 방식이 생명의 연소임을 규명하고, 아울러 이에 따른 권력자의 성적 착취, 성적 유린 등을 문제시하고

자 한다. 이와 동시에 여성들의 또 다른 시도로써 장소적 경험을 비교적 관점에서 언급하고자 한다.

신여성들의 성적 일탈은 남성들은 맹렬히 비난하며 신여성=기생이라는 도식에서 그녀들을 방탕한 여자로 보았다. 궁지에 몰린 신여성들은, 사회에 부합하는 삶의 방식을 찾지 않으면 안 되었다. 이에 이미 선배 신여성들의 결말을 봐온 후배 신여성들은 기존의 신여성들과는 다른 삶의 방식을 모색하여 섹슈얼리티의 공격을 받지 않는 새로운 형태의 프롤레타리아 여성으로 변모하였다.

1920년대 중반에 들어서부터는 소련의 여성운동가 콜론타이[1]의 연애론이 한일 양국에 받아들여져 무산계급을 중심으로 대유행했다. 페미니스트로서의 콜론타이는 로맨틱 러브를 강력하게 주장하여 반대자들로부터 지탄을 받았다. 그러나 콜론타이의 자유연애론은, 단순히 방종한 남녀의 성적교섭을 장려한 것은 아니었다. 실제, 그녀는 사회주의 이념 아래에서 남녀 사이의 불평등한 상하관계, 남성에 의한 여성의 착취가 해소된다고 생각했다. 콜론타이는 진정한 사회주의의 성립은, 성적충동의 급진적인 변화 없이는 완수될 수 없다고 보았다. 항간에서 콜론타이는 '성적욕구의 충족은, 한 잔의 물을 얻는 것처럼 단순하지 않으면 안 된다' 라고 했다고 하나, 설령 이것이 그녀가 직접 한 말이 아니라고 하더라도, 성 문제를 깊이 응시해 성적인 관심이 기아(飢餓)와 같이 자연스러운 인간의 본능에 의한 것이라는 점을 파악하여 여성해방을 급진적으로 실현하려고 했다는 사실은 인정되었다. 결혼과 가족에 관해서는, 공산주의

---

1) 콜론타이(Kollontay, Aleksandra Mikhaylovna), 1872.3.31~1952.3.9. 상트페테르부르크 출생. 러시아 혁명가·외교관. 1917년 10월혁명 후 권력을 장악한 볼셰비키 정부에서 공공복지인민위원이 되었는데, 이 직책을 이용하여 러시아 사회를 개편하고자 했다. 그녀는 자유연애, 결혼과 이혼 절차의 간소화, 사생아에 대한 사회적·법적 낙인의 제거, 여성의 지위에 대한 여러 가지 개선 등을 주장했다.

사회에서는 자유연애아래 해체된다고 주장했다. 전통적인 결혼과 가족은, 가부장제에 의한 개인에 대한 억압적인 구조이며, 재산권의 계승에 의한 개개인의 에고가 집적화된 형태라는 지견을 가지고 있었다. 바람직한 공산주의 사회에 있어서는, 남녀 양성은 서로 노동을 하는 것으로 서로를 지탱해, 가족이 아닌 사회에 의해서 아이의 양육과 교육이 이루어진다고 말했다. 이렇게 역설함으로써 콜론타이는, 진정한 해방을 위해서는 남녀 양성 모두 본래 자연스럽게 가지고 있는 전통적인 가정생활에 대한 노스탤지어를 떨쳐버리도록 재촉하였다.[2]

콜론타이는, 새로운 길을 열어가는 독신 여성들에게 "나는 나다. 그리고 현재 내가 가지고 있는 것은 전부 내 자신의 힘으로 창조한 것이다"라는 가치관을 역설했다. 그러면 이 새로운 여성의 특징은 무엇인가?

첫째, 과거의 여성은 감정이 우월했으나, 현재의 여성은 직업을 가지고 생존을 위해 적극적인 투쟁을 하는 과정에서, 의지 강하고 훈련된 면모를 보인다. 프롤레타리아 신여성은 연애에서도 독점은 원하지 않는다. 원래 감정이 승한 여성은 시기와 질투가 억제되지 않은 추한 형태로 나타나는 반면, 프롤레타리아 신여성은 자신의 감정을 존중하는 만큼 타인의 자유를 허용한다.

둘째, 프롤레타리아 신여성은 과거의 여성들과는 달리 강도 높은 요구를 남편에게 한다. 그들은 물질적 원조의 부재, 남편의 부정을 용서할 수는 있으나 아내의 정신적 자아를 무시하는 것은 용서하지 않는다. 또한 독립을 결코 두려워하지 않으며 연애가 자신의 자아를 확립하는 데 방해가 되지 않는다. 성도덕은 자손의 정당한 발전과 인간정신의 풍부화를

---

2) 콜론타이가 저술한 소설 「붉은 사랑」은 당시 한일 양국에서도 유행해, 사이조 야소(西條八十) 작사의 「東京行進曲」에는 콜론타이의 저작 「붉은 사랑」의 어구가 가사 중에 사용되었다. (出典: フリー百科事典『ウィキペディア(Wikipedia)』, 2008.8.25.)

목적으로 하면 된다.[3]

그녀는 이런 유연한 결혼제도가 프롤레타리아 계급에 유용하다고 주장한다. 왜냐하면 개인적인 부부나 가족의 연계성이 강하면 강할수록 노동자의 연대는 약해질 것이므로, 이는 계급 해방에 방해가 되기 때문이다. 이러한 사상에 영향을 받아 1920년 후반에 오면, 사회주의자에 의한, 말하자면 새로운 정략결혼의 형태인 동지적 결혼이 탄생하게 된다.

제1절

〈품위〉있게 사는 것과 젠더 교점
― 「망명녀」, 『마치코(真知子)』[4]의 선택 ―

1920년대 중반부터 한일 문단은 그 양상이 크게 바뀐다. 지금까지 주류였던 리얼리즘 문학이 퇴조를 보이며, 마르크시즘에 근거한 프롤레타리아 문학이 문단을 석권하는 가운데, 모더니즘계열 문학이 공존하는 양태를 보였다. 지금까지의 문학이 인생문제의 해결을 주로 정신적인 측면에서 얻으려 했던 것과는 달리, 프롤레타리아 문학은 인간정신을 좌우하는 사회의 힘을 깨닫게 했다는 점에서 획기적인 새로움을 더했다. 한편 한국의 마르크시즘은 중국, 소련의 볼셰비즘의 동진에 따라 1920년경 조선에 수용되었다. 1920년에는 중국의 혁명문학이 양백화[5]에 의해 이입되어 프롤레타리아 문학의 태동기를 맞이하게 된다. 1922년에는 김명식,

---

3) 최혜실(2000), 『신여성들은 무엇을 꿈꾸었는가』, 생각하는나무, pp.140~141
4) 底本 ; 김말봉(1932), 「망명녀」(≪中央日報≫), 『페미니즘 정전 읽기』, 푸른사상사 (2002). 野上弥生子(1928~1930),『真知子』(『改造』), 新潮文庫(1966)
5) 梁白華(1889~1938) 소설가, 중국문학 번역가, 居士불교운동가.

김현준 등이 문예잡지 『新生活』[6]을 통해, 마르크시즘을 소개하고 있다. 그 후 임화 등은 일본의 나프(NAPF)와 활발한 교류를 나누었다. 프롤레타리아 문학론에 있어서는 일본 나프의 이론을 조선의 카프(KAPF)가 수용했다.[7]

이러한 시대적 배경 아래 탄생한 김말봉(1901.4.30~1962.2.9)은 단편소설 「망명녀」(≪中央日報≫ 연재, 1932.1.1~10)로 문단 데뷔, 이 후 「밀림」(≪東亞日報≫, 1935~1938)과 「찔레꽃」(≪朝鮮日報≫, 1937)을 각각 신문에 연재하여 일약 베스트셀러 작가가 된다. 일본의 언론 탄압에 저항해 붓을 꺾었던 기간을 제외한, 암 투병 후 병사하기까지 의욕적인 집필 활동을 펼쳐 장편 15편과 단편 100여 편을 남긴 다작의 작가이다.

김말봉은 3·1운동의 주모자의 한사람으로 지목되어 체포된 후, 옥중에서 받은 고문으로 오른쪽 귀의 청력을 잃었다. 그 후 일본으로 건너

---

6) 사회주의 경향의 잡지. 1922년 3월 11일부터 1923년 1월 8일까지 통권 16호를 펴냈으나 거의 매호 압수당했다. 창간호를 펴내자마자 발매금지되어 임시호 형식으로 펴냈다. 1922년 1월 15일 박희도(朴熙道)·이승준(李承駿)의 발기로 신생활사가 창립되었다. 편집 겸 발행인은 선교사 베커(한국 이름은 白熙德)였는데, 이는 당시 일제의 검열을 피하기 위해 외국 선교사를 내세운 것이다. 주요 집필자는 신백우·염상섭·이성태·신일용 등이었다. 제1~5호는 순간(旬刊)이었고, 제6~9호는 월간으로 펴냈다. 1922년 10월 4일 신문지법에 의해 출판허가를 받아 자본금을 늘리고, 제10호부터 주간으로 펴내면서 사회주의적 경향이 더욱 짙어졌다. 특히 자본주의 비판과 사회주의 사상보급에 주력하여 마르크스주의와 러시아 혁명을 소개하고 민족개량주의를 비판하는 논조를 펼쳤다. 창간 후 몇 차례에 걸친 압수와 발매금지를 당했는데, 특히 1922년 11월호에 실린 '노국(露國) 혁명 5주년 기념호'와 12월호에 실린 〈자유노동조합 취지서〉가 문제시되어 발매금지, 인쇄기 압수, 사장 박희도와 인쇄인 노기정의 구속이라는 필화사건이 발생했다. (Daum百科事典http://enc.daum.net/dic100/2007.9.18.)

7) 따라서 박명용은 "지금까지 프롤레타리아 문학이 신경향파 문학에서 배태되고 1923년 후기에 들어 생성되었다는 주장은 타당성이 없다. 또한 외래의 한 사조가 유입되어 한 시대를 풍미했다면 그 원인이 있기 마련이며, 이입되는 사조보다는 그 사조를 수용하려는 사회적 환경이나 풍토에 득세의 원인이 잠재해 있다. 따라서 식민지 아래에서는 이것이 우연적 이입이 아니라 '필연적 수용'으로 규정할 수 있다"고 주장한다. (박명용(1992), 『韓国 프롤레타리아 문학연구』, 글벗사, p.248)

가, 1920년 일본의 고등학교에 편입해 이듬 해 21년에 졸업, 곧 바로 다카네 여숙(高根女塾)에 입학해 수필을 쓰기 시작하여 「이상적 남녀 생활」을 『新生活』에 발표하기에 이른다. 1923년에 동 학원을 졸업하고 도시샤(同志社)대학 영문과에 입학, 1927년에 졸업하여 7년 남짓 걸린 유학생활을 끝내고 귀국했다. 1929년에 중외일보 기자로 재직하며 조선일보에 연재한 「찔레꽃」의 대성공에 의해, 직업 작가로서의 지위를 굳혔다. 펄 S. 벅(Pearl Sydenstricker Buck)을 사랑한 그녀는, "우리나라 작가는 선민의식을 가지고 있다"고 비판의 목소리를 높이며 스스로를 대중소설 작가라 칭했다.[8] 해방 직후에는 공창제도를 폐지하기 위한 운동의 선봉에 서서 투쟁활동을 전개했으며 연맹의 위원장을 지내기도 했다. 또한 김말봉은 이에 만족하지 않고 소설 「화려한 지옥」(1945)에서 공창제도 폐지를 테마로 하여, 당 운동이 법률개정 차원에 만족하지 않고, 인간애로 가득 찬 새로운 공동체 만들기에 힘써야 한다고 주장했다.[9]

노가미 야에코(野上弥生子, 1885.5.6~1985.3.30)는 쇼와 초기 프롤레타리아 문학이 유행하던 시기에, 사회 진보를 위한 활동의 중심에 있었던 남자들의 비인간적인 섹슈얼리티에 초점을 맞춘 『마치코(真知子)』를 발표하는 한편, 사상과 행동에 대해 고민하는 청소년의 고민을 다룬 「젊은 아들(若い息子)」과 「슬픈 소년(哀しき少年)」 등을 썼다. 이 후 일본이 전쟁에 경도되자 시류를 비판한 「검은 행렬(黒い行列)」(전후 대폭 가필해 장편 『미로(迷路)』로 재탄생)을 발표하는 등, 양식 있는 지식계급의 입장에서 조명한 비판적 리얼리즘 문학을 다수 발표했다. 미야모토 유리코

---

8) 김말봉은 스스로 '순수귀신은 물러가라'고 주장하며, 순수문학을 부정하고 대중(통속)소설에 전념했다. 그녀는 대중의 존재적 가치를 역사를 움직이는 생명력의 원천으로 보았다. (김우규(1954), 「김말봉문학의 대중성과 종교성」, 『김말봉문학과 사회』, p.92)

9) 青柳優子(1997), 『韓国女性文学研究』, お茶の水書房, p.63

(宮本百合子), 평론가이자 유리코의 동거녀 유아사 요시코(湯浅芳子)와도 교우를 가졌으며, 『真知子』는 유리코의 『伸子』를 의식해서 쓴 작품이라는 평을 받기도 했다. 『真知子』는 1920년대의 여성들의 삶의 방식을 제시한 작품으로, 일본문학에서 중요한 위치를 차지한다. 제2차 세계대전이 발발했던 시기에는 남편과 함께 유럽에 체재하였으며, 유럽 체재 전후를 기록한 기행문 「구미 여행(欧米の旅)」은 이 시기의 격동적 증언으로서 가치가 높다.[10] 『真知子』(『改造』, 1928, 3~30, 12)는 정치의 계절인 쇼와 초기에 프롤레타리아 사상문제를 다룬 장편소설이다.

1920년 후반부터 1930년 초반에 걸쳐 발표된 「망명녀」와 『真知子』 두 소설에는, 필사적으로 시대를 살아가는 여자들의 모습이 선명히 조명된다. 두 소설의 여주인공 순애와 마치코는 마르크시즘에 의한 새로운 삶을 추구하지만, 그곳에는 사랑과 주의가 대치 항목으로 가로놓여 있다. 고민에 고민을 거듭한 결과 순애는 '주의'를, 마치코는 '사랑'을 택한다.

본 절에서는 선행연구를 참고하여 두 작품 「망명녀」와 『真知子』를 통해 소설의 근저에 흐르고 있는 신체와 정신이라는 이분화의 프로세스와, 순애의 쾌락적 과거로의 회귀에 대한 집착, 마치코를 방관자적 혁명자로 만든 이유를 아비튀스의 관점에서 파악하겠다.

아울러 아비튀스는 구체적 경험에 의해 형성되는 '심적 제 현상'으로 해석되며, 일단 내면화가 끝나면 변경할 수 없는 습관이나 관습과는 다르다는 프랑스 철학자 피에르 부르디외[11]의 개념[12]이다.

---

10) ja.wikipedia.org/wiki/野上弥生子, 2008,2,11

11) Pierre Bourdieu (1930.8.1~2002.1.23), 프랑스의 사회학자. 코레이쥬·드·프랑스 명예 교수. 철학으로부터 문학 이론, 사회학, 인류학까지 연구 분야는 폭넓다. 저서 「디스탕크시온」이 유명. 문화 자본, 사회 관계 자본, 상징 자본의 용어나, 아비튀스(Habitus), 상징적 폭력 등의 개념으로 알려졌다. (フリー百科事典, 『ウィキペディア(Wikipedia)』, 2008.7.19)

12) 山本哲士(2007), 『ピエール·ブルデューの世界』, 三交社, p.32

■1 1920년대 여자들의 현주소

1.1 ■ 대중문화의 스타 - 기생

1920년대 중반 이후부터 신여성들은, 허영심, 타락, 생활난이라는 이미지로 형상화되었다. 이에 경제적 현실에 눈뜬 신여성들이 부르주아의 첩으로 전락하는 일이 늘자 그들에 대한 비난이 쇄도했다. 또한 결혼관과 정조관의 변화는 이혼의 급증이라고 하는 사회현상을 낳았다.[13] 여기서 모럴에 반한 결혼 형태에 의해 구축된 가정은, 사회에도 악영향을 미친다는 의미로 재고되는 경향과, 이혼이 경제적 능력이 없는 구여성을 희생하는 에고이스틱한 행동이라는 의견이 동시에 제기되었다.

한편 당시 기생에 대한 사회적 등급에는 매우 흥미로운 점이 있다. 그들은 남성들의 성적 대상인 반면, 실로 남성과 자유롭게 연애할 수 있는 존재이기도 했다. 이런 면에서 1920년대의 소설에서 연애의 대상으로 기생이 자주 등장하는 것은 당연한 일이기도 했다. 한편으로 기생은 신여성이 자아 정체성을 확립하는 과정에서 방해물로 작용하기도 하였다. 남성들은 지금까지 공적 영역에서 자신들의 성적 욕망을 채워주었던 기생들의 역할과 신여성의 그러한 면의 공통점을 결부시켜 신여성을 탕녀로 매도하였다. 단발이 신여성과 기생에게서 동시에 이루어졌다는 사실은 이러한 맥락에서 상징적이다.[14]

식민지 시대에 일본의 유곽과 매춘부가 들어오자, 기생은 조선적 정서

---

13) 1929년 당시의 한국부부의 이혼은 25才~30才가 전체 12.5%를 점하고 있었으며, 20才 미만으로는 남자7%, 여자 14.7%로 되어있다. 1930년 기준으로 보면 프랑스 0.5%, 미국 1.6%, 일본 0.8%, 한국 0.5였다. (강병식(1995), 「일제하 한국의 결혼과 이혼 및 출산 실태 분석」, 『사학지』第28号, p.100)
14) 최혜실(2000), 앞의 저서, p.176

에 의한 조선적인 미를 지켜가는 사람으로서 자신들의 아이덴티티를 새롭게 규정하면서, 고전적인 기생의 모습을 지키기 위해 노력했다. 아울러 스스로를 일본 문화로부터 조선 문화를 지키는 투사라는 인식이 강했다. 기생은 매춘부로서 사회의 주변부로 몰락한 것이 아니라, 근대사회에 진입하는 과정에서 스스로를 새로운 문화적 주체로 탈바꿈시켰던 것이다.[15] 이처럼 사회가 변함없이 인습과 관례에 얽매여 꼼짝할 수 없었던 시대에, 기생은, 앞장서서 자신들의 생각을 실천하면서 억압의 고리를 자르는 존재로 변모했다.[16]

1.2▌ 도쿄제국대학 여자 청강생

1910년경에는 아직 여성을 받아들이는 대학은 없었으며, 도쿄제국대학에서 처음 청강생 제도를 한시적으로 도입해 시행되었다. 도쿄제국대학의 여자학생 입학에 관한 자료로 가장 오래된 것은 『女学雑誌』에 올라 있는 기무라 히데코(木村秀子)의 예이다. 1885년 1월 26일 기무라 히데코, 기무라 구에코(木村久重子) 자매가 도쿄대학 총리 가토 히로유키(加藤弘之)앞으로 예비문(予備門;도쿄대학은 예비문 4년, 대학 4년인 8년제이었음)입학원서를 제출했으나 허가되지 않았고, 그 후 거듭되는 요청에도 답변은 오지 않았다. 그 사이 여동생 구에코는 병으로 죽고, 히데코는 1887년에 의과 대학 전과생(専科生)으로 입학이 허가되지만, 실제로 입학하는 일 없이 동년 10월에 병으로 사망했다.[17]

---

15) 전경옥(2004)외 3인, 『한국여성정치사회사』, 숙명여자대학교 아시아여성연구소, p.163
16) 김진송(1999), 『서울에 딴스홀을 許하라』, 현실문화연구, p.216
17) 冨士原雅弘(1998), 「旧制大学における女性受講者の受容とその展開」, 『教育学雑誌』32号, p.82

당시에는 관립 여자사범학교나 미션계 여학교 등 극히 일부이기는 하였지만 여성 교육기관이 있었으며, 남자 중등교육 기관에 뒤떨어지지 않는 영어 교육과 보통교육을 시행하는 학교가 존재했던 시대였으므로, 기무라 자매와 같은 고등교육 지원자가 나와도 이상할 것은 없었다. 그러나 제국대학은 문을 굳게 닫은 채 여자들의 입학을 거부했다.

그 후 1920년 2월 17일에 평의회에서 분과대학 총칙을 전문 개정한 학부 통칙에 의해 처음으로 청강생에 관한 규정을 마련해, 여자 청강생의 입학을 허가한 사실이 『東京大学百年史通史』에 기록되어 있다. 이에 관한 사항은 동년 9월 20일 제정한 청강생 규정에도 등재되어 있다. 동년 9월 13일, 문학부에 일본여자대학교 부속고등여학교 교사 우치다 도시코(内田とし子, 28세)가 사학과에 청강생 출원을 한 것을 시작으로, 총 32명의 여자 청강생의 입학이 허가되었다. 이듬해 1921년 4월 13일에는 74명의 지원자가 있었으며, 그 중 다시 46명이 허가되었다. 교수회에 의한 자격심사는, 남자와 동등하게 여성 청강생에게도 상당히 엄격하고 어려운 과정이었다는 점이 추측된다. 1926년 6월 발행 된 『学士会月報』에는 당시의 청강생 총수 103명 중 58명이 여자였다고 적고 있다.[18]

그 후 도쿄제국대학 문학부는 남자 정규학생의 증가에 따라 여성을 전원 수용할 수 없게 되자, 1924년 이후부터 선과생(選科生) 모집을 중지했다. 게다가 1928년도부터는 남자 학생의 증가에 따라 여자 청강생도 금지되어 청강생 제도가 폐지되었다. 도쿄제국대학의 경우 결국 여성 수강자는, 남자의 결원이 생겼을 경우에 한한 보충적 충원이었다.

---

18) 『東京大学百年史通史二』, 東京大学百年史編集委員会, (1985), p.248

2 품위 있는 삶

근대는 육체에 정신을 불어 넣은 시대이다. 근대화는 인간의 정신에 전례에 없는 변화를 가져왔다. 합리화의 진전은, 개인·사회·인류·지구에 여러 가지 문제를 야기하였으며, 개인적 차원에서는 의식과 무의식의 분열이 진행되어, 이성과 정념의 분화가 시작되었다. 인식론적으로 말하면, 물심 이원론, 주객 대립 도식의 등장이 있었고, 정신과 신체·생명의 분리, 인식과 실천이 구별되었다. 이성적 자아의식의 증강은, 무의식을 억압해, 영성을 부정하고, 현세적이고, 인간 중심적, 개인주의적, 물질 지향적, 경제 중심주의적인 사고에 집착했다. 이성이 압도적으로 우세하게 되면, 의식과 무의식의 밸런스가 잡히지 않게 되어, 인격의 분열이 일어나 자아 팽창 사상이 망상되어 정신적 질환이 증가했다. 사회적으로는 자기와 다른 타인과의 분화와 대립이 생성되었다. 공동체의 해체와 도시사회의 형성이 개인주의를 증대시켰다. 따라서 개인과 개인은 상조 원리가 아니라, 경쟁 원리에 의해서 움직이게 되었다. 서로 감정적으로 융합해, 전인격을 가지는 결합으로부터, 각자의 이해적 득실에 근거하는 인격의 일부에 의한 결합으로 바뀌었다.[19]

2.1 기생 산호주의 경우

「망명녀」의 히로인 순애는 서양인 K부인이 운영하는 미션계 C여학교에 다니고 있다. 교회 장로인 아버지는 K부인의 어학 개인교사를 맡아 일하며, 적은 수입으로나마 네 명의 가족을 부양했다. 가정 형편이 어려

---

19) 출처; ja.wikipedia.org/wiki/, 近代化(2008.2.11)

웠던 순애는 여학교 3학년 때 평소에 따르던 상급생 윤숙 언니에게 선물을 하고 싶었으나 수중에 가진 돈이 없자 그만 반 친구의 지갑을 훔치고 만다. 딸의 절도 사건에 따른 책임을 지고 아버지는 졸지에 일선에서 물러나게 되었다. 아버지가 일을 할 수 없게 되자 순애는 아버지를 대신하여 가족 부양을 책임지지 않으면 안 되었다.

> 그러나 도둑질하여 퇴학 맞았다는 낙인이 찍혀 있는 나에게는 아무런 취직의 문이 열리지 아니하였다. 그리하여 나는 최후로 여자라는 특권(?)덕분에 이 구석으로 들어오고 만 것이다. (「망명녀」, p.253)

절도 사건으로 퇴학을 당한 탓으로 취직할 곳이 없었던 순애는 어쩔 수 없이 기생의 길을 선택하였다. 그 후 명월관 기생으로 8년을 성실히 일해 스타 기생이라는 명성까지 얻는다. 그러나 순애는 자신의 선택을 여자에게 주어진 "여자의 특권(?)"이라며 여성이 성적 대상으로 취급받는 상황을 꼬집으며 고민한다. 또한 기생이라는 직업을 자신을 위해서가 아닌 가족을 위해 어쩔 수 없이 결정하고 있으며, 이로 인해 자신의 생명력을 충분히 연소하지 못하게 된 점에 대해 갈등한다.

> 방정맞은 계집 같으니라고. 배워먹지도 못한 것이 이게 다 기생이냐. 이 따위가 명월관 스타야? 누구 앞이라고 포탈을 부리고 나가. 응? (중략) 무엇이 어째? 이 건방진 자식아, 누구에게다 주정을 하는 거야? (중략) 나는 귓전에 '산호주가 미쳤구나'하는 친구의 목소리를 들었습니다. 나는 그 순간 말할 수 없는 쾌감을 느꼈습니다. 과연 나는 미치고 말았으면 하는 생각을 하루에도 몇 십 번이나 하였는지요. 스스로 내 목숨을 잘라버릴 용기가 없는 나는 차라리 내 감정과 관계없는 생활을 하고 싶었습니다. 미쳐가지고 모든 고통을 잊었으면, 또 미쳐가

지고 하고 싶은 말과 가슴에 서린 분풀이를 실컷하고 말았으면 하는
공상에 몇 번이나 취하였던지요. (중략) 마치 이십삼년 동안 나를 못견
디게 굴고 나의 자유를 빼앗고 나의 건강을 짓밟고 나의 고운 몸에다
더러운 병균을 집어다 넣은 그 <u>흉악한 대상이 지금의 오주사</u> 인 것 같
습니다. (「망명녀」, p.252)

　명월관 스타 기생 산호주는 손님의 오만한 태도를 참지 못하고, 좌석
에서 난동을 부리며 차라리 미쳐 버리고 싶다며 자학적 심경을 드러낸
다. 권력의 상징인 오주사는 산호주를 노골적으로 '배우지 못한'여자라고
비하하며, 기생(=육체적인 일)을 하등한 인간으로 천시하며 학대한다.[20]
오주사의 폭언을 계기로 산호주는 지금의 자신에서 해방되어 "감정과 관
계없는 생활" 즉 이성적인 생활을 동경하게 된다. 기생이라는 삶에 지친
산호주는 생명을 잉태할 수 있는 자궁마저 성병에 감염되었다. 여성의
낳는성을 수행할 수 없게 된 그녀에게 자식을 잉태하는 창조적 삶조차
기대하기 어렵다. 그녀는 이러한 책임을 오주사(=권력자)에게 돌린다.
그리고 그에 따른 해결책으로 작가는 미국 유학에서 돌아온 윤숙을 등장
시켜 순애를 구제토록 한다. 윤숙은 기독교 신자로 순애에게 육체적 삶
을 정신적 삶으로 대체해 주는 중간자적 역할을 한다. 그 방법으로 윤숙
은 순애에게 교회를 다니도록 권유하고, 담배와 모르핀을 끊도록 계도한
다. 아울러 이러한 선택이 좀 더 〈품위〉있게 삶을 살 수 있는 방법이라
고 충고한다.

---

20) 당시 기생에 대한 사회적 위상은 그렇게 낮지 않았다. 김진송은 『서울에 딴스홀
　　을 許하라』(1999)에서 "현대의 입구는 기생을 중심으로 한 문화의 흐름에 주목할
　　필요가 있다"고 지적해, 기생을 새로운 서양문화의 형수자로서 긍정적으로 평가
　　하였다.

2.2▎ 청강생 마치코의 경우

작가는 『마치코(真知子)』의 서두에서 상류사회 문화를 지루하리만치 자세히 언급하며 그들의 결혼 문화를 곱지 않은 시선으로 꼬집고 있으며, 이러한 분위기는 소설이 끝날 때까지 일관되게 지속된다. 주인공 마치코 역시 자신이 처한 상류사회의 관습과 예절에 진저리를 치며, 특히 그들의 타산적인 결혼 문화에 대해 맹공격을 퍼붓는다. 마치코의 신분은 푸치 부르주아이며 도쿄제국대학의 사회학과 청강생이다. 정규 대학생이 아닌 청강생이라는 위치로 보아, 사회적으로 불평등한 대우를 받고 있음을 알 수 있다. 그럼에도 불구하고 마치코가 많지 않은 여자 청강생의 한 사람으로 낄 수 있다는 것은 역시 선택받은 사람임에 틀림없다. 그녀는 도쿄 제국대학에서 사회학 강의를 들으며 정신을 키워, 남자에 버금가는 이성적인 삶을 지향한다. 이러한 인생관을 갖고 있는 마치코는 사회학을 통해 마르크시즘과 접하면서부터 자신의 계급을 비판하게 된다.

그러나 그렇다 치더라도 마치코가 자신이 속한 상류사회의 구조에 적절히 순응하고 있는 모습은 도처에서 발견된다. 소설 서두에서부터 결혼을 당연한 테마로 설정하고 있는 점 또한 그런 맥락에서 이해된다. 즉 다시 말해 그녀는 청강생이라는 신분 때문에 사회로부터는 미숙아로 취급되며, 어설픈 사회주의의 신봉자로 가족들에게조차 인정받지 못한다. 이러한 딸을 어머니는 "언제까지나 올드미스로 미숙아 취급을 받으며 살거니"하고 힐책하며 '여자로서의 삶'에 좀 더 신중해지도록 충고한다.

여기서 우선 마치코의 두 가지 인생관을 엿보게 된다. 하나는 육체를 중심으로 한 삶보다 정신(=이성)을 중심으로 한 삶의 방식을 선호하고 있다는 점과, 다른 하나는 후술하겠지만 자신의 계급과 다른 계급의 사람들을 받아들이지 못한다는 점이다.

먼저 마치코의 이성 중심주의에 초점을 맞춰보자. 마치코는 소설 속에서 누구보다도 정신적인 삶을 선호하는 인물이다. 우선 그녀가 지식을 흡수하는 일에 여념이 없는 대학 청강생으로서 설정되어 있다는 점이 이를 뒷받침한다. 문중에서 그녀의 몸에 관련된 묘사는 고작 다음 인용에 그친다.

> 다만 다쓰코는 어느 정도 살집이 있어 결혼한 30대 여자의 풍만함을 갖고 있는데 반해 마치코는 중학생과 같이 그저 길쭉했다.[21]
>
> (『真知子』, p.20)

마치코의 언니 다쓰코(辰子)는 기혼자로 30대 여자로서의 풍만한 몸매를 갖고 있는 매우 섹슈얼(sexual)한 여성이다. 그에 비하면 마치코는 중학생처럼 그저 길쭉한 몸으로 아직 에로스에 눈 뜨지 않은, 성적 매력이 거의 없는 여자로 묘사된다. 아울러 세키에게 고백하는 장면에서 취한 그녀의 행동에 주목해보자.

> 저음, 제 정신이 아닌, 어딘가 벼랑 아래에서 들리는 광인의 절규가 귀를 때렸다. 정확히 그때 그 광인의 형상이 사납게 덮쳐 왔다. 그녀는 놀라, 가녀린 몸을 꿈틀거리며 쓰러지지 않으려고 애썼다. 공포로 인해 그가 누구인가를 잊게 했다. 오히려 그 누구도 보지 않았다. 그녀는 처음으로 남자를 보았다.[22] (『真知子』, p.272)

---

21) ただ辰子の方は幾らか肥りかけて、結婚した三十女の瑞々しい膨らみを持っていたに比べると、真知子は中学生のようにただ真っ直ぐであった。

22) 低い、調子の破れた、どこか崖下の気狂いに似た叫びが耳を打った。と、丁度その気狂いと同じ形相のものが猛然と幣いかぶさった。彼女は驚き、しなやかな身体で藻掻き、倒されまいとして争った。恐怖が誰であるかを忘れさせた。寧ろ誰をも見なかった。彼女は男性をはじめて見た。

서로에게 사랑을 고백한 밤, 세키는 결혼의식이라며 갑자기 마치코에게 성적 교섭을 강요한다. 마치코는 돌연한 그의 행동에 놀라 "처음으로 남자를 보았다"고 술회하며 그를 "광인"과 동일시한다.

그럼 그녀가 처음으로 느낀 남자(=광인)란 어떤 것일까? 그것은 즉, 억제 할 수 없는 성욕으로 가득 찬 저돌적인 무질서로 인식된다. 그러나 그의 이러한 섹슈얼리티는 그가 프롤레타리아트라는 점과 무관하지 않다. 무산 계급의 대변자 세키는 가난한 동북지방 출신이며, 상류계급 출신인 마치코가 생각하는 품위 있는 부르주아 계급의 남성상과는 동떨어진 타입이다.

문중에서 마치코는 자신의 신분을 푸치 부르주아라고 밝히고 있다. 실제로 그녀의 주변에 있는 사람들을 보면 '품위'있는 표현이나 행동을 주로하며 자신들을 하위 계급과 차별화한다. 그런 상류 문화를 내면화한 마치코는 이미 그 문화를 쉽게 외면할 수 없다. 그 때문에 세키의 난폭한, 마치 광인처럼 느껴지는 성적 행동은, 마치코에게는 받아들이기 힘든 "놀라움"인 것이다. 결국 마치코가 몸으로 체득한 '품위'있는 행동의 기준이, 그녀가 모든 행동을 결정하는 판단기준이 되며, 나아가서는 인생을 결정하는 수단이 된다. 후술 하겠지만, 마치코가 마지막으로 결혼 상대로써 가와이를 선택한 것도 이 때문이다.

그리고 또 하나는 고메코가 봉사하는 세틀멘트로 향하는 마치코의 시점에서 읽을 수 있다. 마치코는 자신과 계급이 다른 사람들의 감정을 자신의 일로 받아들일 수 없음을 공공연히 내비친다.

염색물 공장의 함석 담장에서 도로 가득 넘쳐 나온 오수, 그 사이를 어디에서 나타났는지 털이 더러운 2마리의 집오리. ─ 게다가 고메코를 둘러싸고 있는 아이들 역시 그 집오리 새끼였다. 그들은 그 오수와 철

판과 불꽃 속, 헌옷과 휴지조각 속에서 온 것이다.[23] (『真知子』, p.54)

위의 인용에 나타난 하층민들에 대한 마치코의 위화감은 생리적인 거부로 나타난다. 이러한 마치코의 시점은 기본적으로 소설의 저변에 넓게 깔려있다. 마치코가 계급이 다른 사람들에게 느끼는 공감이 묘사되는 장면은 그리 많지 않다. 이 때문에 하층민들의 천한 삶의 방식은 두드러진다.

이러한 계급적 생활 스타일을 부르디외(2007)는 다음과 같이 지적한다.

> 아비튀스는 구체적인 경험에 의해서 형성되는 '심리적 제 경향'이기 때문에, 행위자가 어떠한 아비튀스를 형성하는가는, 사회 속에서 행위자가 차지하는 위치에 의해 상이하다. 생활 스타일은, 아비튀스의 체계적 산물이며, 아비튀스의 제 도식에 따라 그들 상호 관계에 대해 지각되고 (「품위있는」, 「천한」으로 나뉘는 것 처럼) 사회적으로 질이 매겨지는 제 기호의 체계가 된다.[24]

따라서 「망명녀」의 산호주는 기생으로서 육체를 살게 되는 가장 미천한 삶의 방식을 선택하고 있으므로, 작가의 시선에 의해 그것을 바꿀 필요성이 대두된다. 소설 후반부에서 산호주라는 호칭은 재차 순애로 원위치되어 정신적인 삶으로 방향 전환된다. 그리하여 작가는 순애에게 '품위 있는' 삶의 방식을 터득하도록 요구한다.

---

23) 染物工場のトタン塀から往来いっぱいに溢れ出した臭い水、その中をどこから現はれたかぼしゃぼしゃ歩いている二羽の貧しげな家鴨。ーそこに米子を取り巻いてゐる子供たちも、云はばその家鴨の子であった。彼等はあの臭い水から、鉄板と火花から、ぼろと紙屑の中から来たのだ。
24) 山本哲士(2007), 앞의 저서, p.32

한편 『真知子』의 마치코는 남자 대학의 청강생으로서 오로지 정신(=이성)을 살도록 설정된다. 말하자면 마치코에게는 이러한 삶의 방식이 곧 품위 있는 것이기 때문이다. 따라서 소설 속에서 그녀의 품위 유지는 끝까지 지켜지며, 상류 사회에서 체득한 생활 스타일이 바뀌는 일없이 소설은 매듭지어 진다.

3 또 하나의 연애와 결혼

3.1 동지애

앞서 서술한 바와 같이 「망명녀」의 순애는 윤숙에 의해 육체적 삶인 기생으로부터 구출되어 일반인으로 복귀한다. 그리고 얼마 후 언니 윤숙을 통해 사회운동가 윤창섭과 대면하게 된다. 윤창섭은 오래전부터 윤숙의 애인으로, 최근 일본 유학을 마치고 귀국한 사회주의 운동가이다. 그는 일본에서 마르크시즘을 공부하고 돌아와 조선에서도 무산계급 투쟁 운동에 몸담고 있다. 그러나 사회주의를 반대하는 윤숙과 자주 의견충돌을 일으킨다. 한편 그에게서 마르크시즘 이론을 공부하게 된 순애는 그에 대한 동경을 사랑으로 키워간다.

> 그 중에도 내 귀에 처음 들린 것은 반동분자, 소비에트, 5개년 계획이니, 남녀 기회 균등이니 하는 문자입니다. (중략) 나는 웬일인지 들어도 들어도 언제나 더 듣고 싶었습니다. 그의 빛나는 두 눈 시원한 이마…그의 육성을 통하여 나오는 새로운 진리는 나의 가슴에다 연모의 불길을 일으켰습니다. 오래 말라버린 흙에 봄비가 내리고 그 속에 숨

어 있던 움이 돋아 나오는 것처럼 마르고 바스러진 내 마음 속에 새로운 생기가 약동했습니다. (「망명녀」, p.260)

이상의 인용에서 마르크시즘이라는 새로운 사상과 만났을 때의 순애의 충격과 마음의 변화를 읽을 수 있다. 정신적 생활을 영위하기 위해 기생에서 구출된 순애는 윤창섭을 통해 "반동분자" "소비에트" "5개년 계획" "남녀 기회 균등" 등 새로운 근대적 지(知)와 만나게 된다. 처음 접하는 이러한 새로운 지식은 의미를 모르기 때문에 순애에게 더 많은 호기심과 적당한 긴장감을 부여한다. 아울러 이러한 知를 머리로 생각하고 행동하도록 요구된다. 동시에 윤창섭의 "빛나는 눈빛"과 "넓은 이마"와 설득력 있는 "목소리"는 지식을 습득한 리더의 메타포로 설정된다. 새로운 지식에 대한 동경은 이윽고 윤창섭에 대한 동경으로 대치되어 자리매김 된다. 순애는 마르크시즘과 함께 자신이 체득했던 로맨틱 러브를 조합시켜 실천해 간다.

윤숙씨, 윤숙씨 말입니까? 그는 나의 애인인지는 모릅니다마는 동지는 아닙니다. 주의가 다른 그와 나는 피차가 슬픈 애인이외다. 언제나 서로 만족치 못하는 사랑에서 허덕이고 있습니다. 순애씨! 당신은 윤숙씨가 가지지 못한 것을 가졌습니다. 당신은 나의 동지가 되어 주시오. 윤숙이가 이해하지 못하는 동지의 사랑을 받아주시오. 같이 일하다가 같이 죽을 수 있는 동지는 애인보다도 더 가깝다고 할 수 있지 않은가요? (「망명녀」, p.262)

원래 윤창섭은 윤숙과 오랜 연인사이였다. 그러나 사회주의자가 되고 나서 그의 연애관은 변모하였다. 그는 애인의 윤숙과는 "주의"가 다르다는 이유로 별다른 미련 없이 순애에게 관심을 돌린다. 그는 함께 일하다

함께 죽을 수 있는 동지야말로 애인보다 더 가까운 사이라며 로맨틱 러브 대신에 '동지애'를 택했다. 그리고 사회주의를 받아들인 순애에게 동지애를 요구하며 프러포즈하기에 이른다. 그러나 로맨틱 러브 수용자인 순애에게 그가 원하는 동지애적 사랑 방식은 아직 낯설다.

> 순애야, 너만 이전 순애가 되어준다면 내게는 그 이상 더 기쁜 것이 없겠다. 네가 윤과 결혼하는 것이 하나님의 뜻인 상도 싶다. (중략) 윤숙이가 이따금씩 히스테리컬하게 웃고는 한숨을 쉬는 것을 볼 때에 나의 가슴은 소금에 절이는 듯 몹시도 괴로웠습니다. (「망명녀」, p.265)

> 윤 선생님! 저는 끝까지 당신의 동지로 살겠나이다.
> (「망명녀」, p.269)

윤숙으로부터 창섭과의 결혼을 신의 의지로 허락받은 순애지만, 결국 창섭의 내조자가 아닌, 어엿한 한사람의 사회주의운동 투사가 되어 그의 곁을 떠나간다. 즉 그녀는 고민 끝에 동지로서의 창섭은 받아들이나, 사랑을 저버린 창섭을 인정할 수 없다는 결론을 내린 것이다.

결국 순애는 사회주의가 내미는 동지애적 결혼을 받아들이기에는 시기상조였던 것이다. 이를 부르두외는 아비튀스의 시점에서 설명한다.

> 구조화하는 구조인 아비튀스, 즉 프라치크(전략)와 프라치크 지각을 조직하는 구조인 아비튀스는 구조화 된 구조이기도 하다. 사회 세계의 지각을 조직하는 논리적 계급에 있어서의 분할 원리란, 그 자체가 사회 제 계급에 있어서의 분할이 신체화된 산물이기도 하기 때문이다. 계급 조건에 고유의 필연성과 자유성을, 그리고 그 위치의 구성적 차이를, 체계적인 방법으로 나타내고 있는 '프라치크의 생성 도식체계'인

아비튀스는 조건의 제 차이를 파악해, 분류되고 분류화 하는 프라치크
사이의 제 차이형성의 근본이다.[25]

순애는 명월관 기생으로서 8년이나 일한 경력을 가진 로맨틱 러브의
달인이다. 즉 그녀에게 결혼에 대한 환상은 없다고 봐야 할 것이다. 그
렇기 때문에 더더욱 그녀의 몸속에 체화된 아비튀스는 굳이 윤숙의 애인
을 뺏을 이유가 없다. 더욱이 순애는 결혼식 전날 밤에 보인 윤숙의 한
숨소리를 듣고 양심의 가책을 느낀 나머지 창섭을 돌려주겠다고 결심한
다. 콜론타이의 연애론에 따른 창섭의 연애관을 이질적으로 느낀 순애에
게는 아직도 엘렌 케이의 연애관이 남녀 간의 연애지침서로 자리하고 있
음을 알 수 있다.

3.2 ▌ 〈주의〉적 결혼

『真知子』는 소설 첫머리에서, "마치코는 결혼문제에 대해 어머니가 요
즈음 갑자기 서두르고 있다는 점을 감지했다"고 언급하고 있으며, 또 결
말부에서는 "이 순간만큼 가와이에 대한, 그녀 자신의 숨겨진 사랑을 분
명히 느꼈던 적은 없었다"고 적고 있다. 과연 마치코의 결혼관은 어떤 것
일까?

『真知子』는 노가미의 지적대로 유리코의 『伸子』를 의식해서 쓴 소설인
만큼 소네 마치코(曾根真知子)의 연애와 결혼에 관한 이야기로 구성되어
있다. 이 때문에 처음부터 『真知子』는 여성에게 있어 결혼은 당연하다는
시점과 이성애주의를 저변에 깔고 있다. 마치코의 어머니 또한 "올드미
스는 사회적으로 미숙아"라는 의식을 가지고 있으며, 23세나 되는 "용모

---

25) 山本哲士(2007), 앞의 저서, p.32

도 아름다운 딸"의 결혼 문제에 신경을 쓴다. 결국 장남 며느리의 모친인 사돈에게 마치코의 맞선 주선을 부탁한다. 그러나 마치코는 어머니가 추진하려는, 집안과 경제력을 기준으로 해 행해지는 상류 계층의 결혼 방식을 거부한다. 다음의 인용에서 마치코의 결혼관을 엿볼 수 있다.

> 행복한 결혼이라는 것이, 어머니가 말하듯이 그렇게 용이하게 누구에게라도 손에 들어오는 것이라고는 그녀에게는 믿기지 않았다. 반대로 봄날 제비가 나는 것을 보고 서둘러 프란넬(flannel)을 입기 시작하는 것 같은, 또 12시 시계 종소리를 듣고 위가 비어 있지 않아도 점심 식탁 앞에 앉는 것 같은, 말하자면 관례에 지나지 않는 하나의 의식을 경계로 돌연 특정한 어떤 존재가 자신의 존재와 결합하여, 말하는 것도, 웃는 것도, 생각하는 것도, 먹는 것도, 자는 것도, 한사람의 상대를 의식하지 않으면 안 된다고 하는 기묘한 생활 속에서, 진정한 행복이나, 자연스럽고 편안한 즐거움을 얻을 수 있다고는 생각되지 않았다.[26]
>
> (『真知子』, p.9)

마치코는 어머니가 제시한 중매결혼, 즉 집안이나 경제력을 보고 저울질해 선택한 결혼을 "관례에 지나지 않는 하나의 의식"이라고 비판한다. 그리고 그러한 결혼은 자연스러움과 편안함이 없다는 점을 반대 이유로 내세운다. 그러므로 가문 좋고 돈 많은 호 청년 가와이(河井)의 프러포즈도 단호히 거절한다. 그리고는 자신의 의지로 선택한 세키를 만나러 외

---

26) 幸福な結婚というものが、母の云うようにそう容易に誰にでも手に入るものだとは彼女には信じられなかった。反対に、春燕の飛ぶのを見て急いでネルを着はじめるような、また、十二時の時計に促されて、胃の腑が空かなくても空いても昼の食卓に座らされるような、謂わば慣例に過ぎない一つの儀式を境界として、突然特定した或る存在が自分の存在に結びつき、話すことも、笑うことも、考えることも、食べることも、眠ることも、一人の相手を意識することなしには許されないと云う奇妙な生活の中で、真の幸福や、自然な暢びやかな楽しさがあり得ようとは思われなかった。

출한다.

> 세키-어쩔 수 없는 경우의 실행을 나는 믿지 않아요. 당신을 의심하
> 는 것보다도
> 당신의 피를 믿지 않아요. (중략) 마치코-만약 나의 피 속에 필요한
> 용기가 들어 있지 않다면 그것(사랑)이 피를 대신해 줄 거예요. (중략)
> 당신의 새로운 동지로서의 자격을 그것(사랑)이 충분히 만들어 줄 거
> 예요.[27] (『眞知子』, p.269)

> 예복 입고 히비야 가고, 제국호텔에 묵지 않으면 결혼이 아니라고들
> 생각해. (중략) 비겁한 짓도 아니고 두렵지도 않아요. 여자의 결벽. 그
> 렇게 말해도 좋아요. 이 기분, 남자인 당신은 몰라. 그러니까 오늘 밤
> 은 이대로 돌아가게 해 줘요.[28] (『眞知子』, p.273)

세키는 마치코에게 사랑을 고백 받고, 그녀의 사랑은 믿으나 "피"를 믿
지 않는다고 말해 그녀의 출신을 문제 삼는다. 그러나 마치코는 그의 걱
정을 사랑의 힘으로 넘을 수 있다고 단언한다. 그녀의 이러한 확고부동
한 자세에 마음이 흔들린 세키는 그녀의 사랑에 동의한다. 그리고 사랑
에 대한 증표로 둘은 뜨거운 키스를 나눈다. 그런 후 그 자리에서 세키
는 마치코에게 결혼 의식으로 성적 교섭을 강요한다. 그러나 마치코는
그의 성적 교섭을 선뜻 받아들이지 못한다. 그에 대한 이유를 자신도 알

---

27) いよいよとなった場合の実行を僕は疑う。あなたを疑うとよりはあなたの血を信じない。(中略) もし私の血に必要な勇気が欠けていたなら、それが血の代わりをしてくれますわ。(中略) あなたの新しい同志としての資格を、それが十分つくってくれますわ。
28) 紋付で日比谷行って、帝国ホテルでお客をしなきゃ、結婚じゃないともってる。(中略) 卑怯でもなけりゃ、怖いんでもないわ。女の潔癖。そういってもいいわ。この気持、男のあなたには分からないのよ。ですから今夜はこのまま帰して。

지 못하고 "여자의 결벽"이라거나 "남자는 모른다"는 식으로 얼버무린다. 그러나 이미 앞장에서 지적했듯이, 마치코는 머리로는 사회주의를 닮고 싶어 하지만 행동은 이를 따르지 못하고 있음을 알 수 있다. 즉 세키의 행동은 상대의 존엄성을 무시한 이른바 '품위 없는' 행동이기 때문이다. 또한 마치코가 아직 이성과의 성적 경험이 없다는 것도 그를 거부한 이유가 될 것이다. 마치코는 상류계급 출신으로 자신들 문화 속에서 혼전 성교란 있을 수 없으며, 그렇기 때문에 매우 부정적이다.

반면 형식에 구애받지 않는, 이러한 세키의 연애관은 당시에 유행한 콜론타이즘에 근거하고 있다. 이는 고메코(米子)와의 대화에서도 나타난다.

> 고메코-"네가 내일로 그 사람에게 실망하지 않았으면 해. 또 그 사람이 나보다 너를 선택한다면 이대로 오사카로 돌아 갈 테야." 마치코-"그것이 새로운 도덕이라고 말하는 거네. 러시아풍의, 유행 이론에 입각한."29) (『真知子』, p.290)

소설 후반에 와서 세키와 고메코가 이미 결혼한 사이라는 것이 밝혀진다. 게다가 현재 고메코는 세키의 아이를 임신 중이다. 마치코는 그런 사실을 이제껏 눈치 채지 못한 채, 스스로 결혼상대자로 세키를 선택하고 고백까지 했다. 또한 이제 짐을 싸 들고 이 집을 나서기만 하면 세키와의 꿈같은 결혼 생활이 기다리고 있다. 그런 중요한 시점에서 가까스로 두 사람이 부부라는 사실과 임신 사실을 알게 된 마치코는 자신의 무딘 감성을 뉘우치며 당황스러워한다. 그러나 마치코와 세키가 결혼 약속

---

29) 米子；「あんたが私のことであの人に失望しなければ、またあの人が私よりあんたの方を択ぶなら、このまま大阪へ帰るから。」真知子；「それが新しい道徳だと云うのね。ロシア風の、流行の理論からすれば」

을 했다는 말을 듣고도 고메코는 의외로 침착하다. 더구나 세키의 의사를 존중해 그를 마치코에게 양보하겠다고 까지 말한다. 마치코는 고메코의 태도에서 그것이 '러시아풍 이론' 즉 콜론타이즘이라고 지적한다.

이처럼 당시의 사회주의자를 중심으로 한 새로운 연애와 결혼 스타일은 또 다른 문제점을 낳고 있었다. 앞서 말한 바와 같이, 프로여성들은 콜론타이의 연애론을 받아들여, 그녀들은 물질적 원조의 부재나 남편의 부정은 허락할 수 있지만, 정신적 자아가 무시되는 것은 참을 수 없다는 태도가 견지되었으며, 아울러 독립을 결코 두려워하지 않으며, 연애가 스스로의 자아를 확립시키는데 방해가 되지 않도록 행동했다. 또한 성도덕은 자손의 정당한 발전과 인간 정신의 풍부함을 목적으로 하면 그뿐이라고 생각했다.

근대 초기 신여성들에 의해 밝혀진 연애는 주지하는 바와 같이 엘렌 케이의 『戀愛와 結婚』을 기저로 하였다. 그런데 1920년 중반에 접어들면서 프롤레타리아 여성을 중심으로, 소련의 여성 운동가 콜론타이의 연애와 결혼에 관한 새로운 가치관이 유입되었다. 특히 이 연애론은 사회주의자들을 중심으로 수용되어 콜론타이의 의도와는 다른 해석이 가해져 프롤레타리아 여성들을 고통으로 몰아넣는 수단이 되었다.[30] 『真知子』에는 이러한 오류가 세밀하게 지적되어 있다.

> 일이 전부이고 개인은 항상 無가 되도록 요구하는 우리들의 생활 속에, 가장 개인적인 연애를 끌어들이는 것은 어떤 형태이건 무리야. 이건 동의하겠지? 제대로 일하고 싶은 놈들도 연애 때문에 허망하게 실패해. 동지로 맺어진 사이라도, 잘못되는 경우가 많아. 여러 예를 통해 나는 교훈을 얻었지. 오바(大庭)와의 일은 정당하지 못했다고 너는 내

---

30) 최혜실(2000), 앞의 저서, p.140

게 따져 묻겠지만.31) (『真知子』, p.298)

세키와 고메코와의 관계를 알게 된 마치코는, 세키를 만나 이를 추궁하지만, 자유연애란 매우 개인적인 일이기 때문에, 공동체를 중시하는 사회주의에서는 의미를 부여 받지 못한다며 오히려 마치코를 설득한다. 또한 마치코가 제시하는 엘렌 케이식 연애는 분명하게 "무리"라고 대답한다. 여성의 희생을 강요하는 세키의 연애론에 마치코는 격렬한 분노를 느끼며 반론을 제기한다. 그리고 "전여성의 대표자"로서 프롤레타리아 운동가들이 주장하는 새로운 연애와 결혼 방식을 신랄하게 비판한다.

> 세키씨 당신들이 하고 있는 운동이, 인간에게서 가난을 없애는 것처럼, 이런 괴로움도 없앨 수 있어야 되지 않아요? 어떤 훌륭한 조직으로 미래 사회가 완성 되어도, 이런 생각으로 괴로워하는 사람이 한사람이라도 남아 있다면, 먹을 것이나 입을 것이 없어 괴로워하는 지금의 세계가 불완전한 것처럼, 결코 완전한 세상이 되지 않을 것입니다.32)
>
> (『真知子』, p.301)

텍스트의 타이틀이 개인의 이름인 『真知子』이듯이 개인을 무시한 이론, 또한 그런 이론을 기저로 한 삶의 방식은, 아무리 대의명분을 갖는다

---

31) 仕事がすべてで個人は常に無であることを必要とする我々の生活に、最も個人的な恋愛を入れるのは、どんな形に於いても無理だ。それは考えられるでしょう。確っかりしたい奴が、そのためには脆くしくじる。同志で結ばれた間だって、旨く行かない場合が多い。幾つかの例が僕を教訓した。大庭とのことはじゃどうする。と君は訊くでしょうが。

32) 関さん、あんた方の運動が人間から貧乏をなくするように、こう云う苦しみをもなくするのでなかったら、結局何になるんでしょう。どんな見事な組織で未来の社会が出来上ろうとも、こんな思いで苦しむものが一人でも残ってる間は、パンや着物で苦しむ今の世界が不完全だと同じに、決して完全な世界ではない筈です。

해도 마치코와 같이 사랑에 농락당해 억울해 하는 사람이 한명이라도 있다며, 그 운동은 불완전한 것이라고 꼬집는다. 사회주의자들의 본심을 깨달은 마치코는 세키와의 주의적 결혼을 단념하고, 자신과 동일한 연애관을 갖은 가와이에게 돌아간다. 그리고 러시아로 떠나는 가와이를 따라가 사회주의의 현실을 직접 체험해보고 나서야 결정하겠다고 하며, 프롤레타리아 여성으로서의 변모는 일단 보류된다.

기생으로서 육체를 상품화하여 살아온 순애와 전문학교를 나와 동경대학 청강생이 된 마치코는, 두 사람 모두 사회주의에 눈을 뜨고 이를 교육하는 리더 남성들에게 연애 감정을 느끼게 된다. 그러나 그녀들은 콜론타이즘에 의한 연애론을 바탕으로 여성이 일방적으로 희생되는 동지애가 요구되고 있음에 반발한다. 반면 사회주의자들에게 있어서 로맨틱 러브는, 개인의 감정을 중시하여 공동을 음해한다는 이유로 처음부터 부정되었다. 이 때문에 로맨틱 러브에 익숙한 두 여성은 결혼을 단념하게 되며, 순애는 섹슈얼리티를 배제한 사회주의자의 일원으로서, 마치코는 러시아를 보고 판단하겠다는 의지를 보이며 사회주의를 일단 보류함으로써 두 소설은 일단락된다.

4️⃣ 프로 여성으로의 시도 – 〈생명〉

4.1▐ 기생의 신생

「망명녀」의 순애는 절도사건으로 여학교를 퇴학당한 후 가족을 위해 8년간을 "산호주"라는 예명으로 기생의 삶을 살며, 남들보다 두 세배 더 노력해 기생 스타라는 명성을 얻어 남성들의 시선을 한 몸에 받았으나 남은 것은 "모르핀"과 "성병"뿐이다. 우연히 순애의 생활을 알게 된 선배 언니 윤숙의 도움으로 기생의 생활을 청산하지만, 이내 일상적 생활을 견디지 못하고 환락적이고 감각적이었던 옛날을 그리워하며 기생으로의 회귀를 갈망한다.

> 여보, 당신 더러 누가 날 이리로 데려 오랍디까? 이 꼴을 보니까 재미있지요? 지렁이는 수챗구멍이 좋지요. 나는 갑니다. 하고 밖으로 뛰어 나갔습니다. 윤숙이는 버선발로 따라 나와 빌듯이 나를 달래가지고 방으로 데리고 가서 침과 약병을 내어 줍니다. 나는 그것으로 아무데고 간에 막 찔렀습니다. 그리고는 또 잠이 들었지요.
>
> (「망명녀」, p.259)

> 암흑의 천지 아무 거리낌 없는 방종한 쾌락, 짓밟히고 농락을 받는 그 씁쓸하고 달콤한 환락의 밤이 그리워집니다. 내 눈 앞에는 술에 붉어진 사나이들의 눈과 눈, 힘센 팔, 헐떡이는 숨소리, 푸르고 붉은 술잔, 새 장구 소리에 맞추어 나오는 탄성하는 소리가 귀에 들리고 눈에 어른거립니다. 나는 몸서리치면서 할 수 없는 내 운명을 저주하였습니다. (「망명녀」, p.260)

윤숙의 권유에 의해 다니던 교회를 3개월 만에 그만둔 순애는 참았던 모르핀에 다시 손을 대며 과거의 쾌락적인 삶을 그리워한다. 기생으로서, 여자의 쾌락을 독차지하며 살아온 그녀의 아비튀스(Habitus)는, 기독교 신자로의 변모를 방해한다. 아울러 초기의 신여성들에 의해 받아들여진 순결 상찬은 모던걸 순애에게는 이미 낡은 이념이다. 순애가 순결을 강요하는 기독교의 가르침에 따를 수 없는 이유도 여기에 있다.

소설 속에서 묘사되는 순애의 삶이야말로 신여성들의 지금까지의 삶을 대변해 주는 듯하다. 순애는 "몸부림"치면서 지난날의 기억들로부터 벗어나려 한다. 그녀는 스스로의 운명을 저주하지만 그럴수록 생명의 위기감은 강도를 더해 짓누른다. 결국 순애는 윤창섭이 일본에서 가지고 들어온 사회주의에 의해 숨통을 트고, 프롤레타리아 운동가로서의 새로운 삶을 발견하여, 그 길이 신생의 길임을 인지한다.

> 순애씨가 지금 대로만 나간다면 일 년 안에 조선에 어떠한 여류 운동가에게도 지지 않을 사회 운동에 대한 지식을 얻을 것입니다. 그보다도 정신이에요. 마음이에요. 내 말을 알아듣겠지요. 새로운 사회, 즉 바른 사회를 건설하기 위하여 순애씨도 힘을 다할 마음은 있겠지요? (중략)그와 나는 손과 손을 힘껏 잡았습니다. 사실 나는 그 순간부터 모든 것이 변하고 말았습니다. 목사의 설교보다도 윤숙 언니의 기도보다도 윤창섭 씨의 키스와 동지애가 나의 생명에다 새로운 힘을 넣었습니다. (「망명녀」p.262)

기생이라는 육체적 삶에서 사회주의 전사라는 정신적 삶으로 방향전환을 시도한 순애는 윤창섭이 말하는 "바른 사회 건설"이라는 환상의 나라 만들기 프로젝트에 합세해, 개인이 아닌 공동체의 일원으로, 자신이 아닌 노동자 농민을 위한 여성 활동가로 변모해 간다.

이윽고 순애는, 동지애를 내세우며 자신을 믿고 따라와 달라는 윤창섭에게 키스로써 '새로운 생명'을 부여받아 신생을 예고한다. 그리고 순애는 이에 대한 회답으로 무산자 계급을 위해 기꺼이 희생하겠다는 다짐을 한다. 그러나 아무리 윤숙의 허락을 받은 사이라고해도 자신 때문에 버림받고 남몰래 고민하는 윤숙을 모른 채 할 수는 없었다.

윤숙이가 이따금씩 히스테리컬하게 웃고는 한숨을 쉬는 것을 볼때
에 나의 가슴은 소금에 절이는 듯 몹시도 괴로웠습니다. 이윽고 혼인
날이 당도하였습니다. 동천이 훤하도록 나는 여러 가지 생각에 거의
뜬눈으로 새웠습니다. 나같이 더렵혀지고 가엾은 시체 같은 몸이 윤
선생님같이 높고 깨끗한 어른의 배우자가 된다는 것은 너무나 부자연
하지 않은가. 과연 이것이 참이냐 꿈이냐. 아냐, 지나간 나는 영원히
매장하여 버리고 이로써 새로운 생활의 용사가 되자. 나는 이렇게 스
스로 맹세를 하고 자리에서 일어났습니다. (「망명녀」, p.266)

결혼 전날 밤새 내 고민한 순애는 스스로를 "더렵혀진 가엾은 시체 같
은 몸"이라고 자학하면서, 아비튀스가 맞지 않는 윤창섭과는 어울리지
않는다는 판단을 한다. 그리고 윤창섭을 윤숙에게 보내는 것이 도리라는
결론을 내린다. 즉 아무리 프롤레타리아 투사가 된다하더라도 창섭의 콜
론타이즘적 섹슈얼리티에는 동의할 수 없었던 것이다. 식장을 떠난 순애
는 스스로 운동원으로서의 첫 번째 역할을 수행하러 간다.

경성역에 내린 나는 미친 사람 모양으로 봉천행 차표를 끊어가지고
층층대를 내려 갈 때 기차의 기적은 요란히 울렸습니다. 기차 승강대
에 한 발을 올려놓자 기차는 제법 속력을 내어 달렸습니다.

(「망명녀」, p.270)

윤창섭을 윤숙에게 보낸 순애는, 창섭의 임무를 대신 수행하기 위해
경성역으로 달려가 간신히 기차를 타고 목적지로 향한다. 프롤레타리아
여성으로 변모한 그녀의 앞으로의 활약상을 예고하듯 기차는 기적을 울
리며 전속력으로 내달린다.

4.2▎다시 하트로

도쿄 제국대학 청강생으로서 사회학을 공부하던 마치코는 당시 유행하던 마르크시즘에 경도된다. 자신의 계급을 푸치 부르주아로 분류하며, 지금까지의 관습을 비판하고 그런 환경으로부터 벗어나고 싶어 한다. 그런 찰나에 청강생 친구인 고메코를 통해 사회주의자 세키를 만나게 된다. 마치코는 처음 만났을 때 보여준 그의 쌀쌀한 태도와 매너에 실망하지만, 이를 마르크시즘과 같은 감각으로써 받아들인다. 그리고 그와 두 번째 만났을 때, 그가 말하는 마르크시즘에 압도되어 실행에 대해 생각한다.

> 어느 샌가 펜을 버리고 깍지 낀 손으로 뺨을 받히고 책상 위의 전등에 쓰인 푸른 삿갓을 가만히 지켜보았다.[33) (『真知子』, p.68)

마치코는 드디어 "펜을 버리고" 그 동안 자신이 공부한 사회주의 이론을 직접 실행에 옮기려는 의지를 보인다.

그러나 과연 부르주아계급 출신인 그녀가 쉽게 마르크시즘을 실행에 옮길 수 있을까?

우선 사회주의 운동가가 되기 위해 마치코는 결혼이라는 수단을 이용하기로 한다. 그 때문에 결혼 적임자로 세키가 지목받는다. 그러나 여기에는 생각지도 않은 난관이 가로놓여있다. 고메코와 세키는 이미 결혼한 사이이고 심지어는 아이까지 임신한 사실이 그것이다. 마치코는 고메코와 가장 가까운 친구였으면서도 이런 사실을 눈치 채지 못하고, 세키의

---

33) いつの間にかペンを捨て、左右の組み合わせた手で頬を支え、真知子は机の上の電灯の青い笠をじっと見守った。

마음을 얻으려는 생각에만 정신이 팔려 있었던 것이다.

결정적으로, 마치코는 고메코에게 빌려 준 책을 되돌려 받기위해 그녀의 집을 방문하게 되며, 그곳 책장에서 마르크스의 사적 유물론과 그리스 고시(古詩)선집이 겹쳐져 꽂혀있는 것을 발견하지만, 그 순간 의외로 최대 관심사인 사적 유물론이 아니라 고시선집을 집어 들고 읽는 모습이 묘사된다.

> 어떤 것과도 바꿀 수 있는 선택이라고 해도, 그 선집에 손을 댄 것 자체가 아무리 떨어내도 떨어지지 않는 인텔리겐치아의 때를 보았다.[34] (『真知子』, p.237)

마치코는 원래 친구 고메코의 삶을 매우 동경했다. 도쿄 제국대학의 청강생이자 대지주의 딸이었던 그녀는 세틀멘트에서 일하며 진정으로 무산 계급운동을 실행하고 있는 장본인이었다. 한 때는 잘나가는 시골 대지주의 딸이었던 그녀가 자신의 아비튀스를 뛰어 넘어 프롤레타리아 여성으로 변모한 것이다. 그런 그녀의 늠름함에 마치코는 자신의 미래상으로 오버랩 시켰었다. 그러나 그녀가 오래전부터 체득한 "아무리 떨어내도 떨어지지 않는 인텔리겐치아의 때"는 쉽사리 없어지지 않았다. 마치코 역시 그런 자신을 인정하게 된다.

마치코는 고메코의 고백으로 세키의 뻔뻔함을 깨닫고 그것이 곧 프롤레타리아트들의 잘못된 섹슈얼리티임을 꼬집는다. 세키와의 결혼 약속을 파기한 마치코는 시골 언니를 찾아가 잠시 안정을 취한다. 고메코도 세키의 아이를 유산시키고 시골집으로 돌아와 요양하게 된다. 어느 정도

---

34) どんなものと択び変えられたにしろ、その選集に手を触れたところに、掻き落としても掻き落としてもこびり附いているインテリゲンチアの垢を見た。

마음이 안정된 마치코는 고메코를 방문한다.

> 마치코는 차갑고 가는 고메코의 손을 얼른 놓으며, 이것이 정직한 너의 기분이지? 아이를 살리지 못한 다는 것은 어떤 이론을 가져와도 부자연스러워. 분명히 나에게 너희들과 함께할 수 없었던 이유도 말하자면 그런 부자연스러움 때문이었어. 그런 생각 하에서, 인간이 각자의 의욕을 어떻게 청산할 수 있을까? 그런 의구심이 나를 이러지도 저러지도 못하게 했던 거야.[35] (『真知子』, p.341)

여기서 마치코는 세키의 성적 방만함과 유산(流産)이라는 극단적 결말을 보여준 고메코의 비인간적인 행동에 실망하며, 마르크시즘은 적어도 여성에게는 '인간 각자의 의욕'을 처리해 주지 못하는 부자연스러운 이론임을 깨닫게 된다. 그리고 이러한 의구심에서 개인의 감성이 대우받지 못한다는 점을 상기하고 마치코는 극심한 혼돈 속에서 "이러지도 저러지도"못하고 만다.

『真知子』는 초반부터 결혼이 주요 테마였다. 여성들은 생물학적으로 아이를 낳을 수 있으며, 모성애를 발휘해 육아를 지속해 온 역사를 가지고 있다. 이 소설은 여성들이 결혼하고 가족을 만들어 아이를 낳아 기르는 것을 전제로 하고 있다. 그러한 작가의 전략을 복선으로, 새로운 여자 마치코에게는 당연한 일이 마르크시즘으로는 보증 받지 못한다는 점이 크나 큰 한계로 지적되고 있다.

---

35) 真知子は掌に取った米子の冷たい薄い手を、性急に振りながら、「これが正直なあんたの気持だわ。それを生かせないのはどんな理論を持って来たって不自然よ。たしかに、私をあんた達のついて行かれなくしたものも、云わばその不自然さだわ。あの考え方の下で、人間がめいめいの意欲をどう清算して行けるか、その疑いが、私を立往生させたのだから。

그 검은 흐름은 마치코 자신에게도 감지되었었다. 쿵쾅거리며 흐르는 물의 소리 마저도, 흘려듣지 않은 그녀였었다. 그럼에도 불구하고, 무엇이 그녀의 발걸음을 멈추게 해 버린 걸까? 세키가 조소한 것처럼, 개인주의에 대한 맹종이었을까? 또 태어날 때부터 세포에 스며들어 있는 피의 인력인가. 마치코는 알 수 없었다. 생각하려고도 하지 않았다. 그 때 마치코는 발 밑 풀숲에 피어있는 야생 딸기를 발견했다. 어머나! 어쩌면 이렇게 예쁠까? 딸기는. 가는 가시가 있는 줄기, 톱니 모양의 작은 하트형 잎까지, 무엇인가 놀랄 만큼 아름다운 것이 그 순간보였다. 아침 시원한 나무사이로 바람이 두 사람 사이를 지나갔다. 그녀는 빛나는 붉은 반점에서 눈을 뗄 수가 없었다.[36] (『真知子』, p.344)

예전에 마치코의 프로 여성에 대한 도전을 세키는 개인주의의 맹종과 세포에 스며들어 있는 피의 인력으로 불가능하다고 판단했다. 그의 말대로 결국 마치코는 "검은 흐름"을 지나쳐 버리기로 한다. 어느 날 마치코는 고메코와 황폐해진 밭에 서서 대화를 나누다, 하트 모양의 잎을 단 "야생 딸기"를 발견한다. 그리고 딸기의 존재를 통해 바람직한 사회주의 운동을 제시한다. 즉 딸기의 야생성과 하트형의 잎이 상호 충족 되어야만, 사회주의 운동은 성공하리라는 답을 내놓는다. 마치코가 프로 여성으로 나아갈 수 없었던 이유가 개인주의의 맹종이라기보다는 오히려 가족주의에 있음을 알 수 있다. 또한 세포에 스며들어 있는 피의 인력은

---

36) その黒い流は、真知子自身にも感知されなくなかった。荒れ狂う水の音さえも、聞き漏らしてはいない彼女であった。にも拘わらず、なにが彼女の足を岸に釘づけにしてしまったのか。関が嘲ったように、個人主義の迷妄であったか。また生まれながら細胞に染み込んで来た血の引力か。真知子は知らなかった。分からなかった。考えようともしなかった。その時真知子は、足もとの草むらに野生の苺を見つけていた。まあ何て綺麗なのだろう苺は。細い刺のある蔓、ぎざぎざのある小さいハート形の葉まで、なにか驚くべき美しいものにそれがその瞬間見えた。朝の涼しい木の間風がふたりのあいだを吹き抜けた。彼女は輝く赤い斑点から眼を離さなかった。

더더욱 아니며, 유산 계급으로부터 체화된, 그리고 그런 품위를 지향하는 아비튀스 때문이라는 결론을 내려 본다.

　김말봉의 「망명녀」의 히로인 순애의 '기생의 삶'은 기독교 신자이자 선생인 윤숙에 의해 제고된다. 절도 사건으로 사회로부터 소외되어 버린 순애가 선택 가능한 직업은 고작 기생이었다. 하지만 그마져도 가족을 부양해야하는 경제 수단으로 없어서는 안 될 직업이었다. 그러나 육체를 상품화하여 살아가는 기생의 삶을 '천한'것으로 규정한 작자는, 그 증거로 "모르핀"과 "성병"을 독자에게 제시한다. 작가의 임팩트 있는 언어 프라치크(=전략)에 의해 순애가 갱생의 길을 걸어야 하는 이유가 독자들에게 전달되어 이해를 얻는다. 그리고 다음 단계로 그녀를 '품위 있는' 세계로 이끌기 위한 '남성 리더'가 준비되어 있다. 이렇게 해서 작가의 전략대로 순애는 점차 마르크시즘에 눈 뜨게 되고 이윽고 실행에 나선다. 무사히 프로 여성으로 변모한 순애는 여전사의 꿈을 안고 기차를 탄다.

　반면『真知子』의 마치코는 프롤레타리아 여성으로의 변모에는 실패한다. 유산 계급 출신인 마치코는 새로운 여자답게 '가문의 관례'로부터 벗어나고 싶어 한다. 마치코는 남자들뿐인 도쿄대학의 청강생으로 설정되어있다. 이러한 설정은 두 가지의 의미를 갖는다. 하나는, 청강생으로서 얻은 마치코의 사회학에 관한 지식이 완성되지 않은 반 토막 지식이라는 것, 다른 하나는 정규 남학교의 청강생으로 항상 그들의 눈치 속에서 보호를 받고 있으며, 스스로를 약자로 규정하고 기댈 결혼 대상을 찾는다는 것이다. 그러나 사회주의자들이 말하는 연애와 결혼은 생명을 경시하고 여성의 성을 남성의 욕망 배출기쯤으로 생각하는 매우 '부자연스러운' 것이었다. 마치코는 결국 개인이 존중받지 못하고 가족을 만들지 않는 주의는 선택할 수 없음을 확고히 한다. 그런 후 자신이 체득한 부르주아적 아비튀스를 극복하지 못하고, '품위 있는' 생활을 영위하기위해 부르주아계급 남성을 남편감으로 선택한다.

즉, 김말봉은 피식민자의 입장에서 신여성을 프롤레타리아 여성으로 변모시켜, 개인을 버리고 착취당하는 노동자와 농민을 위해 투쟁하도록 한다. 그러나 식민자의 입장인 노가미 야에코에게는 그러한 절박함은 없다. 따라서 마치코는 경제적으로 기댈 수 있는 남성을 정한 다음, 러시아에 가서 직접 사회주의의 실태를 보고나서 결정하겠다는 유보적 결론을 내릴 수 있는 것이다.

제2절

〈性〉의 정치
― 「여직공」과 「유방(乳房)」[37]을 통해 ―

1920년대 중반에서 1930년대 중반에 걸친 한일 문단은, 프롤레타리아 문학이 형성되어 이를 실천하기 위한 목적의 많은 작품이 발표되었다.[38] 유진오는 단편소설 「여직공」(1931)을 ≪朝鮮日報≫에 게재하였으며, 이 시기에 유진오는 동반자적 특성을 가장 전형적으로 나타낸 작품을 발표하였다. 주로 노동자를 주인공으로 설정하여, 그들의 피식민자적 입장과 시대 상황을 넘기 위해 고군분투하는 모습이 묘사되었다. 이 중에서도 단편 「여직공」은 신경향적 소설로 분류된다.[39]

---

37) 底本 ; 유진오(1931), 「여직공」, 『한국현대대표소설선』, 창작과비평사(1996). 宮本百合子(1935), 「유방(乳房)」, 『宮本百合子全集』, 新日本出版社(1979)

38) 일반적으로 부르주아 문학은 모든 것을 긍정하는데서 출발하여 기교적·말초신경적·유희적인데 반해 프롤레타리아 문학은 사회악을 부정하는 준비로 출발하여 정세적·전투적임을 강조한다. 아울러 일본의 경향소설은 노동계급 계급투쟁에 의한 계급해방을 위한 묘사였고, 한국의 경향소설은 제국주의에 대한 저항과 계급투쟁을 조국해방운동으로 승화시킨 묘사였다. (김순전(1998), 『韓日 近代文學의 比較 文學的 硏究』, 태학사, p.366)

「여직공」에 등장하는 300여명의 여공들은 가장 식민지적 형태를 잘 나타낸 공간인 방적회사의 제사공장[40]에서 일하고 있으며, 통근이 허락되는 몇 사람을 제외한 대부분의 노동자는 규율과 감시의 현장인 기숙사 생활[41]을 강요당한다. 게다가 틈만 있으면 거론되는 임금 삭감에 관한 안건은 노동자들을 협박하는 도구로 사용된다.

열악한 노동조건과 임금협박에 못 견딘 여공들은 드디어 결사를 조직하기에 이른다. 그리고 2회에 걸쳐 노동쟁의 계획을 세우고 비밀리에 투쟁을 감행한다. 처음에는 이러한 투쟁에 그다지 관심을 보이지 않았던 옥순이지만, 일본 인 감독 다나카(田中)에게 성폭행을 당하고부터는 권력자의 횡포에 눈을 뜨게 된다. 그리고 이 시점부터 삐라 살포와 투쟁 모의에 적극적으로 참가하며 프롤레타리아 여성으로 변모해 간다.

한편 1935년 4월『中央公論』에 나카조 유리코(中條百合子)의 필명으로 발표된 「유방(乳房)」은 미야모토 유리코(宮本百合子)의 프롤레타리아 작가 시대에 발표된 소설 중에서 대표작으로 자리매김 되어있다. 주인공 히로코(ひろ子)는 탁아소에서 노동자의 아이들을 보살펴주는 보모다. 히로코를 비롯한 보모들은 도쿄 시영전차 쟁의를 응원하며 금전적 지원에 나서고 있다. 그러던 어느 날, 탁아소에서 함께 일하던 여자 대학생 다미노(タミノ)에게 조합 서기국으로 간다는 말을 들은 히로코는, "소련은 여

---

39) 이홍태(1987), 「유진오 소설 연구-전기소설을 중심으로」, 한양대학교 석사논문, p.30

40) 일반적으로 일제 지배 하에서의 공장 유형과 노동자의 특성은 크게 3종류의 유형으로 구분할 수 있다. 첫 번째 유형은 천연 원료의 단순 가공에 많은 노동자가 종사하는 전형적인 식민지형 유형으로서 정미업, 제사업, 조면업 등이 이 범주에 속한다. (강이수(1997), 「식민지하의 근대적 공장과 노동 규율」『상지대학교 논문집』제18집, p.112)

41) 기숙사 제도 도입은 다양한 의미를 가지지만, 규칙적인 시간의 강제를 위한 도구인 것만은 부정할 수 없다. (강이수(1997), 앞의 논문, pp.20~21)

성 동지를 하우스키퍼라든가 비서라든가 하는 명목으로 동거시켜, 성적 교섭까지 갖게 하는 것이 문제가 되고 있다"는 정보를 알려주며 최근 일본 노동조합이 보여주고 있는 프롤레타리아 여성 섹슈얼리티에 대한 정책이 잘못되어 가고 있음을 지적하며, 노조 간부층에게 강한 불신감을 드러낸다.

본 절에서는 한일 두 텍스트를 계급의 섹슈얼리티 문제에 초점을 맞추어, 프롤레타리아 문학으로서도, 골조를 탈구축한 소설로서도 우수한 소설이라는 점을 분명히 하고자 한다. 아울러 남성작가가 그린 여성상을 비교적 시점으로 고찰하여 새로운 결과를 도출해 내고자 한다.

▨1 1930년대 여자들의 현주소

1931년 1월 2일~22일에 걸쳐 《조선일보》에 연재된 유진오의 「여직공」은 서울의 모 장소에 위치한 제사공장 여공들의 고된 공장생활을 그리고 있으며, 1935년 4월에 발표된 미야모토 유리코의 「乳房」은 도쿄의 헤비쿠보(蛇窪) 무산자 탁아소를 무대로, 보모들의 혁명 활동을 둘러싸고 전개되는 단편소설이다.

1930년대라고 하면 일본은 쇼와공황으로 인플레와 실업 증가로 국민들 생활은 처참할 정도였으며, 일본이 만주국을 만든다는 국책을 내놓았던 시기이기도 하다. 한편 식민지 지배하에 놓여 있었던 한국도 예외 없이 공황이라는 직격탄을 맞아 경제의 피폐, 만주사변 후 대륙병참기지화 정책42)에 의한 일본의 상품 시장화, 원료 공급지화 등등 군국주의에 휘

---

42) 1937년 9월 9일 조선산업조사회에서 '군수공업총동원법' 발동을 의결하고, 1938년

둘리고 있었다. 당시의 일본 사회와 한국 사회에는 자본주의와 사회주의라는 두개의 이데올로기가 공존하고 있어, 대도시에는 공장이 난립하고 이에 따른 노동자 문제가 새로운 사회문제로 대두되었으며, 한편으로는 근대 계몽주의에 의한 새로운 민주주의 문화가 완성되는 시기였다.

1.1▌ 제사(製糸)공장

근대 산업시설이 속속 들어서는 가운데, 여성들도 다양한 분야에서 경제활동에 참가하기에 이른다. 일제에 의한 독점자본이 진출하여 염가의 노동력에 대한 수요가 급증했기 때문에 많은 여성들이 공장에 취직을 하게 되었다. 일자리를 찾아 도시로 나온 여성들은, 제지업, 방직업, 정미업, 고무공업과 같은 근대적 공장의 여직공으로서 생산 현장에 참여했다.

한국에 있던 견사 공업은 제사 자본이 본격적으로 침투하게 되는 20년대 중후반을 분기점으로 누에고치의 이출(移出)에서 생사 이출로 비중이 옮겨갔다. 이와 함께 1920년대 중반에는 제사자본이 침투해 새롭게 설립된 대규모 제사 공장에 원료를 공급하게 되자, 누에고치의 이출이 감소하는 한편 생사 이출이 증가했다. 누에고치 이출 감소와 생사 이출 증가는, 조선의 견사 공업이 일본 제사업의 원료 공급지에서 제사자본의 자본 투하지로 바뀜에 따라 생사의 공급지로 변화하였음을 보여준다.[43] 한

전시하의 원활하고 신속한 군수품의 보급을 위해 일체의 공업력을 정부의 통제 · 운용 아래 예속시킨다는 국가총동원법을 발동시켰다. 이로써 전쟁수행을 위한 물자동원 · 생산확충 총계획을 입안하고, 전시통제경제로의 전환과 군사공업으로의 재편성을 적극적으로 추진하게 되었다. 군수공업화의 대상은 주로 화학 · 석탄액화 등의 연료공업, 전기 · 경금속 · 제련제철 등 군수기초소재 부문에 한정되었으며, 지역적으로는 일본 경제권과 연결하는 형태로서 구축되었다. (Daum백과사전, http://enc.daum.net/dic100,2007.9.18)

43) 藤井光男(1987), 『戰間期日本纖維産業海外進出史の研究 -日本製糸業資本と中國 · 朝鮮 -』, ミネルヴァ書房, p.100

편 기계화 되어 대량생산화가 가능하게 된 생사는 주로 해외로 수출되었다. 일본의 여공들은 심상고등소학교를 졸업하고 7년 정도의 의무고용이 끝날 때까지, 혹은 결혼 전까지 제사 공장에서 일하도록 의무화 했으며, 초창기에는 전원이 기숙사에서만 생활하도록 했다. 공장의 노동시간은 오전 5시 반부터 오후 6시까지 쉴 틈 없이 일하고 도중에 식사를 위한 짧은 휴식이 있을 뿐이었다. 야간작업이 있게 되면 밤 9시까지도 일을 해야 했다. 휴일은 월 2회로 1일과 15일에만 주어졌다. 여공이 외출할 때는 경비가 공장 정문에서 행선지나 용건을 자세하게 물어 허락하도록 되어있어 외출이 상당히 어려웠다고 한다.[44] 당시 조선에도 같은 목적으로 제사공장이 건설되었다.[45]

「여직공」은 서울 XX제사공장을 둘러싸고 펼쳐지는 여공들의 비화를 그리고 있다. 제사공장에는 히로인 옥순을 비롯해 300여명의 여공들이 일하고 있으며, 대부분의 여공들은 기숙사 생활을 하고 있으나 옥순과 같이 통근이 허락 된 여공들도 있다.[46]

옥순은 제사공장에 취직한지 3년째이지만 열악한 작업환경과 근무조

---

44) 『春井21世紀』2001年12月 1日号, 広報, p.100

45) 1930년대의 직물별 공장 수 추이

직물별＼년도	1932	1935	1938
면직물	16	23	28
견직물	7	57	92
마직물	3	18	11
인견직물	11	15	39
계	37	113	170

표에 의하면, 견직물의 증가가 두드러진다. 1932년에 7개소였던 공장이 38년이 되면 92개소로 증가하고 있으며, 직물 공장의 약 60%가 면직물에 집중하고 있음을 알 수 있다. (『조선 공장 명부』, 1934・1937・1940년 판)

46) 여자 공장 노동자수 추이-조선총독부 「통계연보」

건 아래에서 힘든 직장생활을 하고 있다.

> 첫여름 공장 안은 새벽부터 끓는 가마 속같이 더웠다. 이곳에서 만들어내는 비단 실은 조선 사람들이 입는 것이 아니고 미국으로 실어내가는 것이라 하여 광채가 나게 하느라고 특별히 공장 안의 온도를 높게 한다. 사시를 통해 일백 이십도의 온도를 유지해야 하는 이 공장은 따라서 삼복중이라도 절대로 바깥바람을 들이지 아니한다. 삼백명 젊은 여자의 땀내와 고치 삶는 냄새가 끈적끈적하게 공장 안에서 소용돌이쳤다. 지옥이다. 산지옥이다. (「여직공」, p.368)

> 여직공들은 다시 우리로 몰려 들어가는 돼지 떼 모양으로 톱니 같은 지붕 달린 공장 속으로 몰려 들어갔다. (「여직공」, p.372)

XX제지공장에서 제조되는 견사는 전량 미국으로 수출된다. 질이 좋은 비단실을 생산하기 위해서, 여름임에도 불구하고 120도의 온도를 유지하기 위해 공장 문을 닫고 있어, 공장안은 그야말로 여공들의 땀 냄새로 가득 찬 "산지옥"이었다. 짧은 점심 휴식 시간이 끝나면 여공들은 무리를 지어 산지옥 안으로 다시 투입된다.

년도	종업원수	직공수
1931	29,472	27,657
1932	30,716	28,774
1933	34,726	33,282
1934	39,960	38,787
1940	82,047	73,202

표에 나타난 바와 같이, 여자 공장 노동자수는 끊임없이 증가해, 1931년에 비해 1940년에는 종업원 수 보다 약 2.8배, 직공수보다 약 2.7배로 증가하였다. 이러한 여자 공장 노동자의 증가는 그 대부분이 방적 공업을 비롯한 경공업 부문에 대한 진출에 의한 변화이다.

다음은 옥순의 하루 일과이다.

옥순의 일과 ; 4:20　기상
　　　　　　　5:30　노동 시작
　　　　　　　12:00　점심식사(30분)
　　　　　　　18:00　퇴근 (야근은 생산비 절감으로 폐지)

여공들은 기상나팔에 맞추어 기상하였으며, 일단 공장으로 들어가 기계 앞에 서게 되면 13시간을 교대 없이 일해야 했다. 이들의 공장 내 생활은 공장주를 비롯한 감독들에 의해 항상 감시당했다. 여공들은 새벽 4:20분에 기상하여 조식 때까지 한 시간 정도가 주어지고 곧바로 작업이 시작된다. 이때부터 휴식이나 교대가 전혀 없는 중노동에 시달리다, 점심과 휴식을 겸해 겨우 30분의 휴식시간을 부여받는다.

강이수(1997)는 "공장이란 대표적인 근대적 사회제도이자, 근대성의 진전 정도를 측정하는 중요한 척도이기도 하며, 공장은 근대성의 경제적 형태이며 이러한 공장 체제 안에서 새로운 근대적 인간, 주체가 형성 된다"고 전제한 후 "그러나 방적 공장 대부분의 여공들은 작업장, 기숙사, 식당이라고 하는 제한된 공간을 시간표에 의해 작동되는 죄수와 같이 생활하는 존재였다"[47)고 논하였다. 여공들을 '근대적 노동자'로 길들이기 위해 강제와 억압의 수단이 강구되었다.

"그게 여덟시 반쯤 되었을까…보배가 오줌인가 똥인가 누러 간다고 나갔는데 잠깐 있더니 별안간 변소에서 사람 잡는 소리가 나며 감독이 소리를 벅벅 지르겠지. 웬 야단인가 하고 창으로 내다보니까 컴컴해

---

47) 강이수(1997), 앞의 논문, p.110.

잘 보이지는 않아도 그게 보배겠지. 아이구 무서워, 그 전중이 녀석이 막 발길로 차고 주먹으로 때리고 유도로 메다꽂고 그냥 죽을 둥 살 둥 모르고 야단을 치던데, 보배는 치마는 철망에 걸켜 반이나 찢어나가고 왼통 피를 흘리고. 아이구, 난 혼났어. 얼마를 때리더니 그 녀석이 보배 언니를 끌고 우리 방으로 와서 서방질하러 밤중에 철망을 넘나드는 년은 누구든지 이렇게 경을 친다고 호통을 뽑고, 그대로 끌고 숙직실로 갔는데 보배 언니는 그래도 가만 안 있고 연해 그 녀석한테 발악을 하는구면. 말하는 대로 이뺨 저뺨 얻어 맞으면서도 그래도 우리들한테도 너희들은 언제까지나 흉악한 이놈들의 채축 밑에 가녈핀 피를 빨리고 있으랴느냐고 야단을 치는구면. 아이구 혼났어." "그래 방에 있는 사람들은 어떡했어." "무얼 어떡해? 벌벌 떨면서 쥐죽은 듯이 오그리고 있었지, 그럼 어떡해?" (「여직공」, pp.399~400)

보배를 비롯한 몇몇의 여공들은 노동쟁의를 위한 회의에 참석키 위해 밤에 감독의 눈을 피해 기숙사 밖으로 나간다. 그러나 이런 사실은 이미 감독 일당에게 매수된 옥순에 의해 공장 내 간부들에게 밀고 된다. 옥순의 배신행위로 보배가 주모자로 낙인찍혀 극심한 폭력을 당하게 되고, 이 때문에 금주, 순례가 해고되는 수난을 겪는다.

당시의 노동자들은 대부분 농민 출신으로 전 산업적인 노동 습관이 몸에 배지 않아 공장 체제에 익숙하지 않은 사람들이었다. 이들을 훈련시킨다는 명목 하에 공장에서는 이러한 폭행이나 처벌이 빈번하게 행해지고 있었다.[48]

---

48) 여공들은 모집인에 의해서 모집되는 순간부터 일종의 인신 구속 상태에 놓이게 된다. 모집인이 부모나 가족에게 미리 주는 전차금(前借金)은 여공 매매와 같은 성격을 갖는다. 또, 일반적으로 고용계약 기간은 3년으로 정해져 있어 특별한 사정이 없으면 적어도 3년간은 공장을 나가는 것이 허락되지 않는다. 이와 같이, 공장에 고용된 여공들은 취업과 동시에 대다수가 기숙사 생활을 강요당했다. (강이수(1997), 앞의 논문, p.123)

열악한 환경에도 불구하고 인내할 수밖에 없는 여공들에게 이번에는 임금 인하[49] 건이 소문으로 나돌았다.

옥순이는 00깨인 사람 모양으로 깜짝 놀라 돌이켜 물었다. 작년 봄 이후 회사에서는 경제공황인지 무엇인지를 트집삼아가지고 벌써 세 번이나 조금씩 조금씩 삯전을 깍아 내려왔다. 한번 깎을 적에는 얼마 되지 않았지만 세 번이나 깎고 나니까 이제 와서는 처음의 이 할이나 깎은 셈이 되었다. 하루 육십 전의 삯전을 더 깎아내리면 학교에 다니는 동생은 어떻게 뒤를 보아 줄 것인가.(「여직공」, p.369)

생지옥 같은 노동환경은 차치하더라도 임금은 제대로 지급되어야 했으나, 경제 불황을 이유로 여공들의 임금은 매월 인하되어 일급 60전이었던 것이 또다시 세 번의 삭감을 거듭한다. 이렇듯 옥순은 저임금에 노동력을 착취당하면서도 가장인 아버지를 대신하여 남동생의 학비와 가족의 생활비를 충당해야 했으며, 이를 위해서는 아무리 혹독한 노동일지라도 참고 견딜 수밖에 없었던 것이다.

---

49) 鈴木正文의 「조선경제의 현 단계」 (단위;엔)

国別 \ 年度	1929	1931	1933	1934	1935
日本人男子	2.32	1.86	1.93	1.83	1.83
〃 女子	1.01	0.98	1.00	0.88	1.06
朝鮮人男子	1.00	0.93	0.92	0.90	0.90
〃 女子	0.59	0.57	0.50	0.51	0.49

국적별 공장 노동자 임금 추이(임금은 일급제): 조선인 노동자의 임금은 명목적으로는 약간 상승하지만, 전시 인플레에 의한 물가의 폭등과 대비하면, 그 실질 임금은 인하 일로를 걷고 있어 양자의 임금차이는 매월, 매년 확대되었다. (鈴木正文(1938), 「朝鮮経済の現段階」. p.298)

1.2▌ 탁아소

「乳房」의 주인공 히로코는 탁아소에서 무산계급 노동자들의 아이를 맡아 돌봐주는 보모이다. 텍스트에 등장하는 탁아소는 근로 무산자 계급 자녀들의 보육을 위해 쇼와기에 접어들어 처음 설립된 무산자 탁아소[50]이다. 이 점을 유리코는 에세이를 통해 밝히고 있다.[51]

근대에 있어 탁아소는 근대 가족을 서포트하는 기능을 담당했다.

> 태어난 지 10개월 정도 되는 오하나씨의 갓난애가 발육이 좋지 않은 작은 얼굴을 찡그리고 잠을 들지 못하고 고개를 흔들며 징징거리고 있다. 히로코는 기저귀를 갈아 주었다. 소화불량변이 묻어 있었다. 모유 외에 염소젖을 먹이라는 의사의 지시대로 오하나씨는 자신의 돈벌이가 계속 있는 날에는 염소젖을 먹여, 탁아소에 맡기고는 막노동을 나갔다.[52] (「乳房」, p.34)

---

50) 1840년경 프랑스에서 시작된 탁아소는, 19세기 후반 유럽 대부분의 도시와 산업 중심지에 탁아소가 설립되었다. 영국에서는 1860년에 최초로 설립되었다. 아이와 그 가족에게 봉사하는 기관은 미국보다 유럽이나 아시아 국가가 역사가 더 오래 되었다. 미국에서 탁아소는 일반적으로 사설 기관이며 그 질적 차이도 크다. 많은 나라에서 탁아 시설은 엄마의 작업장과 관련이 되어있다. 탁아소와 취학 전 교육은 대부분의 사회주의 국가에서는 보편화 되어 있다. 프랑스, 이탈리아, 러시아 연방과 같은 나라에서는 정규 공립학교 체계에 포함되어 있다. 한국의 경우 8·15 해방 전 총독부 산하 '사회 복지 연합회'통계에 의하면, 1939년에는 11개의 공·사립 탁아소에 435명의 아이가 보육을 받았다.

51) 이 소설에 그려지고 있는 여러 가지 정경들은 모두 동교(東交) 모 차고 집회, 탁아소 생활 분위기, 이치가야(市ヶ谷) 형무소와 면회소 풍경, 특고 경찰의 난폭함 등 현실 속에서 얻은 경험을 토대로 작자의 생활적 실감을 더해 형상화된 단편들이다.(宮本百合子(1933), 「「乳房」創作メモ」, 『宮本百合子全集』18巻, 新日本出版社(1981), p.100)

52) お花さんのちい坊が、十ヵ月近くたつのに一向発育のよくない小さい顔をしかめて、寝苦しそうに半泣きの声をしぼって頭をふっている。ひろ子はおしめを代えた。消化不良の便が出ていた。母乳のほかに山羊の乳をのませろと医者に言われて、お花さんは自分の稼ぎのつづく日にはそれを飲まし、ここへあずけて「よいとまけ」に出ている

　　무산계급 노동자 아내들은 중산층 주부들처럼 가사노동만으로 자신들의 소임은 끝나지 않는다. 오하나씨 역시 발육이 좋지 않은 갓난아기를 맡기고 남성도 힘든 막노동판에 나가고 있는 실정이다. 그러나 힘든 일에 비하면 받는 액수는 적기 때문에, 충분한 영양 섭취가 되지 않아 젖을 빨리는 간난아이는 소화불량 변을 볼 수밖에 없다. 이러한 장면은 무산자의 궁핍한 생활상을 엿보게 하는 한편, 자본주의사회의 모순을 꼬집고 있다.

　　따라서 보모들은 자신들이 맡은 역할의 중요성을 인식하고 책임완수를 위해 고군분투한다.

　　　히로코를 비롯한 보모들은 이처럼 정해 놓고 매일 오는 아이들만 보호 하는 것이 아니라 급한 볼일로 갑자기 외출하게 되는 무산자 어머니들의 편의를 위해 어떤 경우라도 간식비만 받고 맡도록 할 것. 또한 탁아소 일을 좀 더 대중화 할 것을 결정했다. 동시에 종래에도 노구(労救)[53]와는 별도로 탁아소로서의 유지 담당을 일반 진보적 가정부인으로 충당하고 있었다. 그 방면도 확대하자.[54] (「乳房」, p.36)

　　탁아소 보모들은 아이를 맡기고 일하러 나간 노동조합의 어머니들을 위해 여러 가지 계획을 강구한다. 아이를 종래보다 저가로 받고, 급한 볼

のであった。

53) 1931년 5월 결성. 1932년의 가을경부터 탄압. 시영전차 스트라이크 때 활동에 의해서. 직장 안에 일손이 부족했기 때문에, 독자적 활동을 하지 말고, 불온선전(아지・프로)을 위해서 일하고, 노구의 조직은 하나도 진전되지 못함. (宮本百合子 (1933), 앞의 저서, p.100)

54) ひろ子らは、これまでのように、定って毎日来る子供ばかりを預るだけでなく、急用で出かける母親にも便宜なように、どんな臨時でもおやつ代だけで預ること、そして託児所の仕事をもっと大衆化することを決定した。同時に従来も労救とは別に託児所としての維持員を一般の進歩的な家庭の婦人の間に持っていた、その方面も拡大しよう。

일로 갑자기 집을 비우는 어머니들을 위해 임시탁아도 맡을 것, 또한 탁아소의 대중화를 위해 일반부인들 중에서도 보모에 적합한 인재를 발굴해 나갈 것 등을 결정한다.

그런 다음 탁아소 보모들의 도쿄 시영전차 쟁의[55]를 돕는 장면이 묘사 되어, 히로코와 보모들은 노동자이기 때문에 지켜야 하는 노동자 연대임을 강조하며 한 번 갖은 모임에서 상당한 금액을 모금한다. 이러한 광경은 탁아소라고 하는 공간을 통해 일본 전국 노동자에게 동지의식을 고취시키고 연대감을 돈독히 하는 모습을 엿볼 수 있게 하는 부분이다.

2 〈性〉의 역학 관계

지구사 기무라스티븐(千種・キムラスティブン)은, "시가 나오야(志賀直哉)는 프롤레타리아의 지위 향상을 도모해 계급투쟁을 지시하는 것만을 정치적 행위라고 보았다"고 지적한 다음, 정치적 행위 안에는, 구조적 역학 관계의 불균형이 존재하고 있을 때에 상위 집단에 속한 편의 윤리를 긍정적으로 그리는 것까지 포함된다. 구조적 역학관계의 불균형이란 한마디로 말하자면, 개인의 자의(恣意)로는 용이하게 변경할 수 없는 사회적 구조에 뿌리내린 불균형적 역학관계를 가리키며, 그것은 자본가와 노동자 사이에서 만이 아니고, 북쪽과 남쪽, 백인과 비백인, 남성과 여성, 남편과 아내, 부모와 아이, 그리고 청년・장년 대 노인, 정상인 대 장애

---

55) 1911년에 민영 회사에서 도쿄 시영전차기국에 이관된 이후, 1937년까지의 사이, 도쿄 시영전차의 노동자는 대소 30회의 쟁의를 행했던 것이 알려져 있다. (三宅明正「東京市電争議」, 『日本史大事典』第5巻, 平凡社, 1993. p.201) 소설에도 나오는 '동교'란 도쿄 교통 노동조합의 약칭이다.

자 등의 사이에도 존재하는 것이다'[56]고 언급하였다.

2.1▌ 겁탈당하는 처녀성

「여직공」의 주인공 옥순은 19세의 나이로 혼기가 꽉 찬 어엿한 성인 여성이다. 그러나 아버지가 4년 전 XX주식회사 건축 현장에서 다리가 부러지는 큰 부상을 입어 지금은 일을 할 수 없는 몸이므로, 옥순은 아버지를 대신해 가족부양을 책임지고 있다. 그러나 옥순뿐 아니라 당 시대의 여성들은 경제적인 이유로 직업을 갖고 싶어도 그 선택의 폭이 좁았기 때문에 힘든 공장 여공의 삶을 선택할 수밖에 없었다.

앞서 설명한 바와 같이, 옥순이 다니는 제사 공장에는 300명의 여공들이 일하고 있으며, 대부분 기숙사 생활을 하고 있다. 여기서 소수의 여공만이 통근이 허용되고 있으며, 제사공장은 노동조건과 환경이 열악하여 생지옥과 다름없는 곳이었다. 게다가 경제공황을 이유로 하루 60전이던 임금을 벌써 3회에 걸쳐 삭감 당했다. 이러한 지옥과도 같은 생활을 견디다 못한 여공들은 자발적으로 투쟁 단체를 만들어 공장주의 가혹 행위에 대항하려는 계획을 세운다. 멤버 중에서도 옥순의 어린 시절 친구인 근주는 남편 강훈의 지시를 받으며 여공들의 의식 교육을 담당하는 리더역을 맡고 있다. 이러한 여공들의 움직임을 눈치 챈 공장 감독 다나카는, 옥순의 가정생활이 매우 곤란하다는 약점을 이용해 돈으로 그녀를 매수한다. 옥순은 근주에게 접근해 그들의 투쟁계획 을 논의하는 회의에 참석하여, 그곳에서 토의된 내용을 감독에게 낱낱이 보고한다. 그리고 그 답례로 10원을 받는다.

이런 일이 있은 어느 날 옥순은 갑자기 다나카 감독의 사무실로 불려

---

56) 千種・キムラスティブン(1994), 『男性作家を読む』, 新曜社, pp.201〜202

간다. 다음 인용은 당시의 상황이 묘사된 장면이다.

> 옥순의 손목을 쥔 감독의 손에 차차로 힘이 들어갔다. 옥순은 손을 뿌리치고 문 밖으로 나가려 하였으나 문은 이미 단단히 잠겼다. 감독은 "우리 마리 무어든지 자리 들으면 돈이 마니 주어, 히히히."하며 한 발짝 두 발짝 옥순의 앞으로 가까이 왔다. 옥순은 눈앞에 닥친 위기를 직각하였다. 이자는 이 독사뱀 같은 자는 자기의 정신을 다 헐어먹고 이제 옥순의 몸까지를 집어 삼키려는 것이다. "아이구!" 옥순이는 피할 수 없는 위험에 빠진 사람이 어찌할 줄을 모르고 혼자 토하는 그 절망적의 혼잣말을 토하였다. "고로께 노랄 것 무어야." 감독의 뼈깡충이 손은 옥순이의 어깨를, 다음에 별안간 그의 허리를 꼼짝 못하게 안아 버렸다. "아이구…!" 옥순이는 감독의 품안에서 푸드득거리며 눈을 텅 비게 뜨고 저항 한다느니 보다는 한탄하였다. 파멸이다. 세상은 끝이다. "응? 내 마리 자리 들어." 감독은 야비하게 웃으며 이리저리 피하는 옥순이의 입술을 기어코 쫓아 다녔다. 옥순이는 온몸의 힘을 다하여 이 포학한 수컷에게 저항하였다. 두 몸은 기름이 바짝 마른 리놀륨 마룻바닥 위에 덜커덕 넘어졌다. 옥순이가 정신을 차렸을 때에는 그는 이미 처녀가 아니었다. 분하니 어쩌니 하는 마음을 떠나 턱없이 안타까웠다. 전등 및 테이블 위에 감독은 땀흐른 얼굴을 치켜들고 담배를 피우고 앉았다. 옥순이는 왈칵 울음통이 터졌다. 눈물이 비 오듯 한없이 흐느꼈다. (중략) "예끼, 이 더러운 놈! 개 같은 놈! 도적놈!"
>
> (「여직공」, pp.388~389)

> 일변 회사에서는 이리 해 불량분자를 대개 떨어낸 후에 (그 통에 감독은 난데없는 꿀떡까지 하나 얻어먹고) 다시 제 사차의 정리계획을 진행하였다. (「여직공」, p.404)

상기의 인용에서는 두 가지 분석이 가능하다. 하나는 옥순의 강간이고, 다른 하나는 더럽혀진 처녀성이다.

우선 강간에 대해 살펴보자. 공장 감독 다나카는 빈곤에 허덕이는 옥순의 약점을 이용해 돈을 미끼로 던져주고 동료들을 배신하게 하여 스파이로 전락시킨다. 그리고 이번에는 감독이라는 권력을 이용해 그녀의 몸을 노린 것이다. 크나 큰 권력 앞에서 옥순은 겁먹은 토끼처럼 있는 힘껏 "포학한 수컷"에게 저항해 보지만 힘을 당하지 못하고 강간당하고 만다. 이러한 다나카의 행위는 옥순에게는 "파멸"이자 "세상(=옥순의 인생)은 끝"과 다름없었다. 그것은 마치 사람이 아닌 "개"가 저지른 '도둑질'과도 같은 행위였다.

여기서 또 한 가지 간과해서는 안 될 시점이 있다. 그것은 말하자면 작자에 의한 다나카의 변호이다. 작자는 옥순이 강간당하려 했을 때 "수컷에게 저항했다"라는 표현을 쓰고 있다. 이는 마치 강간의 원인이 수컷(=어쩔 수 없는 남자의 성욕)에 있다는 듯이 묘사된다. 또한 소설 끝 부분에서는 다나카의 강간 행위를 떡(=식욕)과 동일시하고 있다. 이러한 표현에는 남성 작가의 젠더 바이어스에 의한 시점이 노정되어 있음을 지적해 두고 싶다.

강간이란, 여성의 의사에 반한, 합의 없이 성적 교섭을 강요당한 여성의 인권, 성의 자기 결정권을 침해하는 행위이다. 강간은 성욕을 채우기 위해서이라기보다는 여성을 폭력에 의해 제압하고 싶다는 욕구에 근거하는 것이며, 그 근저에는 여성 멸시나 혐오의 감정이 깔려있다.[57] 이러한 사실은 연구자들에 의해 이미 지적되었다.

다음으로 옥순의 처녀성에 대해서 살펴보자. 옥순은 강간을 저지른 다나카를 향해 "더러운 놈" "개 같은 놈" "도적 놈"이라고 욕설을 퍼붓는다.

---

57) 井上摩耶子(2002), 『女性学事典』, 岩波書店, p.118

이러한 옥순의 관점을 살펴보면, 우선 "더러운 놈"은 성(섹스)=순결이라는 도식에서 만들어진 언설이다. 또한 "개 같은 놈"은 처녀는 성욕이 없는 반면 남성의 성욕은 제어를 할 수 없는 것으로 풀이되어 짐승에 비유되는 시점을 읽을 수 있다. 아울러 "도둑 놈"은 여성이 지켜야 하는 처녀성을 도둑맞았다는 관점에서 나온 말이다.

가와무라(川村, 1996)에 따르면 1914년부터 15년에 걸쳐『青鞜』를 비롯한 잡지를 무대로, 새로운 여자들은 처녀 논쟁을 전개하며 로맨틱 러브와 결부된 처녀성을 상찬했다. 그들은 여성의 섹슈얼리티가 가부장에 종속되는 것에 반대 의견을 내놓으며 자율을 호소하는 시점에서 출발했다. 그러나 결과적으로 그녀들은 혼전 성교를 경고하며 처녀성을 실수로 버리거나, 잃거나 하는 행위는 여자의 인생 최대의 죄라고 인정해 버린 결과를 초래하고 말았다. 그 후 다이쇼기를 통해 여성의 성욕이나 처녀성이 자주 논의되어 의학자나 과학자에 의해 처녀성=순결의 고귀함을 증명하는 생리학적 의학적 근거가 마치 진실인 것처럼 담론화 되어 일반 여성들이 이러한 담화에 의해 위협을 느끼게 되었다고 논한다.[58] 즉 그의 주장과 같이 처녀성이란 근대 과학에 의해 창조된 언설에 지나지 않는다는 것은 이미 푸코에 의해 밝혀진바 있다.

여기에서 강간을 당한 후의 옥순을 태도를 살펴보자.

> 이튿날 옥순은 병을 칭탁하고 공장을 쉬었다. 어젯밤 감독의 만행은 부끄러워 차마 어머니에게도 말할 수 없었다. (「여직공」, p.390)

> 이 고자질쟁이 옥순이의 더러운 몸을 짓밟고 용감하게 앞으로 나가라! (「여직공」, p.391)

---

58) 川村邦光(1996),『セクシュアリティの近代』, 講談社, p.127

옥순은 자신이 강간당했다는 사실을 '부끄러운 일'이라고 생각하고 있으며, 그 사실을 자신과 가장 가까운 어머니에게도 털어놓지 못하고 숨긴다. 또한 강간당한 자신의 몸을 "더러운 몸"이라고 자학한다.

그렇다면 옥순은 왜 어머니나 친구들에게 이런 사실을 털어 놓고 상담할 수 없는 걸까? 만일 옥순이 어머니나 친한 친구에게 강간당한 사실을 털어 놓게 되면 그들은 하나같이 "왜 도망치지 않았니? 왜 저항하지 않았니?"하며 피해자의 입장은 고려하지 않고 책임 추궁을 해올 것이 뻔하기 때문이다. 즉 피해자가 진술하는 사실은 제삼자에게 그대로 이해받지 못하고, 오해, 혹은 곡해되어 버린다. 그러므로 피해자 주변 사람들은 공감적 청자가 되어, 피해자를 두 번 죽이는 세컨드 강간이나 이중의 상처를 입히지 않도록 해야 한다. 다시 말하자면, 어렵사리 용기를 내어 피해사실을 털어놓은 친구나 가족, 도움을 요청한 경찰관, 의사, 정신과 의사, 카운슬러 등의 전문가, 또는 재판에 있어서의 사법 관계자로부터 당하는 세컨드 강간을 호소하는 피해자는 수없이 많다.[59]

이렇게 될 것을 예상한 옥순은 두 번 상처 입는 것이 두려워 말하지 못한 것이다. 이처럼 옥순의 강간 사건은 그녀의 단념에 의해 몸과 마음에 생채기를 남긴 채 진실은 어둠 속으로 묻히게 된다.

2.2 ▎ 차가운 유두의 의미

「乳房」의 히로인 히로코는 헤비쿠보(蛇窪)무산자 탁아소의 보모이다.

---

[59] 사회의 일반적인 '강간 신화', 즉, 남자의 성욕은 컨트롤 할 수 없으므로, 유혹한, 도발한 여자가 나쁘다, 여자의 '노우'는 '예스'의 싸인, 강간은 성적으로 단정치 못한 여자에게만 일어나는 사건, 명예 를 아는 여자라면 끝까지 저항할 것, 등의 피해자를 탓하는 여성 차별적인 '신화'가 만연하여 그 때문에 피해자도 스스로를 책망하며 가해자를 고발할 수가 없게 된다. (井上摩耶子(2002), 앞의 저서, p. 118)

그녀는 탁아소를 무대로 보모들과 합심하여 근로 노동자 가정을 도와 자신들의 '생활과 직장'을 지키며 '권력'과 투쟁해 나간다. 히로코가 말하는 생활과 직장을 위협하는 권력은 다름 아닌 '국가 권력'이다. 이러한 추측은 소설 속에 묘사되는 다음의 두 회상 장면을 통해 알 수 있다. 그 하나는 남편 시게요시(重吉)가 검거되고 히로코 자신도 다른 경찰서에 유치되었을 때의 회상이다. 경찰 구내의 노송나무 잎 끝에 참새가 둥지를 틀고 있는 것을 발견하고 무심결에 "불쌍해라!"라고 말하자 이것을 우연히 듣게 된 특별 고등경찰은 다음과 같이 말하며 비아냥거린다.

> "당신 같은 여자도 아이를 한명 낳으면 되지. 아마도 예뻐할 걸. 안봐도 알겠어." 히로코는 그 남자를 정면으로 바라보며 "후카가와를 돌려주세요."하고 말했다. 남자는 잠자코 있었다.[60] (「乳房」, p.40)

히로코는 결혼은 했지만 지금껏 남편 후카가와 시게요시(深川重吉)가 정치범으로 체포되어 형무소에 감금되어 있기 때문에 어쩔 수 없이 독신 아닌 독신생활을 하고 있다. 그러한 상황 속에서도 히로코는 '근대 가족'을 만들고 싶다는 소망을 버리지 않고 있다. 그러나 남편이 석방될 기미를 보이지 않아 그 꿈을 이룰 수 있을지는 미지수다. 그러한 억울함에서 특별 고등경찰에 "죄 없는 후카가와를 돌려주세요"하고 그만 본심을 내보이고 만 것이다. 또한 특별 고등경찰이 말하는 "아이를 한명 낳으면 되지"라는 표현은, 모성을 예찬하는 말로써 여성성을 국가의 질서에 결부시키려는 모성 파시즘이 숨겨져 있다. 모성은 원래 근대국가 형성기의 내셔널리즘과 함께 탄생하였으며, 전쟁이라고 하는 국가의 위기를 맞아

---

60) 「君なんぞも子供を一人生みゃいいんだ。さぞ可愛がるだろうな、目に見えるようだ。」ひろ子は、その男の正面に視線を据えて、「深川をかえして下さい」そう云った。男は黙りこんだ。」

여러 형태로 모성이 동원되었다. 1931년 9월에는 만주 사변이 일어났으며 작품과 동일 시기인 1932년에는 대일본 국방 부인회[61]가 발족했다.

가노 미키요(加納実紀代, 1995)는 "〈낳는 어머니〉는 전쟁으로 소모하는 인적자원 재생산을 위해서, 〈교육하는 어머니〉는 아들의 생명을 국가에 내놓기 위해서, 〈사랑하는 어머니〉는 병사들을 위로하고 격려해 전의를 고양시키기 위해서 동원 된다"고 분석하였다.[62]

또 다른 회상은, 히로코가 경찰서에서 풀려나 탁아소에서 살게 된지 얼마 안 될 무렵의 회상이다. 오하나씨의 갓난아기가 아무래도 울음을 그치지 않자 히로코는 그만 자신의 젖을 물린다. 그러나 울음을 그치기는커녕 더 크게 울어 난감했던 경험을 떠올린다.

> "그야 빨지 않죠. 글쎄 물리던 젖이 아니잖아요? 차가워 싫어해요."
> 히로코는 그날 밤 일을 잊을 수가 없었다. 자신의 유두가 아이를 낳은 적이 없는 여자의 차가운 유두라는 걸. 그리고 외형은 통통한 오하나씨가 영양 부족으로 기저귀 사이로 나온 아이의 작은 다리가 시퍼런 갓난아이를, 따뜻한 엄마의 유방에 매달려 있는 모습. 이 사회에서의

---

61) 쇼와 6년(1931) 9월 만주사변 발발 이후, 국내는 전시 분위기에 물들어, 여성들은 나라를 위해서 후방의 역할을 담당해야 했다. 부인회 조직이 만들어져 전쟁이나 군원조의 준비 등, 다양한 활동을 수행했다. 애국 부인회나 국방 부인회는 병사의 전송이나 마중 나가기, 전사자의 장의 참례, 부재중 가정의 위문, 위문대 만들기, 방화 훈련, 농번기의 탁아소 설치 등, 비상시하의 생활을 지켜, 군사 원호 활동을 실시하는 것이 당면과제였다. 국가 총동원법 제정에 의해, 부인회의 역할도 점차 커져 갔다. 태평양전쟁에 돌입하면서, 모든 생활 물자가 부족해지자, 배급 제도화되어 '갖고 싶지 않습니다. 이길 때까지는'을 표어로 필승의 기운이 높아져, 각 가정에서는 군수 자원으로서의 금속제품이나, 양모 제품의 공출을 시작했다. 여학생은 전국적으로 복장이 통일되어 세라복 옷깃의 표준옷에, 스커트를 몸뻬로 바꾸고 각 지역에서 근로 봉사를 시작했다. (江原由美子ほか(1989), 『ジェンダーの社会学 - 女たち／男たちの世界』, 新曜社, p.201)

62) 加納実紀代(1995), 「母性ファシズムの風景」, 『ニュー・フェミニズム・レビュー - 6母性ファシズム』, 所収学陽書房, p.102

여자의 슬픔과 분노라는 2개의 그림이 그 모습에 있듯이, 히로코의 마음에 각인되었다.[63] (「乳房」, p.42)

여기에는 권력에 의한 두 가지의 성적유린이 고발되고 있다. 그것은 여자의 낳는성과 생식에 대한 자기결정권에 대한 유린이다. 낳는성에 대한 유린은 히로코의 '아이를 낳은 적이 없는 여자의 차가운 유두'라는 점과, 오하나씨의 '따뜻하지만 영양이 부족한 모유' 밖에 나오지 않는 유방으로 상징되고 있다. 그녀들은 낳을 권리와 낳아도 양육할 권리를 유린당하고 있으며, 이 두 유방은 하나같이 생명을 양육하는 것이 곤란하다는 점에서, 권력의 본질과 비정함을 드러내고 있다.

엄마가 육아에 전념해야 한다는 모성관은, 근대 이후, 근대가족의 탄생과 함께 등장한 이념이다. 일본에서는 다이쇼기에 자본주의가 도입된 것과 괘를 같이하여 성별 역할분담을 지지하는 이념으로써, 모성과 양육을 직결시켜 강조하는 경향이 현저하게 나타났다. 생산을 담당하는 노동력을 확보하기 위해서는, '남자는 일, 여자는 가정'이라는 성별 역할 분담을 효율적이라고 보았기 때문에서였다. 아울러 여성이 육아에 전념하는 것을 찬성하는 사고는 현모양처 사상과 연결되어 중산계급으로 침투해 갔지만, 대부분의 노동자 계급에 있어서는 생활 실태와 괴리된 이데올로기에 지나지 않았다.[64]

다만, '자신의 유두가 아이를 낳은 적이 없는 여자의 차가운 유두라는

---

63) 「そりゃ吸わないわね、だって、のましてる乳でなけりゃ、ひやっこいもん、いやがるよウ」ひろ子にはその夜のことが忘られなかった。この自分の乳首が子供を生んだことのない女のつめたい乳首であるということ。そして、見た目は見事な体のお花さんが、栄養不良でおむつから出る二つの小さい足の裏が蒼白いような赤子を、暖みだけはある乳房に辛くも吸いつけている姿。この社会での女の悲しみと憤りの二つの絵がそこにあるように、ひろ子の心に印されたのであった。

64) 大日向雅美(2002), 『女性学事典』, 岩波書店, p.755.

것', '따뜻하기만 하고 영양이 부족한 유방에 매달린 모습'은 이른바 석녀라는 말을 연상시키는 것과 육아에 대한 어머니의 역할을 강조하는 것으로써 모성을 둘러싼 젠더 주박(呪縛)에 히로코도 사로잡혀 있다는 점을 엿보게 한다.

2.3▐ 방관, 동조하는 남자들

앞서 설명한 바와 같이 「여직공」의 여공들은 열악한 노동환경 속에서 노동력 착취에 내몰리고 있다. 휴식 시간도 없고 교대도 해주지 않는 13시간에 걸친 중노동, 게다가 임금 삭감과 규율 위반에 대한 처벌은 일상적으로 자행되어 여공들을 한층 더 비참하게 만들었다. 아울러 여공들은 작업 중에 언제나 보이지 않는 시선과 감독 등에 의해 철저한 감시를 받고 있었으며, 공장 내의 감시 역할은 다나카 감독을 비롯한 조선인 '김 감시, 최 감시'라는 남자들에게 맡겨져 있다.

> 직공들이 덩어리 덩어리져서 이야기하는 동안에도 감독 전중이며 김 감시며 최 감시며 그 외 회사 무슨 과장인가 하는 양복쟁이, 또 어떤 때는 배불뚝이 공장장 까지 직공들 틈으로 슬슬 걸어 돌아다녔다. 어떤 자는 얼굴을 악마같이 찌푸리고, 어떤 자는 능청스레 싱글싱글 웃고, 하지만 찡그린 자나 웃는 자나 가까이 오는 것이 싫기는 일반이었다. (「여직공」, pp.371~372)

식민지 조선에서 사업을 하고 있던 당시의 일본 기업들이 자주 사용하는 수법의 하나였던 여공들을 감시하는 역할은 오로지 조선인 남자들에게 맡겨져, 문어의 제살 뜯어 먹기 식의 동족상잔을 연상시키는 간교함을 보였다. 조선인 김 감시, 최 감시, 신사복 과장, 배불뚝이 공장장 등은 일본인 감독 다나카를 위시로 여공들을 감시하고 괴롭히는 역을 맡고 있다. 공장에서 일하는 여공들은 항상 이 사람들의 감시의 눈길을 벗어날 수 없었으며 점심시간마저 자유롭게 사용할 수 없었다. 그 중에서도 김 감시의 악행은 두드러진다. 다음은 다나카 감독의 지시로 옥순을 불러들인 장면이다.

> "이제 자네는 물러가게. 난 옥순이하고 좀더 이야기할 것이 있으니."
> 옥순이는 감독과 단둘이 이 텅 빈 사무소 안에 남는 것을 생각하고 겁이났다. 거기 있어 달라는 것을 애원하는 눈으로 김감시를 치어다보았으나 김 감시는 도리어 조소하는 얼굴로 "히히히" 웃고 "그러면 자미있는 이야기 많이 하시지요."하고 나가버렸다. (「여직공」, p.388)

다나카 앞으로 불려간 옥순은 그와 단둘이 남겨지는 것이 두려워 같은 민족인 김 감시에게 도움을 요청하는 눈빛을 보낸다. 그러나 그는 구원의 손을 뻗치기는커녕 "히히히"하고 조소하며 나가 버린다. 그의 천한 웃음소리 뒤에는 이미 동족애 등의 감상적인 시선은 없다. 오히려 재미있는 시간을 많이 보내라는 그의 대사는, 지금까지의 다나카의 악행을 익히 알고 있는 사람이기에 가능한 언동이다. 따라서 김 감시는 이제부터 옥순에게 무슨 일이 일어날까를 잘 알고 있는 것이다. 그것은 분명한 '남자들만의 결탁' 이외의 다른 아무것도 아니다. 이렇듯 김 감시의 '방관'에 의해, 그가 나가고 얼마 지나지 않아 옥순은 다나카에 의해 무참히도 강간당한다.

동족이기에 아군이라고 생각했던 옥순은 이렇게 김 감시에 의해 철저하게 외면당한다. 이처럼 김 감시는 옥순을, 더 나아가서는 일제를 막을 수 없었던 조국은 조선 여자들을, 이라는 형태로 두 번 배신한 것이다.

그러나 텍스트에는 옥순이 다나카와 공장주를 원망하고 미워하는 모습은 그려져 있지만, 김 감시의 배신행위는 그다지 문제시 되어있지 않다. 그의 행동을 비난하는 장면은 어디에도 묘사되지 않는다. 이러한 점은 역시, 젠더 바이어스에 의한 남성 작가가 그린 여성상이라는 서술의 한계를 드러낸 부분이라고 볼 수 있겠다. 텍스트에는 다나카의 강간 행위만이 문제시 되고 있기 때문에 독자들의 시선은 오로지 식민자인 일본인에게 향하게 된다. 곽근(1986)은 "일본인의 난폭한 행동을 폭로해, 국민적 저항심을 높인 작품"[65]이라고 평가했다. 그러나 다나카의 행위를 허락한 김 감시의 행동이야말로 가장 혹독한 비판의 화살을 받아야 할 것이다. 더욱이 소설의 끝 부분에서는 뜻밖의 전개를 보인다.

> 인제 생각해보면 모든 것의 책임은 결국 자기 혼자 지고, 반대로 자기는 처녀를 잃어버리고 동무에게 낯을 못 들게 되고 그 끝에는 그 잘난 공장까지 쫓겨났다. 분하다. 원통하다. 그러나 자기는 누구를 미워해야 할 것이냐? -감독이냐? -공장이냐? 아니다. 그것보다도 생각하면 자기는 가난한 사람의 딸로 태어날 때에 벌써 오늘 이렇게 될 운명을 등지고 난 것이다. 미워해야 할 것은 (삭제)이다.
>
> (「여직공」, pp.403~404)

> 그날 밤 모임에서 옥순이는 전에 없이 열렬하게 의견을 토하였다. 모든 사람들은 이번 사건에 조금도 굴하지 않고 공장 속의 조직을 진행하기를 결의하였다. (「여직공」, p.404)

옥순은 소설의 말미에서 공장 생활을 되돌아보며 그 책임의 소재를 생각해 본다. 그리고 자신을 스파이로 만들어 이용하고 성적으로 능욕한

---

65) 곽근(1986), 「유진오와 이효석의 전기소설 연구」, 성균관대 박사논문, pp.58~59

감독과, 임금을 삭감해 열악한 노동 환경을 제공하여 노동력을 착취한 공장주를 그 주범으로 색출한다. 그러나 결국 옥순이 미워해야 할 대상은, 감독도 공장주도 아닌 "빈곤"이라는 다소 비약된 결론을 내린다. 그럼으로써 결과적으로 권력자들에게 간단히 면죄부를 주어버리게 된다. 이러한 다소 엉뚱한 마무리로 인해 옥순이 분개해야 할 대상은 남성 권력자에서 가난한 현실로 바뀌어 버린다. 따라서 지금의 가난한 현실을 만들어낸 자들이 그들이라는 자본주의의 구조적 모순을 깨닫지 못하므로, 여성의 성이 권력자들에 의해 유린당한다는 사실을 외면한 채 오로지 가난을 짊어지고 태어난 자신의 운명을 원망하며 프롤레타리아 여성으로 변모해 간다.

한편 「乳房」에는 주인공 히로코를 둘러싸고 노선을 같이하는 노동조합의 남성조합원들이 대거 등장한다. 그 중에 조합 서기국 소속 우스이(臼井)라는 남자가 있다. 그는 젊은 여대생 보모인 다미노(タミノ)에 접근하여 노동운동에 대해 다방면으로 어드바이스 한다.

> 히로코는 젊고 정직한 다미노에 대해 복잡한 자신의 애정이 샘솟는 것을 느꼈다. 다미노는 아마도 우스이에게 뭔가를 듣고 직장에서의 활동보다 더 적극적인 가치가 있다고 생각되는 어떤 역할을 맡을 마음이 생긴 것은 아닐까? 히로코로서는 젊은 여성 활동가가 대부분 편의상 빠져드는 가정부나 비서라고 하는 역할에 대해서는 오래전부터 여러 의문을 품고 있었다. 히로코는 아랫입술을 비틀며 생각에 잠겼다가 천천히 입을 열었다. "저쪽에서는 여성 동지를 하우스키퍼라든가 비서라든가 하는 명목으로 동거시켜, 성적 교섭까지 갖도록 하는 것은 좋지 못하다고 여겨지는 것 같아요. – 어딘가에 쓰여 있었어." 히로코의 동료가 '저쪽'이라고 할 때는 언제나 소비에트 동맹을 의미했다.[66]

> (「乳房」, p.39)

당시 혁명운동 속의 성차별이 가장 노골적인 형태로 표출된 것이 하우스 키퍼 문제였다. 히로코는 오래 전부터 젊은 여성 활동가가 대부분 편의상 수행되는, 하우스키퍼나 비서라는 역할에 대해 여러 의문점을 품고 있었다. 그런 생각을 후배 보모 다미노에게 솔직하게 털어놓고 심사숙고 할 것을 어드바이스 한다. 경험은 없고 열정만 앞서는 젊은 운동가 다미노가 남성 조합원 우스이에게 설득당해, 하우스키퍼나 비서의 역할을 맡기로 결정하고 탁아소를 사임하려는 것에 대해 소련의 예를 들어 염려를 나타내고 있는 것이다. 또한 정직하고 일에 대해서는 한결같은 다미노가, 혁명운동에 대한 정열에 불타, 우스이의 어드바이스를 받아들여 결국 남성조합원들의 성적대상으로 전락하는 것을 경계하고 있다. 다미노에 대한 히로코의 당연해 보이는 어드바이스도, 알고 보면 당시의 프롤레타리아 운동원 사이에서 비일비재 했던 하우스키퍼 비판으로 이어진다. 남성 활동가의 마음에만 들면 여성들의 감정 따위는 문제가 되지 않았기 때문이다. 결국 다미노는 관헌의 스파이가 아닐까 의심되던 우스이에게 간단히 정보를 흘리는 결과를 낳는다. 이윽고 의심은 사실로 들어나 다미노는 특별 고등경찰의 계략에 말려들어 검거되어 버린다. 결국 남성 운동가 우스이의 특별 고등 검찰에 대한 동조에 여성 활동가들은 감쪽같이 배신당하게 된 것이다.

---

(66) ひろ子は、若い、正直なタミノに向って、こみ入った自分の愛情が迸るのを感じた。タミノは、おそらく臼井に何か云われて、彼女には職場での活動よりもっと積極的なねうちを持っているように考えられる或る役割を引きうける気になっているのではないだろうか。ひろ子としては、若い女の活動家が多くの場合便宜的に引きこまれる家政婦や秘書という役割については久しい前からいろいろの疑問を抱いているのであった。ひろ子は、なお下唇を捩るような手つきをして考えていたが、ゆっくりと云った。「あっちじゃ、女の同志をハウスキーパアだの秘書だのという名目で同棲させて、性的交渉まで持ったりするようなのはよくないとされているらしいわね。ー何かで読んだんだけれど」ひろ子たちの仲間で「あっち」というときは、いつもソヴェト同盟という意味なのであった。

「乳房」에서 여성을 인격을 가진 대등한 타인으로 인정하지 않는 것은, 특별 고등경찰이나 후지이와 같은 근로 무산계급에 적대하는 인간들뿐만이 아니다. 본래 동지여야 할 동교(東交)[67]의 간부들도 사상적 정치적으로 타락했을 뿐 아니라, 명백한 성차별을 자행한 남자들이다. 다음의 인용은 히로코가 시영전차 쟁의의 응원 연설에 초대된 다음의 술회이다.

> 동교가 정말 종업원들의 고양된 사기를 끌어내리는 역할밖에는 하지 않고 있다. 그런데도 자신들은 간부랍시고 실질적인 격려도 되지 않은 전좌에서 응원의 연설을 하고 말았다. 그 실패가 지금은 분명히 느껴졌다. (중략) 야마기시는 처음부터 그것을 예측하고 행동했던 것이다. 오타니가 오지 않는다는 것을 알았을 때 야마기시는 웃으며 치켜세우는 것 같은 말을 했다. 그것도 히로코의 얼굴을 굴욕으로 빨갛게 만들었다. 야마기시가 후좌에서 연설하지 못하도록 한 것은 닳고 닳은 그의 <u>정치적 기술</u>이었던 것이었다.[68] (「乳房」, pp.22~23)

응원 연설에 초대된 히로코를 동교의 간부는 스트라이크를 할 것인가 말 것인가를 결정하는 중요한 시간대에는 연설시간을 할애해주지 않고 실질적으로 아무런 격려도 되지 않는 전좌에서 연설하도록 배정된다. 이로 인해 타락한 간부들 계략대로 스트라이크는 중단되고 히로코는 그들의 결정에 아무 영향도 줄 수 없는 형식적인 연설을 하고 만다. 그러한 그들의 고난도의 '정치적 기술'을 뒤늦게 알아차린 히로코는 굴욕감에 치

---

67) 東京交通労働組合

68) 東交が、全く従業員の高揚を引止める役にしか立っていない。それだのに、自分はうまく幹部に扱われて実質的な激励の役にも立たない前座で、応援のことを話させられてしまった。その失敗が今ははっきりと感じられた。(中略)山岸ははじめっからそれを見越して行動した。大谷が来ないと云ったとき、山岸は笑っておだてるようなことを云った。それも、ひろ子の顔を屈辱で赧らめさせた。山岸が後で喋らせなかったのは、すれきった彼の政治的な技術なのであった。

를 떤다.

3 신여성에서 프로여성으로

19세기 후반 구미에서 시작되어 한국에서는 1900년대부터, 그리고 1910년대 전반에 일본에서 각각 'the New Woman', '신여성', '새로운 여자'라는 표현 아래 새로운 여성상이 형성되었다. 미국, 한국, 일본 어느 쪽도 마찬가지로 신여성들은 여성에 대한 인습적인 규범이나 구속에 이의를 제기하며 여성의 권리나 결혼제도에 대해 발언권을 행사해 왔다. 이러한 새로운 여성상은 소설 안에서도 형상화되어 시대를 대변하여 왔다.[69]

제1차 세계대전 후의 물가 폭등은 여성을 가정에서 직장으로 내몰게 되고 1929년의 쇼와공황이 이에 박차를 가했던 시대상황 속에서, 문학에 나타난 여성상은 크게 변용한다. 메이지·다이쇼기의 히로인인 유산계급 여성들은 문학 작품에서 점차 모습을 감추고 대신해서 무산계급 여성들이 무리로 등장한다.

텍스트 「여직공」과 「乳房」에는 1930년대의 한국과 일본의 무산 계급 여성들의 삶을 둘러싸고 스토리가 전개된다.

「여직공」에 등장하는 근주와 경옥은 공장 여성근로자들의 리더다. 옥순은 근주를 다음과 같이 회상한다.

옥순이하고 근주는 친한 동무였다. 어렸을 때 한 이웃에서 살다가

---

[69] 한국의 나혜석의 「경희」(1918)의 히로인 경희와 일본의 미야모토 유리코(宮本百合子)의 『伸子』(1924)의 노부코는 새로운 여자의 모델로서 등장하고 있다. (졸고 (2004), 「宮本百合子と羅蕙錫の比較研究―「生命」「エロス」「ジェンダー」をめぐって」, 『日本語文学』第23輯, pp.261~282 참조)

한동안 못 만나다가 지난 가을에 근주도 이 공장에 들어오자 두 사람의 사이는 다시 그전같이 친밀해졌다. 그러나 근주는 옥순이 보기에는 그전 근주와는 퍽이나 달랐다. 혼인 한 탓도 있겠지만 나이에 맞지 않게 세상일을 환하게 알고 있는 것 같았다. 같은 회사의 높은 사람들을 개돼지 새끼같이 욕하기도 하였다. 소문에는 처음에 김감시 녀석이 맥도 모르고 근주에게 수작을 걸다가 혼쭐이 났다고도 한다. 그러나 그런 모든것이 옥순에게는 도리어 무엇인지 근주에게는 가까이 할 수 없다는 위험한 인상을 주었다. 그래도 두 사람은 친하기는 하였다. 근주는 가끔 재미있는 소식도 들려주고 요전에 삯전을 내렸을 때에는 끝끝내 실패는 하였지만 어떻게 그 반대를 해보자고 동무 몇 사람과 공론하던 것이 무엇인지 믿음직하게도 생각이 되는 것이었다.

(「여직공」, p.370)

근주는 옥순의 어린 시절 소꿉친구였다. 일찍부터 근주는 젊은 사람치고는 세상 물정에 밝아 회사 상사들의 악행을 단호한 태도로 비판하거나, 김 감시의 성희롱을 격퇴하는 등 당당히 '권력'에 맞서 싸우는 모습으로 묘사된다. 이러한 근주의 늠름한 모습은 옥순에게 크나큰 신뢰감을 준다. 그녀는 결혼해 한 아이를 둔 엄마이며, 노동 운동가인 남편의 협조를 받아 이미 프롤레타리아 여성 운동가로서의 활약상을 충분히 보여주고 있다. 그런 근주가 옥순에게 결혼이야기를 꺼낸다.

"정말 옥순이 시집 안 가? 내 한군데 일러줄까, 좋은 데." "싫어, 난 그따위 시집은. 난 내대로 살지." "에구 대단헌데. 그런 걸 요샌 독신주의라고 하든가?" 근주는 까만 눈동자를 둥그렇게 떠보였다. "시집은 가 무얼 하나?" 옥순이는 핏기 없는 얼굴을 벤또통으로 내리숙였다. 옥순이도 또한 올해 열아홉살의 프롤레타리아의 딸임에 틀림없었다.

(「여직공」, p.371)

근주는 옥순에게 좋은 사람을 소개하겠다고 하지만 옥순은 근주의 호의에도 불구하고 단호하게 "싫어, 난 그따위 시집은. 난 내대로 살지"하며 결혼에 대해 부정적인 견해를 보인다. 이것을 근주는 요즘 유행하는 "독신주의"라고 평하며 옥순의 진보적 결혼관에 대해 놀라워한다. 가난으로 얼굴에 핏기 하나 없는 옥순은 산업 재해로 일을 못하게 된 아버지를 대신해 가족 부양을 책임지고 있으므로 자신을 위한 결혼보다는 가족을 위해 돈을 버는 것이 급선무이기도 했다. 가난에서 벗어나지 못하는 옥순에게 결혼은 어쩌면 먼 타인의 이야기인지도 모르겠다. 빈곤을 이기기 위해 옥순은 철저히 정신적으로 무장하여, 여공에서 프롤레타리아 여성으로 거듭나 자본가들과 맞서 싸우지 않으면 안 되었던 것이다.

> 옥순이는 다시 동무들을 생각해보았다. 근주 강훈이 경옥이 보배 정숙이... 모두들 믿음직한 사람이다. 그들은 일신을 바치고 온 세상의 가난한 사람을 위해 일하는 사람이 아닌가? 그날 밤 모임에서 옥순이는 전에 없이 열렬하게 의견을 토하였다. 모든 사람들은 이번 사건에 조금도 굴하지 않고 공장 속의 조직을 진행하기를 결의하였다.
>
> (「여직공」, p.404)

프로여성으로 거듭나기로 결심한 옥순은 친구들의 얼굴을 하나하나 떠올리며 스스로에게 용기를 북돋운다. 그리고 그들과 함께 무산계급을 위해서 투쟁해 나갈 것을 결의하며, 투쟁집회에서도 적극적으로 의견을 내 놓는 등 예전과는 달라진 모습을 보인다. 집회에서는 혁명운동을 지속시켜 나가기 위한 공장 내부의 조직정비가 결의되었다.

이렇듯 신여성들은 페미니즘운동을 부문화해 민족운동이나 사회운동으로 그 모습을 바꾸어 갔다. 「여직공」의 프로여성 근주는 결혼해 아이를 낳고 게다가 공장에서 일하며 노동자를 위해 투쟁에도 몸을 아끼지 않는다. 그야말로 프로여성의 본보기이다. 이러한 근주의 모습에 공감한 옥순은 자신도 어엿한 프로 여성이 되어 빈곤에 허덕이는 노동자 농민을 위해 살아가겠다는 굳은 결심을 한다.

한편 「乳房」의 여성들은 어떠할까?

탁아소의 보모 히로코와 다미노는 무산계급 혁명 운동가이다. 다미노는 3개월 전에 야마전기(山電気)를 조합 관련 일로 해고될 때까지, 쭉 공장 생활을 해 왔다. 조합 서기국에서 자리가 비었기 때문에 오라고 했으나 조합보다는 일선 직장이 더 좋다며 거절했다. 그리고 기회가 되면 공장으로 다시 돌아가는 조건으로 일시적으로 탁아소의 일을 돕고 있었다.

> 밤에 탁아들을 모두 돌려주고 조용해지자, 다미노와 히로코는 궁리해가며 되도록 타인의 눈에 띨 수 있도록 글자의 대소, 테두리 등에 신경을 쓰면서, 큰 것과 작고 네모진 전단지를 등사판에 놓고 밀었다.[70]
>
> (「乳房」, p.36)

히로코와 다미노는 밤이 되자 본격적으로 계급투쟁에 관한 일을 시작했다. 그 일환으로 임금 노동자들의 아이를 한명이라도 더 맡아, 어머니들을 돕기로 계획하고 이에 전념한다. 이 때문에 두 사람은 직접 삐라를 만들어 변경된 사업 선전에 힘쓰며 지금까지의 탁아소 운영방식을 의욕적으로 개선해 나간다. 히로코와 보모들이 탁아소의 운영 방식을 바꾸려는 또 하나의 이유는 경영악화였다. 탁아소 보모들이 시영전차 쟁의와 관련해 지원하고 있다는 것을 알게 된 부모들은, 아이들에게 불똥이 튈

---

70) 夜みんな子供をかえして静かになると、タミノとひろ子とは、工夫してなるたけ人目をひくように、字の大小、ふちどりなどに心を配りながら、大きいのや小さい四角い伝単形やらのガリ版をきった。

까봐 위탁을 꺼려하였다. 이로 인해 급기야 탁아소는 경영난에 빠지고 말았다. 그 때문에 이번에는 만일 자신들이 특별 고등경찰에 체포되더라도 업무가 끊기는 일이 없도록 일반 부인들을 탁아소의 유지요원으로 모집하기로 한다. 이런 와중에도 히로코는 젊은 여성 투사 다미노의 장래를 걱정한다.

> 히로코에게는, 다미노가 지금부터 경험하게 될 하나의 계급적인 입장을 가진 여자로서의 일생이, 자신의 경험하는 기쁨, 괴로움 하나하나와 정열적으로 맺어진 것으로서 느껴지는 것이었다.[71] (「乳房」, p.40)

히로코는 지금까지의 혁명 운동에서 체득한 스스로의 경험에 비추어, 앞으로 다미노가 경험하게 될 기쁨과 괴로움 이 모두를 상상해 본다. 계급운동에는 누구보다도 빨리 뛰어든 히로코인 만큼 같은 여성 활동가로서 앞으로 젊은 다미노가 겪을 역경은 헤아리고도 남음이 있었다. 그런 걱정을 히로코는 다미노에게 친절히 어드바이스 해주며 시스터훗[72]을 보인다.

20년대의 새로운 여자 노부코는 프로 여성 히로코로 변모하여, 계급차별에 대항하며 투쟁해가지만, 자본주의사회에서 여자는 계급차별과 성차별(섹시즘)의 이중적 억압을 받았다. 또한 프롤레타리아 운동에 있어서도 계급지배와는 별도로 성지배가 체제의 내외부에 뿌리 깊게 둥지를 틀고 있음을 몸소 느끼면서 프로여성을 살아야 했다.

---

71) ひろ子には、タミノがこれから経てゆくであろう一つの階級的な立場をもった女としての一生が、自分の経験するよろこび、苦しみの一つ一つと、情熱的に結び合わされたものとして感じられるのであった。

72) 애정이나 연대에 있어서, 또한 공통의 억압을 인식함에 의해, 여성들이 함께 단결하는 것. 해방으로의 제일보로 간주된다. (リサ・タトル(1991), 渡辺和子監訳, 『フェミニズム事典』,明石書店, p.359)

  1920년대에 여권운동이 봇물처럼 터져, 여성들은 목소리를 높여 자기 주장을 하기에 이르렀다. 그러한 신여성들은 30년대에 들어와서는 자취를 감추고, 시대의 요청에 의해 형성된 프로 여성은 계급운동의 틈새를 비집고 들어갔다.

  「여직공」의 근주와 경옥은 높은 교육을 받은 신여성들로 여공들의 권리와 이익 투쟁을 위해 변모한 프롤레타리아 여성이다. 권력에 대항해 싸우는 그녀들의 늠름한 모습은 옥순에게 공감을 주고 프로 여성으로 이끈다. 한편 「여직공」에는 제사 공장에서 일하는 여공들의 노동 착취와 성 착취가 고발되어 식민자와 피식민의 남성들의 정치성을 동시에 읽을 수 있었다. 또한 일본인인 다나카 감독에 의한 옥순의 강간 사건과 김 감시에 의한 근주의 성희롱 사건이 동시에 그려져 여자가 성적으로 타자화 되면, 남성들은 국가를 넘어 한편이 되어 동조의 미덕을 발휘한다는 것을 읽어낼 수 있었다.

  한편 「乳房」은 무산자 탁아소를 무대로 해, 정치범으로서 수감된 남편을 옥바라지하며 홀로 생활해가는 탁아소 보모를 주인공으로, 낳을 권리와 낳아도 양육할 권리를 유린당한 두 여자의 유방을 통해, 자본주의사회의 모순을 꼬집고 있다. 또한 당시 운동원내에서 만연하던 하우스키퍼 문제를 부각시켜 계급운동의 모순적 단면이 재고되었다. 하우스키퍼 문제는 혁명운동에 있어서 필요악이 아니라 운동을 위한다는 대의명분을 앞세워 여성을 차별하고 있음을 확실히 하였다. 아울러 텍스트에는 보모들의 생활과 일터를 불안에 떨게 하는 하나의 힘이 느껴지는데 이는 원래 같은 동지였던 동교의 타락한 간부들에 의한 악행을 통해 나타난다. 히로코는 같은 여성운동원인 젊은 다미노에게 자신의 체험을 바탕으로 조직 내의 성적유린에 대해 경계하도록 애정 어린 어드바이스를 해주는 광경은 시스터훗을 느끼게 해주는 장면이다.

이상 두 텍스트에는 계급 지배와는 별도로 권력에 의한 성지배가 체제의 내외부에 뿌리 깊게 만연되어 있다는 점, 계급적 억압뿐만 아니라, 피억압자인 같은 민족 같은 동지 남성들로부터도 학대받는 여자의 비참한 상황을 두 작가는 날카롭게 응시하고 있음을 알 수 있었다.

제3절

여자의 〈장소〉 경험
― 『인간문제』와 『방랑기(放浪記)』[73]의 시좌 ―

19세기 서구의 로맨티시즘 세계에서는, 방랑이라고 하면 남자들의 교양소설 중에서는 가장 큰 테마였다. 남자들의 교양소설은 대체적으로 시골에서 도시로 나온 주인공이 여러 가지 경험을 쌓으면서, 직장인이나 예술인으로서 성공해 가거나 또는 시민으로서 사회 안에서 자신의 아이덴티티를 확립해 간다는 성장드라마이다. 이 속에는 몇 가지 패턴이 있으며, 그 중에서 '연애'와 '여행', 다시 말해 자신들의 고향을 떠나거나, 자신들이 나고 자란 곳의 가치 체계를 벗어난다는 것 역시 인간을 성장시키는 대단히 중요한 요소라고 생각되어졌다. 헤르만 헤세는 서양을 출발해 동양까지 여행을 하였으며, 앙드레 지드는 아프리카를 여행하였다. 이런 와중에 異문화를 경험하여 자신과 가치가 다른, 일상을 탈피하여 무언가 좀 더 전체적인 틀에서 세계인과 관계를 맺고 삶의 방식을 이해하는 하나의 요소로써 여행이라는 것이 존재하며, 그런 여행이란 반드시

---

73) 底本 ; 강경애(1934), 『인간문제』(≪東亞日報≫), 『연세 국학 총서』73(2005). 林芙美子(1930), 『방랑기(放浪記)』, 『日本文学全集』57(1961), 新潮社.

목적이 있다기보다는 정신적인 여행, 자기 탐구적인 여행이며, 흔히 말하는 여행이라기보다는 오히려 방랑에 가까운 것이었다.

일본의 근대문학에서도 가정 밖에서 행해지는 남자들의 방랑은 문학자들에게는 필요조건이었다. 하기와라 사쿠타로(萩原朔太郎)를 보거나 다자이 오사무(太宰治)를 보면, 집안, 즉 가족이 있는 장소에는 문학 표현이 없었다. 꼭 집밖에서만 여자를 만난다기 보다는, 집, 아내, 가족은 정착의 메타포이므로 그곳에서 문학의 근거를 발견해 내기란 어렵다고 생각했다. 이러한 문학적 근거를 표박, 방랑에서 찾았으며 정착과 방랑은 이율배반적 개념으로 이해되었다.

여성으로서 방랑한 작가가 적었던 것은 여자와 방랑이 상호 모순되는 개념이었기 때문이며, 여성에게는 여행한다는 자체가 어려운 상황이었다. 여자가 여행을 한다는 것은, 예를 들면 미야모토 유리코의 『伸子』처럼 딸이 아버지를 따라 미국을 보고 온다든지 하는 보호자를 동행한 여행이었으며, 여자 혼자서 외국을 나간다든지 여행을 한다든지 하는 것은 거의 없었으며, 하물며 방랑이란 꿈도 꿀 수 없었다. 여성의 방랑은 가라유키상(からゆきさん)[74]처럼 대단히 부정적인 이미지를 동반하는 것으로, 자신을 찾는 여행이라든지 정신적으로 무언가를 탐구하는 여행은 사

---

74) 가라 유키로서 해외로 도항한 일본인 여성의 상당수는, 농촌, 어촌 등의 궁핍한 가정의 딸들이었다. 그녀들을 해외의 창관(娼館)으로 중개한 것은 빈부(핀프)등으로 불린 알선 업자, 뚜쟁이들이다. 이러한 뚜쟁이들은 궁핍한 농촌 등을 돌며 성년한 여성을 찾아, 해외에서 봉공시키는 것이라고 속여, 그들 부모에게 현금을 지불했다. 뚜쟁이들은 그녀들을 매춘 업자에게 넘기고 거간료를 받았다. 그러한 돈을 저축해 스스로 해외에서 창관 경영에 나서는 사람들도 있었다. 이러한 일본인 여성의 해외 도항은, 당초 여론에는 '여군 부대' 로서 선전 되어, 메이지 말기에 최성기를 맞이했지만, 국제 정치에 있어서 일본의 국세가 활발해 짐에 따라 그녀들의 존재는 '국가의 수치'로 비난 받게 되었다. 1920년의 공창제도를 폐지하는 폐창령과 함께 해외의 일본인 창관도 폐지되었다. 대부분이 일본으로 돌아갔지만, 잔류한 사람도 있다. (フリー百科事典,『ィキペディア(Wikipedia)』, 2007.9.19)

회적으로 인정되지 않았다. 여성의 방랑에는 성적 방랑이나 방종이 따라 다니는 것으로써, 가정에 안주하지 못하는 여자, 타락한 여자 등의 이미지로 고정화 되었다.

그러나 『방랑기(放浪記)』의 경우는 방랑이 여성작가의 자기 출산의 계기이자 장소라는 점이 명백하고 그 자체가 방랑기의 테마이기도 하다. 『인간문제』역시 고향을 떠나 근대 도시로 장소를 이동했을 때 보다 더 많은 삶의 체험을 쌓게 되며 성장시킨다.

지리학자 렐프[75]는 장소가 갖는 역할과 영향에 대해 다음과 같이 정의한다.

장소를 공동체의 한사람으로 경험하든 개인적으로 경험하든 거기에는 보통 긴밀한 애착, 즉 친밀감이 생기는데, 친밀감은 특정 장소에서 여기를 알게 되고 알려지게 되는 과정의 일부이다. 우리가 장소에 내린 뿌리는 바로 이 애착으로 구성된 것이며, 이 애착이 포괄하고 있는 친밀감은 단지 장소에 대해 세부적인 것 까지 알고 있을 뿐 아니라 그 장소에 대한 깊은 배려와 관심이다. 장소에 애착을 갖게 되고 그 장소와 깊은 유대를 가진다는 것은 인간의 중요한 욕구이다.[76]

장소는 사람들에게 관심과 애착을 갖게 해 일종의 친밀감을 자아내는 감성이다. 또한 사람들은 장소를 경험하고 각자 장소에 대한 연대감을 갖거나 하며, 향수병 등에서 나타나는 것처럼 장소에 구속되기도 한다.

강경애의 장편소설 『인간문제』는 1934년 8월부터 동년 12월까지 ≪東亞日報≫에 120회에 걸쳐 연재됨으로써 대표작이 된 소설이다. 『방랑기

---

75) E.Relph(1965~), 영국 런던대학 지리학 전공. 『장소의 현상학』으로 박사학위. 현재 런던대학 지리학과 교수.
76) E.Relph(1976), 김덕현외 2인 옮김, 『장소와 장소상실』, 논형학술, p.93

(放浪記)』는 하야시 후미코(林芙美子)가 19세의 나이로 도쿄에 상경하여 데즈카 료크빈(手塚緑敏)과 결혼하게 되는 23세까지의, 다이쇼 말기에 겪은 이야기를 소설화 해 1928년 8월부터 1930년 10월까지『女人芸術』에 연재 발표된 일기형식의 장편소설이다. 이상의 두 작품에는 공통적으로 여주인공들의 공간이동을 통한 〈장소(place)〉경험이 스토리의 핵을 이루고 있다.

작가 강경애는 선비와 간난, 첫째 등을 고향에서 내쫓아 식민자 일본인들이 제멋대로 설치던 장소인 서울, 인천 등으로 이동시킨다. 그리고 그들에게 권력에 의한 억압을 경험하게 한 다음 프롤레타리아 여성으로 변모해 가는 과정을 그려내고 있으며, 하야시 후미코는 자신을 소설 모두에 〈숙명적 여행자〉라고 규정한 부분에서 알 수 있듯이, 소설 속에서 많은 장소를 경험하게 된다. 과연 이 장소와 인간은 어떤 관계성을 갖으며 인생에 미치는 영향은 어떤 것일까?

여기서 렐프의 장소 이론은, 강경애의『인간문제』와 하야시 후미코의『放浪記』에서 여성들이 겪게 되는 장소적 삶과 그 연관 관계를 풀어가는 하나의 열쇠가 될 것이다.

강경애(1906.4~1944.4)는 1906년 4월 현재의 북한에 위치한 황해도 송화에서 가난한 농부의 딸로 태어났다. 세 살 때 아버지를 잃고 이듬 해 재혼한 어머니를 따라 황해도 장연으로 이주한 후 장연에서 유년기와 소년기를 보내게 되며 그 곳이 곧 고향이 되었다. 그런 연유로 장연에 있는 불타산이나 용소 호수는 그녀의 작품에 자주 등장한다. 강경애는 어릴 때에 의형제와 사이가 좋지 않았으며, 그녀에게 있어 가족이라는 관계는 마음 편안 것이 못 되었다. 계부는 환갑이 지난 신체 부자유자로 그녀의 어머니는 후처라고 하기 보다는 몸이 불편한 남편의 수발을 들고 가사를 도맡아 처리하는 가정부와 다름없는 존재였다고 한다.[77]

강경애는 어린 시절부터 책을 가까이 하였으며 특히 고전문학인『春香傳』,『三國志』,『玉樓夢』,『趙雄傳』 등을 읽었다고 한다. 이 후 이복 언니의 남편인 형부의 조력으로 1921년(15세)에 평양의 미션계학교인 숭의여학교(현 숭의여자고등학교)에 입학해 기숙사생활을 하게 된다. 그러나 재학 도중(1923년)에 학교 당국의 기숙사에 대한 '심한 간섭과 엄한 규칙'에 반기를 들어 동맹 휴교를 연좌하다 퇴학 처분을 받게 된다. 퇴학 직후 우연히 장연 출신 양주동의 강연을 듣게 된다. 강경애는 18세이던 1923년, 와세다대학 예과를 졸업하고 고향 장연으로 돌아온 양주동을 만난 것이다. 당시 양주동은 일본에서 유행하던 연애지상주의에 심취해 조혼을 반대하였으며, 그 열의는 자신의 조혼 결혼을 파기했을 정도였다. 양주동은 서구의 자유사상에 경도되어 한국의 전통적 사상인 봉건사상에 반기를 들었다. 감수성 예민한 강경애는 그의 연애지상주의에 관한 강연을 듣고 깊은 감명을 받아 스스로 양주동의 자택을 방문해 지도를 요청했을 정도였다. 이듬해 1924년 봄, 강경애의 문학적 자질을 간파한 양주동은 그녀를 동반하여 서울로 상경한다. 그는 그 후 문학 동료들과 함께 문예잡지『金星』을 창간한다. 서울 상경 당시 이미 양주동과 연인 사이였던 강경애는 자연스럽게 그와 동거하게 되었으며, 동덕여학교 3학년에 편입해 중단했던 공부까지 마쳤다. 이 때 강경애는 양주동이 소장하고 있던『近代文學10講』이나『資本論』 등을 탐독했다고 한다. 이 후 그녀는 양주동의 추천으로 1924년 5월『金星』에 「책 한권」이라는 시를 처음으로 발표한다. 강경애는 양주동과는 약 1년간 동거했으나 사상이 맞지 않는다는 이유로 헤어져 고향 장연으로 돌아왔다.[78] 그 후 고향에서 야학 등을 운영하며 지냈으며 근우회 회원으로도 활약했다. 1931년 6월

---

77) 靑柳優子(1997),『韓国女性文学研究』, お茶の水書房, p.181
78) 이상경(1997),『강경애 문학에서의 성과 계급』, 건국대학출판부, pp.34~39

무렵 중국으로 건너가 간도지방을 방랑하면서 작품구상에 몰두했다. 이 무렵 조선 공산당 당원인 김봉환과 중국 해림에서 동거생활을 하기도 했다. 1932년 6월 무렵 고향으로 돌아와 장연 군청 서기를 지냈던 장하일과 결혼하고 또 다시 중국 용정으로 이주했다.

강경애의 장편소설 『인간문제』는 전·후반으로 나누어져 있으며 전반은 황해도의 농촌, 후반은 경기도 인천이 소설의 주 무대이다. 이 두 장소를 무대로 펼쳐지는 『인간문제』의 주된 등장인물은 여주인공 선비와 그녀를 사랑하는 첫째, 이 두 사람이 사는 마을의 악덕 지주 덕호와 그의 부인, 첩 간난, 딸 옥순, 그리고 옥순이 사랑한 경성 제국 대학생인 엘리트 지식인 신철이다.

한편 하야시 후미코(1904.12~1951.7)는 1904년 12월 시모노세키(下関)의 다나카(田中)마을 양철집 2층에서 태어났다. 어머니 기쿠(キク)는 가고시마(鹿児島)현 사쿠라지마(桜島)의 후루사토(古里)온천여관의 딸이었다. 후미코는 8세 때부터 어머니와 사랑의 도피 행각을 벌인 의붓아버지와 함께 살았다. 어릴 때부터 규슈(九州)일대를 돌며 행상을 하던 아버지를 따라 싸구려 여인숙을 전전하는 나날을 보냈다. 나오가타(直方) 탄광촌에서 살던 12세 때는 생활이 어려워 초등학교를 자퇴해야 했다. 이 때부터 어머니를 도와 카츄샤 노래가 한창 유행하던 마을을 누비며 부채나 팥빵을 팔러 다녔다. 가정은 궁핍했으나 밝고 건강했던 후미코는 어머니에게 장사 수완이 좋다는 말을 들었다. 그 후 1918년 오노미치(尾道)사립고등여학교(4년제)에 입학, 학자금을 벌기위해 낮에는 공부를 하고 밤에는 닻 꿰매는 공장에서 야근을 했다. 또한 학교를 쉬는 날에는 가사 도우미 등의 아르바이트를 해 억척스레 돈을 벌었다. 재학 중 사이가 좋았던 교우는 별로 없었으며, 항상 도서실에 틀어박혀 국내외 문학서적을 마구잡이로 읽었다고 한다. 오노미치여고를 졸업하자마자 여고 시절부

터 사귀던 남자친구인 메이지 대학생 오카노 군이치(岡野軍一)를 따라 상경해 1년간 동거생활을 했다. 이때 후미코는 공중목욕탕의 신발 정리원, 소학신보사의 신문 수신인 쓰기(월급 35엔) 등의 무수한 잡일을 경험했다. 이듬 해 대학을 졸업한 오카노는 결혼하기로 했던 후미코와의 약속을 깨고 고향으로 내려가 취직한다. 그 바람에 두 사람의 관계는 끝이 났으며, 이로 인해 후미코는 상당한 마음의 상처를 받았다고 한다.

『인간문제』의 강경애와 『放浪記』의 하야시 후미코는 서로 살아 온 공간은 다르지만, 동시대를 살았으며 자라온 환경도 매우 비슷하다. 환경을 대충 살펴보면 첫째, 어머니의 재혼에 의해 덤받이로서 괴로움을 맛본 점. 둘째, 어릴 때부터 책 읽는 것을 좋아했지만 생활환경이 매우 가난했다는 점. 셋째, 둘 다 여고 졸업인 점. 넷째, 두 사람 모두 자유로운 섹슈얼리티의 소유자로 대졸 인텔리 남성을 애인으로 둔 적이 있으며, 강경애는 그를 따라 서울에서 1년간을, 후미코는 애인과 함께 상경해 1년간을 동거한 후, 두 사람 모두 결혼까지 가지 못하고 실연의 아픔을 겪은 점. 다섯 번째, 강경애는 38세(1944.4), 하야시 후미코는 47세(1951.7) 등 비교적 젊은 나이에 사망했다는 점을 들 수 있다.

『인간문제』와 『放浪記』에는 각각, 여성 작가 스스로의 체험을 바탕으로 한 사소설적 장편소설이다. 작품에 등장하는 여주인공들 또한 각각 '방랑'이라는 형태로 집과 일터 등 장소를 바꾸어가며 삶을 영위하고 있어, 이런 경험이 자신들의 정신적 성장으로 이어지고 있다.

본 절에서는 강경애의 『인간문제』와 하야시 후미코의 『放浪記』를 근대에 흔치 않았던 여자가 고향을 떠나 방랑하며 경험하게 되는 장소(place)에 중점을 두고 두 여주인공의 삶과 연관시켜 그로부터 부각되어 나타나는 현상과 문제점을 분명히 하겠다.

1 〈서언〉에 드러난 2개의 전략

『인간문제』와 『放浪記』에는 각각 작품의 서두에 작가들의 육성인 〈머리말〉이 설정되어 있다. 이러한 작가들의 육성은 소설을 파악하는데 있어서 중요한 단서로 작용한다.

1.1 인간 만들기

『인간문제』의 발표에 즈음하여 강경애는 《東亞日報》(1934.7.27)의 연재 예고란을 통해 다음과 같이 부연했다.

> 인간사회에는 늘 새로운 문제가 생기며 인간은 이 문제를 해결하기 위하여 투쟁함으로써 발전 될 것입니다. 대개 인간문제라면 근본적문제와 지엽적문제로 나누어 볼 수가 있을 것이니 나는 이 작품에서 이 시대에 있어서의 근본문제를 포착하여 이 문제를 해결할 요소와 힘을 구비한 인간이 누구며 또 그 인간으로서의 갈 바를 지적하려고 합니다. (『인간문제』, p.395)

강경애는 인간사회에는 "근본적인 문제"가 있으며 그것을 풀어 갈 수 있는 힘을 구비한 인간이 필요하기 때문에 이 소설을 쓴다고 밝히고 있다. 즉 작자는 이 '문제'를 해결해 줄 수 있는 인간을 지금부터 소설을 통해 만들어 가겠다는 예고를 하고 있다.

또한 소설 모두에는 조선의 전설이 소개되고 있다. 예로부터 전해 내려오는 한국 전통의 장자(長者) 전설의 동류형인 용소전설이다. 이 전설이 작품 내용에서는 원소전설로 재구성 되었다. 즉 원래부터 존재한 옛

전설을 기초로 작자가 만든 가공의 전설이 소설 속에 있다. 그리하여 작가는 소설을 통해 또 하나의 새로운 전설 창조를 시도하고 있다. 먼저 이 세 전설을 표로 정리해 대조해 보면 다음과 같다.

〈표 2〉 세 가지의 정자 전설

용소전설	원소전설	소설 속의 전설	비 고
·옛날 용소가 있는마을에 장자가 살고 있었다. ·불타산 승려가 장자 집에 시주를 왔다. ·장자 시아버지가 승려의 시주자루에 소똥을 넣었다. ·장자의 마음 착한 며느리가 몰래 쌀을 시주했다. ·승려는 며느리에게 귀중품을 챙겨 뒤를 따르라고 일렀다. ·며느리는 베틀과 아들을 업고 개를 데리고 집을 나왔다. ·며느리는 천둥소리에 그만 뒤를 돌아보는 바람에 그 자리에서 돌이 되어 버렸다.	·예날 원소가 있는 마을에 장자가 살고 있었다. ·흉년에 마을 사람들이 쌀을 나누어 줄것을 부탁했다. ·장자는 마을 사람들의 부탁을 들어주지 않고 무시했다. ·마을 사람들은 장자의 집을 습격해 쌀을 가지고 갔다. ·마을 사람들은 관청에 고발당해 모두 처형되었다. ·장자의 저택 자리는 남편을 잃거나 아버지를 잃은 마을 사람들의 눈물로 늪이 되었다.	·악덕 대 지주 덕호가 살고 있다. ·첫째를 비롯해 마을 사람들이 장리쌀을 요구했다. ·마을 사람들은 악덕 지주 덕호에게 수확한 쌀을 전부 장리쌀 이자로 빼앗겼다. ·소작인들은 첫째를 필두로 강력히 항의하지만 모두 경찰에 연행된다. ·겨우 풀려난 첫째는 경찰의 눈을 피해 도둑질을 하다 결국 새로운 일을 찾아 인천으로 간다. ·프롤레타리아트가 되어 자본가와 투쟁한다.	소설에서는 전통적 전설인 용소전설을 베이스로 원소 전설이 재구성되고 있다. 예를 들어 연못 위에 불타산이 있다는 점, 며느리가 선비, 장자는 덕호가 설정되어 있는 점이 동일하다. 또한 선비가 고향을 떠나는 장에서는 실제로 벼락이 떨어지고 개도 등장한다. 게다가 선비가 자본가들의 노동 착취에 의해 결국은 폐병에 걸려 비참하게 죽는 점과 그의 주검이 검은 덩어리로 표현 된 점도 동일한 설정이다.

〈표 2〉의 정자 전설과 그 내용을 참고로 하자면, 소설에 직접 사용되고 있는 전설은 옛 부터 전해오는 용소전설을 모델로 하고 있음을 알 수 있다. 작자에 의해 내용이 크게 바뀐 곳은 역시 '뒤 돌아보지 말라'고 하는, 이른바 승려의 입을 통해 내려진 '신의 명령'일 것이다. 이상경(1997)도 지적하듯이 이러한 신의 명령이 『인간문제』에서는 효력이 없어지며, 이로 인해 신의 힘, 즉 신통력은 거세되게 된다.[79) 또한 첫째를 프롤레타리아트로 변모시켜 악덕 지주 덕호와 일제 자본가들에게 대항할 수 있는 인간으로 만들어 낸다. 소설의 서언에서 말한 '문제 해결의 요소와 힘을 구비한 인간'이란 결국 남자인 첫째를 가리키고 있음을 알 수 있다.

여기서 강경애가 주목하고 있는 '근본 문제'란 역시 몇 천 년을 싸워온 계급의 문제이며 당 시대적 사회의 부르주아 대 프롤레타리아의 문제로 집약할 수 있겠다.

당시 조선 사회에서는 토지조사사업(1920~1933년)등의 식민지정책 실시에 따라, 조선은 일본의 식량공급기지로 변모하였으며 농민층의 이농이 시작되었다. 1930년에는 농촌 인구 1556만 명 가운데 700만 명 이상이 자신소유의 토지를 갖지 못한 소작농민으로 전락했다.[80) 더욱이 1931년 만주 사변에 의해 병참기지로서의 중요성이 더해진 점은 가일층 급격한 농촌 사회의 변화를 가져와 소작인의 일부는 임금노동자로, 일부는 난민화해 중국 등으로 이주할 수밖에 없었다. 1930년대의 조선인 노동자의 실질임금은 1920년대를 기점으로 하락하기 시작해, 노동시간은 길어진 반면 휴식 시간은 단축되어 노동의 강도가 높아짐으로 인해 노동 재해가 빈발하고 있었다.[81) 이러한 현실을 직시하고 있던 강경애는, 민족과 계

---

79) 이상경(1997), 앞의 저서, p.117
80) 강만길(1987), 『일제시대 빈민 생활사 연구』, 창작과 비평사, p.18
81) 김정화(1991), 「강경애 소설 연구」, 동국대학교 석사논문, p.45

급문제를 작품으로 형상화하여 장편 『인간문제』를 저술하였다.

먼저 농촌에 있어서의 계급적 모순은 선비나 첫째, 간난을 비롯하여 소작인과 지주 덕호와의 관계에서도 분명하게 드러난다.

> 그날 덕호네 그 넓은 뜰에는 장리쌀을 가지러 온 소작민들로 빽빽하였다. (『인간문제』, p.439)

소작인에 대한 지주의 횡포는 "장리쌀"이라는 한마디로 대변된다. 장리쌀은 장리미라고도 하며, 흉년에 빌린 쌀을 긴 시간을 두고 이자를 붙여 돌려준다는 의미로, 원칙적으로 연간 5할의 이자로 춘궁기에 쌀이 부족한 농가에 양곡을 대차해 주고 장기 이자를 붙여 수확기에 돌려주는 제도를 말한다. 연간 5할이라는 비싼 이자 때문에 소작인들은 결국 빈민으로 전락해 농촌을 떠날 수밖에 없었다.

> 농사를 잘 지어서 먹고, 남는 것을 팔아서 저축해 두었다가 그 돈으로 밭 사고 그리고 선비를 아내로 맞이해서 아들딸 낳아 가면서 재미나게 살아보겠다고 그는 몇 번이나 생각해 보았던가! 그는 자기의 이러한 어리석었던 공상을 회상하며 픽 웃어버렸다. (『인간문제』, p.505)

일 년 내내 땀 흘려 수확한 쌀을 장리쌀 이자로 내 주고 나면 소작인들이 한 해를 먹을 쌀은 얼마 남지 않는다. 그리하여 다시 장리쌀을 먹게 되는 악순환이 되풀이되어 농촌에서 농사를 짓는 것만으로는 살아 갈 수 없게 된다. 이 때문에 첫째의 "남는 것을 팔아서 저축해 두었다가 그 돈으로 밭 사고 그리고 선비를 아내로 맞이해서 아들딸 낳아 가면서 재미나게 살아보겠다"는 순박한 꿈은 이룰 수 없는 "공상"으로 끝난다. 동시에 장래 프롤레타리아트로 변모할 것을 대비해 그에게는 가족을 만들어 주지 않았을 것이라는 작가의 전략도 읽을 수 있다.[82]

1.2 ▌ 숙명적 작가

앞서 언급한 바와 같이『放浪記』는 하야시 후미코가 19세였을 때 도쿄로 상경해 데즈카 료크빈과 결혼하게 되는 23세까지의 다이쇼 말기에 겪은 체험담을 저술한 일기 형식의 소설이다.『放浪記』의 모두에는 '나'의 어렸을 적 추억을 적은 '방랑기 이전'이 8페이지 분량으로 실려 있다. 내용은 '나'의 어릴 적 추억을 상세히 적고 있으며, 내용으로 보아 소설이 완성 된 후 첨가 되었을 가능성이 크다.

다시 말해 작자의 어떤 의도에 의해 〈방랑기 이전〉이 부연되었을 것이라는 추정이 가능하다. 다음의 인용을 살펴보자.

> 나는 숙명적으로 방랑자이다. 나는 고향을 갖지 않는다. (중략) 어머니는 다른 지방 사람과 눈이 맞았다는 이유로 가고시마에서 추방되어 지금의 아버지와 안정된 장소로 정한 곳이 바로 야마구치현 시모노세키라는 곳이었다. 내가 태어난 것도 이 시모노세키 마을이다. 고향엘 갈 수 없는 부모님을 둔 나는 따라서 여행지가 고향이었다. 그러므로 숙명적으로 여행자인 나는 이 그리운 고향 노래를 상당히 쓸쓸한 기분에 젖어 배웠다.[83] (『放浪記』, p.5)

---

82) 이는 당시 소련의 여성 운동가였던 콜론타이의 주장을 들어 해석이 가능하다. 콜론타이는 개인적으로 맺어지는 부부나 가족의 제휴성이 강하면 강할수록, 계급 해방에는 방해가 된다는 주장을 했다. 이러한 작자의 콜론타이즘적 시점은 작품 속에 등장하는 여성들을 묘사하는데 있어서도 많은 영향을 끼치고 있다.

83) 私は宿命的に放浪者である。私は古里を持たない。　(中略) 母は他国者と一緒になったというので、鹿児島を追放されて父と落ちつき場所を求めたところは、山口県の下関という処であった。私が生まれたのはその下関の町である。一故郷に入れられな

이렇게 고향을 그리워하는 시로 시작되는『放浪記』는 타이틀처럼 앞
으로 펼쳐질 '나'의 방랑을 예고한다. 그리고 그것은 숙명이었다고 사후
(事後)적 시점에서 정리된다. 작자는 방랑의 원인을 어릴 적 경험에서 찾
고 있다. '나'는 어릴 적부터 고향에 갈 수가 없었고 또 고향에서 쫓겨난
부모를 따라다니게 됨으로써 방랑 생활은 피할 수가 없었다고 토로한다.
그 때문에 항상 싸구려 여인숙을 전전하였으나 덕분에 사회의 저변에 있
는 사람들과 접할 기회를 얻는다.

> 이 싸구려 여인숙에는 통칭 신케이(神経)라고 불리는 갱부 출신의
> 광인이 있는데 이 신케이는 다이너마이트를 맞아 정신이 나가버린 사
> 람이라고 여인숙 주인이 알려줬다. 매일 아침 일찍부터 마을 아낙들과
> 함께 트럭 미는 일을 하러가는 마음씨 좋은 광인이다. 이 신케이씨는
> 곧 잘 나를 불러서 이를 잡아 주곤 했다. 그는 나중에 지주부로 승진했
> 다. 그 밖에 시마네(島根)에서 흘러 들어와 제문을 읽으며 돈을 받는
> 의안(義眼)을 한 남자와, 부부 갱부가 두 팀, 뱀술을 파는 약장수, 엄지
> 가 잘린 매춘부, 서커스보다 더 재미있는 집단이었다.[84]

(『放浪記』, p.7)

'나'가 머물던 싸구려 여인숙에는 광인, 의안을 한 남자, 갱부, 약장사,
매춘부 등, 사회 저변의 빈곤층이라고 할 수 있는 사람들이 모여 살고

かった両親を持つ私は、したがって旅が古里であった。それ故、宿命的に旅人である
私は、この恋いしや古里の歌を、随分侘しい気持ちで習ったものであった。

84) この木賃宿には、通称シンケイ(神経)と呼んでいる、坑夫上りの狂人が居て、このひ
   とはダイナマイトで飛ばされて馬鹿になった人だと宿の人が言っていた。毎朝早く、
   町の女達と一緒にトロッコを押しに出かけて行く気立ての優しい狂人である。私はこ
   のシンケイによく虱を取ってもらったものだ。彼は後で支柱夫に出世したけれど、外
   に、島根の方から流れて来ている祭文語りの義眼の男や、夫婦者の坑夫が二組、まむ
   し酒を売るテキヤ、親指のない淫売婦、サーカスよりも面白い集団である。

있다. 이러한 환경에서 '나'는 그들과 이를 잡아 줄 정도의 근거리에서
친근감을 가지고 접촉하고 있다.

이러한 경험은 말할 것도 없이 당시 유행한 리얼리즘 소설을 쓰는데
있어서 최고의 소재였을 것이다.[85] 따라서 싸구려 여인숙 시절의 불우한
기억도 20세를 넘긴 지금에 와서는 "재미있는 집단"의 추억으로 재구성
이 가능한 것이다. 그리고 '나' 또한 이런 사람들처럼 스스로 나서서 여
러 직종을 경험하고 그 느낌을 솔직하게 일기에 적어 책으로 펴 낼 수
있었던 것이다.

후미코는 만년에 어디에도 마음을 붙일 곳이 없었던 자신에게 '소설을
쓰는 세계'만이 유일한 구제책이었다고 회상하였다.[86] 마쓰시타 나쓰미
(松下奈津美, 2002)는 『放浪記』의 여주인공은 '물건, 시간, 남성, 금전 등
실생활 그 자체에 될 수 있는 한 속박되지 않으려고 노력했으며, 그 대
신 자신을 항상 창작의 상태로 유지하고 싶다는 신념을 가지고 있었다.'
고 지적한다.[87]

너무나 가난해서 여자 벼락부자가 되고 싶었다고 소설을 통해 고백하
고 있는 '나'는 창작 활동을 통해서만 신분 상승을 꾀할 수 있다는 생각
에 숙명적인 여행자가 되기로 결심한 숙명적인 작가가 아니었을까?

---

[85] 노르웨이 작가 Knut Hamsun의 『굶주림』(1890)을 읽고 가난이 소설의 테마가 될
수 있다는 힌트를 얻었다. (板垣直子(1970), 「林芙美子『放浪記』」, 解釈と鑑賞,
p.107)
[86] 山本理恵(1999), 「林芙美子『放浪記』論」, 『大阪青山短大国文』, p.96
[87] 松下奈津美(2002), 「林芙美子『放浪記』論—宿命的な放浪者—」, 『私小説研究』NO.3,
p.23

2 섹슈얼리티의 표출

2.1 남자 - 두려움, 그리고 하트

『인간문제』에는 선비와 옥순이라는 두 여자가 등장한다. 두 사람 모두 경성 제국대학생 엘리트 지식인 신철이 사랑하는 여자들이다. 다만 선비는 '얌전한 여성'으로 옥순은 이와는 대조적인 '모던걸(=성적으로 음란한 여자)'로 묘사되어 이분화 된다.

> 계집애는 그의 부드러운 음성에 무서움이 다소 덜려서 바구니에서 싱아를 꺼내 내처 주었다. (『인간문제』, p.399)

> 선비는 무서워서 꼼짝하지 않았다. 그리고 어렸을 때 싱아 빼앗기던 생각까지 새삼스럽게 떠오른다. (중략) 선비는 어머니의 말에 어딘지 모르게 섭섭함을 느낀다. 동시에 뭐라고 형용할 수 없는 슬픈 생각이 소태나무 보를 싸고 언제까지나 사라지지 않았다. 그녀는 자신의 이러한 맘이 무엇 때문인지 풀 수가 없었다. (『인간문제』, p.428)

> 선비는 그 무서운 덕호를 보지 않으려고 머리를 돌리며 눈을 감아버렸다. (『인간문제』, p.527)

> 이십년이나 고히 싸두었던 그의 정조를 늙은 호박통 같이 생긴 덕호에게 빼앗긴 것을 생각하니 그는 생각할사록 분하였던 것이다.
> (『인간문제』, p.629)

이상 네 소절의 인용을 보면, 선비는 아직 남자 경험이 없는 처녀라는 것을 읽을 수 있다. 그 때문에 그녀에게 남자란 존재는 오로지 두려움의 대상일 수밖에 없다. 그러나 소설을 읽어 가면 손비가 첫째에 대해 "뭐라고 형언할 수 없는" 애착을 가지고 있다는 것을 느끼게 된다. 따라서 선비가 이미 이성애에 눈뜬 상태라는 상상이 가능하다. 선비의 엄마 역시 죽음을 앞두고 과년한 딸이 홀로 남겨질 것을 염려해 덕호의 첩으로 가도록 넌지시 일러두었다. 이 대목에서 이미 독자들은 선비가 덕호의 성적 노리개가 될 것을 직감하게 된다. 선비 역시 덕호의 보살핌이 없이는 살아갈 수 없다는 것을 알고 있다. 그럼에도 불구하고 덕호에게 처녀성을 빼앗겼다는 피해의식만 부각 될 뿐 여전히 소극적 섹슈얼리티의 소유자로 묘사된다.

이에 반해 옥점은 어떠한가? 옥점은 당대의 적극적 섹슈얼리티의 소유자로 인해 사회적으로 지탄 받던 모던걸로 표상된다.

옥점은 신철의 남성다운 체격을 웃음을 머금고 바라보았다.

(『인간문제』, p.448)

신철의 손에서 빼앗으며 옥점이는 갸웃하며 한참이나 들여다 보더니 "고래 안따 노 하트?" 얼굴을 약간 붉히며 쳐다본다.

(『인간문제』, p.453)

옥점이는 좌우로 몸을 흔들며 바싹 다가 앉는다. 그녀의 몸은 불같이 달았다. (중략) 옥점이는 머리를 매만지는 신철의 손을 꽉깨물었다. 그리고 진저리를 치며 그녀의 혀끝으로 손을 빨았다. 신철이는 얼굴이 벌게지며 손을 뺐다. (『인간문제』, p.467)

그러나 옥점이와 결혼까지 하고 싶은 생각은 꿈에도 없었다. 그 오만한 성격! 더구나 미국 영화배우들에서 흔히 볼 수 있는 애교가 넘쳐 흐르는 그 눈매! 길 가던 남자라도 단박에 홀릴만한 그녀의 독특한 표

정, 그것이 신철로 하여금 더욱 실증나게 했다. (『인간문제』, p.479)

이상의 인용에서 보듯이, 옥점은 '서양문화를 몸에 익힌 섹슈얼(sexual)한 행동이나 옷차림, 오만한 성격을 가진, 적극적 섹슈얼리티의 소유자'이자 매우 관능적인 여성으로 묘사된다. 이러한 여자는 정해놓고 남성을 황당하게 만들거나 곤란에 빠트리는 대책 없는 한심한 여자라는 게 작가의 생각이다. 게다가 질투심도 많고 집안일은 젬병인 골칫거리로 그야말로 천박한 여성의 대명사로 그려진다.

이렇듯 두 여성의 섹슈얼리티는 보기 좋게 이분화 되어 묘사된다. 이러한 여성들의 설정은 소설을 써가는 작가의 여성관을 엿볼 수 있게 하는 좋은 자료가 된다. 따라서 이러한 묘사에는 작가 강경애의 경험이 담겨있을 가능성이 높다. 앞서 설명했듯이 강경애는 1924년 문인 양주동과 혼전 동거를 했으며, 작품 구상 차 중국에 갔을 때인 1931년에는 조선 공산당 당원 김봉환과 중국 해림에서 동거한 경력을 가지고 있다. 더욱이 그녀는 1932년 장연 군청 서기였던 장하일과 결혼하지만 두 사람의 결혼은 아무래도 통상적인 부부 관계만은 아닌 듯하다. 이상경(1997)은 두 사람이 결혼했을 당시 정치의 중심지였던 중국 용정으로 이주해간 점을 의문시하며 공산당의 간부였던 남편 장하일과는 동지관계에 있었던 점을 문제시하였다.[88]

강경애는 『인간문제』의 연재로 받은 원고료를 어디에 쓸까하는 문제로 남편과 말다툼하는 장면이 담긴 「원고료 이백원」(『新家庭』, 1935)을 통해 모던걸에 대한 시선을 다음과 같이 표현하고 있다.

---

88) 이상경(1997), 앞의 저서, p.66

응 너 따위는 백번 죽어 싸다. 내 네 맘을 모르는 줄 아냐. 흥 돈푼이나 생기니까 남편을 남편같이 안 알구. 에이 치사한 년 가라! 그 돈 다 가지고 내일 네 집으로가. 너 같은 치사한 년과는 내 못살아. 왼 여우 같은 년...너도 요새 소위 모던 껄이라는 두리홰능년이 되고 싶은 게구나. (중략) 머리를 지지고 볶고 상판에 밀가루칠을 하구 금시계에 금강석 반지에 털외투를 입고 입으로만 아! 무산자여 하고 부르짖는 그런 문인이 되고 싶단 말이지. 당장 나가라! (「원고료 이백원」, p.117)

위의 문장을 통해 당시의 모던걸 여성 문인을 비방하는 프롤레타리아트인 남편의 시점을 읽을 수 있으며, 강경애 또한 같은 관점으로 글을 썼음을 짐작할 수 있다. 연애라는 개인적 연대를 싫어하는 무산계급 운동가인 남편의 어드바이스를 적극적으로 수용해가며 소설을 썼을 가능성은 충분하다.

결혼 전까지는 비교적 자유로운 섹슈얼리티의 소유자였던 강경애도, 다음과 같이 스스로를 자학적으로 평가한다.

"그러면 나는 어떻게 하나. 고향으로 가나? 고향…저년 또 다 살았나, 글쎄 그렇지 며칠 살겠어 저런 화냥년. 하고 비웃는 고향 사람들의 얼굴과 어머니의 안타까워하는 모양!" (「원고료 이백원」, p.118)

원고료 이백원으로 남편과 싸우고 집을 뛰쳐나온 강경애는 갈 곳을 이곳저곳 생각해 보지만 마땅한 곳이 없다. 고향으로 돌아가려 해도 마을 사람들에게 매춘부라고 손가락질 받을 것을 생각하면 용기가 나질 않는다.

당시 신여성 제1세대인 김명순, 나혜석, 김일엽 등의 문인들을 비롯한 교육받은 신여성들은 자유분방한 섹슈얼리티로 인해 사회로부터 성적

'일탈'자로 간주되었다. 그로 인해 신여성 문인들은 사회로부터 비판의 과녁이 되어 극심한 공격을 당하게 된다.[89]

하뉴 기요시(羽生清, 2004)는 "새로운 여자(新しい女)가 표현하려한 자아는 사회와 대립 된 제멋대로인 작은 자아였다. 하지만 모던걸들이 표현하려한 자아는 사회를 보듬은, 사회에 안긴 자아였다. 그녀들은 두 말할 필요도 없이 새로운 시대였다. 미래를 창조하는 힘이었다. 사상으로, 감정으로, 행동으로, 생활로, 다가오는 미래사회를 암시하고 예감하게 한 생명의 흐름"이었다고 분석하였다.[90]

당대의 모던걸인 강경애 역시 당시의 선배 문인들의 섹슈얼리티와는 다른 프롤레타리아 여성 작가라는 새로운 이미지로 문단에 승부를 걸었다고 보인다. 이러한 선택은 당시의 어려운 시대 상황 속에서 기혼자로서의 억압된 위치에 놓여 있었던 여성 작가의 고뇌를 엿볼 수 있다.

2.2▌ 여자 - 성욕의 표현

『放浪記』에서 '나'는 카페의 여급이라는 당시에는 비교적 새로운 직업을 통해 많은 여자 동료들의 인생 경험을 청취하게 된다.

> 차가운 눈물이 볼품없이 흘러, 울지 않겠다고 다짐하지만 끓어오르는 눈물을 주체할 수가 없다. 달래 줘야지 하면서도 낡은 모기장 속에

---

89) 제2기 여성 작가들은, 선배 문인들과의 단절을 "남성 중심의 문단에서 살아남기 위해서, 스스로를 제1세대의 신여성과 끊임없이 차별화해 나간 전략"이었던 것이다. (심진경(2006),『한국문학과 섹슈얼리티』, 소명출판, p. 223) 또한 신여성들의 수난은, 김일엽을 모델로 한 염상섭의『너희들은 무엇을 어덧느냐』(1923~1924), 나혜석을 그린 염상섭의「해바라기」(1924), 김명순을 나락으로 떨어뜨린 김동인의「김연실전」(1939.3) 등이 있다.

90) 羽生清(2004),『装うこと生きること』, 勁草書房, p.161

서 사할린에서 온 여자, 가나자와 출신 여자들과 셋이서 베개를 맞대고 누워있는 것이 나에게는 왠지 점포 앞에 오랫동안 놓여 있는 가지와도 같다는 생각에 울적했다. "벌레가 울고 있어요." 살그머니 내가 옆에 누운 오아키(お秋)씨에게 속삭이자 "정말 이런 밤은 술이라도 마시고 잠들고 싶네요."하고 오아키씨가 말했다.91) (『放浪記』, p.88)

소설 『放浪記』에는 다수의 여급들이 등장한다. 여주인공 '나'는 동료 여급들과 베개를 맞대고 살아가는 동지, 혹은 공동 생활자이다. 그녀들은 '오아키, 오케이씨, 기미씨, 하쓰씨, 도키씨' 등 모두들 정확한 네임이 부여된 여자들로, 카페에 손님이 뜸한 날이면 '달팽이처럼 동그랗게 모여' 여자들만의 이야기를 주고받는다. 때로는 '몽땅 연필처럼 데굴데굴 굴러다니며' 잠을 자기도 하는 격의 없는 사이다. '나'는 오유미(おゆみ)라는 예명으로 여급에 종사하며 시간이 나면 여자들의 힘들었던 과거사를 들어 주거나 대신 편지를 써주거나 한다.

나는 말이에요, 더 이상 사랑이라든가 연애라든가, 당신에게 반했습니다, 일생 버리지 말아줘요 라는 어리석은 짓은 진저리나요. 이런 세상에서 글쎄 그런 약속은 아무런 효과도 없어요. 나를 이렇게 만든 남자는 글쎄 국회의원인지 뭔지 하고 있지만, 내게 아이가 생기자 휙 하고 던져 버리더라고. 우리들이 사생아를 낳게 되면 낳은 여자가 모던 걸 이니까 라고 해, 낯짝도 좋아…. 기가 막힌 세상이야. 요즘 세상의 진심이라는 것은 약으로 쓰고 싶지도 않아. 내가 이렇게 3년씩이나 이런 일을 하고 있는 것은 내 아이가 사랑스럽기 때문이야…. 오케이씨

---

91) 冷たい涙が不甲斐なく流れて、泣くまいと思ってもせくりあげる涙をどうすることも出来ない。何とかしなくてはと思いながら、古い蚊帳の中に、樺太の女や、金沢の女達と三人枕を並べているのが、私には何だか小店に曝された茄子のようで侘しかった。『虫が泣いているわよ。』そっと私が隣のお秋さんにつぶやくと、『ほんとにこんな晩は酒でも呑んで寝たいわね。』とお秋さんがいう。

의 이런 이야기를 듣고 있으면, 답답하던 마음이 갑자기 밝아진다. 멋 있고 괜찮은 사람이다.92) (『放浪記』, p.63)

소설에 등장하는 오케이씨를 비롯한 많은 여자들은 결코 이분되는 일 없이, 서로에게 서로의 몸을 의지하며 살고 있다. 그리고 스스로가 겪은 여자로서의 체험담을 공유하며 살아간다.

이들이 모던걸을 비난하는 사회(=주로 남성)를 향해 내뱉는 한 마디는 통쾌하기까지 하다. 이러한 후미코의 여성관은 서언 〈방랑기 이전〉에도 적혀있듯이 확실히 유년기의 체험에 기인한 측면이 강하며 이때부터 직 업에 대한 귀천의식도 없어졌다고 볼 수 있겠다.93) 그러나 한편으로는 카페라는 장소에 몸담고 생활한 결과이기도 하다.

앞서 언급한 바와 같이, 렐프는 장소와 친밀감에 대해 '그 곳에는 통상 긴밀한 애착, 즉, 친밀감이 생긴다. 장소와 깊은 연대감을 갖는다는 것은 인간의 가장 소중한 욕구'라고 말하였다.94)

『放浪記』의 '나'는 당시 일컬어지던 소위 직업부인95)으로 전직(転職)을 반복하고 있다. 일자리를 바꾸는 것이야말로 장소를 바꾸는 일이다. 직

---

92) 私はねえ、もう愛だの恋だの、貴郎に惚れました、一生捨てないでねなんて馬鹿らし い事は真平だよ。こんな世の中でお前さん、そんな約束なんて何にもなりはしない よ。私をこんなにした男はねえ、代議士なんてやってるけれど、私に子供を生ませる とぷいさ。私達が私生児を生めば皆そいつがモダンガールだよ、いい面の皮さ…。馬 鹿馬鹿しい浮世じゃないの?今の世は真心なんてものは薬にしたくもないのよ。私が こうして三年もこんな仕事をしているのは、私の子供が可愛いからなのさ…。お計さ んの話を聞いていると、焦焦した気持が急に明るくなってくる。素的にいい人だ。

93) 金井景子(1994), 「販女（ひさぎめ）の手記ー『放浪記』をめぐってー」, 『文学』, p.117

94) E.Relph(1976), 앞의 저서, p.93

95) 가미무라 노부히코(上村信彦)의 『大正期の職業婦人』(1983)에 따르면, 당시의 직업 부인은, 초등학교 교사, 가정부, 사무원, 전화 교환수, 버스 차장, 전철 차장, 자동 차 운전기사, 백화점 점원, typist, 미용사, 잡지 기자, 간호사, 여의사, 역무원, 아 나운서, 모델, 가이드, 변사, 보험 권유원, 집배원, 열차 청소부 등등이 있었다. (金井景子(1994), 앞의 논문, p.117)

업 중에서도 '나'는 카페의 여급이 가장 성에 맞는다고 하며, 그런 장소에 스스로 몸담음으로써 다채로운 경험을 만들어내고자 한다. 이러한 그녀의 의지는 카페를 친밀한 장소로 의미 부여하여 '나'는 그러한 친밀감을 통해 여급 동료들과 소통한다. 또한 이러한 행동의 연속이 곧 그들에 대한 배려와 뜨거운 우정을 싹틔우는 밑거름이 되었다.

아라이 도미요(荒井とみよ, 1996)는, '『放浪記』의 성공은 한마디로 안쓰러운 여급들의 생기발랄하고 진솔한 모습을 그렸기 때문'이라고 평가했다.[96] 하야시 후미코의 포용력 있는 여성관은 후미코 스스로가 카페라고 하는 장소를, 의지를 가지고 선택하고 또 그러한 공간에 몸담아가며 체험한 것에 기인한다고 말할 수 있겠다. 때문에 『放浪記』에 등장하는 여성들은 어느 캐릭터든 모두가 인생 그 자체를 긍정적이고 적극적으로 살아가는 여성들의 모습으로 재현된다.

아울러 『放浪記』는 '나'의 남자에 대한 방랑이기도 했다. 소설 속에서 여성의 섹슈얼리티는 다음과 같이 묘파된다.

> 아 나는 정조 없는 여자입니다. 어디 한바탕 알몸 춤이라도 춰 드릴까요, 품위 있는 여러분들 눈살을 찌푸리며, 별이야 달이야 꽃이야 할까![97] (『放浪記』, p.72)

> 아 정열의 유충, 나는 한 남자의 피를 족제비와 같이 다 빨아먹고 싶은 생각이 든다. 남자의 살은 추워지면 이불과 같이 그리워지는 것이다.[98] (『放浪記』, p.79)

---

96) 荒井とみよ(1996), 「女主人公の不機嫌VI―『放浪記』の戦略―」, 『文芸論叢』, 大谷大学, p.25
97) ああ私は貞操のない女でございます。一ツ裸踊りでもしてお目にかけましょうか、お上品なお方達よ、眉をひそめて、星よ月よ花よか!
98) ああ情熱の毛虫、私は一人の男の血をいたちのように吸いつくしてみたいような気が

> 근처의 헌 옷 가게 방에서는 갈치를 굽는 냄새가 진동한다. 식욕과
> 성욕! 도키씨는 아니지만, 적어도 한 그릇 밥이라도 먹어 볼까. 식욕과
> 성욕! 나는 울고 싶은 기분으로 이 말을 곱씹고 있었다.[99]
>
> (『放浪記』, p.107)

'나'는 세상의 품위 있는 부류들을 향해 자신은 정조가 없는 여자라고 정색한다. 그녀는 '추워지면 이불처럼 그리워지는 남자의 살'을 생각하는 식욕과 성욕이 동의어인 여자이다. 그러나 이런 그녀의 목소리에는 정조가 없어 부끄럽다고 감추거나 하지 않고 여자의 성욕을 당당하게 밝히는 개방적 성향을 그대로 드러내 보이고 있다.

기실 후미코의 자유분방한 남성 편력은 이미 잘 알려져 있다. 후미코는 14세에 첫사랑을 경험했으며, 그 후로 많은 남자들과 만남과 헤어짐을 반복하였다. 후미코의 최초의 남성은 14세에 알게 된 인노시마(因島) 출신의 오카노 군이치(岡野軍一)였다. 그 후, 시인이자 배우인 다나베 와카오(田辺若男), 시인 노무라 요시야(野村吉哉), 화가 데즈카 료크빈(手塚緑敏) 등등 많은 남성과 교제했다. 『放浪記』에서의 '나' 역시 많은 남성과 동거를 반복하고 있으며, 품위 있는 부류들에게는 말 그대로 정조가 없는 헤픈 여자이다. 그러나 후미코는 그런 비난쯤은 개의치 않는다. 그중에서도 '나'는 자신의 성욕을 위해 운전기사 마쓰(松)씨와 벌이는 카섹스 장면은 후미코다운 자유로운 섹슈얼리티의 면모를 그대로 보여주는 신이다.

する。男の肌は寒くなると布団のように恋しくなるものだ。

99) 隣の古着屋さんの部屋では、太刀魚を焼く強烈な匂いがしている。食欲と性欲!時ちゃんじゃないが、せめて一碗のめしにありつこうかしら。食欲と性欲!私は泣きたい気持で、この言葉を噛んでいた。

> 나는 남자의 팔뚝에 이리와 같은 잇자국을 남겼다. (중략) 비 오는 밤 날이 샐 무렵, 남자는 더러운 채로 얼굴을 찡그리고 잠들어 있다. (중략) 어제 밤의 더러운 남자의 정열 같은 것은 말끔히 잊어버린 듯, 바람이 비단결 같이 소리를 내며 흘러간다.[100] (『放浪記』, p.58)

> 남자에게 얻어먹고 사는 것은 진흙을 씹는 것보다도 더 괴로운 일입니다.[101] (『放浪記』, p.36)

'나'는 드디어 자신의 내부의 목소리인 성욕을 이기지 못하고 카페 손님이자 운전기사인 마쓰씨와 그의 영업용 택시 안에서 성적 교섭을 갖는다. 그런 후에 '나'는 그런 자신을 부끄럽게 생각하거나 후회하는 일 없이 "말끔히" 털어버리고 새벽길을 유유히 걸어간다. 주인공 '나'는, 오로지 자신의 성욕을 위해 남자를 원할 뿐이라는 자유분방하고 자립적인 섹슈얼리티를 유감없이 발휘하여 읽는 이로 하여금 산뜻함마저 느끼게 한다. 또한 그녀는 남자에게 의지하고 부양 받으며 사는 인생을 "진흙을 씹는 일"이라며 혐오한다. 이러한 후미코의 자립적 시점에는 확실히 탈근대적인 선견이 있다.

미즈타(水田, 1998)는 후미코의 이러한 모습을, '근대의 남녀 대등을 지향하던 논리를 넘어, 남녀의 부정형적인 관계나 세계를 향해 미련 없이 모더니즘을 벗어 던지고, 성차의 이원론적인 문화 구조나 인생관이 무의미하게 되어버린 장소로 이야기의 방향이 진행되고 있다'고 논한다.[102]

한편 에하라(江原, 2002)는 양성간의 사회관계가 성적 관계로 간주될

---

100) 私は男の腕に狼のような歯形を当てた。 (中略) 雨の夜がしらみかけた頃、男は汚れたまま顔をゆるめて眠っている。 (中略) 昨夜の汚い男の情熱なんかケロリとしたように、風が絹のように音をたてて流れてくる。

101) 男に喰わしてもらうことは泥を噛んでいるよりも辛いことです。

102) 水田宗子(1998), 「ジェンダーの視点から読むー林芙美子の魅力」, 『解釈と鑑賞』, p.37

수 있는 것은 성적 욕망의 주체인 남자들만의 시각이며, 이 성적 관계를 정의하는 양성간의 비대칭적인 힘으로써 이성애라고 하는 젠더 질서의 가장 중요한 구조적 특성이 있다고 주장한다.[103]

다만 유감스럽게도 이성애자인 '나'는 지금의 성적 고민이 끊이지 않고 되풀이 되고 있는 원인이 성애의 상대를 오로지 남성으로만 한정하는 이성애 때문이라는 점을 인식하지 못하고 있다.

❸ 여자의 〈장소〉 경험

3.1 ▌ 용연, 인천, 그리고 공장

『인간문제』에는 전반부와 후반부로 나뉘어 각각 다른 장소가 설정되어 있다. 전반부는 선비가 태어나고 자란 고향 황해도의 농촌 용연, 후반부에는 식민지 이후로 급부상한 매립도시 인천이 배치되어 있다.

먼저 용연의 경우를 살펴보자. 주지한 바와 같이 용연에는 원소라는 수원지가 있다.

> 그리고 그 아래 저 푸른 못이 원소라는 못인데 이 못은 이 동네의 생명선이다. 이 못이 있길래 저 동네가 생겼으며, 저 앞벌이 개간된 것이다. 그리고 이 동네 개짐승 까지도 이 물을 먹고 살아가는 것이다. 이 못은 언제 어떻게 생겼는지 물론 아무도 아는 사람이 없다. 그러나 이 동네 농민들은 이러한 전설을 가지고 있다. 그들은 이 전설을 유일한 자랑거리로 삼으며, 따라서 그들이 믿는 신조로 한다.
>
> (『인간문제』, p.396)

---

103) 江原由美子(2002), 『ジェンダー秩序』, 勁草書房, p.138

소설 첫머리에 소개되는 원소는 『인간문제』에 설정된 최초의 장소이며, 마을사람의 생명을 이어주는 공간이라고 소개된다. 이러한 공간을 렐프는 '신성 공간'이라 칭한다.

> 신성공간은 고대적 종교적 체험 공간이다. 그것은 항상 다른 공간과 차별화된 곳으로서, 상징, 신성한 중심, 의미 있는 사물로 충만해 있다. (중략) 신성공간은 세계의 중심이다. 그곳은 하늘과 땅, 지하라는 세 가지 우주적 지평과 접하는 곳으로, 이들 간의 상호 왕래가 가능하다. (중략) 공간을 신성하게 경험하면서 얻게 되는 심오한 계시와 방향제시와 비교하면 세속적인 경험은 "산산이 부서진 우주의 파편"에 불과하다.[104]

이와 같이 렐프는, 신성 공간이야말로 세계의 중심이며, 하늘과 땅, 지하라는 삼차원의 우주를 잇는 공간이라고 정의한다.

작품 속의 원소전설은 옛 용소전설[105]을 재구성한 것으로 시대의 변

---

104) E. Relph(1976), 앞의 저서, p.52

105) 옛날 어느 마을에 마음씨 고약한 부자 영감 장자가 살고 있었다. 하루는 장자가 자기 집 외양간에서 쇠똥을 치고 있는데 어떤 중이 와서 시주를 청했다. 인색한 장자는 그 중의 바랑에 쇠똥을 퍼주었다. 부엌에서 그 광경을 본 며느리가 놀라 뒤 안에서 몰래 중을 불러 쌀을 퍼주며 시아버지의 무례함을 용서해주기를 빌었다. 그러자 중은 며느리에게 빨리 집을 나와 자기를 따라오되 어떤 경우에도 절대로 뒤를 돌아보지 말라고 당부했다. 며느리가 집을 나서 중의 뒤를 쫓아가다가 산중턱에 이르렀을 때 갑자기 등 뒤에서 뇌성벽력이 치는 소리가 들렸다. 놀란 며느리는 집에 두고 온 빨래, 뚜껑을 덮지 않은 장독, 베틀 등이 생각나서 뒤를 돌아보았고 그 순간 그 자리에서 돌로 변해버렸다. 장자의 집은 큰 연못으로 변해버렸는데 요즈음도 비가 오는 날이면 그 속에서 다듬이질 소리가 들린다고 한다. 이 이야기는 전국에 걸쳐 전승되는 광포설화로서 지명에 따라 〈아침못전설〉, 〈용두(龍頭)못전설〉이라고도 하고 성서의 소돔과 고모라와 같은 유형의 이야기로 세계적인 분포를 보인다. 〈장자못 설화〉의 의미는 단순히 보면 '선악상벌(善惡賞罰)에의 강한 윤리관(倫理觀)'으로 집약된다. 그러나 며느리의 '고개돌림'(금기 파기)에 주목하여 깊이 파고들면 며느리는 도승으로 표상되는 초월적 세계와 장자로 표상되는 세속적·물질적 세계의 중간에 위치한 중간자로서 인간

화에 따라 작가 스스로 원작을 크게 바꾸었다. 이 용소전설을 단순하게 읽으면 '선악과 상벌의 강한 윤리관'으로 집약되지만, 장자 며느리의 '뒤돌아보는' 행위를 터부 파기로서 주목하면, 며느리는, 승려로 표상되는 초월적 세계와 장자로 표상되는 세속적·물질적 세계의 가운데에 위치한 중간자로서 인간적 한계를 벗어날 수 없는 존재이며, 그러한 유한성은 인간의 속성, 또는 인간의 존재적 양상으로 부각된다.

그러나 이상경(1997)은, 당시의 사회가 설화의 배경이 된 불교 사상으로는 다 해결 할 수 없이 변모하였으므로 그에 맞추어 내용을 바꾸고 있다고 설명한다.[106] 즉 작자는 사람들의 생활 토대가 된 권선징악의 윤리만으로는 설득력이 없으며 종교적 차원의 신통력은 합리적이지 않다는 판단에 의해 마르크시즘에 알맞은 내용으로 바꾼 것이다.

전통적 신성공간의 신성성을 파괴하고 대신 '세속적 경험을 토대로 한 공간'으로 전통을 깨고 새로운 문화 창조를 시도하고 있다. 또한 이 늪은 용연 마을의 생명선이라고 하지만, 이러한 세속적 행위를 수반한 파괴된 장소는 렐프에 의하면 '가루처럼 부서진 우주의 파편'에 지나지 않는다. 그러나 작가의 이러한 시도는 순전히 마르크시즘에 근거한 민족과 계급이라는 테마에 가장 적격한 구도로 재구성하겠다는 의지에서 비롯된 설정이라는 점을 지적해 두고 싶다.

이러한 이야기를 바탕으로 소설의 두 번째 장면은 선비와 첫째의 사랑을 담은 만남에서 출발하고 있다. 두 사람은 원소가 있는 불타산 기슭에서 서로를 발견하고 관심을 표명하며 사랑을 키워간다. 그러나 그들의 사랑은 곧 악덕 지주 덕호의 억압에 견디지 못하고 고향을 버리고 낯선

적 한계를 벗어나지 못하는 존재이며, 그러한 유한성은 인간의 속성 또는 인간의 존재양상으로 부각된다. (Daum百科事典http://enc.daum.net/dic100/, 2008.9.18)
106) 이상경(1997), 앞의 저서, p.118

도시로의 탈출과 함께 무산되고 만다.

이러한 고향 이탈을 장석주(2006)는 '뿌리 뽑힘'이라는 관점에서 논하였다.

> 어린 시절에 형성된 사고 지각 정서들은 원형적인 것으로 한 사람의 삶과 의식을 평생 지배한다. 그래서 고향은 장소이면서 국지적 협의성에 귀속되기를 거부하며, 지리적 공간을 넘어선 상징적 초월적 공간으로 탈바꿈 한다. 고향과의 유대감은 지형이나 식생과 같은 물질적인 것에 속하기보다는 정신적인 것에 속한다. 고향은 장소 정체성이 만들어지는 기초적 환경이다. 누구나 고향에 대한 애착을 갖고 그것을 떠나 있을 때 사무친 그리움을 품는 것도 그런 까닭에서다. 고향이 자연경관과의 익숙한 친근감 혈연이나 공동체 구성원들과의 유대 관계에서 비롯된 실존의 원초적 자리라는 강렬한 느낌 때문이다. 그러므로 고향을 떠난다는 것은 단순히 삶의 물리적 환경의 변화를 넘어서서 실존의 원초적 자리에서 뿌리 뽑힘, 혹은 낙원에서 추방된다는 뜻이다.[107]

선비, 간난, 첫째의 고향 추방은 마을사람들의 생명선인 원소로부터의 이탈이었다. 이러한 고향 이탈은 '낙원으로부터의 추방'을 의미하며 그들의 험한 미래를 대변해 준다. 소설 속에 묘사되는 선비의 고향 이탈 장면은 다음과 같이 묘사된다.

> 저편 동쪽하늘에는 번개불이 번쩍 일어나 한참이나 산과 산을 빨갛게 비추어 주었다. 그 때마다 우르르…타는 소리가 들린다. 선비는 전 같으면 이런 것도 무서 우련만 이 순간 그에게 있어서 아무것도 두려

---

107) 장석주 (2006), 『장소의 탄생』, 작가 정신, p.74

울 것이 없었다. 그녀는 죽음으로써 모든 곳을 당하리라고 최후의 결심을 굳게 하였던 것이다. (중략) 멀리 마을에서 깜빡여 오는 저 불빛! 붉은 실타래 같이 갈갈이 찢기어 그녀의 눈에 비취어진다. 그 순간 그는 그 불빛이 그의 어머니를 숨지어 놓고 바라보든 그 등불과 흡사함을 느꼈다. (중략) 검둥아! 너 나하고 같이 가련? (『인간문제』, p.572)

이 장면은 선비가 덕호의 애정이 식어 의지할 곳이 없음을 알고 고향을 떠날 수밖에 없다고 판단한 후, 친구 간난의 어머니에게 찾아가 그녀의 서울 주소를 받아가지고 고향을 떠나는 장면이다. 이 장면 역시 설화용소전설의 스토리를 따라 재구성되어 있다. 전설에서는, 심술궂은 시아버지를 피해 며느리는 아들과 개를 데리고 승려의 뒤를 따르다, 승려의 가르침을 거역하고 천둥소리에 뒤를 돌아 봐 그 자리에서 돌이 되어 버린다고 되어있다. 하지만 『인간문제』에서는 천둥소리에 굴하지 않고(=신통력 상실), 양손으로 귀를 막고 마을 언덕을 넘는다. 그리하여 고향의 이탈(=덕호로부터의 이탈)에 성공한다. 이 때 언덕에서 바라본 마을의 등불들이 어머니 임종 시 커져있던 등불과 오버랩 되면서 음침한 분위기를 자아내며 험난한 선비의 앞날을 예고한다.

선비는 간난을 의지하여 무사히 서울에 도착한다. 그곳에는 옛 덕호의 첩이었다가 버림받은 간난과는 확연히 달라진 프롤레타리아 여성으로 변모한 간난이 있다. 선비는 우선 간난의 하숙에서 지내며 할 일을 찾는다. 그리고 간난의 소개로 공장에 취직하게 된다. 이윽고 그녀들이 도착한 곳은 서울의 주변 도시 인천이다. 1933년의 인천은 일본의 방적공장이 건설되어 많은 노동자들이 전국 각지에서 모여들고 있었다.

1930년대의 인천에 대해 장석주(2006)는 다음과 같이 지적한다.

일제는 1906년과 병합 직후의 행정구역 개편 등을 통해 경기도의 <u>전
통도시 체계를 뒤흔들어</u> 놓는다. 그 결과 서울의 관문이나 물산 집하
지로 각광 받던 개성, 수원, 안성 등은 쇠락하고 청나라와 일본 국제
교역의 중심지로 새롭게 떠오른 인천은 신흥도시로 번영을 누렸다.[108]

일제는 조선이 식민지화되기 이전에 번창한 전통도시의 체계를 뒤엎
고 그 대신에 인천을 개발하였다. 그로 인해 인천은 신흥도시로 부상해
호황을 누리게 된다. 그 후 인천은 일제의 정책에 의해 끊임없이 매립
공사가 진행되어 점차 그 입지가 바뀌어 간다.[109]

이와 같이 소설 후반부의 무대로 인천이 설정된 것에 대해 이상경
(1997)은 인천이 당시의 무산 계급 노동자들의 모이는 집결지였다는 점
에서 의의가 깊다고 논하며 강경애의 작가적 안목을 평가했다.[110] 그러
나 이 대목 역시 외부 침략자 일제의 손에 의해 자행된 조선의 '전통질서
의 파괴'라는 관점에서 문제시 되어야 한다.

인천에 와있는 선비가 공장 생활로 어려울 때 잠깐 고향을 떠올리는
장면이 있다.

우리 동네 왜 원소 위에 재뚱이라고 있지 않니? 그런 산이지…뭐야
거게 우리들이 밤낮 올라가서 싱아를 캐먹었지…참 우리 어머님 보고
싶다! 그때 선비의 머리에는 그녀의 눈등을 아프게 찌르던 첫째의 시
컴한 손이 문득 떠오른다. (『인간문제』, p.603)

---

108) 장석주(2006), 앞의 저서, p.287
109) 일제에 의해 개발된 매립지는 1917~1938까지, 405,4㎢에 이르고 인천에서도 산
    미 증산계획의 일환으로서 행해졌다. 게다가 1930년대에 들어와서는 경인시가지
    계획아래 개발도 진행되었다. (노현석(2003), 『모던의 유혹 모던의 눈물』, 생각하
    는 나무, p.290)
110) 이상경(1997), 앞의 저서, p.118

태어나고 자란 고향으로부터 이탈 할 수밖에 없어 상경한 선비를 위해 간난은 그녀를 데리고 서울 구경을 나선다. 간난이 목적지를 남산으로 정하자, 선비가 남산에 대해 물으며 고향을 떠올리는 장면이다. 여기서 작자는 자연스럽게 원소를 상기시키며 두 사람에게 고향의 정겨움을 되살리게 한다. 간난은 고향과 어머니를 동질의 감성으로 느끼고 있으며, 선비가 생각하는 고향 역시 첫째와의 순애보를 떠올리게 하는 장소이다. 그러나 그들의 정서 속에 녹아있는 정겹고 그리운 정신적 근원인 고향은, 작가에 의해 파괴되고 차단되어 버렸으므로 더 이상 그들이 돌아갈 장소는 없다. 즉 마르크시즘 하에서는 그들의 개인적인 향수 따윈 고려되지 않기 때문에 두 사람의 감성은 소설 속에서 자연스럽게 무시된다. 인천 역시 일제에 의해 전통 질서가 파괴된 곳이기 때문에 그들을 따뜻이 보듬어주고 노고를 달래 줄 장소는 아니다. 그 때문에 간난과 첫째는 인천에서 노동 운동가로, 선비는 착취계급에 대항하다 죽음을 맞이한다는 식의 결말이 설정되어 있는 것이다.

용연은 악덕 지주인 덕호가 위세를 떨치고 있으며, 인천은 여공들의 노동력을 착취하는 일제가 활개를 치고 있어, 두 여자들이 경험하게 되는 장소에는 어디에도 안심하고 안주할 수 공간이 없다. 즉 두 곳 모두 권력자(=지주, 식민자)가 활보하는 빼앗긴 공간이자 전통이 파괴된 이질적 장소인 것이다.

3.2 █ 다카마쓰(高松), 도쿄(東京), 그리고 카페

『放浪記』는 카페에서 탄생했다고 해도 과언이 아닐 만큼 '나'는 카페의 여급을 적극적으로 선택하고 있다.

후미코는 서두에서 "나는 고향을 가지지 않는다."고 적고 있으나 실제로 그녀가 태어난 고향은 시모노세키이고, 자란 곳은 다카마쓰이다.

> 스님 비녀 사겠다고 했어…창 밖에 인부들이 도사(土佐)타령을 부르
> 며 지나간다. 상쾌한 아침 바람에, 파도처럼 모기장이 물결을 치고 있
> 고, 정말로 기분 좋은 아침이다. 향수를 담은 도사타령 한 구절을 듣고
> 있자니, 다카마쓰의 항구가 그리워 진다. 나의 추억 속에 아무런 불순
> 물도 없는 시코쿠 고향이여. 역시 가고 싶구나 하고 생각했다….
>
> (『放浪記』, p.94)

『인간문제』에서는 고향을 떠나 온 첫째, 간난, 선비는 다시는 고향으
로 돌아가지 못하지만, 『放浪記』의 '나'는 고향을 떠나온 이후 생활에 지
치면 언제든지 그리운 고향을 찾는다. 그리고 그 때마다 고향의 정겨움
을 만끽하고 정신적 여유를 회복하여 돌아온다. 이는 이론과 사상을 토
대로 창작된 소설 『인간문제』와, 생활을 우선시하는 삶의 방식을 체득하
여 이를 소설화 한 『放浪記』와의 큰 차이를 보여주는 대목이다.

주지한 바와 같이 '나'는 어릴 적부터 줄곧 행상으로 살아가야 했던 탓
에 안주할 수 있는 장소를 갖지 못하고 언제나 싸구려 여인숙을 전전해
야 했다. 이러한 어린 시절의 경험을 바탕으로 어른이 되어서도 일이 있
으면 장소가 어디이건 개의치 않고 전직을 반복한다. 그러나 그 많은 직
업 중에서도 유달리 카페라는 공간을 '나'는 의지를 가지고 선택하고 있
으며, 여기에서 얻어지는 소재로 시나 소설 등의 창작 활동을 하고 있다.
실제로 그녀가 여학교를 졸업하고 애인을 따라 도쿄에 상경했을 때도 그
와 동거하면서 카페의 여급을 적극적으로 선택했었다.

앞서 지적한 바와 같이 '나'는 여러 가지 직업을 경험하고 있지만, 그
중에서도 카페의 여급이 가장 적성에 맞는다고 스스로 납득한다. 당시의

카페란 비교적 새로운 문화의 하나로, 그곳에서 일하는 '여급'은 새로운 직업여성으로 대두되어 뿌리내리기 시작한 장소였다. 그런 곳에서 '나'의 체험에 의해 전달되는 생생한 카페 문화에 관한 이야기는 독자들에게 흥미를 유발시키기에 충분했으리라 짐작된다.

당시에는 사교장이라고 하면 카페가 일반적이었다. 풍속사를 뒤져보면, 당시의 카페는, 지금으로 말하자면 카바레와 같은 장소였다고 한다. 카페는 메이지 말기 오사카에서 시작되어 전국으로 퍼졌다. 전국에 카페가 난립하자 경쟁도 격화되어, 카페는 각자 살아남기 위해 손님들의 구경거리로써 이런 저런 모습을 궁리하여 선보였으며 서서히 쇼도 등장했다고 한다. 그러다가 다이쇼 중기에 접어들어 카페는 급격히 증가하였으며, 쇼와 초기에 전성기를 맞이하였다.[111]

새롭게 탄생한 여급 문화를 하야시 후미코는 끊임없이 『放浪記』 속에서 그려내었다. 이타가키 나오코(板垣直子, 1970)는 '당시의 사람들은 바나 여급에 대해 많은 호기심을 가지고 있었다. 후미코의 『放浪記』는 그런 호기심에 부응한다는 점에서도 인기가 높았다'고 언급하였다.[112]

하야시 후미코와 동거 생활을 한 적이 있는 히라바야시 다이코(平林たい子)는 '후미코씨가 여급으로서 미인은 아니지만, 한 가지 재능을 가지고 있었다. 사람들을 접할 때는 언제나 상냥한 목소리로 대했으며 얼굴에 그늘이 전혀 없고 즐거운 음악과도 같은 활력이 몸속에 충만하여 상대방의 기분을 밝게 해준다. 그녀가 기꺼이 여급이 되려했고 또 되었던 것도 그러한 성격 때문이기도 했다'고 여급 후미코에 대한 감상을 적고 있다.[113]

---

111) 松下奈津美 (2002), 앞의 논문, p.21
112) 板垣直子(1970), 앞의 논문, p.106
113) 平林たい子(1979), 「林芙美子」, 『平林芙美子全集』, 潮出版, p.100

후미코가 창작을 좋아했기 때문에라도 카페라는 장소는 필요했을 것이라 생각된다. 아울러 이성을 좋아하는 그녀가 여급이라는 일을 통해 남자들을 만날 기회를 얻고자 했던 것도 하나의 요인이었을 것이다.

렐프(1976)는 사람들의 장소에 대한 애착을 다음과 같이 논한다.

> 한 장소에 뿌리를 내린다는 것은 세상을 내다보는 안전지대를 가지는 것이며 사물의 질서 속에서 자신의 입장을 확고하게 파악하는 것이며, 그리고 특정한 어딘가에 의미 있는 정신적이고 심리적 애착을 가지는 것이다. 우리가 가장 애착을 가지는 장소들은 글자 그대로 관심의 영역으로 그 속에 우리의 복잡다단한 경험이 있으며 또 아주 복잡한 애정과 반응을 불러일으키는 환경이다.[114]

『放浪記』의 서두에서 "나는 고향을 가지지 않는다"고 기술하고 있지만 그녀에게 소설이나 시의 테마를 만들어주는 카페라는 공간은, 후미코에게 하나의 세상을 바라보는 안전지대로 작용하여 애착을 갖게 한 장소였음에 틀림없다. 그녀는 이러한 애착이 담긴 장소에서 창작을 계속하였던 것이다. 또한 그런 경험을 토대로 독자의 흥미를 끌 수 있는 테마를 찾아내 소설 연재를 계속해 이윽고 베스트셀러 작가로 성공했다.

이상 분석한 여자들의 장소 경험을 표로 정리해 보겠다.

---

114) E. Relph((1976), 앞의 저서, p.95

<표 3> 여자들의 장소 경험과 그에 따른 추이

작품명	인물	장소	경험	결과
『인간문제』	선 비	용연(고향)	레프, 부모의 죽음, 연애, 고향 이탈	권력에 의한 성적 유린과 노동력 착취를 경험하고 프로 여성으로서 재생을 꾀한다. 그러나 식민화에 의해 새롭게 부상된 인천에서 노동력 착취를 당하고 권력자들에 의해 끔찍하게 죽는다.
		서울	여공, 성희롱	
		인천(신흥도시)	여공, 성희롱	
	간 난	용연(고향)	첩, 실향, 엄마와의 이별	지주 덕호보다 더 무서운 권력의 존재를 깨닫고 프로 여성으로서 적극적으로 참가하면서, 가끔 고향과 어머니를 그리워한다.
		서울	여공, 성희롱	
		인천(신흥도시)	여공, 프로 여성, 투쟁	
	옥 점	용연(고향)	연애, 지주의 딸인 권력자	고향에서 애인을 만들어 서울에서는 남자에게 프러포즈한다. 후에 그와 결혼한다.
		서울	교육, 연애, 혼자 자취	
『방랑기(放浪記)』	나	와카마쓰(若松), 다카마쓰(高松)(고향)	행상, 여공, 연애, 교육	사랑을 하거나 실연를 경험하는 장소이지만 여자 친구들이 많이 생긴다. '나'는 장소의 경험으로부터 시나 소설, 동화를 써 작가가 된다. '나'가 성장하는 자유롭고 창조적인 장소.
		도쿄	카페 여급, 실연, 남자와 동거, 섹스	
	도 키	도쿄	카페 여급, 첩	여급의 일을 통해서 동료를 만들고 서로 돕는다.

<표 3>을 보면, 『인간문제』의 선비와 간난은 고향에서는 지주 덕호(=권력자)에게 정조를 유린당하고, 또한 인격적으로 멸시받으며 결국은 고

향에서 내쫓긴다. 한편 그녀들의 고향은 작가의 펜에 의해, 전설의 신성 공간이 파괴되고 신통력이 제거되어 더 이상 그들을 구조해 줄 수 없는 이질적 장소로 탈바꿈한다. 장석주의 지적과 같이 고향을 떠난다는 것은 단순하게 삶의 물리적 환경 변화를 넘어서, 실존의 원초적 장소에서 뿌리가 뽑히거나 혹은 낙원으로부터 추방된다고 하는 의미에서의 경험인 것이다.

결국 고향으로 돌아갈 수 없는 선비와 간난은 식민자에 의해 새로이 창조된 신흥도시 인천에서 투쟁하는 프로 여성으로 살아 갈 수밖에 없도록 형상화 된다. 그런 다음 선비는 잔혹한 권력의 힘에 의해 죽음을 맞이하고 검은 덩어리로 화한다.

이와 반면 『放浪記』의 '나'는 몇 번이고 생활의 장소를 바꾸며 여러 가지 직종을 경험하고 있다. 그리고 그녀에게 카페라는 장소는 소설 등의 창작의 소재를 얻게 해주는 크리에이티브(creative)한 공간이며, 그녀가 작가가 되는 자양분을 제공해 준 곳이다. 또한 동료인 도키를 비롯해 많은 여자들을 만나 삶의 애환과 사랑, 배신 등을 듣는 체험적 장소이기도 하다. 따라서 '나'가 경험하는 장소는 진정으로 생명력 넘치고 희망 가득 찬 창조적 공간으로 거듭난다.

『인간문제』와 『放浪記』의 두 작품에는 각각 인천과 도쿄, 공장과 카페라고 하는 공간과 장소가 설정되어 이 장소를 통해 얻은 여자들의 경험들을 소설화 하고 있다. 『인간문제』의 서두에는 신성 공간인 원소전설이 배치되지만 작자의 관점에 의해 신통력이 파괴된 장소로 변모한다. 즉 계급과 민족 문제를 그려내기 위해서 신의 신통력을 무력화해 인간의 이데올로기인 마르크시즘으로 대치된다. 이러한 작가의 의도에 의해 옛 전설은 재구성되며 신성 공간(=전통)은 파괴된다. 후반부에서는 인천이 소설의 제2무대로 설정되고 주인공들은 고향을 떠나 이곳으로 이동한다.

그러나 인천 또한 일제에 의해 매립되어 지형이 바뀌고 공장건설 등으로 인해 장소에 대한 전통질서가 파괴된 곳이다. 말하자면 『인간문제』에서 는, 두 개의 장소에서 전통파괴가 행해졌음을 파악할 수 있었다.

한편 작품에 등장하는 여성들은 얌전한 여자=동정해야 할 여자 대 모 던걸=비난 받아야 될 여자로 대비되어 이분화 된다. 이는 마르크시즘을 베이스로 한 여성의 섹슈얼리티야 말로, 전통적 여성의 이미지에 구애받 고 있으며 회귀하려는 느낌조차 주고 있음을 알 수 있다. 더욱이 『인간 문제』에 등장하는 여성들은 프로 여성으로 간난과 선비를, 모던걸로 옥 점을 대비시켜 프로 여성들의 개인으로서의 성애는 가차 없이 거세되며, 모던걸은 개방적 섹슈얼리티로 인해 천한 여자로 전락되어 사회적으로 지탄 받게 된다.

한편 『放浪記』의 '나'는 어린 시절부터 진정한 장소를 가지지 못하고 방랑의 생활을 계속하고 있어, 그러한 방랑자적 정신은 작품 속에 무정 형으로서 포함되어 표출된다. '나'는 빈곤과 방랑을 발판으로 시나 소설 을 써서 신분 상승을 꾀하고 있으며, 가난 앞에서는 프롤레타리아도 부 르주아도 없다고 절규한다.

'나'는 카페라는 장소에 직접적으로 몸담고 생활하여 그 곳에서 세상(= 사회)을 조망하고 있으며, 그러한 생활 속에서 얻은 감성을 시나 동화로 승화시켜, '숙명적 작가'로 성장한다. 그러므로 『放浪記』 안의 장소와 공 간은 희망과 생명력을 불어 넣어 주는 창조적 공간이며, '나'의 꿈을 실현 시켜주는 의지의 장소인 것이다. 이 때문에 더욱더 여급이나 여공의 아 픔이 작가 자신의 아픔으로 느끼며 소설을 쓸 수 있었고, 모던걸의 개방 적 섹슈얼리티를 저리도 자세하고 당당하게 긍정적으로 묘사 할 수 있었 던 것이다.

제4절

「적빈」과 「벌거숭이 부락(裸の部落)」115)에
나타난 '부성 상실'

한국 현대문학사상 가장 뚜렷했던 하나의 사조는 〈조선프롤레타리아 예술가 동맹〉 카프(KAPF)가 자체의 문제와 외부적 압력으로 퇴조의 조짐을 보이기 시작한 것이다. 1931년에 있었던 소위 만주사변을 계기로 일본은 자국 내 사상탄압을 강화하는 한편 한국에서도 같은 맥락에서 사상탄압을 강행하였다.116) 프롤레타리아 문학 탄생 당시 사회변혁을 꾀하고자 했던 작가들은 많은 작품을 발표했다. 그러나 파시즘의 대두에 따라, 치안유지법과 특별고등경찰에 의한 사회주의, 공산주의적 사상 탄압은 극에 달했다. 1933년 2월 20일에 고바야시 다키지(小林多喜二)가 쓰키지(築地)경찰서에서 옥사당하고 공산당원이 잇달아 전향117)하는 가운데, 프롤레타리아 문학도 서서히 쇠퇴해갔다. 이미 1932년에 『労芸』(労農芸

---

115) 底本 ; 백신애(1934), 「적빈」, 『한국현대대표소설선4』(1996), 창작과비평사. 이북명(1937), 「벌거숭이 부락(裸の部落)」, 『近代朝鮮文学日本語作品集』五巻(2004), 緑蔭書房.

116) 박명용(1992), 『한국 프롤레타리아 문학 연구』, 글벗사, p.228

117) 전향이란 일본의 사상 통제책으로서 만들어진 치안 유지법으로부터 비롯된다. 명치유신 이후로 근대화를 급속히 추진하던 일본 정부가 그 과정에서 최대의 걸림돌로 대두한 과격사상을 통제하기 위해 치안유지법을 제정했다. 1925년에 제정된 이 법은 정치적 목적과 사회를 진정시키고 화합의 길로 향하게 한다는 윤리적 목적이 병행되었다. 특히 사상범들 중에는 정부 당국자와 같은 엘리트 코스에 제국대학 재학생이 많았으며, 이들은 기존의 권의 체제 일원 이었으므로 전통적으로 행해져 오던 형사처벌은 재고 될 수밖에 없었다. 전향은 바로 이러한 전략에서 등장한 방법이다. 그러나 자백과 갱생을 기본으로 하는 이 제도는 사실상 권력의 강제행위인 폭력과 고문으로 나타났다. 이러한 강압성으로 하여금 사상범에게 사상적 회의나 동요를 야기 시켜 그것을 포기하도록 하였다. (박명용(1992), 앞의 저서, p.248)

術家連盟)가 해산, 1934년 2월에는 코프(KOPF)의 문학 조직인 〈일본프롤레타리아작가동맹(나르프)〉도 해산을 표명하였으며, 동년 12월에는 코프(KOPF) 역시 해산을 결정했다. 조선의 카프(KAPF)도 2회에 걸친 검열과 검거의 태풍을 겪은 후 급기야 1935년 5월 21일 경기도 경찰부에 해산 신고를 내기에 이른다. 이러한 시대를 배경으로 백신애의 「적빈」과 이북명의 「벌거숭이 부락(裸の部落)」이 발표되었다.

백신애의 「적빈」은 1934년 11월 『開闢』에 조선어로 발표된 단편소설이다. 백신애는 1925년부터 〈조선여성동우회〉[118]에 참가하고 있었으며, 사회주의적 여성 운동[119] 전개에 노력했던 작가이다. 1927년에는 시베리아 행을 감행 했지만, 두만강 국경에서 일본 경관에게 잡혀, 심한 고문을 당해 불임의 몸이 되었다고 한다.[120] 그 때의 경험을 바탕으로 단편 소설 「코레이(고려인)」(『新女性』, 1934)를 발표하기도 했다.

「적빈」은 백신애의 대표 소설의 하나로, 무능하고 게으른 두 아들과 며느리를 보살피는 노모의 생명에 대한 애착을 그린 작품이다. 작자는 작품에서, 어떠한 곤란 속에서도 살아남으려고 고군분투하는 노모를 형

---

118) 1924年 5月 4日 서울 세종동 조선여자강습원에서 발기 총회를 가졌다. 발기인으로는, 박원희 · 정종 명 · 김필애 · 정칠성 · 김현제 · 홍순경 · 오수덕 · 우봉운 · 지정신 · 주세죽 · 최정삼 · 허정숙 · 이춘수 등 당시 사회주의여성 활동가들이 참가했다. 동년 5月 23日 서울 경운동 천도교에서 열린 창립총회에서 신사회건설과 여성해방운동에 참가하는 여성을 양성한다는 강령을 채택해, 여성해방을 위해서는 부인들의 경제적 독립의 필요하다는 주장이 제기되었다. 경찰 감시 하에서 적극적인 활동은 불가능했으나 최초 여성 사상단체로서 전국에 70개 이상의 지부를 결성했다. (Daum백과사전, http://enc.daum.net/dic100, 2007.9.18)
119) 마르크스주의는 자본주의 사회의 착취 구조를 분석하지만, 마르크스주의 페미니즘은, 사회 계급뿐만이 아니라, 나아가서 '성 계급'도 분석대상으로 한다. 즉, 여성차별의 기원이 자본주의적인 가부장제 속에 있다고 주장한다. 노동과 가족의 분리, 생산 노동과 가사 노동의 분단, 그리고 전자의 우위성이라고 하는 뿌리 깊은 이데올로기 속에서 여성차별의 복합적 요인을 찾고자 하였다. (リサ · タトル (1991), 『フェミニズム事典』, 明石書店, p.230)
120) 青柳優子(1997), 『韓国女性文学研究』, お茶の水書房, pp.71~76

상화하여, 무능력한 남자를 지아비로 둔 아내들의 고통을 부각시키고 있
다. 이와 동시에 그곳에는 무지와 빈곤에 눌리어 있다고는 하나 한 사람
의 인간으로서의 책임감이 결여 된 지아비들에 대한 비판적 시선이 짙게
담겨있다.

프롤레타리아 작가 이북명은 1937년 『文學案內』에 발표된 단편 「벌거
숭이 부락(裸の部落)」을 비롯해 일본어 소설을 여러 편 남겼다.[121] 이북
명은 1930년대 중반 이후 일제의 탄압이 날로 심해지자 이를 피해 함남
장진의 수전촌으로 들어가 생활했으며[122] 시기적으로 「裸の部落」은 이
때 완성된 것으로 보인다. 또한 젊은 시절의 질소비료 공장 체험을 바탕
으로 쓴 단편소설 「질소비료공장」은 1932년 《조선일보》에 연재되나,
검열에 의해 2회로 중단되어 1935년에 『文學評論』에 「初陣」이라는 타이
틀을 붙여 일본어로 재발표 되었다.

이북명의 작품은 대략 1937년의 「댑싸리」(『朝鮮文學』)를 경계로 전기
와 후기로 나누어 연구되어 왔다. 전기의 작품은 주로 노동자 농민의 생
활상을 그린 이른바 노동소설[123]인 반면, 후기 작품에서는, 인정이나 인
간의 생명력을 테마로 한 작품이 대부분을 차지하고 있다.[124] 본 절에서
취급하게 되는 「裸の部落」(1937)은 후기 작품에 해당한다.

「裸の部落」은 가난에 찌든 순남 가족과 저층민의 일상을 그린 단편 대

---

121) 「初陳」(『文学評論』,1935.5),「鉄を掘る男」(『国民文学』,1942.10), 「鳳さん」(『国民総
     力』, 1944)(布袋敏博(2004), 『近代朝鮮文学日本語作品集』解説, p.327)
122) Daum백과사전, http://enc.daum.net/dic100, 2007.9.18
123) 이북명은 1930년대 공장 문학이라고 하는 개념을 가지고, 조선 근대 노동문학을
     확립한 문인으로 평가된다. (박태호(1989), 「한국문학의 리얼리즘과 모더니즘」,
     민음사, p.103)
124) 전기 작품 ; 「질소비료공장」(1932), 「기초 공장장」(1932), 「암모니아 탱크」(1932),
     「출근정지」(1932), 「여직공」(1933), 「민보의 생활표」(1935) 등등. 후기 작품 ; 「아
     들」(1937), 「화전민」(1940), 「빙원」(1942) 등등. (권영민(2004), 『한국현대문학 대
     사전』)

중 소설이다. 순남 가족은 K읍 가까이의 매립지 부락에서 살고 있으며, 순남 아버지는 경제적으로 무능력한 주정꾼으로 가정을 돌보지 않기 때문에, 아버지를 대신해 어머니가 바다를 메우는 매립 작업장에 매일 같이 나가, 함지로 자갈을 날라 가족을 부양한다. 그러던 어느 여름, 대홍수로 부락이 침수되는 바람에 부락민들 대부분이 거지로 나앉게 된다. 설상가상으로 부락민들은 빌린 땅의 임대료를 내지 못해 악덕 고주사에게 억압받기에 이른다. 순남 어머니는 거지로 살기는 싫다며 남편에게 딸 순남을 기생으로 팔자고 한다. 그리고 딸에게는 비밀로 고주사를 만나 딸의 인신매매 계약서를 주고받는다.

1930년대 중반 작가들은 대부분 빈곤을 소설의 테마로 설정했다. 그리하여 빈곤에 허덕이는 민중과, 그러한 극한 상황에서 살기 위해 발버둥치는 저층민들의 생명력을 형상화했다. 소설 「적빈」과 「裸の部落」에는 이러한 민중들의 삶이 적나라하게 묘사된다. 「적빈」의 두 아들은 각각 결혼해서 가정을 만들었으나, 먹을 것을 차지하려는 욕심에 부인의 뱃속에 들어있는 태아를 학대한다. 게다가 「裸の部落」의 성도는 딸을 매춘부로 팔아넘기는 비정한 아버지다. 이렇듯 두 작품에는 부성(父性)이 상실된 공간이 설정되어 있다.

〈부성〉의 정의에 대해 우에노(上野, 2002)는 다음과 같이 서술한다.

부성이란, 육아에 있어서 부친에게 기대되는 성질. 아이들을 사회화해 가도록 작동하는 능력과 기능이다. 모성과는 다른 질적 능력과 기능을 말하는 경우가 많다. 근대국가에 있어서 남성 지배 체제 하에서 일반적으로 모친은, 임신, 분만, 포유에 의해 아이와 생리적으로 연결되어, 상냥함, 자기희생이 기대되는 것으로 여겨졌다. 이에 대해 부친은 사회적, 문화적 환경이나 규범을 아이에게 내면화 시키는 역할을 갖고 있다고 여겨져 왔다. 게다가 모성이 아이의 욕구를 채워주고 아이를 감싸는 역할을 가리키는데 반해, 부성은 아이에게 인내·규범을 가르쳐 책임 주체로 만들어, 이상을 제시한다는 관념이다. 심리학이나 사회학, 보육학, 교육학에 있어, 육아에 대한 '부성의 복권'이 논해져 부성과 모성의 상호 보완적 질서를 가족의 참 모습으로 하는 논의가 종종 있어 왔다. 오로지 부친 등 남성 어른이 부성을 가져야하는 것이라는 주장과 모친이나 여성도 부성적인 면을 갖기도 하고, 또 가져야한다. (부친에게도 모성이 있으며, 또 모성을 가져야 한다)고 하는 주장이 제기되었다.[125]

본 절에서는 빈곤에 대해 정면으로 투쟁하는 여성들과, 이러한 여성들의 등 뒤에서 기생하는 남자들의 〈응석〉과 부성(父性)상실에 대해 고찰해 보고자 한다.

▎1 1930년대 중반의 시공

본 절에서 취급하는 두 소설은 각각 1934년(「적빈」)과 1937년(「裸の部落」)에 발표되었다. 그런 만큼 1930년대 중반의 한국사회를 언급하여 두 작품의 이해를 돕고자 한다.

1930년대에 들어와 특히 고무 공업 분야에서의 여성 노동자에 의한 쟁의가 발생했다. 이는 1920년 이후 급격하게 성장한 고무신 공장이 공황으로 노동자의 임금삭감을 단행했던 것이 원인으로 여겨졌다. 좌익 노조 운동은 사회주의에 편승하는 방법으로 공장 습격, 폭동 등의 비합법적인

---

125) 上野千鶴子他5人(2002), 『女性学事典』, 岩波文庫, p.419

폭력투쟁을 감행했다. 또한 농촌과 농민들의 생활은 친일지주 및 자본가들에 의해 이중적 고통에 신음하고 있었다. 당시 발생한 다수의 소작쟁의는 농촌의 일반적인 사회 현상이 되었다.[126]

「적빈」의 주인공 매촌댁 노녀는 농촌의 가난한 농민이다. 소설에서 그녀는 '불쌍하지만 얄미운 거지보다 더 궁핍한 늙은이'로 묘사된다.

> 이리하여 늙은이는 두 아들이 다 잘못되게 되어 일년 열두달 남의 집으로 돌아다니며 일을 거들어주고 밥 얻어먹고 하는 신세가 되었고 '매촌댁 늙은이'가 '매촌 네 늙은이'로 떨어지게 된 것이다.
>
> (「적빈」, p.462)

소설 서두에는 노녀의 퇴락 과정이 호칭의 변화를 따라서 그려진다. 원래 양반 출신이었던 매촌댁 노녀는 농촌으로 시집와 성질 고약한 남편이 죽을 때까지 봉양하며 슬하에 두 아들을 두었으나 생활은 점점 궁핍해져만 간다. 동시에 어릴 적엔 귀남이라고 불리었던 그녀의 이름도 지금은 마을 사람들에 의해 매촌댁 늙은이에서 매촌네 늙은이로 호칭이 바뀌더니 이내 똥덕이 개똥이로 점점 격하되어 간다. 그러나 그녀는 이러한 대우에는 이제 익숙해져 화를 낼 가치도 없다고 스스로를 위로하는 현명함을 보인다. 또한 '돈이 없어 가난하면 요즘 세상은 이런 것'이라고 현실을 담담하게 받아들이는 지혜도 보인다.

한편 「裸の部落」의 순남 어머니를 비롯한 부락민들은 모두 매립 공사장 노동자이다. 그들은 비가 오나 눈이 오나 개미처럼 쉬지 않고 일을 해 일급으로 60전을 받아 생활하는 빈민층이다. 부락민과 순남 어머니는 매일 "어둑한 오솔길을 파김치가 되어" 집으로 돌아오곤 하였다. 이렇게

---

126) 전경옥 외3인(2004), 『한국여성정치사회사』, 아시아 여성연구소, pp.303~305

해서 받은 임금은 당시의 일본인들의 임금에 비하면 절반도 안 되는 수준이었다. 아울러 부락 청년 삼덕은 신문 배달 동맹 조직을 주도한 것으로 드러나 경찰에 검거된다. 삼덕은 다행히 2개월 만에 풀려나지만, 마을은 부락민의 토지 임대료 횡령 건으로 시끄럽다.

> "저는 지금 이 매립지주 한영감 댁에 다녀오는 길입니다." 삼덕의 이 말을 듣고 군중은 그의 주위로 몰려들었다. "그래서 무슨 좋은 일이라도 있었어?" "임대료라도 감면 받았어?" 모두가 웅성거리기 시작했다. "조용히 해주세요. 한영감은 평당 13전의 임대료밖에 받지 않고 있답니다. 나머지 7전은 고주사가 횡령한 것입니다."[127] (「裸の部落」, p.129)

매립지[128]를 빌려 집을 짓고 살던 부락민들은, 임대주인 황영감에게 임대료를 매달 납부해야하나, 그가 부락에 살지 않아 대신에 고주사가 약간의 수고비를 받고 그 일을 대신하고 있었다. 이 임대료를 고주사가 지금껏 횡령해 왔음이 삼덕의 노력에 의해 밝혀진다. 이는 부락에서 학식 있고 덕망 있는 고주사를 지금껏 믿고 따른 부락민들을 배신한 배은 망덕한 행위였다. 삼덕은 부락민과 합심해 문제의 원만한 해결을 위해 위원회를 만들고, 삼덕을 비롯해 총 3명의 위원을 부락민 중에서 선출한다. 선출된 위원들은 지체 없이 고주사 댁을 방문하여 문제를 해결하려

---

127) 「私は今、この埋立地主韓爺の所へ行つて来た所です」三徳のこの耳新しい言葉を聞くと、群衆は彼の周囲につめよつた。「で、えゝことあつたんかい?」「貸地料でも転得したんかい?」皆はわいわい騒ぎ出した。「静かにして下さい。韓爺は年一坪十三銭の貸地料しかとらないそうです。残りの七銭は高主事が横領したんです。」

128) 한국의 간척사업은 일제 강점기부터 시작되었다. 1920년대 일본의 경제성장에 수반해 식량부족 문제가 부상하자 식민지였던 조선에 산미 증산 정책을 시행하면서 쌀 생산을 위해 간척사업을 시작했다. 1917~38년에 걸쳐서 매립할 수 있었던 면적은 405㎢에 이르러 염생식물이 서식하는 부분을 대상으로 했다. (Daum百科事典http://enc.daum.net/dic100/2007.9.18)

했으나, 한발 앞선 순난 아버지의 귀띔으로 사태를 짐작한 고주사 내외는 이미 줄행랑을 친 뒤였다. 그러나 위원들은 이에 굴하지 않고 지주인 황영감을 직접 찾아가 임대료 문제를 단판 짓고 돌아온다.

이처럼 일제 식민지하에서 약탈의 주된 대상은 농민이었다. 조선에 대한 급격한 자본주의화는 자급자족 경제의 근저를 흔드는 것이었다. 따라서 전업 또는 부업으로써 가내수공업에 종사해 온 대다수의 농촌 여성들은, 단시간에 생산자로부터 소비자로 경제적 지위가 바뀌어 버렸던 것이다. 이 때문에 농민들은 농업에만 의존할 수가 없게 되었으며, 또한 화폐경제 시대의 교환 경제는 필연적으로 농업 경제의 수지 불균형을 불러 농촌의 빈곤은 가속화 되었다. 이처럼 농촌은 황폐하고, 여성 농민은 남성에 비해 두 배 세 배의 노동을 해도 보상 받지 못하는 시대가 계속되었다. 아울러 1930년대에 들어 일본 정부에 의한 토지조사사업이나 산미증산 계획과 같은 일본의 국가총동원 체제하에서 농민의 궁핍한 생활은 정점에 달했다.[129]

이처럼 한국의 1930년대 중반은 많은 하층계급에 의한 노동쟁의, 경제 불황으로 빈곤층의 속출, 그리고 그들의 불만과 절규로 가득 찬 시대였다.

2 남자들의 응석 구조

2.1 함지와 바가지로

「裸の部落」의 순남 가족은, 아버지 성도, 어머니, 장녀 순남, 차녀 금

---

129) 신영숙(1999), 「일제식민지 하의 변화된 여성의 삶」, 『우리 여성의 역사』, 청년사, pp.301~327

남, 장남 복돌, 차남 복남 등 여섯 식구이다. 이들은 만주의 안동 가까이
에 위치한 해안에 조성된 매립지 부락에서 토지를 빌려 집을 짓고 생활
하고 있다.

> 가정을 돌보지 않는 술주정뱅이 남편과 돼지 새끼들 같은 아이들을
> 자신 혼자의 힘으로 부양하고 있는 엄마는, 이 조상대감제가 최대의
> 위안이었다. 맑은 날, 흐린 날은 매립지 공사장에 나가 함지로 모래와
> 자갈을 날라다 주고 60전을 받아, 어둑해진 골목길을 파김치가 되어서
> 집으로 돌아 왔다.[130] (「裸の部落」, p.120)

40대인 순남 어머니는 "가정을 돌보지 않는 술주정뱅이 남편"과 "돼지
새끼들 같은" 식성 좋은 자식들 부양을 위해 매일 같이 매립 공사 현장
에서 "함지"로 골재를 나르며 막노동을 해 하루에 60전의 임금을 받는다.
일이 끝나면 언제나 파김치가 되어 집으로 돌아오지만, 남편에게는 한마
디의 불평이나 불만도 표현하지 않은 채 묵묵히 현실을 인내한다. 게다
가 한심한 무능력 남편의 안녕을 위해 무당을 불러 조상에게 제사를 올
리는 것을 "최대의 위안"으로 삼는다.

> 이번 조상대감제 비용 일금 5원을 엄마는 개똥 아줌마 집에서 육부
> 이자를 주고 빚을 내 왔다. 남편 나이가 기수인 해에는 반드시 닭을 신
> 에게 바치는 습관이 있었다. 남편은 금년에 47세이다. (중략) 엄마는
> 밥 두 그릇과 고기 전부를 함지에 담아 순남을 시켜 성인 무당에게 갖
> 다 주도록 일렀다.[131] (「裸の部落」, p.121)

---

130) 生活を知らない、酒呑みの夫と、豚の仔見たいな餓鬼達を、自分の手一つで養って
　　行く母にはこの祖上大監祭が最大の慰安であつた。照る日曇る日、埋立工事場に傭
　　はれて、ハムジで砂、砂利を運んでは、六十銭貰つて、薄暗くなつた小路をクタク
　　タに疲れて帰つて来た。

그녀가 빚을 내서까지 조상에게 제사를 지내는 이유는 "자손의 번영"과 "가문의 융성", "지긋 지긋한 밑바닥 생활로부터 벗어나기"위해서였다.

아울러 남편의 나이가 홀수인 해에는 닭을 잡아 상에 올리는 관습에 따라 상차림이 달라진다. 이어서 정성을 다한 조상대감제가 끝나면 아이들이 그토록 먹고 싶어 해도 주지 않았던 귀한 음식을, 막노동에서 쓰던 "함지"에 담아 '신처럼 믿는 무당'에게 몽땅 바친다.

이처럼 그녀의 인생은 오로지 아내와 엄마로서의 역할에 의해 의미가 부여된다. 그녀에게는 자신을 위해서가 아니라 가족을 위해서 사는 것이 대의인 것이다. 그러나 무엇보다도 술주정뱅이이자 게으름뱅이인 남편에 대해서는 직접적으로 불만을 토로하지 않고 묵과한다. 이런 그녀의 남편에 대한 묵과는 오히려 그의 응석을 받아주는 꼴이 된다. 그러나 이러한 그녀는 소설에서 이름조차 부여받지 못하며, 오로지 함지에 의한 희생만을 삶의 보람으로 안다. 또 이에 만족해하는 남편의 응석을 받아주는 일은 겨울 연료인 석탄 도둑질에서도 계속된다.

다음으로 「적빈」에 등장하는 여자들을 살펴보자.

「적빈」의 대표적 등장인물인 매촌댁 노녀에게는 두 아들이 있다.

그의 맏아들은 오래 전에 죽어버린 늙은이의 남편과 마찬가지로 '돼지'라는 별명을 듣는 심술 사나운 멍청이로서 모든 일에는 돼지같이 둔하고 욕심 굳고 철딱서니 없고 소견 없는 멍짜이면서도 술 먹고 담배 피우는 데는 그야말로 일당백이었다. 그래서 남의 집에서 품팔이라도 하면 돈이 손에 들어오기가 바쁘게 술집으로 달려가는 터이므로 몸에

---

131) 今度の祖上大監祭費、一金五圓也を、母はケトンバーの母の所に行つて、六分利子で借用して来た。夫の年齢が、奇数成る年には必らず鶏を神に供へる習慣であつた。夫は今年四十七である。 (中略) 母は御飯二サバリと、魚肉類全部をハムジにのせて、順男に聖人巫女の家に持つて行かせた。

입은 옷이라고는 자칫하면 숨겨야 될 물건까지 벌름 대다 보일 지경이
었다. (「적빈」, p.460)

    그리고 둘째아들만 하더라도 남의 집에 고용살이로 있을 때는 그의
아내와 늙은이는 날만 새면 남의 집으로 돌아다니며 일해주고 밥 얻어
먹고 무명베 짜는 집에 가서는 베 매어주고 옷감 얻고 하여 고용살이
해서 남긴 돈은 그대로 소롯이 모아두게 되었었다. (중략) 본래 중심이
굳지 못한데다가 돈 냄새를 맡고 둘러싼 동리 알부랑 노름꾼에게 속아
넘어가 제 형 돼지를 닮아서 턱없이 욕심부리다가 단번에 날려 보내버
렸으니 아무리 곤두박질을 한들 무가내하라는 것이었다.

(「적빈」, pp.461~462)

매촌택 노녀의 죽은 남편과 큰아들은 하나같이 "심술 사나운 멍청이"
에 무능력자로 "돼지"라는 별명이 붙여질 정도이다. 게다가 어머니인 매
촌댁이 마을 사람들의 일을 해주고 품삯으로 받은 돈을 술값으로 날리기
일쑤다. 둘째 아들 역시 형과 그다지 다르지 않아 머리는 나쁜 주제에
욕심만 많아 노녀가 번 돈을 이번에는 도박으로 탕진한다.

    늙은이는 지긋지긋하게도 망나니인 두 아들을 원망이나 미워나 하
는 것도 이제는 면역성이 되어 그대로 잠자코 방안으로 들어갔다.

(「적빈」, p.465)

    아무것도 먹지 못하여 기운이 진하여 속히 어린아이를 낳지 못하는
것임을 잘 알았다. (중략) 늙은이는 기가 막혔다. 그까짓 쌀 한 되, 보
리 두 되를 먹는다니 입에 붙일 것이나 있으리마는 미역까지 다 먹어
버렸다는 말에 와락 속이 상했다. (「적빈」, pp.468~469)

"대체 해산을 하면 뭐를 먹을려고 이러고만 있어?" 늙은이는 목에 말라붙은 것 같은 작은 소리로 노하지도 않고 말하였다. "일하러 갈래두 배가 고퍼서…" "그렇다고 누웠으면 하늘에서 밥이 떨어지나? 젊은 것은 어데 갔노." "뒷산에 나물 캐러…" (「적빈」, p.465)

"그년 아이를 낳고 아프지도 않나베. 밥이야 억세게 처먹는다. 나도 배가 고파 죽겠다. 제기." (중략) 바가지의 밥을 덜어서 돼지를 주고 자기는 손가락에 묻은 밥 알만 뜯어 먹었다. (「적빈」, p.470)

매촌댁은 두 아들들의 악행이 지겹도록 미우면서도 결국은 '잠자코' 있거나 배가 고파도 아들에게 먼저 밥을 퍼줌으로써, 그들을 더욱더 응석받이로 만들고 있다. 그녀의 행동을 보다 못한 마을 사람들이 "아들들 걱정은 이제 그만하라"고까지 충고하지만, 그때마다 그녀는 "헤"하고 "고양이처럼" 웃을 뿐이다. 이런 노녀의 응석에 큰아들은 가족을 부양해야 하는 입장임에도 불구하고 나 몰라라 한다. 그의 악행은 여기서 끝나지 않는다. 출산을 앞둔 아내를 산에 나물을 캐러 보내고, 출산 때에 쓸려고 준비해 둔 쌀과 미역으로 자신의 주린 배를 채우는 등 수 없이 많다. 그러나 노녀는 이런 한심한 아들에게 화를 내기는커녕 도리어 "바가지"로 자신의 밥을 나누어 주거나 쌀을 나누어 주는 등 응석을 키운다.

이처럼 「裸の部落」의 순남 어머니와 「적빈」의 매촌댁 노녀는 각각 가정을 돌아보지 않는 남편과 아들들의 악행을 관대하게 봐주며 그들의 응석을 받아주고 있다.

이러한 〈응석〉구조를 심리학자 오구라 지카코(小倉千加子, 2000)는 다음과 같이 분석한다.

　　사회가 남녀에게 기대하는 젠더 롤의 차이를 비언어적 행동 성차의 원인으로 생각하여, 여성은 타자에 대한 배려나 감정적 수용이라는 정서적 표출성과 복종을, 남성은 자기주장 등의 도구성이나 지배성을 타자에게 나타내도록 사회가 요구한다.[132]

　즉 사회가 바라는 여성은, 타자에 대한 배려나 이해심 깊은 성격의 소유자이다. 이에 반해 남성은 언어를 도구로 한 자기주장과 이로 인해 지배적 성향을 기르도록 요구 된다.

　「裸の部落」과 「적빈」의 여성들은 이와 같은 사회적 젠더 롤에 맞추어 '타자에 대한 배려와 이해심'을 보이며 복종하는 역할을 잘 소화해 내고 있다. 그러나 이에 반해 남성들은 사회가 요구하는 자기주장이나 지배 성향은 보이지 않는다. 이러한 양상을 또 다른 관점에서 들여다보면 여기에는 심각한 '부성 상실'[133]의 문제가 숨겨져 있음을 알 수 있다.

2.2▌ 아내라는 이름의 여자, 그 외

　빈곤을 그리고 있는 「裸の部落」에는 섹슈얼리티라는 또 하나의 테마가 깔려있다. 매립지에 살고 있는 부락의 남자들은 미혼자나 기혼자 할 것 없이 매춘을 자행하고 있다. 그 상대 여성은 같은 부락에 살고 있는

---

132) 小倉千加子(2000), 『ジェンダーの心理学』, 早大出版社, p.130

133) 1980년 이후 '부친의 복권'을 주창하는 사람들은, 전통적인 가부장적 권한의 소실과 여성의 사회 진출 및, 성별 역할 분담을 비판하는 페미니즘의 주장을 배경으로 부성이 실추되고 있다는 점에서, 현대 사회에 나타나는 아이들의 비행, 사회적 부적응이 발생한다고 주장한다. 이에 대해 새로운 부성(父性)이나 새로운 친성(親性)을 주장하는 사람들은, 남자이건 여자이건 자라는 아이들의 입장에 서서, 각자의 개성에 맞춘 육아를 행해야 하며, 이러한 것이 가능해지기 위해서 부친의 출산 휴가나 육아 휴가 등을 포함한 사회정책 구축과 사회 통념의 전환이 필요하다고 주장한다.

"5전 갈보"라 불리는 중년 여성이다.

> 5전 갈보! 그녀는 부락에서 제일의 미인이자 성병 매개자였다. 공장 지대로 나와 두 명의 아이를 잃고 게다가 작년 여름 대차를 밀다가 대차가 넘어지는 바람에 깔려 무참히 죽은 후 그녀는 먹고 살 방도가 없었다. 대차 십장에게 하룻밤을 허락 한 뒤 그녀는 자신의 육체를 파는 것 외에는 생활의 방도가 없었다.[134] (「裸の部落」, p.124)

5전 갈보라 불리는 그녀는 매립 부락으로 이사와 졸지에 아이들과 남편을 한꺼번에 잃은 불쌍한 처지의 여성이다. 부락에서 "제일의 미인"인 그녀는 매립지 막노동보다 매춘을 선택했다. 그러나 이러한 선택이 곧 스스로를 병들게 할 수도 있다는 것을 그녀는 알지 못한다. 보건상의 지식도 피임 기구도 알지 못하는 그녀는 어느새 매독에 걸리고 만다. 그리고 그것을 마을 남성들에게 옮기는 매개자로 전락하여 3차 감염원인 부락 여성들의 적이 된다.

에구사(江種, 2004)는 매매춘에 대해 다음과 같이 역설하였다.

> 오늘날 성의 상품화 현상을, 개인의 정당한 경제활동으로서 용인하려는 발언이 있는 한편, 윤리적인 관점 없이 경제적인 교환 관계로 추상화 할 수 없다는 견해도 있다. 개인이 짊어지고 태어난 빈부의 차이가 있는 이상, 교환 시장에 있어서 경쟁 원리의 공평한 기능이란 있을 수 없다는 반대 의견이다. 그러나 빈곤하기 때문에 매춘을 하는 것보다도, 재빠르게, 가능한 한 많은 돈을, 이라는 자본주의 사회의 제일 지

---

134) 五銭ガルボ!彼女は部落一番の美人であり、性病の媒介女であつた。工場地帯に出て来て、二人の愛児を失ひ、その上昨年の夏、トロッコ押しの夫が、トロッコにひかれて無惨な死を遂げると、彼女には、生活の途が絶えた。トロッコの什長に一夜を許すと、彼女は自分の肉を売るより、生活の途がないと云ふ事を知つた。

표를, 거침없이 개개인의 레벨에 맞추어 추구해 나가는 자세일 것이다. 성 매춘을 긍정적으로 파악하는 당사자나 논자에게 있어서는, 매춘이 장기를 파는 신체의 절단 매매라는 압박감은 없다. AIDS와 같은 성병마저도 무관심하다. 물론 구매자인 남성에 의해서 인권침해를 받는 입장에 있는 것이 여성이다, 라는 의식도 희박하다. 그러나 나날이 현실에서, 파는 측 여성의 인권침해는 엄연히 발생하고 있다. 이는 즉 자존 정신의 파괴인 것이다.[135]

그녀가 상대한 남성들은 마을 유지인 고주사를 비롯해 칠성녀의 아버지, 박돌 아버지, 호민 아버지, 미혼자 마당돌, 게다가 순남 아버지까지 그 숫자는 이루 헤아릴 수가 없을 정도다. 그러나 이러한 남자들의 행동에 대한 부인들의 대응은 매우 소극적이다. 다음은 순남 어머니가 석탄을 훔치러 가기위해 칠성녀 집에 들렀을 때의 일이다.

> 칠성녀 집 앞에 도착했을 때는 칠성녀 엄마가 남편과 무언가 말다툼을 하고 있었다. (중략)"이렇게 늦은 밤에 무슨 말다툼이야?" 복돌 엄마가 걸어가면서 물었다.
> "저 미련퉁이, 5전 갈보년 집에 썩은 XX냄새 맡으러 매일 밤 간다니까, 퇴."(중략) 거저 매독이라도 옮기는 날에는 큰일이요. 나는 죽어도 저 미련퉁이 하곤 잠자리 같이하지 않을 거요."[136] (「裸の部落」, p.124)

마을 칠성녀의 어머니가 남편이 매매춘을 한 것을 알고 부부싸움을 하

---

135) 江種満子(2004), 『わたしの身体、わたしの言葉』, 翰林書房, p.193
136) 七星女の家の前に来た時、七星女の母が夫と何か口論してゐる声がきこえた。 (中略)「こんなに夜遅く、何んの喧嘩ですの?」副突の母が、歩きながら訊いた。「あのトンチキ野郎、五銭ガルボ奴め（カンナ）の所に、腐つたXXの匂嗅ぎに、毎晩行くよつ、ペツ」(中略)「あの梅毒（ナチル）でもうつつたら、大変ですよ。わしもう死んでも、あのトンチキ野郎とは寝ないわよ」

고 있는 장면이다. 당연히 칠성녀 아버지는 기혼자이므로 매매춘은 용서
되지 않아야 한다.137) 더욱이 아내에게 성병까지 옮겼으니 더 말할 나위
도 없다. 그러나 칠성녀의 어머니는 제멋대로인 남편의 행동에 대해서 야
단을 치고 화내는 것이 아니라 자신이 당할 매독의 재감염만을 걱정하며
화를 내고 있다. 이러한 부락 남성들의 매춘 행위는 그 도를 넘는다. 다음
은 성도가 딸 순남을 고주사에게 매춘부로 팔아넘긴 후에 취한 행동이다.

> 성도는 저녁도 안 먹고 밖으로 나갔다. 그대로 그날 밤에 돌아오지
> 않았다. 5전 갈보 집에 가서 잔 것이다.138) (「裸の部落」, p.128)

> "남자들이란 정말 개와 한가지야. 저런 더런 간나에게 홀려서…."139)
> (「裸の部落」, p.125)

여름 대홍수로 인해 생활이 어려워졌다고는 하지만 순남의 부모는 고
주사의 꾐에 넘어가 중개료 80원을 받고 딸을 파는 비정함을 보인다. 두
부부는 딸을 팔아 받은 돈으로 아내는 금반지를, 아버지는 매춘을 나간
다. 그러나 이러한 남편에게 항의하는 순남 어머니의 모습은 그려져 있
지 않다. 이처럼 남자들은 간통에 대해서도 사회와 여성에게 응석을 부
리고 용서받는다.

---

137) 한국에는 간통죄가 법률로 정해져 있다. 그러나 일본의 구규정과는 달리 배우자
　　가 있는 사람에게는 남녀를 불문하고 간통죄가 적용된다. 간통죄를 범한 사람의
　　배우자가 고소권자가 되는 친고죄이며 고소권자가 간통을 종용 또는 유 동정심
　　했을 경우에는 고소할 수 없는 점은, 일본의 구규정과 같다. 1953.9. 18.법률 제
　　293호로 제정되었다. (Daum백과사전, http://enc.daum.net/dic100/2007.9.18)
138) 成道は夕飯も食べずに出て行つたが、そのまゝその夜家へ帰らなかつた。五銭ガルボ
　　の家に行つて寝たのであつた。
139) 「男の奴つて全く犬ハンガジ（同じ）だよ。あんなキタナイ女奴め（かんな）に惚れ
　　て…。」

한편 여자들의 성은, 아이를 만드는 '낳는성'과 '쾌락의 성'으로 이분된다. 이러한 이분화에 의해, 아내라는 이름의 그녀들은, 쾌락의 성에서 배제되고 입장이 반대되는 여자끼리의 라이벌 의식이 조장된다. 쾌락의 성에서 제외된 그녀들은 상대편을 "갈보", "썩은 XX", "부정한" 등으로 비하하며, 석탄서리에서 부락 부인들에 의해 5전 갈보는 제외되어 소외당한다.

「적빈」에서는 매촌댁 노녀의 두 며느리가 동시에 임신 중이다. 장남은 심술쟁이이자 멍청이로 "돼지"라는 별명까지 얻어 40세가 넘었는데도 결혼을 못하고 있었다. 이에 위기감을 느낀 노모는 대를 이을 자손을 남겨야하는 여자 최대의 미션을 염두에 두고 마침내 숫처녀 벙어리를 찾아내어 결혼시킨 것이다.

> 색시가 과부라든가 쫓겨온 퇴물이라든가 인물이 코찡찡이 곰보딱지의 박색이라거나 팔다리가 뚝 끊겨졌든지 절름발이라든지 한 병신도 아닌 아주 이목구비와 사지구공이 분명히 생겼을 뿐만 아니라 뚜렷한 숫처녀이다. (중략) 벙어리이니까 사지구공이 뚜렷이 있기는 하나 실상은 사지칠공밖에 되지 않으니까. (「적빈」, p.461)

> 늙은이는 잠시 가만히 앉아 예순셋에 처음으로 보는 손자라 그런지 몹시 감격하여 눈을 쥐어지르듯 자꾸 눈물을 닦으며 또 한 번 아기의 다리 사이를 들여다보았다. 이 아이가 사내란 것이 자기에게 무엇이 그리 기쁜 일인지…. (「적빈」, p.470)

오로지 대를 이어줄 장남의 혼인을 걱정하던 노모는 벙어리이지만 며느리를 맞을 수 있어서 무엇보다 안심이다. 그런 며느리가 혼례를 올리자마자 임신을 하더니 아들 손자를 낳은 것이다. 이때의 기뻐하는 노모의 모습은 가히 숭고하기까지 하다. 이렇듯 빈곤한 농가의 두 며느리에 게는 남녀 성역할 분담은 없다. 그녀들은 무능한 남편을 대신해서 일도 해야 되고 아이도 낳아 대를 잇기도 해야 하는 이중의 임무가 부과된다.

가부장제 사회에서 남성은 공식 영역 (결혼 제도)과 비공식 영역 (성 매매, 성 폭력 등등) 양쪽에서 성의 자유를 누리지만, 여성에게는 가족 안에서 출산을 위한 성만이 허용된다. 남성은 두 영역을 마음대로 넘나 들지만, 여성이 비공식 영역인 성적제도에 연관되는 것은 낙인을 의미한 다. 특히, 성 판매에 종사하는 여성은 가부장제 사회에서 극심한 혐오의 대상이 된다. 인간의 성 활동(섹슈얼리티)이 성별에 따라 이처럼 의미가 다른 것이다. 가부장제 사회에서 (남성은 그렇지 않지만) 여성의 성은, 여성의 자아와 인격, 가치를 결정하는 주요 요소로 간주된다. 따라서 성 폭력과 성매매 제도는 여성을 통제하는 권력일 수 있는 것이다.[140]

「裸の部落」의 남자들도, 「적빈」 안의 남자들도 모두가 이러한 성 제도 의 보호를 받으며 '부정' '정숙'이라는 이분화 된 여자들에 의해, 부성을 상실한 응석받이로 살아간다.

▨ 3 소통되지 않는 관계

3.1 ▍ 노우, 민스 노(No means no)

「裸の部落」에는 성애 장면이 소설의 대부분을 차지한다. 그 중에서도 순남의 남동생 복돌의 강간 사건은 시사해 주는 바가 크다. 13,4세인 복

---

140) 정희진(2005), 『페미니즘의 도전』, 교양인, p.139

돌은 부락 어머니들의 석탄서리에 망보기 역할로 동행한다. 철도회사 내
에 적재된 석탄을 훔치러 가던 중 마을 부인들은 칠성녀 아버지의 매춘
을 화제로 삼는다. 부인들 뒤를 따라가던 사춘기에 접어든 복돌은 이 말
을 듣고 성적 호기심을 자극받는다. 부인들이 회사 안으로 들어가고 난
후 동행한 어린 칠성녀와 단 둘이 남겨진 복돌은 드디어 성적 호기심을
시험할 찬스를 맞는다.

> 복돌은 팬티 안으로 손을 집어넣어 성기를 만지고 있다가, 아까 엄
> 마들이 했던 이야기가 떠올라 그만 낄낄대며 웃었다. 그리고 칠성녀의
> 모습을 보자 한 가지 호기심이 가슴 속에 끓어올랐다. "칠성녀야 이것
> 너 줄까?"복돌은 오후에 신시가지 쓰레기통에서 주운 한 쪽 발이 떨어
> 지고 없는 고무 인형을 손바닥에 올려서 보였다. "응 줘." 칠성녀가 양
> 손을 내밀었다. "나 이것 줄 테니까, 응 칠성녀야." 복돌은 갑자기 칠성
> 녀의 목을 끌어안았다. "싫어."칠성녀는 작은 주먹으로 복돌의 가슴을
> 밀었다. 복돌은 모래위로 고꾸라졌다. "히, 히, 히." 복돌은 그래도 포기
> 하지 않고 바보 같은 웃음을 띠우며 일어섰다. "이것도 줄게, 응." 복돌
> 은 이번에는 공기가 빠진 고무공을 내 보였다. "응, 다 줘." "다 줄 테니
> 까 내가 하는 말 들을 거지?" "응." 칠성녀는 크게 고개를 끄덕였다. 이
> 리하여 복돌은……………칠성녀는 큰 소리로 울었다.[141]

(「裸の部落」, pp.125~126)

---

141) 福突は、猿股の中に両手を突つ込んで、チンポを弄つてゐたが、先の母達の会話が
思ひ出されて、思はずゲラゲラと笑つた。そして七星女の姿を見ると、一つの好奇
心が、胸に湧いて来た。「七星女ヤ、これお前にやろか?」福突は、昼、新市街の塵芥
箱で拾つた、片足の切れたゴム人形を掌に載せて見せた。「ん、くれよ」七星女が、
両手を差し出した。「おれ、これやるから、なア七星女ヤ」福突は、七星女の首を抱
きしめた。「やだよ」七星女は、小さい拳で福突の胸をついた。福突は砂の上に、仰
向けに転んだ。「ヒ、ヒ、ヒ」福突はそれでも間抜けた笑い方をしながら起き上がつ
た。「これもやるよ、なア」福　突は今度は、空気の抜けたゴムまりを、出して見せ
た。「ん、みなくれよ」皆やるから、俺の云ふ事きくだらう?」「うん」七星女は、ガク
ンと大きく頷いて見せた。斯うして福突は、ゝゝゝゝゝゝゝゝゝゝ。七星女は、声を立

이윽고 마을 부인들은 석탄서리를 위해 회사 안으로 들어가고 어둠 속에는 복돌과 칠성녀 두 사람만이 남겨져있다. 복돌은 음흉한 웃음을 흘리며 칠성녀에게 다가가 어른들이 하던 대로, 읍내 쓰레기통에서 주어온 인형을 내밀며 유혹한다. 칠성녀가 인형에 관심을 보이자 복돌은 갑자기 칠성녀를 껴안지만 그녀의 저항으로 보기 좋게 실패한다. 그러자 이번에는 인형에다 공기 빠진 공을 하나 더 얹어 칠성녀의 반응을 살핀다. 그리고는 '내가 하는 말 들을 거지'하고 다짐을 받자, 지금부터 자신의 몸에 어떤 일이 일어나게 될 것인지는 까마득히 모르는 채 "응!"하고 대답하고 만다. 찬스라는 듯이 복돌은 추레한 웃음을 흘리면서 드디어 칠성녀를 강간한다. 이처럼 칠성녀는 모르는 사람이 아닌 자신과 제일 가까운 곳에 있는 지인에 의해 강간당한다.[142]

그러나 칠성녀는 복돌의 이상한 행동에 대해 처음에는 '싫어'하며 자신의 의사 표시를 분명히 한다. 그럼에도 불구하고 복돌은 그녀의 의사를 무시한 채 목적을 위해 선물 공세로 매수한 장면은 어른들의 행동을 그대로 축소해 보여주는 부분이다.

한편 「적빈」의 매촌댁 장남 며느리가 벙어리인 것은 상징적이다.

> 그러나 당장에 입에 넣을 것이 없었으므로 벙어리를 두들기며 밥 얻어오라고 하는 것이었으나 벙어리는 이미 아이를 배어 당삭이 된 커다란 배를 가리키며 서럽다고 "꿍"하며 우는 것이었다. (중략) 벙어리는 태아가 꿈틀거릴 때마다 몸서리를 치며 무서워했다. (「적빈」, p.463)

てて泣いた。

142) 오구라는 강간의 패러다임(paradigm)으로서 네 개의 항목을 든다. 그 중에 '강간하는 남자는 여성에게 보지도 알지도 못하는 남자이다'라는 설을 신화에 지나지 않는다고 규정해, 전체의 80~90%가 여자가 아는 남자라고 주장한다. (小倉千加子(1988), 『セックス神話解体親書』, ちくま文庫, p.26)

벙어리인 매촌댁 장남 며느리는 결혼 하자마자 아이를 임신한다. 그러나 이러한 설정은 앞서 지적한 바와 같이 여자의 '낳는성'을 강조하는 효과를 지닌다. 며느리는 자신의 의사 표시가 말로는 불가능한 장애우이다. 그 뿐만 아니라 그녀는 자신의 배에 잉태된 생명에 대해서도 정신적으로 받아들이지 못할 정도로 사고가 불분명하다. 그러므로 남편 또한 아내와의 커뮤니케이션을 꾀하려는 노력은 볼 수 없다. 그렇다면 과연 그녀는 남편에게 성적 교섭을 강요당했을 때 어떤 제스처로 저지할 수 있을까?

이러한 여자들의 성적 장면에 대한 의사 표시는, 결혼을 했든 하지 않았든 동일하게 존중되어야 한다. 그러나 「裸の部落」의 부인들도 남편을 매춘부에게 빼앗기지 않으려면, 싫어도 남편의 성적 욕구를 수용할 수밖에 없을 것이며, 「적빈」의 며느리들 또한 벙어리에다 대를 잇는다는 크나큰 미션을 수행하기 위해 일방적인 성교를 강요당해도 거절할 수 없는 상황임은 상상하기에 어렵지 않다. 그러나 여자의 'NO'는 간단하게 무시되어 'YES'의 역설적 표현으로 해석되는 게 현상(現狀)이다.[143] 그러나 어떠한 경우라도 강간범이 되지 않으려면 노, 민스 노(No means no)를 잊어서는 안 될 것이다.

3.2 █ 딸과 아내의 목소리

「裸の部落」에 나오는 순남은 16세의 나이로 야학[144]에서 2년간 공부한

---

143) 영화 『델마와 루이스』(1993)의 대사로 유명해진 이 말은, 델마를 강간하려는 남자에게 루이스가 했던 말로 그 후 레프 재판에서 자주 인용된다.

144) 농민 조합 강령에는 '국고 지원 탁아소와 무료 산파원 설치, 농촌 여성을 위한 정치, 사회적 차별 철폐, 여성을 위한 야학 설치, 일제 어용 단체인 여자 청년단과 부인단의 즉각 해체' 등의 사항을 명시해, 농촌 지역에 잔존해 여성을 억압한 모든 악법과 구태 폐지를 주장했다고 되어 있어, 1930년대에는 하층계급의 사람

덕분에 더듬거리기는 하지만 그래도 한글을 읽을 수 있는 여성이다. 그녀는 평소에 어머니의 가사를 도와 세탁과 물 길러오기, 동생들 돌보기를 헌신적으로 행한다. 마을 청년 삼덕과 서로 좋아하는 사이지만 이렇다 할 언약을 주고받지는 않았다. 그런 그녀를 부모들은 홍수로 생활난에 허덕이게 되자 비밀 창기 소개업자라는 얼굴을 지닌 고주사 부부에게 팔아넘긴다.

> 성도는 호락호락 고주사의 덫에 걸렸다. 그 다음날 곧바로 고주사는 고용 계약서를 작성해 성도를 불렀다. 문자를 못 읽는 성도는 3년이 지나면 순남이 훌륭해져서 경성에서 돌아온다고 생각하고 고주사가 가리키는 곳에 날인을 하고 고주사에게 뜨끈뜨끈한 10원짜리 푸른색 지폐 8장을 받았다.[145] (「裸の部落」, p.127)

순남 아버지 성도는 소설 후반에 가서야 등장하여 돌연 딸의 매매계약서에 무인을 누르는 가장의 역할을 수행한다. 가족들의 생활을 나 몰라라 하는 주정꾼인 그가 생활난에 헐떡이게 되자 딸 순남을 판 것이다. 부인의 등 뒤에서 응석만 부리고 있던 그가, 가부장제의 힘의 구조에 의해 결정권을 행사하기 위해 후반부에 등장한 것이다.

> 그날 밤 7시경 차려입은 순남은 고주사와 부모가 탄 자동차에 함께 탔다. K정거장에 도착하자 순남은 처음으로 모든 일의 전말을 눈치 채

들을 위한 야학이 많이 설치되어 농촌 여성들의 큰 반향을 불렀다. (전경옥 외3인(2004), 『한국 여성 정치 사회사』, 아시아 여성연구소, p.306)

145) 成道はマンマと、高主事の罠にかかつた。その翌朝早速、高主事は雇用契約書を作成して、成道を呼んだ。文字の読めない成道は、三年経つと順男が立派になつて京城から帰つて来るのだとばかりに思つて、高主事が指さす個所に拇印を押すと、高主事からホヤホヤの十圓青紙幣八枚を受け取つた。

고 가지 않겠다고 울부짖었다. 성도는 울부짖는 순남을 뒤에서 안아서 차에 태웠다.[146) (「裸の部落」, p.127)

순남은 끝까지 자신이 매매되었다는 사실을 눈치 채지 못하고 있었다. 차에 억지로 태워지는 순간 겨우 사태를 파악한 순남은 필사적으로 "울부짖지"만 이런 그녀의 의사는 간단히 무시되어 아버지에 의해 차에 태워진다. 이렇게 해서 순남은 자신의 의사와는 관계없이 부모에게 배신당한 채로 심양행 기차에 몸을 싣고 만주 평야를 거쳐 팔려간다.

근대 이후부터 주장되기 시작한 '성적 자기 결정권'에 반해, 당시는 자식들의 성적 권리를 부모가 쥐고 있었다. 그 때문에 자식의 의사와는 상관없이 매매되거나 결혼하게 되는 경우가 허다했다. 순남이 부모들에 의해 강제적으로 팔려가는 광경은 마치 일본의 가라유키상을 연상시킨다.

앞서 설명한 바와 같이 「적빈」의 며느리는 벙어리이며 작가는 그녀를 통해 당시의 여자들이 경험하는 학대와 억압을 그려내고 있다. 그녀의 돼지 남편은 산달이 가까운 부인에게 폭력을 휘두르며 "산 나물케기"를 종용한다. 또한 출산 후 아내에게 "밥을 많이 먹는다"며 학대한다. 그런데도 그녀는 "쿵"하는 외마디 밖에는 자신의 의사를 표현할 방법이 없다. 이러한 그녀의 외마디 소리에는 그녀의 슬픈 현실이 담겨져 있지만 비정한 남편에 의해 간단하게 무시된다.

그래도 돼지는 어떻게든지 해서 양식을 얻어올 궁리는 하지 않고 벙어리를 조르다가 지치면 늙은이가 무엇이나 가져오지 않나 하는 턱없는 꿈을 꾸며 뒹굴뒹굴 구르기만 하는 것이었다. (「적빈」, p.463)

---

146) その夜七時頃、盛裝した順男は、高主事と父母が乗つてゐる自動車に一緒に乗せられた。K停車場につくと、順男は始めてすべての事を知つて、行かないと泣き叫んだ。成道は泣き叫ぶ順男を後から抱いて、客車内に入れた。

벙어리의 남편 돼지는 몸은 튼튼하나 매촌댁의 관대함에 힘입어 변변히 일도 하지 않고 지내는 주제에 남편이랍시고 아내에 대한 폭행을 당연시한다. 이러한 경제적 능력도 없고 상냥하지도 않은 "돼지" 남편과 평생을 살아가야하는 벙어리 며느리의 장래는 암흑과도 같은 것이다. 앞으로도 그녀는 이처럼 남편에게 끊임없이 학대당하며 아이의 육아에 쫓기면서, 가사와 막노동을 한꺼번에 해나가야 하는 슈퍼 우먼이 되지 않으면 안 된다.

한편 「裸の部落」의 순남은 자신이 팔려간다는 것을 뒤늦게 알고 울부짖으며, 「적빈」의 벙어리 며느리는 "쿵"하는 외마디와 "눈물"로 의사 표시를 하지만 가부장 남성들에 의해 간단히 무시 된다. 이처럼 두 작품에 나오는 남자들은 여자들과의 소통을 끝까지 시도하려하지 않는다. 하지만, 그녀들의 "울부짖음"과 "쿵"하는 목소리만은 지울 수 없을 것이다. 그 때문일까 고주사에 속은 것을 나중에 안 순남 아버지는 소설의 결말부에서 딸의 이름을 부르며 서럽게 운다. 그러나 이미 때는 늦었다.

여성주의는 차이나 차별에 대한 이야기가 아니라 차이를 이해하는 방식이다. 차이가 차별을 만드는 것이 아니라 권력이 차이를 구성한다. 여성주의는 정치적 올바름, 통일성이나 단일성의 가치보다는 대화의 가치를 강조한다. 그리고 이럴 때 여성뿐만 아니라 다른 타자들의 목소리도 들리게 된다. 다른 타자들의 목소리를 배제하지 않는 것, 이것이 '진정한 보편주의' 정치학으로서 여성주의 언어가 지닌 힘이다.[147]

이상 「裸の部落」과 「적빈」을 부성 상실의 관점에서 살펴보았다. 1930년대 중반의 시대상황 속에서 노동자·농민의 하층계급의 삶을 극명하게 그린 두 작품의 근저에는 빈곤과 성의 문제가 깔려있다. 그리고 이러

---

147) 정희진(2005), 앞의 저서, p.44

한 상황 하에서 술이나 도박, 매매춘에 정신이 팔려있는 가부장들을 대신해 가족을 부양하는 여성들의 노력하는 모습이 생기발랄한 생명력과 함께 그려져 있다. 하지만, 두 작품에 등장하는 「裸の部落」의 순남 어머니와 「적빈」의 매촌댁 노녀는 남편이나 아들들의 〈응석〉을 그대로 받아주고 있으며, 한마디도 충고하지 못하는 답답함을 보인다. 그 결과 작중의 남자들의 입지는 점점 좁아지고 급기야는 딸 매매, 아내 폭행이라는 악행을 저지르게 된다. 말하자면 자식을 보다 이상적으로 기르고 싶다고 생각하였을 어머니가, 남편을 따라야 한다는 유교의 삼종지도(三從之道)의 가르침을 쫓아 남자들의 〈응석〉을 조장하는 결과를 가져와, 그 여파가 다시 약자인 여성에게 미치는 악순환을 만들어내고 있으며, 이로 인해 사회적으로 남성에게 기대되는 부성의 상실을 초래하고 있는 것이다.

또한 남성 작가의 글쓰기와 여성 작가의 글쓰기에는 각각 젠더와 섹슈얼리티에 대한 관점이 일정한 격차를 보이고 있음을 알 수 있었다. 예를 들면, 남성 작가에 의해 쓰인 「裸の部落」에서는 기혼 여성들은 이름조차 주어지지 않지만, 남편의 이름은 당당하게도 성도(成道)이다. 즉, 아무리 무능력한 남자라도 사회가 거는 기대는 남자에게 향해 있다. 또한 딸 순남을 매매한다는 가정 내에서 큰 문제를 결정할 결정권은 역시 가장인 성도에게 주어진다. 이에 비해 여성작가의 작품 「적빈」에서 노녀는 '바가지'를 가지고 아들 둘과 며느리 둘에게 적당히 애정을 나눠주며 응석을 받아주어, 결국 부성 상실과 이어지는 결말을 자초하고 있다. 그러나 노모의 바가지에 의한 애정의 분배 능력은 여성의 세밀한 관찰과 섬세한 표현에 의해 재생되고 있어 여성작가의 감성이 큰 힘을 발휘한 글쓰기였다고 여겨진다.

제5절

프롤레타리아를 끝낸 부부
― 「원고료 이백원」과 『잇꽃(くれなゐ)』[148]의 문제 ―

1934년 장편소설 『인간문제』를 연재하여 작가로서의 전성기를 맞은 강경애는 뒤이어 자신들 부부를 모델로 한 단편소설 「원고료 이백원」(『新家庭』, 1935.2)을 발표하였다. 『인간문제』를 연재하고 받은 원고료 이백원을 놓고 아내는 남편과 돈에 대한 사용방안을 논의하는 과정에서 감정 대립을 보인다. '나'는 이런 부부의 모습을 후배 K에게 들려주며, 스스로 겪은 연애와 결혼 체험을 근거한 어드바이스를 통해, 앞으로 조선 여자들이 나아갈 방향을 제시해가는 내용이다.

한편 사타 이네코(佐多稲子)는 첫 결혼에 실패한 뒤, 도쿄의 혼고(本郷)에 위치한 카페에서 여급으로 일하면서 잡지 『로바(驢馬)』 동인인 나카노 시게하루(中野重治), 호리 다쓰오(堀辰雄) 등과 친분을 쌓으며 창작활동을 했다. 그들 중 같은 『驢馬』 동인인 구보카와 쓰루지로(窪川鶴次郎)와는 연인사이로 발전해 결혼하게 된다. 이 때문에 초창기에는 구보카와 이네코(窪川稲子)라는 이름으로 작품을 발표하며 활동했다. 1928년 자신의 경험을 바탕으로 쓴 단편소설 「캐러멜 공장에서(キャラメル工場から)」를 발표해, 프롤레타리아 문학 신인작가로 인정을 받았다. 또한 잡지 『일하는 부인(働く婦人)』의 편집에도 종사하며 창작활동과 문화보급 운동에 공헌했다.

장편소설 『잇꽃(くれなゐ)』(『婦人公論』, 1936.1~5)은 사타 이네코와 남

---

148) 底本; 강경애(1935.2), 「원고료 이백원」, 『新家庭』, 『강경애소설』(2004). 佐多稲子 (1936.1~5), 『잇꽃(くれなゐ)』, 『婦人公論』

편 구보카와 쓰루지로를 모델로 하고 있으며, 프롤레타리아를 끝낸 부부가 한 지붕아래서 작가라고 하는 동업종에 종사하고 있을 경우 생길 수 있는 여러 가지 문제를, 남녀 성역할의 관점에서 응시하였다.

1920년경 시작된 로맨틱 러브를 내면화한 한일 양국 여성들은, 시대의 흐름에 따라 각각 프롤레타리아 여성으로 변모해 그로부터 10년을 맞았다. 본 절에서는 민주주의 속에서 자유연애를 경험한 남녀가 그 후 프롤레타리아 작가로 변모했다가, 또 다시 민주주의로 회귀해 '개인'의 모습을 찾으려 발버둥치는 두 부부의 모습을 재조명하고자 한다.

「원고료 이백원」의 '나'와 『くれなゐ』의 아키코는 당대의 모던걸로 로맨틱 러브를 학습하여 실천한 여성들이다. 그런 후 시대의 변화에 따라 프롤레타리아 작가가 되어 어언 10년이 지났다. 그 사이 두 여성은 자신을 위하기보다는 조직과 가족을 위해 일과 가사라는 이중 노동에 시달리는 삶을 살았다. 그러나 때는 바야흐로 프롤레타리아 문예 조직이 해체되고 공산주의 시대가 막을 내린, 1930년대 중반이다. 따라서 프롤레타리아 문학자들은 전향 후 다시 개인으로 돌아가려는 노력을 계속하게 된다. 그러나 이런 경우 결혼한 부부는 또다시 가부장제라는 틀 속으로 들어가서 생각하지 않으면 안 되었다. 따라서 가장으로 돌아 간 남자는 홀로서기가 가능하지만, 여자는 아내와 엄마라는 위치가 족쇄가 되어 홀로서기가 쉽지 않다. 이 때문에 두 소설 속에서 부부문제가 야기되어진 점 또한 부인할 수 없다.

오늘날 남녀평등은 상당할 정도로 실현되었다고 본다. 그러나 현대 사회의 제 모습을 상세히 들여다보면, 성차에 관한 문제는 의외로 뿌리 깊고 복잡하게 남아 있다는 것을 알게 된다.

본 절에서는 여성에게 있어 성차가 현대보다 가혹했던 시대에 아내로서 어머니로서 그리고 문학자로서, 오늘날 말하는 젠더 문제와 수없이 부딪히며 삶을 살아온 사타 이네코와, 이런 문제에 피식민자의 입장이 더해져 이중적 괴로움에 허덕였던 강경애의 삶의 방식을 작품을 통해 고찰하겠다. 근대 로맨틱 러브의 실천자들이 프롤레타리아 작가로 변모하여 살아가면서도, 남편과의 사이에 거리감을 느끼며, 계급 혁명이냐, 여성 해방이냐를 놓고 고민한 끝에 그 해답을 내놓고 있음에 초점을 맞추어 논하겠다.

1 프롤레타리아 10년

1.1 여자의 脫性化

아오야기 유코(青柳裕子, 1997)는 "강경애 소설에는 여성들이 자신들의 현실 문제를 각성하고, 남녀의 사회적 가정적 위치를 놓고 고투하는 이른바 신여성의 모습은 거의 묘사되지 않는다. 이는 현실 속에서의 그녀의 선택과 남편의 존재가 그 이유로 작용하고 있다고 보는 것이 타당할 것"이라고 지적하였다.[149]

실로 강경애는 소설 속에서 신여성을 폄하하는 글쓰기를 보이고 있다. 예를 들어 1932년 9월 발표된 단편 「그 여자」(『三千里』)에서는 마리아라고 하는 여주인공을 통해, '공부한 신여성 무엇을 안다고 여자는 저 모양이지 하는 생각만으로 뚜렷이 짙게 되었다.'하며 신여성을 비난의 대상으로 삼는다. 게다가 1934년 8월의 장편 소설 『인간문제』, 동년 10월에 발표한 「동정」, 6월에 「번뇌」를 잇달아 발표하지만, 이러한 작품에서도 각각 신여성이나 모던걸을 등장시켜 비난의 고삐를 늦추지 않는다. 예를

---

149) 青柳優子(1997), 『韓国女性文学研究』, お茶の水書房, p.197

들어 『인간문제』에서는 지주의 딸인 옥점이 모던걸로 그려진다. 그녀는 가사에는 젬병이며 값비싼 피아노를 탐하는 허영심 많은 여성이다. 게다가 엘리트 남성에게는 모든 자존심을 버리고 적극적인 구애작전을 펼치는 가벼운 여자로 표상된다. 또한 「동정」에 등장하는 유녀 산월은 지식인 애인을 신여성에게 빼앗긴다는 설정으로, 역시 신여성과 구여성은 대립관계에 놓인다. 또한 「번뇌」의 여주인공 계순은 무산계급 투쟁으로 투옥된 남편을 기다리는 정조 있는 여성으로 그려진다. 얼굴은 박색이나 살림을 완벽히 해내는 프로 주부의 면모를 갖춘 계순 앞에 어느 날 불쑥 전향한 남편의 후배 동지가 찾아온다. 시어머니는 그에게 아들의 모습을 발견하고 함께 살 것을 부탁한다. 이 날부터 후배 동지는 선배를 대신하여 두 여자를 부양하게 된다. 한 지붕 아래서 서로를 동정하며 지내다 결국 후배와 계순은 서로 사랑을 느끼게 된다. 어느 날 시어머니가 외출하여 집을 비운 사이에 후배는 계순에게 사랑을 고백하게 되고 계순도 이를 받아들인다. 그러나 이미 결혼한 몸으로 불륜을 저지를 수 없다는 도덕심이 계순을 괴롭힌다. 결국 계순은 자신의 욕망을 억제하는데 성공하고 오로지 투옥된 남편의 출옥만을 기다리기로 한다.

양주동을 통해 로맨틱 러브를 알게 되고 누구보다도 적극적으로 실천하며 살아 온 강경애이지만 프롤레타리아 작가로 변신하여 10여년을 보낸 다음에 쓰인 「원고료 이백원」에서는 여학생 시절을 되돌아보며 다음과 같이 이야기한다.

여학교 동무들은 양산을 가진다, 세루 치마저고리를 입는다. 털목도리 재킷을 짠다, 시계를 가진다, 지금 생각하면 그 모든 것이 우습게 생각되지마는 그때는 왜 그리도 부러운지 눈물이 날 만큼 부럽더구나.
(「원고료 이백원」, p.173)

‘나’는 여학생 시절을 회상하며, 당시의 여학생들의 최대 기호품이었던 양산과 서지치마저고리에 서양식 재킷, 시계 등에 가치를 두는 모던걸의 실체를 허영심이라고 일축하며, 그들을 따라하는 짓은 어리석은 일이라고 충고한다. 하지만 당시의 여학생, 즉 모던걸들의 이러한 현실 지향적 태도는, 확실히 계몽주의자의 입장에 섰던 신여성들의 모토(motto)와는 다른 일면을 보인다.

기요사와(清沢, 1989)는 「모던걸(モダン・ガール)」에서 ‘세이토(青鞜)에는 반항은 있었으나 생활이 없었다. 로맨티시즘은 다수 있었지만 리얼리티가 없었다. 理想은 있었으나 경제가 없었다. 처음으로 행해지는 어떤 운동도 그러하듯이 그것은 하나의 동지들의 운동에 지나지 않았다’[150]고 분석한다. 이어서 김진송(1999)은 저서 『서울에 딴스홀을 許하라』에서 ‘모던이 경박스럽고 불량스러운 현상에 붙이는 말이 되었지만 그렇기 때문에 한편으론 진보적 의미를 담고 있다. 뾰족 구두를 신고 단발머리에 짧은 치마를 입는 과감한 행동은 분명 전근대적인 인식을 전환시키는 잠재된 의지였다’고 평가하였다.[151]

소설의 시대 설정은 1935년이다. 즉, 프롤레타리아 문학의 퇴조기라고 할 수 있는 시기임에 주목하고자 한다. 프롤레타리아 작가 강경애는 소설의 원고료로 “모피외투, 털목도리, 구두, 금니, 금반지, 시계” 등을 갖고 싶어 하는 등, 개인적 욕망을 억제하지 못했던 지난날을 후배에게 들려주며 어드바이스 한다. 그리고 계속해서 여학생들의 모던한 행동을 “부끄러운 일”이라고 규정하고 당당한 삶의 기준을 다음과 같이 말한다.

---

150) 清沢洌(1989), 「モダン・ガール」, 『モダンガールの誘惑』, p.428
151) 김진송(1999), 『서울에 딴스홀을 許하라』, 현실문화 연구소, p.44

> K야! 너는 지금 상급학교에 가게 되지 못한다고 혹은 스위트홈을 이
> 루게 되지 못 한다고 비관 하느냐? (중략) K야 너는 책상위에서 배운
> 그 지식은 그것만으로도 훌륭하다. 이제야말로 실천으로 말미암아 참
> 된 지식을 얻어야 할 때이다. 그리하여 너는 오직 너의 사회적 가치를
> 떠난 그야말로 교환가치를 향상시킴에만 몰두 한다면 너는 낙오자요
> 퇴패자이다. (「원고료 이백원」, p.179)

'나'는 여학교 졸업을 앞두고 진로 선택으로 고민하고 있는 후배 K에
게 '스위트 홈(=사랑의 보금자리)', 즉 결혼의 단 꿈보다 무산 계급 투쟁
운동에 참가해 스스로의 가치를 높이라고 충고한다. 이러한 묘사는 개인
을 추구하는 삶이 공동체를 위한 삶보다 가치가 낮다고 보는 작가의 시
점에서 비롯된 것이며, 아울러 연애라고 하는 여자의 개인적이고 주체적
인 성적 욕망을 거세하도록 권고하는 것에 다름 아니다. 또한 '나'는 보
다 더 강한 어조로 모던걸의 개인 우선의 삶을 살게 되면 "낙오자"요 "퇴
패자"라고 감정을 노골적으로 드러낸다. 여학교를 나온 후배 K는 이른바
당대의 모던걸이다. 특히 강경애는 이러한 모던걸의 자유분방한 섹슈얼
리티를 비판하는 자세를 끝까지 견지한다.

그렇다면 당시의 모던걸을 사회는 어떻게 보고 있었을까?

일본에서 모던걸이라는 어휘가 신문 잡지에 쓰이기 시작한 것은 1926
년경부터이다. 오야(大宅, 1989)는 「백퍼센트 모가(百パーセント・モガ)」
에서 모던걸의 존재 이유는 인습적인 부인들의 도덕이나, 남녀관계, 생
활양식을 과감하게 파괴한 데에 있다고 평가한다.[152]

더욱이 1930년의 조선에서는 문예잡지 『新女性』(1931.3)에 〈모던여성
십계명〉을 실어 '남녀동등이 남자가 하는 것을 흉내 내는 것이 아니라

---

152) 大宅壮一(1989), 「百パーセント・モガ」, 『モダンガールの誘惑』, p.402

남자의 열등한 것을 극복하고 여성으로서 훌륭한 진전을 이룩하는 것, 그 대신 튼튼한 신발을 만들어 새로운 길을 걸어가라, 연애를 밥거리로 생각하지 말 것' 등을 주창하며 모던여성들에게 주도적이고 주체적인 삶을 살도록 요구하였다.[153]

그러나 민족 담론이나 제국주의 식민 담론 안에서의 여성은, 젠더로서의 아이덴티티를 부여받지 못하고 민족이나 국가, 계급의 심벌 내지는 은유로 전용된다. 자신들 스스로의 섹슈얼리티를 희생하며 계급 운동에 참가한 강인한 여성들의 계급과 여성성과의 상관관계에 대해 심진경(2006)은 다음과 같이 지적하였다.

> 이러한 권위 있는 정치적 정체성(계급)과 여성성과의 결합은 두 가지 역할을 하는데, 한편으로 국가의 정치적 담론은 여성을 거치면서 욕망, 사랑, 결혼, 이혼, 가족 관계 등의 사적 맥락으로 변화된다. 그리고 다른 한편으로 이는 섹슈얼리티, 자아, 그리고 모든 사적인 감정을 제한하고 억압함으로써 여성의 욕망이나 사랑을 정치화한다. 다시 말해서 거대 담론으로서의 계급논리는 여성이 자신의 젠더화 된 정체성과 섹슈얼리티를 희생하게 하는 하나의 '신화'로 작용하게 된다.[154]

이렇듯 강경애의 섹슈얼리티는 계급(=젠더화 된 아이덴티티와 섹슈얼리티를 희생하도록 조장된 '신화')에 의해 철저 하리 만치 억압되어 〈脫性化〉 된다. 그리고 이러한 구조를 깨닫지 못하고 있는 강경애는 후배에게도 자신과 같은 길을 가도록 줄기차게 설득하고 있다.

확실히 마르크시즘은 작품이 쓰인 1935년 무렵에는 퇴조의 일로를 걷고 있었다. 그러한 공기를 읽고 있을 강경애가 「원고료 이백원」에서는

---

153) 윤지훈(1931), 「모던 여성 10계명」, 『新女性』, pp.70~73
154) 심진경(2006), 『한국문학과 섹슈얼리티』, 소명출판, p.118

'나'로 변신해 다시 한 번 부르주아지를 꿈꾸지만, 남편의 강력한 반대와 신체적 압력에 의해 꿈에서 깨게 된다는 설정은 상징적이다. 강경애의 부르주아 재생의 꿈이 좌절된 데는 당시 소설을 쓰고 있던 장소가 마르크시즘을 실행하고 있던 중국이라는 점도 무시할 수 없을 것이다.

2.2▍ 다시 섹슈얼(sexual)로

앞에서 지적한 바와 같이, 사소설『잇꽃(くれなゐ)』은 사타 이네코와 남편 구보카와 쓰루지로를 모델로 하고 있으며, 남편 쓰루지로가 프롤레타리아 작가에서 전향한 후 집으로 돌아온 시점에서 새로이 불거진 부부 문제를 테마로 하고 있다.

사타는 17세(1921년) 때 마루젠(丸善)서점에 입사해 서양서적 코너를 담당하였다. 18세 때부터는 신인 여류 시인으로서 활약하기 시작해, 20세 때에 가난과 노동에 진저리를 느끼고 마루젠 상사의 소개로 만난 사업가 자제이자 게이오(慶応)대학 학생 고보리 가이조(小堀槐三)와의 결혼을 선택해 계급상승을 꿈꾼다. 결혼 후 곧 딸을 낳았으나, 일 년 만에 부부사이는 악화일로를 걷게 되고, 동반자살 사건을 계기로 이혼한다. 남편의 집요한 질투와 사타의 신데렐라식 결혼을 선택한 자신에게 실망하였다는 것이 주된 원인으로 되어있다. 당시의 심경에 대해 사타는 연보에서 '남편 고보리의 부모 형제들과의 재산 분쟁에 의한 신경피로나, 남편의 병적인 질투심 때문에 결혼 생활은 말할 수 없이 음산하고 참혹한 것이었다.'고 회고하였다.

1926년 다시 상경해 1월부터 도자카(動坂)에 있는 카페의 여급으로 취직하여, 이곳에서『驢馬』155) 동인들과 사귀게 된다. 그리고 동인 중 한사

---

155) 호리 다쓰오(堀辰雄), 나카노 시게하루(中野重治), 구보카와 쓰루지로(窪川鶴次郎)

람인 구보카와 쓰루지로(窪川鶴次郎)와 연인 관계로 발전하였다. 1926년 9월부터는 아사쿠사(浅草)의 카페에서 일하면서, 구보카와 쓰루지로와 동거를 시작했으며 이윽고 결혼에 골인한다. 엘렌 케이의 '연애 없는 결혼은 부도덕하다'는 말이 유행했던 시대에, 첫 결혼과는 다른 연애결혼을 선택한 사타가, 젊은 시절 가졌을 연애관은 어떠한 것이었을까? 노모토(野本, 2000)에 의하면, 20세 이전 사타의 연애관에 결정적인 영향을 준 것은, 구리야가와 하쿠손(厨川白村)의 연애관이었다고 지적한다.[156] 사타는 에세이 『年譜行間』에서 다음과 같이 쓰고 있다.

> 그 당시, 구리야가와 하쿠손의 연애론도 읽고 있었습니다만, 그것은, 연애라는 것은 몹시 신비롭게 반짝이는 것이 아니면 진정한 연애가 아니고, 일상생활 속에서 좋아지게 된 것은 진짜 연애가 아니라고 하는 것 같은 것이 적힌 연애론이지요?[157]

위의 인용에 의하면 사타가 20세 전후에 구리야가와 하쿠손의 『근대의 연애관(近代の恋愛観)』을 읽고 적지 않은 영향을 받았던 것으로 추측된다. 두 번째의 결혼은 이러한 연애관에 근거한 결혼이었다. 『くれなゐ』의 아키코 역시 결혼 10년을 맞아 아래와 같이 당시를 회상한다.

> 봄이 되면 아키코는 지난 10년간 매년 조금씩 달라진 생활 속에서, 그리고 그것은 아키코에 있어 아키코의 인생의 의의를 점점 더 깊게 하는 생활 속에서, 흔들리는 달콤한 감정에 젖어 과거를 되돌아보았다. 그것은 히로스케와의 연애로 그녀가 처음으로 자기를 주장한, 괴롭고

등이 대학 재학 중이었던 1926년에 창간한 소설 동인지. (出典:フリー百科事典 『ウィキペディア(Wikipedia)』, 2008.6.17)
156) 野本泰子(2000), 「佐多稲子の恋愛観」, コンパラティオ, p.21
157) 佐多稲子(1983), 『年譜行間』, 中央公論社, p.76

즐거운 추억이었다.158) (『くれなゐ』, p.29)

중매로 시작한 첫 번째의 결혼생활이 어긋나 목숨까지 좌지우지당할 정도로 대실패를 경험한 사타는, 구보카와와의 만남을 통해 이론으로만 알고 있었던 연애를 스스로 체험하게 된다. 소설 속의 아키코 역시 연애를 통해 처음으로 자기를 주장했다고 술회하고 있으며, 그런 경험은 괴롭기도 하였지만 즐거운 추억이었다고 회상하였다.

연애의 특징은 자기주장을 할 수 있다는 점이다. 아키코 역시 이런 연애의 특징을 잘 살려 점점 내면화 해간다. 아울러 아키코가 경험한 연애는 즐거움뿐만이 아니라 괴로움이기도 했다. 아키코는 이러한 연애 프로세스를 거쳐 결혼에 이르고 있지만, 10년이 지난 지금은 매년 조금씩 달라지고 있음을 감지하게 된다.

소설의 서두에서 아키코는 친구 기시코에게 남편과의 불협화음을 털어놓으며 결혼생활에 긍정적인 기시코의 사고에 의문을 던진다.

당신이 이전에 쓴 수필에서 부부가 둘 다 작가인 경우를 거론하며 프롤레타리아 작가인 경우에는 그 곤란함이 해결 가능하다고 말했지만, 문제가 구체화 되면 그 정도로는 해결이 안 돼요.159)

(『くれなゐ』, p.16)

---

158) 春になると明子はこの十年の間、毎年少しずつ変っている生活の中で、そしてそれは明子にとって明子の人生の意義をだんだん深めていると思われる生活の中で、揺すられる甘酸っぱい感情で過去を振りかえった。それは広介との恋愛で彼女が初めて自己を主張した、苦しく楽しい思い出なのであった。

159) あなたは、この間随筆で、夫婦とも作家である場合のことを書いてプロレタリア作家の場合にはその困難さは解決がある、と言っていたけれど、具体的な問題ではあれで済まないものがあるわね。

여기서 아키코가 말한 구체적인 문제란, 결혼생활에서 발생할 수 있는 '가사' '육아' '부부관계' 등이 해당될 것이다. 이렇듯 생활 속에서 발생하게 되는 구체적인 문제를 아키코는 프롤레타리아 사상으로도 해결이 불가능하다는 것을 그간의 결혼 생활을 통해 체득하고 있는 것이다. 가일층 아키코는 자신의 성장이, 몸에 밴 아내 근성으로 인해 제약당하고 있다고 진단하며, 그렇기 때문에 남편과 헤어져야겠다고 말한다. 이에 기시코는 프롤레타리아 작가로 활동하던 남편이 형무소에 들어간 지 3년이 되며, 자신은 현재의 불행을 감수하고 있다고 언급한다. 그러나 한편으로는 남편에 대한 애정을 탐욕스러우리만치 갈구하고 있는 자신을 솔직하게 털어놓기도 한다. 그리고 그러한 자신의 입장을 거울삼아 지금의 아키코의 고민을 이해하려하고 있다며, 아키코에게 "혼자 살 수 있어?"하고 묻자 아키코는 그만 "그건 곤란하지."하고 대답해, 기시코에게 허를 찔린 듯이 당황해한다. 즉, 아키코는 자신들 부부의 문제를 '아내 근성'에서 해답을 찾고 있지만, 실은 성적으로 혼자 살 수 없음을 인정하고 있다. 따라서 그녀는 아직껏 남편을 사랑하고 있으며, 진정한 문제는 아내의 역할인 가사나 육아가 아니라는 것을 문맥을 통해 읽어낼 수 있을 것이다. 과연 그녀의 고민은 어디에 있는 것일까?

상술한 바와 같이 소설의 첫머리에서, 설날인데도 남편에게 한마디 말도 없이 여행을 떠난 아키코가 이틀 만에 집으로 돌아온다. 남편이 아내의 이런 행동에 불만을 표시하자 이내 부부싸움으로 번진다.

> "무슨 엉뚱한 말씀. 자신도 느끼고 있는 주제에. 어쨌든 내가 집을 비운 2년여 동안 당신은 정말 대단해 졌구만." (중략) 아키코는 자신(自信)과 자포자기를 뒤죽 박죽 섞어 소리 질렀다. 끓어오르는 분노가 옴몸을 헤집었다. 그것은 배출구를 찾아 위로 올라 왔다. 그녀는 갑자기

자신의 안경을 벗어 양손에 쥐고 반대로 비틀었다. 눈이 나쁜 그녀를 위해 겨우 장만한 그들에게는 꽤 값나가는 안경이었다. 찌그러진 안경이 공중으로 내던져졌다. (중략) (히로스케는) 오히려 오늘과 같은 아키코에게 애정을 느꼈다. [160] (『くれなゐ』, pp.27~28)

아키코는 여행지에서 이틀 만에 집에 돌아와 "당신 몰라보게 대단해졌다."하며 비꼬는 남편의 태도에 분노한다. 그리고 자신의 안경을 벗어 비틀어 던져버린다. 여기서 안경은 눈이 나쁜 아키코가 책을 읽거나 작품을 쓸 때 빠뜨릴 수 없는 생활필수품이다. 또 사전을 찾아보면 안경은 '지식과 교양의 상징'이라고 적혀있다. 따라서 안경은 지금껏 아키코를 도와 작가로서 성공하게 만든 보조 기구이다. 아키코는 이런 소중한 안경을 비틀어 내 던짐으로써 자신을 "대단해 졌어."하며 비꼬는 남편에 대해 반발한다. 이는 말하자면 남편이 자신을, 안경을 쓰고 있는(=대단해 진) 것을 이유로, 애정을 멀리하는 것에 대한 반발이기도하다. 또한 남편은 안경을 비틀어 던진 아키코에게 진심으로 애정을 느낀다고 고백함으로써, 남편은 아내 아키코의 작가적 출세를 시기하고 있음을 짐작할 수 있다. 풀어 말하자면, 작가로서 입지가 굳어진 아내를, 대단해졌다고 비꼬며 애정을 쏟지 않는 남편의 비열함에 아키코는 실망하고 있는 것이다. 마침내 남편은 단골 카페에서 아키코를 닮은 여자를 찾아내 이내 결혼 신청을 한다. 그리고 이 사실을 아내에게 통보한다.

---

160) 「なに言ってるんだ。自分だってそれを感じているくせに。とにかく俺の留守だった二年足らずのうちにお前はすっかりえらくなったからな。」(中略) 明子は、自信と捨鉢なものとをごっちゃにして叫んだ。煽られた怒りが身体中をかけ廻るようであった。それははけ口を求めて突き上げて来た。彼女はいきなり、自分のかけていた眼鏡を両手で取って、きゅっと逆に捩った。目の悪い彼女のためにようやくの思いで買った彼女たちにとっては上等の眼鏡であった。それはいびつに曲って宙にとんだ。(中略) 却って今日のような明子に愛情の動いていくのを感じていた。본문 괄호 필자.

10년간 두 사람의 노력으로 여기까지 온 히로스케는, 그 노력과 결실을 전부 다른 여자에게로 가져가 버린다니. 무엇을 잘못해서 나는 인생에게 이런 복수를 당하지 않으면 안 되는 것일까?[161]

(『くれなゐ』, p.100)

아키코는 지금까지 정신을 바짝 차리고 살아 온 자신의 뺨을 탁 얻어맞은 것 같은 생각에 자꾸만 눈물이 나왔다. 지금은 그 눈물을 억제하려고도 하지 않았다. 지금까지 너무나 바보처럼 정직하게 살아 온 자신이 불쌍해서 견딜 수가 없었다. 어느 땐가, 그만 잘난 체한 벌로 자신은 인생에게 이런 복수를 당하지 않으면 안 되는 것일까. 무엇을 위해 자신은 성장을 원하는 것일까? 아키코는 자신의 과거의 전 생애가 너무나 무가치하게 느껴졌다. 더 이상 살아갈 힘이 없었다. 자신의 삶의 방식에 대한 신조가 뿌리 채 부정당한 느낌이었다. 이를 눈앞에 들이대 알게 한 것은, 히로스케의 애정이 다른 곳으로 옮겨간 때문이었다.[162] (『くれなゐ』, p.101)

아키코는 이러한 남편의 태도를 복수라고 생각한다. 그러나 남편의 애정을 되돌리기 위해서라도 작가를 그만 둘 수는 없었다. 연애결혼의 기본 정신인 사랑을 관철한다고 하는 그녀의 신조가 뿌리 채 흔들리고, 과

---

161) 十年間の二人の努力でここまで来た広介は、そっくりそれを他所の女の方へ持って
　　行ってしまうのだ。どこが悪くて、私は人生からこんな復讐を受けねばならないの
　　か。

162) 明子は、これまであんまり力んでばかりきた自分の横面をぴしゃりと張り倒されたよ
　　うな思いで、泣けて泣けてくるのであった。今はそれを制しようともしなかった。
　　これまでの自分のあんまり馬鹿正直さが哀れで哀れでならなかった。ある時期にふ
　　と思い上がったということで、自分は人生からこんな復讐をうけねばならないのだ
　　ろうか。何のために自分は成長をなど希むのだろう、明子は自分の過去の全生涯が
　　全く無価値なものに感じられた。これ以上生きてゆく力は失われたように思われ
　　た。自分の生き方の信条が根こそぎ否定された感じなのであった。それを目前に突
　　きつけているのは、広介の愛情が他へ移っていることなのであった。

거의 전 생애가 완전히 무가치한 것으로 변해버린 지금, 괴롭지만 남편의 새로운 연애를 인정하지 않을 수 없는 것이다.

아키코는 히로스케와 연애를 통해 결혼했으며, 사랑의 결정체인 자식을 낳아 기르면서 직업부인으로 일해 왔다. 또 남편이 형무소에 들어가 있던 2년간은 아이들과 늙은 모친을 부양하며 혼자서 집을 지켜왔다. 아키코를 이토록 노력하도록 만든 것은 다름 아닌 남편에 대한 사랑의 힘이 아니었을까? 그러므로 히로스케의 애정이 다른 여자에게로 옮겨간 것을 안 아키코는 더 이상 살아갈 힘을 잃고 자포자기의 심정이 되어버린다. 그리고 눈에는 눈, 이에는 이라고 마음을 독하게 먹고 지난날에 대한 미련을 청산하는 뜻에서 헤어스타일을 모던한 단발로 바꾼다.

아키코가 헤어스타일을 바꾸고자 할 당시의 문장을 좀 길게 인용해보자.

여자의 헤어스타일은 그것이 세련된 것이든 아니든 그 사람의 인품을 민감하게 보여준다. 헤어스타일이 어떤 형태이든 당사자의 신경이 안 간 것은 없다. 아키코는 요즘 자신의 헤어스타일이 맘에 들지 않아 고민 중이다. 얼마동안은 짧게 잘라 묶고 다녔으나, 그런 애들 같은 스타일도 진부해서 부끄러웠다. 그렇다고 요즘 유행하는 목 뒤에다가 감아 놓는 스타일도 싫고, 고대를 하거나 귀를 한 쪽 가리는 스타일도 별로 하고 싶지 않았다. 결국 뒤로 적당히 묶고 다니지만, 무엇 때문에 그런 볼품없는 꽁지를 남겨 두고 있을까? 그것은 단지 여공들이나 연립 주택 부인들과의 만남을 위해서 그렇게 하고 있었다. 그러나 헤어스타일에 대한 배려 역시 여공들과의 만남에 있어서 중요한 것은 아니다. 주춤거리며 낡은 것에 대한 미련을 버리지 못하고 있는 마음이, 숨김없이 땅딸보의 헤어스타일에 나타나 있는 것 같아, 아키코는 더욱더 싫었다. 오늘이야말로 머리카락을 자르리라고 생각했다. 자신의 과

<u>거를 전부 벗어 던져버리는 느낌이었다.</u>[163] (『くれなゐ』, p.82)

아키코는 지금까지 고집해 왔던 자신의 헤어스타일을, 낡은 과거에 집착하는 자신을 대변하는 상징물로 보고, 그러한 낡은 과거로부터 탈출을 시도하려 마음먹는다. 그리고 이런 생각은 곧 헤어스타일을 바꾸는 행위로 나타난다. 게다가 무산계급투쟁 운동 시 동질감을 주기위해 고집했던 '꽁지'머리를 형식으로 보고 꽁지를 없애도 대중을 지지하는 자신의 입장에는 변함이 없다고 독자들을 설득한다. 즉 아키코는 소설 중반에 와서 자신의 전향의지를 밝히고 있다.[164] 최신 유행을 따르지는 못하지만 적어도 지금까지 지켜온 과거를 진부한 것으로 규정하고 "과거를 전부 벗어 던져버리는" 행위가 곧 헤어스타일을 바꾸는 것이다. 프롤레타리아 작가의 전향이라고 볼 수 있는 아내의 변신 계획에 히로스케도 "이 스타일이 좋아. 산뜻해, 아키코 더 젊게 보일거야."하며 찬성하지만, 정작 아내의 심적 변화는 눈치 채지 못한다.

---

163) 女の髪の形というものはそれがおしゃれであるなしに拘らず、その人の人柄を敏感に現わしている。女の髪の形には、どんな形にであろうと、当人の神経が通っていないことはない。明子はこの頃自分の髪をもて扱い兼ねていた。暫くは短く切っておさげ止めではさんでいたが、そんな子供っぽさももう陳腐で恥ずかしかった。それかといってこのごろ流行のようにうなじの上に巻くのも厭だし、アイロンを当てたり、耳を片方隠したりする気にもなれないのであった。そういうものには何かそぐわない心持であった。結局後ろに適宜に丸めておくのだが、何のために無愛想な、小さな髷を残しておかねばならないのか、それも明子は、ただそれを、工場に働く娘さんや、長屋のおかみさん達と一緒になるときのためにだけ保存しておく気であった。然しそういう髪を切っているかいないかという心づかいは、女工さんたちとの関係にとってもたいしたことではないようにこの頃思われてきた。おどおどと、古いものに未練げに気兼ねをしている気持が、曲もない、ちんちくりんの髪の形にみすぼらしく象徴されているようで、明子はますます嫌になっていた。今日こそ、髪を切ろう。と明子は思った。自分の過去をすっぽりと脱ぎ捨てるような気持であった。

164) 北川秋雄(1986), 앞의 논문 참조, p.110

번화가에 위치한 이발소라서 그런지 이발사가 아키코를 화려한 부류의 여자라고 보는 듯한 말투에 그녀도 그냥 상냥하게 맞장구를 쳐 주었다.165) (『くれなゐ』, p.83)

아키코는 헤어스타일을 모던한 단발로 바꿈으로써 프롤레타리아 여성에서 섹슈얼한 모던걸로 섹슈얼리티의 변모를 시도한다.

2 아내의 역할

마르크스주의는 이론적으로는 여성 해방과 밀접하게 관계가 있지만, 페미니즘과 마르크스주의와의 사이에는 긴 논쟁이 계속되어 왔다. 이것은 계급 억압과 여성 억압 중에서 어느 쪽을 중요하게 보는가하는 논의로서 제시되고 있다. 마르크스주의는 원래 계급투쟁을 기본으로 하는 한편, 페미니즘은 남성에 의한 여성 지배가 억압의 근본이라고 보기 때문이다. 페미니스트 중에는 이른바 '마르크스주의와 페미니즘의 불행한 결혼'의 모순을 해결하는 것은 필요한 일이며 가치 있는 투쟁이라고 생각하는 이도 있다. 또 마르크스주의는, 남권 주의의 남편과 같이 페미니즘을 억압하는 또 하나의 남성 지배이며, 따라서 한계가 보이는 이데올로기이므로, 이혼이 바람직하다고 생각하는 사람도 있다.

다만, 마르크스 페미니즘의 주요 과제는 자본주의제 속에 숨겨져 있던 여성 노동의 발견이며, 여성 노동의 주된 부분은 마르크스주의 용어로, 재생산 노동(가사, 육아, 수발노동, 출산 등)으로 불리지만, 성별 역할 분

---

165) 盛り場の床屋のことで、職人が明子を派手な種類の女と見ているらしい話しかけの言葉に、彼女も歯切れのいい調子でばつを合わせた。

업의 정당화 하에서 이러한 중노동을 무상으로 여성에게 강요함으로 인해 자본제가 얼마나 많은 불로소득을 얻고 있었는지가 폭로되어야 한다.166)

2.1▌ 양처를 연기하다

「원고료 이백원」은 '나'라는 주인공이 여학교를 졸업하게 되는 여자 후배 K에게 앞으로의 진로에 대해 상담해주는 서간문이다. '나'는 후배에게 자신의 경험에 근거한 어드바이스를 해주며 거기에 가끔 남편에 대한 이야기를 섞는다. 다음 인용은 '나'의 결혼생활에서 "구두"와 관련된 에피소드를 들려주는 장면이다.

> 그래서 그 구두를 둘러보니 구멍난 곳이 없더라. 그래서 약간 신고 싶은 맘이 있지만 남편이 알면 뭐라고 할지 몰라 그 다음으로 남편에게 편지를 했구나. 며칠 후에 남편에게는 승낙의 편지가 왔겠지. 그래서 나는 그 구두를 신게 되지 않았겠니. (「원고료 이백원」, p.176)

'나'가 현재 신고 있는 구두는 작년에 서울에 있는 남편친구의 집을 혼자서 방문했을 때 얻은 구두다. 방문 당시 '나'의 허름한 구두를 보고 안쓰럽게 여긴 남편의 친구가 자신의 아내의 구두를 주었으나, '나'는 구두를 받기 전에 남편의 허락을 얻기 위해 편지를 보낸다. 나중에 남편에게 잔소리를 듣지 않기 위해서였다며, '나'는 겨우 남편의 승낙을 얻고 나서야 구두를 받을 수 있었다고 회상한다.

뿐만 아니라, 여학생 시절에 모던걸의 필수품이었던 양산이나 서지 스

---

166) Lisa・Tuttle(1998), 渡辺和子 監訳, 『フェミニズム事典』, 明石出版, pp.230~233 내용 참조.

커트를 동경했으나 가난하여 가질 수 없었던 경험 때문에 고액의 원고료를 보자 그만 여학생 시절 채우지 못했던 허영심이 되살아났다는 이야기를 들려준다. 그러나 남편에게 당당히 자신의 의견을 말하지 못하는 '나'는 원고료의 사용처를 조심스레 남편에게 물어본다. 이윽고 남편의 생각이 자신의 생각과 다르다는 것을 알고 몹시 실망한다. 그러나 '나'는 그런 자신의 의견을 남편에게 당당히 말하지 못한다. '나'는 남편에 대한 억울함을 말로하지 못하고 눈물로 자기표현을 하는 유치함을 보인다. 남편은 아내의 눈물을 보며, 부창부수할 수 없는 여자라고 생각하고 가일층 험악한 얼굴로 욕설을 퍼부으며 급기야 폭력까지 휘두른다. 실로 이런 모습에서는 여학생 시절 미션계 학교의 교육 방침에 불만을 가지고 스트라이크까지 주도해 퇴학까지 당한 경력이 있는 그 당당했던 강경애는 찾아 볼 수 없다.

'나'는 원고료로 자신의 욕구를 채우려했다는 죄목으로 남편에게 뺨을 맞고 집에서 내쫓기는 신세가 되어, 눈발을 맞으며 골똘히 생각한 끝에 다음과 같은 결론을 내린다.

> 제일 먼저 내달아 오는 것이 저 사나이와는 이젠 못 사는 게다. 금을 줘도 못 사는 게다. 그러면 나는 어떡하나, 고향으로 가나? 고향… 저년 또 다 살았다. 글쎄 그렇지. 며칠 살겠기, 저런 화냥년 하고 비웃는 고향 사람들의 얼굴과 어머니의 안타까워하는 모양! 나는 흠칫하였다. 그러면 서울로 가서 어느 신문사나 잡지사에 취직을 해? 종래의 여기자들의 염문만 퍼진 것을 보아 나 역시 별다른 인간이 못 된다는 것을 깨닫자, 그 말로는 타락할 것 밖에 없는 듯…그러면 어디로. 어떻거나 동경으로 가서 공부나 좀 해봐. 학비는 무엇이 대고. 내처지로서는 공부가 아니라 타락 공부가 될 것 같다. 나는 이러한 결론을 얻을 때 어쩐지 이 세상에서 버림을 받은 듯 나는 여기를 가나 저기를 가나

반가이 맞아 줄 사람이라고는 없는 듯하구나. 그나마 호랑이 같이 씨
근거리며 저 방안에 앉아 있을 저 사나이가 아니면 이 손을 잡아 줄 사
람이 없는 듯하구나. K야 이것이 애정일까? (「원고료 이백원」, p.177)

남편과는 더 이상 같이 살 수 없다는 결론에 도달한 '나'는 장래에 대
해 이런 저런 생각을 한다. 그리고 자신이 스스로 할 수 있는 것을 하나
하나 떠올리며 가능성을 타진해 본다. 고향으로 돌아가는 것, 취직, 공부
등 3개 항목을 정해 놓고 궁리에 궁리를 거듭하지만 그 중 하나도 선택
할 수가 없다. 우선 고향에 돌아갈 수 없는 이유는, 고향 사람들에게 "화
냥년"이라고 손가락질 당할 것이 두려워서 이고, 서울로 가서 여성 기자
가 되는 것도, 도쿄에 가서 공부를 하는 것도, 연애질한다고 소문이 난다
거나 성적으로 타락해 버리지 않을까하는 걱정이 앞서 선뜻 결정을 내리
지 못한다. 따라서 '나'가 세 항목 중 어느 하나도 선택할 수 없는 이유는
모두 '성적 타락'과 연관되어 있다. 이런 사고는, 당시 모던걸의 자유분방
한 섹슈얼리티가 사회적으로 문제시 되어 왔음을 잘 반영하고 있는 대목
이다. 따라서 이런 그녀의 어드바이스는 어느 정도 설득력이 있다.

특히 이러한 분위기는 프롤레타리아 여성들에 의한 모던걸과의 차별
전략에서 나온 사고였음이 지적되었다.[167]

'나'는 이윽고 '호랑이 같이 씨근거리며 저 방안에 앉아 있을 저 사나

---

[167] 이처럼 제2기 여성작가들에게 선배 '여류문인'들과의 단절은 남성중심의 문단에
서 생존하기 위하여 스스로를 1세대 신여성과 부단히 차별화하는 전략이었다.
그런 점에서 김명순 김일엽 나혜석은 남성 문인들에 의해 그리고 후배 여성작가
들에 의해 이중으로 소외됨으로써 '문단'이라는 이름의 문학 제도 바깥으로 완전
히 밀려나게 된다. 이처럼 1930년대 '여류 문단'이란 여성의 자기 부정의 과정을
거친 이후에야 비로소 확립될 수 있었는데, 그와 동시에 '여류 작가'의 자기 정체
성 또한 확보될 수 있었다.따라서 이들 여성작가들의 자기 정체성의 내용은 전
세대 여성 작가들의 그것과는 상반된 것일 수밖에 없다. (심진경(2006), 앞의 저
서, p.223)

이'가 아니면 구제받지 못한다는 절박한 심정으로 다시 남편을 찾는다.

> 나는 단박에 문 앞으로 뛰어갔다. "여보, 나 잘못했소." 뒤미처 문이
> 홱 열리더구나. 그래서 나는 뛰어 들어가 남편을 붙들었다. "여보, 나
> 잘못했소. 다시는 응." 목이 메어 울음이 쓸어 나왔다.
>
> (「원고료 이백원」, p.178)

결국 모던걸의 흉내를 내서는 당 사회에서는 살아갈 수 없다고 판단
한 '나'는 남편이 있는 방으로 되돌아갈 수밖에 없는 것이다. 따라서 조
선의 전직 모던걸은 먼저 "여보, 나 잘못했소"하고 남편에게 사과하고 계
속해서 양처를 연기하며 살 수밖에 없다.

이처럼 강경애는 1930년대 중반에 모던걸 당시의 부르주아적 생활에
대한 향수를 떠올리지만, 조선이라는 땅에서 사회적으로 매장되지 않고,
또 남편에게 버림받지 않으려면, 개인을 버리고 공동체를 우선하는 삶을
계속해서 지향하지 않으면 안 되었던 것이다.

2.2 ▌ 대등한 관계

『くれなゐ』의 두 사람은 사회주의사상으로 맺어진 부부로, 천황을 정
점으로 한 전제정치에 대한 저항에서, 스스로 가부장제적 가정을 거부했
었다. 말하자면 가장이 존재하지 않았던 것이다. 그러나 프롤레타리아로
부터 전향 후 가정으로 돌아 온 남편과, '헤어스타일의 변경'을 통해 전향
을 시사하고 있는 아내에게 이미 프롤레타리아는 어떤 도움도 주지 못하
는 구시대적 사고에 지나지 않는다. 아키코가 남편의 존재를 점차적으로
무거운 짐으로 느끼게 되는 데는 이러한 구조적 변화에 기인한다.

이렇듯 아키코에게 히로스케의 존재가치는 미묘하게 변화한다. 소설의 서두를 보면 여느 부부와 달리 두 부부의 위치의 대등함이 그려져 있다. 앞서 말한 바와 같이 아키코는 남편 히로스케와 함께 프롤레타리아 작가로서 활약하며 연애결혼 10년째를 맞았다. 사회주의자인 남편은 정치범으로 투옥되었으나 시대의 흐름에 맞춰 전향한 후 2년 만에 집으로 돌아왔다. 그동안 아키코는 작가와 주부 두 가지 일을 빈틈없이 해낸 슈퍼 우먼이었다. 로맨틱 러브 세대인 아키코는 당연히 구여성의 역할을 부정하는 입장이다. 그러나 그녀의 고민은 자신이 사고는 새로운 여자이지만 몸은 구시대적 인습에 젖어 있다는 사실이다.

> 사소한 일을 예로 들어 격에 맞지 않지만 히로스케가 누군가와 토론하고 있을 때에는, 나는 입을 다문 채 차를 따르고 있는 거예요. 입을 다물고 차를 따를 수밖에 없어요. 왠지 남편과 같아지는 것이 이상하게 느껴져요. 함께 있을 때는 아무래도 세상 사람들은 여자가 아내의 역할을 하는 것이라고 보니까요.[168] (『くれなゐ』, p.83)

아키코는 말하자면 프롤레타리아 작가로서 활약하고 있을 때는 자신들 부부는 적어도 뭐든지 대등한 입장에서 대화할 수 있었다. 그러던 것이 남편이 전향해 귀가하고부터는 사정이 달라졌다. 아키코는 남편과 같이 있으면 왠지 '주인'하고 함께 있는 것 같다며 투덜댄다. 그러나 정작 『くれなゐ』에서는 남편의 호칭을 '남편'이나 '주인'이라고 하지 않고 오로지 '히로스케'라고 부르게 하며, 히로스케가 남편의 권위를 휘두르는 부

---

168) 些細な例でおかしいけど、広介が誰かと討論している時には、私は黙ってお茶を汲んでいるわね。黙ってお茶を汲まざるを得ないのよ。何だか亭主と一緒になって言うようでおかしいのよ。一緒の時にはどうしても、外から見れば女房は女だと言う気があるでしょうからね。

분도 소설에는 그다지 설정되어 있지 않다. 다만 아키코가 자신도 모르게 어느 샌가 말없이 차를 따르는 등 아내 역할에 전념해 버리는 점이 문제인 것이다.

시모다 우타코(下田歌子, 1915)는 『가정(家庭)』에서 '가사 천직론'을 주창했다. 그녀에 따르면, 부부의 역할 분담, 남녀의 분업 운운하지만 실제로 아내는 어느 정도 남편보다 낮은 위치에 서지 않으면 안 된다고 역설했다. 여성이 한 걸음 내려서는 것이 사회 조직과 가정 조직에서 필요한 마음가짐이라는 것이다. 하층 민중 여성의 저임금 위에 서있는 중류 이상의 여성은 가사를 천직으로 알고 가정에 봉사하도록 요구하였다. 더구나 국가의 근본도 사회의 초석도 모두 가족으로부터 나오므로 가정을 다스리고 가족의 질서를 바로 잡는 것은 국가 사회의 기초를 만드는 일이라고 하였다. 이는 참으로 제국주의 단계의 천황제와 자본주의에 필요한 충실한 여성을 만들어 내는 훌륭한 논리였다.[169] 마치 이러한 시모다의 의견에 답하기라도 하듯 작가는 남녀 역할분담에 대한 종래의 모습을 다음과 같이 염려한다.

부부의 의견이 일치한다는 말이 왠지 아키코에게는 무슨 안 좋은 일이라도 있었던 듯이 남아 있다. 그것은 '부창부수'의 관념이, 일을 하고 있는 여자들 사이에도 뿌리 깊게 스며들어 있다는 것을 역으로 증명해 주는 것이었다.[170] (『くれなゐ』, p.50)

아키코는 스스로도 그렇게 생각하며, 남편의 일을 마치 자신의 일처

---

169) 下田歌子(1915), 『家庭』, p.174
170) 夫婦で意見が一致している、と言われたことが、何か明子に気の毒なことででもあったかのような一座の空気なのであった。それは「夫唱婦随」の観念が、仕事をしている女たちの中にもこのようにも染み込んでいることを、逆の形で証明するものであった。

럼 생각하고, 남편을 위해서라면 사소한 소문도 흘리지 않는 다른 아
내들을 생각했다. 남편의 계획은 처에게도 같은 계획인 것이다. 아내
는 남편의 일을 위해서 모든 것을 준비하고 격려해 주며 때로는 애교
를 부려 남편을 달래주고, 한뜻으로 세상에 분개하고 남편을 일터로
몰아내는 것일 것이다. 남편은 책임을 가지고 강해져, 쉬지 않고 일을
할 것이다.171) (『くれなゐ』, p.43)

아키코는 자신의 일을 가지고 주체적인 삶을 살고 있다는 여자들도
역시 부창부수의 유교적 관념이 뿌리 깊다는 것을 한탄한다. 그리고 세
상의 보통 아내들은 남편을 내조하고 위로해, 사회에 나가 쉬지 않고 열
심히 일하도록 부추기는 아내의 역할을 꼬집어 비판한다.

"우리는 지난 10년간 사이좋게 살아 왔다고 생각해요. 두 사람 모두
여기까지 성장한 것을 보면 알 수 있잖아요? 물론 두 사람의 노력이었
다고 생각해요. 그것은 대단히 힘든 노력이었다고 생각해요. 그것이
말이에요, 여기까지 왔을 때, 두 사람이 여기까지 왔을 때 함께 살수
없는 모순을 만들고 있었다고 생각하면, 그걸 생각하면, 지금의 답답한
내 마음이 풀릴 것 같지가 않아요."172) (『くれなゐ』, p.86)

아키코 부부는 프롤레타리아 작가로서 10년을 계급투쟁이라는 같은

---

171) 明子は自分でもそう思い、夫の仕事を我がものとして、夫のためになら些細な噂も聞
き漏らすまい、とするような他所の細君たちを考えた。夫の計画は細君にも同じ計
画なのであろう。妻は夫の仕事のために、あらゆるものを用意し、力づけ、ときに
は甘えて夫をいい気にし、共に外へ向かって憤慨し、夫を仕事へ駆り立てるのであ
ろう。夫は責任を持ち、強くなり、がむしゃらに仕事をするのであろう。

172) 「私たちはこの十年間をお互いに好く暮らして来たとおもうのよ。二人ともここまで
成長したということはそう言えるでしょう。勿論二人の努力だったとおもうの。そ
れはずい分ひどい努力であったとおもうの。それがね。ここまで来たとき、二人が
一緒に暮らしてゆけない矛盾を作っていたんだとおもうと、そのことでは、私の詰
まっている気持は、どうにも抜け様がないの。」

목표를 향해 살아왔다. 그 때문에 지금의 성장도 가능했었다. 하지만 두 사람을 지탱해 줄 이데올로기가 사라진 지금에 와서는 다시 10년 전의 가부장제로 돌아갈 수밖에 없다. 그런 가운데, 여자와 남자의 성역할이 다르다는 것을 새삼스레 깨닫고 부부가 갈팡질팡하고 있는 것이다.

> 히로스케의 의지와 관계없이 남자와 여자가 한 지붕아래서 살게 되면 요구되는 힘이었다. 언제까지나 여자, 여자라는 것과 관계하며 살아야 할 것이다. 아키코는 울고 싶은 심정으로, 어두운 표정을 하고 침묵하는 날이 많아졌다.173) (『くれなゐ』, p.41)

남편은 가장의 역할을 비판 없이 받아들이지만, 아키코는 아내로 돌아가 '주인'의 시중을 들 생각에 어둡고 무거운 날들을 보낸다.

> 다음에 이사 간 집은, 완전히 나만의 공기로 채워야지. 나는 마음도 넓어지고 용감해져 일을 계획대로 진행시켜 나갈 것이다. 나는 쓸데없는 신경전으로 자신을 구속하지 않아도 된다. 나의 기분을 움츠려들게 하는 것은 나의 생활로부터 없어지고, 나는 더 이상 누군가의 사랑을 필요로 하지 않아도 된다.174) (『くれなゐ』, p.81)

아키코는 새로 이사한 집은 완전히 자신만의 공기로 채워, 자유로운 생활을 추구하고자 한다. 아울러 더 이상 누군가에게 사랑을 구걸하는

---

173) 広介の意志に関わりなく男と女の一軒の家の中で要求されているものの力であった。いつでも、女、女、ということにかかずらねばならないのであろう、明子は泣きたい思いで、暗く黙りこくる日が多くなった。

174) 次に転宅した家を、すっかり自分の空気で埋めよう、私は気持が大きく逞ましくなり仕事を計画的に進めてゆくだろう、私は下らぬ反発に自分を縛り付けなくてもよい。私の気持を矮小にするものは私の生活から無くなる。私はすでに誰かに愛されなければならぬ必要は無いのだ。

나약한 아내로서의 삶은 살지 않겠다고 다짐하며 별거를 선택한다.

▨ 가장(家長)이라는 이름

3.1▌ 검열자의 시선

강경애의 남편 장하일은 강경애와 같은 장연출신으로 수원 농림학교 (서울대학교 농과대학 전신)를 졸업한 엘리트다. 그는 장연 군청 서기를 지낸 후 중국 용정으로 건너갔으며, 강경애가 소설 구상을 위해 중국에 있을 때 용정에서 그와 만났다고 보는 설이 유력하다. 장하일은 용정에 서 용정중학교 교사로 재직했으며, 구여성과 한 번 결혼한 경력이 있다. 또한 오래토록 프롤레타리아 운동에 종사한 인물이기도 하다. 강경애는 세 번의 자유연애와 동거를 거쳐 그와 결혼했으며, 남편과의 당시의 상황 을 수필 「표모의 마음」(『新家庭』, 1934)에서 다음과 같이 술회하고 있다.

> 연애 기간을 거쳐 결혼한 남편은, 어째서 이렇게도 쌀쌀하고 차가운 것일까요. 정말로 눈물이 납니다. (중략) 매일 싸우게 되는 이유를 가 만히 생각해 보면, 내가 가사가 서투르기 때문이라고 짐작이 갔습니다. (중략) 그러므로 가능한 한 충실히 가사를 하지 않으면 안 된다고 깊게 마음에 정하고 몸을 아끼지 않고 일했습니다. (중략) 손가락 끝이 새빨 갛게 벗겨져서 며칠 동안이나 아파서 눈물이 났습니다. 그런 때 남편 은 언제나 "흥"하고 놀립니다. 나는 한없이 원망스럽고 안타까운 생각 이 들었습니다.[175]

---

175) 강경애 (1934), 「표모의 마음」, 『新家庭』, p.100

이상의 인용을 보면 강경애는 남편 장하일과 연애결혼을 했음을 알 수 있다. 하지만 연애를 해서 결혼한 부부라고는 느껴지지 않을 정도로 가사에 서툰 아내를 혹독하게 다루는 장면이 많으며 아내에 대한 자상한 배려는 일절 느껴지지 않는다.

강경애의 수필 「원고 첫 낭독」(『新家庭』, 1933.6)에서는 남편 장하일이 언제나 강경애가 쓴 작품을 최초로 읽고 체크하고 있음을 언급하고 있다.

> 나는 언제나 글을 쓰면 맨 먼저 남편에게 보입니다. 그는 한참이나 말없이 묵묵히 읽어본 후에 나에게로 돌리며 다시 한 번 크게 읽어보기를 청합니다. (중략) 울울한 가슴으로 읽어 내려가다가는 남편이 어느 구에 불만을 품게 되었는지를 곧 발견하고 직석에서 다시 펜을 잡아 고치는 것입니다.[176]

이렇듯 강경애는 자신이 쓴 작품을 빠짐없이 남편에게 보이고 체크를 받는다. 작품을 보이면 남편은 아무 말도 하지 않고 강경애에게 낭독하도록 지시한다. 그 때마다 그녀는 남편의 안색을 살피며 의중을 읽어 남편이 어느 대목에 불만이 있는지를 알아내고 즉석에서 고치는 것이다. 말하자면 강경애는 자신이 쓴 작품에 대해 그 내용의 부자연스러움에 대한 의견을 듣거나 논의하는 것이 아니라 일방적으로 고쳐야 하는 것이다. 이는 마치 선생님에게 검열 받는 학생과 같은 구도이다. 이러한 남편의 고압적인 태도는 「원고료 이백원」에도 나타난다.

「원고료 이백원」은 앞서 설명했듯이 강경애가 장편소설을 연재하고 받은 원고료의 사용처를 놓고 부부가 대립하는 내용이다. 난생처음으로 고액의 원고료를 손에 넣은 '나'는 돈의 용도를 여러 가지 생각해 두고,

---

176) 강경애(1933.6), 「원고 첫 낭독」, 『新家庭』, p.100

우선 남편의 의견을 묻는다. 그러나 남편은 그녀의 생각과는 달리 동지나 그들의 가족을 돕겠다고 말한다. 이에 실망한 '나'는 울음을 터트리게 되고 남편은 한심한 여자라며 욕설과 폭력을 휘두른다.

> 응 너 따위는 백번 죽어 싸다. 내 네 맘을 모르는 줄 아냐. 흥 돈푼이나 생기니까 남편을 남편같이 안 알구. 에이 치사한 년 가라! 그 돈 다 가지고 내일 네 집으로 가. 너 같은 치사한 년과는 내 못살아. 왼 여우같은 년…너도 요새 소위 모던 껄이라는 두리홰능년이 되고 싶은 게구나. (중략) 머리를 지지고 볶고 상판에 밀가루칠을 하구 금시계에 금강석 반지에 털외투를 입고 입으로만 아! 무산자여 하고 부르짖는 그런 문인이 되고 싶단 말이지. 당장 나가라! (「원고료 이백원」, p.117)

남편은 돈에 집착하는 아내를 "치사한 년"이라고 비방하며 집에서 내쫓는 등 강경한 태도를 취한다. 사회주의자인 남편의 입장에서 보면 돈은 자본주의의 상징이며, 사람을 개인화하는 속성을 갖고 있기 때문에, 굳이 강력한 태도를 취하는 것에는 이해가 간다. 하지만 가난했던 학생 시절을 회상하며 모처럼 자신에게 투자하고 싶어 하는 아내를 무조건 모던걸로 몰아 비판하는 대목은 역시 당시의 자유분방한 섹슈얼리티의 소유자였던 모던걸을 겨냥해 비난의 화살을 퍼붓고 있음을 알 수 있다. 이러한 관점을 지닌 남편에게 작품을 일일이 체크 받는다면, 그런 작품에는 확실하게 여자의 섹슈얼리티는 부정적인 시각으로 묘사될 수밖에 없을 것이다.

강경애가 남편의 눈치를 보며 창작을 해야 하는 분위기이고 보면, 섹슈얼리티 묘사에 관해서도 더더욱 자신의 의견을 억제했을 것이다. 강경애는 남편과는 동지적인 관계라고 말한다. 하지만 그는 아내에게 폭력을 휘둘러서라도 스스로의 사고를 관철시켜나가는 강력한 지배자의 얼굴을 지니고 있다. 이러한 모습은 다음과 같은 그의 행적에서도 나타난다.

해방 후 장하일은 황해도에서 인민위원회 부위원장을 맡았다. 또한 1946년 8월 28일부터 열린 북한 노동당 창립 대회에 황해도 대표로 출석해 발언하였다. 아울러 1947년과 1948년에는 북한의 기관지인 『勤勞者』에 「신민주주의와 조선」(10호, 1947.12), 「마르크스주의와 유물론에 대하여」(13호, 1948.3)를 싣고 있어 용정에서도 어떠한 형태로든 정치적 활동을 하고 있었다고 사료된다.[177] 강경애의 소설에는 이렇게 마르크시즘으로 무장된 봉건적주의자인 남편의 모습이 여러 곳에 복병처럼 숨어있다.

3.2▋ 가부장제로 회귀하는 남편

『くれなゐ』의 아키코 남편 히로스케는 10년 가까이 프롤레타리아 작가였으며 2년여 동안 형무소 생활을 한 후 사상 전향을 해 집으로 돌아왔다. 자신이 집을 비운 2년여 동안 아내 아키코는 가족 부양과 옥바라지라는 책임감으로 창작에 매진한 결과 몰라볼 정도로 유명 작가가 되어 있었다. 그러나 출소 한지 얼마 되지 않은 자신은, 프롤레타리아 작가생활이 끝나자 아무것도 남은 것이 없다며 허탈해한다. 이 때문에 아키코 부부는 예전과 달리 사소한 감정의 뒤틀림으로 인해 나중에는 서로의 생활태도를 비난하는 계기로까지 발전하고, 종국에는 신랄한 인간 비판으로 확대되었다. 서로 타협 할 줄 모르는 적극적인 생활태도는 좋았지만, 그런 격론이 최근 부쩍 잦아 그럴 때마다 서로가 서로를 상처만 주는 부부 싸움으로 번지기 일쑤였다. 싸움의 원인중 하나가 히로스케가 평소 아내의 출세에 질투를 느끼고 있다는 점과 그런 질투심에서 다음과 같이 아내를 비판하게 되면서 벌어진다.

---

177) 이상경(1997), 앞의 저서, pp.65~66

깨닫지 못하고 있는 게 아니야. 날 보고 요즘 생활 태도 운운하며 힐책하지만, 당신이 훨씬 더 작가주의야. (중략) 무슨 소리야. 자신만 좋은 작품을 쓰면 된다는 요즘의 당신 태도는 속이 훤히 들여다 보인다구. 그러니까 내가 좀 다른 사람을 걱정해서 말하면 쓸데없는 참견이라고 생각하잖아?[178) (『くれなゐ』, pp.26~27)

히로스케는 아키코에게 자신만 좋은 작품을 쓰면 된다는 식의 태도를 '작가주의'라고 맹렬히 비난한다. 이러한 아내에 대한 질투심은 오히려 자신의 작가적 의지에 불을 붙이는 역할을 하기도 하지만, 스스로 인정하지는 않는다. 이윽고 히로스케는 단골 카페에서 아내를 닮은 여자를 찾아내, 아키코 대신에 아내의 역할을 부탁한다.

"생각해 봐. 우리사이엔 더 이상 추상적인 연애를 해나갈 방법은 없어. 말하자면 이번 연애만 해도 나의 새로운 생활에 대한 희망이 그와 결합되기 때문에 구체성을 띠게 된 거야. 일과 연관되지 않는 연애는 이제는 생각할 수 없어."[179) (『くれなゐ』, p.73)

"그것은 이제 절대적이야. 이번 여자와의 관계도 지난번 아키코 때와 같은 심리적 경과를 거쳐서 얻은 거야. 그리고 나는 언제나 <u>인생의 크나큰 비약의 계기를 사랑으로</u> 이뤄왔어."[180) (『くれなゐ』, p.87)

---

178) 気がつかないんじゃないんだ。人のことをこの頃、生活態度云々でなじるが、お前の方がよっぽど作家主義だぞ。(中略)なに言ってるんだ。自分さえ好い作品を書けばいいっていうこの頃の態度は見え透いているんじゃないか。だから、俺が少し人のために心配などすると、余計なことをすると思っているんだ。

179) 「だって、俺たちには、もう抽象的な恋愛の進め方なんてないもの。いわば今度の恋愛にしたって、俺の新しい暮らしに対する希望がそこに結びつくからこそ、具体的になったんだから。仕事に結びつかないような恋愛なんて、我々にとってはもうあり得ないもの。」

180) それはもう絶対なんだ。今度の女との関係は、この前の明子のときと同んなじ心理

히로스케는 비열하게도 자신의 새로운 연애를 이용해 아키코에 대항하고자 한다. 그런 그가 말하는 새로운 연애란, 다시 한 번 아내를 만들어 이번에는 오로지 자신만을 위해 내조해 달라는 조건을 걸고, 자유로이 일을 하겠다는 발상이다. 또한 이번에 만난 여자와도 심리적 경과, 즉 정신적 교감을 기본으로 하고 있으며, 인생에 있어서의 재기를 연애(=비약)를 통해 이루어 왔다는 히로스케의 대사는 마치 1920년대 초반의 연애론을 다시 복습하는 느낌이다.

아키코는 이런 그의 발상이 기가 막히지만 어쩔 수 없이 허락한다. 그러나 그가 발견한 새로운 연애는 상대측의 이중 결혼이라는 것이 밝혀지면서 해프닝으로 끝나버린다. 이 사실을 안 아키코는 솔직히 다시 큰 짐이 어깨에 올려 진 느낌이라고 말한다. 이렇게 해서 히로스케의 로맨틱 러브를 이용한 재기의 꿈은 허무하게 막을 내린다. 그렇다면 아키코는 새로운 사랑에 실패한 그를 또 다시 받아들이는 걸까?

> 아키코는 입술을 깨물며 빛바랜 웃음을 흘리며 찌를 듯한 시선으로 히로스케의 새파랗게 질린 얼굴을 응시했다.[181] (『くれなゐ』, p.148)

아키코는 실연으로 얼굴이 새파래진 히로스케를 차가운 눈초리로 찌를 듯이 노려본다. 이런 아키코의 눈빛은 더 이상 히로스케의 아내로 남지 않겠다는 의지의 시선이다.

한편 히로스케의 태도를 우에노(1990)는, '여성에게 있어서, 근대 시민 혁명도 그에 따라 계속되어 온 사회주의 혁명도 자유와 평등은 약속받았

的な経過をたどっているんだ。そして僕は、いつも人生の大きな飛躍の契機を恋によってして来たんだ。」

181) 明子は唇を曲げて白けた笑いをし、刺すような視線で広介の蒼い顔を見つめていた。

지만 배신당한 혁명으로 끝났다. (중략) 혁명 후에 달성된 것은, 여성들의 에너지를 이용하면서 일구어낸 부르주아 남자의 혁명에 다름 아니었다'고 꼬집었다.[182]

아키코는, 남편을 사랑하고 아이를 낳아 기르며 가계를 도와온 아내에게 열등감을 느끼고, 새로운 연애를 준비해가며 또 다시 가부장을 부활시키려는 남편을 냉정하게 뿌리친 것이다. 그리고 여자들의 갖가지 괴로움과 슬픔을 소설로 쓰겠다고 다짐한다.

한국과 일본의 두 여성작가, 강경애와 사타 이네코는 프롤레타리아 문학을 견지해 온지 어언 10년을 맞았다. 1934년에 일본의 카프가, 1935년에는 조선의 코프가 각각 괴멸의 운명을 맞이해 프롤레타리아 작가들은 전향의 귀로에 내 몰렸다. 이런 시점에서 쓰인 강경애의 「원고료 이백원」과 사타 이네코의 장편 『くれなゐ』은 각각 작가 자신들의 결혼 생활과 부부의 모습을 테마로 체험적인 젠더적 관점을 삽입시키며 창작된 소설이다.

「원고료 이백원」의 히로인 '나'는 모던걸을 살았던 과거를 회고하면서 후배 여학생에게는 스위트 홈을 꿈꾸는 것은 낙오자라며, 프롤레타리아트로 살 것을 권한다. 그러나 이런 충고는 여성의 탈성화를 부르는 계기가 된다.

「원고료 이백원」과 『くれなゐ』에는 유교의 가르침인 부창부수적 여성관이 흐르고 있으며, 이는 『くれなゐ』에서는 작가에 의해 비판 받지만, 「원고료 이백원」에서는 쫓겨나지 않기 위해 어쩔 수 없이 감수한다. 이런 까닭에 「원고료 이백원」의 작가 강경애는 창작된 작품 전부를 언제나 남편의 검열을 거쳐 출간하고 있었으며, '나'는 의견을 가질 수 없는 아내

---

182) 上野千鶴子(1990), 『家父長制と資本制』, 岩波書店, p.100

로 전락해 무엇을 하든지 남편의 의견이 판단 기준이 된다. 이런 작가의 변모는 프롤레타리아라고 하는 강력한 담론이 모든 부르주아적인 것을 무가치하게 만들고 있음에 기인한다. 또한 강경애의 소설은 남편의 비판을 거쳐 세상에 나오기 때문에 철저히 섹슈얼리티가 제거된 탈성화 형태를 보이고 있다.

『くれなゐ』의 아키코와 히로스케 부부 역시, 프롤레타리아 작가로서 10년을 활약해 왔지만, 전향해 가정으로 돌아 온 순간 자연스럽게 가부장제의 부활을 꾀하게 된다. 또한 이제까지 남편과 동지로서 대등하게 살아 온 아내에게도 가부장제의 구조에 동참할 것을 요구한다. 히로스케는 그러한 가부장제의 불합리성을 비판 없이 받아들여, 아내 대신을 해 주겠다는 여자를 만들기까지 하는 비열함을 보인다. 아내는 이런 남편의 정신적 미숙함을 꼬집으며 결국 별거를 선택한다.

이상 두 작품을 통해, 한일 여성이 서로 간에 처해 있는 입장에 따라 그 해결 방법이나 답도 다르다는 것을 알 수 있었다. 즉, 같은 프롤레타리아 작가의 길을 걸어 왔고 또 동 시기에 붕괴를 맞이하였음에도 불구하고, 식민자의 일본의 아내는 남편의 가부장제로의 회귀를 거부하며 당당하게 '별거'를 선고하지만, 피식민자인 조선의 아내는 자신의 감성보다 나라의 장래를 먼저 생각해야 하므로 폭력 앞에서도 끝까지 '인내'로 일관한다는, 각각 다른 결과를 보여주었다. 그러나 강경애가 1935년이 된 시점에서 다시 한 번 여학생 시절을 떠올리며 부르주아로의 회귀 의사를 밝히고 있다는 점 또한 간과해서는 안 될 것이다.

이처럼 1920년대 중반부터 30년대 중반까지 지속되었던 프롤레타리아 문학은 신여성들의 프롤레타리아 여성으로의 변모에 주목하며 마르크시즘 안에서 착취되는 여성들의 성문제를 부각시켜 그에 따른 문제점을 지적하였다. 그러나 자본주의의 대체 개념으로 신봉되었던 마르크시즘도 세계 경제의 난관 앞에서 그 한계를 드러내며 종말을 고하였다. 이어서 등장한 한일 양국의 모던걸들은 신여성이나 프롤레타리아 여성들과는 달리 적극적인 경제적 관념을 수반한 섹슈얼리티의 실천이 두드러진 세대였다.

〈일탈〉적 섹슈얼리티

프롤레타리아 여성들이 사회의 관심 밖으로 밀려난 1930년대 중반을 기점으로 경제를 학습한 모던걸들이 등장하기 시작했다. 이에 따라 문학 속에서도 모던걸들의 등장이 지속되었으며, 주로 그녀들의 경제관념은 무분별한 사치로 묘사되고 개방적인 섹슈얼리티는 〈일탈〉로 묘사되었다. 모던걸들은 로맨틱 러브에 있어서는 순정을 거부한 비즈니스적 연애론을 제시하였으며, 결혼에 있어서는 우애결혼·시험결혼이라는 파격적 제안을 하기도 했다. 이는 근대지(知)의 장점과 단점을 보완한 포스트 모더니즘적 발상이었으며, 여성들의 삶을 보다 더 자유스럽고 개성적인 것으로 완성시키고자 하는 열망에서였다. 이러한 당시이 사회·문화적 현상을 탐구하기 위해, 나혜석의 「현숙」(1936), 이효석의 「은빛 송어(銀の鱒)」(1939), 「산협」(1941), 「엉겅퀴의 장(薊の章)」(1941) 과 나카노 시게하루의 「수양딸(娘分の女)」(1941), 김말봉의 「고행(苦行)」(1936), 우노 지요의 「미련(未練)」(1936), 미야모토 유리코의 「한 송이 꽃(一本の花)」(1927)을 텍스트로 사용하고자 한다.

아울러 문학 작품에서 섹슈얼리티에 대한 묘사가 제한된 받게 되는 1940년대 이후에 발표된, 최정희의 「환영의 병사(幻の兵士)」(1941)와 사타 이네코의 「둔감(気づかざりき)」(1942)을 통해 전쟁협력 작가로 낙인찍힌 두 작가의 〈선택〉에 초점을 맞추고자 한다.

1930년대 중반 이후에 유행한 연애 이론으로는 여성의 성적 욕망을 문제시한 아그네스 스메들리(Agnes Smedley, 1892.2.23~1950.5.6)의 『대지의 딸』(1929)이었다. 그녀 역시 미국의 'The New Woman'의 한 사람으로, 근대의 발명품인 로맨틱 러브를 마음껏 실천한 여성이다. 소설 『대지의 딸』은 당시 일본과 한국에서 널리 읽혀진 소설이다.

미야모토 유리코는 에세이에서, '이것은 매우 솔직하게 쓰인 한 여자의 발전사의 일부이다. 미국의 오클라호마 주의 빈농의 딸로 태어나, 극심한 빈곤과 싸워가며 고학하여 결국 급진적인 저널리스트로서 활동하기에 이르기까지의, 아그네스의 생활이 대담하게 그려져 있으며, 한 여자가 쓴 한 권의 책이 여자 독자들에게 주는 인상, 영향, 반성에는 어떤 특별한 감정의 복잡함이 깔려있다. 여자로서의 건전한 성적 욕구와 여자가 이 사회에서 여자이기 위해 받아들이지 않으면 안 되는 상투적인 결혼 생활에 대한 다양한 반노예적 사정, 인습에 대한 단호한 투쟁결심 등의 심리적인 상극과 갈등이 그려진다. 세상에서 진정한 여자의 불행은, 그녀 자신이, 자신의 육체를 알지 못하는 일, 성욕과 애정과의 상호적인 관계나 구분을 모르는 데서 발생했다. 아그네스는 환경에 따라 성적인 것을 가장 소박한 發動의 형태로 남녀 관계를 자각해 왔으며, 인간으로서 보다 자유로운, 보다 풍부한 정조의 발전으로써의 사랑을 원하게 되면, 그러한 방향에는 기성 사회가, 빈곤, 무지, 과로와 함께 하층계급 여자의 어깨에 한층 더 무겁게 요구되는 아내, 어머니로서의 반노예적 곤경이 나타나는 것이 현실이다'[1]고 논하며 여자의 성적 욕구를 긍정했다.

많은 남성들과 로맨틱 러브를 실천한 것으로 유명한 아그네스는, 분명하게 육체의 성적 욕구나 충동을 자각하고 있었으며, 이에 관해서는 털 끝만큼도 환상을 갖고 있지 않았다. 그러나 여자에게 성욕은 없다고 여겨졌던 근대, 정신이 강조된 근대를 살아야 했던 관계로 상대 남성들에게 자신의 성욕을 인정받을 수 없었던 것이다.

푸코는 유럽 근대에 섹슈얼리티 개념이 근대적 知와 권력의 틀 안에서 창조된 점을 지적했다. 19세기 사이에 생리학·의학·심리학 등의 근대 과학에 의해 섹슈얼리티에 대한 다양한 언설이 생산되고 증식되었다. 이들 과학적 知는 정상적인 욕망과 비정상적 욕망을 표출 재단하여 '도착'을 만들어 냈다. 이러한 과정 속에서 근대의 모든 개인은 스스로를 섹슈얼리티의 주체로서 자기 형성해, 섹슈얼리티는 근대 국가가 신체를 통해 개인을 관리하는 기술이 되었다. 즉 '섹슈얼리티'의 의미와 구조를 찾는다는 것은, 근대사회에 의해 짜여 진 배치와 구조를 찾는 일이기도 하다. 시기의 차이나 문화적 차이는 있겠지만 메이지 이후의 일본 사회도 중앙집권적 근대국가로 변모해 가는 가운데, 서구가 경험한 이러한 변화의 프로세스와 연이 없었던 것은 아니다. 자본주의 도입에 따라 '남자는 일, 여자는 가정', '현모양처' 등 사회의 '전통'이라고 믿어온 성에 관한 규범이나 이미지도, 그 본질적인 부분이 기실 근대화의 과정에서 〈창조〉되거나 혹은 〈재해석〉되어 폭넓게 보급된 것에 지나지 않는다는 것을 우리들은 깨닫기 시작했다.

성에 관한 규범이나 코드도, 혼전·혼외 성교, 비적출자에 대한 취급,

---

1) 宮本百合子(1937.7), 「中国に於ける二人のアメリカ婦人—アグネススメドレーとパァルバック」, 『婦人文芸』, p.20

동성애 등이 계층이나 지역의 다양성을 띠며 넓게 존재해 수용되어 온 역사를 안다면, 우리는 성에 대한 엄격한 논리·관습이 '전통적'으로 존재해 왔다고 보는 것보다도, 먼저 근대화 서구화를 목표로 한 국가들의 요청에 의해, 근대 이후에 창조된 구성물인 측면을 간과할 수 없다. 그리고 이것은 단지 '위로부터'의 강제나 강압에 의해 생긴 것이 아니라, 사회의 변동 안에서 사람들이 '문명'사회에 적응하는 '근대인'으로서 스스로 자기 생성을 실시하는 프로세스 안에서 가능했다.

제1절

〈일탈Ⅰ〉의 연애, 〈일탈Ⅱ〉의 결혼
— 「현숙」과 「은빛 송어(銀の鱒)」[2]를 통해 —

근대에 들어 여성에게는 성욕이 없다고 하는 '신화'가 만들어져, 성적 욕망의 영역에까지 분명한 性差를 발명한 것은 근대과학이다. 전근대에 있어서 남녀 간의 성차는, 단순한 정도의 차이이며 질적인 차이는 아니었다. 남녀의 신체는, '뜨겁다'는 것과 '차갑다'는 양극으로 나뉘어, 신체 자체에 대한 우열은 있었으나 신체의 구조적 차이와 연결시켜서 생각하지는 않았다. 성은 두 개 있어도, 섹스는 하나였던 것이다. 바꾸어 말하면, 신체는 하나여도 남녀의 방식은 다르다고 생각해, 섹스에 앞서 젠더가 존재했던 것이다. 우리들은 젠더에 앞서, 언제나 섹스는 '자연'적으로 존재하고 있었다고 생각하지만, 역사적으로는 섹스는 젠더보다 나중에 과학

---

2) 底本 ; 나혜석(1936), 「현숙」(『三千里』),『나혜석전집』(2001) 이상경편집 태학사. 이효석(1939),『은빛 송어(銀の鱒)』(『外地評論』), 『近代朝鮮文学日本語作品集』五卷 (2004), 緑蔭書房.

에 의해서 발명된 것이다. 남녀의 서열이나 계층은 '외부'로부터 각인 된 것이며, '내부'로부터 즉 생물학적 신체에 의해서 각인된 것은 아니다.

나는 우리가 인격과 개성을 본위로 한 성적 신도덕을 건설하겠다는 제일보로 먼저 구도덕에 대하여 파괴적 사상을 가지게 됨은 당연한 순서인 줄 압니다.[3]

우리 해방은 정조의 해방부터 할 것이니 좀 더 정조가 극도로 문란해가지고 다시 정조를 고수하는 자가 있어야 한다.[4]

근대 초기 신여성 김원주(일엽)는 1924년 여자들의 이상을 '인격과 개성을 본위로 한 성적 新道德건설'에 두었다. 아울러 나혜석은 「이상적 부인」(1914.12)을 통해 여성의 자아 확립을 외치며 현모양처를 거부했다. 이들의 주장은 적어도 신여성 제1세대인 나혜석, 김명순, 김일엽 등이 공유했던 이상론이었다. 이로부터 10여년이 흐른 1935년, 나혜석은 결혼과 이혼을 겪은 후 새로이 '정조 해방'을 주창하기에 이른다.

지금까지의 유교문화에서 여성은 오로지 남성의 수동적인 성의 대상으로서만 자리매김 되어 왔다. 그러나 근대가 만들어낸 로맨틱 러브는 유일하게 여성이 남성과 대등하게 정신적인 대화를 할 수 있다는 점에서 지식인들을 매료시켰으며 그들은 앞 다투어 자유연애에 매진했다. 여기에서 異性愛는 '肉慾'과 '精神'으로 이분화 되어 받아들여졌다. 즉 연애의 힘을 빌리면 남편에게도 자신의 의견을 말할 수 있는 그야말로 유교도덕인 '부창부수' '삼종지도'의 구습에서 해방될 수 있다는 사상이었다.

그로부터 대략 70년이 지난 오늘날, 그녀들의 주장은 현대를 사는 여

---

3) 김원주(1924), 「우리의 理想」, 『婦女之光』, p.25
4) 나혜석(1935), 「신생활에 들면서」(『三千里』), 『나혜석전집』, 태학사, p.433

성들에게 서서히 침투되어 'freesex'나 'lesbian'등의 새로운 문화를 만들어 내기에 이르렀다. 그러나 여기서 간과해서는 안 될 사회문제인, 여성의 이분화와 객관화, 성 폭력, 원조 교제, 매매춘, 성의 상품화, 성의 이중기준 등의 섹슈얼리티 문제는 꾸준히 연구되어야 할 것이다.

1936년 『三千里』에 발표된 나혜석의 단편소설 「현숙」, 1939년 『外地評論』에 일본어로 발표된 이효석의 단편소설 「은빛 송어(銀の鱒)」는 근대의 섹슈얼리티가 창조한 한일 양국의 모던걸[5]이 모델이다.

기타자와 슈이치(北澤秀一, 1924)는 신여성과 모던걸을 다음과 같이 구분하였다.

> 모던걸이란 전 세대의 신여성과는 다르다. 그녀들은 메이지부터 다이쇼를 전후 해 출현한 신여성과는 달리, 여성 참정권이나 여권확장론과 같은 이론도, 페미니즘의 理想도 갖지 않는다. 예컨대 모던걸은 feminist도 아니며 원래 참정권자도 아니었다. 따라서 크리스트교의 교풍회(矯風会)운동이나 여성 인권운동, 사회주의 운동에 참가한 여성들과는 아무런 관계가 없다. 신여성이 부인 해방의 유래나 여권확장의 역사와 관계되어 있다면, 모던걸은 19세기 초두에 일어난 개인 해방 사상의 영향과 함께, 과학 문명의 발달에 의한 사회적 활동시간의 증가를 배경으로 태동했다. 가정에 갇혀있던 젊은 여성들이, 제1차 세계대전 후 일제히 사회로 진출한 것을 계기로, 모던걸이 사상적으로 또 사회적으로 출현할 수 있는 객관적인 여건이 조성되었다.[6]

본 절에서는 식민지의 남성작가와 여성작가에 의해 묘파되는, 일본의 모던걸 사다코(禎子)와 한국의 모던걸 현숙에 의해 제시되는 일탈적 연

---

5) 카페의 여급, 기생, 백화점 판매원, 호텔 종업원, 서양화 모델 등등. (김주리(1999), 『근대적 패션의 성립과 1930년대 문학의 변모』, p.100)
6) 北澤秀一(1924), 「モダン・ガール」, 『女性』8月号, プラトン社, p.227

애와 결혼을 비교적 시점에서 고찰하겠다.

◢1 모던걸의 섹슈얼리티

근대 1910년대 한국의 '신여자'와 일본의 '새로운 여자(新しい女)'는 한국의 『女子界』(1917.12~1920.6, 나혜석, 김명순)와 『新女子』(1920.3~5, 김일엽, 나혜석), 일본의 『靑鞜』(1911~1916) 등의 잡지를 통해, 가부장제에 저항하여 여성의 자유와 남녀의 자유롭고 자발적인 연애에 근거하는 결혼을 주창하며 여성의 섹슈얼리티에 대해 대담한 발언을 했다. 일본의 새로운 여자로서 상징적인 존재인 요사노 아키코(与謝野晶子)는 문단 데뷔작인 『헝크러진 머리(みだれ髪)』(『明星』, 1901)에서 애인에 대한 성적 욕망을 대담하게 노래했다.

나혜석은 수필 「4년 전의 일기 중에서」(1920.6)를 『新女子』에 발표하여, 유학 시절에 일본을 무대로 남편 김우영과 벌인 애정 행각을 거침없는 필체로 밝히고 있으며, 문장 속에서 '키스'라는 단어가 수차례 반복되는 등 섹슈얼한 표현이 시도되었다.

일본과 한국의 새로운 여자들은 헤테로(hetero)섹슈얼에 열중하여 남성들과의 연애에 모험심을 불태웠으나, 그 자체가 사회적 제재와 공격을 부른 화근이었다. 여기에서는 과학이, 성적교섭은 '혈액의 성분을 변화시킨다'는 순결 의식이나, 처녀성·재혼 금지의 규범을 지키기 위해 적용되었다. 한일 양국의 신여성들은 남녀의 로맨틱 러브를 추구했기 때문에 '일탈'로 간주되었다. 표출 방법은 달랐지만 '새로운 여자'라는 형태로 출현한 '이단자'들에게 한일 각 사회는 공격의 고삐를 늦추지 않았다. 아울러 언제나 섹슈얼리티가 공격의 빌미를 제공하는 열쇠가 된다는 점은 양국이 동일하다.

우에노(1970)에 의하면, 메이지 초기의 성과학 붐에 의해 소개될 때까지 일본에서 '처녀막'의 존재는 알려지지 않았고, 그 유무에 의해 정의되는 처녀성에 집착했던 적도 없었다고 한다.[7] 일본의 새로운 여자들에게 있어 순결을 지킨다는 것은, 가부장을 위해서가 아니라 로맨틱한 사랑에 의해 스스로 선택한 연애 상대를 위해서였다. 때문에 처녀성과 정절을 지키는 것은 신선하고 자유로운 의미를 가질 수 있었던 것이다. 이는 서구적이며 '문명'적인 사상과 들어맞았고 민속 취향의 전통과 결별한다는 의미에서도 바람직한 일이었을 것이다.[8]

2 새로운 사랑과 결혼

이효석의 일본어 소설 「銀の鱒」(1939)는 일본어로 쓰인 만큼, 당시 흔히 사용된 작품 소재인 '아름다운 일본 여성을 사모하는 조선 엘리트 남성'들의 사랑을 그린 단순 애정 소설이라는 평을 〈이효석 문학관〉 사이트에서 겨우 찾을 수 있을 정도로 그 존재감이 미미하다. 일본인 사다코를 둘러싸고 전개되는 조선 엘리트 남성들의 사랑을 그리고 있는 「銀の鱒」에서 이효석은 '가해 민족과 피해 민족에 의한 사랑'을 어떠한 구도로 그렸을까? 이러한 소제는 당시의 시대 배경을 생각하면 난제였을 것임이 분명하다. 이에 대해 한국문학자 김윤식은 "학문의 세계에 있어서는 피도 눈물도 없는 법. 그런 따위에 얽매여서는 참된 학문은 되지 않는다"며

---

7) 上野千鶴子(1970), 『日本近代思想大系23風俗・性』, 岩波書店, pp527~528
8) 牟田和恵(1998), 「近代のセクシュアリティの創造と「新しい女」, 『思想』, 牟田和恵, p.100

격려했던 경성 제국대학 일본인 교수의 말을 전해준다.[9]

이효석의 특수한 체험과 역량으로 난제중의 난제였을 한일 간의 연애 관계가 문학적 밀도, 즉 보편성의 반열에 올랐던 것이다.

한편 나혜석이 단편 「현숙」을 발표한 것은, 구미 외유(1927, 6~1929, 2)를 끝내고 이혼(1930)까지 경험한 후인 1936년이다. 나혜석은 3·1독립 운동의 민족 대표 33인중 한사람인 최린과의 연애 스캔들로 이혼을 맛본 후, 인생의 키워드는 오로지 여성의 섹슈얼리티에 집중되어 있다. 그러한 시점에서 발표된 소설이 「현숙」이다. 그러나 이 작품 또한 오랫동안 연구되어 오지 않다가 최근 젠더 연구자들에 의해 논해지기 시작했다.

2.1 █ 일탈 I － 사랑은 비즈니스

「銀の鱒」에는 신문사에 근무하는 박과 한, 문학청년으로 방송국에 근무하는 서양화가 최, 문학전공자로 대학 강사인 문진평 등 다섯 남자들이 등장한다. 이들은 마키노 사다코(牧野禎子)라는 일본 여성에게 각자의 방법으로 구애작전을 펴고 있다. 도쿄 출신인 사다코는 우연히 방문한 조선에서 이들과 인연을 맺은 것이다.

검은 눈동자와 흰 이마에 번뜩이는 理知와 근대적인 샌치멘탈의 결

---

9) 이러한 난제를 뛰어넘기 위해 이효석이 구사한 기법이 바로 경성제국대학으로 표상되는 학문의 세계이다. 영문과 주임교수 시마의 말 속에 이 세계가 확연하다. "학문의 세계에 있어서는 피도 눈물도 없는 법. 그런 따위에 얽매여서는 참된 학문은 되지 않는다."가 그것이다. '피는 물보다 진하다'의 상식이 결코 통할 수 없는 세계가 거기 있었다. 식민자와 피식민자의 사랑의 어려움을 이효석은 돌파했는데, 그것은 그가 상아탑이라는 특수사회가 지닌 규칙에 따랐기에 가까스로 가능했다. (김윤식(2003), 「이효석 론」, 『일제말기 한국작가의 글쓰기론』, 서울대학교출판부, p261)

정을 보는 듯 하여 그치지 않는 감동과 애착을 금할 수 없는 그들이었다. 평소에 품고 있던 꿈의 재현-까지는 못해도, 어쨌든 거친 환경 속에서 어느 정도의 꿈을 충분히 충족 시켜 주는 종류의 여자로.[10]

(「銀の鱒」, p31)

구석진 박스석에서 혼자서 열심히 음식을 먹고 있는 검은 외투와 모자를 쓴 여자가, 떠들썩한 분위기 속에서 강렬하게 문의 눈을 사로잡았다. 검고 선명한 눈동자의 영리한 얼굴이, 주위의 어느 것과도 구별되어 분명하게 클로즈업 되었다.[11] (「銀の鱒」, p34)

좀처럼 어떻게 하면 말을 붙일 수 있을까? 저 여자에게. 총명함 그 자체라는 느낌인데, 그리고 어딘가 솜 같은 부드러움을 내포하고 있어.[12] (「銀の鱒」, p36)

조선의 엘리트 남성들에게 사다코는, "검은 외투와 모자"로 치장한 매우 세련된 차림새를 한 "근대적인 샌치멘탈의 결정체", "총명함"과 "부드러움"을 겸비한 최고의 여성이다. 일본의 새로운 여자란 유명 여학교에 다니는 '양가의 자녀'를 주류로 하는 새로운 사회와 시대에 어울리는, 위험성 없고 바람직한 젊은 여성상이 콘셉트였다. 그 후로 대두된 모던걸은 '종래의 규범에서 일탈한 여자들의 총칭'이었다.

---

10) 黒い眸と白い額とに、磨かれた理知と近代的なセンチメントの結晶を見るやうな気がして、尽きない感動と愛着を禁じ得ない彼らだった。常日頃抱いてゐた夢の再現-とまでゆかなくとも、とにかくがさつな環境の中に於て或る程度の夢を優に充してくれるたぐひの女で（後略）。

11) 隅のぼつくすで一人で料理の皿を一生懸命つっついてゐる黒い外套と帽子の女が、騒々しい雰囲気の中で強烈に文の眼を惹いた。黒く鮮明な眸の利発な顔が、周囲のあらゆるものと区別されて、くつきりと浮かんできた。

12) 却々どうして話せる女なんだ。聡明そのものと云つた感じだが、それでゐてどこかにふつくらとした柔かさをかくしてゐる。

카페의 여급인 모던걸 사다코는 조선 남자 다섯 명과 일정한 거리를 유지하면서 교제하고 있지만, 교제 방법은 상대에 따라 각기 다르다. 결코 어느 특정인에게 사랑을 주거나 하지 않는다. 이에 비하면 남자들은 서로 탐색전을 벌여가며, 그녀의 사랑이 자신에게만 향하기를 염원한다. 이를 위해 호시탐탐 찬스를 노린다.

> 우선 각자가 혼자서 그녀에게 접근하기 보다는, 대체적으로 두 명 이상으로 만나는 경우가 많다. 영화를 본다든가, 뱃놀이를 간다든가, 산책을 나갈 때는 한과 박이, 또는 그 속에 그녀가 합세하므로 혼자서 만날 기회는 적고, 어쩌면 많을 수도 있고. 특히 한과는 상당히 유리한 조건, 말하자면 주종 관계에 있었으므로 한에 대한 그녀의 태도는 각별하게 가깝기도 하고 어쩌면 더 멀게도 느껴지고. 게다가 그녀의 사람 상대하는 기술은 일종의 천재적인 것으로, 열 명에 대해서 10색, 카멜레온 같이 대상에 따라 색을 맞추는 재능을 가지고 있었다.[13]
>
> (「銀の鱒」, p38)

이처럼 사다코를 둘러싼 다섯 남자들의 사랑의 암투가 숨 가쁘게 벌어지고 있는 반면, 이에 응하는 사다코는 오히려 담담하다. 게다가 남자들의 정열을 한 발짝 물러서서 마음의 평정심을 잃지 않고 관망한다. 그런 그녀의 연애 방식은 확실히 남자들이 추구하는 '오직 나 하나만'이라

---

13) 尤も各々は一人きりで彼女に接するよりは、大抵二人以上でつき合ふ機会が多く、たとへば映画に誘ふとか、舟乗りに出掛けるとか、散歩に行く場合、韓と朴か、或は却つて女が加はると云つたならはしだったので、皆は大して彼女と隠れた時間を持つ隙がないやうにも思はれるし、或は却つてあるやうにも思はれる。殊に韓とは相当有利な条件での謂はば主従関係にあったので、韓に対する彼女の態度は、格別近いやうで而も案外遠かつたり、遠いやうで近く思はれたりするものだつた。それに彼女の人を接する技術は、一種天才的なもので、十人に対して十色、かめれおんのやうに対象によって巧に色調を合せる才能を有つていた。

는 로맨틱 러브와는 다르다.

이러한 새로운 형태의 연애 방식은 나혜석의 「현숙」에서도 읽을 수 있다. 현숙은 싸구려 여관에 장기 투숙하여 생활하며 '다방의 여급'과 '그림 모델'을 겸하고 있다. 그러 던 어느 날 우연히 같은 여관에 묵게 된 젊은 청년화가에게 사랑을 고백 받는다.

> 당신에 대한 사랑을 말합니다. 벌써 오랬동안 참아 왔으나 참을래야 참을 수 없소. 마음에 찬 편지도 금야(今夜)정하지 않고 내일을 기다립니다. (「현숙」, p117)

> 연애의 입구는 회계로부터 시작되는 것이 좋아. 참 나는 지금까지 감정으로 들어가 모든 것을 실패해 왔어. 그러므로 당신과 같이 순정스러운 청년에게 대하는 것처럼 어렵고 무서운 것은 없어.
>
> (「현숙」, p121)

청년화가의 로맨틱 러브에 대해 현숙은 "연애의 입구는 회계로부터"라며 정색한다. 아울러 "순정"파는 "어렵고 무섭다"며 순수한 사랑, 즉 로맨틱 러브를 달갑지 않게 여긴다.

아이러니컬하게도 새로운 여자들이 주장했던 로맨틱 러브는 아직도 남자들에 의해 성실히 실천되고 있는 반면, 여자인 현숙과 사다코의 섹슈얼리티는 변모된 양상을 보이며, 한 차원 성숙된 새로운 형태의 연애를 추구하고 있음을 알 수 있다. 로맨틱 러브가 새로운 여자들에 의해 주창 된지 20년 남짓 흐른 1930년대 중반에 이르러, 한 단계 업그레이드된 비즈니스적 사랑이라는 새로운 섹슈얼리티가 탄생한 것이다.

2.2▌ 일탈Ⅱ - 순정의 거부

「銀の鱒」의 히로인 사다코는 한이 차려준 다방 '난(蘭)'에서 마담으로 일하면서, 방송국에 근무하는 김이 제작한 드라마 '은빛 송어'에 출연하게 된다. 타이틀 '은빛 송어'는 예츠[14]의 시에서 착상한 것으로 사다코를 상징한다.

> (물의)흐름에 나무 열매를 드리워 작은 은빛 송어를 잡았다…. 사과 꽃을 머리에 꽂고 그녀는 나의 이름을 부르며 달려가 빛나는 먼 하늘로 사라졌다.[15] (「銀の鱒」, p.41)

위의 인용처럼 다섯 남자들과 동시에 교제를 하고 있던 사다코가 드라마 "은빛 송어"가 끝나자 홀연히 경성을 떠나 자취를 감춘다. 그녀가 떠나게 된 이유를 다섯 남자는 다방면으로 추측해 보지만, 이렇다 할 답은 나오지 않는다. 다만 최근에 카페 일손이 부족하다는 이유로 가게 주인 한이 과거에 알고 지내던 여성을 새로이 종업원으로 채용한 것이 그녀의 심기를 건드렸다는 추측이 유력했다.

카페에서 사다코가 사라지고 난 어느 날, 한은 그녀를 못 잊고 그리워한 나머지 하던 일을 팽개치고 사다코의 행방을 쫓아 도쿄로 떠난다. 과연 한은 그녀를 찾아내 프러포즈라도 할 생각일까? 어쨌든 사다코는 한 사람에게만 사랑을 주는 로맨틱 러브를 넘어 자유의 몸이 되어 "먼 하늘로 사라"져 버린 것이다.

---

14) William Butler Yeats(1865~1939), 아일랜드 시인, 극작가. 국민문학 복흥에 공헌. 시집 외에 희곡 「케서린 백작 부인」등. 민족적 소재를 사용. 노벨상.

15) 流れに木の実を乗れ、小さな銀の鱒を捕へぬ。…林檎の花を髮にかざし、彼女わが名を呼びて走り、輝くみ空に消え失せり。

한편 「현숙」의 히로인 현숙은 어떻게 될까? 다방 여급과 서양화의 모델을 겸하면서 여관에 묵고 있는 현숙은 화가청년에게 사랑고백을 받지만 오히려 그의 '순정'을 두려워하며 비밀리에 거처를 옮겨버린다. 그러던 어느 날, 현숙과 비즈니스 적 연애를 하던 남자로부터, 그녀를 양보하겠으니 힘내라는 격려의 편지가 청년 화가에게 날아온다. 이에 용기를 얻은 청년 화가는 현숙에게 프러포즈를 결심한다.

> 그리고 당신은 오후 3시에 여기 와주세요! 언제든지 열쇠는 주인집에 맡겨둘 터이니. 우리 둘이 여기서 살 수는 없어요. 당신은 잘 노선생을 위로해 드리세요. 네? 우리가 이렇게 된 것을 당분간 선생에게는 이야기 아니하는 것이 좋아요. 우리 둘은 반 년간 비밀 관계를 가져요. 반년 후 <u>신계약</u>에 대해서는 다시 생각할 필요가 있어요. 그것은 우선 우리가 미리 준비할 필요가 있어요. "그렇게 말하면 우습지." L은 쓸쓸한 환희에 떨며 미소하였다. "그런 일은 물론 미리 준비할 필요가 있어요." 현숙은 두 팔을 벌려 뜨거운 손을 L에게 향하여 용감히 내밀었다.
>
> (「현숙」, p.129)

현숙은 자신의 새 거처를 탐문해 찾아 온 청년화가에게 반년의 시간을 갖은 다음 "신계약"을 하자는 제의를 한다. 즉 연애(사랑)=결혼이라는 로맨틱 러브 이데올로기에 근거한 프러포즈를 받은 현숙은 연하의 젊은 화가를 설득해 자신의 결혼관인 "신계약"을 관철시킨다.

나혜석이 말하는 '신계약'이란, 당시 구미에서 유행한 '우애결혼·시험결혼'으로, 구미 여행(1927.6~1929.2)에서 돌아온 나혜석은 기자와의 인터뷰에서 다음과 같이 주장하였다.

기자 : 그러면 결혼의 주되는 목적이 이미 저 아내를 얻는 데 있다면,
　　　만일 그 결혼이 잘못이 되었던 것이 판명되는 날이면 물론 이혼
　　　하여야 할 것이 아니겠습니까?

나여사 : 그래야 하겠지요. 그러나 이혼이란 그렇게 쉽사리 되는 것이
　　　　아닌즉, 그 결혼이 과연 행복될 것이냐 어쩌느냐를 알기 위하
　　　　여 최근에 유럽에서는 시험 결혼이란 것이 제창되고 있는 줄
　　　　압니다.

기자 : 3,4년 동안 살아보다가 싫으면 갈라지고, 좋으면 해로동혈 하
　　　는?

나여사 : 그렇지요. (중략)

기자 : 시험결혼의 특색은 무엇입니까?

나여사 : 이미 시험이니까, 그 결과에 대하여 어느 편이나 절대적인 의
　　　　무를 지지 않지요. 쉽게 말하면 이혼한다 셈치더라도 위자료
　　　　니 정조 유린이니 하는 문제가 붙지 않겠지요. 합의를 전제로
　　　　한 결혼은 이혼할 권리를 처음부터 보류하여 좋은 것이니까
　　　　요.[16)]

　유럽과 미국을 보고 온 나혜석은 당시 높아진 이혼율을 감안하여 이
혼의 비극을 예방하는 차원에서, 우애적 차원의 만남과 시험결혼이 필요
하다고 주장했다. 또한 시험결혼기간 동안에는 산아제한이 필요하다는
조선의 인습을 뛰어넘는 획기적 발언을 하였다. 1910년대 새로운 여자들
에 의해 '사랑이 없는 결혼은 부도덕하다'고 까지 상찬 되었던 연애지상
주의가, 1930년대 중반에 접어들어서는 이미 '우애결혼·시험결혼'이라는
한층 진일보한 새로운 결혼관을 내놓으며 제Ⅱ의 일탈을 시도하게 된다.

---

16) 나혜석(1930.6), 「우애결혼·시험결혼」, 『삼천리』, 『나혜석전집』(2001), 태학사,
　　p.625

3 性의 상품화

여성사를 되돌아보면 여성이 성을 상품화하여 생계를 이어온 매매춘은 세계적인 현상으로 유사 이래로 존재해 왔다. 가정의 아내와 어머니에 역할을 한정하는 것이 여자의 표면적 세계라면, 가정 밖에서 불특정 다수의 남자들에게 성을 파는 여자는 이면적 세계에 자리매김 되어, 여성 해방 운동가들 측에서 조차, 표면적 여자에 비교해 차별되었다. 문학 또한 매매춘의 세계와 깊은 관련을 가지며 풍부한 표현을 만들어 온 역사를 지니고 있다.

「銀の鱒」의 사다코도 「현숙」의 현숙도 남성에게 성을 제공하는 '여급'이라는 일을 통해 자아를 찾고 있다. 당시 카페의 '여급'이라면, 근대 교육을 받아 남자들과 대등한 레벨에서 대화가 가능한 엘리트 여성들이 주류를 이뤘다. "번뜩이는 이지"와 "근대적인 샌치멘탈의 결정"이라고 극찬 받는 사다코도, 노시인의 "시집을 읽는" 현숙도 모두 같은 범주의 여성이다.

당시의 여급에 대해 나혜석의 인터뷰 「만혼 타개를 위한 좌담회」(1933)에 다음과 같은 발언을 찾아 볼 수가 있다.

> 일본 잡지에서 보니까 고베에서 판급(阪急)으로 유명한 실업가인 고바야시(小林一三)란 분이 도쿄 긴자에다가 긴자 끽다(銀座喫茶)라는 끽다홀을 신설하였는데 이 홀에 들어와 일하는 웨이트레스는, 1,전부 처녀일 것 2,고등학교를 마쳤을 것 3, 용모가 아름다울 것이라 하여 독신 남자들로 아내를 구하고 싶은 사람은 이 홀에 와서 자유로이 교제할 수 있도록 하였다 합니다.[17] (『三千里』기자 김동환)

---

17) 나혜석(1930.6), 「만혼 타개를 위한 좌담회」, 『三千里』, 『나혜석전집』(2001), 태학사, p.634

이상의 인터뷰에서도 알 수 있듯이 당시의 모던걸 여급은 상당한 레벨의 인텔리 계층의 여성이었으며, 손님들과는 자유로이 연애를 즐기고 결혼까지 하는 여성들도 많았다. 사다코 주변에 운집하는 다섯 남자들의 암투도, 또 현숙이 계획하는 새로운 사업에 투자하는 신문기자나 화가 등의 남성들도, 이러한 시대 배경에 비추어보면 납득이 간다. 당시 이른바 '결혼시장'이라고 일컬어진 새로운 풍속이 한일 양국에서 탄생해 있었음을 알 수 있다.

앞서 설명한 바와 같이 사다코는 한이 자신의 환심을 사기위해 개업한 카페 '난'에서 여급을 겸한 마담을 하고 있다.

> 게다가 마담, 또는 총지배인이 된 사다코의 모습은, 여급 때보다 훨씬 맵시도 있고 품위가 있었다. 풍부하게 소장하고 있는 의상을 차례차례로 갈아입고, 카운터에 앉아 있기도 하고 손님 자리에 앉아 있으면 그것만으로도 가게 안은 우아한 색채로 한층 빛났다.[18]
>
> (「銀の鱒」, p38)

이러한 사다코의 모습에 카페를 방문한 남자들은 대단한 호기심을 발동시키며 접근한다. 그리고는 그녀의 마음에 들기 위해, 소설을 좋아하는 사다코에게 소설책을 선물하고, 라디오 드라마에 여주인공으로 출연시키며, 심지어는 카페까지 개업해 고용한다. 이런 대접을 받으며 사다코의 주가는 하늘 높은 줄 모르고 치솟는다. 게다가 노작가로부터는 "스타일이 좋으니 댄서를 해봐"하는 칭찬을 듣기도 하고, 미얀마 재무 장관

---

18) そこにマダム、或は総支配格でをさまつた禎子の姿は、女給をしてゐた時などよりははるかに羽振りもよく、品もあつた。豊富に持つてゐる衣装を次々に着換へては、カウンターのところに座つたり客席に掛けたりすると、それだけで店の中は華奢な色彩で一段と映えて来た。

의 눈에 들어 호텔로 불려가기도 한다. 이처럼 사다코는 자신의 성적 매력을 살려 섹스 워커[19]라는 직업을 자기 결정하고 있다.

또한 「현숙」의 현숙은 그림 모델로 고용되어 있던 K화가에게, 그녀의 남성 관계가 문란하다는 이유로 돌연 계약을 중지 당한다. 이 사실을 알게 된 노시인은 K화가를 찾아가 그의 비굴함을 추궁한다.

> 요즈음 현숙은 매우 변했소. 당신은 여러가지로 보아 현숙에게 대하여 책임감을 가지지 아니하면 안되오. 어젯밤은 늦도록 여기서 술을 마시지 아니했소? (중략) 아무래도 당신은 오해한 것 같소. 그 현숙은 여러 화가와 알아서 모델값 3원,5원,10원씩 받는다구요. 나는 전연 모른다고는 할 수 없으나 현숙은 결코 내게만 책임을 지울 것이 아니오. 아니 그렇게 말 할 수 없을 것이오. (「현숙」, p.123)

여기서 현숙은 '배후에 남자가 많다'는 사실이 밝혀져 그녀는 '얌전하지 못한' 여자로 추락해 모델 일에서 해고당한다. 이 사실이 주위에 퍼지면 그녀는 경제적으로 살아갈 길이 막히게 되는 것은 시간문제다. 이처럼 여성은 사회의 기준에 의해 '얌전한 여자=깨끗한 여자'와 '음탕한 여자=더러운 여자'라는 이분화에 의해, '여자의 적은 여자'라는 언설이 만들어져 여성들에게 내면화 된다.

남성작가에 의해 묘사 되는 「銀の鱒」 또한 이러한 구도가 성립한다. 식민자인 사다코가 결국은 조선인 한에게 고용됨으로써 주종관계에 놓이게 되며, 더욱이 여급과 모델이라는 '성적 대상화'에 의해 종속된다고

---

19) 일반적으로, 섹스 워커라는 개념은 자기 결정에 근거하는 매춘의 옹호에 이용되는 경우가 많다. 즉, 매춘을 자유의사에 근거하는 것(자유 매춘)과 그렇지 않은 것(강제 매춘)으로 나누고, 전자의 매춘을 선택한 사람들을 섹스 워커라고 부르며, 이러한 사람들의 매춘할 권리를 인정해야 한다고 하는 논의이다. (浅野千恵 (2002), 『女性学事典』, 岩波書店, p.304)

하는 구조적 관계를 보인다. 이처럼 성적으로 객관화 되는 여성은, 객관화 하는 사람(남성)과 동등한 모럴의 주체가 될 수 없기 때문에, 사다코는 이미 식민자라고 하는 주인의 입장이 아니라 "품안에서 도망가 버린 작은 새"인 객체가 되고 만다.

가노 미키요(加納美紀代, 2002)는 '매춘은 사람의 존엄성을 해치지 않는다. 강제가 아닌 자기 결정에 의한 매춘은 인권을 침범하지 않는다. 수많은 노동중의 하나에 지나지 않으며, 더욱이 매춘은 노동력의 재생산에 공헌하고 있다는 점에서는 주부의 가사 노동과 다르지 않다. 매춘에는 정신적 육체적 폭력, 성적 능욕이 수반한다고 하지만, 다른 노동에도 어떠한 형태의 폭력이나 강제는 있다. 매춘 여성과 다른 노동자들 간에 본질적인 차이는 없다'[20]고 매춘 긍정론자들의 의견을 뒷받침 한다.

이미 70년 전에 '정조는 취미'라고 주장한 나혜석은 파리의 예를 들어 "금욕은 에너지 낭비"라고 꼬집은 다음 "여자 공창뿐만 아니라, 남자 공창도 필요하다"고 역설했다.[21] 그러나 여자가 남자에 의해 성적으로 대상화 하게 되면 이미 둘 사이에 동등이란 개념은 없어진다. 장(윤)필화는 『여성·몸·성』에서 성의 상품화에 대해 다음과 같이 논한다.

> 성은 여성을 비인간화하는 데 지극히 효과적인 수단이다. 여성을 착취하고, 잔인하게 다루고, 위협이나 모욕함으로써 사회적으로 열등하고, 더럽다고 느끼게 하는 수단이 된다.[22]

그녀는 매매춘 반대론자의 입장에서 여성의 몸이 성적으로 대상화 될

---

20) 加納美紀代(2002), 『売買春と日本文学』, 東京堂出版, p.17
21) 나혜석(1935), 「신생활에 들면서」, 『삼천리』, 『나혜석전집』(이상경편집,2000), 태학사, p.330
22) 장윤필화(1999), 『여성·몸·성』, 또하나의문화, p.283

때 여성은 '비인간'화 한다고 강력히 주장한다.

이상 「현숙」과 「銀の鱒」를 모던걸의 섹슈얼리티에 초점을 맞춰 고찰했다. 그 결과 남성작가에 의해 쓰인 「銀の鱒」의 '사다코=식민자'와 '조선인 다섯 남자들=피식민자'라는 구도는, 사다코가 성적으로 객관화됨과 동시에 젠더구조의 재배치가 이루어져 일시에 역전되어 버린다. 즉 당시로는 난제였던 '제국 여성과 조선인 남성과의 사랑'을 소재로 해, 여성을 성적으로 객관화함으로써 결과적으로 가해자와 피해자의 구조가 반전해, 카타르시스에 의한 알레고리 효과를 얻고 있다. 한편 「현숙」에서 현숙은 '얌전한 여자'와 '음란한 여자'로 이분화 되어 가장 공식적인 '결혼'이라는 제도 안에 '우애결혼·시험결혼'이라는 형태로 조선 사회에 새로운 일탈의 도전장을 던진다.

이처럼 근대국가의 성립과 함께 여성의 섹슈얼리티는 생식과 관계될 때는 순결이 요구되어 가족제도의 내부로 포함되는 한편, 쾌락과 관계될 경우에는 추악한 것으로 인정되어 가족제도의 외부인 매매춘 제도에 포함되어 남성의 욕망의 대상물로 재배치된다. 이러한 제도 아래에서 여자들의 섹슈얼리티는 매매 가능한 것으로 상품화되어 유통되고 소비되는 것이다.

제2절

〈일탈Ⅲ〉의 불륜
― 「고행(苦行)」, 「미련(未練)」[23]을 중심으로 ―

김말봉의 단편소설 「고행(苦行)」은 1935년 7월 문예잡지 『新家庭』에 한국어로 발표된 후, 일 년 후인 1936년에는 ≪大阪每日新聞≫의 조선판에 작자의 약력, 얼굴 사진과 함께 일본어로 연재되었다. 당 연구에서는 일본어 작품을 사용한다. 당시의 일본어판은 오무라 마스오(大村益夫)와 호테이 도시히로(布袋敏博)가 펴낸 『近代朝鮮文學日本語作品集』(2004)에 수록되어 있다.

모던걸의 '불륜'을 테마로 한 「고행(苦行)」은 대중(통속) 소설로 분류된다.

「고행(苦行)」은 불륜을 저지른 한 남성의 반성으로 가득 찬 참회록이다. 샐러리맨인 '나'는 아내를 교묘하게 속이며 기생출신 모던걸과 불륜을 저지르는 야비하기 짝이 없는 남자이다. 이에 반해 아내 정희는 이미 두 아이의 어머니이지만, 오르간을 연주하며 클래식 음악을 즐기는, 이른바 신여성과 모던걸의 환골탈태형인 '현대 여성'으로, 오로지 남편을 믿고 자식을 사랑하는 헌신적인 여성이다. 반면, 불륜 상대인 모던걸 미자는 결혼해서 얽매이는 삶보다 성적 자유분방함으로 연애를 즐기고, 남자의 경제적 원조를 받는 타산적인 여성이다. 그녀들 사이를 교묘히 왕래하면서 불륜을 즐기던 '나'가 여성 작가의 붓에 의해 가차 없이 '고행'을 맛보게 된다는 스토리이다.

1936년에 발표된 단편소설 우노 지요(宇野千代)의 「미련(未練)」은 히로인 가요코의 불륜을 소재로, 자유분방한 모던걸의 섹슈얼리티를 그리고 있다. 히로인 가요코(加代子)의 남편은 서양화가로, 그녀는 남편의 그림을 팔러 도쿄에서 오사카에 와있다. 그리고 그 곳에서 만난 사업가 미타 료헤이(三田良平)와 불륜을 저지른다. 그러던 어느 날, 가요코로부터의 송금을 기다리던 남편 가시와무라 신키치(柏村新吉)가, 가요코를 만나 직접 돈을 받기 위해 오사카로 온다. 가요코는 갑자기 들이닥친 남편에게

---

23) 底本; 金末峰(1936), 「고행(苦行)」, 『近代朝鮮文学日本語作品集』(2004), 緑蔭書房. 宇野千代(1936), 「미련(未練)」(1936), 『現代日本文学全集』(1954), 筑摩書房.

불륜사실을 고백하게 되고 그로인해 이혼하게 된다.

본 절에서는 선행연구를 참고로, 근대 여성작가의 소설 「고행(苦行)」과 「미련(未練)」에 등장하는 모던걸의 성적 일탈에 초점을 맞추어 한일 양국의 문화적 측면에서 분석하겠다.

▨ 가정과 불륜사이

1930년대 중반에 접어들어 잇따른 일본 코프(KOPF)의 해산(1934)과 한국 카프(KAPF)의 해산(1935)은 프롤레타리아 사상을 쇠퇴시키고 문학은 대중·통속화되는 계기가 된다. 이러한 시대 상황을 배경으로 문학의 테마는 다시 한 번 '섹슈얼리티'에 초점이 맞춰져 이에 관한 작품이 큰 폭으로 증가한다. 게다가 1920년대에는 다소 강박적으로 나타난 연애감정에 관한 터치도, 성이라고 하는 테마에 맞닥뜨리면 추상적 관념적인 글쓰기가 되어 버린 점이 있었지만, 1930년대에는 성적 장면을 보다 리얼하게 그리고 있으며, 표현 또한 한층 구체화되었다.

1.1 ▨ 불륜男, 불륜女

「苦行」의 스토리텔러(Storyteller) '나'는 오르간을 연주하는 신여성과 결혼해 두 아이를 가진 가장으로 엘리트 샐러리맨이다. 그는 사업상 접대를 위해 동료와 함께 온천여관에 갔을 때, 그 곳에서 기생 미자에게 반해 지금껏 불륜관계를 지속해 오고 있다. 그러던 어느 날 아내와 영화관에 가기로 한 약속을 잊고 그만 미자와 온천 여행을 하기로 이중 약속을 하고 만다. 나중에야 약속이 겹치게 된 사실을 알게 된 '나'는 고민 끝에

하는 수 없이 아내에게 거짓말을 하고, 미자와 함께 보내기로 한다. 미자의 집에서 일본 유카타(일본식 잠옷)만 입고 술잔을 기울이던 '나'는 갑자기 찾아 온 아내를 피해 벽장 안으로 숨게 된다.

미자가 가리키는 곳은 벽 한쪽에 붙어 있는 작은 반침이었습니다. 폭이 겨우 2척, 높이는 1척 될까 말까 정도이고, 양 개폐식 문이 달려 있어 평소에는 미자가 빨래 감이나 걸레 등을 넣어두는 곳 입니다.(중략)미자는 재빨리 입고 있던 유카타를 홀라당 벗긴 채로 나를 다시 반침 안으로 밀어 넣는 것이었습니다. 비좁은 반침 안으로 밀려들어온 나는 아까 했던 괴로운 자세를 바꾸어 이번에는 무릎을 꿇고 엎드려 봤습니다. 무릎을 구부리고 양손으로 이마를 받치고……그렇습니다, 교회에서 자주 보는 경건한 신도들의 그 기도하는 자세 바로 그것입니다. 그 장면을 연상해 보세요.[24] (「苦行」, p.121)

좁은 것도 좁은 것입니다만, 벼룩인지 빈대인지가 아까보다 더 극성스레 여기 저기 돌아다니는 듯 했습니다. 흠뻑 땀을 흘린 등, 다리, 배를 가리지 않고 물어 뜯어 - 정말 감당이 안 되었습니다. 팔을 움직일 수 없어 긁을 수조차 없었습니다. 고문이라도 당하는 듯 나는 입술을 꽉 깨물었습니다.[25] (「苦行」, p.122)

---

24) 美子の指す所は壁の一隅についてゐる小さな押し入れなのでした。幅がほぼ二尺、高さはやつと一尺そこそこ、観音開きの扉があつて美子がふだん洗濯物や雑巾等を投げ込んで置く小さな押し入れなのです。(中略) 美子はサッと私の浴衣を脱がせると裸坊主の私をそのまま押し入れの中に突き戻すのでした。窮屈な押し入れの中へ突き戻された私は、さつきの息苦しさに懲りて今度は土下座でもするやうにへいつくばつて見るのです。膝を曲げ、両手で額を支え…さうです教会などでよく見かける敬虔な信徒たちのあのお祈りの姿勢、あれです、あれを思い出して下さい。

25) 狭さも狭さですが、蚤だかピンデだかが矢鱈にそこいら中をつつき廻るらしいんです。ジットリと汗が流れ、背、脚、腹と所嫌わず食ひつき、咬みつき-これにはまつたく往生しました。手が廻らないので掻くことすら出来ないのです。拷問にでも掛けられたやうに私はキッと唇を噛みました。

유카타 한 장만 걸치고 미자와 함께 술을 마시고 있던 '나'는 얼마 전 친구의 여동생이라며 소개해 준 미자의 집에 돌연 아내가 찾아오자 혼비백산한다. 순간 '나'는 아내에게 불륜 사실이 발각날 것이 두려워 미자의 의도된 지시에 따라 알몸으로 반침에 갇히는 신세가 된다. 반침 안에서 그는 교회 신도들의 기도자세로 무릎을 꿇고 앉아 모기에 물려가며 마치 고문과도 같은 고통의 시간을 보낸다. '나'는 고통을 참지 못하고 마음속으로 돌아가신 아버지를 부르며 구원을 빌어 본다.

> 그렇다고 아버지의 영전에…나는 눈을 감고 "아버지" 하고 불렀습니다. 그러자 다음 순간 지팡이를 짚은 아버지의 환영이 눈앞에 나타나, 더 이상 목이 메어 말을 이을 수가 없었습니다. "바보 같은 녀석! 그 꼴이 뭐냐!" 흥분해서 꾸짖는 아버지의 목소리가 귀전에 들리는 듯합니다. 거기서 나는 아버지에게 기도 하던 것을 그만두고 다시 한 번 살아 있는 아내를 향해 두 손을 모았습니다. "부탁이야. 반침문만은 열지 말아줘!"기도의 효험은 금방 나타났습니다. 잠시 후 아내는 다시 오르간 앞에 앉아 복카치오 일절을 부르기 시작했습니다.[26] (「苦行」, p.123)

돌아가신 아버지 역시 그의 편을 들어주지는 않는다. 그는 결국 아버지에게 호통을 맞으며 자신의 잘못을 조금씩 뉘우치게 된다. 이처럼 '나'는 미자에 의해 벌로 다스려지지만, 아내에게 기도한 효험 덕으로 발각을 면한다.

---

26) さりとてまさか父の霊の前に…私は目をつぶつて、お父さん、と叫びました。しかし次の瞬間杖をついた父の幻影を目の前に見るともう後が悶えて物がいへないのです。「阿保者奴が!そのざまは何だ!」激して叱る父の声が耳の端で聞えるようです。そこで私は父にお祈りすることを止め改めて生きてゐる妻に向つて手を合せるのでした。「お願ひだ。押し入れの扉だけは開けてくれるな」お祈りの霊剣はあらたかなものです。暫くすると妻は再びオルガンに向ひボッカチョの一くさりを唱ひ始めるのでした。

한편 텍스트 「未練」의 히로인 가요코는 서양화가 가시와무라 신키치 (柏村新吉)와 결혼한다. 가요코는 초혼이지만 신키치는 아이들이 둘이나 딸린 재혼남이다. 그녀는 남편의 그림을 판매하기 위해 간사이(関西)에 와 있지만, "만약 필요한 만큼의 돈이 생기면, 미련 없이 신키치와 헤어지겠다"는 생각을 갖고 있다. 이처럼 가요코는 신키치와의 결혼생활에 만족하지 못하고 있다. 그런 마음에서인지 가요코는 묵고 있던 오사카호텔에서 토지 회사의 젊은 사장 미타 로헤이를 알게 되어, 둘은 호텔에서 함께 지내게 된다. 이런 어느 날, 남편 신키치는 가요코로부터 송금을 기다리지 못하고 "오후 6시 우메다 도착. 신키치"라는 전보를 보내온다. 가요코는 외출에서 돌아와 호텔 테이블에 놓인 전보를 보고서야 그 사실을 알고 적이 당황해한다.

> 가요코는 깜작 놀라 가슴이 떨렸다. 어떻게 하지! 가요코는 서둘러 방안을 둘러 보았다. 슬리퍼 2개, 물 컵 2개. 아직 시간은 충분하다. 가요코는 천천히 휴지통에 버린 편지 조각까지 없애고 깨끗하게 방안을 정리했다.[27] (「未練」, p.362)

필요한 만큼의 돈만 손에 들어오면 남편과 헤어지겠다는 생각을 갖고 있는 가요코지만, 불륜이 발각되어 집에서 내쫓기는 것만큼은 피하고 싶은 것이다. 이 때문에 남편이 호텔에 도착하기 전에 증거인멸을 꾀하는 가요코의 모습은 안쓰럽기까지 하다. 여성의 순결이 상찬되던 시대를 역행해, 불륜 현장을 '깨끗이 정리'하면 된다는 모던걸 가요코의 행동 패턴에서 섹슈얼리티의 자유로움을 읽게 된다.

---

27) 加代子はどくつと胸が慄へた。どうしよう。加代子は急いで部屋の中を見廻した。スリッパが二つと水呑みのコップが二つ。まだ時間は充分あつた。加代子は叮嚀に紙屑籠の中に捨てた手紙の反古まで拾ひ上げて、きれいに部屋の中を片付けた。

근대 결혼 제도는 일부일처제를 기본으로 하고 있어, 이러한 제도 아래에서는 우선 부부의 정조는 엄격하게 요구된다. 그러나 이것도 실은 여성만의 의무로, 남성은 사회의 더블 스탠더드(이중기준)에 의해 용서된다. 그 때문에 불륜을 저지른 가요코는 남편에 대해서 "가슴이 떨릴 수밖에" 없다.

> 가요코는 아직 배짱이 없었다. 오늘 밤만 어떻게든 무사히 보낼 수 있다면 하고 생각하면서, 이렇게도 무서울 수가 없어, 스스로도 애가 탔다. 나쁜 짓을 했다고는 티끌만큼도 생각하지 않았다. 신키치가 무서우면 무서울수록, 격렬히, 도망치고 싶은 갈망이 가요코를 짓눌렀다. 도망치자! 가요코는 우리 밖으로 도망치려는 동물처럼 본능적인 갈망을 느끼면서, 아직 간수의 채찍을 무서워하는 죄수 처럼 떨고 있다. 저…상냥한 목소리로 애원하듯이 신키치의 눈치를 보면서 발아래 무릎을 꿇었다.[28) (「未練」, p.363)

가요코는 자신의 불륜에 대해 '공포'는 느끼지만, 진심으로 "나쁜 짓"은 하지 않았다고 정색한다. 사랑해서 결혼했고 또 새로운 가정을 만들고 싶었던 가요코이지만, 그 동안의 억압된 결혼생활을 '우리에 갇힌 동물'과 '감옥의 죄수'에 빗대어 설명한다. 그리고 이러한 예속으로부터 끊임없는 '도피'를 계획하며 '본능적인 갈망'에 답하고자 하였다. 그러나 기혼자로서 결혼의 규칙을 깨고 불륜을 저지른 가요코는 결국 남편의 발아래

---

28) 加代子はまだ腹が据わつてはゐなかつた。今夜だけ、何とか無事に過ごせたら、と思い乍ら、こんなにも恐怖するといふことが、自分でも口惜しかつた。悪いことをしたとは塵ほども思わなかつた。新吉が恐ろしければ恐ろしいほど、激しい、遁走への渇望が、加代子をしめつけるのであつた。逃げよう!加代子は檻のそとへ逃げ出そうとする動物のやうな、本能的な渇望に駆られながらまだ捕吏の鞭を恐れる囚人のやうに慄へてゐた。「ねえ、」優しい、哀願するやうな声で新吉に呼びかけ乍ら、その足許へひざまづいた。

무릎을 꿇고 사죄한다. 그러나 그것은 표면적인 행동일 뿐, 정작 그녀는 자신의 행동이 잘못되었다고 생각하지 않는다. 결국 그녀의 표면적인 사과는 남편에게 받아들여지지 않아 이혼의 고통을 맛보게 된다.

> 지난봄 신키치와 헤어져 요쓰야에 있는 지금의 집에 혼자서 살기 시작했을 무렵에는 가요코는 2층 다다미 4장반 크기의 방에 이불을 깐 채, 종일 잠을 잤었다. 명치가 조여 오는 것 같고, 장이 꼬이는듯하고 가슴이 쿵쾅거리는 듯 했다. 너무 괴로워 자신의 명치를 꾹 눌러보기도 하고 소리를 지르며 울기도 했다. 생각이 들면 별안간 벌떡 일어나 센다가야역 앞에 있는 자동전화기로 달려가서는 하루에 몇 번이고 신키치를 찾았다.[29] (「未練」, p.359)

이혼을 희망했던 가요코이지만 막상 신키치와 헤어지고 나자 혼자가 된 외로움에 "명치"가 눌리고 "장"이 뒤틀리는 고통을 맛본다.

더욱이 당시 일본 사회에는 간통죄가 있어, 필요적 공범으로써, 남편이 있는 아내와 그 간통 상대방인 남성 쌍방으로 성립했다. 게다가 남편을 고소권자로 하는 친고죄이기 때문에 아내에게는 몹시 불리한 법률이었다.[30] 이러한 토양에서는, 불륜이 발각되어 이혼당한 가요코 혼자서

---

29) 去年の春新吉と別れて、四ッ谷の今の家にひとりで住み始めた頃は、加代子は、二階の四畳半の部屋に蒲團を敷いたきり、終日寢てばかりゐた。鳩尾のところが締めつけるやうになつて、腸がぐるぐる巻きつけるやうになり、胸の中がせかせかと追ひ立てられるやうな気持になる。あんまり苦しいので、自分で鳩尾のところをぎゅつと押へたり、声を立てて泣いたりした。思ひ立つとがばと起きて、千駄ケ谷駅の前にある自動電話まで駆け付けては、日に幾度となく新吉を呼び出した。

30) 일본에서는, 1880년에 포고된 구형법(메이지 13년 태정관포령 제 36호) 353조에 규정되어 1907년에 공포된 형법(메이지 40년 법률 제 45호) 183조에 인계되었다. 간통죄는 필요적 공범으로서 남편이 있는 아내와 그 간통의 상대방인 남성의 쌍방으로 성립한다. 간통죄는, 남편을 고소권자로 하는 친고죄다. 또, 고소권자인 남편이 간통을 용인하고 있었을 경우에는, 고소는 무효로 여겨져 처벌되지 않는다. 제2차 세계대전 후, 1947년에 시행된 일본국 헌법에는 남녀평등이 정해져(14

모든 고통을 감내할 수밖에 없다.

'괴롭다, 괴롭다' 가요코는 괴로움을 잊기 위해 소리 내어 중얼거렸다. 그것은 더울 때 '덥다, 덥다'하는 것과 같았다. 가요코는 자신의 목소리로 자신이 위로 받고 싶었다. 타인에게는, 아무리 친한 친구라도 이런 이야기를 하고 싶지 않았다.[31] (「未練」, p.359)

불륜을 범한 여자에게 세상의 비난의 눈총은 따가웠다. 가요코는 그 괴로움을 직접 체험하면서도 현실적으로는 친구에게조차 털어놓고 상담하지 못한다.

푸코(1975)는 『감시와 처벌』에서, 감옥에 감금된 사람의 몸에 복잡하고 정밀한 장치를 붙여 그들이 규율에 따르도록 만드는 감옥의 감시 메커니즘에 대해 자세하게 논하고 있다.[32] 즉 개인의 성적 욕망과 행위는, 스스로에게 규칙과 질서를 부여해, 사회 질서에 알맞은 관념과 행동을 선택하여 주체화해 가는 것이다.

이처럼 「고행(苦行)」의 '나'도 「未練」의 가요코도 똑같이 불륜을 저지르지만 그 결말은 다르다. 남자인 「苦行」의 '나'는 약간의 고통을 받고 두

조), 간통죄는 동조에 위반한다고 여겨졌다. 일부에서는 '아내가 있는 남성에게도 평등하게 적용하도록 개정하면, 헌법에 위반하지 않는다.'는 의견도 있었지만, 동년 10월의 형법 개정에 의해서 간통죄는 폐지되었다. 한국에도 간통죄가 있다. 그러나 일본의 구규정과는 달라, 배우자가 있는 사람에게는 남녀를 불문하고 간통죄가 적용된다. 간통죄를 범한 사람의 배우자가 고소권자가 되는 친고죄로 고소권자가 간통을 종용 또는 유 동정심 했을 경우에는 고소할 수 없다는 점은, 일본의 구규정과 같다. (フリー百科事典, 『ウィキペディア(Wikipedia)』, 2007.3.11)

31) 「苦しい、苦しい」加代子は苦しさを紛らすためのやうに、声に出して呟いた。それは、暑いときに「暑い、暑い」と言ふやうなものだつた。加代子は自分の声で、自分が慰めて貰ひたかつた。他人には、それがどんなに親しい友だちであつても、この話をしたくなかつたからだ。

32) 미셸 푸코(1975), 오생근 역1994), 『감시와 처벌』, 나남출판사, p.100

여자에게 용서를 받지만, 여자인 가요코는 지옥과도 같은 이혼의 쓰라림을 맛보게 된다. 이런 결말은 이들 두 사람 사이에 사회적 문화적 성의 개념인 젠더에 의해, 다른 행동기준을 정한 가부장제적인 도덕규범인 더블 스탠더드(이중 기준)가 존재하기 때문이다.

더블 스탠더드에 의하면, 여성의 경우는 비난받을 행위 (예를 들어, 도발적인 섹슈얼리티 표현 등)도 남성의 경우에는 용인되며 오히려 부추김된다. 이러한 기준은 인간의 도덕에 의한 것이 아니라, 기성의 성역할에 집착하고 있기 때문이다. 더블 스탠더드는 '남성의 모든 것을 허락하고, 여성의 모든 것을 흠 잡는다'로 대변된다. 페미니즘의 목표 중 하나는 여성 억압 수단인 이 더블 스탠더드를 중지하고, 그 대신에 새로운 하나의 기준을 만드는 것이다. 그 새로운 기준이란, 성별·연령·인종·계급에 관계없이 인간의 가치에 따라 그 행위를 판단하는 것이다.[33]

그렇다면 불륜을 저지른 여자 가요코와 남자 '나'의 공통점은 무엇일까?

「未練」의 가요코는 불륜 상대인 미타 로헤이와 침대가 있는 호텔에서 만난다. 여기서 근대 섹슈얼리티와 함께 수용한 침대[34]의 존재에 주목하고 싶다. 간편하게 몸을 뉠 수 있는 침대는, 그 구조로부터 인간의 성생

---

33) リサ・タトル(1998), 『新版フェミニズム事典』, 明石書店, p.96

34) 프랑스와 북유럽에서는 4개의 조각된 기둥으로 천개를 떠받친 형식의 것이 유행하였다. 바로크 시대의 군주(君主)는 '권위의 침대'라고 부르는 호화로운 장식 침대를 알현이나 회의시에 사용하여 지배자의 권위를 나타내었다. 또한 귀부인들을 위해서는 '공비(公妃)의 침대'라고 하는 것이 있었다. 살롱 생활이 유행한 18세기의 귀족들은 권위를 위한 침대보다도 우아한 형태의 침대를 좋아하였는데 '천사의 침대' '폴로네즈의 침대' '알코브 침대' '왕관침대'라고 하는 것이 생겼다. 로코코 시대에는 대낮 휴식에 사용하는 데이베드 등도 유행하였다. 이 시대의 침대는 귀족들의 생활을 향락하기 위한 도구로서 아름다움과 잠자기 좋은 것에 중점을 두었다. 19세기 후반에 접어들면서 침대는 비로소 서민계급 사이에 보급됨에 따라 장식적인 면보다도 실용적인 면에 중점을 두게 되었다.
(http://cafe.daum.net/fusionenglish, 2007.4.20)

활에 깊게 관여한다. 이러한 침대에 의해, 동양인은 이전보다 더 풍부한 성생활을 할 수 있게 된 것은 말할 것도 없다. 가요코는 침대 위에서 "덩치가 큰" 미타 로헤이와 "광기 어린 정열"의 밀회를 거듭하였던 것이다.

한편 「苦行」의 '나'의 불륜 상대인 미자는 기생 출신인 만큼 말할 것도 없이 섹슈얼(sexual)한 여성이다. '나'는 그녀에게 빠져버린 이유를, 성생활에 대해 아내보다 "훨씬 더 기교적"이기 때문이라고 고백한다. 아울러 그녀가 점령하고 있는 것은 "나의 육체"라고 부연한다. 즉 가요코나 '나'의 바람기의 원인은 '성적인 욕망'에 기인하였음을 알 수 있다.

성욕은, 18세기 후반에는 단순하게, 인간의 관념의 대부분은 타인과의 교제에 의해 외부로부터 생성된다고 생각하였다. 또한 1905년에 프로이트는 '인간은 성적 욕동(欲動)과 특정 性대상과의 결합을 선천적으로 갖추고 있지는 않다'고 지적했다. 또한 푸코는 유럽 근대에 있어서 섹슈얼리티의 개념이 근대적 知와 권력의 영역 내에서 '창조'된 점을 언급하였다.

그러나 오구라(小倉, 2005)는 '오늘날, 아무리 감각기관이 외부의 자극을 받아 흥분했다고 해도, 그곳에 지각은 생기지 않는다는, 지각과 감각은 별도라는 사고가 당연시되고 있어, 이들 18세기 후반의 유물론자들의 생각은 완벽하게 부정되었다'고 주장하였다.[35]

따라서 근대를 받아들여 서구를 배운 일본과 한국에서 탄생한 '가요코'와 '나', 그리고 미자가 추구하는 섹슈얼리티는 性에 홀린 근대에 창조된 하나의 관념에 지나지 않음을 알 수 있다.

1.2 ▌ 가정의 재구성

「苦行」과 「未練」에는 4명의 여자가 등장한다. 「苦行」의 '나'의 애인 미

---

35) 小倉千加子(2005), 『セックス神話解体新書』, ちくま文庫, p.150

자와 아내 정희, 그리고 「未練」의 신키치의 첫 부인 고마코와 두 번째 부인 가요코가 있다. 이들은 소설 속에서 가정을 지키는 여성과 파괴하는 여성으로 양분되어 묘사된다.

먼저 「苦行」의 미자와 정희에 대해 살펴보자. 모던걸인 미자는 "기생" 출신이었던 만큼 관능미 넘치는 매너로 손님이었던 '나'를 성적으로 매료시킨다.

> 아내에 비해 미자가 훨씬 더 테크니컬 하여 나를 욕정의 포로로 만들어 버리기는 하였지만, 예컨대 미자가 점령하고 있는 것은 육체뿐이었다는 것입니다.[36] (「苦行」, p.119)

> 그러나 나는 점점 미자에게 싫증을 느끼고 있었습니다. 돈을 물 쓰듯 하는 미자를 옆에 잡아 두기 위해 나의 경제적 파탄도 파탄이지만 그보다도 더 나를 괴롭게 한 것은 초인적인 미자의 정력이었습니다. 나는 점점 그것에 눌려서 어느 샌가 이 불장난에서 멀어지고 싶다고 생각하였습니다.[37] (「苦行」, p.120)

"초인적인 정력"의 소유자이자, 연주할 줄도 모르는 오르간을 그저 소유만 하고 있는 허영심 많은 소비 주체로 묘사되는 미자의 삶의 방식이야말로, 시대와 함께 출현한 모던걸의 이미지 바로 그것이다. 이처럼 당시의 모던걸은 허영심의 강한 소비주체로 언급되며 부정적 이미지로 형상화 되었다.[38]

---

36) 妻に較べて美子の方が遥かに技巧的であり、從つて十分私を虜にしてはゐましたが、要するに美子が占領しているのは私の肉體だけだつたのです。

37) 併し私はそろそろ美子に厭きを感じてゐました。金遣ひのあらい美子に引き止めて置くための私の経済的破綻も破綻ですが、それにも増して私を苦しめたのは超人的な美子の精力でした。私はヂリヂリそれに圧されいつからともなくこの「火遊び」から遠のきたいと思ひ始めてゐたんです。

그러나 앞서 언급한 바와 같이 '신여성들에게는 '반항'은 있었으나 '생활'이 없었으며, 다소의 로맨틱은 있었을지라도 리얼리티가 없었다. 理想은 있었으나, '경제'가 없었다.'[39]는 점이 모던걸과 다른 점이다.

한편 정희는 어떨까? 정희는 오르간을 연주하며, 영화를 즐기는 어엿한 신여성이지만 모성을 실천하는, 일본과 서구지향의 미를 추구하는 미자와는 또 다른 여성상을 연출한다. 학식 있는 신여성인 그녀는 한복을 즐겨 입고 육아와 가사 어느 것 하나 소홀히 하지 않는 그야말로 '현모양처'의 모습을 그대로 보여준다. 이는 대중작가 김말봉이 새롭게 제시하는, 전통과 근대가 조합된 조선에 알맞은 '현대여성'[40]의 모델이다.

따라서 작자는 성적으로 자유분방하고 허영심 많은 미자에게는 가정을 만들 자격을 주지 않는다. 이에 따라 '나' 또한 비록 불륜은 저지르지만 가정을 지켜주는 아내 정희를 한시도 잊지 않는다.

> 미자를 품에 안고 입을 맞추며 색정에 빠져 이성을 잃고 몸을 맡기고 있는 순간 조차도 사실 나는 아내를 잊은 적이 없었습니다. (중략) 콸콸 솟아나는 심산 깊은 곳의 맑은 물처럼 깨끗한 애정은 끊임없이 아내 차지였습니다. 미자라는 흐름에 빠져들지 않고 흔들흔들 흔들거리고만 있는 저입니다만, 그러나 마음의 닻만은 흔들림 없이 아내의 사랑에 내리고 있었습니다.[41] (「苦行」, p.119)

---

38) 1930년대 이후, 식민지 체제의 상대적 안정화를 배경으로, 퇴폐적이고 향락적인 분위기가 도시를 중심으로 서서히 번지면서, 모던걸은 낭비와 호화, 허영의 상징이 되었다. (김경일(2004), 「여성의 근대, 근대의 여성」, p.222)

39) 清沢洌(1989), 「モダンガール」, 『モダンガールの誘惑』, 平凡社, p.428

40) 현대 여성은, 신여성의 지적이고 세련 된 현대적인 모습과 구여성의 성실하고 자애로 가득 찬 전통적인 모습이 합쳐진 개념이다. 이들은 훗날 군국의 어머니로 거듭나게 된다. (심진경(2006), 「한국문학과 섹슈얼리티」, 소명출판사, p.53)

41) 美子を腕に抱き、唇を合せ、爛れた情痴に身を任してゐる瞬間ですら、事実私は妻のことを忘れてはゐなかつたのです。(中略) チロチロと湧く深山の奥の清水のような清らかな愛情は不断に妻のものでした。美子といふ流れに陥り絶えずユラユラ揺れて

아내가 나가고 10분후 나도 곧 귀가했습니다. 대문을 열어주는 아내 등에 업힌 용주가 가끔씩 딸꾹질을 하며 잠이 들려고 하고 있었습니다. 나는 마음속으로 합장을 하고 자신의 꼴사나움에 깊은 반성과 후회를 하며 아내와 아이를 한꺼번에 살포시 껴안고 소리 없이 흐느껴 울었습니다.[42] (「苦行」, p128)

일본과 서구 문화를 무비판적으로 받아들인 모던걸 미자는, 식민지 조선의 메타포이며, 그런 상황에 적당히 편승하여 바람을 피우는 '나'는 조선의 모습 그대로다. '나'는 미자에게 빠진 자신을 추슬러 전통과 근대가 알맞게 조합된 "대문을 열어주는" 정희의 품으로 돌아가, '깊은 참회'의 눈물을 흘림으로써 사회의 용서를 받아내고 가정을 지키는 가장으로 재차 자리매김 된다.

1910년대 중반, 근대와 함께 탄생한 신여성 '노라'는 구여성들에게 '인간이 될' 것을 주창하며 가정을 버렸다. 1930년대에 와서 신여성의 후예인 모던걸이 등장하여, 그들은 오로지 자신의 감정에만 충실한 자유분방한 삶을 구가하였다. 그녀들은 가정을 만드는 것이나, 육아 등은 자신들의 자유를 방해하는 방해물로 여겨 관심을 두지 않았다. 이로 인해 사회로부터 또한 구여성들에게 혹독한 비판을 받으며 섹슈얼리티의 변모를 요구 당한다. 이러한 시대적 요청에 의해 형성된 모델이 현대 여성 정희이다. 정희는 이름처럼 정숙한 여성으로, 오로지 남편을 기다리는 자상한 아내와 우는 아이를 업어 달래는 자애로운 어머니로서의 삶에 충실함

ゐるような私でしたが、しかし心の碇だけは妻の愛の中にしつかりと降ろしてゐたんです。

42) 妻が出て行つてから十分ほどして私も直ぐ帰宅しました。大門を開けてくれる妻の背に負ぶさつた用柱が、時々しゃくり上げながら寝込んでいく様子です。私は心の中で手を合せ深い慚愧と戦ひながら、妻と子供を一しよくたにして柔らかく抱き、声なく啜り泣きました。

을 보인다. 이처럼 모던걸에서 '탈성화'의 과정을 거쳐 탄생한 현대 여성은, 훗날 전쟁에 나가 천황에 충성을 맹세하는, 2세를 양육하는 모성적 존재로 또다시 변용한다.

한편 「未練」의 가요코는 서양화가와 결혼하지만, 결혼생활에 대한 불만으로 토지회사 사장인 미타 로헤이와 불륜을 저지르다 결국 남편에게 발각되어 이혼 당하였다.

> 반년 전 이혼한 후 만나지 않고 있는 미타 로헤이의 큰 몸체가 문득 눈앞을 스치더니 이내 사라졌다. 로헤이에 대한 그 광기어린 반년전의 정열도, 지금, 신키치에 대한 불타는 증오에 비하면 아무것도 아니었다.[43] (「未練」, p.361)

한때는 '광기어린 정열'적 삶을 선택했던 모던걸 가요코는 자신의 불륜이 원인이 되어 남편 신키치와 이혼했다. 그렇다고 해서 불륜 상대였던 미타 로헤이와의 인연도 지속적이지 않다. 그녀의 주변에는 또 다른 남성 모리구치(森口)의 그림자가 어른거린다. 이처럼 남성편력 많은 가요코에게 어쩌면 '가정'이라는 개념은 희박하였는지도 모르겠다.

가요코는 불륜 상대 로헤이에게 신키치와의 결혼생활에 대해 푸념을 한 적이 있다.

> 아무리 작은 집이라도 괜찮아. 신키치와 떨어져 자기 혼자서, 자신만의 일기장을 그대로 책상 위에 놓아두어도 상관없는 그런 생활을 하고 싶다고, 얼마나 갈망하였는지를 생각했다. '나 그 남자와 헤어지고

---

43) 半年前に別れたきり会わずにゐる三田良平の大きな體がふつと眼の前を横切つたが、すぐに消えて了つた。良平に対するあの狂気じみた半年前の情熱も、いま、新吉に対するこの燃えるやうな憎悪に較べると、ものの数でもなかつた。

싶어. 얼마나 혼자 있고 싶은지, 당신도 이해되지 않을 거야.'하고 로헤이의 귀에 대고 속삭였던 자신의 목소리를 기억해 내려 했다.[44]

(「未練」, p.361)

가요코는 "자기 혼자", "자신 만"의 삶을 살고 싶다며 로헤이에게 푸념을 늘어놓지만, 남자인 그가 이해할 수 없을 것이라는 것쯤은 그녀도 알고 있다. 그녀는 신키치를 사랑했기 때문에 자식까지 딸린 남자와의 결혼을 선택했을 것이다. 그러나 모던걸 가요코에게 '생활'의 거추장스러움은 원하던 바가 아니었던 것이다. 남편은 적어도 결혼 초에는 '사랑하는 사람을 위해서'라면 하고 진지하게 아내의 역할을 받아들였을 것이다. 그러나 변모하는 여성에 비해 가부장적인 남성의 변화는 더디었다. 결국 이혼 후 자식을 동반하고 재혼한 남자와 혈연관계가 아닌 새로운 가족의 형태를 만들려던 가요코의 의도는, 남편의 냉정하고 비타협적인 태도에 의해 무산되고 만다. 이처럼 역시 가요코에게도 '가정'을 만들 자격은 주어지지 않는다.

모던걸에 대해 기타자와(北澤, 1924)는, '신여성이 지식층의 일부로서 특권계급에 속했던 것에 비해 모던걸은 민중적이고 세계적인 경향을 띤 사회 현상이었다. 따라서 모던걸은 근대 문명과 근대정신의 산물로서 근대적 경향으로 가득 찬 여성들이었다고 평가할 수 있다. 근대 문명의 물질적 정화(精華)는 기계이지만, 사상적 가치는 민중의 대두와 인류 정신을 중시한 점에 있다고 생각해서 내려진 평가이기도 하다. 모던걸의 현

---

44) どんな小さな家でも好い、新吉と離れて、自分ひとりで、自分だけの日記帖をそのまま机の上へ抛り出しておいても構はない生活をしたいと、どんなに切望してゐたかを思ひ出さうとした。「あたし、あの男と別れたいの、どんなにひとりになりたいか、あなたにもお分かりにはならないわ、」良平の耳にさう囁いた自分の声を思ひ出さうとした。

저한 특징으로는, 낡은 전통과 인습으로부터의 해방을 추구했던 점을 들 수 있다'[45]고 평가하였다. 이런 점에서 모던걸 미자와 가요코의 출현은 여성의 또 다른 생명 연소를 실천한 예라고 할 수 있겠다.

▌2 소통하는 시스터훗(sisterhood)

앞에서 지적한 바와 같이 「苦行」의 미자는 '나'의 부인인 정희에게 라이벌 의식을 느끼며 부부 사이를 이간질한다.

> 미자는 간혹 농담처럼, "네에, 나 호적에 실어 줘요." "집사람은 어떻게 하고!" "헤어지는 것 아니었어?" "하하하…" "네에, 당신 부인 한 번 만나보고 싶어."[46] (「苦行」, p.118)

> 그 다음 날부터 미자는 아내를 "언니!"하고 부름 – 이렇게 해서 나는 공공연하게 미자를 집에 드나들게 한 것입니다. 거의 매일처럼 미자는 아내를 찾아와 앞치마나 베갯잇이나 테이블보등의 바느질법을 배우면서 그 사이에 아내의 결점을 발견해 내곤 나에게 고자질하는 것이었습니다. 너무 화려하다, 인정이 없다, 경제적인 머리가 없다는 등, 심지어는 낮잠을 너무 많이 잔다고까지….[47] (「苦行」, p.119)

---

45) 北澤秀一(1924), 「モダン・ガール」, 『女性』 8月号, プラトン社, p.227

46) 美子は時々冗談交じりに「ねえ、あたしを籍に入れてよ」「家のやつはどうするんだい!」「モチ、別れるんぢゃないの」「ハ、、、、」「ねえ、あんたの奥さんて人、いち度見たいわ」

47) 殆ど毎日のように美子は妻を訪れ、さうしてエプロンだとか、テーブルクロスだとかの縫ひ方を教はつてゐる中に、妻のアラを一つ一つ見付けては私に告げ口するのでした。派手好きだの、無精者だの、やれ経済的な頭が無いの、果ては昼寝が過ぎるの…。

‘나’는 아내 정희에게 투쟁심을 불태우는 미자에게 호기심을 느끼며 오르간의 조율을 핑계 삼아 두 사람을 대면시킨다. 미자는 이를 계기로, 거의 매일 같이 ‘나’의 집을 방문해 정희의 단점을 찾아내고는 ‘나’에게 고자질을 하였다. 그리고 ‘나’가 자신의 말을 듣지 않으면 이번에는 둘의 관계를 아내에게 폭로하겠다고 협박까지 한다. 이러한 관계는 소설의 중반까지 지속된다.

그러던 어느 날 ‘나’는 아내 정희와 영화 관람을 하기로 한 약속을 까맣게 잊고 그만 미자와 온천여행을 약속해 버린다. ‘나’는 고민 끝에, 미자에게 집에 귀한 손님이 와서 약속을 못 지키겠다고 거짓말을 하고 아내 정희를 선택한다. 그러나 세상일에 닳고 닳은 미자가 그 정도의 거짓말에 속아 넘어갈 리가 없다. 결국 ‘나’의 거짓말은 탄로 나고, 이 일로 인해 미자는 ‘나’에게 복수를 결심한다. 그녀는 불쑥 ‘나’의 집을 방문해 손님이 오지 않음을 확인하고, 연적인 ‘나’의 직장 동료 ‘최’가 자신의 집에 오기로 했다며 질투심을 부추긴다. 미자의 예측대로 ‘나’는 다시 아내 정희에게 거짓말을 하고 미자의 집을 방문하게 된다. 이렇게 해서 둘만의 시간을 보내게 된 두 사람은 서로의 애정을 확인하며 술잔을 기울인다. 그러나 이번에는 뜻밖에 아내 정희가 남편에 대한 푸념을 하기 위해 미자를 찾아온다. 미자는 복수할 수 있는 기회라고 생각하고 ‘나’를 나체로 반침 안으로 집어넣는다. 이런 가운데 두 여자의 대화가 계속된다.

> “바람이라고 그런 것은 단연코 없어. 글쎄 언제나 이렇게 말하는 걸. 다른 여자들은 장난감으로 밖에 보이지 않는다고. 술기운에 말을 걸었다가도 30분 후에는 말끔히 잊어버리는 그런 장난감으로 밖에는 보이지 않는데. 호호호.”[48] (「苦行」, p.124)

---

48) 浮気ですつて?そんなこと斷然ないわ。だつていつも斯う言つてるんですもの、他の

그동안 미자는 정희에게 바느질과 오르간을 배워왔다. 둘이서 사이좋게 바느질을 하고 오르간의 페달을 밟고 있는 광경은 마치 친자매 같았다. 그러한 둘 사이에 남성인 '나'가 끼어들자 순식간에 평화구도가 깨져버린다. 즉 이러한 장면은 가부장제하에서의 여성끼리는 라이벌화 한다는 사실을 여실히 보여주는 장면이다. 미자는 정희와의 대화를 통해 지금껏 몰랐던 '나'의 진실을 알게 되고, 또한 정희의 아내로서의 입장도 이해하게 된다.

다음으로 「未練」의 가요코의 경우를 살펴보자. 언급한 대로 가요코는 자식을 동반한 이혼남과 결혼했다. 그 때문에 아이들의 생모인 고마코(こま子)와 빈번하게 만난다.

> 가요코가 신키치와 결혼한 뒤에도 고마코는 쭉 신키치의 거처에 머물렀다. 고마코는 남겨진 아이들을 생각하며 자주 눈물을 보였다. 가요코에 대해서는, 처음에는 친구처럼 편하게 대하며 신키치의 무정함을 토로하며, '당신에게만은 이해 받고 싶어'하며 자꾸 울었다. (중략) 고마코가 신키치와 헤어진 직접적인 원인이, 가요코와 전혀 관계가 없었던 탓인지 이상하게도 두 여자들 사이는 좋았다. (중략) 고마코에게서 자신의 모습을 보았다.[49] (「未練」, p.365)

> 가요코는 왠지 한기가 들었다. 어떤 남자도 이런 이야기를 하는 걸

女なんか玩具にしか見えないんだつて。酔つたまぎれに手を出しかけても三十分後には綺麗に忘れる玩具にしか見えないんだつて、ホホホ。

49) 加代子が新吉と一緒になつてからも、ずつと新吉のところへ来てゐたが、こま子は、新吉の家へ残して来た子供のことでよく泣いた。加代子に対しては、始めの間、友だちのやうに馴々しく、新吉の無情を訴へては、「あなたにだけは、よく分かつて頂けると思ひますわ、」と言ひ乍ら、よく泣いた。(中略) こま子が新吉と別れた直接の原因が、加代子のこととはまるで関係がなかつただけに、不思議に、女同士の二人は仲が悪くなかつた。(中略) こま子の中に自分の姿を見た。

까? 모리구치의 쾌활한 어조에는 왠지 신키치가 있는 듯해 모리구치를 기다리고 있는 다마코(たま子)안에는, 가요코나 고마코가 들어 있는 것 같았다.[50] (「未練」, p.366)

가요코는 고마코가 신키치에 대해 푸념을 늘어놓자, 결혼 당시에는 그저 듣고만 있었으나, 이혼한 지금 생각해보니 그 말이 자신에게도 해당되는 말이라는 것을 깨달았다. 또한 그녀는 신키치를 옹호하는 모리구치의 모습을 보고, '어떤 남자도 다 똑같아'라고 중얼거리면서, 다마코의 모습에서 또 다른 '자신과 고마코'를 발견하고 시스터훗을 발휘해 두 여자를 이해하게 된다.

라디컬 페미니즘(radical feminism)은 오로지 남성과의 관계에 의해 정의되어 고립되고, 대립 당한 여성끼리의 제휴를 추구했다. 이 메시지는 '여자로부터 여자들에게' 발신된 것으로, 여성이 자기를 긍정하고 여성중심적 관계를 만들어내는 것을 목표로 하였다. 시스터란 이러한 여성중심의 분리주의와 계급이나 인종, 국가에 관계없이, 모든 여성이 여성이기 때문에 같은 문제를 공유하고 있다는 인식에 의거한 본질주의적 경향을 포함한다. 1980년대 이후, 인종이나 민족, 계급의 관점에서, 게다가 90년대에는 섹슈얼리티의 관점으로부터, 여성 간의 차이를 소거해 버린다고 하여 본질주의는 비판을 받고 있다.[51]

그러나 시스터훗은 애정이나 연대에 있어서, 또 공통의 억압을 인식하는 것에 의해, 여성들이 함께 단결하는 것이며 해방을 향한 제일보로 간주된다. 단순한 남성끼리의 연대인 브러더훗의 여성판이 아니다. 가부장

---

50) 加代子は何だか寒いやうな気持だつた。どこの男も、こんな話をするのであらうか。森口の快活な語調の中には、何だか新吉がゐるやうな気がして、森口を待つてゐるたま子の中には、加代子やこま子がゐるような気がした。

51) 伊田久美子(2002), 『女性學事典』, 岩波書店, p.171

제 사회에서 여성은 남성 때문에 서로 의심하고, 서로 경쟁하고, 배반하는 상황에 처해 있으므로, 여성의 우정은 일종의 반항적 행위가 될 수 있기 때문이다.[52] 소설에서 묘사되는 여성들처럼 대부분의 여성들은 항상 직감적으로 여성 간의 관계가 중요하다고 인정하고 있었다. 그리고 페미니즘은 이것을 여자끼리의 연대라고 명명하여 정치적인 일대 목표로 정하였다.

이상으로 한일 소설을 대상으로 모던걸의 섹슈얼리티에 대해 고찰했다. 1930년대가 되자 여성과 세상을 계몽하던 신여성들은, 스스로를 위해 산다는 것을 모토(motto)로 하는 모던걸로 섹슈얼리티의 변용을 맞이하게 된다. 「苦行」의 미자와 정희는 모던걸에 걸맞은 모델로서 그려진다. 미자는 기생 출신으로 처자가 있는 남성과 연애를 하는, 한국의 전통적 관습을 거역하는 여성이다. 이에 반해 정희는 오르간을 연주 조율할 수 있으며 클래식 음악과 영화를 좋아하는 신여성이자 모던걸이며, 전통 한복을 즐겨 입고, 바느질을 잘하며, 가사나 육아에 정진하는 당대의 현모양처인 '현대여성'이다. 이러한 현대여성상은 훗날 군국어머니의 모델로 이용된다는 점에서 눈여겨 볼 필요가 있다. 또한 「苦行」에는 여성주의에 이어 민족주의가 복선으로 깔려 있다. 우선 가정에 안주하지 못하고 방황하는 '나'를 조선의 모습에, 한국의 전통을 무시하고 일본과 서구 문화를 추종하는 미자를 당시의 조선의 현실로 설정해 그 해결책으로서 작가는 전통과 일본, 여기에 서구를 가미한 현대여성 정희를 창조해 낸 것이다.

한편 「未練」의 가요코는 자식을 동반해 재혼하는 남성을 받아들여 새로운 가족을 만듦으로써 일견, 혈통주의로부터 진일보한 새로운 문화 창조

---

52) リサ・タトル(1998), 앞의 저서, p.359

를 시도하는 듯하지만, 그녀의 불륜으로 인해(즉, 남성 중심적 기준에 미달) 새로운 가족 만들기에는 실패한다. 그러나 오늘날 이혼율 증가에 의해, 피가 섞이지 않는 가족 만들기가 중요한 테마가 되고 있는 것을 감안하면, 가요코의 새로운 가족 만들기에 대한 제시는 헛되지 않았다고 본다.

제3절

여성의 창조적 삶과 낳는성
－「산협」과「한 송이 꽃(一本の花)」[53]의 입장 －

이효석은 1933년경부터 인간의 본능적인 성을 테마로 한 작품을 많이 남겼으며, 그의 문학의 근저에는 모더니즘이 있다는 평가를 받는다. 자연으로의 귀의를 주창해 성애의 세계를 대담하게 그린 점에서, 자연주의는 이효석소설에 붙어 다니는 수식어가 되어 있다.[54] 반면 성을 소설의 테마로 한 것을 이유로 시대 배경에 비추어 '현실 도피'로 보는 평론가도 다수를 점한다.[55] 이효석은 문학잡지『春秋』에 단편소설「산협」(1941)을 발표하였다.「산협」은 여자들의 〈낳는성〉을 둘러싸고 전개되는, 근대판 대리모 스토리라고 할 수 있다.

소설에 등장하는 공제도라는 남자는 자신이 씨 없는 몸이라는 것을 깨닫지 못한 채 아이가 생기지 않는 것을 아내의 탓으로 돌린다. 그리고 이를 구실삼아 대리모를 사온다. 이윽고 대리모가 여자 아이를 낳지만

---

53) 底本 ; 이효석(1941),「산협」,『韓国現代代表小説選』4(1996), 창작과비평사, 宮本百合子(1927),「한 송이 꽃(一本の花)」,『宮本百合子全集』第四卷(1981), 新日本出版社.
54) 辛炳基(2004),『植民地近代の視座』-李孝石と植民地近代, 岩波書店, p.104
55) 林鐘国(1974),『보부상 정신의 추락-≪메밀꽃 필 무렵≫의 현실도피』, p.100

전 남편의 아이라는 것이 밝혀지는 웃지 못 할 희극이 연출된다. 이러한 남편의 행동에 분노와 위기의식을 느낀 본처 송씨는 자식을 점지 받기위해 조카 증근을 대동하고 100일 기도를 떠난다. 기도를 끝내고 산을 내려온 송씨는 곧바로 임신이 되어 아들을 낳게 된다. 지금껏 그녀에게 문제가 있다고 생각했던 공제도는 이를 계기로 아내에 대한 오해가 풀린다. 그러나 송씨가 낳은 아이 또한 조카 증근과의 관계에서 태어난 아이임이 밝혀지면서 소설은 클라이맥스를 맞는다. 결과적으로 공제도는 자신의 욕심으로 아내와 첩, 이 두 여성을 불행의 늪으로 빠트린 꼴이 되고 만다.

한편 미야모토 유리코(宮本百合子)가 『改造』에 나카조 유리코(中條百合子)라는 필명으로 발표한 「한 송이 꽃(一本の花)」(1927)은 유리코가 소련으로 여행을 떠나기 전의 작품이다. 17세의 어린 나이에 쓰보우치 소요(坪内逍遙)의 추천을 받아 『가난한 사람들의 무리(貧しき人々の群)』(1916)를 『中央公論』에 발표해 천재 소녀라는 평가를 받았던 조숙했던 유리코는, 그 후 계속되는 미국 유학, 연애, 자유결혼, 이혼이라고 하는 긴 폭풍우 속의 몇 년간을 소재로 해서 『伸子』(1924)를 발표했다. 유리코는 이혼 후, 유아사 요시코(湯浅芳子)56)라는 여성과 20대 중반부터 30대 중반까지의 생을 함께 했다. 유아사 요시코와 만나서 동거하게 되기까지의 스토리는 『伸子』안에 생생하게 재현되어 있다.57) 유리코는, 유아사는 단순한 친구로서가 아니라 서로 깊게 공감하는 애인으로 서로가 서로의 생각을 잘 알아주는 좋은 파트너였다고 밝히고 있다.58) 이러한 그녀와의 사생활

---

56) 유아사 요시코(1896~1990), 교토 출신. 러시아 문과 최초의 청강생. 공동 생활자 미야모토 유리코와 1927년부터 3년간 소련 체재. 소련 문학 번역 및 소개에 힘을 쏟았으며 특히 체홉을 경애했다.
57) 졸고(2004), 「宮本百合子『伸子』と羅蕙錫『경희』-「生命」「エロス」「ジェンダー」をめぐって」, 일본文敎대학교대학원 석사논문, pp.76~80 참조.

을 베이스로 해 쓴 작품이 「한 송이 꽃(一本の花)」이다. 유리코는 51년의 인생을, 육친 이외의 세 사람과 깊은 관계를 맺었다. 첫 남편 아라키 시게루(荒木茂)와는 20세부터 6년간을, 이어서 유아사 요시코와는 26세부터 8년간을, 마지막 남편 미야모토 겐지(宮本顯治)와는 33세부터 18년간을 함께 했다. 그러나 겐지가 12년간에 걸친 구류생활을 했으므로 실제로 같이 지낸 기간은 만 6년간 밖에 되지 않는다. 따라서 유리코는 유아사와 함께했던 생활이 실질적으로는 가장 길었음을 알 수 있다.

유리코는 첫 남편 아라키와의 사이에 자식을 만들지 않았다. 그 이유로『伸子』에 보면 결혼 당초에는 '기를 수 있는 환경이 갖추어지지 않은 점과 본능적으로 무섭다'라는 두 가지를 들고 있다.[59] 그러나 이러한 이유는 이혼이 가까워지면서 '사랑하지 않는 아라키의 아이는 낳고 싶지 않다'로 바뀐다. 이러한 일련의 경위를 보면 유리코는 〈낳는성〉을 자기 결정하고 있다는 것을 알 수 있다. 그러나 이러한 사고도 이성애를 버리고 낳는성을 고민하지 않아도 되는 여자끼리의 사랑을 선택하면서 중단되어 버린다.

1930년대를 전후 해 쓰인 두 소설, 여성작가의 관점이 담긴 「一本の花」(1927)과 남성작가에 의해 쓰인 「산협」(1941)에는, 네 명의 여성이 등장한다. 낳지 않겠다는 의지를 보이며 동성애인과 동거하는 「一本の花」의 히로인 아사코(朝子)는 오히라(大平)라는 남성에게 "남자를 느꼈다"고 고백한다. 아울러 사랑의 감정과는 별도로 "자연스러운 성욕"을 느낀다고 말하며, 그와는 남녀관계로의 진전은 바라지 않는다는 개방적 성의식이 표출된다. 이런 아사코의 태도에서 동거녀 사치코(幸子)에 대한 배려를 느낄 수 있다.

---

58) 宮本百合子(1924), 「一九二四年」, 『宮本百合子全集』別卷1(1981), 新日本出版社, p.63
59) 宮本百合子(1924), 『伸子』, 『宮本百合子全集』(1981), 新日本出版社, p.143

한편 「산협」의 송씨는 아이를 낳지 못한다는 이유로 남편에게 학대받으며 배신까지 당한다. 송씨는 그에 따른 불안과 분노로 남편의 조카와 통정해 사내아이를 낳지만, 아이는 낳은 지 얼마 되지 않아 돌연사 한다.

두 작품은 1927년과 1941년으로 다소 시기적 차이는 있으나, 작가의 性이 다르고 국가와 문화가 다름으로 인해 나타나는 문화적 제 현상을 감지할 수 있는 텍스트라고 생각한다. 「一本の花」의 히로인 아사코(朝子)의 심경 변화를 '레즈비어니즘의 흔들림'으로 읽은[60] 이와부치 히로코(岩淵宏子, 1995)의 논문을 참고하면서 '흔들림'의 정체로서, 아사코가 오히라(大平)에게 남자를 느꼈다고 고백하고 있는 점과 동성애자로부터 양성애자로, 그 섹슈얼리티의 형태를 바꾸고 있는 점을 조명하여, 그 이유를 낳는성과 연관 지어 도출해 내고자 한다.

■1 창조적인 삶

1.1■ 일을 통해

미야모토 유리코가 1924년에 발표한 『伸子』의 서두에는, 정력적으로 일하는 아버지와 부하 남성들이 배치되어 묘사된다. 그리고 텍스트의 결말부에서도 여성의 일과 경제적 자립을 강한 어조로 어필하고 있다. 원래 유리코가 아버지를 따라 미국 외유를 떠난 이유 역시 "좋은 소설을 쓰고 싶다"는 소망에서였다. 이처럼 새로운 여자 유리코는 일에 대한 필요성과 자부심이 대단한 여성이다. 이러한 유리코가 6년간의 결혼 생활

---

60) 岩淵宏子(1995), 『フェミニズム批評への招待-近代女性文学を読む』, 学藝書林, p.166

에 종지부를 찍고, 섹슈얼리티를 동성애로 전환하는 등 새로운 삶의 개척에 나섰다. 그리고 동거 생활 3년이 지난 시점에서 쓴 소설이 「一本の花」이다.

「一本の花」의 히로인 27세 아사코는 3년 전에 남편을 잃고, 감성이 통하는 여자 친구 사치코(幸子)와 애인 관계를 유지하며 동거를 하고 있다. 그녀들은 모두 직업부인으로, 아사코는 기관(機関) 잡지 편집부에서 일하고, 사치코는 대학에서 심리학을 가르치고 있다.

어쨌든, 상당히 교육을 받은 사람들이 부모의 원조를 명예롭게 생각하지 않게 되었으니까. 청년시절의 열정에는, 경제관념이 전혀 없었다. 지금의 여성들은 독립이 곧 경제적 자립이라고, 제대로 연결시키고 있으니 빈틈을 보이면 안 되겠어.[61] (「一本の花」, p.33)

그런데, 오사치씨, 어때? 나 요즘 회의적이야. 일하는 여자에 대해. 여권확장가 처럼 태평하게 생각하고 있을 수 없게 되었어.[62]

(「一本の花」, p.33)

자신의 직업이라면 직업이, 인생의 어떤 부분에, 어떤 상태로 결합되고 있는지, 좀 더 탐구적이지 않으면 안 되는 게 아닐까? 그저 월급만 받으면 된다, 싫으면 그만 두면 된다, 이러면 여자도 남자들처럼 닮아서, 더구나 그들보다도 미숙련 상태로 반 밖에 제몫을 못한다는 결론이 나와.[63] (「一本の花」, p.34)

---

61) とにかく、相当教育のある連中が、脛かじりを名誉としなくなったんだからなあ。青年時代の熱情には、経済観念が全然なかった。今の令嬢は、独立イクオル経済的自立と、きっちり結びつけているんだから油断ならない。

62) ね、お幸さん、どう?私この頃懐疑論よ。働く女のひとについて。女権拡張家みたいに呑気に考えていられなくなったわ。

63) 自分の職業なら職業が、人生のどんな部分へ、どんな工合に結びついているか、もう少し探求的でなけりゃ嘘なんじゃないのかしら。ただ給料がとれていればいい、厭ん

아사코와 사치코는 자신들의 집에 놀러 온 사치코의 사촌 오빠 오히라와 최근 젊은 직업부인들의 동향에 대해 의견을 나누고 있다. 여기서 여성들의 경제관념이 예전과 확실히 다르다는 점을 화제로 삼는다. 오히라의 의견을 받아 아사코는 일하는 직업부인들이 좀더 "탐구적"인 자세로 직업에 임해야 한다는 의견을 피력한다. 즉, 여자들도 오로지 급료만을 위해서가 아니라 제 몫을 할 수 있는 어엿한 인간으로서 일에 임해야 한다며 최근 젊은 여성들의 직업관을 지적한다.

> 그러니까, 나도, 그저 월급 90엔 받고, 맡겨진 잡지 편집을 하고만 있어서는 살아도 사는 보람이 없고 직업도 있다고 못하지. – 어떤 잡지를 왜 편집 하는지? 거기까지 뚜렷한 의지가 있어야, 겨우 인간의 직업이라고 말할 수 있겠는데.[64] (「一本の花」, p.35)

아사코는 "인간의 직업"이라면, 돈을 버는 것뿐만이 아니라 일의 시작부터 끝까지를 육체와 정신을 합해, 총체적으로 관여하는 것이 필요하다고 지적한다. 아울러 분업에 의해 대량생산을 목표로 하며, 인간을 기계화 해가는 근대 산업사회의 비인간성에 대해서도 비판적 시선을 보인다. 따라서 사람들 스스로가 일의 모든 공정에 개입하는 것이야말로 가장 '창조적'이며, 이러한 창조성이 가장 생명적이라는 의견을 피력한다.

유리코는 에세이 「개념과 마음 그 자체(概念と心其のもの)」에서, 〈창조적 일〉에 대해 다음과 같이 언급했다.

なったらその職業すてるだけだ。それじゃ、つまり女も男なみに擦れて、而も、彼等より不熟練で半人前だというのが落ちなんじゃないの。

[64] だからね、私だって、ただ月給九十円貰って、あてがわれた雑誌の編輯が出来るだけじゃ、生きてもいないんだし、職業も持ってるんじゃないのよ—どんな雑誌を何故編輯するのか、そこまではっきりした意志が働いて、やっと人間の職業と云えるんだろうけれど。

어떤 이의 예술은, 그 사람의 인격과 생활과 밀접한, 끊으려야 끊을 수 없는 관계를 가진다. 이런 점에서 여성이 쓴 문학작품이, 만약 남성이 쓴 것과 비교해 항상 이류의 예술적 가치밖에 부여받지 못한다면, 그것은 즉 여성이 사람이나 예술가로서 충분한 창조를 이룰만한 인격도, 생활도 가지고 있지 않다는 일부의 증언에 의한 것이 아닐까? 더구나, 창작은 농담이나 기분 전환은 아니다. 아무리 소소해도 자신이 만든 예술 안에, 또는 창조하려는 노력 안에, 자신의 생명의 의미를 인정할 수밖에 없는 힘을, 내부로부터 감지하고 있는 것이다. (중략) 근대의 문화는 해방된 사람으로서의 여성에게, 개성의 존중과 인격 완성의 소망을 자각 시켰다. 물론, 여성이 옛날처럼 편협한 치욕적인 성적 차별로 지배당하고, 억압 받는 생활에서 벗어나 하나의 존경해야 할 독립적 인격체로서 생활해야 할 것을 나에게도 확인시켜 주었다. (중략) 그러나 현대 일반사회에는, 여성의 사람으로서의 생활, 사람으로서의 발전을 진심으로 긍정하여, 조력하려는 경향과, 인습적인 과거의 망령에 빌붙어, 어디까지나 여성을 옛날의 여자로 묶어두려는 경향이 있는 것처럼, 여성들의 마음에도 무엇인가 다 버릴 수 없는 과거의 잔재가 있는 것은 아닐까. (중략) 자신은 정말로 인간이 되고 싶다. (중략) 자신이나 다른 여성이 예로부터 가지고 있으며, 지금도 그 유물로서 가지고 있는 사람으로서의 허약함은 인간으로 완성되려고 하는 노력에 의해서만 얻어질 것이다. 어떻게 하면 사람이 될까? 어떻게 하면 진정한 예술을 창조할 수 있는 영혼을 가질까? 그것은 각자에게 남겨진 문제라고 생각한다.[65]

유리코는 진심으로 여성들이 일에 대해 창조적이기를 바란다. 그녀는 예술 창조의 작업 안에서 자신의 생명적 의미를 인정하며, 진정한 예술을 창조하기 위해서는 여성들이 과거의 종속적 잔재를 청산해야 하며 이

---

65) 宮本百合子(1920.7), 「槪念と心其のもの」, 『宮本百合子全集』14卷(1981), 新日本出版社, p.19

러한 자세가 독립된 인격자, 즉 창조적 일을 할 수 있는 사람을 만든다고 역설하였다. 이러한 생각을 가지고 있던 유리코는 미국으로 건너가 완성된 한 사람을 목표로 창작에 몰두하였다. 이로 인해 일에 방해받지 않겠다는 바람에서, 여성의 낳는성은 뒷전으로 밀려나지만, 아이를 낳고 싶다는 생각은 그녀의 작품을 통해 독자에게 꾸준히 전달된다.

1.2 ▌ 낳는성

그렇다면 「산협」의 여성들은 어떠할까? 텍스트 「산협」에는 두 여성 송씨와 원주댁이 등장한다. 송씨는 본처이나 아이를 낳을 수 없다는 이유로 남편 공제도에게 온갖 설움을 당한다. 이것도 부족해 남편은 대리모를 두기로 하고 가난한 옆 마을 주물가게 주인을 설득해 그의 부인을 돈을 주고 사온다. 그러나 이런 일련의 사실을 아내인 송씨에게는 알리지 않아 훗날 송씨의 원망을 산다. 남편의 조카인 증근이는 이러한 송씨를 항상 측은한 마음으로 지켜보고 있었다. 어려서 부모를 잃고 의지할 곳이 없어 삼촌의 신세를 지게 된 증근은 착하지만 기운이 셌으며 상대적으로 약자인 송씨를 따랐다. 집안에서 일어나는 일에 대해 알지 못하는 송씨를 위해, 간간히 정보를 제공하기도 하고 실의에 찬 그녀를 위로해 주기도 한다. 증근은 공제도가 대리모를 데려와 결혼식을 올리게 된 사실을 맨 먼저 송씨에게 일러준 장본인이다.

삼촌은 입버릇처럼 언제나 둘소 둘소 하고 욕주드니 그예 계집을 데리고 왔구나. 내가 둘손지 삼촌이 병신인지 뉘 알랴만 나두 자식을 원하는 마음이야 삼촌에게지겠니. 아무리 속을 태워두 삼신 할머니가 종시 원을 들어 주지 않는구나. 첩의 몸에서 자식이나 생기는 날이면 나

는 이집을 하직하는 날이야. (「산협」, p.342)

증근에게 대리모를 들인다는 사실을 알게 된 송씨는, 자신이 "둘소"인지 삼촌이 "병신"인지를 밝히겠다는 의지를 보이며 대 파란을 예고한다. 그것은 만일 대리모가 먼저 자식을 낳아 대를 잇게 되는 날이면 자신은 집에서 내쫓기게 되기 때문에 부부 중 어느 쪽에 문제가 있는가를 밝히는 일은 송씨에게는 사활이 걸린 문제였다. 이런 송씨의 마음을 헤아리지 못하는 남편은 대리모 원주댁과 꿈같은 첫날밤을 보내는 반면, 이 시각 송씨는 앞마당에 나와 눈물을 삼키며 삼신할미에게 자식을 점지해 줄 것을 간절히 빈다.

모았던 손을 풀고 손바닥을 비비면서 조용조용 일어섰다가는 엎드리면서 단 앞에 절을 한다. 항아리 속에 준비했던 백 낱의 콩알을 한 개씩 세면서 백번의 절을 시작했다. 일어섰다가는 엎드리고 일어섰다가는 엎드리고 하는 그 피곤을 모르는 가벼운 거동이 점점 짙어지는 어둠속에 사라지고는 나중에는 산신령의 속삭임과도 같은 웅얼웅얼하는 군소리만이 아련히 남았다. 외양간의 첫날밤의 거동보다는 한층 엄숙한 밤 경영이었다. (「산협」, p.344)

한국에서 태어난 여자에게 주어지는 삶이란, 오로지 사내아이를 낳는 것이었다. 부르주아계층이 아닌 하층민 여성에게 주어진 자유로운 삶이란 현실적으로 불가능했으며, 아들을 낳아 대를 잇는 것만이 미래의 안녕을 기약할 수 있는 유일한 길이었다. 이에 송씨는 어디까지나 양처를 연기하며 실낱같은 희망을 버리지 않고 삼신할미에게 지성을 드린다. 그러나 소설 중반에 접어들면 아이를 만들 수 없는 원인은 남편 공제도에게 있다는 사실이, 아이러니컬하게도 송씨의 불륜에 의해 밝혀진다. 그러나 이러한 사실은 소설 속에서 공론화 되지 않은 채 송씨 혼자서 고통의 나날을 보내다가 결국 두 번의 자살 소동을 일으키는 원인이 된다.

2 여자들의 반역(反逆)

2.1 동성애에서 양성애로

앞서 설명한 바와 같이, 텍스트 「一本の花」은 작가 미야모토 유리코의 체험을 바탕으로 쓰인 소설이다. 유리코는 1918년 아버지 세이치로(精一郎)를 따라 도미, 이듬해 콜롬비아대학 청강생이 된 후 뉴욕에서 고대 동양어 연구자인 아라키 시게루(荒木茂)와 자유연애 끝에 부모의 반대를 무릅쓰고 뉴욕에서 결혼을 감행하여 어머니의 원망을 산다. 이 일로 어머니가 병석에 눕게 되고 유리코는 귀국을 종용받는다. 이듬해인 12월 유리코가 먼저 귀국하고 뒤이어 남편 아라키도 귀국한다. 그 후 유리코 부부는 일본에서 결혼생활을 이어가지만 의견차이로 부부사이는 악화되어 1924년 6년간의 결혼생활에 종지부를 찍는다. 유리코가 이혼을 감행할 수 있었던 것은 동성 친구 유아사가 있었기 때문이었다. 유리코는 러시아 문학자이자 동성애자인 유아사 요시코와 이혼하자마자 동거에 들어간다. 「一本の花」에는 두 사람의 감정에 대한 다음과 같은 구절이 있다.

> 아사코는 사치코를 사랑했다. 그녀는 사치코의 어떤 사소한 버릇도 알고 있었고, 결점과 아름다운 선량함도 알고 있었다. 사치코가 화를 내, 그런 일이 종종 있었지만, 매우 무서운 형상을 하고 아사코에게 덤빈다. 그 때의, 세상에서도 제일 꼴 사나운 사치코의 모습을 생각하면

서 조차도, 아사코는 골계와 행복을 느끼며 진심으로 웃을 수 있었
다.[66] (「一本の花」, p.42)

1924년 유리코와 동거에 들어가기 전에 유아사는 편지에서 "성적 생활
이 인간 생활에 있어서 얼마나 중요한 위치를 점하는가를 당신은 생각하
고 있습니까?"하고 묻는다. 이에 유리코는 "내가 회의적인 것은, 욕망의
만족을 대신하여 여자들은 너무나 고귀한 영혼의 어떤 힘마저 양도해 버
린다는 점입니다"하고 답한다.[67] 여기서 말하는 '영혼의 고귀한 힘'이란
여자의 자존심을 가리킨다. 이성애를 이미 경험한 유리코이기에 남자와
의 섹스가 여자의 심리에 미치는 영향을 이 시점에서는 이미 알고 있었
을 것이다. 성적생활을 수반하는 이상, 남녀의 '사랑'이라는 이름의 거래
는 지배와 종속의 관계를 본질로 갖는다는 것이다. 물론 남녀 관계가 섹
스에만 국한되는 것은 아니나, 섹스가 신체라고 하는 무의식의 영역과
관련되어 있기 때문에 더욱더 현실 속에서의 인간관계의 근저를 지탱하
여 그에 따른 관계성을 결정지어버리기 쉽다는 것이다. 동성끼리의 관계
는, 결혼제도의 보호를 받지 못하는 반면 속박당하지 않는다. 서로의 애
정만이 버팀목이 된다. 물론, 비이성애[68]를 스스로 결정한 이상, 낳는성
으로부터도 자유로워질 수 있을 것이다. 따라서 여기까지라면, 아사코의

---

66) 朝子は、幸子を愛していた。彼女は幸子のどんな些細な癖も知っていたし、欠点も、
　　美しき善良さをも知っていた。幸子が癇癪を起し、またそれが時々起るのであった
　　が、とても怖い顔をして朝子に食ってかかる。そのときの、世にも見っともない幸子
　　の顔付を思い出してさえ、朝子は滑稽と幸福とを感じ、腹から笑うことが出来た。

67) 宮本百合子(1924.6.13), 『宮本百合子全集』別巻一(1981), 新日本出版社, p.62

68) 비이성애의 가시화에 의해서, 이성애 주의의 사회적·문화적 편향을 문제화하는
　　이론. 퀴아(Queer) 이론이 탄생한 것은 1990년대의 미국. 원래, '변태' '도착적'이라
　　는 모멸적인 의미가 담긴 말 '퀴아'를 적극적 긍정적으로 사용하는 것으로 지시
　　대상을 치환해, 젠더 섹슈얼리티를 둘러싼 중심 주변, 규범 일탈의 권력 구조를
　　전복하려 한다. (竹村和子(2002), 『女性学事典』, p.100)

섹슈얼리티의 또 다른 선택은 〈個〉로서도 〈種〉으로서도 해방되었다고 볼 수 있겠다.

그러나 여기서 한 가지 간과해서는 안 될 문제가 있다. 이는 즉, 아사코의 오히라에 대한 고백의 의미이다.

> 그저 일시적인 불꽃으로, 신경이 피곤한 탓이라는 정도로 생각하고 있던, 지난 밤의 오히라와의 감각은, 뜻하지 않게 언제까지나 아사코의 마음에 파장을 남겼다. (중략) 얕은 수면에도 아사코의 마음에 그와의 끌림이 느껴졌다. 그 끌림은 여전히 무겁고, 힘들고, 어두웠다. 그러나 그 어두움은, 정신상의 불행과 같이 마음에서 우러나와 보이는 풍경까지를 검게 만드는 종류의 것은 아니었다.[69] (「一本の花」, p41)
>
> 그런데도 그 뜨거운 힘은 이상하게 끌리게 한다. 진공처럼 빨아들인다. 아사코는 전신이 그곳을 향해 오로지 추락하기를 바랐다. 그 발작과 같은 순간, 아사코는 자신의 육체 안에서 큰 꽃잎이 소용돌이쳐 소리 없는 절규로 가슴을 누르는 듯이 안타깝게 느끼는 것이었다.[70]
>
> (「一本の花」, p42)

아사코는 사치코의 사촌 오히라에게 평소에 느끼지 못한 "섬광"을 느꼈다고 고백한다. 육체 내부에서 소용돌이치는 이 충동은 이성에 대한 그녀의 성욕으로 판명난다. 아사코가 느낀 끓어오르는 성욕은 신경을 지

---

69) ほんの一時的な火花で、神経が疲れていたせいだという位に考えていた、先夜の大平との感覚は、思いがけずいつまでも朝子の心に影響をのこした。(中略) 微かなくつろぎに連れ、そんなとき、朝子の心に、例の引っぱりが感じられた。引っぱりは、依然重く、きつく、暗かった。然しその暗さは、精神上の不幸のように心から滲み出して、眼で見る風景までを黒幼(くろず)ませる種類のものではなかった。

70) それだのに、その熱い力は異様に牽きつける。真空のように吸いよせる。朝子の前身がそこへ向ってひたすら墜落することを欲した。その発作のような瞬間、朝子は自分の肉体の裡で、大きな花弁が渦巻き開き、声なき叫びで心に押しよせるように切なく感じるのであった。

치게 할 정도의 강도로 표출된다.

유리코는 이성애에서 동성애로, 다시 한 번 양성애자로 섹슈얼리티를 변모시킨다. 이렇게 되면, 여자의 '낳는성'에 대한 문제가 재차 언급되지 않으면 안 될 것이다.

2.2 ▌ 근친상간

한편 「산협」에서 예속적인 삶을 강요당한 송씨는 '아이를 낳을 수 있어야만 여자'인 것을 깨닫는다. 그리고 그러한 깨달음을 그대로 내면화해 간다. 이러한 송씨를 연민의 눈으로 보고 있던 공제도의 조카 증근은 마을에서 가장 힘이 센 장사로 매년 열리는 씨름대회를 석권해 부상으로 소를 타오는 우직한 청년이다. 그런 그를 분노케 하는 사건이 일어난다. 그것은 다름 아닌 삼촌 공제도의 대리모 매매 사건이다. 이런 광경을 지켜 본 증근은 예감이 이상하다며 삼촌이 벌이고 있는 일들을 송씨에게 알린다. 그의 이러한 일련의 행동에서 송씨의 입장을 이해하고 배려하는 연민의 정이 느껴진다.

> 건너편 뒷산 허리에 번쩍번쩍 움직이는 초롱불들이 보였으나 소리를 걸지 않고 잠자코 논두렁길을 걷고 있으려니 몸더위로 등어리가 후끈해오면서 그 무릎 아래에서 이십년 동안이나 양육을 받아온 백모를 이제 자기 등어리에 업게 된 것을 생각한즉 이상스러운 느낌이 생기면서 알 수 없이 잔자누룩해지는 마음에 엉엉 울고도 싶었다.
>
> (「산협」, p.349)

> 동쪽으로 칠십리를 간 곳에는 이름난 오대산이 있고 그 중허리에 유명한 월정사가 있었다. 석 달분 양식에다 기명과 옷벌까지도 소등에

실고 증근은 기쁘게 백모를 동무해 떠났다. (「산협」, p.351)

대리모라는 남편의 선택에 충격을 받은 송씨는 고민 끝에 소금을 만드는 간수를 마시고 자살을 기도한다. 하지만 죽기 직전에 증근에게 발견되어 목숨을 부지하게 된다. 이 날 증근은 축 쳐진 송씨를 등에 업고 논둑을 걸어오며 연민의 정에 울음이 나올 정도였다. 그 후 송씨의 시동생에 의해 불려온 점쟁이가 아들을 낳을 수 있다고 하자 송씨는 증근을 동반하고 절로 100일 기도를 떠난다. 그러나 절에서 먼저 돌아온 증근의 태도가 예전과 다르다.

"두멧놈이 큰소리한다. 욕심만 부리면 누가 장하다든? 그렇지 않으면 맘에 드는 사람 따로 생겼니? 너 요새 눈치가 수상하드구나." (중략) "망신 주면 이놈 너 죽일테다." (「산협」, p.353)

백일불공의 효험이 있어 석 달이나 되는 무거운 몸으로 나타났다. 증근은 반가운지 두려운지 가슴이 떨리기만 하는 바람에 이날부터 산에서 어두워진 다음에야 내려왔다. (「산협」, p.356)

일하는 영감 박동에게 "맘에 드는 사람이 따로 생겼느냐?"는 물음에 증근은 "망신주면 죽인다."며 소문이 퍼질 것을 두려워한다. 며칠 후 절에서 가지기도를 마친 송씨가 마침내 임신해서 돌아온다. 이러한 사실을 알게 된 증근은 "기쁘다"는 기분과 "무섭다"는 기분을 동시에 맛본다. 이런 감상도 잠시잠깐, 증근은 문제가 더 커지기 전에 마을을 떠나야겠다고 결심한 후 산에서 곰을 잡아와 자립자금을 만들어, 어느 날 홀연히 자취를 감춘다. 이듬해 봄날 송씨는 사내아이를 출산하나, 갓난아기는 1개월이 채 지나기도 전에 돌연히 죽고 만다.

산후 한달이 되어 간신히 일어나 앉게 된 아내가 어느 날 무엇을 생
각했는지 또 간수를 먹은 것이었다. 일상 때에 늘 걱정스러워하던 태
도와 두 번째의 그 과격한 거동으로 재도는 비로서 심상치 않은 아내
의 괴롬을 살피고 문득 무서운 고비에 생각이 이르렀다. 그러나 그것
을 밝혀볼 겨를도 없이 겨우 달이 넘은 아이가 돌연히 목숨을 끊었다.
(중략) 어미가 말하는 것같이 정말 병으로 급히 목숨을 버린 것일까 하
는 밑도 끝도 없는 당돌한 생각이 솟자 그 자리로 슬픔도 사라지면서
무서운 느낌에 소름이 쪽 끼치면서 정신없이 방을 뛰쳐나와 버렸다.

(「산협」, p.363)

“…우리끼리니 말이지만…동세, 세상에 나같이 악독한 년은 없다우.
동세가 들으면 이 자리에서 기급을 하구 쓰러질 것 같아서 말할 수가
없구료.” (「산협」, p.364)

“알구 있었수 동세…불륜의 씨로 가장을 기쁘게 할래두 소용이 없나
부. 팔자에 없는 건 어쩌는 수 없나봐. 난 죄 많은 계집이요.”

(「산협」, p.365)

송씨는 마을에서 증근이 사라지고 난 후 간수를 마시고 또 한 번의 자
살을 꾀하지만, 이번에도 미수에 그친다. 이때서야 남편 공제도는 아내
의 고통을 눈치 채지만 차마 본인에게 그 이유를 물을 용기가 나지 않는
다. 그러던 중 갓난아기가 죽었어도 그다지 슬퍼하지 않는 송씨를 보고
공제도는 무언가를 확실히 깨달은 듯 방을 뛰쳐나와 그길로 소에 콩 자
루를 싣고 마을을 떠난다. 뒤이어 송씨는 고용인 박동의 처에게, 지금까
지의 전말을 고백하게 된다.
원래 송씨와 조카 증근과의 불륜은, 공제도의 그릇된 남아선호사상에
서 비롯된 것이었다. 그러나 터부시되는 근친상간을 저지른 둘에게, 작

가는 갓난아기를 돌연사 시키는 것과 증근과 공제도를 마을에서 내 쫓는 것으로 벌을 내렸다.

이렇게 해서 한국의 남아 선호 사상은, 산골짜기의 작은 마을에서, 공제도, 사촌동생 공제실, 증근 등 세 명의 남자를 내쫓는 것으로, 여자들의 반역은 완수된다.

3 〈생명〉과 자식의 메타포

3.1 석류

장편소설 『伸子』(1924)에서 동성애를 선택하고 낳는성을 뒤로 미루었던 유리코는 1927년에 발표된 단편 「一本の花」에서 다시 한 번 남자에 대한 성욕과 그에 따른 낳는성을 거론한다. 1924년 아라키와 이혼 후 남자를 멀리했던 유리코가 「一本の花」에서 다시 남자를 묘사하기 시작한 것이다. 유리코는 「一本の花」에서 양성애를 선언한 후 1927년 소련으로 외유를 떠난다. 그리고 그 후 소련과 유럽 등을 3년에 걸쳐 돌아본 후 1930년에 귀국하여 1932년에는 미야모토 겐지와 재혼하였다.

「一本の花」에서 아사코는 남자를 그리워하는 자신의 감정을 자연스러운 생명력의 연소로 보고 있다. 소설에서 아사코의 마음을 사로잡은 남자는 동거녀 사치코의 사촌오빠 오히라이다. 이미 이성애의 경험을 갖고 있는 유리코가 남자에 대한 성적 감각을 되살리는 것은 그리 어려운 일은 아닐 것이다. 아사코는 남자를 받아들임과 동시에 낳는성의 기억을 소생시킨다.

단 한 순간의 불꽃으로, 신경이 피로해진 탓이라고 생각했다. 지난 밤 오히라에게 느낀 감각은 뜻하지 않게 언제까지나 아사코의 마음에 영향을 남겼다.[71] (「一本の花」, p41)

아사코가 남편을 잃은 것은 24세 때였다. 그녀는 최근에서야 몰랐던 많은 일을, 남녀의 생활에 대해 이해하게 되었다. 그녀 내부에 반쯤 열려있던 여성의 꽃이 피었다. 만약 지금까지 결혼생활이 지속되었더라면 자신은 이처럼 섬세하게, 무엇인가 나무에 나는 새싹을 지켜보듯이 마음과 관능의 성장을 꽃피울 수 있었을까? 아사코는 자주 그런 생각을 하며 평범하게 생각하면 당시의 일은 아사코에게 불행이었으나 불행을 불운이라고는 생각하지 않았다. -한 여자의 성장- 자연은 그 여자가 남편을 가지고 있든지 있지 않든지, 그런 일로 구애받지 않는다. 때가 오면 꽃을 피운다. -자연은 아름답구나- 그러나 아사코는 오히라를 사랑하는 것은 아니었다. 아사코에게 그저 사치코의 사촌오빠로 봐왔던 오히라가 한 사람의 남자로서 확실하게 다가선 것이다.[72]

(「一本の花」, p.41)

퇴전(退転)을 바라는 본능, 단숨에 눈을 감고 추락하고 싶은 광적인 욕망, 그러한 것만이 겨우 아사코의 마음에 남았다. 이런 욕망이 춤을

---

71) ほんの一時的な火花で、神経が疲れていたせいだという位に考えていた、先夜の大平との感覚は、思いがけずいつまでも朝子の心に影響をのこした。

72) 朝子が夫を失ったのは二十四のときであった。彼女は近頃になって、もと知らなかった多くのことを、男女の生活について理解するようになった。彼女の中に半開きであった女性の花が咲いた。若し今まで結婚生活が続いていたら、自分はこのように細かに、何か木の芽でも育つのを見守るように心や官能の成長を自分に咲こうことが出来たであらうか。朝子はよくさう思ひ、世間並に考へれば、また当時にあっては、朝子にとっても大きな不幸で不幸を、ただ不運とばかりは考えなかった。一女一人の成長ー自然はその女が夫を持っていようといまいと、そんなことに頓着はしていない。時が来れば、花を咲かせる。ー自然は浄きかなー然し、朝子は、大平を愛しているのではなかった。朝子にとって、ぼんやり幸子の従兄として見ていた大平が、一人の男として、はっきり現われた点は同じであった。

출 때 항상 중개자로서 오히라의 존재가 아사코의 뇌리를 떠나지 않는
다.[73] (「一本の花」, p.44)

상기의 인용에서 보듯이 유리코는 확실하게 여자의 '관능의 부활'을 선
언하였다. 아사코와 오히라 사이에 일어난 불꽃(스파크)은 내부에 휴식하
고 있던 '여성의 꽃(=관능)'을 피우게 했다. 유리코가 이혼한 지 3년이 지
난 것처럼 소설 속 아사코도 남편을 잃은 지 3년이 지난 시점이다. 유리
코는 그제야 15세나 위인 남편 아라키의 성욕을 받아들일 수 없어 고민했
던 지난날을 돌이켜보는 여유를 갖게 된 것이다. 아사코는 자신의 내부에
들끓고 있는 에로스가, 오히라를 사랑해서가 아니라 남자이기 때문이라
고 설명한다. 1919년 뉴욕에서 아라키를 만나 당시 유행하던 자유연애를
마음껏 구가했던 유리코에게 로맨틱 러브의 환상은 이미 없다. 아사코는
스스로 자신의 섹슈얼리티의 변화를 '관능의 성장'이라고 평가한다. 즉 이
자연스러운 에로스의 감정은 동시에 낳는성의 부활을 의미한다.

드물게도 올해는 낮은 가지에 단 한 개의 결실을 보았다. 그 열매는
떨어지지도 않고 엷게 물들어 있다. 텅 빈 복도, 지금부터 아이하라에
가서 매수책에 대해 의논하게 될 오도의 긴장된 뒷모습, 바람에 움직
이는 풀까지, 모두 조용하고 긴 가을에 단 한 개의 석류 열매가 동그랗
고 묵직하게 아사코에게 무언가 든든한 느낌을 주었다.[74]

(「一本の花」, p40)

---

73) 転退を欲する本能、一思いに目をつぶって墜落したい狂的な欲望、そういうものだけ
がやがて朝子の心の中に残った。それ等の欲望が跳梁するとき、常に仲介者として、
大平の存在が朝子の念頭から離れぬ。

74) 珍しく、今年は、低い枝にたった一つ実を結んだ。その実は落ちもせず、僅かながら
色づいて来た。がらんとした長廊下や、これから相原に会い、買収策でも講じるであ
ろう諸戸の周章した後姿、風に動く草まで、総て秋粛々と細長い中に、たった一つ柘
榴の実は円く重そうで、朝子に何か好もしい感じを与えた。

아사코는 짐짓 동거녀 사치코를 배려하면서도 자신의 내부에서 발아한 '자연스러운 힘'을 긍정하며, 이를 "석류"에 빗대어 낳는성으로 이어간다. 석류는 일본인들에게 여성과 관계가 깊은 과일 중 하나이다. 자식을 점지하는 여신인 '귀자모신(鬼子母神)'이 석가로부터 받았던 것이 석류였고, 여성호르몬 기능을 보충하기 위해 한방약으로서 사용되기도 한다. 이로써 석류는 자식의 메타포로써 제시되었음을 알 수 있다. 따라서 「一本の花」에는 여자의 양성애와 낳는성이 복선으로 깔려있다고 볼 수 있겠다.

유리코에게 성욕이란 '인간의 내부의 자연스러운 힘', 즉 인간이 자연의 큰 생명의 흐름을 받아들이는 징후인 것이다.[75]

아사코는 만난 지 얼마 안 된 구보, 아이하라의 생활, 사이에는, 새롭게 연마한 자석 바늘처럼 생생하게 빛나고, 애리하게 자신의 내부에 존재하는 느낌에 대해 생각하고, 맛보며 긴 저녁 전차에 흔들리고 있다.[76] (「一本の花」, p.55)

아사코는 이제부터 "자석 바늘처럼 생생하게 빛나"는 생명의 발아를 애리하게 느끼며 내부의 요구에 의해 행동해 갈 것이다. 따라서 생명력의 연소로 당연시 되던 낳는성을 아사코는 더 이상 외면하며 살 수가 없게 되었다.

---

75) 유리코의 이러한 사상은, 1910년 4월에 창간된 문예 잡지 『시라카바(白樺)』의 정신을 계승한 것이다. 『시라카바(白樺)』는 성욕을 '真, 善, 美이며 聖이다'고 추앙했다. (鈴木貞美(1996), 『「生命」で読む日本近代』, NHKブック, p.120)

76) 朝子は、会って来たばかりの久保のこと、相原の生活、間には、新しく磨きたての磁石の針のように活々と光り、敏く、自分の内心に存在する感じるものについて考え、味い、長い、夕方の電車に揺られていった。

3.2 ▌ 씨(種)

「산협」의 송씨와 원주댁은 조선에서 여자로 태어났다는 이유로 공제도의 후계자 생산 프로젝트, 즉 부계시조(父系始祖) 이데올로기에 희생을 강요당한다. 공제도의 대리모가 되어 비정한 남편에게 버림받아 팔려온 원주댁은 마을의 풍습대로 외양간에서 첫날밤을 보내게 된다.

> 저녁 무렵은 되어 외양간에 짚과 멍석을 펴고 신방이 차려질 때까지도 돌아가려 고들은 안하고 외양간 빈지 틈으로 첫날밤의 풍습을 엿볼 양으로 눈알을 굼실굼실 굴리면서 설랬다. 소의 본성을 본받아 잘 낳고 잘 놀라는 뜻이기는 했으나, 그 당돌한 첫날밤의 풍습에 색시는 얼굴을 붉히며 서슴거리는 것을 여자들은, 부끄럽긴 무에 부끄러워서 소같이 튼튼한 아들을 낳아서 공씨 일문의 대를 이어야만 장한 일인데라고 우겨서 외양간 안으로 밀어 넣은 것이다. (「산협」, p.343)

대를 잇기 위한 관습으로 부부가 된 남녀의 첫날밤은 소가 지켜보는 가운데 치러진다. 이는 신부가 소의 본성을 닮은 건강한 아이를 낳기를 바라는 마음에서 생긴 의식이다. 그러나 이 사실을 나중에 알게 된 본처 송씨는 자식을 갖지 못하는 자신을 학대하며 괴로워한다.

> "아츰이나 저녁이나 이 자리에 무릎 꿇고 합장하구 삼신님께 비옵는 건 한톨의 씨를 이 몸에 주십사고, 인자하신 삼신님께 무릎 꿇고 합장하구 아침이나 저녁이나…" (중략) "…오늘은 혼인날에 요란히 기뻐하는 속에 내 마음 한층 쓰라리구 어지럽사오니 가엾은 이내 몸에두 여자의 자랑을 줍사, 공가에 내 핏줄을 전하게 하도록 합소사구 산신님께 한결같이…" (「산협」, p.344)

"숫색시가 아니래두 핏줄만 이으면 그만이야 그만이겠지. 양자를 들이긴 제발제발 싫다구 하든 판에." (「산협」, p.345)

만약에 혈통이 끊어지는 일이 있다면 선조에 대해서 다시없는 죄를 짓는 셈이 되는 까닭이었다. (「산협」, p.346)

공제도는 본처인 송씨에게서 자식을 얻지 못하자 첩을 맞아들인다. 이 사실을 조카 증근에게 전해들은 송씨는 남편의 결혼식 날 사람들의 눈을 피해 삼신할미에게 지성을 드린다. 그녀의 소원은 오로지 여자로서의 기쁨인 사내아이를 점지해 받는 것이다. 그렇게 해서 공제도 집안의 혈통이 끊어지지 않도록 하는 것만이 그녀가 살 길인 것이다. 아들을 낳아야만 여자이기 때문이다.

이처럼 남녀의 성적 결합이 소가 보는 앞에서 행해지는 것이나, 아들을 점지 받기 위해 콩알을 세는 행위 등 씨(種)를 받으려는 주술적인 모습에서 한국인의 생명관을 엿볼 수 있다.[77]

한국인의 유교적 생명관에는 혈통의 연속성 속에서 독립된 고리들이 하나의 긴 사슬을 이루며 연결된 모습을 지니고 있으며, 유교적인 생명의식 속에서는 인간이 죽은 다음에는 이 세계에서 신으로나 혼백이라는 형태로서 그 후손들과 같이 살고 있다고 믿는 사상이다. 이러한 생명관은 부계시조를 생명의 근원으로 삼았으며 개인들은 자손을 통해 영생한다고 믿는 인간의 원시적 신앙에 기반을 둔 개념이다. 이에 따라 혼인의 근본 목적은 조상 제사를 받들고 후손 계승을 하기 위한 며느리를 맞이하는 것이다. 불효 중 가장 큰 불효는 대를 이을 아들이 없는 것이다. 그

---

77) 제임스 프레이저는 『황금 가지』에서, 흙은 여성의 생식기이고 씨는 정액으로 보고 있다. 그리고 그것을 동종주술(同種呪術)이라 칭한다. (J.G.Frazer (1890), 『황금 가지』, 장병길 역(1990), 삼성출판사, p.26)

리고 혈통의 순수성은 친생자를 통해서만이 지킬 수 있는 것으로 믿어 타성의 양자를 허락 하지 않았다. 따라서 같은 혈통의 조카를 양자로 삼아야 했다.[78]

또한 송씨는 "이 몸에 한 톨의 씨를" 하며 하염없이 자식을 소원한다.

이러한 관념 즉 '남자는 씨, 여자는 밭'이라는 일상적 언설은 여성의 난자도 씨라는 점에서 설득력이 없지만, 이러한 과학적 사실도 성별제도의 위력 앞에선 아무런 효력을 얻지 못한다. 남성이 씨라는 주장은 남성만이 인간 형성의 기원이며, 인류의 본질이며, 생산의 주체라는 것을 은유한다. 그러나 이러한 담론을 통해 가부장제사회가 진정 강조하고 싶은 것은 아마도 행위자로서 남성의 이동성, 자유, 초월성이 아닐까 생각된다. 씨는 싹이 되고 꽃을 피우고, 열매를 맺기까지 변화를 거듭한다. 씨는 변태한다. 씨의 기원성, 유동과 변화, 발전성에 비해 밭 혹은 땅, '어머니 대지'의 본질은 정박성과 불변성이다. 밭은 씨에 의해서만 의미를 획득한다.[79]

한편 근대 서양의 철학자 베르그송은 여성의 〈낳는성〉에 대해 다음과 같이 언급한다.

지성과 본능 가운데 생명에 가까운 것은 본능이다. 오히려 본능이란, 순간적으로 물질 사이에서 파악되는 생명의 비약 그 자체다. 그러니까, 본능적 활동은 유기화라는 작용 자체의 연장상에 있다고 보여진다. 예를 들어, 모든 본능 가운데 가장 본질적인 모성 본능은 말하자면 현재의 세대를 미래를 위해 옮겨 가는 특이한 충동이 통과하는 장소이다.[80]

---

78) 이효재(1997), 『남성과 한국사회-한국사회의 남성 이데올로기』, 여성한국사회 연구회, p.15
79) 정희진(2005), 『페미니즘의 도전』, 교양인, p.51

여성의 낳는성을 베르그송은 본능이라고 정의했다. 아울러 일본의 여성 잡지 『婦人公論』이나 『太陽』을 통해 전개되었던 '모성 보호 논쟁'은, 요사노 아키코(与謝野晶子)가 주장하는 임신 출산에 대한 국가적 보호라는 생각을 부정하며, 그것은 사적인 일에 불과하다고 일축했다. 여성의 지위향상과 사회개조를 주창한, 히라쓰카를 중심으로 결성된 신부인협회는, '부인의 천직은 역시 어머니', 어머니가 되는 것은 '여성으로서, 또 부인으로서 본능의 만족'이라고 선언한다.[81] 그러나 이러한 언설은, 오늘날 성 연구자들에 의해 '생식의 자기 결정권의 침해'라는 시점에서 뜨거운 논의가 계속되고 있다.

이상 「一本の花」과 「산협」(1941)을 여성의 낳는성을 중심으로 살펴보았다.

「一本の花」은 『伸子』에서 노부코가 줄곧 고민했던 '성욕'과 '낳는성'에 대해 일정 수준의 답을 내놓고 있다. 먼저 아사코를 통해 제시된 성욕에 대한 해답은 이렇다. 아사코는 출판사의 편집 일을 하며 경제적 자립을 이룬 여성으로, 비이성애를 자기 결정하고 있다. 따라서 낳는성으로부터 자유로운 주체적 삶을 사는데 성공하였다. 그러나 작가는 아사코에게 남자를 보내고 드디어 '수컷의 냄새'를 맡게 함으로써, 자신의 내부에 잠재된 본성인 성욕을 일깨운다. 그리고 석류를 올려다보며 자신의 낳는성에 대해 다시 한 번 생각하도록 장치한다. 아사코 역시 베르그송의 주장처럼 성욕과 낳는성을 가장 자연스러운 생명의 연소라는 시각에서 긍정한다. 이로 인해 유리코는 노부코를 버리고 아사코로 거듭나게 된다.

한편 「산협」의 송씨와 원주댁은 낳는성 이데올로기에 포박되어 자립

---

80) V・ジャンケレヴィッチ(1988), 『アンリ・ベルクソン』(阿部一智、桑田禮彰譯), 新評論, p.207

81) 牟田和恵(2004),「家族・性と女性の両義性」,『ジェンダーと女性』,早稲田大学出版部, p.107

을 꿈꿀 상황이 아니다. 그녀들은 오로지 남편의 후계자 생산 프로젝트에서 한 발짝도 벗어날 수 없는 종속된 삶을 강요당한다. 이러한 근저에는 고래의 관습인 유교사상과 생명관이 있다. 이처럼 「一本の花」의 유산계급 아사코와 사치코는 자신들이 선택한 창조적인 일을 하며 삶의 보람을 찾지만, 「산협」의 무산계급 송씨와 원주댁은 인습이라는 쇠사슬에 얽매여 허덕이는 종속적인 삶을 살 수밖에 없는 것이다.

아사코와 송씨는 다 같이 낳는성을 획득한다. 그러나 이를 획득해 가는 과정에는 큰 차이를 보인다. 아사코는 자신의 내부적 성욕에 눈뜨며 자연스럽게 스스로 깨달아가지만, 송씨는 아들을 낳아야만 하는 운명 속에서 외부의 압력에 의해 본의 아니게 윤리를 배반하는 고통을 수반하여 획득한다.

우에노는 현대를 사는 젊은 세대가 코스트 부담을 피해 홀가분한 인생을 바라는 것은 당연한 일이라 할지라도, 여기에는 진행 일로를 걷고 있는 현대인의 '유적(類的) 본질로부터의 소외에 의한 황폐'[82]가 고개를 들고 있다며 낳는성에 대한 젊은이들의 사고에 경종을 울렸다.

제4절

여성 섹슈얼리티의 타자화
― 「엉겅퀴의 장(薊の章)」의 〈요부〉와
「수양딸(娘分の女)」[83]의 〈악녀〉 만들기 ―

이효석의 일본어 소설 「엉겅퀴의 장(薊の章)」(『國民文學』, 1941.11)과

---

82) 上野千鶴子(1986), 『女という快楽』, 勁草書房, p.88

나카노 시게하루(中野重治)의 「수양딸(娘分の女)」(『新潮』, 1941.1)은 1941년에 발표된 단편소설이다.

「엉겅퀴의 장(薊の章)」은 당시 유일하게 남아 있던 조선의 문예잡지 『國民文學』(1941.11~1945.5)의 창간호에 발표되었다. 소설의 무대는 1940년대 초반의 서울로 조선인 남성 현과 일본인 여성 아사미(あさみ)의 로맨틱 러브와 혼전동거를 그린 이야기다.

일본 프롤레타리아 작가 나카노 시게하루(中野重治, 1902~1979)는 도쿄 제국대학 시절(독일문학 전공, 1924~1927)인 1926년에 단편소설 「어리석은 여자(愚かな女)」(≪静岡新報≫)를 발표하여 문단에 등단했다. 그후 사회주의 리얼리즘에 근거한 작품을 차례로 발표하였는데, 그중 「수양딸(娘分の女)」은 1934년 시게하루의 전향 후에 발표된 작품이다. 15년이라는 간격을 두고 쓰인 두 편의 소설 「어리석은 여자(愚かな女)」와 「수양딸(娘分の女)」은 스토리텔러 '나'에 의해 독백체 형식으로 전개되기 때문에 독자에게는 마치 속편을 연상케 하는 감이 있다.

「娘分の女」의 무대는 일본의 도쿄, 시대는 일·독·이 삼국동맹이 체결된 1940년이다. 남성 스토리텔러 '나'는 마키노(牧野)라는 수양딸을 '선생님'에게 소개하는 방식으로 스토리가 전개되어, 그녀의 결혼상대를 소개해 줄 것을 부탁하지만, 기가 센 그녀를 감당할 결혼상대로서는 서양인 밖에 없다고 단념하는 장면에서 소설은 끝난다.

남성 작가들의 작품인 「薊の章」과 「娘分の女」의 근저에는 콜로니얼적인 관점이 깔려 있다. 두 작품에는 일본에게 나라를 빼앗긴 엘리트 남성의 비애와, 서양의 흉내로 근대를 구축한 일본이, 서구 문화 앞에서는 항상 후진국이라는 열등감을 버리지 못하고 있음을 그리고 있다. 이러한

---

83) 底本 ; 이효석(1941.11), 「엉겅퀴의 장(薊の章)」, 『國民文學』, 中野重治(1941.1), 「수양딸(娘分の女)」, 『新潮』

두 텍스트에서, 자존의 위기에 직면한 남성들의 뒷모습과, 그들이 스스로의 아이덴티티를 재확립하기 위해 여성의 섹슈얼리티를 타자화 하는 언설의 경향을 읽어낼 수 있을 것이다.

본 절에서는, 마키노나 아사미와 같이 '기가 세다'로 표상되는 여자의 성적 욕망이, 어떻게 타자화 되고, 그것이 어떠한 심리적·제도적 메커니즘 속에서 묘사되는지, 또한 콜로니얼 문제와는 어떻게 연관되어 있는지를 고찰하겠다.

▰1 자유로이 쓸 수 없었던 시대와 『國民文學』

1940년대 초반의 일본은, 일·독·이 삼국동맹이 체결되고 댄스홀 폐쇄를 비롯한 이른바 문화 활동 탄압이 어느 시기보다 혹독했다. 1940년 8월에는 신쿄(新協)극단과 신쓰키지(新築地)극단에 대한 탄압이 있었고, 10월에는 신극단(新劇団) 단원이자 나카노의 아내인 하라 센코(原泉子)가 체포되기도 하였다. 1941년 2월에는 내각 정보국으로부터 종합잡지 편집부에 집필금지자 리스트가 하달된다. 이어 12월에는 언론·출판·집회·결사에 관한 단속법이 공포되는 등, 문학가가 자유롭게 쓸 수 있는 권리를 빼앗기고, 권력자에 의해 국민의 자유가 위협받던 시기였다.[84] 이러한 시대 상황은, 「娘分の女」에서는 "일본이 삼국동맹을 맺었다"는 표현으로, 「薊の章」에서는 출판사에 근무하는 주인공의 "내가 실직할지 모른다"는 독백의 형태로 반영되어 '쓸 수 없는 시대'가 도래하였음을 예감케 한다.

---

84) 石崎等他4名(2003), 『近代文学年表』年表の会編集』, 双文社出版, pp.72~75

앞에서 언급한 바와 같이「薊の章」은『國民文學』창간호에 발표되었다.『國民文學』은 최재서에 의해 1941년 11월 창간, 1945년 5월호를 마지막으로 폐간된, 당시『文章』(1939.2~1941.2)과『人文評論』(1939.10~1941.4)이 폐간된 후 유일하게 조선어 창작이 허용된 잡지였다.『文章』과『人文評論』은 총독부에 의한 이른바 '시국적 요청'에 의해『國民文學』에 통폐합되고, 그 후로 조선 문단은 엄격한 일제의 감시 하에 놓이게 된다.

오늘날『國民文學』은 한국의 문학사가에 의해 '일본 제국주의의 조선어 말살 정책에 적극적으로 동조한 잡지', 즉 친일 문학 행위의 주역으로서 파악되고 있다. 당시 또한 이러한 시선 때문에 국민문학에 작품을 쓰는 것에 대해 문학자들은 여러 가지로 고민하였다. 이효석 또한『國民文學』제2권에 에세이를 실어, '문학의 역사를 성급하게 규정해서는 안 된다'는 머리말을 시작으로,

'『國民文學』의 '국'은 먼저 일본을 가리키기 때문에, 일본어로 창작하는 것은 당연하다고 인정하며, 일본어로 쓰게 될 경우에는 그 문장의 완성도를 높이는 것이 중요하다'는 입장을 표명하였다. 이 후 이효석은 이러한 자신의 원칙에 따라 일본어와 조선어라는 이중 언어에 의한 창작 활동을 계속했다고 보여 진다. 김윤식(2003)은, 당시의 문학자들의 일본어 사용을 이중 언어 공간 안에서 적극적으로 행해진 창작행위라고 평해,[85] 작금의 연구자들에게 새로운 시점을 부여했다.

---

85) 김윤식(2003),『일제말기 한국작가의 글쓰기론』, 서울대학교 출판부, p.100

2 〈純〉의 시점 - 純潔, 純血에 대해

나카노가 그리는 純한 여성으로서는 우선 문단 데뷔작 「어리석은 여자(愚かな女)」(1926)에 등장하는 두 여성을 들 수 있다. 남성 스토리텔러 '나'는 소설에서 두 명의 여성에 대해 다음과 같이 말한다.

> 내가 말하고 싶은 것은, 세상에는 한없이 바보스런 여자가 있어, 그 바보 스러움이 너무 순수하기 때문에, 그녀의 주변에 있는 어떤 것도 금방 순수하게 만들어 버린다는 것이야. 그런 그녀들에게 타락이란 결코 없다는 것이야. 신성한 바보 여자지.[86] (「愚かな女」, p.159)

'나'는 소설 첫머리에서 연구회(동경대학 사회문예)의 회비 마련을 위해 '너덜너덜해진 뭉크[87]의 그림책과 『透谷全集』를 염가'로 판다. 이는 곧 뭉크나 도코쿠로 상징되는 '자유연애'를 이제부터 '나'는 포기하겠다는 것을 의미한다. '나'가 우연히 만난 두 명의 노동자 계급 여성(선술집 작부와, 전직여공인 국수집 여자)은 각각 자신들이 겪었던 젊은 날의 연애담을 그리운 듯 회상하며 들려준다. 그녀들의 연애담을 들은 '나'는 '슬픔'과 '기쁨'을 동시에 느낀다. 즉 그녀들이 이야기하는 로맨틱 러브를 '슬프게도' '나'는 버렸지만, 아직도 이를 믿는 여자를 마주하고 앉아있자니 새삼스레 '기쁘다'는 것이다. 그리하여 '나'는 작부에게는 50전을 던져주고, 국수집 여자를 보고는 "이런 여자라면 신부감으로도 과히 나쁘지 않아"

---

86) おれの言いたいのは、世間にはとめどもない馬鹿な女がいて、その馬鹿さ加減があんまり純粋なために、そのそばへ来るどんなものをもたちまち同じように純粋にしてしまうということなんだ。そして彼女たちは堕落することが決してないということなんだ。神聖な馬鹿女だね。

87) 에드바르드 · 뭉크(Edvard Munch, 1863,12,12-1944,1,23). 19세기〜20세기 노르웨이 출신 화가.

라고 만족스러운 듯이 중얼거리며 국수집을 나선다.

이들 두 여자는 각각 "심장이 백합"과 "들국화"로 표상되어 '나'는 그녀들을 통해 치유된다. 확실히 '나'는 아직까지도 로맨틱 러브를 버리지 못하고 있는 것이다. 그러므로 자유연애를 그리워하는 여자는 "바보 같은 여자"이자, 그렇기 때문에 성적으로 타락하지 않은 "순수한 여자"인 것이다. 또한 그런 그녀들이야말로 "고인 물을 품어 줄 수 있는 펌프"와 같은 생명력의 소유자이기도 하다. 그런 그녀들을 '나'는 "신성하다"고 결론 내린다.

이러한 純의 시점은, 「娘分の女」과 「薊の章」에서 동시에 묘사되고 있으며 여성 섹슈얼리티의 순결가치로서 언급된다.

「娘分の女」의 '나'는 글머리에서 여주인공 마키노를 가리켜 '그래, 순수 바로 그자체야' 하며 이야기의 서두를 꺼내, 「愚かな女」의 성적 '타락'이 없는 '순수'를 상기시킨다. 다음은 마키노가 '미션계 여학교'를 다니던 중, 3학년 중학생 남자 아이와 일으킨 '연애사건'의 한 장면이다.

> 상대는 중학생이다. 이쪽도 여학교 3학년이라고는 하지만 아직 어린 애다. 동화야. 어쨌든 동급생을 시켜 연애편지를 주고받았다는 것이 발각되어 버렸으니 수법이 대담한 거지. 그래서 큰 문제가 되었다는 군.[88] (「娘分の女」, p.434)

마키노는 연하의 중학생과 러브레터를 주고받으며 자유연애를 즐겼다. 그러나 그곳은 주지한 바와 같이 '미션계 학교'이다. 크리스트교의 연

---

88) 相手は中学生だ。こっちも、女学生といっても三年ぐらいの子供だ。メールヘンさ。だけどもそれが学校へわかった。なにしろ、同級生を使って手紙を持たしてやったりなんかしたことがわかったんだから、やり方が大それてるというんだね。それで大問題になってしまった。

애관에 의하면 혼전 성교는 엄격히 금지되고 '순결'이 강조된다. 그 때문에 당연히 학생 신분으로서 자유연애란 금기사항이었다. 또한 이런 사실이 발각되었을 때 '연애문제'로 발전하는 것은 정해진 순서였다. 다행히 교사의 변호로 마키노는 처벌을 면하지만 상대방 남학생은 미국으로 강제유학을 떠나게 된다. 이 일로 마키노는 순진한 연하의 남자를 꾀어내 불순한 연애질을 한 불량 여학생으로 주위에 낙인찍히고 만다.

졸업 후 무역회사에 취직한 마키노는 독일인 남성과 사귀어 결혼하지만, 남편의 바람기가 원인으로 이혼을 경험한다. 여기서 마키노는 또다시 '평생 한사람의 남성만을 사랑하라'는 성서의 가르침을 '이혼'으로 어긴다.

한편 「薊の章」에는 아사미와 미도리라는 두 명의 일본인 여성이 등장한다. 두 사람 모두 조선인 남성과 교제를 하고 있으며, 그녀들은 일본에서 조선으로 돈벌이를 하러 온 일명 가라유키상(からゆきさん)들로 바에서 여급으로 일하고 있다. 그 중에서도 미도리는 아사미와 달리 결혼 전까지 '처녀성'을 지키겠다는 연애관을 가지고 있다.

> "나 이래 뵈도 쉬운 여자 아니에요. 그 사람과는 아직 아무 일도 없어요. 정식으로 결혼할 때까지 깨끗한 채로 있고 싶어요."하는 미도리의 말을 듣고 아사미는 애써 충격을 감추며 "부럽네요!"하였다.[89]
>
> (「薊の章」, p.117)

아사미는 자신이 일하던 바에서 현과 손님으로 만나 교제를 시작해 사랑을 고백한 후, 바로 다음날부터 아파트를 빌려 동거생활에 들어갔다. 이와 때를 같이해 바를 그만둔 아사미는 집에서 문학서적을 읽거나

---

89) 「何でもないのよわたし、かう見えてもとても固いの。あの人にはまだ何もゆるしてゐないわ。正式に添ひ合へるまできれいにしてゐたいと思つて。」その言葉に阿佐美は打たれながら、いいわねえ、と一種の感動をすらおぼえさせられた。

남편의 내조에 힘쓰는 전업주부로 변모한다. 문학을 알고 개방적 섹슈얼리티의 소유자인 모던걸 아사미가, 혼전에는 '처녀성'을 굳게 지키겠다는 미도리의 연애관에 아무런 망설임도 없이 "부럽네요" 하며 납득해버리는 장면은 설득력이 떨어진다. 즉 이러한 설정은 단지 자유분방한 성적행동을 보이는 아사미에게 처녀성을 지킨다고 하는 순결의식을 갖게 하는 것에 불과하다.

근대 이전의 일본 여성들은 좀 더 자유로운 성애표현이 가능하였으나, 근대 여성들은 이처럼 '정조'나 '처녀성' 등의 근대적 제 관념을 스스로 내면화하였다. 또한 '욕정'이나 '육체적 사랑'은 비열한 것으로 비하해, 여자의 '욕정'자체가 배제되어 여성들은 사랑하는 사람을 위해서만 성애표현을 하도록 교화되었다.

「薊の章」에서는 아사미에게 미도리의 연애관을 들려주는 것으로 그녀를 감동시켜 '純愛'의 중요성을 깨닫게 한다.

純의 또 하나의 관점에서 '혈통'이라는 의미의 '純血'의 문제가 있다.

「娘分の女」에서 마키노는 회사 동료인 영국인 남성으로부터 프러포즈를 받았을 때, '태어나는 아이의 장래가 비참하게 될 것을 염려해 아이는 만들고 싶지 않다'는 남자의 가치관에 동의하지 못하여 이를 거절한다.

> 자신은 아이를 낳을 수 있다. 틀림없이 낳을 수 있을 것이다. 그 낳을 수 있다는 점을 무시하고 사랑한다고 하는 것은, 그 사랑이 아무리 순수해도, 또 혼혈아의 비참함이라고 하는 것이 사실이라고 해도 왠지 그것만으로는 설명이 충분하지 않은 생각이 든다.[90]
>
> (「娘分の女」, p.442)

---

90) 自分に子供が生める。たぶん生める。その生めるという点を前もって省いておいて愛するというのは、その愛が純粋であっても、また混血児の惨めさということがほんとうだとしても、やはりなんだか足りんような気がする。

마키노는 독일인 첫 남편과는 다행히 아이가 없었기 때문에 미련 없이 헤어 질 수가 있었다고 술회한다. 하지만 이번에는 영국인 애인이 "결혼해도 아이는 만들지 않겠다."고 하므로 결혼신청을 거절한다. 이런 마키노의 가치관을 형부는 "처제의 사고도 거기까지 깊어졌군"하고 무릎을 치며 칭찬한다. 즉 작가는 일본인 여성에게 자식을 낳지 않게 하려는 영국인 남성의 인종차별·선민사상을 비판하고 있다.

「薊の章」에 등장하는 두 여성 아사미와 미도리는, 조선 남성과 결혼을 전제로 한 교제를 하고 있다. 그러나 두 사람 모두 상대방 부모의 반대로 난관에 봉착해 있다. 미도리는 상대 남성이 외아들이어서 더욱 어려웠으나, 남자는 부모 앞에서 자신의 몸에 나이프를 대고 자살하겠다고 위협해 겨우 허락을 얻어냈다. 그러나 아사미는 미도리와는 사정이 달랐다.

> 원래 부모의 반대를 꺾고 독립하게 된 것도, 상대가 아사미라는 것 때문에 부모가 강력히 반대했기 때문이었다. 이제 와서 그런 생각을 바꾸실 리가 없었다. 20년 가까이 관직에 몸담아 온 옛 선비 기질 그대로인 완고한 아버지에게 현의 행동은 독선으로 밖에는 보이지 않았을 것이다. 오륜의 도를 장황하게 설명하며 혈연적으로 현격하게 차이가 나는 혼인은 정상적이지 않다며 설득했다.[91] (「薊の章」, p.118)

> 가을 햇살이 빛나고 하늘은 바다와 동색으로, 진한 하늘색 한복 차림을 한 아사미와 하나가 된 듯 했다. 아사미는 한복으로 차려입었다. (중략) 거리를 오고가는 여성들과 동질감을 느끼며 같은 혈연의 한사

---

91) もともと家に叛いて危つかしい独り立ちをはじめたのも、阿佐美とのことで屈強な反対に出会ったためであっただけに、今更その反対を挫き、意を翻へさすことは思ひもよらないことではあった。二十年近かくも官に仕へてゐた身ではあっても、昔気質のかたくなな父には、顕たちの奔放な振舞は我儘としかとれず、五倫の道を長々と説きながら、血縁の懸隔の甚しい婚姻は正常でない所以を諭し聞かせた。

람이 된 듯 했다.[92] (「薊の章」, p.122)

　자식의 결혼 결정권을 쥐고 있는 현의 아버지는 아직까지 "선비 기질"
을 버리지 못한 사람으로 "혈연적으로 현격한 차이가 나는 혼인은 정상
적이지 않다"며 일본인 여성과의 결혼을 완고하게 반대한다. 현 역시 한
복으로 갈아입은 아사미를 보고 "같은 혈연"을 느낀다며 純血주의를 유
감없이 드러낸다. 이를 종합해 보면, 애초부터 현은 혈통이 다른 식민자
아사미를 사랑할 생각도 없고 결혼은 더더욱 생각하지도 않고 있음을 알
수 있다. 다만 예외적으로, 처녀성을 지킨 미도리에게는 결혼의 찬스가
주어져 아사미와 비교된다.

　아사미는 하늘색 한복을 입고 현과 함께 덕수궁으로 산책을 나왔다.

　　하얀 길 양쪽으로 물들기 시작한 나뭇잎이 선명하고, 넓은 잔디밭에
　는 남은 초록빛 잔디가 가늘게 바람에 흔들리고 있다. 연못의 분수는
　차갑게 햇빛에 빛나고 배후의 흰색 박물관도 말없이 서있다. 아사미의
　세련된 모습은 덕수궁 뜰 안에서 더욱 두드러져 보여 현은 자랑스러움
　까지 느끼며 한 점 거짓 없는 사랑의 만족감에 잠긴다.[93]

(「薊の章」, p.122)

　여기서 "하얀 길" 옆에 있는 연못의 "분수"는 생명의 메타포로, 사랑에

---

92) 秋の陽が輝いて、空は海のやうに一色、阿佐美の濃い水色のいでたちにも、空の色が
　　映え移ったといった感じだった。阿佐美は朝鮮服にしてみたのであった。　（中略）そ
　　こいら行き交ふ同様な衣装の女たちと、同じ血縁の一人であるやうに思ってきた。
93) 静かな街を通り抜けて、二人はぽつぽつ人の出盛つてゐる德寿宮の苑内へと足をふみ
　　いれた。白い道の両側に色づきはじめた樹々の葉が爽かに、広い芝生では緑の残りが
　　鮮かに濡れてゐた。池の噴水は冷く陽に輝き背景の白堊の博物館もために冷々しく静
　　まり返つて見える。阿佐美の瀟洒な姿は、その庭の中でこそ一層引き立つかに見え顯
　　は誇りをすら憶えながら、一點瑕くるところのない愛の満足感に浸つてゐた。

대한 생명력을 그려내고 있다. 앞에서 언급한 바와 같이, 근대가 낳은 '이성애'는 가장 '생명의 연소'에 가까운 행위로 정리된다.

진한 하늘색 한복을 입고 흰색 박물관을 배경으로 서 있는 아사미의 아름다움은, 장소가 덕수궁이기에 한층 더 돋보인다. 또한 아사미로 하여금 오가는 조선여인들과도 마치 한 핏줄인 동족처럼 느끼도록 한다. 일본여성이 한복을 입고 조선여인으로 변했을 때에 한해 "아름다움"과 "자랑스러움"과 "사랑의 만족감"을 얻는다는 설정은, 식민지 정책의 하나인 내선일체에 항거하는 작가정신의 발로라고 할 수 있다.

한편 바의 여급으로 일하는 당세풍의 "서양엉겅퀴"를 닮은 모던걸 아사미를 묘사함으로써 일견 조선인 현은 서양을 좋아하는 것으로 이해되기 십상이나, 실은, 조선의 부모들이나 미도리의 '청결', '혈통'지향을 복선으로, 동양, 그것도 조선을 각별히 사랑하는 조선인의 내셔널리즘을 그려내고 있음에 지나지 않는다. 이는 확실히 동양인의 동경의 대상인 서양 엉겅퀴(あざみ)에서 가시를 뽑고 "한복"을 입혀 조선인의 기호에 맞는 같은 혈연의 아사미(あさみ)로 변신한 표상에 지나지 않는다.

이러한 혈통·인종의 '순수 지향'과 '올바름 지향'은 우생 사상으로 연결되어, 그 속에 숨어있는 배외(排外)성·공격성이 나치즘을 지지했음을 상기해보는 것만으로도 충분하다. 우생학이란 사회적 개입에 의해 인간의 유전 형질의 개량을 제창한 사회철학이다. 그 목적은 여러 가지이지만 '지적인 우수한 인간을 창조하는 것', '사회적 인적자원을 보호하는 것', '인간의 괴로움이나 건강상의 문제를 경감하는 것' 등을 들 수 있다. 이러한 목표를 달성하기 위해서 제시된 수단에는 일반적으로 산아 제한·인종 개량·유전자 조작이 있다.[94]

---

94) 일본의 우생학의 영향은 1905년경에는 이미 나타나 한센병자에 대한 격리나 단종 정책을 초래한 한센 예방법 제정을 위해 정부 관계자 스스로가 '민족 정화'를 외

우생학에 대해서는 역사적으로 '유사과학'이라는 비판을 계속해서 받아왔다. 이는 인간이 가진 여러 가지 특성을 탈 주체화할 가능성을 포함하는 것이며, 역사적으로 강권적인 국가 주도의 인종차별과 인권침해, 궁극적으로 집단 학살에까지 이르게 하는 사회적인 사고 수단이 되어 왔음을 의미하는 것이다.

따라서 「娘分の女」과 「薊の章」에는 처녀성이라고 하는 의미에서의 '純潔' 이외에 이러한 근대 사상을 지탱해 온 정신적 지표로서의 우생사상과 선민(選民)사상 측면에서 본 '純血'도 문제시되고 있는 것이다.

▧ 여성의 他者化 – 〈악녀〉와 〈요부〉

「愚かな女」의 무산계급의 두 여성, "선술집 작부"와 "전직 여공"은, 로맨틱 러브를 그리워함으로 인해, '나'는 "순수"하고 "신성"하다며 칭찬을 아끼지 않는다. 그러나 「娘分の女」의 마키노와 같은 '하이칼라' 여성이 주인공이 되면 작가의 생각은 바뀐다.

그러면 차라리 회사를 바꾸면 되지 않을까 하지만 결코 그렇게 간단한 문제가 아니야. 결혼 생활 동안에, 생활이, 뭐랄까 소비가 팽창하어 이제 와서 그게 줄어들지 않는다는 거야. (중략) 그러니까 결국, 구미파가 아니더라도 그런 결혼 생활에 대한 아쉬움도 있고, 그래서인지 절약하는 습관이 몸에 배지 않았어. 이 점은 나도 찬성하지 않지만, 아직껏 손톱을 빨갛게 칠하고 다녀. 손톱을 빨갛게 칠한 게 나쁘다는 것

쳤다. (フリー百科事典『ウィキペディア(Wikipedia)』, (2007.12.27) 한국에서도 식민지시기 일제에 의해 한센병자를 격리, 단종(斷種)정책이 시행되었다. (http://cafe.daum.net/Danawa, (2007.12.27))

은 아니지만 보시다시피 피부가 검은 편이잖아. 그런데 빨갛게 물들였
어.[95] (「娘分の女」, p.441)

전술한 바와 같이, 마키노는 영어에 능통하고, 타이피스트에서 한 등급 위인 속기자가 된 향상심 지혜로운 여성이며, 야심가이자, 항상 지식과 교양이 넘치는 태도를 견지하며 역경에 굴하지 않고 남에게 절대로 손해 보지 않으려는 강인함을 지녔다. 이러한 그녀는, 형편에 따라 남자를 차례차례로 바꾸며 스메들레식 삶의 방식을 긍정하는 낭비벽 심한 소비 주체이기도 하다. 이런 그녀를 '나'는 피부색도 검은데 손톱을 빨갛게 물들이고 있다며 비난한다. 자아실현을 인생 최대의 목표로 삼고 사는 '하이칼라' 모던걸이 어느새 소비적이고 기센 여자로 둔갑한다. 이렇듯 마키노는 '나'의 남성 중심적인 시각에 의해 모던걸에서 '악녀'로 둔갑해 '나'에게 받아들일 수 없는 여자로 '타자화'된다.

한편 「薊の章」의 여급 아사미는 강한 "욕정에 불타는 섹슈얼한 여성"으로 그려진다. 그녀는 바에 와 있던 현의 귓전에다 "너무나 당돌하고 대담하게, 반평생 걸려 오로지 당신 한사람을 찾아낸 것"이라고 고백하는 등, 주체적 섹슈얼리티의 소유자로서 묘사된다. 하지만 작가의 간음증적인 '응시'에 의해, 아사미의 육체는, "맨살", "둥근 눈동자", "맨살 다리", "수액을 머금은 피부", "젖 냄새나는 작은 다리" 등으로 파편화 되어 남성들의 욕망을 부추기어 유혹하는 '요부'로, 그러나 결코 받아들일 수 없는

---

95) それじゃいっそのこと、会社をかわっちまえばいいじゃないかってことになるが、それがなかなかそういかないっていうのは、結婚生活のあいだに、生活が、何ていうか、消費の面で膨張しちまって、いまさらそれが縮まらないんだね。（中略）だから結局、欧米派じゃないにしても、そういう結婚生活の名残りもあるし、普通にしみったれることができないんだ。これはおれは賛成しないんだが、いまだに爪を染めたりしていてね。爪を染めて悪いわけじゃないが、ごらんのとおり色が黒い方だろう？ところが紅く染めているんだよ。

여자로 타자화 된다.

아사미의 섹슈얼리티는 소설 속에서 끊임없이 "광적이고 발작적인 격정", "폭풍우에도 같은 난폭한 격정", "미친 듯한 정열", "요염하다", "농염하다" 등의 표현으로 '요부화'에 박차를 가한다. 그러나 이러한 묘사야말로 요부의 스테레오타입이라는 점을 간과해서는 안 될 것이다.

４ 〈기센 여자〉에 대한 언설

언급한 바와 같이 「수양딸(娘分の女)」의 히로인 마키노는 쾌활하고 영리하며 영어도 잘하는 하이칼라 모던걸이다. 그녀는 여학교를 졸업하자 타이피스트를 배우더니 이내 속기자 자격증까지 따 무역회사에 취직한 향상심 높은 자립여성이다. 또한 독일인 남성과 결혼해 영어로 생활하며 살지만 남편의 바람기로 인해 미련 없이 이혼한다. 게다가 스메들레의 소설 『대지의 딸』을 읽고 감동하여 이를 남자 동료에게 권하지만 반 밖에 읽지 않고 되돌아오자, 동료 일본인 남성을 가차 없이 '결혼 대상자'에서 제외시켜 버리는 '기센 여자'로 그려진다.

> 그런 주제에 미국의 탐정 잡지는 읽는 다는군. 악랄하니까. 그러고도 먼로주의가 뭔지를 모른다니. 대학 나온 무리가 말이야.[96]
>
> (「娘分の女」, p.437)

> 그런 상태니까, 상당한 녀석으로, 무턱대고 채찍으로 내리치며 몰고 갈 수 있는 녀석이 아니면 남편이 될 수 없어. 그렇다고 해서 아그네

---

96) そのくせアメリカの探偵雑誌なんかは読むんだね、あくどいから。それでいて、モンロー主義つてことが何だかつてことさえ知らないんだそうだ。大学を出た連中がだよ。

스·스메들리가 불쌍해 더 이상 읽을 수 없다는 무리는 애초부터 이야기가 되질 않는다구. 결국 아무래도 외국인, 그것도 서양인이 제격일 것 같아.[97] (「娘分の女」, p.441)

마키노는 스메들레의 책은 읽지 않는 주제에 탐정 잡지나 읽는 일본인 남성들을 먼로주의도 모르는 무식쟁이라고 노골적으로 비판한다. 서양을 동경하고 서양에 익숙한 마키노는 '기센 여자'로 일본 남성을 비판하거나 잘못을 보면 가차 없이 고함을 치기도 한다. 이미 그녀의 이상형은 일본인 남성 안에는 없다. 이러한 그녀를 '나'는 '무턱대고 채찍으로 내리치며 몰고 갈 수 있는 녀석'이 아니면 남편이 될 자격이 없다고 결론 내린다. 이러한 내용의 심층에는, 근대 초기의 역사적 사실이 깔려 있다.

다르다는 것은, 일본인과 서양인과의 차이라는 것이다. (중략) 무역회사이므로 사원이 외국에 출장도 간다. 또 아까 말한 대로 이건 사원인지 뭔지 잘 모르겠지만 독일인이 한 명 와 있어. 그들이 외국으로 출장을 갈 땐 출장비가 몇 배 더 나온다는군. (중략) 일본을 식민지 취급하고 있는 것은 아니지만, 왠지 대우 면에서 차이가 난다는 게야. 일본인이 외국에 출장을 나가 느끼는 명예로움 같은 것은 적어도 그들은 느끼지 않는 것 같아. 이런 것이 자연스럽게 감지된다는 거야.[98]

(「娘分の女」, p.443)

---

97) そんな具合だから、相当のやつで、しゃにむに鞭でひつぱたいていけるやつでなくちゃ亭主になれないんだ。それかといって、アグネス・スメドレーが惨めで読めないという連中は、これや最初から話にならないんだ。結局どうも外国人、つまり西洋人てことになるんだね。

98) 違うというのは、日本人と西洋人との違いということだ。（中略）貿易会社だから外国へも社員が出張っている。またさつきいつたように、これは社員だか何だか知らないがドイツ人の社員が現在きてもいるわけだ。そこで外国へ出張る場合は、給料が余計に出る。（中略）日本を植民地扱いしているわけではないが、なにかにつけてそこが違つている。とても、日本人が外国へ行つた場合のように、少なくとも名誉なんか

마키노는 일본인과 서양인의 차이를, 일본인은 외국에 나가게 되면 '명예'를 느끼지만, 서양인은 일본에 와도 그런 것을 느끼지 않는다는 점에서 찾고 있다. 그것은 특히 서양인이 일본을 '식민지'취급을 하고 있는 것은 아니지만, 일본인인 그녀 스스로가 그렇게 느끼고 있다. 즉 마키노는 서양인에게 '실제와는 다른' 어떤 열등감 같은 것을 느끼고 있다는 것이다.

이러한 일본인의 의식형성은 메이지기로 거슬러 올라간다. 1895년에 미, 영, 불, 네덜란드, 러시아의 압력에 의해 체결한 안정5조(安政五カ条)는, 일본 측에 관세의 자유권도 없고, 치외법권도 인정하지 않는 불평등 조약이었다.

더구나 서구 열강이 본 일본 및 일본인관에 대해 서술한 후쿠자와 유키치(福沢諭吉)의 『문명론의 개략(文明論之槪略)』(1875)에는 다음과 같이 쓰여 있다.

> 지금 세계의 문명을 논함에 있어 구라파 제국 열에 미합중국을 포함시켜 최상의 문명국으로 보며, 터키, 중국, 일본 등 아세아 제국을 반개국이라 칭하며, 아프리카 및 오스트리아 등을 야만국이라 한다. 이런 견해를 세계의 통론으로 한다. 서양 제국의 인민은 스스로 문명을 자랑하나, 반개국이나 야만국의 인민은 스스로 이 견해에 굴복하여, 반개 야만이라는 처우에 만족한다. 오히려 그런 자국의 모양새를 자랑스레 여기며 서양 제국보다 나아지려는 노력을 하는 자가 없다.[99]

G. Le Bon은 일본인과 중국인을 '뇌가 작은 아시아인'이라며, '그들은

は感じていそうにない。こういうことが自然にわかつてきたというんだね。
99) 福沢諭吉(1875), 『文明論之槪略』(文教大学文学部創立20周年記念シンポジウム資料, 「＜文化＞の対話と想像力」再引用)

서구 문명을 흉내 밖에 낼 수 없는 야만인'이라고 비하했다.[100] 이 후 일본은 이들과 같은 수법으로, 식민지 조선에 대해 '미개국', 일본을 '문명국'으로 규정해 수신 교과서를 통해 교육했다.[101] 또한 후쿠자와 유키치는 『脫亞論』(1885)에서는 조선을 "야만국'"으로 분류하였다.

「娘分の女」에는 이와 같이 일본과 구미가 상하 관계를 유지하고 있던 근대 초기의 역사의식이 깔려 있다. 즉 일본인은 서구문명 앞에서는 항상 열등감을 느끼며, 정신적으로 식민지화 되어 있음을 지적해 두고 싶다. 그 때문에 서양을 좋아하는 마키노는 일본의 남성작가에 의해 '기센 여자'로 표상 된 것이다.

이어서 「薊の章」의 도입부에는 히로인 아사미에 대한 현의 생각이 잘 나타나 있다. 현은 백화점의 지하 매장 꽃집을 지나다 발견한 "검붉은 서양엉겅퀴"에 애인 아사미를 오버랩하며 당혹감을 감추지 못한다. 또 아사미의 애정 표현을 "광적이고 발작적인 격정", "폭풍우와도 같은 난폭한 격정"을 수동적으로 응시한다. 또 "이 여자는 정말 性에 홀렸어"라며 다소 주눅 든 기색이다. 이러한 아사미의 표상에는 식민지 근대도시에 맞는 환락과 관능을 그릴 때의 상투화된 이미지가 사용되고 있다.

그러나 전술한 대로 아사미에 한복을 입혀 덕수궁을 산책했을 때 딱 한번, 현이 그녀를 "사랑한다"고 고백하는 부분은, 심진경(2006)의 지적처럼 아사미가 한복으로 갈아입었을 때에 비로소 그녀에 대해 사랑을 느끼며 성적 대상으로 받아들인다.[102]

---

100) Psychology of Socialism (London: Fisher Unwin, 1899) p.230 文教大学文学部創立20周年記念シンポジウム資料,「＜文化＞の対話と想像力」再引用
101) 박제홍(2008), 「近代韓日 敎科書의 登場人物을 통해 본 日帝의 植民地 敎育-『普通學校修身書』와 『尋常小學修身書』를 중심으로-」, 전남대학교대학원 일어일문학과 박사논문, p.231, 및 김순전외(2008), 『제국의 식민지 수신』, 제이엔씨, p.227
102) 심진경(2006), 『한국문학과 섹슈얼리티』, 소명출판사, p.16

즉 처음부터 일본의 기모노를 입은 모습의 아사미는 현에게는 식민자라고 하는 '기가 센' 위치에 랭크되어 있기 때문에 그녀를 여자로서 적극적으로 사랑할 수도 없고 결혼도 할 수 없는 메커니즘이다. 따라서 텍스트 「娘分の女」과 「薊の章」에서, 동일하게 '서양=식민자=강하다' 는 구도와 '동양=피식민자=약하다'는 구도를 찾아낼 수가 있었다.

도쿄 제국대학 출신인 나카노와 경성제국대학을 우수한 성적으로 졸업해 천재로 불린 이효석은 시대의 대표주자로서 일본에, 혹은 서양에 식민지화 되어 '정치=남성의 자리'를 빼앗긴 것을 한탄하며 이 소설을 쓴 것은 아닐까?

나카노 시게하루의 「娘分の女」은 하이칼라인 기센 여성의 섹슈얼리티를 타자화 하여 '악녀'를 창조해 내었으며, 이효석의 「薊の章」은 섹슈얼(sexual)한 여성을 '요부'로 만들어 타자화 하였다. 이러한 글쓰기의 배후에는, 서양을 흉내 내는 두 명의 여성에게 비판적인 작자의 시선을 엿볼 수 있었다. 「娘分の女」의 '나'는 서구문명(독점 자본주의)에 의해 타자화 되는 일본 문화를 염려스런 시선으로 응시하고 있으며, 「薊の章」의 현은 모던걸 여급과의 교섭을 통해 일본의 제국주의를 비판하며, 나아가 내선일체에 항거하고 있다.

이처럼 일본 남성과 한국 남성은, 정치·문화의 주체로서의 실권을 서양(=식민자)에게 빼앗겨 버리고 타자적 존재로 전락한 스스로의 자존심을 회복하기 위하여, 여성 섹슈얼리티의 타자화를 통해 아이덴티티의 재구축을 꾀하고 있다고 하겠다.

제5절

〈부름〉 받은 여자들
―「환영의 병사(幻の兵士)」와
「둔감(気づかざりき)」[103]의 〈응답〉 ―

　우리들은 인생을 살아가면서 수많은 선택의 기로에 놓이게 된다. 그러한 선택들은 밥과 반찬을 결정하는 것처럼 간단한 선택에서부터, 생명을 담보로 하는 중대한 선택까지 그 폭 또한 다양하다.

　일제강점기, 전쟁으로 인해 목숨을 잃어야 했고 또 누군가를 배신해야 했던 시대의 혼미기에, 선친들은 살기위해 또 살아남기 위해 어떤 각오로, 어떠한 선택을 했을까?

　오늘날 청일전쟁을 비롯해 수많은 전쟁에서 자행된 일본의 침략적 행위는 현재까지도 역시 그 정당성이 문제시되고 있다. 그 중에서도 식민지 조선에 대해 자행된 수없이 많은, 일본정부의 식민지정책은 조선인을 친일파와 민족주의라는 두 색깔로 그 명암을 나누는데 명분을 제공했다. 특히, 전쟁이 격렬함을 더해가던 1940년대에 있어서는 조선과 일본의 지식인들이나 문인들의 전쟁 협력적인 태도는 비판의 대상이 되어왔다. 그러나 이러한 그들의 선택에 대해 지금을 살아가는 우리들이 어떤 판단을 내릴 수 있을까? 정녕 전쟁 협력자로서 낙인찍혀 시대적 폐쇄 상태에 놓여버린 그들(작가)과 소통하는 길은 없는 것일까?

　이러한 점에서 일본의 철학자 다카하시 데쓰야(高橋哲哉, 2005)[104]는

---

103) 底本 ; 최정희(1941.2), 「환영의 병사(幻の兵士)」, 『近代朝鮮文学日本語作品集』(2001), 長野印刷. 佐多稲子(1942.7),「둔감(気づかざりき)」, 『女流作家叢書』(1943), 全国書房

104) 다카하시 데쓰야(1956.3.28~); 후쿠시마 출신. 도쿄대학교 교양학부 교양학과 프랑스과 졸업. 동 대학원에서 철학전공으로 박사과정 수료. 현 도쿄대학교 대

『국가와 희생』에서 쟈크 데리다의 「절대적 희생」이라는 언설을 인용해, '신의 소리를 들어 버린 아브라함과 이삭의 관계'를 예로 들며, '우리는 절대적인 희생으로부터 자유로울 수 없다'[105]고 역설해, 한국과 일본의 전쟁협력 작가들에 대한 소통의 장을 여는 열쇠를 부여했다.

전쟁 협력자이자 1930년대 한국 여성작가의 대표 주자였던 최정희 (1912~1990)는, 시인 모윤숙, 노천명과 함께, 신문과 잡지에 논설 「군국의 어머니」(한국어, 『三千里』, 1942.1)외에 여러 편의 논설을 발표했다. 그 외 소설로는 「환영의 병사(幻の兵士)」(일본어, 『國民總力』, 1941.2)를 비롯해 「静寂記」(일본어, 『文化朝鮮』, 1941.5), 「2月15日の夜」(일본어, 『新時代』, 1942.4), 「여명」(한국어, 『野談』, 1942.5), 「장미의 집」(한국어, 『大同亞』, 1942.7), 「野菊抄」(일본어, 『國民文學』, 1942.11) 등 일제의 전쟁 동원에 협력하는 작품을 일본어와 한국어로 발표했다.

이러한 작품은 일단 일본의 전쟁협력 작품으로 분류되지만, 그 내용의 좋고 나쁨을 떠나서 이들 작품에는 여성작가의 시점이 담겨있다는 점에 주목해보자. 최정희는 일본인 남성과 조선인 여성과의 로맨틱 러브를 통해 내선일체를 구현한다고 하는 단편 「환영의 병사(幻の兵士)」(일본어, 『國民總力』, 1941.2)를 썼다.

학원 종합문화연구과 교수. 저서로는 『逆光のロゴス──現代哲学のコンテクスト』 (未來社,1992年), 『記憶のエチカ──戦争・哲学・アウシュビッツ』(岩波書店, 1995年), 『デリダ──脱構築』(講談社, 1998年), 『戦後責任論』(講談社, 1999年/講談社学術文庫, 2005年,ISBN 978-4061597044), 『歴史/修正主義』(岩波書店, 2001年), 『「心」と戦争』(晶文社, 2003年), 『証言のポリティクス』(未來社, 2004年), 『「物語」の廃墟から──高橋哲哉対話・時評集:1995-2004』(影書房,2004年), 『反・哲学入門』(白沢社,2004年), 『教育と国家』(講談社[講談社現代新書],2004年,ISBN 978-4061497429), 『靖国問題』(筑摩書房[ちくま新書], 2005年,ISBN 978-4480062321), 『国家と犠牲』(日本放送出版協会 [NHKブックス], 2005年), 『状況への発言──靖国そして教育』(青土社, 2007年) 등 다수. (出典: フリー百科事典『ウィキペディア(Wikipedia)』,2008.6.30)
105) 다카하시 데쓰야(高橋哲哉)(2005), 이목 역(2008), 『국가와 희생』, 책과함께, p.258

　조선의 여학생 영순은 도쿄에서 유학중이었으나 건강이 나빠져 일시 귀국해 요양하고 있다. 그러던 어느 날 서울 근교에 있는 금화산 기슭으로 아침산책을 나가 우연히 일본군인 야마모토(山本)를 만나게 된다. 영순은 그를 처음 본 순간부터 호의를 갖게 되었고, 그의 권유로 군인 막사를 방문하게 된다. 그리고 막사에 기거하고 있는 세 명의 일본인 병사와, 창씨개명을 한 한 명의 조선인 병사를 만나게 된다. 이런 일이 있은 후로 영순은 매일같이 막사를 방문해 병사들에게 한국어와 한국의 전통민요인 아리랑을 가르쳐주며 함께 즐거운 시간을 보낸다. 영순은 병사들 중에서도 특별히 야마모토에게 관심을 갖고 그에게 연정을 품는다. 야마모토는, 사이가 좋아진 영순에게 전쟁의 대의명분이 동양평화에 있다고 가르치며, 일본정신에 대해서도 주입시킨다. 이윽고 야마모토에 대한 사랑이 깊어진 영순은 점점 지금의 이 전쟁이 남의 일이 아닌 자신의 일로 느껴진다. 그러나 이런 시간도 잠깐, 병사들은 이윽고 중국의 북쪽 전선으로 배치되고, 얼마 후 야마모토도 전선으로 이동하게 된다. 그 후 영순은 전선으로 간 한 병사로부터 야마모토의 전사소식을 듣게 된다.

　사타 이네코(佐多稲子)는 프롤레타리아 작가로 활동하였으나,『잇꽃(くれなゐ)』을 계기로 전향하여 전쟁협력 작품을 다수 발표하기에 이른다. 전시하의 사타 이네코를 떠올릴 때, 전쟁 위문단으로서의 행적이나 이에 동반해 쓰인 전쟁 르포나 집필 등에서 그녀의 전쟁협력적인 자세의 흔적은 무수히 발견된다.[106] 본 논문에서는 그녀의 그런 행적까지 옹호할 생각은 추호도 없다. 다만 앞서 밝혔듯이 그들의 작품을 세밀히 분석하여 소통을 시도하고자 하는 것이다.

---

106) 사타는 당시 조선 총독부의 초대로 1940년 6월부터 10일간 조선을 방문한 적이 있다. 1940년 6월 16일 동경을 출발해 18일 부산에 도착. 경성, 평양, 경주 등을 관광하고 28일 귀국했다. (長谷川啓(2000),「戦争と女性」,『昭和文学研究』, p.162)

단편 「둔감(気づかざりき)」(1942.7)은 종래의 그러한 사타 이네코의 태도를 가장 잘 보여주는 소설 중의 하나로 자리매김 되어 왔다. 그러나 사타가 여성으로서의 관점을 잃지 않고, 계속해서 작품을 쓰고 있었다는 사실은 이 작품에서도 확인할 수 있다. 이러한 점은 소설 속에서 '주인공 아키코(昭子)에게 맞선을 권하는 야마모토(山本)라는 남자의 묘사나, 맞선 상대가 군인인 것을 알고서 소극적인 자세를 보이는 아키코, 여기에 아키코의 언니 마사코(正子)가 출산한 둘째 아이가 여자아이인 점' 등에서 찾아 볼 수 있다.

작품의 줄거리를 보면, 아키코는 회사의 동료 야마모토의 소개로 하기와라(萩原)라는 남자와 맞선을 보게 된다. 야마모토는 자신의 친구라며 하기와라를 소개하였고, 그에 대한 정보는 자동차 공장의 기사라는 것과 나이가 28세라는 것 정도였다. 그러나 아키코는 하기와라를 만났을 때 그가 머리를 삭발하고 있다는 게 왠지 마음에 걸렸으나, 그의 당당함에 이끌려 호감을 갖게 된다. 그러나 그로부터 며칠 후 하기와라는 자신이 출정중이라는 말을 아키코에게 고백한다. 이 말을 들은 아키코는 적이 실망하며 그런 상대를 소개해 준 야마모토를 원망한다. 그로부터 며칠 후 야마모토로부터 하기와라의 귀대 사실을 알게 된다. 아키코는 적어도 잘 가라는 인사 정도는 해야 도리일 것 같아 야마모토에게 그가 떠나는 시각을 물어 배웅을 가기로 한다. 그러나 공교롭게도 하기와라의 배웅이 언니 마사코의 출산과 겹치게 된다. 병원에서 언니의 출산을 지켜본 후 아키코는 서둘러 기차역으로 달려가지만 하기와라는 이미 떠난 뒤였다. 그러나 다행히도 역에서 그를 배웅하고 돌아서는 야마모토와 하기와라의 여동생을 만날 수 있었다. 아키코는 야마모토의 제안으로 역에서 엽서를 사서 하기와라에게 전송의 뜻을 적어 부친다. 그리고 언제부터인지 하기와라의 소식을 기다리고 있는 자신을 발견하고, 어쩌면 그를 사랑하고 있는지도 모른다는 생각에 얼굴이 붉어진다.

「幻の兵士」와 「気づかざりき」에는 연애라는 장치를 통해 '개인'이 '짝(= 연인)'으로 발전하고 그 연인 중 한 명이 공동체의 일원이 된다는, 비약과 이데올로기에 의해 구성된 소설이라는 점을 우선 지적해 두고 싶다. 본 절에서는 작품의 행간을 좀 더 심도 있게 분석해, 여주인공들의 심적 '그늘'을 읽어 내고, 그녀들이 그러한 선택을 할 수 밖에 없도록 장치한 작가 최정희와 사타 이네코의 전략을 탐구하고자 한다.

「幻の兵士」와 「気づかざりき」은 여성을 주인공으로 설정해, 전쟁에 협력해가는 모습을 그려내고 있다. 그러나 그 근저에는, 선택의 갈림길에 처한 나약한 인간의 참모습이 숨어 있다. 당시의 압도적 다수의 사람들은, 후방소설 혹은 국책소설이라고 비판받는 이러한 소설에 등장하는 인물들과 오버랩 되는 것은 아닐까? 두 작품이야말로, 전시 이데올로기에 의해 감성의 레벨까지 재편된 국민의 실태가 수면으로 떠올려진 소설이라고 생각된다. 본 절에서는 그녀들은 왜 출정한 병사와의 결혼을 결심하는지, 또, 일본 병사와 사랑을 나누며 어떠한 방식으로 일본에 동화해가는지를 고찰하겠다.

▇1 1940년대의 그들은

1.1▋ 후방의 여자들

전쟁에 광분해있던 일본 정부는, 노동력 부족을 여성으로 보충할 수 있도록 전시동원을 꾀하였다. 1938년 4월, 전쟁수행을 위한 인적·물적 자원의 총동원을 목적으로 한 〈국가총동원법〉을 발령하기에 이른다.

1939년에는, 〈국가총동원법〉에 근거한 〈국민직업능력신고령〉을 발포해, 의사·약제사·간호사 등 여성 의료인들을 우선 동원하였다. 1941년에는, 남성 14세 이상 40세 미만, 미혼 여성 14세 이상 25세 미만에게 연간 30일 이내의 근로 봉사를 부과해, 직장·지역·학교별로 근로보국대를 결성시켰다. 또한 여성에게는 인구증가 정책이 차례차례로 하달·시행되었다. 조혼 다산이 장려되어 상이군인의 아내가 되는 것, 만주 개척 이민의 청년의 아내, 대륙의 신부가 되는 것 등이 장려되었다. 1938년 1월에는 후생성이 설치되어 인공증식 정책과 이와 관련된 국민체력향상 정책이 수립되어 보건부(保健婦) 육성에 박차가 가해졌다. 1940년 5월, 국민우생법이 공포되어 건강치 못한 자에 대해서는 우생수술에 의해 생식기능을 못하도록 해 건강한 자의 증가를 꾀하게 되었다. 또한 후생성은 동년 다산보국사상(多産保国思想)에 대한 지도를 주창해, 10명 이상의 아이를 낳는 가정을 우량 다산가정으로써 표창했다. 1941년 1월, 일본정부는 '인구정책 확립 요강'을 각료회의에서 결정하여 조혼화와 출산장려책을 만들었다. 이렇듯 전시하의 모성정책을 배경으로, 문학 영역에서는 모성 문학이 융성했다.[107]

한편 조선에서는 1939년의 〈국민징병령〉과 1943년의 〈조선징병령〉이 실시되는 과정에서, 일본이 조선 여성들에게 가장 강조한 선전 문구는 '여성도 국민'이라는 것이었다. 조선의 문학자 모윤숙은 '이 대동아전쟁의 승패는 우리 여성들에게 달렸습니다. (중략) 모두가 대일본 제국의 평등한 국민이면 그것으로 충분합니다.'[108]고 호소했다. 여기서 조선의 여성이 국민이 될 수 있는 길은 두 가지가 제시되었다. 그 하나는, 기혼 여

---

107) 岩淵宏子(2005), 「昭和初年代から敗戦までの女性文学」, 『日本女性文学史』, ミネルヴァ書房, pp.176~177
108) 모윤숙(1942), 「여성도 전사다」, 『三千里』, p.100

성은 출산이나 현모의 역할을, 미혼 여성은 근로나 정신대로서의 역할이 부여되었다. 그리고 또 하나는 그런 그녀들을 지도·계몽하는 역할을 해내는 여성이 되는 것이었다. 1941년 12월 8일, 일본은 아시아 태평양 전쟁에 돌입하자 여성정책은 확대 강화되어 갔으며, 특히 국가 규모의 범죄적인 여성정책은 군위안부의 대량 동원이었다. 군위안소 설치의 본격화는 중일전쟁 이후로 아시아 태평양 전쟁 개전 후에 갑자기 불어나 군 관리 하에 운영되었다. 위안부는 주둔지·점령지에 배치되어 이들 중에는 일본의 기생·창기도 적지 않았지만, 대부분을 차지했던 조선인 여성의 경우, 속아서 오거나 납치되어 끌려와 병사전문 성적노예로 전락하였다. 이와 같이 식민지 여성은 국가의 숭고한 사명을 수행하는 일본군에게 육체를 제공해야만 했으며, 이러한 여성의 역할은 우방군의 위안에만 국한되는 것이 아니라 타 여성의 순결함을 지키게 되므로, 이에 따라 역설적으로 정절 이데올로기의 수호자가 되기도 하였다.[109]

1939년 공포된 〈국민징병령〉은 조선에서도 본격적으로 적용되었다. 이와 동시에, 당시의 여학생은 군수공장에 동원되어 학교는 후방전선의 역할을 담당하였다. 여학생들은 정신대로서 위문문 쓰기, 위문대 만들기, 군복 빨기 등의 임무를 담당하였다. 1941년경부터 조선에서는 양가의 여성들을 정신대라는 이름을 붙여 어디론가 끌고 가기 시작했다. 이에 기혼자라면 끌려가지 아니한다는 소문이 나돌아 16~17세의 소녀들을 서둘러 시집보내는 조혼이 다시 성행하였다.[110]

일본과 조선 여성에게 국가로부터 요구되었던 것은 일견 같은 일처럼 보이지만, 전체적으로 살펴보면 일본 여성에게는 모성애, 조선 여성에게

---

109) 전경옥외 3인공저(2004), 『한국여성정치사회사』, 숙명여자대학교 아시아여성연구소, p.128
110) 전경옥외 3인공저(2004), p.121~125

는 창녀라는 식으로 그 중점이 달리 적용되었다. 모성동원에 있어서도 일본에서는 다산 장려가, 조선에서는 자식을 희생한다고 하는 모성파괴가 강조되었다.[111]

1.2 ▌ 어떤 선택

1941년 2월, 최정희는 전쟁협력 작품이라고 분류되는 「幻の兵士」를 발표했으며, 뒤이어 1942년 11월에는 「들국화抄(野菊抄)」를 펴냈다. 이들 두 작품은 모두 일본어로 발표되었다. 1941년이라고 하면, 12월에는 일본 정부에 의해 언론·출판·집회·결사 임시단속법이 공포되어, 일본과 한국의 문인들을 박해하기 시작하여 저작 활동에도 강도 높은 제약이 가해졌으며, 이러한 사실은 이미 지적된바 있다. 전쟁이 격렬함을 더해가는 가운데, 조선의 지식인이나 엘리트 문인들은 새로운 선택의 기로에 놓이게 되었다.

일본의 식민지 조선에 대한 동화정책의 하나인 내선일체라는 슬로건이 주장된 1930년대의 후반이 되면, 식민국가로서의 일본과 피식민 국가로서의 조선이라는 입장은 분명하게 둘로 나뉘었다. 이에 따라 여성들의 반응 또한 서로의 입장에 따라 양분되었다.

식민지에 대해 억압과 차별화 정책을 취해 온 일본은, 전쟁이 지속되고 확대되면서 징병령을 핵심에 두고 동원을 목적으로 한 적극적인 동화정책이 시행되었다. 식민국가에 대한 조선민족의 강제적, 자발적 동원을 목표로 하여 일제는 민족정체성을 부정하고 전원 국가로 귀속할 것을 요구했다. 회유와 협박이 병행되는 동화정책이었다. 이는 황국신민이냐 조선민족이냐 혹은 식민주의에 협력이냐 저항이냐의 선택의 갈림길이었

---

111) 河かおる(2001), 「総力戦下の朝鮮女性」, 『歴史論評』, 校倉書房, p.612

다. 그것은 단지 명분만의 문제는 아니었고 각 개인이 그 이전에 추구해 온 해방 지향에 따라 미래가 정해지는 지점이기도 했다. 독립될 가망이 없다면 차선책으로 철저한 동화를 행해서 평등한 대우를 받겠다는 것이 당시 조선 문인들이 생각하는 내선일체론의 논리였다. 개인의 자유를 추구하는 고투에 지치고 절망한 나머지 차라리 평등을 약속하는 전체주의 국가에 귀속하여 평화를 얻는다는 것이 그들 전체주의의 논리였다. 또한 서양의 동양에 대한 침략과 멸시에 분노하여, 동양이 단결하여 서양을 넘어선다는 것이 대동아 공영권론이었다. 이러한 논리는 일제가 벌인 '성전'에 기꺼이 동참함으로써 현실에서 실천되는 것이었다.[112]

최정희 역시 이러한 시대의 흐름을 피해 갈수는 없었다. 그녀는 고육 지책으로 '황국신민'과 '협력'을 선택하였다. 그렇게 함으로써 일본어이기는 하지만 적어도 소설은 쓸 수가 있었던 것이다. 그 후 최정희는 1941년의 「幻の兵士」를 필두로 차례차례로 전쟁협력 작품을 발표하기에 이른다.

한편 사타 이네코는 1934년 2월, 프롤레타리아작가동맹 해산 이후 조직을 잃은 상황 하에서의 남편과의 부부 관계의 황폐가 파시즘에 대한 저항 의지를 점차 희미하게 하여 전향에 대한 명확한 자각 없이 점차적으로 전시체제에 말려들었다는 것이 일반적 해석이나, 앞서 언급한 바와 같이 소설 『잇꽃(くれなゐ)』을 계기로 전향했다고 보는 설도 설득력을 얻고 있다. 전향 후 사타는 1940년경부터 전쟁의 정세에 타협한 작품을 쓰게 된다. 1942년에는 군 당국의 요구에 응해 중국·남방으로 두 차례나 전장 위문을 갔다. 이 중 5~6월에 방문한 중국에서 전쟁의 참상을 본 것이 그때까지 전쟁체제에 일정한 거리를 두고 있던 사타의 사고를 굴절시켰다고 한다.

---

112) 이상경(2003), 앞의 논문, p.56

「気づかざりき」은 사타의 그러한 변모의 자취를 특히 현저하게 보여준 작품으로 자리매김 되어있다.[113] 제2차 세계대전 돌입 이후로는 주로 전장 위문을 수행해, 시국영합 작가로 일컬어지는 한편, 대량으로 쓰인 중간소설에서는 전쟁미망인이나 이혼한 여성, 전쟁에 갈 수 없는 신체적 조건을 가진 젊은 남자 등 규범에 반하는 사람들을 조명하여 작품을 썼다.[114] 그리고 앞서 지적한 바와 같이 당시의 출판 사정이 전쟁 선전 소설 이외의 소설 발표를 허락하지 않았다. 1942년 5월 시점에서는 전쟁체제에 반대하는 내용이 아닌 사소설이나 개인적인 애정문제를 주제로 하고 있는 소설조차 당국의 지도 대상이 되었다고 한다.[115]

이처럼 양국 작가들은 나라의 요청에 의해 〈어떤 선택〉을 강요받고 있었던 것이다. 당시의 일본과 조선 문인들의 〈선택〉을 다카하시(高橋, 2004)의 논에 따르면 다음과 같이 설명할 수 있다.

데리다에 따르면, 신의 말씀에 따라 이삭에게 칼을 휘두르는 아브라함의 몸짓에는 타자의 부름에 응답하여 책임을 다하려는 사람이 단 한 순간도 도망칠 수 없는 '절대적 희생'의 구조가 나타나 있다. 다시 말하면, 어떤 타자(=신)에게 충실하려 한다면 다른 타자(=이삭)를 희생하지 않으면 안 되는 것이다. "나는 타자를, 다른 타자들을 희생하지 않고서는 어떤 타자의 부름이나 요구, 책무는 고사하고 사랑에 대해서마저도 응할 수가 없다." 데리다는 바로 이것이야말로 절대적 희생의 구조라고 주장한다. 그렇기 때문에 "우리는 이제 더 이상 누가 아브라함이라고 불리는지를 모른다."는 말이다. (중략) 어떤 타자에 대한 책임이 또 다른 타자에 대한 무책임이 되고, 또 다른 타자에게 죽음을 부과하는 절대적 희생의 패러독스는 전쟁에서 극대화 된다. (중략) 어떤 타자들

---

113) 小林恵美子(2003), 앞의 논문, p.42
114) 岩淵宏子(2005), 앞의 논문, p.190
115) 小林恵美子(2003), 앞의 논문, p.50

의 희생 해소를 목적으로 하는 법적·정치적·윤리적 결정이 다른 타자들의 희생 없이는 실행 불가능하다는 아포리아가 바로 여기에 존재하는 것이다. (중략) '희생'이라는 인식이 존재하는 이유는 다시 말해 국가가 요구한 죽음이 '희생'으로 정당화되고 용인된다는 인식이 있는 까닭은, 그럼에도 불구하고 타자의 부름에 응답하고 책임지려 하기 때문이다. 모든 희생의 폐기는 불가능하지만, 이 불가능한 것을 향한 욕망 없이는 책임 있는 결정이란 존재할 수 없다고, "모든 희생의 폐기"란 특이한 타자들의 부름에 보편적으로 응답하는 일 바로 그것이다.[116]

인용에 의하면, 신의 소리(=일본 정부의 의향)를 들어 버린 아브라함(=양국의 지식인)은 그 신의 '부름'에 '전쟁협력'이라는 형태로 '응답'한 것이 된다. 그러나 과연 그들의 선택은 '보편적인 응답'이었을까? 바로 이점이 문제이며 검증되어야 할 항목이다. 이를 위해 한일 두 작품 최정희의 「幻の兵士」와 사타 이네코의 「気づかざりき」을 선택해 그 내용을 검증하고자 한다. 두 작품의 전체적 의미를 파악한 후 부분적 고찰을 더해 감으로써 식민자 대 피식민자라는 구도가 밝혀지고, 입장이 서로 다른 관점에서 작품이 쓰였다는 작자의 전략을 읽어낼 수 있을 것이다.

2 두 개의 계절

2.1 〈들국화〉의 침묵

「幻の兵士」의 히로인 영순은 도쿄의 모 여자대학 2학년생이다. 그녀는

---

116) 高橋哲哉(2005), 앞의 논문, pp.258~263

유학생활로 건강이 나빠져 일 년 전 일시 귀국해 요양 중이었다. 이런 영순이 병약한 몸을 이끌고 평상시라면 갈 엄두도 못 낼 산행을 결심한 것은 아침에 내린 서리가 "차가움"과 동시에 "아픔"으로 느껴졌기 때문이다. 이윽고 산에 오른 영순은 "애처로운 모습의 들국화"를 만나게 되고, 들국화의 "차가운 침묵"을 남의 일 같지 않게 감지한다. 이러한 소설 서두 장면은 언뜻 보아서는 감상적으로 읽어 넘기기 쉬운 묘사이나, 영순이 "서리 맞아 애처로운 들국화"를 가엽이 여기고 있다는 점에 주목해 보기로 하자.

산의 나무들은 색도 냄새도 이미 퇴색해, 애처로운 모습의 <u>들국화는 차가운 침묵을 끊임없이 지키고</u> 있었다. 영순은 <u>소생시킬 방법이 없는 한없이 쇠약한 운명</u>에 잠겨, 들국화와 같이 차가운 침묵을 지키면서, 산 너머를 오랜 시간 바라보고 있었다.[117] (「幻の兵士」, p.291)

영순이 본 조선의 산에 있는 수목들은 "색"도 "냄새"도 퇴색해 버린 채, 서리를 뒤집어 쓴 "들국화" 역시 계속해서 "차가운 침묵"만을 지키고 있다. 영순은 이런 들국화의 모습을 '가련'하게 생각하며, "소생시킬 방법이 없는 한없이 쇠약한 운명"을 가진 들국화 역시 자신의 모습과 닮았다고 생각한다. 이렇듯 오로지 "침묵"할 수밖에 없는 들국화의 입장을 자신의 모습과 결부시킨다. 그러나 이상의 표현들은 그저 '몸이 약하다'는 영순을 표상하기에는 언어 선택에 있어서 어딘가 무겁고 어두운 감이 든다. 소설 속에서 주어지는 정보가 적기는 하지만 무언가 작자의 의도가 복선화되어 있음을 감지하게 되는 부분이다. 그렇다면 침묵을 지키고 있는 "가련

---

117) 山の樹々は色も匂いもうせ、哀れな姿の野菊は冷たいだんまりをつづけていた。英順は蘇らす術のない衰へ果てた運命にひたり、野菊のような冷たいだんまりを守りながら、山の向うを永いこと見つめてゐた。

한 들국화"는 무엇을 의미하는 것일까? 여기서 국화가 천황가의 문장인 것을 생각한다면, 들에 핀 들국화는 '조선'을 가리키는 메타포는 아닐까? 그리고 '영순' 또한 같은 맥락에서 조선의 은유라는 예상이 가능하다.

'들국화'는 「환영의 병사(幻の兵士)」의 약 2년 후에 쓰인 단편 일본어소설 「들국화抄(野菊抄)」에 재차 등장한다. 1942년 11월 『國民文學』에 일본어로 발표된 「野菊抄」는 일본인 병사의 입을 빌려 조선의 어머니들에게 '군국의 어머니'상을 계몽하게 한다는, 이 또한 전쟁협력 소설이다. 「野菊抄」의 여주인공 '나'는 처자가 있는 남자와 연애를 해 사내아이를 낳은, 의사라는 직업을 가진 엘리트 여성으로 12년간 혼자서 아이를 길렀다. 다음은 여자가 아들을 데리고 시국 교육차 '지원병 훈련소'를 견학해 '군인 정신'을 배우게 한 다음 저녁 무렵에 집으로 돌아온다는 소설의 라스트 신이다.

> 들국화가 햇빛에 물들어 빨강도 아니고 보라도 아닌 이상한 색을 발하지만 예쁩니다.[118] (「野菊抄」, p.145)

> "작고 가련한 꽃이구나. 당신과 아주 닮았어!"[119] (「野菊抄」, p.146)

'나'가 논길에서 찾아낸 들국화는 빛이 바래 "빨강"도 아니고 "보라"도 아닌 "이상한 색"을 띠고 있다. '나'는 옛날을 회상하며 아이의 아버지가 자신을 들국화에 비유해 "가련"하다고 했던 추억을 떠올린다. 그리고 아들 승일에게 들국화의 존재에 대해 가르쳐 준다. 승일은 들국화를 꺾어 집으로 가지고 간다고 조르지만, '나'는 "들국화는 서리가 내리면 시들어

---

118) 野菊が日に染まって赤でもなし、紫でもない妙な色を呈してきれいです。
119) 「小さい、可憐な花だね。あなたによく似てる…。」

버리는 가련한 꽃"이라며 채취를 허락하지 않는다. 그러나 승일은 결국 어머니를 졸라 허락을 받아내고, 이윽고 들국화를 몇 구루 캐서 집으로 가져간다. 들국화는 옮겨 심어진 후에도 여전히 "빨강도 아니고 보라도 아닌 이상한 색"을 발한다. 이에 아들 승일은 "전쟁에 나가 제가 죽더라도 이 꽃을 봐서 울지 말아요"하고 어머니에게 다짐을 받는다. 이에 '나'는 "울고 싶어지면 승일이 한 말을 떠올리며 울지 않도록 노력할게."하고 대답한다. 그러자 들국화는 마치 이 두 모자를 격려라도 하듯 "바람에 하늘하늘" 흔들거린다. 그리고 이야기의 마지막 장면은 '나'의 각오로 매듭 지어진다.

> 이제 나는 아무것도 생각하지 않고 승일을 길렀던 것처럼 승일을 위해서 들국화를 아름다운 꽃, 강한 꽃으로 기르기로 하겠다. 그것이 나에 대한, 또 당신에 대한 복수가 될 테니까요.[120] (「野菊抄」, p.146)

'나'는 아들 승일을 기르는 것과 같은 정성으로 들국화를 '아름답고' '강하게' 키울 것을 마음속으로 다짐한다. 그리고 그것이 '나'에게도 나를 배신한 남자에 대해서도 '복수'하는 길이라고 생각한다. 이렇듯 들국화는 가련한 '나'로부터 전쟁에서 죽을 '아들'의 표상으로 그 역할이 변모한다.

그렇다면 과연 작가 최정희가 들국화에 집착하는 이유는 무엇일까? 두 소설 작품에서 묘사되는 들국화의 이미지를 정리하면,

① 가을 들판에 피는 작고 소박한 꽃

② 서리가 내리면 시들어 버리는 가련하고 외로운 꽃

③ 빨강도 보라도 아닌 이상한 색을 띠지만 미워할 수 없는 꽃이다.

---

120) もう私は何にも考えず勝一を育てると同じく勝一のために野菊を美しい花、強い花に育てることに致しましょう。それがわたしに対してのあなたに対しての復讐になりましょうから。

여기서 우선 들국화가 피는 계절이 만물이 소생하는 희망에 찬 봄도 여름도 아닌 어쩐지 쓸쓸한 서리 내리는 '가을'이라는 점, 또한 꽃이 작고 소박하지만 아들을 대신하여 '강하고' '아름답게' 기르고 싶은 것이 '나'의 희망이라는 점을 생각하면, 이른바 들국화는 당시의 조선의 모습을 상징하고 있음을 알 수 있다. '나'를 배신한 아이의 아버지는 조선을 지켜내지 못한 남자(=정치가)들의 표상이며, '나'는 가련한 들국화인 조선의 여자로서 그런 무책임한 조선의 남자들을 추궁하고 있는 것은 아닐까?

2.2▌ 해자의 〈버드나무〉

1942년 7월에 발표된 소설 「気づかざりき」의 서두는 '소박한 혼담'으로 시작된다. 소설 초반부터 '모성 만들기' 전략이 베어나는 글쓰기이다. 혼담은 다름 아닌, 히로인 아키코의 이야기로, 그녀가 회사 동료 야마모토에게 그의 친구를 소개받는 시점에서 이야기는 시작된다. 여기서 자칫 조연으로 간주되어 무시될 야마모토라는 인물에 주목해 날카로운 평론을 발표한 연구자가 고바야시 에미코(小林恵美子)이다. 고바야시(2003)는, '야마모토라는 인물설정을 통해 읽을 수 있는 것은 후방 국민으로서, 병사들의 노고보다 더한 고통은 있을 수 없다는 식의 과격한 숭배가, 젊은 여성의 인생을 그들에게 바치게 하는 우를 범하고 있다'[121]고 지적하였다. 이러한 지적처럼 야마모토라는 인물은 이야기를 구성해 나가는데 있어서 중요한 역할을 하고 있으며, 그런 만큼 그에 대한 서두의 묘사는 간과할 수 없는 대목이다.

---

121) 小林恵美子(2003), 앞의 논문, p.44

게다가 이 회사만의 어딘지 모르게 세련된 사원들의 형색과는 동떨어진 야마모토의 왠지 장사꾼 같은 언행은 물에 기름을 떨어뜨린 것처럼 친숙해지지 않았다. 지금까지 일본의 기모노를 입고 있던 사람이 갑자기 양복으로 바꿔 입은 것 같은 차림으로, 게다가 야마모토는 몸집까지도 작았다. 그보다는 다리가 짧은 것 같은, 거기에 신체에 어울리지 않는 양복을 입고 있는 듯 왠지 우스꽝스런 느낌을 주었다.[122)]

(「気づかざりき」, p.4)

여기에서 야마모토는 "일본의 기모노를 입고 있던 사람이 갑자기 양복으로 바꿔 입은" 듯한 모습이 묘사된다. 그러나 양복이 어설퍼 몸에 맞지 않아 그 모습이 우스꽝스럽다고 작가는 꼬집는다. 다시 말해 "일본의 기모노"를 서양식 양복으로 바꿔 입은 야마모토가 외관은 서양식이지만 사고는 아직도 어엿한 일본식임을 알 수 있다. 그는 언제나 싱글벙글 거리면서 상대방을 방심하게 해 놓고, 내심 날카로운 관리자의 시선으로 신부감을 물색하고 있다.

야마모토도 평소 아키코의 <u>성실</u>한 근무 실태나 <u>영리함</u>, <u>상냥함</u>을 잘 알고 있었으며, 가끔 그 상냥한 얼굴로 감동한 듯 말을 걸 때가 있었다.[123)] (「気づかざりき」, p.5)

아키코는 자신도 모르는 사이에 야마모토의 "성실" "영리함" "상냥함"

---

122) それにこの会社などの、どこかあく抜けのした社員の型から見れば、山本の何だか商人みたいな物腰は、水に油をおとしたやうになじまなかった。今まで和服をきてゐた人が急に洋服をきたやうな恰好で、第一それに山本は小柄だった。と、いふよりは脚が短かいといふやうな、それに身体のなじみのない洋服をきてゐるやうなので、何かユーモラスな感じであった。

123) 山本も日ごろから昭子の勤めぶりの真面目さや、利口さや、優しさを知ってゐて、ときどきそのにこやかな顔で感じ入ったやうに言ふことがあった。

의 세 항목의 심사를 거치게 된다. 확실히 그는 일본정부의 국책수행 임무를 띠고 급조된 캐릭터인 것이다. 이렇듯 야마모토 관리의 심사를 거친 아키코는 점심 휴식 시간에 그에게 회사 옥상으로 불려나간다.

> 옥상의 구석에서 아키코는 나날이 진해지는 해자 주변 버드나무의 푸름에 정신이 팔려 있을 때 야마모토는 짧은 다리가 더 짧게 보이는 걸음걸이로 양손을 뒤쪽 허리춤에 잡은 모습으로 다가왔다.[124]
>
> (「気づかざりき」, p.6)

옥상에 나타난 야마모토는 양손을 뒤쪽 허리춤에 쥔 자세이다. 이런 자세는 그야말로 거드름을 잔뜩 피우고 부하에게 임무를 하달할 때의 상사의 태도로 아키코보다 입사 후배인 야마모토가 취할 태도가 아니다. 그러나 야마모토는 그런 태도로 옥상에서 아키코에게 자신의 친구를 소개해주겠다는 말을 전한다. 아키코는 평소에 친절했던 야마모토의 소개이므로 의심 없이 맞선자리에 나가게 된다.

여기서 아키코에게 결혼의 임무가 내려진 계절은 초여름 "버드나무가 푸르른" 활동적인 계절이다. 또한 이 날 아키코는 우연찮게 "녹색 춘추복 코트"를 입고 있다. 이런 소설 속의 계절에 대한 설정은 식민지하 작가가 쓴 「幻の兵士」나 「野菊抄」의 "색도 냄새도 퇴색"한 '가을'이 배경으로 설정되어 있는 것과는 분위기가 사뭇 대조적이다. 이러한 설정에서조차, 같은 여성작가의 소설이라 할지라도 식민자 대 피식민자의 입장은 분명히 명암을 보인다.

사타는 적어도 전쟁협력 소설 서두에 '야마모토(=일본 정부의 명령자)'

---

124) 屋上の端に昭子が立って、一日増しに濃くなるお濠ばたの柳の緑にみとれてゐたとき、山本は、短かい脚を曲げるのでよけい短く見えるやうな歩きつきで、両手は背のほうへ廻して組んだ恰好で近寄ってきた。

에 의해 아키코(=일본 여성)는 일본 정부로부터 〈부름〉을 받아, 그 〈응답(=선택)〉을 강요받고 있다는 것을 전제로 창작에 임하고 있었음을 알 수 있다.

3 여자들의 〈응답〉

3.1 〈연애〉에서 挺身, 愛國班으로

「幻の兵士」의 영순은 어느 초가을 아침, 산책 겸해서 올라 간 금화산에서 야마모토라는 일본인 병사를 만나게 된다. 그는 철도 경비임무를 맡아 금화산 기슭에 막사를 치고 4명의 병사들과 생활하고 있다. 다음은 그를 처음으로 만났을 때의 영순의 감상이다.

> 어깨가 떡 벌어진 체구, 콧날이 선 반듯한 얼굴, 완전 무장은 하지 않았지만 영순은 그의 근엄함에 눌려 황급히 시선을 딴 데로 돌렸다. (중략) 그는 영순의 주저함에 그렇게 말하고 생긋 웃어보였다. 웃을 때의 치열이나 눈 속으로 영순은 그만 빨려 들어가는 듯 했다.[125]
>
> (「幻の兵士」, p.291)

영순은 야마모토와의 첫 대면에서 그의 얼굴 생김새나 품격, 그리고 군인다운 "근엄함"에 눌려 시선조차 제대로 맞출 수가 없다. 게다가 그의

---

125) 肩幅の広いがっちりした体躯、鼻すじの通った整った顔、武装はしてゐなかったが英順はそのいかめしさにおされて周章てて視線をそらした。 （中略） 彼は英順の躊躇いにこう云ってにっこり笑って見せた。笑ってゐる歯なみやその眼の中に英順は我知らず引き込まれてしまひさうであった。

웃는 모습과 눈동자를 보며 "빨려 들어가는 듯" 한눈에 반하고 만다. 이 때 영순은 자신의 감정을 들키지 않기 위해 먼 산으로 시선을 돌리지만, 그마져도 그에게 들켜버려 "수줍음에 시선을 떨어뜨리고 발부리로 서리에 맞아 상해버린 마른풀을 힘껏 발로 밟아"버리는 행동을 취한다. 이러한 영순의 행동은 소설 서두에서 보인 "색도 향기도 퇴색한" 이라고 서리 맞은 풀들을 측은히 여기던 태도에서 일변해 있음을 알 수 있다. 즉 이때부터 사랑에 빠져버린 영순의 눈에는, 자신의 美感에 맞는 야마모토밖에는 보이지 않게 된다. 아울러 야마모토 역시 군인이지만 때로는 감상에 젖을 때가 있다고 하며, 간접적으로 사랑의 감정을 느끼고 있다고 표하자 그녀의 눈은 "평소와 달리 반짝"이기 시작한다.

> 물론, 군인은 전쟁에 열중합니다. 어떻게 하면 조국을 훌륭하게 지켜낼 수 있는지 온통 그 생각만 하는 것이 군인입니다. 그러나 그렇다고 해서 자연의 신비를 사랑하지 않는 것은 아닙니다. <u>신비</u>를 모르는 사람에게 <u>동경</u>이 있을 리가 없습니다. 동경하는 마음이 없는 사람이 어떻게 낭만을 바랄 수 있겠습니까. 낭만을 퇴폐적 정신의 산물이라고 비난하는 시대는 지나가 버렸습니다. 현대에도 <u>낭만은 힘이요 정열이며 진실이고 생명</u>이라고 나는 생각합니다.[126] (「幻の兵士」, p.291)

위의 인용은 야마모토가 영순의 감정을 눈치 채고 평소 자신이 가지고 있던 연애관을 피력하는 장면이다. 야마모토는 연애감정을 "자연의 신비"이며 "동경"이라고 말한다. 또한 1940년대인 현대에도 연애는 "힘,

---

126) 無論、兵隊は戦争することに熱中します。どうして祖国を立派に守り通すか、そればかり考えるのが兵隊です。併し、だからと云って自然の神秘を愛さないわけでもありません。神秘を知らないものに憧れのある筈がないのです。憧れのないものにどうして浪漫を望み得ましょう。浪漫を退廃的精神の産物だと非難する時代は過ぎ去ったんです。現代に於ては浪漫は力で、熱で、真実で、生命だと僕は思います。

정열, 진실"이며, "생명"의 연소라고 단언한다. 이는 참으로 1920년대의 생명사상에 기초한 로맨틱 러브의 연애관이 지속적으로 통용되고 있다는 점을 보여주는 장면이라 하겠다. 영순 역시 이런 야마모토의 시선을 '열정적'으로 느끼고 받아들인다. 결국 영순은 연애라는 이데올로기로 무장하게 되고 이로 인해 야마모토의 '일본인의 군인 정신'도 저항 없이 받아들이게 된다. 이 날을 계기로 영순은 그가 머물고 있는 막사에 매일같이 드나든다. 막사에는 야마모토를 비롯해 모두 다섯 명의 병사가 함께 생활하고 있었다. 그 중 한사람은 조선인으로 일본식 이름으로 창시개명을 하고 있어 시대를 대변한다. 영순은 막사에서 병사들의 주문에 따라 '挺身'에 주력한다.

때로는 야마모토 병사 곁에서 그가 읽어주는 내용에 무턱대고 감격하거나 흥분하거나하고, 때로는 농림 기수인 가와이 상등병의 농림 이야기를 듣기도하고, 또 키가 큰 시미즈 병사에게 소리 죽여 '아리랑'을 가르치거나 하고, 또 때로는 원시경에 관한 이야기를 듣거나 얼굴이 검은 병사의 무용담을 들어주기도 했다.[127] (「幻の兵士」, p.293)

다만, 전장에 언제 나가게 될지 모르는 그들을 위해 한 시간이라도 좋으니까 그들을 <u>즐겁게 해주고 위로</u>하는데 무엇 때문에 주저할 필요가 있겠는가 하고 생각했다.[128] (「幻の兵士」, p.293)

영순은 본격적으로 병사들을 위해 몸을 돌보지 않고 혼신의 봉사를 한

---

127) 時には山本兵士のそばで、彼が読んできかせる文章に無暗と感激したり、興奮したり、時には農林技手であった川井上等兵の農林の話を聞いてゐたり、または背の高い清水兵士に声を小さくして「アリラン」を教えたり、時には遠視鏡の講談を聞き、時には黒い顔の兵士の手柄話の相手になったりした。

128) ただ、戦場へ何時出されるかわからない彼らのため一時間でもいい、彼等を楽しませ、慰めるのになんでためらふことがあらう、と思ふのであった。

다. 그리하여 머지않아 전장으로 불려나갈 그들을 "즐겁게 해주고 위로" 해주는 역할을 주저하지 않고 수행한다. 이렇게 해서 영순은 스스로가 '挺身'의 마음가짐이나 정당성을, 조선 여성들에게 계몽·선동하고 있다.

주지한 바와 같이 조선에 있어서 당시의 〈挺身隊〉는, 미혼 여성을 군인들의 수발을 위해 소집한 집단이다. 이러한 〈挺身隊〉는 1930년 말부터는 공장 노동뿐만 아니라 농업, 보도, 의료 등의 분야에서 광범위하게 동원되었으며, 법령으로 제도화 되었던 것으로써 당시 사람들에게 여성동원의 대명사로 인식되었다.[129] 1938년 〈학도근로보국대실기요강〉에 의해 학생들이 동원되어 남자는 토목공사에, 여학생은 신사청소와 군용품 봉제작업에 동원되었다. 또한 여학생은 학교에서 노동을 하거나 공장에 동원되었으며, 그밖에 위문문 쓰기, 위문대 만들기, 군복 빨기 등의 역할을 담당하였다. 국민징용령이 조선에서 본격적으로 적용되자, 당시의 고등 여학생은 군수공장에 동원되었으며, 학교는 후방 전선의 역할을 맡아 간호사나 군의 숙소가 되기도 했다.[130]

병사들에게 몸과 마음을 다해 〈挺身〉한 영순은 야마모토에게 희망적인 말을 듣는다.

> 영순은 수첩을 받아 말없이 「김영순」이라고 썼다. (야마모토) "예쁜 글씨군요, 실례의 말이지만 당신과 아주 닮았다는 생각이 듭니다. 이 글자는 살아있어요, 색도, 향기도 있는 것 같은 생각이 듭니다.[131]
>
> (「幻の兵士」, p.293)

---

129) 전경옥외 3인(2004) 앞의 책, p.128
130) 전경옥외 3인(2004) 앞의 책, p.125
131) 英順は手帳を受けとり、だまって「김영순」と書いた。 (山本に) 「きれいな字ですね、失礼ですがあなたによくにてゐるやうな気がする。此の字は、生きてゐますよ、色も、匂もあるやうな気がする。

이쯤에서 다시 소설의 서두 부분을 떠올려 보면, 산에 올라온 영순은 "나무들이 색도 향기도 퇴색해"버린 "애처로운 모습"이라며 절망적인 태도를 보였었다. 그런데 소설 중반부에 와서 일본인의 군인정신으로 무장한 병사 야마모토에게, 영순이 쓴 한글 문자가 조선의 가옥을 닮았고 "색도 있고 향기"도 있으며 "살아 있다"는 평가를 받아 새로운 생명력을 부여받게 된다.

이는 즉 연애를 한다는 행위 자체가 생명력의 연소이므로, 영순이 연애를 하고 있다는 맥락에서 받은 평가일 것이다. 야마모토의 이 말에 영순은 "코끝이 찌릿 할 만큼" 감격스러워 한다. 결국 연애라는 장치에 의해 한일은 하나가 되고, 야마모토(=일본)에 의해 영순(=조선)은 새로운 생명력을 부여받아 소생한다는 내용이다. 야마모토의 말이라면 무조건 받아드릴 수 있게 연애로 무장한 영순은 이 전쟁의 목적이 "동양 평화"에 있다고 야마모토가 말하자, 액면그대로 받아들여 이를 내면화한다.

> 당신이 내가 쓴 한글을 보고 조선 전체와 중국까지, 즉 동양 전체를 느꼈던 것처럼 당신과 사귀게 되어 나도 이 전쟁이 자신의 일처럼 생각되고, 어디선가 군인들을 만나면 당신을 만난 것처럼 기쁨을 느낍니다.[132] (「幻の兵士」, p.296)

영순은 개인으로서는 느끼지 못했던 것들을, 야마모토를 사랑하여 '짝'이 됨으로써 "전쟁이 자신의 일"처럼 느끼게 되고, 결과적으로 일본 전체를 받아들이게 된다. 그러나 과연 이러한 구도와 논리가 성립될 수 있을까?

---

132) あなたが私の書いて上げた諺文から朝鮮全体と、支那まで、即ち東洋全体をお感じになったと同じく、あなたと知り合ったために、私も戦争が自分のことのように思へて、どこかで兵隊に逢へばあなたに逢へたやうに嬉しがってしまふのでござゐます。

우에노(2006)는 이러한 이성애 구도를, 이른바 '개인'에서 '짝'으로 飛躍해 최종적으로 '공동'으로 이동한다는 논리로 설명하였다.

> 짝 환상은 무한히 서로 고립하려한다. 이 배타성은 공동 환상에서 볼 때 어려운 문제다. 성이라는 무법지대. 공동체는 짝을 두려워하고 짝을 소외시키려 한다. (중략) 개인 환상에서 짝 환상으로 이동하려면 비약에 의할 방법 밖에 없다고 하는 것은 그 과정에서 사람은 자아의 변용을—자아의 해체와 재편이라고 하는 단절과 고통 가득 찬 프로세스를 거치지 않으면 안 되기 때문이다.[133]

우에노는 〈짝 환상론〉에서, 요시모토(吉本)의 〈자기 환상·공동 환상·짝 환상〉[134]이라는 세 가지의 개념을 들어 설명하였다.

요시모토(1968)의 이 개념이 획기적이었던 이유로, 첫째로 '국가'나 '사회'가 종국에는 '자아'라고 하는 것조차도 환상의 산물에 지나지 않는다는 것을 폭로한 것, 둘째로 '집단과 개인'이라는 전통적인 2항 대립 도식에 '짝'이라는 독립된 제3항을 자각적으로 반입한 것이라고 설명한다. 요시모토는 자기 환상과 공동환상은 '역립(逆立)'이 가능하지만 흔히 〈자기 환상〉은 〈공동 환상〉에 휩쓸려 흡수된다. 그에 대한 제동 장치가 자기 환상에는 존재하지 않는다. 이러한 발견은 군국 소년이었던 요시모토 자신의 전쟁체험이 통한을 담아 투영되어 있다. 짝 환상은 공동 환상에 대항하며 무한히 멀어지려 한다. 좀 더 비근한 예로 정치와 성은 양립되지 않는다는 것이다.

〈공동 환상·개인 환상·짝 환상〉이 각각 '환상'인 것은 그것들이 다만 의식 본연의 자세에 지나지 않기 때문이다. 자기 환상과 공동환상이란

---

133) 上野千鶴子(2006), 『女の快樂』, 勁草出版社, pp.7~8
134) 吉本隆明(1968), 『共同幻想論』, 河出書房, p.100

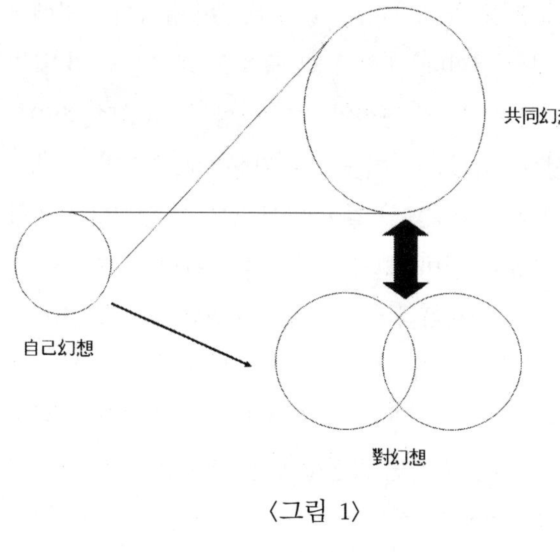

〈그림 1〉

의식구조가 동형이니까, 간단히 한쪽에서 다른 한쪽으로 평행이동이 가능하다. 여기에는 자기의식의 변용은 인정되지 않는다. 그러나 짝 환상은 다르다. 자기 환상은 탈 중심화를 재촉당해 짝 환상은 복 중심화 한 후 안정된다. 〈그림 1〉에서도 알 수 있듯이 이렇게 한 번 구조를 변용한 자기 환상은, 공동 환상으로부터의 attack에 강한 저항력을 보인다. 사람들은 짝 환상과 공동 환상이라는 각각의 세계를 가질 수 있다. 하지만 그들은 양자 간을 왕복하는 것일 뿐 둘을 조화시키고 있는 것이 아니다.[135]

즉 야마모토가 천황을 위해서 죽을 수 있는 것은 '자기 환상'에서 '공동 환상'으로의 변용에 의해서이다. 그러나 영순과 야마모토가 연인 관계가 되면 '짝 환상'이 형성되므로 '공동 환상'으로의 변용은 용의하지 않고 단순히 '왕복'만이 허락된다. 아울러 영순은 야마모토에게 반하지만, 야마모토는 다만 "한글을 외우게 되면 영순씨와 좀 더 사이가 가까워질 것 같다."는 정도의 관심만을 보이고 있다. 그러므로 야마모토는 이미 '공동

---

135) 上野千鶴子(2006), 『女という快楽』, 勁草書房, pp.3~6

환상' 상태에 있다는 것을 알 수 있으며, 그렇기 때문에 중국의 전장에서 천황을 위해 죽을 수 있는 것이다. 또한 그런 죽음은 "조국을 지키기 위해서라면 성스러운 의무"가 된다고 망설임 없이 말할 수 있었던 것이다.

하지만 영순은 어떨까? 그녀는 야마모토가 전장으로 이동한 후에도, 철거된 병사들 막사 터를 맴돌며 매일 같이 와서 "난로가 있었던 자리를 언제까지나 멍하니 바라보며 앉아" 그와의 추억을 떠올린다. 따라서 영순이 진심으로 야마모토를 사랑했다는 것을 알 수 있다. 이렇듯 진정으로 사랑한 야마모토가 죽기를 바라지는 않을 것이다. 또한 영순이 "전쟁이 자신의 일처럼 생각"은 될지 몰라도 이 또한 단순한 '왕복'에 지나지 않을뿐더러 "어디선가 군인을 만나면 당신을 만난 것처럼 기쁘다"는 것은 그가 살아 돌아오기를 바라기 때문이다.

결국 영순은 야마모토의 전사 통지를 받게 되고, 아이들이 부르는 군가에도 귀를 막고 슬픔에 젖어 울부짖는다. 영순이 야마모토의 죽음을 슬퍼하며 예전의 막사 터에 나가 울고 있을 때 돌연 야마모토의 환영이 나타난다. 그러나 그는 영순을 위로하기는커녕 변함없이 '대동아공영권'을 역설하며 영순의 계몽에 열을 올릴 뿐이다.

「幻の兵士」는 전쟁 협력적 작품으로 가장 먼저 거론되는 소설이지만, 이렇듯 글의 행간을 주의 깊게 읽어보면 작가 최정희는 적어도 '나라(일본)를 위해서 죽을 수 있다'라는 대목은 어디에도 없고, 오히려 연애라는 장치를 이용해 일본의 전쟁을 비판하고자 했던 것은 아닐까?

최정희의 또 하나의 전쟁협력 작품에 일본어로 쓰인 「2월 15일 밤(2月 15日の夜)」(『新時代』, 1942.4)이 있다. 소설속의 히로인 선주는 도쿄 유학 시절에 알게 된 남준과 연애 1년, 결혼 2년째를 맞고 있다. 그러한 그녀가 돌연 '애국 반장'이 되겠다고 하자 남편은 "여자는 가정을 지키는 것이 본업"이라며 반대한다. 이에 선주는 "지금은 그저 하늘을 올려다보고

만 있는 보헤미안적인 여자보다, 어떻게 저 하늘을 지킬까 하고 생각하는 여자가 필요하다”고 역설하며, 여자에 대한 미학을 바꾸도록 설득한다. 이러한 설정 또한 당시의 시대상황을 반영하여 역사를 증언해주는 역할을 소설로써 다하고 있다고 볼 수 있다.

일제는 조선의 황국 신민화와 내선일체를 완성시키기 위해 만든 ‘총력연맹’ 최하부에 실천 운동체로서 ‘愛國班’을 조직했다. 愛國班은 하나의 반이 10호로 구성되어 있었다.[136] 이정민(2002)에 의하면 ‘愛國班은 반상회를 통해서 도시민의 〈일상〉을 통제하고 있었다. 그런 와중에서도 지식인의 협력이 부족했던 것이 큰 문제로 지적되었다’[137]고 쓰고 있어, 소설 「2月15日の夜」또한 이러한 시대적 배경을 베이스로 쓰인 작품이며 당시의 역사적 상황을 알 수 있는 자료이기도 하다.

3.2 ▌ 결혼 명령

앞에서 언급한 바와 같이 「気づかざりき」의 히로인 아키코는 야마모토라는 남자에 의해 “성실” “영리함” “상냥함”, 이 세 항목에 합격해 赤紙(= 소집 영장)와 같은 ‘맞선’을 하명 받는다. 그리고 상대측 남성에 대해서 아키코에게 다음과 같이 전달된다.

> 친구는 모 자동차 공장 기사라는 것, 아키코보다 6살 연상인 28세라는 것, 고향이 규슈의 후쿠오카이고 차남이라는 것. 도쿄에서는 여동생과 둘이서 생활하고 있다고 들었다.[138] (「気づかざりき」, p.10)

---

136) 전경옥 외3인(2004), 앞의 저서, p.119
137) 이정민(2002), 「전시하 애국반 조직과 도시일상의 통제」, 『東方学志』, p.873
138) その友達といふのは、ある自動車工場の技師であることや、昭子より六つ年上の二十
     八歳であることや、郷里が九州の福岡であることや、二男だということや、東京で

아키코는 야마모토에게 맞선 상대의 정보로서 직업은 "자동차 공장의 기사"이고 출신지는 "후쿠오카"이며 도쿄에서는 여동생과 살고 있다는 것뿐이었다. 그러나 상대가 군인이라는 사실은 한마디도 듣지 못한 채 드디어 맞선을 보게 된다. 아키코는 전쟁 중이라는 분위기에 맞추어 "평상시와 다름없는 복장"에 흰 블라우스를 입고 야마모토가 알려준 약속 장소로 나간다. 약속 장소인 식당 앞에서 마음을 가라앉히고 들어간 아키코는 드디어 맞선 상대와 대면하게 된다.

> 남자답다, 라는 말은 진부하지만, 지금 아키코가 소개받은 남자는 그런 믿음직스러움이 있었다. 남자답다 라고 해도 영화 등에서 보는 남자다움과는 달랐다.[139] (「気づかざりき」, p.37)

아키코는 "머리를 삭발한 하기와라"라는 남자를 소개 받는다. 그러나 이 장면은 어쩐 일인지 그녀가 그의 "삭발"은 문제 삼지 않고 "남자다움"에만 관심을 갖는 등 소설 상 뭔가 어색한 전개라는 느낌이 드는 부분이다. 「気づかざりき」의 연애 구도 또한 「幻の兵士」와 동일하다. 그가 군인인 것을 미리 말하지 않았던 야마모토의 의도 또한 어쩌면 이러한 연애 구도를 준비하고 있어서였을 것이다. 즉 아키코가 하기와라를 만나 첫눈에 반해 버린다면 이후에는 그가 군인이라고 해도 어떻게든 무마가 될 것이라고 생각했기 때문이다. 야마모토 역시 연애의 심리를 교묘히 이용한 셈이다. 야마모토의 예측대로 아키코는 나중에야 그가 군인인 것, 당국이 추진하고 있는 결혼을 위한 일시 귀국이었다는 사실을 알게 된다.

は妹と二人で暮らしてゐるといふことなど聞いてしまった。

139) 男らしい、といふような言葉は月並みだけど、今昭子に引き合わせられた男は、さ
ういふ頼もしさがあった。男らしい、と言っても、映画などで見る男らしさとはち
がふ。

이런 사실에 아키코는 일시적으로는 쇼크를 받지만 곧바로 평정심을 되찾는다. 그런 그녀의 일련의 모습을 지켜보며 때를 기다리고 있던 야마모토가 이번에는 하기와라의 귀대 소식을 넌지시 흘린다.

> 아키코는 그 날 일하는 사이에도 몇 번이고 왈칵 눈물이 나올 뻔 했다. 하지만, 오늘 밤 전송을 나가는 건 둘째 치고 하기와라와 다시 한번 만난다는 생각에 가슴이 벅차 그녀의 눈은 젖은 듯 빛났다.[140)
>
> (「気づかざりき」, p.138)

아키코는 야마모토의 통지에 "나 전송하러 나갈까 봐."하고 강한 의지를 보인다. 역시 그녀는 하기와라를 단념하지 못하고 있었던 것이다. 그리고 그와 다시 한 번 만날 수 있다는 생각에 그녀의 눈은 젖은 듯 빛났다. 그러나 그녀의 전송 계획은 공교롭게도 언니의 출산과 겹쳐 실패하고 만다. 언니의 출산을 지켜본 후 서둘러 역으로 나갔지만 기차는 이미 떠난 뒤였고 전송하고 돌아오는 야마모토와 여동생을 겨우 만날 수 있었다. 이러한 설정은 아키코의 하기와라에 대한 그리움을 가일층 증폭시키는 계기가 된다. 그러던 어느 날 하기와라로부터 야마모토에게 편지가 온다. 편지에는 아키코에 대한 안부인사도 들어있었다. 야마모토에게 편지를 건네받아 읽은 아키코는 퇴근길 버스 안에서 창밖을 내다보다 우연히 하기와라를 닮은 사람을 발견하고 가슴이 두근거림을 느낀다. 그리고 다음과 같은 결심을 한다.

---

140) 昭子はその日、仕事の間でも、何度か、ふっと泣けさうになった。が、今夜、見送りに立つとはいへ、萩原にもう一度逢へるか、と思ふと、胸にふくれ上ってくるものがあって、彼女のまなざしは濡れたやうになって光ってゐた。

마음이 두근두근 안정이 안 되어, 만약 그곳에 있는 사람이 정말로 하기와라였더라면 그대로 어디까지나 따라 가지 않았을까 하고 자신의 행동에 전혀 자신을 가질 수 없는 완전 개방된 마음이었다. 아키코는 달콤하고 멋진 눈물어린 눈으로 해자 주변의 버드나무를 쳐다보다 버스 창 밖 스치는 바람에 뺨을 내밀며 어느새 자신은 하기와라에 대해 그런 감정을 갖게 된 것일까 하고 놀라움을 금치 못했다.[141]

(「気づかざりき」, pp.209~210)

아키코는 비록 하기와라를 닮은 타인이기는 했지만 그를 사모하는 마음에 하기와라의 환영을 보게 되었던 것이다. 그 순간 그녀는 "이대로 어디까지나 그를 따라갈 수 있다"고 솔직하게 고백한다. 그리고 눈물어린 눈으로 '해자 주변의 버드나무'에 시선을 던진다. 이 해자 주변의 버드나무는 소설 서두에도 묘사되고 있어 마치 전장에 나가 나라를 지키고 있는 하기와라가 해자이고, 그 주변에 심어진 '녹색 버드나무'는 그를 내조하는 아키코를 표상하는 듯하다. 이 시점에서 병사 하기와라에 대한 아키코의 사랑은 본격적으로 시작되어, 그를 따라 어디라도 가겠다는 속마음을 내보인 그녀인 만큼, 다음은 결혼이라는 순서가 기다리고 있을 것이라는 상상은 어렵지 않게 할 수 있다.

이 소설에는 아키코의 언니인 마사코라는 또 한 여성이 등장한다. 그녀는 이미 결혼해 남편을 전장에 보내고 사내아이를 혼자서 기르고 있다. 그리고 이번에 두 번째 아이를 임신해 소설 종반부에 여자 아이를

---

141) 胸の底がそはそはと落ちつかず、もしもそこにいる人が本当の萩原だったら、そのままどこまでもついて行ってしまふのではないか、といふやうな自分の行為に全然自信の持てない、そんな開けっぴろげな心持だった。昭子は、とろっと甘い、素的な、うるんだ眼なざしを壕端の柳にそらして、吹きすぎる窓の風に頬をさらしながら、いつの間に自分は、萩原に対してそんな感情になってゐたのか、と、びっくりしてゐた。

출산한다. 이처럼 마사코의 삶은 당시 후방의 여성들에게 올바른 후방 여자의 삶의 표본으로써 제시된다. 아키코도 이러한 언니의 모성애 강한 삶을 '훌륭하다'며 감탄한다. 이러한 설정에서도 알 수 있듯이 아키코의 장래도 역시 강한 모성이 기대되고 있음은 두 말할 나위가 없다.

오늘날 이러한 페미니즘의 공동체 판을 우에노(2006)는 '연애 이데올로기는 개인주의의 한 형태이다. 페미니즘의 공동체주의판인 모성주의와 개인주의는 원칙적으로 서로 부합되지 않는다. 그것은 모성주의를 기초로 하는 모자관계란 결코 대등한 개인 대 개인 간의 파트너십에 의한 것이 아니기 때문이다. 뿐만 아니라 모성주의가 강조하는 것은, 상호의존, 배려, 관심, 수용이라는 것이다. 이 점에서 보면 모성주의적 페미니즘이란, 그 자체가 집단 지향적인 일본 사회가 낳은 페미니스트판 일본주의'[142]라고 비판하였다.

이러한 견해는 1911년 『青鞜』 및 『婦人公論』을 무대로 모성 보호를 둘러싼 심각한 논쟁이 야기되었을 때부터 이미 싹트고 있었던 것이다. 일본은 총력전 체제에 돌입하자 여성의 전쟁 참가를 '분리형'인가 '참가형'인가를 놓고 대논쟁이 벌어졌다. 결국 '분리형'이 채택되어 국가의 후방에서는 '다산'과 '근로'의 역할이 부가되었다. 그리하여 1920년~30년대의 과학적 모성론은 전시체제에 돌입함에 따라 다산 정책으로 전환되다가, 전시체제 강화에 따라 군국의 어머니 혹은 황군의 어머니로 변모되어 상찬되었다.

「気づかざりき」 또한 1941년 1월에 각료회의에서 결정된 인적자원 확보를 위한, 인구정책확립요강에 의한 국책결혼 선전시대를 배경으로 하고 있어, 여성보국의 길, 결혼 보국이라는 슬로건 아래 일시 귀국이 허락

---

142) 上野千鶴子(2006), 앞의 저서, pp.116~117

된 하기와라와 아키코의 러브스토리가 베이스가 된 소설임을 알 수 있다.

이상 1940년대의 전시기에 쓰인 소설 「幻の兵士」와 「気づかざりき」을 통해 한일 양국의 여자들이 어떠한 과정을 거쳐 출정 병사와의 연애나 결혼을 결의하게 되었는지, 그리고 일본 병사에게 사랑을 느끼고 그 힘으로 일본에 동화해 가는지를 고찰하였다. 그 결과 두 작품에는 동일하게 여성 작가의 전략으로 전쟁의 피해자인 〈여자들〉을 그리고 있다는 것을 알 수 있었다.

「幻の兵士」에서는 서리를 뒤집어 쓴 '애처로운 꽃 들국화'를 조선의 메타포로 표상하였으며, 이 전략을 「野菊抄」에서도 다시 거론함으로써 작가의 민족을 생각하는 자세는 관철되었다고 생각된다. 또한 작품 안에 〈挺身〉이나 〈愛國班〉등을 묘사해 〈역사적 증언〉으로서의 역할도 하고 있으며, 이런 구도가 '보편적 응답'에 해당하는 부분이라는 새로운 평가를 내리고 싶다.

「気づかざりき」에서도 정부요원 야마모토에 의한 결혼명령이 "성실", "영리함", "상냥함"이라는 세 항목에 합격한 '현대여성' 아키코에게 계획적으로 내려진 소설이었음을 읽어낼 수 있었다. 그러나 같은 여성작가에 의해 쓰인 소설이라고 하여도, 식민자와 피식민자라고 하는 입장차는 분명히 나타나고 있다. 「幻の兵士」에서는 '나무들이 색도 향기도 퇴색한 가을'이 배경으로 설정되어 있는 반면, 「気づかざりき」에서는 '버드나무의 녹색이 싱그러운 초여름'이라는 설정이 생동감을 느끼게 하는 등의 차이를 느낄 수 있었다.

그러나 이러한 여성작가들의 소설이야말로 전시 이데올로기에 의해 감성의 레벨까지 재편성 되었던 국민의 실태를 문제시하고 있다는 점에서 고무적이다. 일반 서민들이 어떤 과정을 거쳐 전시국가 체제를 받아들여 갔는지, 전체주의가 어떻게 국민에 대해 기능하고 침투해 갔는지를 매우 일상적이고 개인적인 문제, 즉 연애나 결혼을 통해 두 소설은 분명하게 그려내었다.

이처럼 프롤레타리아 문학이 막을 내린 1930년대 중반부터 대두한 모던걸들은 세계 대공황을 통해 이미 경제를 학습한 세대였다. 따라서 로맨틱 러브에서 추구했던 순정만으로는 의식주라는 '현실'을 해결할 수가 없었다. 그녀들은 경제난을 극복하기 위해 자신들의 섹슈얼리티를 사용했으며, 자유로움을 추구하기 위해 이혼과 불륜을 거듭하였다. 이러한 그녀들의 삶의 방식은 〈일탈〉로 간주되어 또다시 사회의 지탄을 받게 된다. 그러한 와중 속에서도 여성들은 끊임없이 낳는성에 대해 고민하며 남성의 뒷모습이 아닌 '여자'로서의 삶을 동경하는 진지함을 보였다.

결 론

　'여성'은 한일 근대기에 형성된 하나의 계급이었다. 오늘날 과학은, 여성에 대한, 여성의 몸과 말이나 글, 행동 등에 대한 무수한 담론을 증식시켜 왔다. 또한 사회 과학은 여성을 생물학적 측면에서 바라보는 관점을 시작으로, 젠더와 섹슈얼리티 이론에 의한 여성의 사회학적 측면 연구에 활발한 의욕을 보이고 있다.

　근대 형성기에 문학을 통해 묘사된 여성과, 여성작가 자신들의 실천에 의해 표출된 여성상 등 그 양태가 지극히 다양하며, 특히 로맨틱 러브의 수용과 함께 섹슈얼리티에 대한 글쓰기가 두드러진다. 이러한 여성에 대한 모습은 오늘을 살아가는 우리들에게 있어서도 많은 문제점과 또 그에 대한 해답을 제공하는 교과서이기에, 앞으로도 더욱더 밀도 있게 탐구되어야 할 분야이다. 또한 한국의 근대사에 가장 뼈저린 식민지시대가 적극적으로 감당해 내려 했던 여성의 모습으로부터 시작하여, 사회현상과 문학의 관계가 그 어느 때보다도 절박하게 추구되는 현재를 거쳐, 남녀가 진정한 동반자적 관계로 거듭나게 될 미래를 연다는 데에 그 의의를 찾고자 한다.

본고에서 필자는 한일 근대 모더니즘계열 문학과 프롤레타리아 문학에 나타난 여성의 섹슈얼리티를 비교문학적 측면에서 총체적으로 규명하였다. 한일 근대 문학에 대한 기왕의 연구는 대부분 한국과 일본 중 어느 한 쪽에 치중되거나, 인사이더 문학자에 대한 작가 연구가 주류를 이루고 있으며, 작품론에 있어서도 세심한 고찰이 부족했다. 따라서 본고에서는 근대 초기 한국 문학자들이 대부분 일본 유학을 경험한 점에 착안하여, 먼저 그들의 창작에서 나타난 일본과의 영향 관계를 살피고, 기왕의 연구에서 간과 되었거나 소홀히 다루었던 점을 규명하는 데 주력하여, 근대문학 속에 표상된 여성의 몸, 언어, 삶에 대한 묘사를 젠더와 섹슈얼리티 이론에 의거 분석·재조명, 정립하고자 했다.

연구결과를 집약해 보면 다음과 같다.

첫째, 근대 초기에 수용된 생명주의에 대한 한일 영향관계 고찰이다. 대부분의 근대 문학 연구에서는 일본의 사상적 영향을 인식하고는 있으나 양식적인 고찰에 그치고 있다. 이에 본고에서는 한국의 문학자들이 직간접으로 일본의 다이쇼 생명주의에 영향을 받았음을 지적하였다. 또한 이러한 다이쇼 생명주의는 근대의 사상적 토대가 된 앙리 베르그송의 『創造的進化』의 엘랑 비탈 이론을 환골탈태한 사상이라는 점에 주목하여, 그의 철학서를 기본 이론서로 사용하였다. 그 결과 생명의 메타포로 〈光〉이 사용되었음을 밝혀내었다. 구체적인 내용으로는, 한일 여성들의 문학잡지인 『新女子』와 『靑鞜』의 창간사, 나혜석의 단편 소설 「경희」, 시 「光」, 미야모토 유리코(宮本百合子)의 『노부코(伸子)』 등을 통해 확인할 수 있었다.

둘째, 근대초기에 유입된 로맨틱 러브가 한일 양국에서 거의 동시기에 수용되었으며, 이론서로써 엘렌 케이의 『연애와 결혼(恋愛と結婚)』을 근저로 한 점을 포착해, 구리야가와 하쿠손(厨川白村)의 '연애지상주의'와, 베르그송의 영향을 강하게 받은 아리시마 다케오(有島武郎)의 '이기적 사랑'의 수용 및 전개 과정을 탐구하였다. 그 결과, 송진우의 「사상개혁론」, 이광수의 「혼인에 관한 좁은 식견」, 염상섭의 「개성과 예술」 및 「조선 소설가의 연애관」 등의 평론에 생명 연소의 한 단면으로 '연애지상주의'와 '이기적 사랑'이 묘사되었음을 규명하였다. 이러한 주장은 김일엽의 「자각」과 다무라 도시코(田村俊子)의 『그녀의 생활(彼女の生活)』에서 남성 문학자들과 동일한 관점에서 다루고 있음을 알 수 있었다. 먼저, 김일엽의 「자각」에서는 구여성의 신여성으로의 거듭나기를 통해 영성(靈性)적 대화가 가능한 이성을 만나 로맨틱 러브를 실천한다는 이른바 연애지상주의가 표명되었으며, 『彼女の生活』에서는 로맨틱 러브에 의한 결혼을 통해 '이기적 사랑'을 실천하고자 하였다. 그러나 결혼 후의 '생활'에서 야기되는 여성의 종속화 문제가 제고되어, 남성의 이기적 삶의 방식에 밀려 여성에게는 '이기적 사랑'이 용납되지 않았음을 지적하였으며, 오로지 가족애나 모성이라는 '이타적 사랑'만이 강요되는 사실을 밝혀낼 수 있었다.

셋째, 1920년대의 중반에 접어들어 한일 양국 간의 로맨틱 러브에 따른 여성의 섹슈얼리티는 변용되었다. 1924년에 발표된 김명순의 「돌아다볼 때」와 우노 지요(宇野千代)의 「행복(幸福)」에서는 '이기적 사랑'이 재차 시도되며, 로맨틱 러브에 의한 결혼인가 아닌가에 대해 고민한다. 여기서 한일 작가들의 결론은 각각 다르게 나타난다. 한국의 김명순은 '불륜'이라는 극단적 방법으로 사회와 타협하지 않는 이기적 사랑을 실천한다. 그러나 우노 지요는, 10년이 지나 빛바랜 로맨틱 러브를 조명하며 포스트 모더니즘적 신데렐라 결혼을 여성의 행복으로 제시하고 있음을 파악하였다.

넷째, 로맨틱 러브가 이성애를 전제로 하고 있어, 이를 받아들이는 남성들의 수용태도 또한 주목할 만한 부분이었다. 이를 밝히기 위해 한국 사회에 잘 알려진 김동인의 「감자」와 요코미쓰 리이치(橫光利一)의 『슬픔의 대가(悲しみの代價)』를 선정 분석하였다. 그 결과 문화의 토양이 다른 만큼 한일 간의 결론 또한 다르게 나타났다. 한국의 김동인은, 우선 유교 질서를 내면화한 조선 여성을 등장시켜 전통적 결혼을 하게 한 다음 칠성문 밖이라는 외연에 배치하였다. 그리고 점차적으로 섹슈얼리티의 맹아를 유도한 다음 '오직 너 하나만'이라는 로맨틱 러브를 주입시킨다. 그리고 이를 따른 조선의 여성을 죽음이라는 대가를 치르게 하여, 로맨틱 러브가 조선의 토양에는 시기상조라는 결론을 추출하였음을 고찰했다. 한편 요코미쓰는 로맨틱 러브에 의해 결혼한 남편이 아내에게 집요하게 정조를 요구하지만, 강력한 극기심을 발휘하여 '부정'한 아내를 포용하도록 한다. 즉 한국의 남성은 여성이 남성과 동등해지는 로맨틱 러브라는 새로운 문화를 거부하지만, 일본 남성은 인내를 가지고 '부정을 정화'로 바꾸어 새로운 문화를 창조하는 과정을 확인하였다.

다섯째, 위의 김동인의 결론처럼, 개방적 섹슈얼리티로 인해 사회적으로 궁지에 몰린 조선의 신여성들은 시대의 흐름인 마르크시즘에 의한 프롤레타리아라는 새로운 이데올로기에 편승하여 세상과 타협점을 모색하고 있음을 확인하였다. 리얼리즘 문학은 프롤레타리아트의 억압적 삶의 모습과 노동 착취를 상세히 그려 내는 한편, 여성들의 남성 권력자에 의한 성적유린과 콜론타이의 주장을 잘못 해석한 성관념으로 인해 자행되는 동지들의 악행을 조명하여, 이를 한일 간에 한 목소리로 고발하였다. 이는 김말봉의 「망명녀」, 노가미 야에코(野上弥生子)의 『마치코(眞知子)』, 미야모토 유리코(宮本百合子)의 「유방(乳房)」, 유진호의 「여직공」 등을

통해 알 수 있었다. 또한 프롤레타리아 작가 10년째를 맞이한 사타 이네코(佐多稲子)는 『잇꽃(くれなゐ)』을 통해 전향의사를 확실히 밝히고 있으며, 아울러 남편이 제시하는 가부장제로의 회귀 의사가 없음을 확고히 보여주었다. 그러나 강경애는 당시의 주거지가 중국이었던 만큼 전향의 압박에서는 피할 수 있었으나, 「원고료 이백원」을 통해 '개인'적 욕구를 드러내며 간접적으로 전향의사를 밝히고 있음을 파악하였다.

여섯째, 프롤레타리아 문학이 붕괴된 1930년대 중반부터는 모던걸에 의한 가일층 개방적인 섹슈얼리티의 시대가 도래 하였다. 이 시기의 한국의 여성작가들은 스스로가 〈脫性化〉를 꾀하며, 신여성과 모던걸 죽이기에 나섰다. 대중소설 작가 김말봉은 「망명녀」와 「고행(苦行)」을 통해, 개방적 섹슈얼리티를 보인 기생의 삶을 부정하며 모던걸 죽이기에 앞장섰으며, 강경애는 『인간문제』와 「원고료 이백원」에서 당대의 모던걸을 '화냥년'으로 표상하여 평가절하 하는 전략을 보였다. 그러나 정조를 밥 먹는 것에 비유했던 나혜석만은 끝까지 자신의 의지를 관철시키는 용기를 보이며, 「현숙」에서 비지니스적 사랑과 우애결혼 시험결혼을 제시하여 여성 섹슈얼리티의 변용을 보여주나, 후배 여성작가들의 호응과 시대적 공감을 얻지 못하고 구호에 그치고 만다. 또한 섹슈얼리티의 시대 도래에 따라 여성들의 생물학적인 기능인 낳는성이 다시 한 번 거론되었다. 이효석은 「산협」을 통해 한국의 전통적 생명관을 조명하여 대리모 문제가 여성을 어떻게 억압하는지를 보여주었으며, 미야모토 유리코 역시 동성애에서 양성애로 섹슈얼리티의 변용을 꾀하며, 낳는성을 재론하여 사회와 타협점을 모색하고 있음을 알 수 있었다.

일곱째, 여기에는 남성 작가들도 한 몫 하여, 이효석과 나카노 시게하루(中野重治)는 각각 「엉겅퀴의 장(薊の章)」과 「수양딸(娘分の女)」에서 여성의 섹슈얼리티를 타자화하여 '요부'와 '악녀'를 탄생시켜, 모던걸들이

모방한 서구를 비방함으로써, 조선의 남성 이효석은 나라를 빼앗긴 것에 대해, 나카노는 정신적 서구화에 의해 실추된 자존심 회복을 위한 리더로서의 엘리트적 발상을 보였다. 또한 두 작가 모두 우생사상에 의한 혈통주의를 소설에 삽입하여, 이효석은 아버지의 유교적 관점을 문제시하였으며, 나카노는 서양 남성들이 일본여성을 열성적 혈통이라며 비방하는 태도에 일침을 가하였다.

여덟째, 1940년 이후는 전쟁이 막바지로 치닫던 시기로 한일 양국의 문인들은 빠짐없이 어떤 '선택'을 강요당했다. 여성문인들은 오늘날 전쟁협력 작품이라 일컬어지는 글쓰기를 통해, 자신들의 입장을 분명히 하였다. 최정희와 사타 이네코는 「환영의 병사(幻の兵士)」와 「둔감(氣づかざりき)」에서 동일하게 1910년대의 로맨틱 러브 구조를 이용하여 국가에 동조하는 전략을 취하였다. 그러나 로맨틱 러브, 즉 개인이 개인을 받아들이는 '짝'의 개념과, 개인이 국가를 위해 몸을 바친다는 '공동'의 개념과는 서로 허용되지 않는 환상(幻想)에 지나지 않은 개념으로, 일단 짝 환상에 빠지게 되면, 사랑하는 상대 남성은 기필코 살아서 돌아오기를 바라게 되므로 나라를 위해 목숨을 내놓으라는 구국 정신은 모순에 지나지 않음을 알 수 있었다. 따라서 한일 두 여성작가들의 작품은 의도된 전쟁협력 작품이었음을 입증하였다.

이상에서 밝혔듯이, 근대소설에 묘사되는 여성들의 섹슈얼리티는 로맨틱 러브를 수용하며 태동하여, 소설 속의 여주인공들은 기생, 카페의 여급, 그림 모델, 대학 청강생 등으로 섹슈얼리티의 변용을 거듭하며 한동안 강한 생명력의 연소를 보인다. 신여성들이 '새로워지기' 위해서는 구습이라는 엄격한 규범을 향해 정면으로 도전할 필요가 있었으나, 한국의 신여성들이 섹슈얼리티 문제를 거론하려 하면, 거기에는 이미 일본보다 더욱 엄격한 유교적 규범이 가로막고 있으므로 가일층 진보적이어야 했으며, 그에 대한 당연한 귀결로 보다 혹독한 비판을 받으며 가혹한 운명에 빠지게 되었던 것이다. 이 후로 한일 여성 작가들은 프롤레타리아 문학의 이론을 빌려 권력자에 의한 여성들의 성적 유린을 고발하는데 보조를 같이했다. 또한 여성들은 식민자 피식민자라는 각자의 입장에서 전쟁에 동원되어, 국책 협력 작가로 변모한 후에도, 로맨틱 러브 이론을 응용해 군국의 현대여성 이미지를 만들어 脫性化 한 여성의 섹슈얼리티를 창조해 내었다. 또한 한일 양국의 여성들은 페미니즘 운동이 시작된 이래로 줄곧 여성들 간의 연대인 시스터훗을 실천해 온 사실을 작품을 통해 확인하였다.

이처럼 한일 근대초기에 수용된 〈로맨틱 러브〉는 1910년대를 시작으로 1940년대 중반까지 일관되게 소설의 한 테마로 자리매김 되어 왔으며, 소설 속의 여주인공들은 오늘날 우리들의 모습을 그대로 보여주며, 끊임없는 섹슈얼리티의 변용을 꾀하여 생명력의 연소를 실천해 왔음을 규명하였다.

참고문헌

텍스트

〈소설〉

강경애(1934), 『인간문제』(≪東亞日報≫), 『연세국학총서』73(2005)

______(1935.2), 「원고료 이백원」(『新家庭』), 『강경애소설』(2004)

김동인(1925), 「감자」(『朝鮮文壇』), 『김동인단편선』(2007), 글누림사

김말봉(1932), 「망명녀」(≪中央日報≫), 『페미니즘정전읽기2』, 푸른사상사(2002)

______(1936), 「苦行」, 『近代朝鮮文学日本語作品集』(2004), 綠蔭書房

김명순(1924.3.31~4.19), 「돌아다 볼 때」(≪朝鮮日報≫), 『페미니즘 정전 읽기1』
　　　　(2002), 푸른사상

김일엽(1926.6.19~26), 「자각」(≪東亞日報≫), 『페미니즘정전읽기1』(2002), 푸른
　　　　사상

나혜석(1918), 「경희」, 『女子界』, 『나혜석전집』(2000), 태학사

______(1936), 「현숙」(『三千里』), 『나혜석전집』(2001), 이상경편집, 태학사

백신애(1934), 「적빈」(『開闢』), 『한국현대대표소설선4』(1996), 창작과비평사

이북명(1937), 「裸の部落」(『文學案内』), 『近代朝鮮文学日本語作品集』五卷(2004),
　　　　綠蔭書房

이효석(1939), 「銀の鱒」(『外地評論』), 『近代朝鮮文学日本語作品集』五卷(2004), 綠
　　　　蔭書房

______(1941), 「산협」, 『韓国現代代表小説選』4(1996), 창작과비평사

______(1941.11), 「薊の章」, 『國民文學』

유진오(1931), 「여직공」(『朝鮮日報≫), 『한국현대대표소설선』, 창작과비평사
　　　　(1996)

최정희(1941.2), 「幻の兵士」(『國民總力』), 『近代朝鮮文学日本語作品集』(2001), 長野印刷
宇野千代(1924.12), 「幸福」(『我観』), 『宇野千代集』第一巻,(1977), 中央公論社
________(1936), 「未練」(1936), 『現代日本文学全集』(1954), 筑摩書房
佐多稲子(1936.1〜5), 『くれなゐ』, 『婦人公論』
________(1942.7), 「気づかざりき」, 『女流作家叢書』(1943), 全国書房
田村俊子(1915.7), 『彼女の生活』, 『新潮社』, 『近代女性小説精選集・26』(2000), ゆまに書房
中野重治(1941.1), 「娘分の女」(『新潮』), 『中野重治全集』(1976), 筑摩書房
野上弥生子(1928〜1930), 『真知子』(『改造』), 新潮文庫(1966)
林芙美子(1930), 『放浪記』, 『日本文学全集』57(1961), 新潮社
宮本百合子(1924) 『伸子』, 『改造』, 『宮本百合子集』,(1954), 筑摩書房
________(1935), 「乳房」, 『宮本百合子全集』, 新日本出版社(1979)
________(1927), 「一本の花」, 『宮本百合子全集』第四巻(1981), 新日本出版社
橫光利一(1922), 『悲しみの代価』, 『文芸』, 『日本の文学』(1966), 中央公論社

〈평론〉

송진우(1915), 「연애론」, 學之光
염상섭(1926), 「感想과 期待」, 『朝鮮文士의 恋愛観』, 설화서관
________(1922.4), 「個性과 芸術」(『開壁』22号), 『廉想涉全集』(1988), 민음사
이광수(1917), 「혼인에 관한 좁은 식견」, 學之光
有島武郎(1920), 『惜みなく愛は奪ふ-有島武郎評論集』(2000), 新潮文庫
厨川白村(1921), 「近代の恋愛観」, 改造社

〈잡지〉

『青鞜』(1911), 青鞜社
『新女子』(1920), 新女子社

컨텍스트

〈국내 단행본〉

강만길(1987), 『일제시대 빈민 생활사 연구』, 창작과비평사

강병식(1995), 「일제하 한국의 결혼과 이혼 및 출산 실태 연구」, 『사학지』제28
　　　호

김경일(2004), 『여성의 근대, 근대의 여성』, 푸른역사

김동인(2007), 유임화편집, 『金東仁短編選』, 글누림사

김순전(1998), 『韓日 近代文學의 比較 文學的 硏究』, 태학사

　　　외(2008), 『제국의 식민지 수신』, 제이엔씨

김복순(2002), 『문학 속의 여성』, 명지대학교 인문과학연구소

김상태(1988), 「김동인의 단편소설 고」, 『김동인 문학연구』, 조선일보사

김일엽(1923), 『新女性』창간호

김윤식(2003), 『일제말기 한국작가의 글쓰기론』, 서울대학교 출판부

　　　(2001.7), 『한일 근대문학 관련 양상 신론』, 서울대학교출판부

김우규(1954), 「김말봉 문학의 대중성과 종교성」, 『김말봉 문학과 사회』, 종로서
　　　적

김지영(2007), 『연애라는 표상』, 소명출판사

김진송(1999), 『서울에 딴스홀을 許하라』, 현실문화연구

김주리(2000), 『근대적 패션의 성립과 1930년대의 문학의 변모』, 명지대학교 인
　　　문과학연구소

김해옥(2005), 『페미니즘 이론과 한국 현대 여성 소설』, 박이

나혜석(2000), 『나혜석전집』, 이상경편집, 태학사

　　　(1935), 「신생활에 들면서-정조에 대해서」, 『나혜석전집』(2000), 태학사

　　　(1930.6), 「우애결혼 · 시험결혼」(『삼천리』), 『나혜석전집』(2001), 태학사

노현석(2003), 『모던의 유혹, 모던의 눈물』, 생각하는나무사

박동규(1981), 「현대 한국소설 성격 연구」, 문학성회사

박용옥(2001), 『1920년대의 신여성 연구-『新女子』과 『新女性』을 중심으로』

　　　(2001), 「1920年代新女性硏究」, 『女性 : 歷史と現在』, 국학자료원

박태호(1989), 『한국 문학의 리얼리즘과 모더니즘』, 민음사

신동욱(1986), 「여성의 운명과 순결미의 인식」, 『김말봉 문학과 사회』, 종로서적

신용숙(1999), 「일제 식민지 하의 변화된 여성의 삶」, 『우리 여성의 역사』, 청년
　　　사
심진경(2006), 『한국 문학과 섹슈얼리티』, 소명출판사
송인화(2006.4), 『근대소설과 여성 주체』, 예림기획
송지현(1996), 『페미니즘 비평과 한국 소설』, 국학자료원
서정자(1999), 『한국 근대 여성소설 연구』, 국학자료원
이상경(1997), 『강경애 문학에서의 성과 계급』, 건국대학교출판부
이상옥(2004), 『이효석의 삶과 문학』, 집문당
이승구외(1999), 「역사 속의 여성의 삶」, 『새로운 여성학 강의』, 한국여성연구소
이정민(2002), 「전시하 애국반의 조직과 도시 일상 통제」, 『동방학지』
이태숙(2002), 「근대소설의 여성 고백체 양식」, 『페미니즘 정전 읽기』, 푸른사상
＿＿＿(2002), 「대중소설과 여성성의 새로운 제안」, 『페미니즘 정전 읽기』, 푸른
　　　사상사
＿＿＿(2002), 「여성성의 이중적 의미에 대한 모색」, 『페미니즘 정전 읽기』
이효석(2003), 『이효석전집』7,8, 창미사
이효재(1997), 『남성과 한국사회-한국사회의 남성 이데올로기』
임종국(1974), 『褓負商精神의 墜落-≪메밀꽃 필 무렵≫의 現実逃避』
유진오(2002), 『나도향·유진오 단편선』, 소담출판사
유진월(2006), 『김일엽의〈신여자〉연구』, 푸른사상
윤명구(1981), 「現代韓国小説의 性格研究」, 文学性会社
장석주(2006), 『장소의 탄생』, 작가정신사
장(윤)필화(1999), 『여성·몸·성』, 또하나의문화
전경옥외3인(2004), 『한국 여성 정치 사회사』, 숙명여자대학교아시아연구소
정한모(1965), 「문학적 모럴리티의 출발」, 『세대』
정희진(2005), 『페미니즘의 도전』, 교양인
최혜실(2000), 『신여성들은 무엇을 꿈꾸었을까』, (주)생각하는나무
＿＿＿(2002), 「『青鞜』이 1930년대의 한국여성 문학론에 끼친 영향」, 『문학 속의
　　　여성』, 명지대학교인문학연구소
황도경(1994), 「위장된 객관주의」, 『김동인 문학의 재조명』, 새미

〈번역서〉

게일 혹스 지음, 임인숙 옮김(2005.4), 『섹슈얼리티와 사회』, 일신사
다카하시 데쓰야(2008), 이목 역, 『국가와 희생』, 책과함께
도널드 시먼스 지음, 김성한 옮김(2007.1), 『섹슈얼리티의 진화』, 한길사
미셸 푸코著, 오생근訳, 『감시와 처벌』(1924), 나남출판사
________지음, 문경자·신은영 옮김(2006), 『성(性)의 역사 2-쾌락의 활용』, 나
　　　　　남출판
조르주 뒤비 편집, 권기돈·정나원 옮김(1998), 『여성의 역사』, 새물결
케티 콘보이외 지음, 조애리외 편역(2001.4), 『여성의 몸, 어떻게 읽을 것인가?』,
　　　　　한울아카데미
크리스 윌링著 임인숙 역(2000), 『몸의 사회학』, 나남출판
A·콜론타이 지음, 김제헌 옮김(1988), 『붉은 사랑』, 공동체
E.Relph(1976), 김덕현외 『장소와 장소상실』, 논현사
J.G.Frazer(1890), 『황금가지』, 장병길 역(1990), 삼성출판사
ベルクソン(1917), 松浪信三郎·高橋允昭共譯(1966,4,5), 『創造的進化』, 『ベルクソ
　　　　　ン全集』第4卷, 白水社
エレン·ケイ(1919), 『恋愛と結婚』(原田実訳), 新潮社
V·ジャンケレヴィッチ(1988), 『アンリ·ベルクソン』, 新評論
メアリ·ダグラス(1969), 塚本利明 訳(1995), 『汚穢と禁忌』, 思潮社
ミシェル·フーコー(1986)渡辺守章訳, 『性の歴史Ⅰー知への意志』, 新潮社
J·Butler(1990), 竹村和子訳(1999), 『ジェンダー·トラブル』, 青土社

〈일본 단행본〉

靑柳優子(1997), 『韓國女性文學硏究』, 御茶ノ水書房
板垣直子(1967), 『明治·大正·昭和の女流文学』, 桜楓社
岩見照代((2002), 「差別なエロティシズムと美の源泉」, 『売買春と日本文学』, 東京堂
　　　　　出版
岩淵宏子(1995), 『フェミニズム批評への招待−近代女性文学を読む』, 学藝書林
________他(2005), 『日本女性文学史』, ミネルヴァ書房
________(2005), 「昭和初年代から敗戦までの女性文学」, 『日本女性文学史』, ミネル

ヴァ書房

________(2001), 「『乳房』-ジェンダー・セクシュアリティの表象」, 『宮本百合子の時空』, 翰林書房

任展慧(1991), 『日本における朝鮮人の文學の歴史』, 法政大學出版部

上野千鶴子(2006), 『女の快楽』, 勁草出版社

________(2002), 『差異の政治學』, 岩波書店

________解説(1990), 『日本近代思想大系23、風俗・性』, 岩波書店

________(1998), 『発情装置』, 筑魔書房

________(1990), 『恋愛テクノロジ-』, 岩波書店

________(2001), 『セクシュアリティ』, 岩波書店

________(1999), 『ナショナリズムとジェンダー』, 青土社

________・井上輝子・江原由美子編(1995), 「『セクシュアリティの近代』を超えて」, 『日本のフェミニズム6ーセクシュアリティ』, 岩波書店

________(1990), 『家父長制と資本制』, 岩波書店

________(2006), 『生き延びるための思想ージェンダー平等の罠』, 岩波書店 上野千鶴子(2003), 『上野千鶴子が文学を社会学する』, 朝日文庫

________・小倉千加子(2005), 『ザ・フェミニズム』, ちくま文庫

江種満子(2004), 『わたしの体、わたしの言葉』, 翰林書房

________(1992), 『女が読む日本近代文学』, 新曜社

________(1994), 『男性作家を読む』, 新曜社

________(1998), 『ジェンダ-の日本近代文学』, 幹林書房

江原由美子他(1989), 『ジェンダーの社会学-女たち／男たちの世界』, 新曜社

________(2002), 『自己決定權とジェンダー』, 岩波書店

大村益夫((1997.11), 『國民文學』別冊, 緑蔭書房

大宅壮一(1989), 「百パーセント・モガ」, 『モダンガールの誘惑』, 平凡社

小倉千加子(2005), 『セックス神話解体新書』, ちくま書房

________(2000), 『ジェンダーの心理学』, 早大出版社

________(2001), 『セクシュアリティの心理学』, 有斐閣選書

________・東清和(2000), 『ジェンダーの心理学』, 早稲田大学出版部

荻野美穂(2002), 『ジェンダー化される身体』, 勁草書房

加納実紀代(1995), 「母性ファシズムの風景」, 『ニュー・フェミニズム・レビュ--6, 母性ファシズム』所収, 学陽書房

__________(2002), 『売買春と日本文学』-「売買春問題へのアプローチ」, 東京堂出版

金子洋文(1930), 「プロレタリア恋愛論」, 『近代帝国日本のセクシュアリティ』(2004), 明石書店

川村邦光(1996), 『セクシュアリティの近代』, 講談社

香山リカ(2003), 『結婚幻想』, ちくま文庫

河かおる(2001), 「総力戦下の朝鮮女性」, 『歴史論評』, 校倉書房

北川秋雄(2000), 『近代女性作家選集・佐多稲子『気づかざりき』解説』, ゆまに書房

北澤秀一(1924), 「モダン・ガール」, 『女性』8月号, プラトン社

清沢洌(1989), 「モダン・ガール」, 『モダンガールの誘惑』, 平凡社

高良留美子(1997), 「物語として読む『伸子』」, 『城西文学』22号

笹淵友一(1949), 「恋愛論」, 『北村透谷近代作家研究叢書』(1993), 日本図書センター

佐多稲子(1983), 『年譜行間』, 中央公論社

鈴木貞美(1996), 『「生命」で讀む日本近代』, NHKBOOKS

__________(1995), 『大正生命主義と表現』, 河出書房新社

鈴木正文(1938), 「朝鮮経済の現段階」

__________(1938), 〈国別工場労働者賃金推移(賃金は日給制によるもの)〉, 「朝鮮経済の現段階」

辛炯基(2004), 『植民地近代の視座-李孝石と植民地近代』, 岩波書店

千種・キムラスティブン(1994), 『男性作家を読む』, 新曜社

中村繁樹(2004), 『近代帝国日本のセクシュアリティ』, 明石書店

中村雄二郎(1999), 『場所(トポス)』, 弘文堂

沼沢和子(1981), 「「一九三二年の春」「乳房」」, 『多喜二百合子研究会会報』第98号

牟田和恵(2004), 「家族・性と女性の両義性」, 『ジェンダーと女性』

__________(1998.4), 『近代のセクシュアリティの創造と「新しい女」』, 思想社

野本泰子(2000), 「佐多稲子の恋愛観」, コンパラティオ

長谷川啓(1988.8), 「解題」『田村俊子作品集第二巻』, オリジン出版センター

羽生清(2004), 『装うこと生きること』, 勁草書房

平塚らいてう(1911.9), 「青鞜創刊の辞」, 『青鞜』, 青鞜社

平林たい子(1979), 「林芙美子」, 『平林芙美子全集』, 潮出版

藤井光男(1987), 『戦間期日本織維産業海外進出史の研究-日本製糸業資本と中国・朝鮮-』, ミネルヴァ書房

布袋敏博(2004), 『近代朝鮮文学日本語作品集』解説

堀切直人(2000),「宇野千代「幸福」の解説」, ゆまに書房
堀場清子(1988),『青鞜の時代』, 岩波書店
水田宗子他二人(1996),『母と娘のフェミニズム—近代家族を超えて』, 田畑書店
宮本顕治(1981),『宮本百合子全集』第5巻解説、新日本出版社
宮本百合子(1981),「「乳房」創作メモ」,『宮本百合子全集第十八巻』, 新日本出版社
__________(1924),『伸子』,『宮本百合子全集』(1981), 新日本出版社
__________(1924),「一九二四年」,『宮本百合子全集』(1981)別巻1, 新日本出版社
__________(1920),「概念と心其のもの」,『宮本百合子全集』14巻(1981), 新日本出版
山本哲士(2007),『ピエール・ブルデューの世界』, 三交社
吉本隆明(1968),『共同幻想論』, 河出書房
脇田晴子他2名(1987),『近代日本女性史』, 吉川弘文館
渡辺澄子他(2002),『売買春と日本文学』, 東京堂出版
__________(2006),『女性文学を習う人のために』, 世界思想社
__________(2005),「明治三〇年代から大正初頭までの女性文学」,『日本女性文学
　　　　史—近代編』, ミネルヴァ書房

〈국내 논문〉

강치수(1997),「식민지 하의 근대 공장과 노동 규율」,『상지대학교논문집』제18
　　　　집
김정화(1991),「강경애 소설 연구」, 동국대 석사논문
구인모(2002),「『무정』과 우생학적 연애론-한국의 근대문학과 연애론」,『비교문
　　　　학』28号, 비교문학회
곽 근(1986),「兪鎭午와 李孝石의 前期小説研究」, 성균관대학교 박사논문
노영희(1998),「근대 조선 여성의 민족적 자아 형성에 관한 연구—나혜석의 근
　　　　대 일본과의 영향과 민족적 자각을 중심으로」,『비교문학』별권
명혜영(2004), 「宮本百合子と羅蕙錫の比較研究-「生命」「エロス」「ジェンダー」をめ
　　　　ぐって」,『日本語文学』第23輯
______(2004),「宮本百合子『伸子』と羅蕙錫『瓊姫』の比較研究」
______(2005.12),「「銀の鱒」の恋と「鉉淑」の結婚」,『日本語文学』第27輯
박을미(1984),「1920년대 여성해방 의식과 지위 변화에 관한 연구」, 연세대학 석
　　　　사논문

박용수(1992), 「강경애의 장편소설 연구」, 전남대 교육대학원 석사논문
박제홍(2008), 「近代韓日 敎科書의 登場人物을 통해 본 日帝의 植民地 敎育-『普通
　　　　學校修身書』와 『尋常小學修身書』를 중심으로-」, 전남대학교대학
　　　　원 일어일문학과 박사논문
송명희(2002), 「자유주의에서 급진주의 페미니즘으로 변모」, 『페미니즘 정전 읽
　　　　기 I』, 푸른사상
이상경(2003), 「식민지 여성과 민족의 문제-일제 파시즘의 최정희와 임순득」,
　　　　『실천문학』
이홍태(1987), 「兪鎭午小說研究-前期小説을 중심으로」, 한양대학교 석사논문
이영심(1998), 「강경애 소설에 나타난 여성 정체성 연구」, 제주대학교 석사논문
이은선(2000), 「유교적 몸의 修行과 페미니즘」, 『유교와 페미니즘의 만남II-페
　　　　미니즘으로 읽는 유교』, 한국유교학회
윤광옥(2007), 「近代形成期女性文学에 나타난 家族研究」, 同德女子大学 博士論文
윤명구(1984), 「김동인소설연구」, 서울대학교 박사논문
장미경(2008), 「近代韓日 女性教育과 小説 研究」, 전남대학교대학원 일어일문학
　　　　과 박사논문
정진희(1997), 「강경애 소설의 공간 연구」, 한림대학교 석사논문
정혜영(1988), 「강경애 소설 연구-장편〈인간문제〉를 중심으로」, 경북대 석사논
　　　　문
최정희(1942.11), 「野菊抄」, 『國民文學』
허근용(1997), 「兪鎭午文学研究」, 경북대학교 석사논문

〈일본 논문〉

荒井とみよ(1996), 「女主人公の不機嫌VI-『放浪記』の戦略-」, 『文芸論叢』, 大谷大学
石田仁志(1989), 「横光利一「悲しみの代価」からの変遷」, 千葉大学
石田忠彦(1993), 「林芙美子の出発-『放浪記』を中心に」, 『国語国文薩摩路』
板垣直子(1970), 「林芙美子『放浪記』」, 『解釈と鑑賞』
＿＿＿＿(1968), 「真知子〈野上弥生子〉」, 『国文学』
伊藤恭子(1960), 「野上弥生子論-『真知子』を中心として-」, 立教大学日本文学
今川英子(1996), 「『放浪記』における〈虚〉と〈実〉」, 『ストレイシープのゆくえ』
岩淵宏子(2004), 「戦時下の結婚をめぐる抑圧と抵抗-佐多稲子『気づかざりき』/宮本

百合子 『雪の後』, 『女性作家≪現在≫』
海野弘(1982), 「林芙美子『放浪記』」－都市と文学」, 『中央公論』
江種満子(2008.3), 「有島武郎の女性論」, 『文教大学国文』第37号
＿＿＿＿(2001), 「『伸子』論－ディスタンクシオンとジェンダ－の交点」, 『宮本百合子
　　　　　の時空』, 翰林書房
江後寛士(1973), 「横光利一における相対認識の起点」, 比治山女子短期大学
小川直美(1988), 「横光利一『鳥』論－「悲しみの代価」から「機械」へ－」, 『同志社国文
　　　　　学』
金井景子(1994), 「販女(ひさぎめ)の手記－『放浪記』をめぐって－」, 『文学』
加納美紀代(2002), 『売買春と日本文学』, 東京堂出版
金田貴恵子(1981), 「「悲しみの代価」から「負けた夫へ」」, 藤女子大学
北川秋雄(1986), 「佐多稲子『くれない』論のためのノート」, 『独立文学』
木谷喜美枝(1993), 「林芙美子『放浪記』」, 『解釈と鑑賞』
熊坂敦子(1979), 「女の青春『放浪記』」, 『国文学』
＿＿＿＿(1989), 「『放浪記』〈林芙美子〉」, 『解釈と鑑賞』
小林恵美子(1997), 「「くれない」論－〈女房〉の要る夫婦」, 国文目白
＿＿＿＿＿(1999), 「『くれない』論－〈母性〉への回帰－」, 『日本女子大学紀要』
＿＿＿＿＿(2003), 「『気づかざりき』－生贄にされる〈女たち〉－」, 『日本女子大学大学
　　　　　院文学研究科紀要第9号』
齊藤明美(1998), 「『放浪記』」, 『解釈と鑑賞』
佐山美佳(2003), 「「悲しみの代価」から「愛巻」へ」, 『横光利一研究』
島崎市誠(1989), 「佐多稲子『くれない』覚書－〈女〉の立場から」, 『群系』
下山嬢子(1998), 「林芙美子の男性観」, 『解釈と鑑賞』
鈴木正和(1998), 「田村俊子『彼女の生活』再考－行き続けていく優子」, 葦の葉(近代部
　　　　　会誌)
瀬崎圭二(2002), 「田村俊子『彼女の生活』論－〈愛〉の行方」, 同志社国文学
杣谷英紀(1996), 「横光利一『悲しみの代価』, 『愛巻』の表現特性」, 日本近代文学
高柴慎治(1987), 「横光利一の心性－「悲しみの代価」その他－」, 『徳島文理大学文学論
　　　　　叢』
為貞節穂(1968), 「野上弥生子の「真知子」について」, 国語・国文の研究と教育
谷口絹枝(2001), 「「女の生活」への視点－戦時下佐多作品の屈折の道程」, 『方位』
陳祖蓓(1993), 「〈自由〉を求めて－『真知子』論」, 『論樹第7号』, 東京都立大学論樹の会

津田孝(1977),「野上弥生子について－その作家的特徴と「真知子」の問題－」,『民主
　　　　文学』
中西芳絵(1982),「『真知子』試論」,『文芸と批評』
牟田惠美・愼芝宛(1998),「近代のセクシュアリティの創造と「新しい女」－比較分析
　　　　の試み－」,『思想』
沼田真理(2007),「田村俊子『彼女の生活』論－〈生活〉と〈愛〉をめぐる一考察」,『日本
　　　　文学論叢』(第36号)
長谷川啓(1977),「『くれない』から『灰色の午後』への屈折」,『日本文学』
＿＿＿＿＿(2000),「戦争と女性」,『昭和文学研究』
原田美紀子(1994),「林芙美子『放浪記』論」,『昭和女子大学日本文学紀要』
＿＿＿＿＿＿(1994),「林芙美子『放浪記』の世界」,『日本文芸学』
福田珠己(1991),「場所の経験：林芙美子『放浪記』を中心として」,『人文地理』第3号
冨士原雅弘(1998),「旧制大学における女性受講者の受容とその展開」,『教育学雑誌』
　　　　32号
保昌正夫(1998),「林芙美子の女性観」,『解釈と鑑賞』
松下奈津美(2002),「林芙美子『放浪記』論－宿命的な放浪者」,『私小説研究』NO.3
水田宗子(1998),「ジェンダーの視点から読む林芙美子の魅力」,『解釈と鑑賞』
南信雄(1963),「「悲しみの代価」のもつ意義」,『福井大国語国文学』
宮口典之(1997),「横光利一『悲しみの代価』の行方」－『鳥』への行程」,『名古屋大学国
　　　　語国文』
明惠英(2004),「宮本百合子と羅蕙錫の比較研究－「生命」「エロス」「ジェンダー」をめ
　　　　ぐって」,日本文教大學大學院修士論文
山崎真紀子(2005),「「彼女の生活」その周辺」,『国文学解釈と鑑賞』別冊
山本理恵(1999),「林芙美子『放浪記』論」,『大阪青山短大国文』
＿＿＿＿＿(2004),「林芙美子の『放浪記』論」,『大阪青山短大国文』
渡辺ルリ(1999),「真知子と運動」,『叙説』第26号, 奈良女子大学文学部
渡辺澄子(1995),「奇妙な眩覚－野上弥生子『真知子』」,『フェミニズム批評への招待』
＿＿＿＿＿(1980),「野上弥生子論」,『解釈と鑑賞』
和田美由規(1994),「野上弥生子「真知子」論」,『日本文学誌要』

〈평론 및 잡지〉

강경애(1934.6), 「표심의 마음」, 『新家庭』
김동인(1939), 「群盲撫象」, 『博文』
모윤숙(1942), 「여성도 전사다」, 『三千里』
윤지훈(1931), 「모던 여성 10계명」, 『新女性』
이효석(1942.4), 「私はかう考へてゐる」, 『國民文學』
유진오(1941.9), 「國民文學といふもの」, 『國民文學』
川端康成(1955), 「『悲しみの代価』その他」, 『文芸』
リサ・タトル渡辺和子監訳(1991), 『フェミニズム事典』, 明石書店
『近代文學年表』, 編集年表の会, 双文社出版
「女學雜誌33號,35號」, 女學雜誌社, 1892.2
「朝日新聞の記事にみる恋愛と結婚(明治),(大正)」, 朝日新聞社, 1997.6
『東京大学百年史通史二』, 東京大学百年史編集委員会, 1985
『岩波講座教育大学第十八冊』, 1933
「朝日新聞の記事にみる恋愛と結婚(明治), (大正)」, 朝日新聞社, 1997.6
「女と男の時空」編纂委員会(1998,10), 『年表・女と男の日本史』, 藤原書店
『モダン日本朝鮮版』(1939), モダン日本社, 한일비교문화연구센터(2007)

〈기타 사전류〉

권영민(2004), 『한국현대문학대사전』, 민음사
권영민(1990), 『한국근대문학대사전』, 아세아문화사
佐藤亮一(1982), 『新潮日本文學辭典』, 新潮社
三宅明正(1993), 「東京市電争議」『日本史大事典』第5巻, 平凡社
リサ・タトル(1991), 『フェミニズム事典』, 明石書店
上野千鶴子他5人(2002), 『女性学事典』, 岩波文庫
Daum百科事典http://enc.daum.net/dic100/ (최종방문일; 2008.9.18)
フリー百科事典, 『ウィキペディア(Wikipedia)』(최종방문일; 2008.9.19)
ja.wikipedia.org/wiki/野上弥生子, (최종방문일; 2008.2.11)

명혜영明惠英

일본 분쿄文敎대학교 일어일문학과 및 동대학원 수료 문학석사
전남대학교 일어일문과 대학원 졸업 문학박사
현재, 전남대학교 일어일문학과 외래 교수

[저서]
『제국의 식민지 수신』(공저, 제이엔씨, 2008)

[논문]
・宮本百合子と羅恵錫の比較研究－「生命」「エロス」「ジェンダー」をめぐって
（『日本語文学』2004.12, 第23輯）
・『銀の鱒』の恋と『鉉淑』の結婚－「新女子」のセクシュアリティをめぐって
（『日本語文学』2005.12, 第27輯）
・初期≪修身書≫における朝鮮人像作り（『日本文化学報』2006.8, 第30輯）
・≪修身書≫における「天皇」に関する用語考（『日本語文学』2007.2, 第36輯）
・「一本の花」(宮本百合子)と「山峡」(李孝石)論－女の＜産む性＞をめぐって－
（『日本文化学報』2007.8, 第34輯）
・「娘分の女」(中野重治)と「薊の章」(李孝石)－女のセクシュアリティの＜他者化＞－（『日本文教大学国文』, 第37号）
・＜自負の女＞から＜官能の女＞へ－「瓊姫」『伸子』と「苦行」「未練」を中心に
（『日本語文学』2008.3, 第36輯）
・「女職工」と「乳房」論－＜階級の女＞とセクシュアリティ－
（『日本文化研究』2008.4, 第26輯）
・「亡命女」と『真知子』の選択－「上品」に生きることとジェンダーの交点－
（『日本語文学』2008.6, 第37輯）
・女の経験を読む－『人間問題』と『放浪記』の視座から－
（『日本語文学』2009.3, 第40輯）
・〈부름〉받은 여자들 － 최정희의 「幻の兵士」와 사타이네코의 「気づかざりき」의 '응답'－ （『日本文化学報』2009.5, 第41輯）

한일 근대문학에 나타난
섹슈얼리티의 변용

초판발행   2009년 8월 3일
2쇄발행   2010년 10월 7일

저 자   명혜영
발행인   윤석현
발 행   제이앤씨
등 록   제7-220호

주소   132-720 서울시 도봉구 창동 624-1 현대홈시티 102-1206
전화   (02)992-3253(대)
전송   (02)991-1285
전자우편   jncbook@hanmail.net
홈페이지   http://www.jncbms.co.kr

책임편집   김연수

ⓒ 명혜영 2009 All rights reserved. Printed in KOREA

ISBN 978-89-5668-730-8 93830   정가 28,000원